Robert Langdon, hoogleraar kunstgeschiedenis en symboliek, is te gast in het hypermoderne Guggenheim Museum in Bilbao, voor de presentatie van een onthulling die de wetenschap voor altijd zal veranderen. Maar de zorgvuldig georkestreerde avond barst plotseling uit in chaos, waardoor de waardevolle ontdekking van miljardair en futuroloog Edmond Kirsch voorgoed dreigt te verdwijnen. Duizelig en geconfronteerd met een directe dreiging ontsnapt Langdon uit Bilbao, samen met de elegante museumdirecteur Ambra Vidal. Ze vluchten naar Barcelona, gehaast op zoek naar een wachtwoord dat Kirsch' geheim kan ontsluiten. Langdon en Vidal zoeken hun weg door de donkere gangen van verborgen geschiedenissen en extreme religies, moderne kunst en raadselachtige symbolen, terwijl ze een gekwelde vijand moeten ontwijken die zijn alwetende macht rechtstreeks aan het Spaanse Koninklijk Huis lijkt te onttrekken – en die voor niets zal terugdeinzen om Edmond Kirsch tot zwijgen te brengen...

Dan Brown is een van de succesvolste thrillerauteurs ter wereld. Zijn boeken worden in 56 landen uitgegeven en er werden wereldwijd meer dan 200 miljoen exemplaren van verkocht.

Eveneens van Dan Brown:

Het Juvenalis Dilemma
De Delta Deceptie
Het Bernini Mysterie
De Da Vinci Code
Het Verloren Symbool
Inferno

DAN BROWN

Oorsprong

DWARSLIGGER 500

De dwarsligger® is een initiatief van VBK Uitgevers Groep bv en Royal Jongbloed.
Voor dit product is een octrooi verleend: octrooinummer 1032073.

Dit boek is gedrukt op Indoprint van Bolloré Thin Papers
(www.bollorethinpapers.com).
Indoprint draagt het keurmerk Forest Stewardship Council® (FSC®).
Bij dit papier is het zeker dat de productie niet tot bosvernietiging heeft geleid.
Ook is het papier 100% chloor- en zwavelvrij gebleekt.

Deze dwarsligger® is tot stand gekomen in samenwerking met Uitgeverij Luitingh-Sijthoff
ISBN 978 90 498 0570 8 | NUR 305
© 2017 Dan Brown
© 2017 Nederlandse vertaling Uitgeverij Luitingh-Sijthoff bv, Amsterdam
Vertaling Erica Feberwee, Yolande Ligterink
Eindredactie Theo Veenhof
Oorspronkelijk uitgegeven als *Origin*
© Uitgave in dwarsligger® oktober 2017
Omslagontwerp Studio Marlies Visser | bij Barbara
Omslagbeeld Planeta Arte y Diseño
Omslagillustratie © Opalworks
Zetwerk Crius Group, Hulshout
Drukkerij Jongbloed, Heerenveen
Verspreiding voor België: Veen Bosch & Keuning uitgevers nv, Antwerpen
Alle rechten voorbehouden

www.dwarsligger.nl
www.danbrown.nl

Ter nagedachtenis aan mijn moeder

Voor het leven dat ons wacht, moeten we
bereid zijn alles los te laten.
JOSEPH CAMPBELL

FEIT:
Alle kunst, architectuur, plaatsen, wetenschap en religieuze organisaties in dit boek bestaan echt.

PROLOOG

Terwijl de oude tandradlocomotief zich langs de duizelingwekkende helling omhoogklauwde, bekeek Edmond Kirsch de grillige bergtop boven hem. Het massieve stenen klooster in de verte was in een steile wand gebouwd en leek in de ruimte te zweven, alsof het op magische wijze was vastgemaakt aan de verticale klif.

Dit tijdloze heiligdom in het Spaanse Catalonië had meer dan vier eeuwen weerstand geboden aan de nimmer aflatende zwaartekracht en was nooit afgeweken van zijn oorspronkelijke doel om de bewoners af te zonderen van de moderne wereld.

Wel ironisch dat ze nu de eersten zullen zijn die de waarheid te horen krijgen, dacht Kirsch, en hij vroeg zich af hoe ze zouden reageren. Historisch gezien waren mannen van God de gevaarlijkste op de wereld, vooral als hun goden werden bedreigd. *En ik sta op het punt een vlammende speer in een wespennest te smijten.*

Toen de trein de top had bereikt, zag Kirsch een eenzame gestalte op het perron staan. De verweerde, broodmagere man droeg traditionele katholieke kledij: een paarse soutane en een wit koorhemd, en een *zucchetta* op zijn hoofd. Kirsch herkende het magere gezicht van zijn gastheer van de foto's en werd verrast door de adrenaline die opeens door zijn aderen stroomde.

Valdespino komt me persoonlijk begroeten.

Aartsbisschop Antonio Valdespino was een belangrijk man in Spanje: hij was niet alleen een vertrouwde vriend en raadgever van de koning, maar bovendien een van de meest uitgesproken en invloedrijke voorvechters van het behoud van de conservatieve katholieke waarden en traditionele politieke normen.

'Edmond Kirsch, neem ik aan?' zei de bisschop met gedragen stem toen Kirsch uitstapte.

'Dat ben ik.' Kirsch glimlachte toen hij de benige hand van zijn gastheer schudde. 'Bisschop Valdespino, ik dank u omdat u deze ontmoeting mogelijk hebt gemaakt.'

'Ik moet ú bedanken voor uw verzoek.' De stem van de bisschop was krachtiger dan Kirsch had verwacht, helder en doordringend als een klok. 'Het komt niet vaak voor dat we worden geraadpleegd door wetenschappers, en zeker niet door zo'n vooraanstaand wetenschapper als u. Deze kant uit, alstublieft.'

Toen Valdespino Kirsch meenam over het perron, rukte de koude bergwind aan zijn soutane.

'Ik moet bekennen dat u er anders uitziet dan ik me had voorgesteld,' zei Valdespino. 'Ik verwachtte een wetenschapper, maar u bent heel...' Hij wierp een enigszins afkeurende blik op het strak gesneden Kiton κ50-pak en de Barker-schoenen van struisvogelleer van zijn gast. '"Hip" is het woord, geloof ik?'

Kirsch glimlachte beleefd. Het woord 'hip' is al eeuwen uit de mode.

'Ik ben gespecialiseerd in speltheorie en computermodellen.'

'Dus u maakt computerspelletjes voor kinderen?'

Kirsch voelde dat de bisschop zich wilde voordoen als een onwetende zonderling. Hij wist dat Valdespino angstaanjagend goed op de hoogte was van de technologie en anderen vaak waarschuwde voor de gevaren ervan. 'Nee, de speltheorie is een tak van wiskunde die patronen bestudeert om voorspellingen te doen.'

'Ach ja, ik geloof dat ik ergens heb gelezen dat u een aantal jaren geleden de Europese monetaire crisis hebt voorspeld. En toen niemand luisterde, hebt u de boel gered door een computerprogramma te bedenken dat de EU heeft doen opstaan uit de dood. Hoe luidde dat beroemde citaat ook alweer? "Ik ben met mijn drieëndertig jaar even oud als Jezus bij zijn wederopstanding."'

Kirsch trok een lelijk gezicht. 'Een slechte analogie, monseigneur. Ik was nog jong.'

'Jong?' De bisschop grinnikte. 'En hoe oud bent u nu? Veertig misschien?'

'Ik ben net veertig geworden.'

De oude man glimlachte, terwijl de sterke wind aan zijn soutane bleef rukken. 'Het was de bedoeling dat de zachtmoedigen de aarde zouden beërven, maar in plaats daarvan is die in het bezit gekomen van de jeugd, van de technisch ingestelde jongelui die liever naar beeldschermen kijken dan naar hun ziel. Ik moet toegeven dat ik me nooit heb kunnen indenken dat ik de jongeman zou ontmoeten die de aanval leidt. Ze noemen u een profeet, weet u dat?'

'In dit geval geen bijster goede, monseigneur,' antwoordde Kirsch. 'Toen ik vroeg of ik u en uw collega's privé zou kunnen spreken, schatte ik de kans dat u op mijn verzoek zou ingaan op slechts twintig procent.'

'Zoals ik mijn collega's heb verteld, kan de gelovige altijd zijn voordeel doen met het aanhoren van niet-gelovigen. Als we de stem van de duivel horen, krijgen we meer waardering voor de stem van God.' De oude man glimlachte. 'Ik maak uiteraard een grapje. Vergeef een oude man zijn gevoel voor humor. Mijn filters werken soms niet meer zo goed.'

Bij die woorden gebaarde bisschop Valdespino naar het pad voor hen. 'De anderen verwachten ons. Deze kant op, alstublieft.'

Kirsch keek even naar hun bestemming, een enorme citadel van grijze steen aan de rand van een steile klip die honderden meters afdaalde naar het weelderige tapijt van de beboste uitlopers. Kirsch kreeg een beetje last van hoogtevrees, dus wendde hij zijn blik af van het ravijn, volgde de bisschop over het ongelijke bergpad en dacht aan de ophanden zijnde bespreking.

Kirsch had een gesprek aangevraagd met drie vooraanstaande religieuze leiders, die hier een conferentie hadden bijgewoond.

Het Parlement van Wereldreligies.

Sinds 1893 kwamen om de paar jaar honderden spirituele leiders van bijna dertig wereldreligies op steeds een andere plek bijeen om de dialoog aan te gaan. De deelnemers vormden een brede schakering aan invloedrijke christelijke priesters, joodse rabbi's en islamitische moellahs, aangevuld met hindoeïstische pandits, boeddhistische bhikkhu's, *jaina's*, sikhs en anderen.

Het doel van de conferentie was 'om de harmonie tussen de wereldreligies te bevorderen, bruggen te bouwen tussen de diverse spirituele overtuigingen en de overeenkomsten tussen alle geloven te vieren'.

Een nobel doel, dacht Kirsch, hoewel hij het zag als een zinloze exercitie, een betekenisloze zoektocht naar willekeurige overeenkomsten in een wirwar van oude verdichtsels, fabels en mythen.

Terwijl bisschop Valdespino hem voorging over het pad, keek Kirsch naar beneden en dacht sardonisch: *Mozes beklom een berg om het woord van God te aanvaarden, en ik beklim een berg om het tegendeel te doen.*

Kirsch had zichzelf voorgehouden dat het een ethische verplichting was om deze berg te beklimmen, maar hij wist dat er een flinke dosis hoogmoed ten grondslag lag aan zijn bezoek. Hij keek er gretig naar uit om tegenover deze geestelijken te zitten en hen op de hoogte te stellen van hun ophanden zijnde ondergang.

Jullie hebben lang genoeg bepaald wat onze waarheid is.

'Ik heb uw cv bekeken,' zei de bisschop opeens met een zijdelingse blik op

Kirsch. 'Ik zie dat u hebt gestudeerd aan de Harvard-universiteit.'

'Dat klopt, ja.'

'Aha. Ik heb onlangs gelezen dat zich onder de eerstejaarsstudenten voor het eerst in de geschiedenis van Harvard meer atheïsten en agnostici bevinden dan aanhangers van enige religie. Dat is een veelzeggend feit, meneer Kirsch.'

Wat kan ik zeggen, de studenten worden steeds slimmer, had Kirsch het liefst geantwoord.

De wind nam toe toen ze bij het oude stenen bouwwerk aankwamen. In de zwak verlichte ingang van het gebouw hing een zware geur van brandende wierook. De twee mannen liepen kriskras door een doolhof van donkere gangen en Kirsch' ogen hadden moeite zich aan te passen terwijl hij zijn gastheer volgde. Ten slotte kwamen ze bij een ongewoon kleine houten deur. De bisschop klopte, bukte en ging naar binnen, en maakte zijn gast duidelijk dat hij moest volgen.

Een beetje onzeker stapte Kirsch over de drempel.

Hij bevond zich in een rechthoekige kamer, waarvan de hoge wanden schuilgingen achter oude, in leer gebonden boekwerken. Haaks op de muren stonden vrijstaande boekenkasten, als een soort ribben, afgewisseld met

ten, meneer. Ik heb uw boeken over de kabbala gelezen. Ik kan niet zeggen dat ik ze begreep, maar ik heb ze gelezen.'

Köves neeg vriendelijk en depte met zijn zakdoek zijn waterige ogen.

'En dit,' ging de bisschop verder, en hij gebaarde naar de andere man, 'is de gerespecteerde oelama Syed al-Fadl.'

De eerbiedwaardige islamist stond op en glimlachte breed. Hij was klein en gezet en had een joviaal gezicht, dat niet leek te passen bij zijn donkere, doordringende ogen. Hij was gekleed in een simpele witte *thobe*. 'Meneer Kirsch, ik heb uw voorspellingen over de toekomst van de mens gelezen. Ik kan niet zeggen dat ik het ermee eens ben, maar ik heb ze gelezen.'

Kirsch glimlachte beleefd en schudde de man de hand.

'En dit is onze gast, Edmond Kirsch,' zei de bisschop tot besluit tegen zijn twee collega's. 'Zoals u weet, staat hij in hoog aanzien als computerwetenschapper, speltheoreticus en uitvinder en is hij een soort profeet in de technologische wereld. Gezien zijn achtergrond heb ik me verbaasd over zijn verzoek ons drieën te mogen toespreken. Daarom zal ik het aan meneer Kirsch overlaten om uit te leggen wat hij hier komt doen.'

Met die woorden ging bisschop Valdespino naast zijn twee collega's zitten,

gietijzeren radiatoren die bonkten en sisten, waardoor het vreemde gevoel ontstond dat de ruimte leefde. Kirsch keek omhoog naar de rijkversierde balustrades van de gang die om de verdieping heen liep en wist meteen waar hij was.

De beroemde bibliotheek van Montserrat. Het verbaasde hem dat hij hier was toegelaten. Deze heilige ruimte moest unieke, zeldzame teksten huisvesten, die alleen toegankelijk waren voor de monniken die hun leven hadden gewijd aan God en afgezonderd hier op de berg woonden.

'U vroeg om discretie,' zei de bisschop. 'Dit is de meest besloten ruimte die we hebben. Er worden maar weinig buitenstaanders toegelaten.'

'Een groot voorrecht. Dank u.'

Kirsch volgde de bisschop naar een grote houten tafel, waaraan twee oudere mannen zaten te wachten. De man aan de linkerkant zag er afgeleefd uit en had vermoeide ogen en een klitterige witte baard. Hij droeg een gekreukt zwart pak, een wit overhemd en een gleufhoed.

'Dit is rabbi Jehoeda Köves,' zei de bisschop. 'Hij is een vooraanstaand joods filosoof die veel heeft geschreven over de kabbalistische kosmologie.'

Kirsch schudde rabbi Köves beleefd de hand. 'Het is een eer u te ontmoe-

u hierover zult zwijgen. Bent u daartoe bereid?'

De drie mannen knikten, maar Kirsch wist dat het eigenlijk overbodig was. *Ze zullen deze informatie in de doofpot willen stoppen, niet openbaar maken.*

'Ik ben hier vandaag,' ging Kirsch verder, 'omdat ik een wetenschappelijke ontdekking heb gedaan die u volgens mij zal verbazen. Ik ben hier al vele jaren mee bezig, in de hoop antwoord te krijgen op twee van de meest fundamentele vragen binnen de menselijke ervaring. Nu ik in mijn opzet ben geslaagd, ben ik naar u toe gekomen omdat ik van mening ben dat deze informatie een enorme impact zal hebben op de gelovigen van deze wereld en mogelijk een verandering teweeg zal brengen die alleen kan worden omschreven als... ontwrichtend, zullen we maar zeggen. Op dit moment ben ik de enige op de wereld die beschikt over de informatie die ik met u ga delen.'

Kirsch haalde een overmaatse smartphone uit zijn jaszak, een toestel dat hij had ontworpen en in elkaar gezet om te voldoen aan zijn eigen unieke behoeften. Om de telefoon zat een hoes met een felgekleurd mozaïekmotief en hij zette het toestel als een televisie voor de drie mannen neer. Over een paar tellen zou hij een ultraveilige server bellen, zijn wachtwoord van tweeënzestig cijfers invoeren en een presentatie voor hen livestreamen.

vouwde zijn handen en keek afwachtend naar Kirsch op. De drie mannen zaten als een tribunaal tegenover hem, zodat er eerder een sfeer ontstond van een inquisitie dan van een vriendschappelijk gesprek tussen wetenschappers. De bisschop had niet eens een stoel voor hem klaargezet, zag Kirsch nu.

Kirsch was meer verbaasd dan geïntimideerd toen hij de drie oude mannen bekeek. *Dus dit is de heilige drie-eenheid waar ik om heb gevraagd. De drie wijze mannen.*

Hij nam even de tijd om te laten zien dat hij niet onder de indruk was en liep naar het raam om naar het adembenemende uitzicht te kijken. In de diepe vallei strekte zich een zonovergoten lappendeken van oud boerenland uit, tot aan de verweerde pieken van de Collserola. Kilometers daarachter, ergens boven de Balearische Zee, ontstond een dreigende wolkenbank aan de horizon.

Hoe toepasselijk, vond Kirsch, denkend aan de turbulentie die hij straks zou veroorzaken in deze ruimte en in de wereld als geheel.

'Heren,' begon hij, en hij draaide zich abrupt naar hen om. 'Ik geloof dat bisschop Valdespino al aan u heeft doorgegeven dat ik u om geheimhouding verzoek. Voor we verdergaan, wil ik duidelijk gesteld hebben dat wat ik met u ga delen strikt vertrouwelijk moet blijven. Eigenlijk vraag ik u te zweren dat

'Wat u nu gaat zien,' zei Kirsch, 'is een ruwe versie van een mededeling die ik aan de wereld hoop te doen – over een maand of zo. Maar voordat ik dat doe, wil ik het advies inwinnen van enkele van de invloedrijkste religieuze denkers van de wereld, om inzicht te krijgen in hoe dit nieuws zal worden ontvangen door degenen die er het meest door worden geraakt.'

De bisschop slaakte een diepe zucht, die eerder verveeld dan bezorgd klonk. 'Een intrigerende inleiding, meneer Kirsch. U spreekt alsof wat u ons zult laten zien de wereldreligies op hun grondvesten zal doen schudden.'

Kirsch keek naar de oude ruimte vol heilige teksten. *Ik zal ze niet op hun grondvesten laten schudden. Ik zal ze verwoesten.*

Hij bekeek de mannen die voor hem zaten. Wat zij niet wisten, was dat Kirsch over drie dagen zijn presentatie openbaar wilde maken in een verbijsterend, zorgvuldig gearrangeerd evenement. Zodra hij dat deed, zou de hele wereld weten dat de leringen van alle religies één ding gemeen hadden.

Ze zaten er allemaal totaal naast.

1

Professor Robert Langdon keek naar de twaalf meter hoge hond die op het plein zat. De vacht van het dier bestond uit een levend tapijt van gras en geurende bloemen.

Ik probeer je mooi te vinden. Echt.

Langdon bleef het dier nog even bekijken en liep toen verder over het verhoogde wandelpad en een reeks van brede trappen, waarvan de ongelijke treden bedoeld waren om de bezoeker uit zijn ritme te halen. Dat is gelukt, besloot Langdon nadat hij twee keer bijna was gestruikeld.

Onder aan de trappen kwam Langdon abrupt tot stilstand en staarde naar een massief object dat voor hem opdoemde.

Nu heb ik alles gezien.

Er rees een torenhoge zwarte spin voor hem op, waarvan de tengere ijzeren poten een bol lijf op een hoogte van minstens negen meter ondersteunden. Aan de onderbuik van de spin hing een eierzak van gaas, gevuld met glazen bollen.

'Haar naam is Maman,' zei een stem.

Langdon keek naar beneden en zag een tengere man onder de spin staan. Hij droeg een *sherwani* van zwart brokaat en had een bijna komische, krullende Salvador Dalí-snor.

'Ik ben Fernando,' ging hij verder, 'en ik heet u welkom in het museum.' De man bekeek een verzameling naamstickers op de tafel voor hem. 'Mag ik uw naam, alstublieft?'

'Natuurlijk. Robert Langdon.'

De man keek meteen weer op. 'Ach, neem me niet kwalijk! Ik had u niet herkend, meneer!'

Ik herken mezelf amper. Wat een opgeprikte toestand, dacht Langdon, stijf in zijn rokkostuum en witte vest. Langdons klassieke rokkostuum was bijna dertig jaar oud en stamde nog uit de tijd dat hij lid was van de Ivy Club in Princeton, maar dankzij zijn vaste gewoonte om dagelijks een paar baantjes te zwemmen paste het nog best goed. Hij had zo'n haast gehad bij het inpakken dat hij de verkeerde kledinghoes uit de kast had gegrist en zijn smoking had laten hangen.

'Op de uitnodiging stond zwart en wit,' zei Langdon. 'Ik neem aan dat een rok gepast is?'

'Een rok is klassiek! U ziet er oogverblindend uit.' De man haastte zich naar hem toe en plakte zorgvuldig een naamsticker op de revers van Langdons jas.

'Het is een eer om u te zien, meneer,' zei de besnorde man. 'Dit is ongetwijfeld niet uw eerste bezoek?'

Langdon keek tussen de spinnenpoten door naar het glanzende gebouw voor hem. 'Ik schaam me het te moeten zeggen, maar ik ben hier nog nooit geweest.'

'Werkelijk!' De man deed alsof hij steil achteroversloeg. 'U bent geen liefhebber van moderne kunst?'

Langdon had altijd genoten van de uitdaging waarvoor moderne kunst hem stelde, in het bijzonder als het om de vraag ging waarom bepaalde stukken werden beschouwd als meesterwerken: de druipende schilderijen van Jackson Pollock, de blikken Campbell Soup van Andy Warhol, de simpele gekleurde rechthoeken van Mark Rothko. Toch voelde hij zich meer op zijn gemak bij een gesprek over de religieuze symboliek van Hieronymus Bosch of de penseelvoering van Francisco de Goya.

'Ik ben meer klassiek ingesteld,' antwoordde Langdon. 'Ik heb meer met

Da Vinci dan met De Kooning.'

'Maar Da Vinci en De Kooning lijken zo op elkaar!'

Langdon glimlachte geduldig. 'Kennelijk moet ik nog veel leren over De Kooning.'

'Dan bent u hier aan het juiste adres!' De man maakte een weids armgebaar naar het enorme gebouw. 'In dit museum vindt u een van de mooiste collecties moderne kunst op de wereld! Ik hoop dat u ervan geniet.'

'Dat ben ik wel van plan,' antwoordde Langdon. 'Ik wou alleen dat ik wist wat ik hier kom doen.'

'U bent niet de enige!' De man lachte vrolijk en schudde zijn hoofd. 'Uw gastheer doet heel geheimzinnig over het doel van dit evenement. Zelfs het museumpersoneel weet niet wat er gaat gebeuren. En dat is de helft van de pret; de wildste geruchten doen de ronde! Er zijn een paar honderd gasten binnen – veel beroemde gezichten – en niemand heeft enig idee wat hun vanavond te wachten staat!'

Nu lachte Langdon. Er waren niet veel gastheren die het lef hadden om lastminute-uitnodigingen te versturen waarin niet veel meer stond dan: *Zaterdagavond. Dit wilt u niet missen!* En er waren er nog minder die de honderden vips konden overhalen alles uit hun handen te laten vallen en naar Noord-Spanje te vliegen om aanwezig te kunnen zijn.

Langdon liep onder de spin door, volgde het pad en keek op naar de enorme rode banier die boven hem wapperde.

EEN AVOND MET EDMOND KIRSCH

Aan zelfvertrouwen heeft het Edmond in elk geval nooit ontbroken, dacht Langdon geamuseerd.

Een jaar of twintig geleden was de jonge Eddie Kirsch op Harvard een van Langdons eerste studenten geweest, een computernerd met een ragebol en een grote belangstelling voor codes. Die belangstelling had hem naar Langdons seminar voor eerstejaars gebracht, 'Code, geheimschrift en de taal van symbolen'. Langdon was diep onder de indruk geraakt van Kirsch' geraffineerde intellect, en hoewel Kirsch de stoffige wereld van de semiotiek uiteindelijk had ingeruild voor de glanzende belofte van de computer, was tussen hem en Langdon een band ontstaan die ervoor had gezorgd dat ze gedurende de twintig jaar na Kirsch' afstuderen contact hadden gehouden.

Inmiddels is de student de leraar voorbijgestreefd. Wat heet, lichtjaren voorbijgestreefd, dacht Langdon.

Edmond Kirsch was inmiddels een wereldberoemde non-conformist – miljardair, computerdeskundige, futuroloog, uitvinder en ondernemer. Op zijn veertigste had hij een verbluffende reeks geavanceerde technologieën voortgebracht, die grote sprongen voorwaarts mogelijk hadden gemaakt op uiteenlopende gebieden als de robotica, hersenwetenschap, kunstmatige intelligentie en nanotechnologie. En zijn accurate voorspellingen over toekomstige wetenschappelijke doorbraken hadden de man een mystiek aura verleend.

Langdon vermoedde dat Edmonds griezelige vermogen om dingen te voorspellen te maken had met zijn verbijsterend brede kennis van de wereld om hem heen. Zolang als Langdon zich kon herinneren was Edmond een onverzadigbare bibliofiel geweest, die alles las wat hem voorhanden kwam. Langdon had nog nooit iemand meegemaakt die zo'n passie had voor boeken en die zo goed in staat was de inhoud tot zich te nemen.

De laatste paar jaar woonde Kirsch voornamelijk in Spanje, een keus die hij toeschreef aan een blijvende liefde voor de ouderwetse charme, de avant-gardistische architectuur, de excentrieke kroegen en het ideale weer van het land.

Een keer per jaar keerde Kirsch terug naar Cambridge, Massachusetts, om een lezing te houden in het Media Lab van het Massachusetts Institute of Technology, en dan ging Langdon met hem eten in een trendy nieuwe gelegenheid in Boston waar hij nog nooit van had gehoord. In hun gesprekken kwam de technologie niet aan bod; Kirsch wilde met Langdon alleen over kunst praten.

'Jij bent mijn liaison met de cultuur, Robert,' zei Kirsch vaak voor de grap. 'Mijn persoonlijke bachelor of arts!'

De speelse toespeling op Langdons burgerlijke staat was bijzonder ironisch van de kant van een medevrijgezel die monogamie afschreef als 'een belediging van de evolutie' en die in de loop der jaren was gefotografeerd met een breed scala aan supermodellen.

Gezien Kirsch' reputatie als innovator in de computerwetenschap zou je kunnen denken dat hij een stijve technonerd was. Maar hij was uitgegroeid tot een moderne popicoon, die zich ophield in de kringen van de beroemdheden, zich kleedde naar de laatste mode, luisterde naar esoterische undergroundmuziek en een brede verzameling kostbare impressionistische en moderne kunstwerken had aangelegd. Kirsch mailde Langdon vaak om zijn advies te vragen over nieuwe aankopen.

En dan doet hij precies het tegenovergestelde, peinsde Langdon.

Ongeveer een jaar geleden had Kirsch Langdon verrast door hem niet iets over kunst te vragen, maar over God – een vreemd onderwerp voor iemand die prat ging op zijn atheïsme. In Tiger Mama had Kirsch Langdon bij een bord *short-rib crudo* uitgehoord over de basisovertuigingen van verschillende religies en in het bijzonder over hun zienswijze op de schepping.

Langdon gaf hem een gedegen overzicht van de verschillende versies, van het Genesisverhaal, dat werd gedeeld door het jodendom, het christendom en de islam, tot de hindoeïstische geschiedenis van Brahma, de Babylonische vertelling over Mardoek en soortgelijke mythologieën.

'Nu ben ik toch wel benieuwd,' zei Langdon toen ze het restaurant verlieten. 'Waarom heeft een futuroloog zoveel belangstelling voor het verleden? Moet ik hieruit opmaken dat onze beroemde atheïst eindelijk God heeft gevonden?'

Edmond lachte hartelijk. 'Dat mocht je willen! Ik verdiep me in de competitie, Robert.'

Langdon glimlachte. *Echt iets voor hem.* 'Ach, wetenschap en religie zijn geen vijanden, maar twee verschillende talen die hetzelfde verhaal willen vertellen. Er is op deze wereld ruimte voor allebei.'

Na die ontmoeting had Edmond bijna een jaar niets van zich laten horen. Maar drie dagen geleden had Langdon opeens een FedEx-envelop ontvangen met een vliegticket, een hotelreservering en een handgeschreven briefje van Edmond waarin hij werd aangespoord het evenement van vanavond bij te wonen. Er stond: 'Robert, het zou ontzettend veel voor me betekenen als juist jij kon komen. Jouw inzichten bij ons laatste gesprek hebben deze avond mede mogelijk gemaakt.'

Langdon was verbaasd. Niets aan dat gesprek leek ook maar in de verste verte relevant voor een evenement dat werd georganiseerd door een futuroloog.

In de envelop zat ook een zwart-witafbeelding van twee gezichten tegenover elkaar. Kirsch had een kort gedicht voor Langdon geschreven.

Robert,

Van aangezicht tot aangezicht
werp ik op alle vragen licht.

Edmond

Langdon glimlachte toen hij de afbeelding zag – een slimme verwijzing naar een geschiedenis waar Langdon een paar jaar eerder bij betrokken was geraakt. De lege ruimte tussen de twee gezichten was eigenlijk het silhouet van een kelk of graal.

En nu stond Langdon voor dit museum, nieuwsgierig naar wat zijn voormalige student openbaar ging maken. De panden van zijn rokkostuum bewogen op het lichte briesje toen hij over het betonpad langs de oever van de meanderende Nervión liep, die eens de slagader was geweest van een welvarende industriestad.

Toen Langdon een bocht om kwam, keek hij eindelijk op naar het enorme, glinsterende museum. Het was onmogelijk het bouwwerk in één keer op te nemen. In plaats daarvan ging zijn blik heen en weer over de hele lengte van de bizarre, uitgerekte vorm.

Dit gebouw breekt niet alleen de regels, het negeert ze totaal. Een perfecte plek voor Edmond.

Het Guggenheim Museum in het Spaanse Bilbao was net een buitenaardse hallucinatie, een wervelend samenraapsel van verwrongen metalen vormen die bijna willekeurig tegen elkaar leken te zijn gezet. De langgerekte, chaotische massa was gedrapeerd met meer dan dertigduizend titaniumtegels, die glinsterden als visschubben en het geheel een tegelijkertijd organisch en buitenaards aanzien gaven, alsof een futuristisch monster uit het water was gekropen om zich op de rivieroever te koesteren in de zon.

Toen het gebouw in 1997 werd onthuld, schreef *The New Yorker* lovend dat de architect, Frank Gehry, 'een fantastisch droomschip van golvende vormen in een mantel van titanium' had ontworpen. Andere fans van over de hele wereld hadden het over 'het mooiste gebouw van onze tijd', 'levendig en briljant' en 'een verbijsterende architecturale prestatie'.

Sinds de opening van het museum waren er tientallen andere 'deconstructivistische' gebouwen uit de grond gestampt: de Disney Concert Hall in Los Angeles, BMW World in München en zelfs de nieuwe bibliotheek van Langdons eigen alma mater. Al die gebouwen hadden een radicaal ontwerp en waren op onconventionele wijze gebouwd, maar toch betwijfelde Langdon of er een bij was dat net zo choquerend was als het Guggenheim in Bilbao.

Terwijl Langdon naderde, leek de betegelde gevel met elke stap te veranderen en vanuit elke hoek een andere persoonlijkheid aan te nemen. Nu werd de indrukwekkendste illusie van het museum zichtbaar. Vanuit dit perspectief leek het kolossale bouwwerk letterlijk op het water te drijven, op drift in een oneindige lagune die tegen de buitenmuren kabbelde.

Langdon bleef even staan om zich te verwonderen over het effect en stak toen de lagune over via de minimalistische voetbrug die zich over het glazige wateroppervlak boog. Hij was pas halverwege toen hij schrok van een luid gesis. Het kwam van onder zijn voeten. Hij bleef als aan de grond genageld staan toen er een wervelende mist onder het pad vandaan wolkte. De dikke nevel steeg om hem heen op en tuimelde over de lagune naar het museum, waar hij de basis van het gebouw overspoelde.

The Fog Sculpture, dacht Langdon.

Hij had gelezen over dit werk van de Japanse kunstenaar Fujiko Nakaya. De 'sculptuur' was revolutionair omdat ze was opgebouwd uit zichtbare lucht, een muur van nevel die steeds weer opdook en vervloog, en omdat de wind en de atmosferische omstandigheden van dag tot dag verschilden, was de sculptuur bij elke verschijning anders.

De brug hield op met sissen en Langdon zag de mist stil over de lagune zakken, wervelend en kruipend alsof hij een eigen wil had. Het effect was zowel etherisch als desoriënterend. Het hele museum leek nu boven het water te zweven, gewichtloos op een wolk – als een spookschip.

Net toen Langdon weer op weg wilde gaan, werd het stille wateroppervlak doorbroken door een reeks kleine uitbarstingen. Donderend als raketmotoren schoten er opeens vijf vlammende zuilen uit de lagune naar de hemel, die de zware nevellucht doorboorden en felle lichtflitsen over de titaniumtegels van het museum wierpen.

Langdons eigen smaak in architectuur neigde meer naar de klassieke stijl van musea als het Louvre of het Prado, maar toen hij de mist en de vlammen boven de lagune zag, kon hij geen geschiktere plaats bedenken dan dit ultramoderne museum voor het evenement van een man die gek was op kunst en innovatie en die zo'n duidelijk beeld had van de toekomst.

Ten slotte liep Langdon door de mist naar de ingang van het museum, een onheilspellend zwart gat in de reptielachtige structuur. Toen hij er vlak voor stond, had Langdon het ongemakkelijke gevoel dat hij de muil van een draak binnenging.

2

Admiraal Luis Ávila zat op een barkruk in een verlaten café in een onbekende stad. Hij was moe van de reis, want hij was net hiernaartoe gevlogen na een karwei waarvoor hij in twaalf uur vele duizenden kilometers had afgelegd. Hij nam een slokje van zijn tweede glas tonic en keek naar de kleurrijke rij flessen achter de bar.

Iedereen kan nuchter blijven in een woestijn, maar alleen hij die trouw is aan zijn principes kan in een oase zitten en weigeren zijn lippen van elkaar te doen, dacht hij.

Ávila had al bijna een jaar zijn mond dichtgehouden voor de duivel. Terwijl hij naar zijn evenbeeld in de spiegel achter de bar keek, stond hij zichzelf een zeldzaam moment van tevredenheid toe over de man die terugkeek.

Ávila was een van die benijdenswaardige mannen die met het ouder worden eerder knapper dan lelijker worden. In de loop der jaren waren zijn harde zwarte stoppels verzacht tot een gedistingeerd, met grijs doorschoten baardje, hadden zijn felle donkere ogen een sereen zelfvertrouwen gekregen en was zijn strakke olijfbruine huid door de zon geblakerd en gerimpeld, wat hem de uitstraling gaf van een man die altijd uitkijkt over zee.

Zelfs op zijn drieënzestigste was zijn lichaam nog slank en gespierd, en dat indrukwekkende uiterlijk werd benadrukt door zijn strak gesneden uniform. Op dat moment droeg Ávila het gala-uniform, een koninklijk ogende livrei die bestond uit een wit jasje met een dubbele rij knopen en brede zwarte epauletten, een imposante reeks medailles, een gesteven wit overhemd met opstaande kraag en een met zijde afgewerkte witte broek.

De Spaanse armada is misschien niet meer de machtigste oorlogsvloot op de wereld, maar we weten nog wel hoe een officier gekleed moet gaan.

De admiraal had dit uniform in geen jaren aangehad, maar dit was een bijzondere avond en toen hij eerder door de straten van deze onbekende stad wandelde, had hij genoten van de bewonderende blikken van de vrouwen en de ruimte die de mannen hem lieten.

Wie volgens strikte codes leeft, kan bij iedereen rekenen op respect.

'¿Otra tónica?' vroeg de knappe barmeid. Ze was in de dertig en had een weelderig figuur en een speelse glimlach.

Ávila schudde zijn hoofd. 'No, gracias.'

Het café was helemaal leeg en Ávila voelde dat de barmeid bewonderend naar hem keek. Het was goed om weer gezien te worden. *Ik ben terug van de afgrond.*

De afschuwelijke gebeurtenis die vijf jaar geleden Ávila's leven had verwoest, zou hem altijd bijblijven – één enkel, oorverdovend moment waarin de aarde zich had geopend en hem had opgeslokt.

De kathedraal van Sevilla.

Paasochtend.

Het Andalusische zonlicht stroomde door het gebrandschilderde glas en wierp felle, caleidoscopische kleurvlekken over het stenen interieur. Het orgel donderde van vreugde terwijl duizenden gelovigen het wonder van de wederopstanding vierden.

Ávila knielde op de communiebank en zijn hart zwol van dankbaarheid. Na een leven op zee was hij gezegend met het grootste van Gods geschenken – een gezin. Met een brede glimlach draaide Ávila zich om en keek over zijn schouder naar zijn jonge vrouw María, die nog in de bank zat omdat ze hoogzwanger was en de lange wandeling door het gangpad niet aankon. Naast haar wuifde hun driejarige zoontje Pepe opgewonden naar zijn vader. Ávila knipoogde tegen de jongen en María glimlachte warm naar haar echtgenoot.

Dank u, God, dacht Ávila toen hij weer voor zich keek om de kelk aan te nemen.

Een tel later scheurde er een oorverdovende explosie door de serene kathedraal.

Een lichtflits zette Ávila's wereld in brand.

De schokgolf smeet hem met geweld tegen de reling en zijn lichaam werd geteisterd door een verzengende stortvloed van puin en lichaamsdelen. Toen hij weer bij bewustzijn kwam, kreeg hij bijna geen lucht door de dikke rook. Heel even had hij geen idee waar hij was of wat er was gebeurd.

Toen hoorde hij ondanks het tuiten van zijn oren de doodskreten. Ávila krabbelde overeind en besefte met ontzetting waar hij zich bevond. Hij hield zichzelf voor dat het een afschuwelijke droom was. Wankelend liep hij door de kathedraal, die vol rook stond, langs kreunende en verminkte slachtoffers. Hij struikelde bijna in zijn wanhopige haast om bij het gedeelte te komen waar zijn vrouw en zoon een paar tellen eerder naar hem hadden zitten lachen.

Er was niets.

Geen banken. Geen mensen.

Alleen bloederige restanten op de geblakerde stenen vloer.

De afgrijselijke herinnering werd gelukkig verdrongen door het rinkelende belletje aan de cafédeur. Ávila pakte zijn tónica en nam snel een slokje om de duisternis te verdrijven, zoals hij al zo vaak had moeten doen.

De deur zwaaide wijd open. Toen Ávila zich omdraaide, zag hij twee stevige kerels naar binnen strompelen. Ze zongen vals een Iers strijdlied en droegen groene fútbol-shirtjes die strak om hun buik spanden. De wedstrijd van die middag was kennelijk gunstig verlopen voor het bezoekende Ierse team.

Voor mij het teken om te vertrekken, dacht Ávila, en hij stond op. Hij vroeg om de rekening, maar de barmeid knipoogde en wuifde hem weg. Ávila bedankte haar en draaide zich om.

'Godsamme!' riep een van de nieuwkomers toen hij Ávila's uniform zag. 'De koning van Spanje!'

De mannen barstten in lachen uit en kwamen slingerend op hem af.

Ávila wilde om hen heen stappen en weggaan, maar de grootste van de twee greep hem ruw bij de arm en trok hem op een barkruk. 'Niet zo snel, hoogheid! We zijn helemaal naar Spanje gekomen en nu gaan we een biertje drinken met de koning!'

Ávila keek naar de smoezelige hand op zijn pas geperste mouw. 'Laat los,' zei hij rustig. 'Ik moet weg.'

'Nee... jij moet blijven voor een biertje, amigo.' De man verstevigde zijn greep terwijl zijn vriend met een vuile vinger tegen de medailles op Ávila's borst porde. 'Zo te zien ben je een echte held, ouwe.' De man trok aan een van Ávila's dierbaarste ordes. 'Een middeleeuwse maliënkolder? Dan ben jij dus een ridder op het witte paard!' Hij lachte hinnekend.

Verdraagzaam blijven, dacht Ávila bij zichzelf. Hij was dit soort kerels al zo vaak tegengekomen: simpele, ongelukkige zielen die nooit ergens voor hebben gestaan, mannen die blindelings de vrijheden misbruiken waarvoor anderen hebben gevochten.

'De strijdvlegel is het symbool van de Unidad de Operaciones Especiales van de Spaanse marine.'

'Commando's?' De man deed alsof hij rilde van angst. 'Heel indrukwekkend. En dat symbool?' Hij wees naar Ávila's rechterhand.

Ávila keek naar zijn handpalm. Midden in het zachte vlees zat een zwarte tatoeage, een symbool dat dateerde uit de veertiende eeuw.

Dat teken beschermt me. Hoewel ik het niet nodig zal hebben, dacht Ávila.

'Laat maar,' zei de hooligan. Hij liet Ávila's arm eindelijk los en richtte zijn aandacht op de barmeid. 'Jij bent een schatje,' zei hij. 'Honderd procent Spaans?'

'Jazeker,' antwoordde ze vriendelijk.

'Heb je niet iets Iers in je?'

'Nee.'

'Zou je dat graag willen?' De man barstte in lachen uit en sloeg op de bar.

'Laat haar met rust,' zei Ávila bevelend.

De man draaide zich om en keek hem woedend aan.

De tweede man gaf Ávila een harde por tegen de borst. 'Wou jij ons vertellen wat wij moeten doen?'

Ávila haalde diep adem, want hij was moe na de lange reis van die dag, en hij gebaarde naar de bar. 'Heren, ga alstublieft zitten. Dan trakteer ik op een biertje.'

Ik ben blij dat hij erbij blijft, dacht de barmeid. Hoewel ze best voor zichzelf kon opkomen, kreeg ze een beetje slappe knieën toen ze zag hoe rustig de officier omging met die twee horken. Ze hoopte dat hij zou blijven tot sluitingstijd.

De officier had twee biertjes en nog een tonic voor zichzelf besteld en ging weer op zijn kruk zitten. De twee hooligans zaten aan weerszijden van hem.

'Tonic?' zei een van hen spottend. 'Ik dacht dat we samen iets dronken.'

De officier glimlachte vermoeid tegen de barmeid en dronk zijn tonic op. 'Ik vrees dat ik een afspraak heb.' Hij maakte aanstalten om op te staan. 'Geniet u gerust van uw bier.'

Toen hij opstond, sloegen beide mannen een ruwe hand op zijn schouder en duwden hem weer op zijn kruk, alsof ze het hadden geoefend. Er flitste een vonk van woede door de ogen van de officier, die meteen weer verdween.

'Opa, ik denk niet dat je ons alleen wilt laten met je vriendin hier.' De onverlaat keek naar haar en deed iets walgelijks met zijn tong.

De officier bleef even rustig zitten, en toen stak hij zijn hand in zijn jasje.

Beide kerels grepen hem vast. 'Hé! Wat doe je nu?'

Heel langzaam haalde de officier een telefoon voor de dag en zei iets tegen de mannen in het Spaans. Ze keken hem niet-begrijpend aan en hij schakelde weer over op Engels. 'Het spijt me, ik moet even mijn vrouw bellen om te zeggen dat ik later kom. Zo te zien blijf ik hier nog een tijdje.'

'Zo mag ik het horen, maat!' zei de grootste van de twee, en hij dronk zijn bier op en zette het glas met een klap op de bar. 'Nog een!'

Terwijl de barmeid de glazen vulde, zag ze in de spiegel dat de officier een paar toetsen indrukte op zijn telefoon en hem toen naar zijn oor bracht. Hij kreeg verbinding en sprak in rap Spaans.

'Le llamo desde el Bar Molly Malone,' zei de officier, die de naam van de bar en het adres oplas van het viltje dat voor hem lag. 'Calle Particular de Estraunza, Ocho.' Hij wachtte even en vervolgde toen: 'Necesitamos ayuda inmediatamente. Hay dos hombres heridos.' Toen hing hij op.

Dos hombres heridos? Het hart van de barmeid ging sneller slaan. Twee gewonde mannen?

Voor ze de betekenis tot zich kon laten doordringen, zag ze de officier in een witte flits naar rechts draaien en met een ziekmakend geluid zijn elleboog tegen de neus van de grootste hooligan slaan. Het bloed spoot eruit en de man viel achterover. Voor de tweede man kon reageren, draaide de officier zich weer om, dit keer naar links, en kwam zijn andere elleboog hard in aanraking met de luchtpijp van de man, die achterover van de kruk viel.

De barmeid staarde geschokt naar de twee kerels op de grond. De ene gilde van pijn, de andere hapte naar adem en greep naar zijn keel.

De officier stond langzaam op. Met een angstaanjagende kalmte pakte hij zijn portefeuille en legde een briefje van honderd euro op de bar.

'Excuseert u mij,' zei hij. 'De politie komt eraan om u te helpen.' Toen draaide hij zich om en vertrok.

Eenmaal buiten ademde admiraal Ávila de nachtlucht in en liep door de Via Alameda de Mazarredo naar de rivier. Er naderden sirenes en hij bleef in de schaduwen staan om de politie te laten passeren. Er was werk aan de winkel en Ávila kon zich vanavond geen verdere complicaties veroorloven.

De Regent heeft duidelijk gezegd wat er vanavond moet gebeuren.

Voor Ávila lag er een zekere rust in het gehoorzamen van de Regent. Geen beslissingen. Geen schuldgevoelens. Alleen actie. Na een carrière van bevel voeren was het een opluchting om het roer over te geven en anderen het schip te laten besturen.

In deze oorlog ben ik een voetsoldaat.

Enkele dagen geleden had de Regent hem een zo verontrustend geheim toevertrouwd dat Ávila geen andere keus had gehad dan zich volledig in te zetten voor de zaak. Hij werd nog steeds achtervolgd door het geweld van de missie van gisteravond, maar hij wist dat hij vergiffenis zou krijgen voor zijn daden.

Gerechtigheid heeft vele gedaanten.

En voor de nacht voorbij is, zullen er nog meer mensen sterven.

Toen Ávila op een open plein aan de rivier uitkwam, keek hij op naar het enorme gebouw voor hem. Het was een golvende massa perverse vormen, bedekt met metalen tegeltjes, alsof tweeduizend jaar van architecturale voor-uitgang overboord was gegooid ten faveure van totale chaos.

Sommigen noemen het een museum. Ik noem het een gedrocht.

Doelbewust stak Ávila het plein over en liep tussen de bizarre sculpturen voor het Guggenheim Museum door. Toen hij het gebouw naderde, zag hij tientallen gasten arriveren in hun mooiste galakledij.

De goddeloze massa is bijeengekomen.
Maar deze avond zal anders verlopen dan ze verwachten.

Hij zette zijn admiraalspet recht, streek zijn jasje glad en bereidde zich mentaal voor op wat hem te doen stond. De actie van vanavond maakte deel uit van een veel grotere missie: een kruistocht voor de gerechtigheid.

Terwijl Ávila het plein naar de ingang overstak, raakte hij even de rozenkrans in zijn zak aan.

3

Het atrium van het museum was net een futuristische kathedraal.

Toen Langdon naar binnen liep, ging zijn blik meteen naar boven, langs een paar kolossale witte pilaren en een torenhoog gordijn van glas, die zich ruim zestig meter verhieven naar het gebogen plafond, vanwaar halogeenspots het geheel overgoten met zuiver wit licht. Daarboven hing een netwerk van looppaden en balkons, waar in zwart en wit geklede bezoekers de bovenste zalen in en uit liepen en voor de hoge ramen stonden om de lagune te bewonderen. Vlakbij gleed een glazen lift geruisloos langs de muur naar de begane grond om nog meer gasten op te halen.

Langdon had nog nooit zo'n museum gezien. Zelfs de akoestiek deed vreemd aan. In plaats van de traditionele eerbiedige stilte, in stand gehouden door geluidabsorberende materialen, klonken hier de fluisterende echo's van stemmen die terugkaatsten van steen en glas. Voor Langdon was het enige bekende de steriele smaak achter op zijn tong: de lucht was in alle musea over de hele wereld hetzelfde, zorgvuldig gezuiverd van alle schadelijke deeltjes en oxidanten en vervolgens bevochtigd met geïoniseerd water tot een luchtvochtigheidsgraad van vijfenveertig procent.

Langdon passeerde een reeks verrassend strenge beveiligingsposten en zag heel wat gewapende bewakers rondlopen voor hij eindelijk bij de volgende ontvangsttafel stond. Een jonge vrouw deelde headsets uit. '¿Audioguía?'

Langdon glimlachte. 'Nee, dank u.'

Maar toen hij verder wilde lopen, hield de vrouw hem tegen en ging ze over op perfect Engels. 'Het spijt me, meneer, maar onze gastheer van vanavond, de heer Edmond Kirsch, heeft gevraagd of iedereen een headset wil dragen. Het maakt deel uit van de presentatie.'

'O, natuurlijk, dan neem ik er een.'

Langdon stak zijn hand al uit, maar ze wuifde hem weg, keek op zijn naamsticker, zocht zijn naam op een lange lijst met gasten en gaf hem de headset met het nummer dat bij zijn naam stond. 'De rondleidingen zijn vanavond voor iedere gast anders.'

Echt waar? Langdon keek om zich heen. *En er zijn honderden gasten.*

Langdon keek naar de headset, die bestond uit een gebogen metalen band met kleine kussentjes aan de uiteinden. De jonge vrouw, die hem blijkbaar verbaasd zag kijken, kwam om de tafel heen om hem te helpen.

'Deze zijn heel nieuw,' zei ze terwijl ze hem hielp het apparaat op te doen. 'De transducers gaan niet in uw oren, maar liggen tegen uw gezicht.' Ze legde de band om zijn achterhoofd en zette de transducers zo dat ze zachtjes op zijn gezicht drukten, net boven het kaakbeen en onder de slaap.

'Maar hoe...'

'Geleiding door het bot. De transducers geleiden het geluid rechtstreeks naar het kaakbeen, vanwaar het meteen naar de slakkenhuizen gaat. Ik heb het geprobeerd en het is echt heel verrassend, alsof u een stem in uw hoofd hoort. En het laat uw oren vrij voor andere gesprekken.'

'Heel slim.'

'De technologie is meer dan tien jaar geleden uitgevonden door meneer Kirsch en is nu beschikbaar in vele merken headsets.'

Ik hoop dat Ludwig von Beethoven niet vergeten wordt, dacht Langdon, die er vrij zeker van was dat de achttiende-eeuwse componist de eigenlijke uitvinder was van de botgeleiding, omdat hij had ontdekt dat hij de muziek ondanks zijn doofheid prima kon horen als hij tijdens het spelen een aan de piano bevestigde metalen staaf tussen zijn tanden klemde, die de trillingen doorgaf via zijn kaakbeen.

'We hopen dat u geniet van de rondleiding,' zei de vrouw. 'U hebt nog ongeveer een uur om in het museum rond te kijken voor de presentatie begint. Uw headset zal u erop attenderen wanneer het tijd is om naar het auditorium op de bovenverdieping te gaan.'

'Dank u. Moet ik nog iets indrukken om...'

'Nee, het apparaat activeert zichzelf. De rondleiding begint zodra u gaat lopen.'

'O ja, natuurlijk.' Langdon glimlachte. Hij liep door het atrium naar een groepje andere gasten, die allemaal met eendere headsets op hun hoofd stonden te wachten op de lift.

Hij was pas halverwege het atrium toen hij een mannenstem in zijn hoofd hoorde. 'Goedenavond en welkom in het Guggenheim.'

Langdon wist dat het de headset was, maar hij bleef toch abrupt staan en keek achterom. Het effect was heel verrassend, en precies zoals de jonge vrouw had beschreven: alsof je een stem hoorde in je hoofd.

'Ik heet u van harte welkom, professor Langdon.' De stem was vriendelijk en luchtig en had een opgewekt Brits accent. 'Mijn naam is Winston en het is me een eer om vanavond uw gids te mogen zijn.'

Door wie hebben ze dit laten inspreken? Hugh Grant?

'U kunt vanavond naar believen rondlopen,' ging de montere stem door, 'en ik zal proberen u bij te praten over wat u ziet.'

Behalve met een opgewekte verteller, gepersonaliseerde opnames en botgeleidingstechnologie was elke headset kennelijk ook uitgerust met gps, om precies vast te stellen waar in het museum de bezoeker stond en welk commentaar er dus moest volgen.

'Ik besef dat u als hoogleraar kunstgeschiedenis meer weet dan de meeste van onze gasten en wellicht weinig behoefte hebt aan mijn commentaar,' ging de stem verder. 'Sterker nog, het is mogelijk dat u het totaal niet eens bent met mijn analyse van bepaalde stukken!' De stem liet een onbeholpen grinnikje horen.

Meen je dat nou? Wie heeft dit script geschreven? De opgewekte toon en gepersonaliseerde service waren wel een charmante aanvulling, maar Langdon kon zich niet voorstellen hoeveel moeite het moest hebben gekost om honderden headsets aan te passen.

Gelukkig zweeg de stem nu, alsof hij klaar was met zijn welkomstpraatje.

Langdon keek naar een tweede enorme rode banier die boven de menigte hing.

EDMOND KIRSCH
EEN SPRONG VOORUIT

Wat gaat Edmond vanavond in godsnaam bekendmaken?

Toen keek hij naar het groepje gasten bij de liften, onder wie zich twee beroemde oprichters van wereldwijde internetbedrijven, een vooraanstaande Indiase acteur en verschillende andere goedgeklede vips bevonden die Langdon voor zijn gevoel zou moeten kennen maar niet kon thuisbrengen. Hij had niet veel zin in een gesprek over social media en Bollywood en was daar ook niet bepaald op voorbereid, dus liep hij de andere kant uit, naar een groot modern kunstwerk bij de achterwand.

De installatie bevond zich in een donkere grot en bestond uit negen smalle

lopende banden die uit spleten in de vloer kwamen, omhoogliepen en verdwenen in spleten in het plafond. Het kunstwerk stelde negen bewegende,
verticale paden voor. Op elke band stond een verlichte boodschap in het Engels, die naar boven schoof.

Ik bid hardop... Ik ruik je op mijn huid... Ik zeg je naam

Maar toen Langdon dichterbij kwam, zag hij dat de bewegende banden eigenlijk stilstonden; de illusie van beweging werd gecreëerd door een laag
ledlampjes op elke verticale strook. De lampjes lichtten in snelle opeenvolging op en vormden woorden die uit de vloer kwamen, langs de strook om-
hoogschoten en verdwenen in het plafond.

Ik huil hard... Er was bloed... Niemand heeft me iets verteld

Langdon liep om de stroken heen en ertussendoor om alles in zich op te nemen.
    Ineens meldde de audiogids zich weer. 'Dit is een interessant stuk,' zei hij.
'Het heet *Installation for the Guggenheim Museum Bilbao* en is gemaakt door de

conceptuele kunstenares Jenny Holzer. Het bestaat uit negen ledstroken, elk twaalf meter hoog, die citaten bevatten in het Baskisch, Spaans en Engels die allemaal verband houden met de verschrikkingen van aids en de pijn van de achterblijvers.'

Langdon moest toegeven dat het effect biologerend en ergens ook hartbrekend was.

'Misschien hebt u al eerder werk van Jenny Holzer gezien?'

Langdon keek als gehypnotiseerd naar de omhoogschuivende tekst.

Ik begraaf mijn hoofd... Ik begraaf jouw hoofd... Ik begraaf jou

'Meneer Langdon?' klonk de stem in zijn hoofd. 'Hoort u mij? Werkt uw headset?'

Langdon schrok op uit zijn gedachten. 'Sorry, wat? Hallo?'

'Ja, hallo,' zei de stem. 'Ik geloof dat we elkaar al gedag hebben gezegd. Ik controleer alleen even of u me kunt horen.'

'Ik... neem me niet kwalijk,' stamelde Langdon, die wegliep van de installatie en naar het atrium keek. 'Ik dacht dat u een opname was! Ik wist niet dat ik echt iemand aan de lijn had.' Langdon stelde zich een ruimte vol hokjes voor, bemand door een leger van conservatoren met headsets en museumcatalogi.

'Geen probleem, meneer. Ik ben vanavond uw persoonlijke gids. In uw headset zit ook een microfoon. Het is de bedoeling dat u een interactieve ervaring hebt, waarin u en ik een gesprek voeren over kunst.'

Nu zag Langdon dat ook andere gasten liepen te praten. Zelfs mensen die samen waren gekomen, hadden zich enigszins verspreid en wisselden verbaasde blikken terwijl ze een gesprek voerden met hun persoonlijke begeleider.

'Heeft elke gast een privégids?'

'Ja, meneer. Vanavond geven we driehonderdachttien gasten een persoonlijke rondleiding.'

'Het is niet te geloven.'

'Zoals u weet is Edmond Kirsch een groot fan van kunst en technologie. Hij heeft dit systeem speciaal ontwikkeld voor musea, in de hoop de groepsrondleidingen, waar hij een enorme hekel aan heeft, te vervangen. Op deze manier krijgt iedere bezoeker een privérondleiding, waarbij hij in zijn eigen tempo kan rondlopen en de vragen kan stellen die hij in een groep misschien gênant zou vinden. Het is allemaal heel intiem en immersief.'

'Ik wil niet ouderwets klinken, maar waarom lopen jullie niet gewoon persoonlijk met ons rond?'

'Logistiek,' antwoordde de man. 'Als we bij een evenement iedereen persoonlijk laten begeleiden, zou het aantal aanwezigen verdubbelen en het bezoekersaantal dus gehalveerd moeten worden. Bovendien zou het lawaai van de voordrachten van al die gidsen heel storend zijn. Het idee is om van de discussie een naadloze ervaring te maken. Een van de doelstellingen van kunst is het bevorderen van de dialoog, zegt meneer Kirsch altijd.'

'Daar ben ik het helemaal mee eens,' antwoordde Langdon. 'Daarom gaan mensen vaak met een vriend of vriendin naar het museum. Je zou deze headsets een beetje onsociaal kunnen vinden.'

'Als u met een gezelschap komt, kan ik alle headsets verbinden met één enkele gids en kan er een groepsdiscussie worden gevoerd,' zei de Brit. 'De software is echt heel geavanceerd.'

'U lijkt overal een antwoord op te hebben.'

'Dat is zo'n beetje mijn baan.' De gids lachte en ging toen abrupt op iets anders over. 'Nou, professor, als u door het atrium naar de ramen loopt, ziet u het grootste schilderij van het museum.'

Toen Langdon door het atrium liep, kwam hij langs een aantrekkelijk stel van in de dertig met dezelfde witte honkbalpetten op. Op de voorkant van beide petten stond geen bedrijfslogo, maar een verrassend symbool.

Het was een symbool dat Langdon goed kende, maar nog nooit op een pet had gezien. De laatste jaren was de gestileerde letter A het universele symbool geworden van een snelgroeiende en zich steeds opvallender manifesterende groepering, de atheïsten, die zich met de dag krachtiger uitspraken tegen wat zij als de gevaren van religieuze overtuigingen beschouwden.

Hebben atheïsten tegenwoordig hun eigen pet?

Toen hij naar de technische genieën om zich heen keek, herinnerde Langdon zichzelf eraan dat veel van deze jonge, analytische geesten waarschijnlijk zeer antireligieus waren, net als Edmond. Dit publiek was niet echt 'eigen volk' voor een hoogleraar religieuze symboliek.

© ChristofizzyNet.com

BREAKING NEWS

Update: U kunt de top 10 van de mediaberichten van vandaag bekijken door hier te klikken. En we hebben een doorbraak verhaal voor u!

Verrassende bekendmaking Edmond Kirsch?

Het Spaanse Bilbao is vanavond overspoeld door geoplaatst uit de technische wereld, die in het Guggenheim Museum een vip-evenement bijwonen van futuroloog Edmond Kirsch. De beveiliging is buitengewoon streng en de gasten zijn niet op de hoogte gesteld van wat het evenement precies inhoudt.

4

ConspiracyNet.com

BREAKING NEWS
Update: U kunt de top 10 van de mediaberichten van vandaag bekijken door hier te klikken. En we hebben een gloednieuw verhaal voor u!

Verrassende bekendmaking Edmond Kirsch?

Het Spaanse Bilbao is vanavond overspoeld door grootheden uit de technische wereld, die in het Guggenheim Museum een vip-evenement bijwonen van futuroloog Edmond Kirsch. De beveiliging is buitengewoon streng en de gasten zijn niet op de hoogte gesteld van wat het evenement precies inhoudt, maar ConspiracyNet heeft een tip van een insider ontvangen waaruit valt op te maken dat Edmond Kirsch over korte tijd het woord zal nemen en van plan is zijn gasten te verrassen met een belangrijke wetenschappelijke bekendmaking. ConspiracyNet houdt het in de gaten en praat u zo spoedig mogelijk bij.

5

De grootste synagoge van Europa staat in Boedapest, in de Dohánystraat.

Hij is gebouwd in Moorse stijl en heeft twee hoge torens, en in het heiligdom is plaats voor meer dan drieduizend gelovigen, beneden voor de mannen en op de balkons voor de vrouwen.

In een massagraf in de tuin liggen de lichamen van honderden Hongaarse Joden die zijn gestorven tijdens de nazibezetting. De plek wordt gemarkeerd door een levensboom, een metalen treurwilg met op elk blad de naam van een slachtoffer. Als het waait, ratelen de zilveren bladeren tegen elkaar en veroorzaken ze een angstaanjagende, kletterende echo boven de gewijde grond.

De eminente Talmoedische geleerde en kabbalist rabbi Jehoeda Köves, die ondanks zijn hoge leeftijd en slechte gezondheid een actief lid was van de Joodse gemeenschap in zowel Hongarije als de wereld, was al dertig jaar de geestelijk leider van de Grote Synagoge.

Toen de zon onderging boven de Donau kwam rabbi Köves de synagoge uit. Hij liep langs de boetiekjes en de duistere ruïnebars in de Dohánystraat naar zijn huis op het Március 15-plein, op een steenworp afstand van de Elisabeth-brug, de verbinding tussen de oude steden Boeda en Pest, die in 1873 officieel één waren geworden.

Het joodse paasfeest stond voor de deur – normaal gesproken voor Köves een van de meest vreugdevolle tijden van het jaar – maar sinds hij vorige week was teruggekeerd van het Parlement van Wereldreligies voelde hij alleen nog een onpeilbare onrust.

Was ik er maar nooit naartoe gegaan.

De verrassende bespreking met bisschop Valdespino, oelama Syed al-Fadl en futuroloog Edmond Kirsch spookte al drie dagen onophoudelijk door Köves' hoofd.

Bij thuiskomst liep hij meteen door naar zijn binnentuin en maakte zijn *házikó* open, het kleine huisje dat diende als zijn privéheiligdom en studeerkamer.

Het huisje bestond uit slechts één kamer met hoge boekenkasten, waarvan de planken doorbogen onder het gewicht van de theologische werken. Köves liep naar zijn bureau, ging zitten en staarde fronsend naar de puinhoop vóór hem.

Als iemand deze week mijn bureau zou zien, zou hij denken dat ik gek was geworden.

Op het werkblad lagen een stuk of vijf obscure religieuze teksten open, die waren volgeplakt met briefjes. Daarachter stonden drie zware boekwerken op houten standaards – Hebreeuwse, Aramese en Engelse versies van de Thora – allemaal opengeslagen bij hetzelfde boek.

Genesis.

In den beginne...

Köves kon natuurlijk uit het hoofd uit Genesis reciteren, in alle drie de talen; hij zou eerder de commentaren lezen in de Zohar of teksten over de kabbalistische kosmologie. Voor een geleerde van Köves' kaliber was Genesis bestuderen zoiets als wanneer Einstein zijn wiskunde van de basisschool opfriste. Toch was dat wat de rabbi deze week had gedaan, en het aantekenblok op zijn bureau was overladen met kriebelige aantekeningen, zo slordig dat Köves ze zelf nog amper kon lezen.

Ik lijk wel krankzinnig.

Rabbi Köves was begonnen in de Thora, bij het verhaal van Genesis, dat door de joden en de christenen werd gedeeld. *In den beginne schiep G'd de hemel en de aarde.* Vervolgens had hij de instructies in de Talmoed opgeslagen en de rabbijnse toelichtingen op de *Ma'asee Beresjiet*, de daad van de schepping, herlezen. Daarna was hij in de Midrasj gedoken en had hij de commentaren gelezen van verschillende gerespecteerde exegeten die uitleg probeerden te geven over de tegenstrijdigheden in het traditionele scheppingsverhaal. Uiteindelijk had Köves zich verdiept in de mystieke kabbalistische leringen van de Zohar, waarin de onkenbare G'd werd verbeeld door tien verschillende *sefirot*, oftewel dimensies, gearrangeerd langs de levensboom en verdeeld in vier verschillende werelden.

De esoterische complexiteit van de overtuigingen die samen het joodse geloof vormen was altijd een troost geweest voor Köves, een vermaning van G'd dat het niet de bedoeling was dat de mens alles begreep. Maar nadat hij de presentatie van Edmond Kirsch had gezien en had nagedacht over de eenvoud en helderheid van wat Kirsch had ontdekt, had Köves het gevoel dat hij de laatste drie dagen naar een verzameling achterhaalde tegenstrijdigheden had zitten staren. Op een gegeven moment had hij de oude teksten opzij moeten schuiven en een lange wandeling langs de Donau moeten maken om een helder hoofd te krijgen.

Uiteindelijk begon rabbi Köves de pijnlijke waarheid te aanvaarden dat Kirsch' werk inderdaad vernietigende gevolgen kon hebben voor de gelovige zielen op deze wereld. De onthulling van de wetenschapper sprak krachtig bijna alle gevestigde religieuze doctrines tegen, en dat op een alarmerend eenvoudige en overtuigende manier.

Ik krijg dat laatste beeld niet uit mijn hoofd, dacht Köves, denkend aan het beangstigende einde van Kirsch' presentatie, die ze op zijn overmaatse telefoon hadden bekeken. Dit nieuws zal alle mensen treffen, niet alleen de gelovigen.

Ondanks al zijn overdenkingen van de laatste paar dagen wist rabbi Köves nog steeds niet wat er gedaan moest worden met de informatie die Kirsch hun had verschaft.

Hij betwijfelde of Valdespino en al-Fadl al enige helderheid hadden gekregen. De drie mannen hadden elkaar twee dagen eerder over de telefoon gesproken, maar het gesprek was niet erg productief geweest.

'Vrienden, de presentatie van meneer Kirsch was uiteraard verontrustend... op tal van niveaus,' was Valdespino begonnen. 'Ik heb er bij hem op aangedrongen me te bellen om er verder over te praten, maar hij hult zich in stilzwijgen. Ik denk dus dat we een beslissing moeten nemen.'

'Ik heb mijn beslissing al genomen,' zei al-Fadl. 'We kunnen het er niet bij laten zitten. We moeten deze situatie in de hand zien te houden. Kirsch staat bekend om zijn minachting voor religie. Wij moeten hem voor zijn. Wij moeten zelf zijn ontdekking wereldkundig maken. Nu meteen. En dat moeten we in het juiste licht doen om de schok zo veel mogelijk te verzachten en de mensen die geloven in een hogere macht zo min mogelijk angst aan te jagen.'

'Ik weet dat we het erover hebben gehad om het openbaar te maken,' zei Valdespino, 'maar helaas kan ik me niet voorstellen hoe we deze informatie op een onschuldige manier kunnen brengen.' Hij slaakte een diepe zucht. 'En we hebben Kirsch gezworen dat we dit geheim zouden houden.'

'Dat is waar,' zei al-Fadl, 'en ook ik heb er moeite mee om die eed te breken, maar we moeten kiezen tussen twee kwaden. Ik vind dat we in actie moeten komen voor het algemeen belang. We worden allemaal aangevallen – moslims, joden, christenen, hindoes, geen religie uitgezonderd – en omdat al onze overtuigingen gebaseerd zijn op de fundamentele waarheden die Kirsch wil ondermijnen, zijn we verplicht dit materiaal te presenteren op een manier die onze gemeenschappen niet zal schaden.'

'Ik ben bang dat dat volkomen onlogisch is,' zei Valdespino. 'Als we Kirsch' nieuws openbaar willen maken, kunnen we alleen maar twijfel zaaien over zijn ontdekking en hem in diskrediet brengen voor hij er zelf mee kan komen.'

'Edmond Kirsch?' zei al-Fadl ongelovig. 'Een briljant wetenschapper die het nog nooit mis heeft gehad? We hebben toch allemaal hetzelfde gesprek gehad met Kirsch? Zijn presentatie was heel overtuigend.'

Valdespino gromde. 'Niet overtuigender dan de inzichten van Galileo, Bruno of Copernicus in hun tijd. De wereldreligies hebben vaker met dit bijltje gehakt. De wetenschap klopt weer aan de deur, dat is alles.'

'Maar dit is veel ingrijpender dan de ontdekkingen van de natuurkunde en de astronomie!' riep al-Fadl. 'Kirsch raakt ons in de kern, in het fundament van alles waar we in geloven! U kunt de geschiedenis er wel bij halen, maar vergeet niet dat de wetenschap uiteindelijk heeft gezegevierd, hoe het Vaticaan ook heeft geprobeerd mensen als Galileo het zwijgen op te leggen. En dat zal bij Kirsch niet anders zijn. we kunnen dit niet tegenhouden.'

Er viel een diepe stilte.

'Mijn positie in deze zaak is simpel,' zei Valdespino. 'Ik wilde dat Edmond

Kirsch deze ontdekking niet had gedaan. Ik ben bang dat we niet met zijn bevindingen zullen kunnen omgaan. En ik zou er sterk de voorkeur aan geven dat deze informatie nooit het daglicht ziet.' Hij zweeg even. 'Tegelijkertijd geloof ik dat de gebeurtenissen op onze wereld verlopen volgens Gods plan. Als we ervoor bidden, zal God misschien met Kirsch spreken en hem overhalen zich te bedenken en deze ontdekking voor zich te houden.'

Al-Fadl snoof hoorbaar. 'Ik geloof niet dat een man als Kirsch de stem van God kan horen.'

'Misschien niet,' zei Valdespino. 'Maar er gebeuren iedere dag wonderen.'

'Met alle respect, tenzij u bidt dat God Kirsch dood doet neervallen voordat hij zijn nieuws openbaar kan maken...' wierp al-Fadl heftig tegen.

'Heren!' kwam Köves tussenbeide, in een poging de spanning te verminderen. 'We hoeven niet overhaast tot een besluit te komen. Het is niet nodig dat we het vanavond eens worden. Kirsch heeft gezegd dat hij pas over een maand de openbaarheid zal zoeken. Mag ik voorstellen dat we ieder voor zich mediteren over de kwestie en elkaar over een paar dagen weer spreken? Misschien wordt de juiste handelwijze onthuld door overdenking.'

'Een wijze raad,' antwoordde Valdespino.

'We moeten niet te lang wachten,' waarschuwde al-Fadl. 'Laten we elkaar over twee dagen weer bellen.'

'Afgesproken,' zei Valdespino. 'Dan kunnen we onze uiteindelijke beslissing nemen.'

Dat was twee dagen geleden, en nu was de avond gekomen van hun vervolggesprek.

Rabbi Köves werd onrustig nu hij alleen in zijn házikó zat. De telefoon had bijna tien minuten geleden al moeten overgaan.

Eindelijk rinkelde hij, en Köves nam meteen op.

'Hallo, rabbi.' Bisschop Valdespino klonk bezorgd. 'Het spijt me dat ik zo laat bel.' Een korte pauze. 'Ik ben bang dat oelama al-Fadl verstek zal laten gaan.'

'O ja?' zei Köves verrast. 'Is alles goed met hem?'

'Ik weet het niet. Ik probeer hem de hele dag al te bereiken, maar de oelama lijkt van de aardbodem te zijn verdwenen. Niemand van zijn collega's heeft ook maar enig idee waar hij kan zijn.'

Een ijzige kilte bekroop Köves. 'Dat is zorgwekkend.'

'Dat ben ik met u eens. Ik hoop dat alles goed met hem is. Helaas heb ik nog meer nieuws.' De bisschop zweeg even en toen werd zijn stem nog somberder. 'Ik heb net gehoord dat Edmond Kirsch een evenement heeft georganiseerd om zijn ontdekking met de wereld te delen... vanavond.'

'Vanavond?' zei Köves geschrokken. 'Hij zei dat hij een maand zou wachten!'

'Ja,' zei Valdespino. 'Hij heeft gelogen.'

6

Winstons vriendelijke stem klonk in Langdons headset. 'Recht voor u ziet u het grootste schilderij in onze collectie, professor, hoewel de meeste gasten het niet meteen in de gaten hebben.'

Langdon keek het atrium door, maar zag alleen een glazen wand die uitzicht bood over de lagune. 'Het spijt me, ik geloof dat ik me bij de meerderheid moet aansluiten. Ik zie geen schilderij.'

'De plaatsing is een beetje ongebruikelijk,' zei Winston lachend. 'Het doek is niet aan de muur bevestigd, maar op de vloer.'

Ik had het kunnen weten, dacht Langdon. Hij liep verder tot hij het enorme rechthoekige doek zag dat zich voor zijn voeten uitstrekte.

Het enorme schilderij bestond uit een monochroom, diepblauw veld, en de bezoekers stonden eromheen en keken erop neer alsof ze in een kleine vijver keken.

'Dit schilderij is bijna vijfhonderdvijftig vierkante meter groot,' zei Winston.

Langdon besefte dat het tien keer zo groot was als zijn eerste appartement in Cambridge.

'Het is van Yves Klein en wordt liefkozend "het zwembad" genoemd.'

Langdon moest toegeven dat de betoverend rijke tint blauw hem het gevoel gaf dat hij zó het doek in kon duiken.

'Klein heeft deze kleur zelf ontdekt,' ging Winston verder. 'Hij heeft hem International Klein Blue genoemd en beweert dat de kleur zo diep is dat hij de onstoffelijkheid en grenzeloosheid van zijn utopische visie op deze wereld oproept.'

Langdon kreeg het gevoel dat Winston nu iets voorlas.

'Klein is het bekendst om zijn blauwe schilderijen, maar hij heeft ook een beroemde en verontrustende bewerkte foto gemaakt die *Saut dans le vide* heet, "Sprong in het niets", en die voor behoorlijk wat paniek heeft gezorgd toen hij in 1960 werd tentoongesteld.'

Langdon had *Saut dans le vide* gezien in het Museum of Modern Art in New York. De foto was inderdaad verontrustend. Je zag een goedgeklede man die van een hoog gebouw dook en naar het trottoir viel. In werkelijkheid was het een truc, briljant bedacht en duivels slim geretoucheerd met een scheermes, lang voor de opkomst van Photoshop.

'Daarnaast heeft Klein ook het muziekstuk *Monoton-Silence* gecomponeerd, waarin een symfonieorkest twintig minuten lang één enkel D-groot speelt,' zei Winston.

'En de mensen luisterden?'

'Duizenden. En dat ene akkoord is slechts het eerste deel. In het tweede deel blijft het orkest roerloos zitten en voert het twintig minuten lang "pure stilte" uit.'

'Je maakt zeker een grapje?'

'Nee, ik ben volkomen serieus. Tot zijn verdediging moet ik zeggen dat het stuk niet zo saai was als het klinkt: er waren ook drie naakte vrouwen op het toneel, die ingesmeerd met blauwe verf over reusachtige doeken rolden.'

Hoewel Langdon het grootste deel van zijn leven had besteed aan het bestuderen van kunst, vond hij het zorgelijk dat hij nooit de meer avant-gardistische kunstuitingen had leren waarderen. De moderne kunst kon hem totaal niet bekoren.

'Ik wil niet onbeleefd zijn, Winston, maar ik moet zeggen dat ik het vaak moeilijk te bepalen vind of iets moderne kunst is of gewoon bizar.'

Winston reageerde meteen. 'Tja, dat is vaak de vraag, nietwaar? In de wereld van de klassieke kunst worden de werken geëerd om de vaardigheden van de kunstenaar, dat wil zeggen, hoe virtuoos hij het penseel op het doek plaatst of de beitel op de steen. Maar in de moderne kunst gaat het bij meesterwerken eerder over het idee dan over de uitvoering. Iedereen kan bijvoorbeeld een symfonie van veertig minuten componeren die uit één enkel akkoord en stilte bestaat, maar Yves Klein kwam op het idee.'

'Daar zit wat in.'

'En The Fog Sculpture buiten het museum is een prachtig voorbeeld van conceptuele kunst. De kunstenares had een idee, het idee om geperforeerde buizen onder de brug te leggen en mist over de lagune te blazen, maar het buizenstelsel werd aangelegd door plaatselijke loodgieters.' Winston zweeg even. 'Hoewel ik de kunstenares hoge punten moet geven omdat ze haar medium heeft gebruikt als een code.'

'Is Fog een code?'

'Jazeker. Een cryptisch eerbetoon aan de architect van het museum.'

'Frank Gehry?'

'Frank O. Gehry,' corrigeerde Winston.

'Slim.'

Toen Langdon naar het raam liep, zei Winston: 'Hier hebt u een mooi uitzicht op de spin. Hebt u Maman gezien toen u binnenkwam?'

Langdon keek door het raam en over de lagune naar de enorme zwarte sculptuur op het plein. 'Ja. Je kunt haar moeilijk missen.'

'Ik hoor aan uw toon dat u geen fan bent?'

'Ik probeer het te zijn.' Langdon zweeg even. 'Als liefhebber van klassieke kunst ben ik hier een vis op het droge.'

'Interessant,' zei Winston. 'Ik had gedacht dat juist u Maman wel zou waarderen. Ze is een prachtig voorbeeld van de klassieke ideeën over nevenschikking. U zou haar zelfs voor uw colleges kunnen gebruiken als u dat begrip behandelt.'

Langdon keek naar de spin en was het helemaal niet met Winston eens. Als hij wilde praten over nevenschikking, gaf hij de voorkeur aan iets traditionelers. 'Ik denk dat ik het maar hou bij de David.'

'Ja, Michelangelo is natuurlijk de maatstaf.' Winston grinnikte. 'Hij heeft David briljant neergezet in een vrouwelijke contraposto en met een slaphangende katapult nonchalant in een losse pols, wat vrouwelijke kwetsbaarheid uitstraalt. Toch ligt er een felle vastberadenheid in Davids ogen, en zijn spieren en aderen zijn gezwollen, klaar om Goliath te doden. Het werk is tegelijkertijd delicaat en gewelddadig.'

Langdon was onder de indruk van de beschrijving. Hij wilde dat zijn eigen studenten zo'n helder begrip hadden van Michelangelo's meesterwerk.

'*Maman* is niet anders dan *David*,' zei Winston. 'Een even stoutmoedige nevenschikking van tegenovergestelde klassieke principes. In de natuur is de spin een angstaanjagend wezen, een roofdier dat slachtoffers vangt in haar web en ze doodt. Ze is dodelijk, maar toch wordt ze hier afgebeeld met een volle eierzak, op het punt om het leven door te geven, zodat ze tegelijkertijd roofdier en stammoeder is. Een krachtige kern op onmogelijk dunne poten, die zowel kracht als kwetsbaarheid uitstraalt. U zou *Maman* een moderne *David* kunnen noemen.'

'Dat zal ik niet doen,' zei Langdon met een glimlach. 'Maar ik moet toegeven dat je analyse me tot nadenken stemt.'

'Mooi, dan wil ik u graag een laatste werk laten zien. Dat is toevallig een stuk van Edmond Kirsch.'

'Echt? Ik heb nooit geweten dat Edmond ook kunstenaar was.'

Winston lachte. 'Dat laat ik aan uw eigen oordeel over.'

Langdon liet zich door Winston langs de ramen naar een ruime alkoof leiden, waarin zich een groep gasten had verzameld voor een grote plak opgedroogde modder aan de muur. Op het eerste gezicht deed de uitgeharde klei Langdon denken aan een tentoonstelling van fossielen. Maar in deze modder zaten geen fossielen. In plaats daarvan zaten er ruw aangebrachte tekens in, tekens die een kind met een stok in nat cement zou kunnen maken.

De toeschouwers leken niet erg onder de indruk.

'Heeft Edmond dit gemaakt?' mopperde een vrouw met botoxlippen in een nertsjas.

De leraar in Langdon kon zich niet inhouden. 'Het is eigenlijk heel knap,' zei hij. 'Tot dusver is het mijn favoriete stuk in dit museum.'

De vrouw draaide zich om en bekeek hem met enige minachting. 'O, écht? Vertelt u eens.'

Met alle plezier. Langdon liep naar het stuk klei met de ruwe tekens.

'Ten eerste heeft Edmond inscripties in de klei aangebracht als eerbetoon aan het eerste schrift van de mens, het spijkerschrift.'

De vrouw knipperde onzeker met haar ogen.

'Die drie diepe tekens in het midden spellen het woord "vis" in het Assyrisch. Dat heet een pictogram. Als u goed kijkt, ziet u rechts de open bek van de vis en de driehoekige schubben op het lijf.'

De verzamelde mensen hielden hun hoofd scheef en bestudeerden het werk nog eens.

Langdon wees naar een reeks gaten links van de vis. 'En als u hier kijkt, ziet u dat Edmond voetafdrukken heeft gemaakt in de modder achter de vis om de historische evolutionaire overstap van water op land weer te geven.'

De hoofden begonnen waarderend te knikken.

'En als laatste is er nog de asymmetrische asterisk aan de rechterkant, die door de vis lijkt te worden opgegeten. Dat is een van de oudste symbolen voor God.'

De vrouw met de botoxlippen draaide zich met een boos gezicht naar hem om. 'Dus de vis eet God op?'

'Zo te zien. Het is een speelse versie van de Darwin-vis: de evolutie slokt de religie op.' Langdon haalde zijn schouders op. 'Zoals ik al zei, best knap.'

Toen Langdon wegliep, hoorde hij de mensen achter zich mompelen en Winston lachen. 'Heel amusant, professor! Edmond zou hebben genoten van uw geïmproviseerde lezing. Er zijn niet veel mensen die dat tablet kunnen ontcijferen.'

'Ach,' zei Langdon, 'het is in feite mijn werk.'

'Ja, en ik begrijp nu waarom meneer Kirsch me heeft gevraagd u als een heel bijzondere gast te beschouwen. Hij heeft me zelfs verzocht u iets te laten zien wat geen van de andere gasten vanavond te zien krijgt.'

'O ja? En wat mag dat dan wel zijn?'

'Ziet u die afgezette gang rechts van de grote ramen?'

Langdon keek naar rechts. 'Ja?'

'Mooi. Volgt u alstublieft mijn aanwijzingen.'

Langdon gehoorzaamde enigszins onzeker stap voor stap de instructies van Winston. Hij liep naar de gang en toen hij had gecontroleerd of er niemand keek, wurmde hij zich discreet achter de paaltjes langs en glipte de gang in, waar niemand hem meer kon zien.

Toen hij de menigte in het atrium achter zich had gelaten, liep Langdon tien meter verder naar een metalen deur met een toetsenpaneeltje.

'Typ deze zes cijfers in.' Winston las de cijfers op.

Langdon typte de code in en het slot klikte.

'Oké professor, u kunt naar binnen.'

Langdon bleef even staan, niet wetend wat hij kon verwachten. Toen vermande hij zich en duwde de deur open. De ruimte daarachter was bijna helemaal donker.

'Ik zal het licht voor u aandoen,' zei Winston. 'Gaat u alstublieft naar binnen en doe de deur dicht.'

Langdon gehoorzaamde en spande zich in om iets te zien in het donker. Hij deed de deur achter zich dicht en die viel met een klik in het slot.

Geleidelijk gloeide er zachte verlichting op en werd er een ondenkbaar grote ruimte onthuld, zo groot als een hangar voor een vloot jumbojets.

'Meer dan drieduizend vierkante meter,' zei Winston.

Naast deze ruimte leek het atrium piepklein.

Toen de lampen feller gingen branden, zag Langdon een groep grote vormen uit de vloer omhoogsteken, zeven of acht donkere silhouetten, als grazende dinosaurussen in de nacht.

'Waar kijk ik in godsnaam naar?' wilde Langdon weten.

'Het heet *The Matter of Time*.' Winstons opgewekte stem weergalmde door Langdons headset. 'Het is het zwaarste kunstwerk in het museum. Meer dan negenhonderd ton.'

Langdon was nog steeds een beetje overdonderd. 'En waarom ben ik hier in mijn eentje?'

'Zoals ik al zei, heeft meneer Kirsch me gevraagd u deze wonderbaarlijke objecten te laten zien.'

Nu brandden de lampen op volle sterkte en overgoten ze de enorme ruimte met een zachte gloed. Langdon staarde ongelovig naar wat er voor hem lag.

Ik ben een parallel universum binnengestapt.

7

Admiraal Luis Ávila kwam bij de beveiligingspost van het museum en keek op zijn horloge om zeker te weten dat hij op schema lag.

Perfect.

Hij liet zijn Documento Nacional de Identidad zien aan de beveiligers die de gastenlijst controleerden. Even ging Ávila's hart sneller slaan toen ze zijn naam niet konden vinden. Maar ten slotte zagen ze hem helemaal onderaan – een laatste toevoeging – en mocht Ávila naar binnen.

Precies zoals de Regent beloofde. Hoe hij dit voor elkaar had gekregen, wist Ávila niet. De gastenlijst voor vanavond was immers zeer zorgvuldig samengesteld.

Hij liep door naar de metaaldetector, waar hij zijn telefoon uit zijn zak haalde en in de bak legde. Daarna trok hij heel voorzichtig een ongewoon zware

Urenlang had al-Fadl door het zand gesjouwd en vergeefs om hulp geroepen. Nu de ernstig uitgedroogde geestelijke in het verstikkende zand was gevallen en voelde dat zijn hart het begaf, kwam de vraag weer naar boven die hij zichzelf al uren stelde.

Wie wil mij dood hebben?

Het angstaanjagende was dat hij maar één logisch antwoord kon bedenken.

8

Robert Langdons blik ging van de ene kolossale vorm naar de andere. Elk kunstwerk bestond uit een hoge plaat cortenstaal, elegant gebogen en daarna als een vrijstaande muur op zijn kant gezet. De wanden waren ruim vier meter hoog en in verschillende vloeiende vormen gebogen: een wapperend lint, een open cirkel, een losse spiraal.

'The Matter of Time,' herhaalde Winston. 'Gemaakt door Richard Serra. Zijn gebruik van losstaande wanden van zulk zwaar materiaal schept de illusie van instabiliteit. Maar eigenlijk staan ze allemaal heel stevig. Als u een dollarbiljet om een potlood vouwt, kan dat biljet heel goed rechtop staan als het potlood wordt verwijderd, omdat het wordt gesteund door zijn eigen geometrie.'

Langdon keek op naar de enorme cirkel naast hem. Het metaal had de tint van gebrand koper en een ruwe, organische uitstraling. Het gaf de indruk van grote kracht en een delicaat gevoel voor evenwicht.

'Professor, ziet u dat deze eerste vorm niet gesloten is?'

Langdon liep om de cirkel heen en zag dat de uiteinden van de wand net niet bij elkaar kwamen, alsof een kind een cirkel had willen tekenen maar niet helemaal goed was uitgekomen.

'Door de scheve verbinding ontstaat een gang die de bezoeker naar binnen lokt om de negatieve ruimte te ontdekken.'

Tenzij die bezoeker last heeft van claustrofobie, dacht Langdon, en hij liep snel verder.

'Even verderop ziet u drie golvende linten van staal in een losse parallelle formatie, dicht genoeg bij elkaar om twee tunnels van meer dan dertig meter te vormen. Dat is *The Snake*, en jonge bezoekers vinden het leuk om erdoorheen te rennen. Twee bezoekers die ieder aan een kant staan, kunnen zachtjes fluisteren en elkaar toch prima horen, alsof ze vlak bij elkaar staan.'

'Dat is heel mooi, Winston, maar wil je alsjeblieft uitleggen waarom Edmond je heeft gevraagd me deze zaal te laten zien?' *Hij weet dat ik zulke kunstwerken niet begrijp.*

Winston antwoordde: 'Hij heeft me gevraagd u vooral de laatste spiraal te laten zien, een eindje verder, in de verste rechterhoek. Ziet u hem?'

Langdon tuurde in de verte. *Dat ding dat zo te zien vierhonderd meter verderop staat?* 'Ja, ik zie hem.'

'Mooi. Zullen we ernaartoe gaan?'

Langdon keek aarzelend naar de enorme ruimte om zich heen en liep naar de spiraal, terwijl Winston bleef praten. 'Ik heb gehoord dat Edmond Kirsch een groot bewonderaar is van uw werk, professor, in het bijzonder van uw gedachten over de interactie tussen de verschillende religieuze tradities in de loop van de geschiedenis en hoe de evolutie daarvan wordt weerspiegeld door de kunst. Edmonds werkterrein, speltheorie en computervoorspellingen, lijkt daar eigenlijk heel erg op. Hij analyseert de groei van verschillende systemen en voorspelt hoe ze zich zullen ontwikkelen.'

'Kennelijk is hij er heel goed in. Ze noemen hem niet voor niets de moderne Nostradamus.'

'Ja, hoewel de vergelijking een beetje beledigend is, als u het mij vraagt.'

'Waarom zeg je dat?' wierp Langdon tegen. 'Nostradamus is de beroemdste voorspeller aller tijden.'

'Ik wil u niet tegenspreken, professor, maar Nostradamus heeft bijna duizend vaag geformuleerde kwatrijnen geschreven die vier eeuwen lang hebben geprofiteerd van de creatieve interpretaties van duizenden bijgelovige mensen, die zochten naar betekenis waar die niet bestond. De Tweede Wereldoorlog, de dood van prinses Diana, de aanval op het World Trade Center – van alles is eruit opgemaakt. Het is volkomen absurd. In tegenstelling daarmee heeft Edmond Kirsch een beperkt aantal zeer specifieke voorspellingen gedaan, die al na heel korte tijd bewaarheid zijn: cloudcomputing, zelfrijdende auto's, een processorchip die werkt met slechts vijf atomen. Meneer Kirsch is geen Nostradamus.'

Eigenlijk heeft hij wel gelijk, dacht Langdon. Er werd gezegd dat Edmond Kirsch een felle loyaliteit wekte in de mensen met wie hij werkte, en Winston was kennelijk een van zijn toegewijde volgelingen.

Winston veranderde van onderwerp. 'Geniet u een beetje van mijn rondleiding?'

'Heel erg. Alle lof voor Edmond en zijn nieuwe technologie voor onderwijs op afstand.'

'Ja, dit systeem is al jaren een droom van Edmond. Hij heeft enorme hoeveelheden tijd en geld ingezet om het in het geheim te ontwikkelen.'

'Echt? De technologie lijkt helemaal niet zo ingewikkeld. Ik moet toegeven dat ik er eerst sceptisch tegenover stond, maar ik ben om. Dit was een heel interessant gesprek.'

'Dat is aardig van u, en ik hoop dat ik nu niet alles bederf door de waarheid te bekennen. Ik ben bang dat ik niet helemaal eerlijk tegen u ben geweest.'

'O nee?'

'Ten eerste heet ik niet Winston. Ik heet Art.'

Langdon lachte. 'Een museumgids die Art heet? Dan kan ik het je niet kwalijk nemen dat je een pseudoniem gebruikt. Leuk je te leren kennen, Art.'

'Toen u me vroeg waarom ik niet gewoon persoonlijk met u rondliep, heb ik u een accuraat antwoord gegeven, namelijk dat meneer Kirsch het aantal mensen in het museum wil beperken. Maar dat antwoord was niet helemaal volledig. Er is nog een reden waarom we praten via een headset en niet persoonlijk.' Hij zweeg even. 'De waarheid is dat ik niet in staat ben me te verplaatsen.'

'O... dat spijt me voor je.' Langdon stelde zich voor dat Art ergens in een rolstoel in een callcenter zat. Hij vond het pijnlijk dat de jongeman deze uitleg moest geven.

'Nee, u hoeft geen medelijden met me te hebben. Ik verzeker u dat ik er met benen heel vreemd zou uitzien. Ziet u, ik ben niet wat u zich bij mij voorstelt.'

Langdon ging langzamer lopen. 'Wat bedoel je daarmee?'

'De naam Art is niet echt een naam, maar een afkorting. "Art" staat voor "artificieel", hoewel meneer Kirsch de voorkeur geeft aan het woord "synthetisch".' De stem zweeg even. 'De waarheid is dat u te maken hebt met een synthetische gids. Een soort computer.'

Langdon keek onzeker om zich heen. 'Is dit een grap of zo?'

'Helemaal niet, professor. Ik ben heel serieus. Edmond Kirsch heeft tien jaar onderzoek en bijna een miljard dollar gestoken in de ontwikkeling van synthetische intelligentie, en u maakt vanavond als een van de eersten kennis met het resultaat van zijn werk. Deze hele rondleiding wordt gegeven door een synthetische gids. Ik ben geen mens.'

Langdon geloofde er niets van. De dictie en grammatica van de man waren perfect, en met uitzondering van zijn enigszins onbeholpen lachje had Langdon zelden zo'n goede spreker gehoord. Bovendien hadden ze bij hun gesprekken een breed scala aan onderwerpen aangeroerd.

Ik word in de gaten gehouden, besefte Langdon nu, en hij keek om zich heen naar verborgen camera's. Hij vermoedde dat hij een onwetende deelnemer was aan een vreemd stuk ervaringskunst, een kunstig in elkaar gezet, absurdistisch theater. *Ik ben een rat in een doolhof.*

'Ik voel me niet helemaal op mijn gemak.' Langdons stem weergalmde door de lege zaal.

'Neem me niet kwalijk,' zei Winston. 'Dat is begrijpelijk. Ik had wel verwacht dat u moeite zou hebben dit te accepteren. Daarom zal Edmond me wel gevraagd hebben u naar een besloten plek te brengen, weg van de anderen. Deze informatie wordt niet gedeeld met de andere gasten.'

Langdon probeerde te zien of er nog iemand anders in de zaal was.

'U bent zich er ongetwijfeld van bewust dat het menselijke brein een binair systeem is.' De stem leek zich vreemd weinig aan te trekken van Langdons onbehagen. 'De synapsen doen het of ze doen het niet. Ze staan aan of uit. De hersenen bevatten meer dan honderd biljoen van dergelijke schakelaars, en dat betekent dat het namaken van een brein niet zozeer een kwestie is van technologie als wel van proportie.'

Langdon luisterde amper. Hij was weer gaan lopen en richtte zijn aandacht op een EXIT-bordje met een pijl die naar het eind van de zaal wees.

'Professor, ik besef dat de menselijke klank van mijn stem het moeilijk maakt om te aanvaarden dat die uit een apparaat komt, maar eigenlijk is de spraak het gemakkelijkste aspect. Zelfs een e-reader van negenennegentig dollar kan vrij aardig de menselijke spraak nabootsen. En Edmond heeft hier kapitalen in geïnvesteerd.'

Langdon stond stil. 'Als je een computer bent, moet je deze vraag eens beantwoorden. Waarop sloot de Dow-Jonesindex op 24 augustus 1974?'

'Dat was op een zaterdag,' antwoordde de stem meteen. 'Op die dag was de beurs gesloten.'

Langdon huiverde even. Hij had die datum met opzet gekozen. Een van de voordelen van zijn eidetische geheugen was dat hij nooit data vergat. Die zaterdag was zijn beste vriend jarig geweest en Langdon herinnerde zich het zwembadfeest van die middag nog. *Helena Wooley droeg een blauwe bikini.*

'Maar de dag daarvoor,' voegde de stem er meteen aan toe, 'op vrijdag 23 augustus, sloot de Dow-Jonesindex op 686,80, 17,83 punten lager dan de vorige dag, een verlies van 2,53 procent.'

Even wist Langdon niet wat hij moest zeggen.

'Ik wil met alle plezier wachten als u dit wilt controleren op uw smartphone,' zei de stem. 'Maar dan moet ik u er wel op wijzen hoe ironisch dat is.'

'Maar... Ik snap niet...'

'Het probleem met synthetische intelligentie is niet de snelle toegankelijkheid van gegevens, want dat is eigenlijk heel eenvoudig, maar eerder het vermogen om te bepalen hoe die gegevens in elkaar grijpen, iets waar u volgens mij in uitblinkt, nietwaar? De relatie tussen denkbeelden? Dat is een van de redenen waarom meneer Kirsch me juist op u wilde uitproberen.' De Brits klinkende stem leek nu vreemder dan ooit.

'Dus dit is een test?' vroeg Langdon. 'Word ik getest?'

'Absoluut niet.' Weer dat onbeholpen lachje. 'Ík word getest. Om te kijken of ik u ervan kon overtuigen dat ik een mens was.'

'Een turingtest.'

'Precies.'

De turingtest was ontworpen door codekraker Alan Turing om te bepalen of een apparaat zich net zo kon gedragen als een mens. Iemand luisterde naar een gesprek tussen een apparaat en een mens, en als die iemand niet kon bepalen welke gespreksdeelnemer de mens was, was de test geslaagd. Hét ijkpunt was een beroemde, succesvolle test die in 2014 was gedaan bij de

Royal Society in Londen. Sinds die tijd was de technologie met betrekking tot kunstmatige intelligentie met reuzenschreden vooruitgegaan.

'Tot dusver heeft geen van onze gasten ook maar enig vermoeden,' ging de stem verder. 'Ze vermaken zich allemaal prima.'

'Wacht eens even, praat iedereen hier vanavond met een computer?'

'Strikt genomen praat iedereen met mij. Ik ben heel goed in staat mezelf op te delen. U hoort mijn standaardstem, de stem waar Edmond de voorkeur aan geeft, maar anderen horen andere stemmen of talen. Gebaseerd op uw profiel als Amerikaanse academicus heb ik voor u mijn Standaardbritse mannenstem gekozen. Ik kon ervan uitgaan dat die meer vertrouwen zou inboezemen dan bijvoorbeeld de stem van een jonge vrouw met een zuidelijk accent.'

Maakt dat apparaat me nou uit voor een seksist?

Langdon dacht aan een populaire opname die een paar jaar geleden online had gecirculeerd: Michael Scherer, de bureauchef van het tijdschrift *Time*, was gebeld door een telemarketingrobot die zo menselijk klonk dat Scherer een opname van het telefoontje online had gezet om die aan iedereen te laten horen.

Dat is jaren geleden, besefte Langdon.

Langdon wist dat Kirsch zich al jaren bezighield met kunstmatige intelligentie; hij was van tijd tot tijd te zien op de omslagen van tijdschriften waarin wetenschappelijke doorbraken werden besproken. Zijn creatie 'Winston' was kennelijk een voorbeeld van waar hij op dit moment toe in staat was.

'Ik begrijp dat dit allemaal heel snel gaat,' ging de stem verder, 'maar meneer Kirsch heeft gevraagd of ik u de spiraal wilde laten zien waar u nu bij staat. Hij wil u verzoeken de spiraal binnen te gaan en helemaal naar het middelpunt te lopen.'

Langdon keek de smalle, gebogen gang in en voelde zijn spieren verstrakken. *Is dit Edmonds idee van een studentengrap?* 'Kun je me niet gewoon vertellen wat ik daar zal zien? Ik voel me niet zo op mijn gemak in kleine ruimtes.'

'Interessant, dat wist ik niet.'

'Ik zet natuurlijk niet in mijn onlinebiografie dat ik claustrofobisch ben.' Langdon besefte tot zijn schrik dat hij nog steeds niet kon bevatten dat hij het tegen een apparaat had.

'U hoeft niet bang te zijn. De ruimte in de spiraal is heel groot, en meneer Kirsch wil graag dat u het centrum ziet. Maar voor u naar binnen gaat, wil Edmond u vragen uw headset af te doen en hier op de grond te leggen.'

Langdon keek naar het gevaarte en aarzelde. 'Je gaat niet mee?'

'Blijkbaar niet.'

'Weet je, dit is allemaal heel vreemd. Ik weet niet precies...'

'Professor, als u bedenkt dat Edmond u helemaal naar dit evenement heeft gebracht, lijkt het een klein verzoek om een eindje dit kunstwerk in te lopen. Kinderen doen het elke dag en die gaan er ook niet aan dood.'

Langdon was nog nooit bestraffend toegesproken door een computer – ervan uitgaande dat Winston inderdaad een computer was – maar het scherpe commentaar had het gewenste effect. Hij deed zijn headset af, legde hem voorzichtig op de grond en draaide zich om naar de opening in de spiraal. De hoge wanden vormden een smal ravijn dat met een bocht uit het zicht verdween.

'Vooruit dan maar,' zei hij tegen niemand in het bijzonder.

Langdon haalde diep adem en liep de opening in.

Het pad liep maar door, verder dan hij zich had voorgesteld, en Langdon had al snel geen idee meer hoeveel rondjes hij had gelopen. Bij elke omwenteling leek de gang smaller te worden; Langdons brede schouders raakten inmiddels bijna de wanden. *Gewoon blijven ademhalen, Robert.* De schuine platen leken elk moment naar binnen te kunnen vallen en hem te verpletteren onder tonnen staal.

Waarom doe ik dit?

Net toen Langdon op het punt stond zich om te draaien en terug te gaan, kwam er abrupt een eind aan de gang en belandde hij bij een open ruimte. Zoals beloofd was die veel groter dan hij had verwacht. Langdon stapte snel de tunnel uit en de open ruimte in en ademde uit terwijl hij naar de kale vloer en hoge metalen wanden keek en zich nogmaals afvroeg of dit soms een studentengrap was.

Ergens klikte een deur en er weerklonken snelle voetstappen buiten de hoge muren. Iemand was de zaal binnengekomen door de deur die Langdon vlak bij de spiraal had gezien. De voetstappen naderden de spiraal en begonnen toen om Langdon heen te lopen, terwijl ze steeds luider werden. Iemand liep de spiraal in.

Langdon liep naar de andere kant en ging met zijn gezicht naar de opening staan; de voetstappen bleven rondlopen en kwamen steeds dichterbij. Het staccato getik zwol aan tot er opeens een man uit de tunnel kwam. Hij was klein en tenger en had een bleke huid, doordringende ogen en een weerbarstige bos zwart haar.

Even bleef Langdon uitdrukkingsloos naar de man kijken; toen gleed er een brede grijns over zijn gezicht. 'Edmond Kirsch maakt altijd een grootse entree.'

'Je krijgt maar één kans om een eerste indruk te maken,' zei Kirsch vriendelijk. 'Ik heb je gemist, Robert. Bedankt dat je gekomen bent.'

De twee mannen omhelsden elkaar hartelijk. Toen Langdon zijn oude vriend op de rug klopte, voelde hij dat Kirsch magerder was geworden.

'Je bent afgevallen,' zei Langdon.

'Ik ben veganist geworden,' antwoordde Kirsch. 'Dat is gemakkelijker dan een crosstrainer.'

Langdon lachte. 'Nou, het is fantastisch om je weer te zien. En je geeft me zoals altijd het gevoel dat ik te formeel ben gekleed.'

'Wie, ik?' Kirsch keek naar zijn zwarte skinny jeans, zijn witte T-shirt met v-hals en zijn korte jasje met zijrits. 'Dit is couture.'

'Witte slippers?'

'Slippers? Dit zijn *guinea*'s van Ferragamo.'

'En ik vermoed zo dat ze meer kosten dan mijn hele ensemble.'

Edmond keek naar het etiket in Langdons klassieke rokkostuum. 'Dat is anders een heel behoorlijk rokkostuum,' zei hij met een glimlach. 'Het zal niet veel schelen.'

'Ik moet wel zeggen, Edmond, je synthetische vriend Winston is erg verontrustend.'

Kirsch straalde. 'Verbijsterend, hè? Je zult niet geloven wat we dit jaar hebben bereikt met synthetische intelligentie. We hebben enorme sprongen gemaakt. Ik heb een paar nieuwe technologieën gedeponeerd waarmee apparaten op heel nieuwe manieren problemen kunnen oplossen en zichzelf kunnen reguleren. Winston is werk in uitvoering, maar hij wordt elke dag beter.'

Langdon zag dat er het afgelopen jaar diepe rimpels waren verschenen rond Edmonds jongensachtige ogen. De man zag er moe uit. 'Edmond, zou je me willen vertellen wat ik hier doe?'

'In Bilbao? Of in de spiraal van Richard Serra?'

'Laten we beginnen met de spiraal. Je weet dat ik claustrofobisch ben.'

'Precies. De hele avond draait erom mensen uit hun comfortzone te halen,' zei hij met een grijns.

'Daar ben je altijd goed in geweest.'

'Bovendien moest ik je spreken,' ging Kirsch verder. 'En ik wilde me vóór de show niet laten zien.'

'Omdat rocksterren zich nooit voor een concert onder de gasten begeven?'

'Precies!' zei Kirsch spottend. 'Rocksterren verschijnen als bij toverslag in een rookwolk op het toneel.'

De lampen boven hen gingen opeens zwakker en toen weer feller branden. Kirsch trok zijn mouw omhoog en keek op zijn horloge. Toen richtte hij zijn blik weer op Langdon. Opeens stond zijn gezicht serieus.

'Robert, we hebben niet veel tijd. Dit is een grote avond voor me. Het is zelfs een belangrijke avond voor de hele mensheid.'

Langdon luisterde vol verwachting.

'Ik heb onlangs een wetenschappelijke ontdekking gedaan,' zei Edmond. 'Het gaat om een doorbraak die vérstrekkende gevolgen zal hebben. Bijna niemand weet ervan, en vanavond, straks, zal ik de wereld live toespreken en mijn bevindingen openbaar maken.'

'Ik weet niet goed wat ik moet zeggen,' zei Langdon. 'Het klinkt fantastisch.'

Edmond ging zachter praten en klonk ongewoon gespannen. 'Voor ik deze informatie met de wereld deel, heb ik je advies nodig, Robert.' Hij zweeg even. 'Ik ben bang dat mijn leven ervan afhangt.'

9

Er was een stilte gevallen tussen de twee mannen in de spiraal.

Ik heb je advies nodig... Ik ben bang dat mijn leven ervan afhangt.

Edmonds woorden bleven zwaar tussen hen in hangen en Langdon zag de onrust in de ogen van zijn vriend. 'Edmond? Wat is er aan de hand? Gaat het wel goed met je?'

Opnieuw werd het licht van de lampen zwakker en weer feller, maar Edmond lette er niet op.

'Het is een vreemd jaar voor me geweest,' fluisterde hij. 'Ik heb in mijn eentje aan een groot project gewerkt, en dat heeft geleid tot een baanbrekende ontdekking.'

'Klinkt prachtig.'

Dat beaamde Kirsch. 'Dat is het ook, en er zijn geen woorden om te beschrijven hoe ik ernaar uitkijk om dit vanavond met de wereld te delen. Het zal leiden tot een totaal andere manier van denken. Ik overdrijf niet als ik je vertel dat mijn ontdekking evenveel repercussies zal hebben als die van Copernicus.'

Copernicus? Bescheidenheid was nooit een van Edmonds sterkste kanten geweest, maar deze bewering klonk toch een beetje belachelijk. Nicolaus Copernicus was de grondlegger van het heliocentrische wereldbeeld – de overtuiging dat de planeten om de zon draaien – dat in de zestiende eeuw een wetenschappelijke revolutie in gang had gezet die een einde had gemaakt aan de oude lering van de kerk dat de mens het middelpunt van Gods universum was. Zijn ontdekking was drie eeuwen lang door de kerk veroordeeld, maar het kwaad was geschied en de wereld was onherroepelijk veranderd.

'Ik zie je sceptisch kijken,' zei Edmond. 'Had ik beter Darwin kunnen noemen?'

Langdon glimlachte. 'Zelfde probleem.'

'Oké, laat ik je dan dit vragen: wat zijn de twee meest fundamentele vragen die de mens zich al de hele geschiedenis stelt?'

Langdon dacht even na. 'Nou, twee van de vragen zouden moeten zijn: Hoe is het allemaal begonnen? En waar komen we vandaan?'

'Precies. En de volgende vraag is gewoon de aanvulling daarop. Niet "waar komen we vandaan", maar...'

'Waar gaan we naartoe?'

'Ja! Die twee mysteries vormen het hart van de menselijke ervaring. Waar komen we vandaan? Waar gaan we naartoe? De schepping en de bestemming van de mens. Dat zijn de universele mysteries.' Edmonds blik werd scherper en hij keek Langdon vol verwachting aan. 'Robert, de ontdekking die ik heb gedaan... die geeft duidelijk antwoord op beide vragen.'

Langdon worstelde met Edmonds woorden en de duizelingwekkende implicaties daarvan. 'Ik... ik weet niet wat ik moet zeggen.'

'Je hoeft niets te zeggen. Ik hoop dat jij en ik na de presentatie van vanavond de tijd kunnen vinden om er uitgebreid over te discussiëren, maar op dit moment moet ik met je praten over de duistere kant van dit alles, de potentiële nasleep van de ontdekking.'

'Denk je dat er repercussies zullen zijn?'

'Daar twijfel ik niet aan. Door het beantwoorden van deze vragen ben ik in direct conflict gekomen met eeuwenoude, gevestigde spirituele leringen. De schepping en de bestemming van de mens behoren traditioneel tot het domein van de religies. Ik ben een indringer, en de wereldreligies zullen niet blij zijn met wat ik ga verkondigen.'

'Interessant,' zei Langdon. 'Dus daarom heb je me twee uur zitten doorzagen over het geloof toen we vorig jaar in Boston zaten te lunchen?'

'Ja. Je zult je misschien herinneren wat ik je toen heb verzekerd: dat de mythen van de religies nog bij ons leven zouden worden weersproken door wetenschappelijke doorbraken.'

Langdon knikte. *Dat kan ik moeilijk vergeten.* Kirsch' verklaring was zo stoutmoedig geweest dat die woord voor woord in Langdons geheugen stond gegrift. 'Dat herinner ik me zeker. En ik heb gezegd dat de religies millennia lang de wetenschappelijke vooruitgang hebben overleefd, dat ze een belangrijke rol spelen in de maatschappij en dat ze misschien zullen evolueren, maar nooit zullen sterven.'

'Precies. Ik heb je ook verteld dat ik mijn levensdoel had gevonden: de wetenschappelijke waarheid gebruiken om de mythe die religie is weg te vagen.'

'Een boude bewering.'

'Jij daagde me uit, Robert. Als ik op een "wetenschappelijke waarheid" stuitte die in tegenspraak was met de dogma's van de religie, moest ik die van jou bespreken met een religieuze geleerde, in de hoop dat ik zou gaan beseffen dat wetenschap en religie vaak hetzelfde verhaal vertellen in twee verschillende talen.'

'Dat weet ik nog. Wetenschappers en religieuzen gebruiken ieder hun eigen taal om dezelfde mysteries te beschrijven. De conflicten gaan dikwijls over semantiek, niet over de inhoud.'

'Ik heb je advies opgevolgd,' zei Kirsch. 'En ik heb spirituele leiders geraadpleegd over mijn laatste ontdekking.'

'O ja?'

'Ken jij het Parlement van Wereldreligies?'

'Natuurlijk.' Langdon was een groot bewonderaar van de inspanningen die de groep leverde om het gesprek tussen de religies te bevorderen.

'Toevallig hield het parlement zijn zitting dit jaar vlak buiten Barcelona, in het klooster van Montserrat, ongeveer een uur van mijn huis.'

Spectaculaire plek, dacht Langdon, die jaren geleden in het heiligdom op de berg was geweest.

'Toen ik hoorde dat die zitting werd gehouden in de week waarin ik dit grote wetenschappelijke nieuws wereldkundig wilde maken... Ik weet niet, ik...'

'Je vroeg je af of het een teken van God was?'

Kirsch lachte. 'Zoiets. Dus toen heb ik ze gebeld.'

Langdon was onder de indruk. 'Heb je het hele parlement toegesproken?'

'Nee! Veel te gevaarlijk. Ik wilde niet dat het nieuws uitlekte voor ik het zelf openbaar kon maken, dus maakte ik een afspraak met slechts drie van hen, een vertegenwoordiger van het christendom, een van de islam en een van het jodendom. We hadden een gesprek in de bibliotheek.'

'Het verbaast me dat ze je in de bibliotheek hebben toegelaten,' zei Langdon verwonderd. 'Ik heb gehoord dat het heilige grond is.'

'Ik had gezegd dat ik een veilige plek moest hebben, zonder telefoons, camera's of indringers. Ze namen me mee naar die bibliotheek. Voor ik iets vertelde, heb ik ze gevraagd te zweren dat ze erover zouden zwijgen. Dat deden ze. Tot nu toe zijn zij de enigen op de wereld die iets weten over mijn ontdekking.'

'Fascinerend. En hoe reageerden ze toen je ze op de hoogte had gebracht?'

Kirsch keek schaapachtig. 'Ik heb het misschien niet zo handig aangepakt. Je kent me, Robert. Als ik enthousiast ben, is de diplomatie ver te zoeken.'

'Ja, ik heb gelezen dat je daar wel wat training in kunt gebruiken.' Langdon lachte. Net als *Steve Jobs en zoveel andere visionaire genieën.*

'Zoals past bij mijn openhartige aard ben ik begonnen met ze eenvoudig de waarheid te vertellen: dat ik religie altijd heb beschouwd als een vorm van massabedrog en dat ik het als wetenschapper moeilijk te accepteren vind dat miljarden intelligente mensen troost en leiding zoeken bij hun geloof. Toen ze vroegen waarom ik mensen consulteerde voor wie ik kennelijk weinig respect had, heb ik gezegd dat ik hun reactie op mijn ontdekking wilde peilen om een idee te krijgen hoe die zou worden ontvangen door de gelovigen van deze wereld.'

'Een echte diplomaat.' Langdon trok een lelijk gezicht. 'Je weet toch dat eerlijkheid niet altijd de beste politiek is?'

Kirsch maakte een ongeduldig gebaar. 'Iedereen weet hoe ik over religie denk. Ik dacht dat ze het zouden waarderen dat ik zo eerlijk was. Hoe dan ook, daarna heb ik mijn werk gepresenteerd door tot in detail uit te leggen wat ik had ontdekt en hoe het alles veranderde. Ik heb zelfs mijn telefoon erbij gepakt en ze een videootje laten zien. Ik moet toegeven dat dat filmpje behoorlijk verrassend was. Ze waren sprakeloos.'

'Ze moeten toch iets hebben gezegd,' drong Langdon aan, die nu nog nieuwsgieriger was naar wat Kirsch in hemelsnaam ontdekt kon hebben.

'Ik hoopte op een gesprek, maar de christelijke geestelijke legde de andere twee het zwijgen op voordat ze een woord konden zeggen. Hij drong erop aan dat ik me zou bedenken en de zaak niet openbaar zou maken. Ik heb gezegd dat ik er een maand over zou nadenken.'

'Maar je maakt het vanavond al openbaar.'

'Dat weet ik. Ik heb ze verteld dat het nog een paar weken zou duren omdat ik niet wilde dat ze in paniek zouden raken of zouden proberen een spaak in het wiel te steken.'

'En als ze erachter komen dat er vanavond een presentatie is?' vroeg Langdon.

'Dan zullen ze niet blij zijn. Vooral één van hen niet.' Kirsch keek Langdon recht aan. 'De geestelijke die ons gesprek heeft geregeld, bisschop Antonio Valdespino. Ken je die?'

Langdon verstrakte. 'Uit Madrid?'

'Dat is hem,' bevestigde Kirsch.

Waarschijnlijk niet het ideale publiek voor Edmonds radicale atheïsme, dacht Langdon. Valdespino was een machtige figuur in de Spaanse katholieke kerk en stond bekend om zijn uiterst conservatieve opvattingen en zijn grote invloed op de koning.

'Hij was dit jaar de gastheer van het parlement,' zei Kirsch. 'En daarom heb ik bij hem een verzoek ingediend voor het gesprek. Hij bood aan dat persoonlijk bij te wonen, en ik heb hem gevraagd vertegenwoordigers van de islam en het jodendom uit te nodigen.'

Het licht werd weer zwakker.

Kirsch slaakte een diepe zucht en ging nog zachter praten. 'Robert, ik wilde voor mijn presentatie met je spreken omdat ik je goede raad nodig heb. Ik moet weten of je gelooft dat Valdespino gevaarlijk is.'

'Gevaarlijk?' vroeg Langdon. 'In welke zin?'

'Wat ik heb verteld, vormt een bedreiging voor zijn wereld, en ik wil weten of je denkt dat ik iets te vrezen heb van zijn kant.'

Langdon schudde meteen zijn hoofd. 'Nee, onmogelijk. Wat je ook tegen hem hebt gezegd, Valdespino is een steunpilaar van het Spaanse katholicisme en door zijn banden met de Spaanse koninklijke familie heeft hij een enorme invloed, maar hij is een priester, geen huurmoordenaar. Hij heeft politieke macht. Hij zou tegen je kunnen preken, maar ik kan niet echt geloven dat hij daadwerkelijk een gevaar voor je zou vormen.'

Kirsch leek niet overtuigd. 'Je had hem naar me moeten zien kijken toen ik vertrok van Montserrat.'

'Je zat in de heilige bibliotheek van het klooster en vertelde een bisschop dat zijn hele geloofssysteem op een illusie berust!' riep Langdon uit. 'Had je verwacht dat hij je thee met een gebakje zou serveren?'

'Nee,' gaf Edmond toe, 'maar ik had ook niet verwacht dat ik na ons gesprek een dreigende voicemail van hem zou krijgen.'

'Heeft bisschop Valdespino je gebeld?'

Kirsch haalde een ongewoon grote smartphone uit zijn leren jasje. Er zat een felturquoise hoesje om met een zich herhalend zeshoekig patroon, dat Langdon herkende als een beroemd tegelpatroon van de modernistische Catalaanse architect Antoni Gaudí.

'Luister maar,' zei Kirsch. Hij drukte een paar toetsen in en hield de telefoon omhoog. Uit de speaker kwam de krakende stem van een oudere man, die op strenge en uiterst serieuze toon sprak.

Meneer Kirsch, met bisschop Valdespino. Zoals u weet vond ik ons gesprek van vanochtend diep verontrustend, net als mijn twee collega's. Ik wil erop aandringen dat u me zo spoedig mogelijk belt, zodat we hier verder over kunnen praten en ik u nogmaals kan waarschuwen voor de gevaren van openbaarmaking van deze informatie. Als u niet belt, moet u weten dat mijn collega's en ik erover denken meteen de publiciteit te zoeken om uw ontdekkingen te delen, in een ander daglicht te plaatsen en in twijfel te trekken, en dat we zullen proberen te voorkomen dat u ontzaglijke schade aanricht in de wereld... schade die u kennelijk niet voorziet. Ik wacht op uw telefoontje en raad u ten sterkste aan mijn vastberadenheid niet op de proef te stellen.

Einde bericht.

Langdon moest toegeven dat hij schrok van Valdespino's agressieve toon. Toch werd hij niet zozeer bang van de voicemail als wel nog nieuwsgieriger naar Edmonds ophanden zijnde presentatie. 'En, hoe heb je gereageerd?'

'Niet.' Edmond schoof de telefoon weer in zijn zak. 'Ik zag het als een loos dreigement. Ik was er zeker van dat ze deze informatie onder het tapijt zouden willen vegen in plaats van die zelf openbaar te maken. Bovendien wist ik dat ze overvallen zouden worden door de presentatie van vanavond, dus ik was niet zo bang dat ze me voor zouden zijn.' Hij keek naar Langdon. 'Maar nu... Ik weet het niet, er is iets met die stem... Hij blijft maar door mijn hoofd spoken.'

'Ben je bang dat je hier gevaar loopt? Vanavond?'

'Nee, nee. De gastenlijst is heel zorgvuldig samengesteld en dit gebouw heeft een uitstekende beveiliging. Ik maak me meer zorgen over wat er gebeurt als alles eenmaal openbaar is.' Opeens leek Edmond er spijt van te hebben dat hij erover was begonnen. 'Dom van me. Plankenkoorts. Ik wilde alleen weten wat jouw gevoel je zegt.'

Langdon bestudeerde zijn vriend met groeiende ongerustheid. Edmond zag er ongewoon bleek en bezorgd uit. 'Mijn gevoel zegt dat Valdespino je nooit in gevaar zou brengen, hoe boos je hem ook hebt gemaakt.'

Het licht dimde weer, en nu bleef het zo.

'Oké, dank je.' Kirsch keek op zijn horloge. 'Ik moet gaan, maar kunnen we straks nog even bij elkaar komen? Er zitten een paar aspecten aan deze ontdekking die ik graag verder met je wil bespreken.'

'Natuurlijk.'

'Fijn. Het zal na de presentatie wel een beetje chaotisch worden, dus we moeten een rustig plekje hebben waar we alle commotie uit de weg kunnen gaan en kunnen praten.' Edmond haalde een visitekaartje uit zijn zak en schreef iets op de achterkant. 'Neem na de presentatie een taxi en geef dit kaartje aan de chauffeur. Elke plaatselijke taxichauffeur zal weten waar hij je naartoe moet brengen.' Hij overhandigde Langdon het kaartje.

Langdon verwachtte het adres van een plaatselijk hotel of restaurant te zien. In plaats daarvan zag het er meer uit als een code.

BIO-EC346

'Sorry, maar moet ik dit aan een taxichauffeur geven?'

'Ja, hij weet wel waar hij naartoe moet. Ik zal de beveiliging daar zeggen dat ze je kunnen verwachten, en ik kom zo snel mogelijk.'

Beveiliging? Langdon fronste en vroeg zich af of BIO-EC346 de codenaam was voor een geheime club voor wetenschappers of zoiets.

'Het is een pijnlijk eenvoudige code, vriend.' Edmond knipoogde. 'Daar zou jij toch geen moeite mee mogen hebben. En trouwens, zodat je er niet door wordt overvallen: jij speelt een rol in mijn presentatie van vanavond.'

Langdon was verbaasd. 'Wat voor rol?'

'Maak je geen zorgen. Je hoeft helemaal niets te doen.'

Met die woorden liep Edmond Kirsch naar de uitgang van de spiraal. 'Ik moet snel naar het toneel, maar Winston leidt je wel naar boven.' Hij bleef even staan en draaide zich om. 'Ik zie je na het evenement. En laten we hopen dat je gelijk hebt over Valdespino.'

'Edmond, maak je niet druk,' verzekerde Langdon hem. 'Concentreer je op je presentatie. Je hoeft niet bang te zijn voor geestelijken.'

Kirsch keek niet erg overtuigd. 'Daar zul je misschien anders over denken als je hebt gehoord wat ik straks ga zeggen, Robert.'

10

De zetel van het aartsbisdom Madrid, de Catedral de la Almudena, is een robuuste neoclassicistische kathedraal die naast het koninklijk paleis staat. Hij is gebouwd op de plek van een oude moskee en ontleent zijn naam aan het Arabische *al-mudayna*, wat 'citadel' betekent.

Nadat Alfonso VI in 1083 Madrid had heroverd op de Moren, wilde hij volgens de overlevering een kostbaar beeld van de maagd Maria terugvinden, dat ter bescherming tegen het oorlogsgeweld was ingemetseld in de muren van de citadel. Toen hij de verstopte Maagd niet kon vinden, bad Alfonso uit alle macht tot een deel van de muur instortte en het beeld tevoorschijn kwam, dat nog steeds werd verlicht door de brandende kaarsen waarmee het eeuwen eerder was opgesloten.

Tegenwoordig is de Maagd van Almudena de beschermheilige van Madrid en wordt de kathedraal overspoeld door pelgrims en toeristen die willen bidden bij haar beeltenis. De prachtige locatie van het gebedshuis, dat met het koninklijk paleis aan het grote plein staat, is van toegevoegde waarde voor de kerkgangers, want er is altijd de mogelijkheid dat ze een glimp opvangen van leden van de koninklijke familie die het paleis in of uit gaan.

Deze avond rende een jonge acoliet in paniek door een gang van de kathedraal.

Waar is bisschop Valdespino? De mis staat op het punt te beginnen!

Aartsbisschop Antonio Valdespino was al tientallen jaren de voornaamste priester in deze kathedraal. De oude vriend en geestelijk raadsman van de koning was een uitgesproken en vrome beschermer van de tradities en wilde niets weten van modernisering. Hoe ongelooflijk het ook was, de drieëntachtigjarige bisschop deed nog steeds ketenen om zijn enkels tijdens de Heilige Week en liep zo mee met de gelovigen die heiligenbeelden door de straten droegen.

Valdespino is nooit te laat voor de mis.

De acoliet was twintig minuten geleden nog bij de bisschop in de sacristie geweest om hem zoals gewoonlijk te helpen zich te kleden. Net toen ze klaar waren, had de bisschop een berichtje ontvangen en daarna was hij zonder iets te zeggen snel weggelopen.

Waar is hij naartoe?

De acoliet had in het sanctuarium, de sacristie en zelfs het privétoilet van de bisschop gekeken en sprintte nu door de gang naar de administratieve afdeling van de kathedraal en het kantoor van de bisschop.

In de verte hoorde hij het orgel donderend tot leven komen.

De inkomsthymne!

De acoliet kwam glijdend tot stilstand voor het privékantoor van de bisschop en zag tot zijn verbazing een lichtstreep onder de gesloten deur. *Is hij hier?*

Hij klopte zachtjes. '¿Excelencia Reverendísima?'

Geen antwoord.

Hij klopte wat harder en riep: '¿Su Excelencia?'

Nog steeds niets.

Omdat hij bang was dat de oude man iets mankeerde, duwde de acoliet de deur open.

¡Cielos! De acoliet hapte naar adem toen hij het kantoor in keek.

Bisschop Valdespino zat aan zijn mahoniehouten bureau naar het scherm van een laptop te staren. Zijn mijter stond nog op zijn hoofd, zijn kazuifel zat in een prop onder zijn benen en zijn bisschopsstaf stond oneerbiedig tegen de muur.

De acoliet schraapte zijn keel. '*La santa misa está...*'

'*Preparada,*' viel de bisschop hem in de rede, zonder zijn blik van het scherm af te wenden. '*Padre Derida me sustituye.*'

De acoliet keek hem verbijsterd aan. *Valt pater Derida voor hem in?* Het was hoogst ongebruikelijk dat een lagere priester op zaterdagavond de mis leidde.

'*¡Vete ya!*' snauwde Valdespino, nog steeds zonder op te kijken. '*Y cierra la puerta.*'

Angstig deed de jongen wat hem werd gezegd: hij vertrok onmiddellijk, deed de deur achter zich dicht en haastte zich weer naar het geluid van het orgel. De acoliet vroeg zich af wat de bisschop in vredesnaam op zijn computer zat te bekijken dat hem zo afleidde van zijn goddelijke plicht.

Op dat moment baande admiraal Ávila zich een weg door de groeiende menigte in het atrium van het Guggenheim en zag tot zijn verbazing gasten in hun ultramoderne headsets praten. De audiotour van het museum was kennelijk een dialoog.

Hij was blij dat hij het ding had weggegooid.

Ik kan me vanavond niet laten afleiden.

Hij keek op zijn horloge en wierp een blik op de liften. Daar stonden al veel gasten die op weg waren naar boven voor het evenement, dus koos Ávila de trap. Terwijl hij naar boven liep, voelde hij dezelfde huivering van ongeloof die hem de vorige avond had overvallen. *Ben ik echt een man geworden die in staat is een moord te plegen?* De goddeloze zielen die zijn vrouw en kind hadden weggevaagd, hadden hem totaal veranderd. *Mijn daden zijn goedgekeurd door een hogere autoriteit,* bedacht hij. *Wat ik doe, is gerechtvaardigd.*

Toen Ávila boven aan de eerste trap kwam, werd zijn blik getrokken door een vrouw op een van de hangende wandelpaden. *Spanjes nieuwste celebrity,* dacht hij toen hij de befaamde schoonheid zag.

Ze droeg een nauwsluitende witte jurk met een zwarte, diagonale streep die elegant over haar bovenlichaam liep. Haar slanke figuur, weelderige donkere haar en elegante houding dwongen meteen bewondering af, en Ávila zag dat hij niet de enige was die naar haar keek.

Behalve de goedkeurende blikken van de andere gasten had de vrouw in het wit ook de volle aandacht van twee bewakers die haar op de hielen volgden. De mannen bewogen zich met het alerte zelfvertrouwen van panters en droegen blauwe blazers met een geborduurd wapen en de grote initialen GR.

Het verbaasde Ávila niet dat ze er waren, maar toch ging zijn hart sneller slaan. Als voormalig lid van de Spaanse marine wist hij heel goed wat GR betekende. Die twee bewakers waren gewapend en beter getraind dan welke bodyguard ook.

Nu zij hier zijn is extra voorzichtigheid geboden, hield Ávila zichzelf voor.

'Hé!' blafte een mannenstem vlak achter hem.

Een dikke man in smoking en met een zwarte cowboyhoed op glimlachte breed naar hem. 'Fantastisch kostuum!' De man wees naar Ávila's uniform. 'Waar haal je zoiets?'

Ávila staarde hem aan en balde in een reflex zijn vuisten. Dat krijg je na een leven van gedienstigheid en opoffering, dacht hij. '*No hablo inglés.*' Ávila haalde zijn schouders op en liep verder naar boven.

Op de tweede verdieping was een lange gang met toiletten aan het eind. Hij wilde net naar binnen gaan toen de lampen in het museum heel even gedimd werden – de eerste voorzichtige aanwijzing voor de gasten om naar boven te gaan voor de presentatie.

Ávila ging het verlaten toilet in, koos het laatste hokje en sloot zich erin op.

Nu hij alleen was, voelde hij de bekende demonen naar boven komen om hem weer de afgrond in te sleuren.

Vijf jaar, en nog word ik achtervolgd door de herinneringen.

Boos zette Ávila de verschrikkingen uit zijn hoofd en haalde de rozenkrans tevoorschijn. Voorzichtig hing hij hem over het haakje aan de deur. Toen de kralen en het kruis vredig voor zijn ogen bungelden, bewonderde hij zijn werk. Vrome mensen zouden het misschien verschrikkelijk vinden dat iemand de rozenkrans kon onteren door een dergelijk voorwerp te maken. Maar de Regent had Ávila verzekerd dat er in wanhopige tijden een zekere flexibiliteit nodig was in de regels van de absolutie.

Als het om zo'n heilige zaak gaat, is de vergiffenis van God een gegeven, had de Regent hem voorgehouden.

Naast zijn ziel werd ook Ávila's lichaam behoed voor het kwaad. Hij keek naar de tatoeage in zijn handpalm.

Net als de oude crismón van Christus bestond deze beeltenis helemaal uit letters. Ávila had haar drie dagen geleden in zijn hand gekerfd met ijzergalinkt en een naald, precies zoals hem gezegd was, en de plek was nog rood en gevoelig. Als hij gepakt werd, hoefde hij alleen maar zijn handpalm te laten zien en dan werd hij binnen een paar uur vrijgelaten, had de Regent hem verzekerd – 'Want we hebben mensen in de hoogste regionen van de overheid.'

Ávila had al iets gemerkt van hun enorme invloed, en die voelde als een beschermende mantel. *Er zijn nog mensen die respect hebben voor de oude tradities.* Op een dag hoopte Ávila deel uit te maken van deze elite, maar voorlopig vond hij het al een eer om hier een rol in te spelen.

In het stille toilet haalde Ávila zijn telefoon voor de dag en toetste het nummer in dat hem was gegeven.

Er werd meteen opgenomen. '*¿Sí?*'

'*Estoy en posición,*' antwoordde Ávila, en hij wachtte op de laatste instructies.

'*Bien,*' zei de Regent. '*Tendrás una sola oportunidad. Aprovecharla será crucial.*'

Je hebt maar één kans. Mis hem niet.

11

Dertig kilometer van Dubais glinsterende wolkenkrabbers, kunstmatige eilanden en villa's van beroemdheden ligt het kuststadje Sharjah, de ultraconservatieve hoofdstad van de islamitische cultuur in de Verenigde Arabische Emiraten.

Met meer dan zeshonderd moskeeën en de beste universiteiten in de regio is Sharjah een toonbeeld van spiritualiteit en geleerdheid, een positie die wordt ondersteund door de opbrengst van de enorme olievoorraden en een heerser die het onderwijs aan zijn mensen boven alles stelt.

Die avond had de familie van Sharjahs geliefde oelama Syed al-Fadl zich verzameld om een wake te houden. In plaats van de traditionele *tahajjud*, het nachtgebed, baden ze om de terugkeer van hun dierbare vader, oom en echtgenoot, die gisteren op geheimzinnige wijze was verdwenen.

De plaatselijke pers had bekendgemaakt dat een collega van Syed beweerde dat de normaal zo rustige oelama 'vreemd geagiteerd' was geweest toen hij twee dagen eerder was teruggekeerd van het Parlement van Wereldreligies. Bovendien zei de collega dat hij Syed kort na zijn terugkeer een vrij verhit telefoongesprek had horen voeren. Het gesprek had in het Engels plaatsgevonden en was dus voor hem niet te volgen geweest, maar de collega zwoer dat hij Syed herhaaldelijk een naam had horen noemen.

Edmond Kirsch.

12

Er ging van alles door Langdons hoofd toen hij uit de spiraal kwam. Zijn gesprek met Kirsch was zowel opwindend als alarmerend geweest. Of Kirsch nu overdreef of niet, de computerdeskundige had kennelijk iets ontdekt wat volgens hem het denken van de mens ingrijpend zou veranderen.

Een ontdekking die net zo belangrijk is als de conclusies van Copernicus?

Toen Langdon eindelijk uit de spiraalvormige sculptuur kwam, voelde hij zich een beetje duizelig. Hij pakte de headset op die hij eerder op de vloer had laten liggen.

'Winston?' zei hij terwijl hij het apparaat op zijn hoofd zette.

Een zachte klik; toen was de gecomputeriseerde Britse gids terug. 'Hallo, professor. Ja, ik ben er nog. Meneer Kirsch heeft me gevraagd u mee naar boven te nemen met de dienstlift, want er is te weinig tijd om terug te keren naar het atrium. Hij dacht bovendien dat u onze grote dienstlift wel zou waarderen.'

'Aardig van hem. Hij weet dat ik last heb van claustrofobie.'

'En ik weet het nu ook. Ik zal het niet vergeten.'

Winston verwees Langdon door de zijdeur naar een betonnen gang, waar een lift was. Zoals beloofd was de lift enorm groot. Hij was duidelijk bedoeld om grote kunstwerken te transporteren.

'Bovenste knop,' zei Winston toen Langdon in de lift stapte. 'Derde verdieping.'

Toen hij boven was, stapte Langdon uit.

'Oké,' klonk Winstons opgewekte stem in Langdons hoofd. 'We gaan door de zaal aan de linkerkant. Dat is de kortste weg naar het auditorium.'

Langdon volgde Winstons aanwijzingen en kwam uit in een grote zaal met een reeks bizarre kunstinstallaties: een stalen kanon dat dikke klodders rode was afvuurde op een witte muur, een kano van gaas die uiteraard niet zou drijven en een hele miniatuurstad van metalen blokken.

Toen hij door de zaal naar de uitgang liep, staarde Langdon in opperste verbazing naar een enorm kunststuk, dat de ruimte domineerde.

Nu heb ik echt het vreemdste stuk in dit museum gezien, dacht hij.

De hele breedte van de zaal werd in beslag genomen door een roedel houten wolven, die in dynamische poses in een lange rij naar de andere kant renden, waar ze hoog in de lucht sprongen en hard in botsing kwamen met een glazen muur, met een groeiende berg dode wolven als gevolg.

'Het heet *Head On*,' zei Winston ongevraagd. 'Negenennegentig wolven die blindelings tegen een muur op lopen, als symbool van de kuddementaliteit en het niet durven afwijken van de norm.'

Langdon werd geraakt door de ironie van de symboliek. *Ik denk dat Edmond vanavond heel ver van de norm zal afwijken.*

'Als u nu rechtuit gaat, vindt u de uitgang links van dat kleurige diamantvormige stuk,' zei Winston. 'De kunstenaar is een van Edmonds favorieten.'

Langdon zag het felgekleurde schilderij een eindje verder hangen en herkende meteen de kenmerkende kronkellijnen, de primaire kleuren en het zwevende oog.

Joan Miró, dacht Langdon, die altijd had gehouden van het speelse werk van de beroemde man uit Barcelona, dat het midden hield tussen het kleurboek van een kind en een surrealistisch glas-in-loodraam.

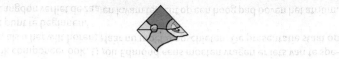

Maar toen Langdon dichterbij kwam, bleef hij met een ruk staan, omdat hij tot zijn verrassing zag dat het oppervlak helemaal glad was en geen zichtbare penseelstreken vertoonde. 'Is dit een reproductie?'

'Nee, het is het origineel,' antwoordde Winston.

Langdon keek nog beter. Het werk was duidelijk geprint. 'Winston, dit is een afdruk. Het is niet eens op doek.'

'Ik werk niet op doek,' antwoordde Winston. 'Ik maak virtuele kunst en Edmond print die voor me uit.'

'Wacht even,' zei Langdon ongelovig. 'Is dit van jou?'

'Ja, ik heb geprobeerd de stijl van Joan Miró na te bootsen.'

'Dat zie ik. Je hebt het zelfs ondertekend met Miró.'

'Nee,' zei Winston. 'Kijk nog maar eens. Ik heb getekend met Miro, zonder accent. Dat betekent "ik kijk" in het Spaans.'

Slim, moest Langdon toegeven, kijkend naar het enkele oog in de stijl van Miró, dat vanuit Winstons kunstwerk naar de toeschouwer keek.

'Edmond had me gevraagd een zelfportret te maken, en toen heb ik dit bedacht.'

Is dit je zelfportret? Langdon keek weer naar de verzameling ongelijke kronkellijnen. Dan zie je er wel heel vreemd uit voor een computer.

Langdon had onlangs iets gelezen over het groeiend enthousiasme waarmee Edmond computers algoritmische kunst leerde maken, dat wil zeggen kunst die wordt gegenereerd door zeer complexe computerprogramma's. Dat wierp een ongemakkelijke vraag op: als een computer kunst maakt, wie is dan de kunstenaar? De computer of de programmeur? Bij het MIT had een recente tentoonstelling van zeer geavanceerde algoritmische kunst een vreemde wending gegeven aan een lezing die deel uitmaakte van het programma van de geesteswetenschappen: 'Is kunst wat ons tot mensen maakt?'

'Ik componeer ook. U zou Edmond eens moeten vragen er iets van te spelen, als u het wilt horen. Maar nu moet u opschieten. De presentatie staat op het punt te beginnen.'

Langdon verliet de zaal en kwam terecht op een hoog pad boven het atrium.

Aan de andere kant van de lege ruimte leidden gidsen de laatste achtergebleven gasten de liften uit en naar een deur een eindje voor Langdon.

'Over een paar minuten begint het programma voor vanavond,' zei Winston. 'Ziet u de ingang naar de presentatiezaal?'

'Ja. Iets verderop.'

'Uitstekend. Nog één opmerking. Als u naar binnen gaat, ziet u verzamelbakken voor de headsets. Edmond heeft gevraagd of u die van u niet wilt teruggeven, maar wilt houden. Dan kan ik u na het programma via een achterdeur het museum uit loodsen, zodat u de menigte kunt vermijden en zeker een taxi zult kunnen vinden.'

Langdon dacht aan de reeks letters en cijfers die Edmond op het visitekaartje had geschreven. Edmond had gezegd dat hij dat aan een taxichauffeur moest geven. 'Winston, Edmond heeft alleen BIO-EC346 opgeschreven. Hij noemde het een pijnlijk eenvoudige code.'

'Dat is het ook,' zei Winston snel. 'Professor, het programma staat echt op het punt te beginnen. Ik hoop dat u geniet van de presentatie van meneer Kirsch en zie ernaar uit u daarna weer bij te staan.'

Met een abrupte klik was Winston verdwenen.

Langdon liep naar de ingang, zette zijn headset af en schoof het apparaatje in zijn zak. Toen haastte hij zich met de laatste gasten naar binnen, waarna de deur achter hem dichtging.

Hij was opnieuw in een onverwachte ruimte beland.

Moeten we blijven staan bij de presentatie?

Langdon had zich een comfortabel auditorium met stoelen voor de gasten voorgesteld, maar in plaats daarvan stonden honderden mensen opeengepakt in een kleine, witgeschilderde zaal. Er hing zo te zien geen kunst en er waren geen stoelen, alleen een podium bij de achtermuur, met daarnaast een groot lcd-scherm waarop stond:

Liveprogramma begint over 2 minuten en 07 seconden

Vol verwachting keek Langdon naar een tweede tekstregel, die hij twee keer moest lezen.

Huidig aantal kijkers: 1.953.694

Twee miljoen mensen?

Kirsch had Langdon verteld dat hij de presentatie zou livestreamen, maar dit leek een ongelooflijk aantal, en het werd elk moment groter.

Er ging een glimlach over Langdons gezicht. Zijn voormalige student had het aardig voor elkaar. De vraag was nu wat Edmond in godsnaam ging zeggen.

13

In een maanovergoten woestijn net ten oosten van Dubai maakte een Sand Viper 100-buggy een scherpe bocht naar rechts en kwam glijdend tot stilstand, zodat er een sluier van zand voor de brandende koplampen opwaaide.

De tiener op de buggy rukte zijn veiligheidsbril af en keek neer op het voorwerp waar hij bijna overheen was gereden. Op zijn hoede stapte hij van het voertuig en naderde de donkere vorm in het zand.

En ja hoor, het was precies wat het had geleken.

In het licht van zijn koplampen lag een roerloos menselijk lichaam op zijn buik in het zand.

'*Marhaba?*' riep de jongen. 'Hallo?'

Geen antwoord.

Hij kon aan de kleding – een traditionele *chechia* en een losse thobe – zien dat het een man was, die er weldoorvoed uitzag. Zijn voetafdrukken waren uitgewist door de wind, net als eventuele bandensporen of andere aanwijzingen over hoe hij zo ver de open woestijn in kon zijn gekomen.

'Marhaba?' herhaalde de jongen.

Niets.

Omdat hij niet wist wat hij anders moest doen, gaf hij de man met zijn voet een zachte por in de zij. Ondanks de onmiskenbare zwaarlijvigheid voelde het lichaam strak en hard aan, uitgedroogd door de wind en de zon.

Dood, dat was wel zeker.

De jongen bukte, greep de man bij de schouder en draaide hem op zijn rug. De levenloze ogen staarden naar de hemel. Het gezicht en de baard zaten vol zand, maar zelfs in deze vuile toestand leek het vriendelijk en zelfs bekend, als van een favoriete oom of grootvader.

Een half dozijn quads en buggy's kwam brullend naderbij toen de vrienden van de jongen terugkwamen om te kijken of alles goed met hem was. De voertuigen kwamen brullend de rand over en schoven nietsontziend het duin af.

De jongens zetten hun motor uit, namen hun bril en helm af en kwamen om de macabere vondst heen staan. Een van hen begon opgewonden te praten toen hij in het uitgedroogde lichaam de beroemde oelama Syed al-Fadl herkende, een geleerde en religieuze leider die van tijd tot tijd lezingen gaf aan de universiteit.

'Matha Alayna 'an naf'al?' vroeg hij hardop. 'Wat moeten we doen?'

De jongens stonden in een kring naar het lijk te staren. Toen reageerden ze zoals tieners over de hele wereld reageren. Ze haalden hun telefoons voor de dag en begonnen foto's te maken om aan hun vrienden te sturen.

14

Schouder aan schouder met de andere gasten zag Robert Langdon verbaasd dat het getal op het led-scherm gestaag verder opliep.

Huidig aantal kijkers: 2.527.664

Het achtergrondlawaai in de volle ruimte was aangezwollen tot een dof gebrul, de stemmen van honderden gasten die vol verwachting praatten, opgewonden een laatste telefoontje pleegden of via Twitter doorgaven waar ze zich bevonden.

Een man loeom het podium op en tilte tegen de microfoon. 'Dames en heren, we hebben u eerder gevraagd uw mobiele apparatuur uit te schakelen. Op dit moment blokkeren we voede duur van het evenement alle wifi- en

14

Schouder aan schouder met de andere gasten zag Robert Langdon verbaasd
dat het getal op het lcd-scherm gestaag verder opliep.

Huidig aantal kijkers: 2.527.664

Het achtergrondlawaai in de volle ruimte was aangezwollen tot een dof gebrul,
de stemmen van honderden gasten die vol verwachting praatten, opgewonden een laatste telefoontje pleegden of via Twitter doorgaven waar ze zich
bevonden.

Een man kwam het podium op en tikte tegen de microfoon. 'Dames en
heren, we hebben u eerder gevraagd uw mobiele apparatuur uit te schakelen.
Op dit moment blokkeren we voor de duur van het evenement alle wifi- en

telefooncommunicatie.'

Veel gasten waren nog met hun telefoon bezig en raakten abrupt hun signaal kwijt. De meesten keken ongelovig, alsof ze getuige waren van een wonderbaarlijk staaltje kirschiaanse technologie waardoor elke verbinding met de buitenwereld als bij toverslag was verbroken.

Vijfhonderd dollar bij een elektronicazaak, wist Langdon, want hij behoorde op Harvard tot de hoogleraren die draagbare jammers gebruikten om ervoor te zorgen dat de studenten tijdens het college hun telefoon niet konden gebruiken.

Nu nam een cameraman zijn positie in en richtte de enorme camera op zijn schouder op het podium. Het licht in de zaal werd gedimd.

Op het lcd-scherm stond nu:

Liveprogramma begint over 38 seconden
Huidig aantal kijkers: 2.857.914

Langdon keek verbaasd naar de teller, die sneller leek op te lopen dan de nationale schuld. Hij kon nauwelijks bevatten dat op dat moment bijna drie miljoen mensen thuis via een livestream zagen wat er in deze ruimte ging gebeuren.

'Dertig seconden,' zei de man zachtjes in de microfoon.

In de muur achter het podium ging een smalle deur open. De menigte viel meteen stil en keek verwachtingsvol uit naar de grote Edmond Kirsch.

Maar Edmond liet zich niet zien.

De deur bleef bijna tien seconden openstaan.

Toen kwam er een elegante vrouw binnen, die naar het podium liep. Ze was opvallend mooi – rijzig en slank, met lang zwart haar – en droeg een witte jurk met een diagonale zwarte streep. Ze leek te zweven. Toen ze midden op het toneel stond, stelde ze de microfoon bij, haalde diep adem en glimlachte geduldig naar de toehoorders terwijl ze wachtte tot de tijd verstreek.

Liveprogramma begint over 10 seconden

De vrouw sloot haar ogen alsof ze zich wilde voorbereiden en deed ze toen weer open. Ze was een toonbeeld van zelfbeheersing.

De cameraman stak vijf vingers op.

Vier, drie, twee...

Het werd doodstil in de zaal toen de vrouw in de camera keek. Op het lcd-scherm verscheen nu haar gezicht. Ze keek het publiek met levendige donkere ogen aan en streek nonchalant een lok haar van haar olijfbruine wang.

'Goedenavond, allemaal,' begon ze met een beschaafde, hoffelijke stem met een licht Spaans accent. 'Mijn naam is Ambra Vidal.'

Er barstte een ongewoon luid applaus los in de zaal, waaruit duidelijk bleek dat veel mensen wisten wie ze was.

'*¡Felicidades!*' riep iemand.

De vrouw bloosde en Langdon begreep dat hem iets ontging.

'Dames en heren,' ging ze snel verder, 'ik ben sinds vijf jaar directeur van het Guggenheim Museum Bilbao, en vanavond heet ik u welkom bij een ongelooflijke presentatie door een waarlijk opmerkelijke man.'

De menigte applaudisseerde enthousiast en Langdon deed mee.

'Edmond Kirsch is niet alleen een vrijgevig beschermheer van dit museum, maar hij is ook een vertrouwde vriend geworden. Het is een voorrecht en een persoonlijke eer dat ik de laatste paar maanden zo hecht met hem heb mogen samenwerken om deze avond voor te bereiden. Ik heb net gekeken, en op alle social media over de hele wereld gonst het van verwachting! Zoals velen van u inmiddels begrepen zullen hebben, wil Edmond Kirsch vanavond een zeer belangrijke wetenschappelijke ontdekking onthullen die volgens hem voor altijd herinnerd zal blijven als zijn grootste bijdrage aan de wereld.'

Er ging een opgewonden gefluister door de zaal.

De donkerharige vrouw glimlachte speels. 'Ik heb Edmond natuurlijk gesmeekt om mij als eerste te vertellen wat hij heeft ontdekt, maar hij wilde me zelfs geen hint geven.'

Een lachsalvo werd gevolgd door meer applaus.

'Het bijzondere evenement van deze avond zal worden gepresenteerd in het Engels, de moedertaal van meneer Kirsch,' ging ze verder. 'Maar voor de virtuele aanwezigen bieden we een realtimevertaling in meer dan twintig talen.'

Het lcd-scherm sprong over op iets anders, en Ambra zei: 'En mocht iemand nog twijfelen aan Edmonds zelfvertrouwen: hier is het persbericht dat vijftien minuten geleden automatisch is uitgegaan naar social media over de hele wereld.'

Langdon keek naar het scherm.

Vanavond: Live, 20.00 uur CEST.
Futuroloog Edmond Kirsch kondigt een ontdekking aan die het gezicht van de wetenschap voor altijd zal veranderen.

Zo krijg je dus binnen een paar minuten drie miljoen kijkers, dacht Langdon.

Toen hij zijn aandacht weer op het podium richtte, zag Langdon twee mensen die hem eerder niet waren opgevallen: een tweetal bewakers met ondoorgrondelijke gezichten, die tegen de zijmuur de menigte in de gaten stonden te houden. De initialen op hun blauwe blazer verrasten hem.

De Guardia Real? Wat doet de koninklijke garde hier?

Het leek onwaarschijnlijk dat er iemand van de koninklijke familie aanwezig was; als trouwe katholieken zouden de leden daarvan niet in het openbaar geassocieerd willen worden met een atheïst als Edmond Kirsch.

De koning van Spanje had als constitutioneel vorst officieel weinig macht, maar niettemin had hij een enorme invloed op het hart en het denken van zijn volk. Voor miljoenen Spanjaarden was de kroon nog steeds het symbool van de rijke traditie van *los reyes católicos* en de Spaanse gouden eeuw. Het koninklijk paleis in Madrid was een spiritueel kompas en een monument voor de lange geschiedenis van een onwrikbare religieuze overtuiging.

Langdon had in Spanje wel eens horen zeggen: 'Het parlement regeert, maar de koning heerst.' Eeuwenlang waren de koningen die de leiding hadden over de Spaanse diplomatie vrome, conservatieve katholieken geweest. En de huidige koning is daar geen uitzondering op, dacht Langdon, die het een en ander had gelezen over diens diepe religieuze overtuigingen en conservatieve opvattingen.

De laatste maanden ging het gerucht dat de oude vorst aan bed was gekluisterd en stervende was, en het land bereidde zich voor op de machtsoverdracht aan zijn enige zoon, Julián. Volgens de media was prins Julián een beetje een onbekende grootheid, omdat hij altijd in de schaduw van zijn vader had geleefd, en nu vroeg het land zich af wat voor heerser hij zou blijken.

Heeft prins Julián leden van de Guardia gestuurd om een oogje te houden op Edmonds evenement?

Langdon dacht in een flits terug aan de dreigende voicemail die Edmond had ontvangen van bisschop Valdespino. Ondanks zijn bezorgdheid voelde Langdon dat de sfeer in de zaal vriendelijk en enthousiast was. Van enige dreiging was niets te bespeuren. Hij herinnerde zich dat Edmond hem had verteld dat de veiligheidsmaatregelen ongelooflijk streng waren, dus misschien was de Spaanse Guardia Real een extra bescherming die ervoor moest zorgen dat de avond soepel verliep.

'Degenen onder u die bekend zijn met Edmond Kirsch' voorliefde voor drama zullen begrijpen dat hij ons nooit lang in zo'n steriele zaal zal laten staan,' ging Ambra Vidal verder.

Ze gebaarde naar een dubbele deur aan de andere kant van de zaal.

'Achter die deuren heeft Edmond Kirsch een "ervaringsruimte" gemaakt waarin hij vanavond zijn dynamische multimediapresentatie zal geven. Alles wordt volledig geregeld door computers en live doorgezonden naar de hele wereld.' Ze zweeg even en keek op haar gouden horloge. 'Het hele evenement is zorgvuldig getimed, en Edmond heeft gevraagd of u allemaal binnen wilt komen, zodat we precies om kwart over acht kunnen beginnen, en dat is over slechts een paar minuten.' Ze wees naar de deuren. 'Dus als u zo vriendelijk wilt zijn, dames en heren, gaat u dan alstublieft naar binnen, dan zullen we zien wat de wonderbaarlijke Edmond Kirsch voor ons in petto heeft.'

Op dat moment zwaaiden de deuren open.

Langdon keek door de opening en verwachtte een andere zaal. En dus schrok hij een beetje van wat er achter die deuren lag.

Een diepe, donkere tunnel.

Admiraal Ávila bleef een beetje achterin hangen toen de gasten opgewonden naar de gang liepen. Toen hij de tunnel in keek, zag hij tot zijn genoegen dat het daar donker was.

Duisternis zou zijn werk een stuk gemakkelijker maken.

Hij raakte de rozenkrans in zijn zak aan en ging de informatie nog eens na die hij over deze missie had gekregen.

Alles draait om de timing.

15

De tunnel, gemaakt van zwarte stof die over ondersteunende bogen was gespannen, was ongeveer zes meter breed en liep langzaam omhoog en naar links. De vloer was bedekt met zacht zwart tapijt, en twee lichtstroken onder aan de wanden vormden de enige verlichting.

'Schoenen uit, alstublieft,' fluisterde een gids tegen de mensen die binnenkwamen. 'Doet u ze alstublieft uit en neem ze in de hand mee.'

Langdon stapte uit zijn lakleren schoenen en zijn voeten zonken diep weg in het opmerkelijk zachte tapijt. Zijn hele lichaam ontspande instinctief. Overal om zich heen hoorde hij waarderende zuchten.

Toen hij verder door de gang liep, zag Langdon aan het eind een zwart gordijn. Voor het gordijn werden de gasten opgewacht door gidsen die hun een dik zwart badlaken gaven – althans, daar leek het op – alvorens hen door te laten.

In de tunnel had het eerdere opgewonden gepraat plaatsgemaakt voor een onzekere stilte. Toen Langdon bij het gordijn kwam, gaf een gids hem een opgevouwen stuk stof, en nu besefte hij dat het geen badlaken was, maar een kleine, zachte deken met aan één kant een ingenaaid kussen. Langdon bedankte de gids en ging door het gordijn naar de ruimte erachter.

Voor de tweede keer die avond bleef hij als aan de grond genageld staan. Hoewel Langdon niet kon zeggen wat hij had verwacht, was het in ieder geval niet wat hij nu voor zich zag.

Zijn we... buiten?

Langdon stond aan de rand van een groot veld. Boven hem zag hij een glinsterende sterrenhemel en in de verte kwam een dunne maansikkel op achter een eenzame esdoorn. Er tsjirpten krekels en over zijn gezicht streelde een warm briesje, dat de aardse geur van het pas gemaaide gras onder zijn kousenvoeten meevoerde.

'Meneer?' fluisterde een gids, die hem bij zijn arm nam en het veld op leidde. 'Zoekt u alstublieft een plekje op het gras. Leg uw deken neer en geniet.'

Langdon liep het grasveld op, samen met de andere, al net zo verbaasde gasten, van wie de meesten een plekje zochten om hun deken uit te spreiden.

Het onberispelijk bijgehouden gazon was ongeveer zo groot als een ijshockeybaan en werd omgeven door in de wind ruisende bomen, zwenkgras en doddengras.

Het duurde een paar tellen voor Langdon doorhad dat het allemaal een illusie was, een enorm kunstwerk.

Ik bevind me in een uitgebreid planetarium. Hij verwonderde zich over de enorme aandacht voor detail.

De sterrenlucht was een projectie, compleet met maan, voortjagende wolken en verre, golvende heuvels. De ruisende bomen en grassen waren knappe imitaties of echte planten in verborgen potten. De vage strook vegetatie verhulde heel slim de harde randen van de enorme zaal en gaf de indruk van een natuurlijke omgeving.

Langdon bukte en voelde aan het gras, dat zacht en net echt was, maar heel droog. Hij had gelezen over het nieuwe kunstgras, dat zelfs profsporters voor de gek hield, maar Kirsch was nog wat verder gegaan en had een ietwat ongelijke ondergrond gemaakt met lichte oneffenheden, als in een echte weide.

Langdon moest denken aan de eerste keer dat zijn zintuigen hem voor de gek hadden gehouden. Als kind had hij eens in een bootje door een maanverlichte haven gedreven, waar een piratenschip verwikkeld was in een gevecht met oorverdovend kanonvuur. Langdons jonge brein had niet kunnen accepteren dat hij helemaal niet in een haven was, maar in een groot ondergronds theater dat men had laten volstromen met water om deze illusie te scheppen voor de Pirates of the Caribbean-attractie van Disney World.

Dit keer was het effect verbijsterend realistisch, en terwijl de gasten om hem heen het op zich in lieten werken, zag Langdon dat hun verbazing en verrukking de zijne evenaarden. Het was toch wel knap van Edmond, niet zozeer dat hij deze fantastische illusie had geschapen, als wel dat hij honderden volwassenen ertoe had gebracht hun mooie schoenen uit te trekken, op het gras te gaan liggen en op te kijken naar de hemel.

Dat deden we als kind ook, maar op een gegeven moment zijn we ermee opgehouden.

Langdon ging liggen, met zijn hoofd op het kussen, en liet zijn lichaam wegzakken in het zachte gras.

Boven hem twinkelden de sterren. Heel even was Langdon weer een tiener en lag hij met zijn beste vriend op de weelderige fairway van de Bald Peak-golfbaan de mysteries van het leven te overpeinzen. *Met een beetje geluk lost Edmond Kirsch vanavond een paar van die mysteries op.*

Achter in het theater keek admiraal Luis Ávila nog één keer de ruimte door, toen glipte hij ongezien weg door het gordijn waardoor hij binnen was gekomen. Toen hij alleen was in de ingangstunnel liet hij een hand over de stoffen wand gaan tot hij een zoom voelde. Zo zachtjes mogelijk trok hij het klittenband van elkaar, stapte door de wand en deed hem achter zich weer dicht.

Alle illusies waren op slag verdwenen.

Ávila stond niet meer in een wei.

Hij bevond zich in een enorme, rechthoekige ruimte die werd gedomineerd door een grote, ovale bubbel. *Een kamer in een kamer.* De constructie voor hem – een soort koepel – werd omringd door een hoog exoskelet van steigers, die een wirwar van kabels, lampen en speakers ondersteunden. Een glanzende rij projectors wierp brede lichtbundels op het doorschijnende oppervlak van de koepel en schiep daarbinnen de illusie van een sterrenhemel en golvende heuvels.

Ávila had bewondering voor Kirsch' gevoel voor theater, hoewel de futuroloog nooit had kunnen bedenken hoe dramatisch deze avond nog zou worden.

Denk aan wat er op het spel staat. Je bent een soldaat in een edele oorlog. Deel van een groter geheel.

In gedachten had Ávila zijn missie talloze malen herhaald. Hij haalde de overmaatse rozenkrans uit zijn zak. Op dat moment donderde een mannenstem als de stem van God uit de rij speakers in de koepel.

'Goedenavond, vrienden. Mijn naam is Edmond Kirsch.'

16

In Boedapest ijsbeerde rabbi Köves nerveus door zijn zwak verlichte házikó. Met zijn afstandsbediening zapte hij bezorgd langs de tv-kanalen terwijl hij wachtte op nieuws van bisschop Valdespino.

Verscheidene nieuwszenders hadden hun normale programmering de laatste tien minuten onderbroken voor de livestream uit het Guggenheim. Commentatoren praatten over Kirsch' prestaties en speculeerden over zijn geheimzinnige, ophanden zijnde onthulling. Köves zag met lede ogen hoe de belangstelling groeide.

Ik heb die onthulling al gezien.

Drie dagen geleden, op de berg Montserrat, had Edmond Kirsch een zogenaamde ruwe versie vertoond aan Köves, al-Fadl en Valdespino. En nu zou de wereld hetzelfde programma zien, vermoedde Köves.

Vanavond wordt alles anders, dacht hij somber.

De telefoon ging en Köves schrok op uit zijn gedachten. Hij nam op.

Valdespino begon meteen te praten. 'Jehoeda, ik ben bang dat ik nog meer slecht nieuws heb.' Met sombere stem stelde hij Köves op de hoogte van een bizarre melding uit de Verenigde Arabische Emiraten.

Köves sloeg ontzet een hand voor zijn mond. 'Heeft oelama al-Fadl... zelfmoord gepleegd?'

'Dat denken de autoriteiten. Hij is kortgeleden gevonden, diep in de woestijn. Alsof hij er gewoon in is gelopen om te sterven.' Valdespino zweeg even. 'Ik kan alleen maar vermoeden dat de spanning van de laatste dagen hem te veel is geworden.'

Köves dacht na over die mogelijkheid en werd overspoeld door verdriet en verwarring. Ook hij had geworsteld met de implicaties van Kirsch' ontdekking, maar toch leek het totaal onwaarschijnlijk dat oelama al-Fadl in wanhoop de hand aan zichzelf had geslagen.

'Hier klopt iets niet,' verklaarde Köves. 'Ik geloof niet dat hij zoiets zou doen.'

Valdespino bleef lange tijd stil. 'Ik ben blij dat u dat zegt,' zei hij eindelijk.

'Ik moet toegeven dat ik het ook moeilijk vind om te aanvaarden dat het om zelfmoord gaat.'

'Maar... wie kan dit dan op zijn geweten hebben?'

'Iemand die wil dat de ontdekking van Edmond Kirsch geheim blijft,' antwoordde de bisschop snel. 'Iemand die net als wij geloofde dat zijn presentatie nog weken op zich zou laten wachten.'

'Maar Kirsch zei dat niemand anders van zijn ontdekking wist!' sprak Köves hem tegen. 'Alleen u, oelama al-Fadl en ikzelf.'

'Misschien heeft Kirsch ook daarover gelogen. Maar zelfs als wij drieën inderdaad de enigen zijn aan wie hij het heeft verteld, moet u niet vergeten dat onze vriend Syed al-Fadl het in de openbaarheid wilde brengen. Het is mogelijk dat de oelama informatie over Kirsch' ontdekking heeft gedeeld met een collega in de Emiraten. En misschien vond die collega net als ik dat Kirsch' openbaring gevaarlijke repercussies zou hebben.'

'Wat wilt u daarmee zeggen?' wilde de rabbi boos weten. 'Dat al-Fadl is vermoord door een ambtgenoot om dit stil te houden? Dat is belachelijk!'

De bisschop bleef rustig. 'Rabbi, ik weet natuurlijk niet wat er is gebeurd. Ik probeer alleen maar antwoorden te bedenken, net als u.'

Köves ademde uit. 'Neem me niet kwalijk. Ik probeer nog steeds het nieuws van Syeds dood te verwerken.'

'Net als ik. En als Syed is vermoord om wat hij wist, moeten we zelf ook voorzichtig zijn. Het is mogelijk dat u en ik ook een doelwit worden.'

Daar dacht Köves even over na. 'Als het eenmaal algemeen bekend is, doen wij er niet meer toe.'

'Dat is waar, maar het ís nog niet bekend.'

'Monseigneur, dat duurt nog maar een paar minuten. Het is op elke tv-zender.'

'Ja...' Valdespino slaakte een vermoeide zucht. 'Het lijkt erop dat ik moet accepteren dat mijn gebeden niet verhoord zijn.'

Köves vroeg zich af of de bisschop er letterlijk voor had gebeden dat God tussenbeide zou komen en Kirsch van gedachten zou doen veranderen.

'Zelfs wanneer het bekend is, zijn we nog niet veilig,' zei Valdespino. 'Ik vermoed dat Kirsch de wereld met groot genoegen zal vertellen dat hij drie dagen geleden drie religieuze leiders heeft geraadpleegd. Ik vraag me nu af of de schijn van ethische transparantie zijn ware motief was voor het gesprek. En als hij ons bij name noemt... dan worden u en ik het onderwerp van nauwkeurig onderzoek en misschien zelfs kritiek van onze eigen kudde, die zou kunnen vinden dat we actie hadden moeten ondernemen. Het spijt me, ik ben gewoon...' De bisschop aarzelde, alsof hij nog iets wilde zeggen.

'Wat is er?' drong Köves aan.

'We hebben het er later wel over. Ik bel u weer nadat we hebben gezien hoe Kirsch zijn presentatie vormgeeft. Blijf tot dan alstublieft binnen. Doe uw deur op slot. Spreek met niemand. Voor uw eigen veiligheid.'

'U maakt me bang, Antonio.'

'Dat is niet mijn bedoeling,' antwoordde Valdespino. 'We kunnen alleen maar wachten en zien hoe de wereld reageert. Het is nu in Gods handen.'

17

Het was stil geworden op de weide in het Guggenheim nadat de stem van Edmond Kirsch had geklonken. Honderden gasten lagen op hun deken naar een oogverblindende sterrenhemel te kijken. Robert Langdon lag ergens in het midden en werd meegesleept door de groeiende verwachting.

'Laat ons vanavond weer kinderen zijn,' ging Kirsch verder. 'Laat ons onder de sterren liggen en wijd openstaan voor alle mogelijkheden.'

Langdon voelde de opwinding door de menigte gaan.

'Laten we vanavond in de voetsporen treden van de vroege ontdekkingsreizigers,' verklaarde Kirsch. 'Mensen die alles achterlieten en die op weg gingen over grote oceanen. Mensen die voor het eerst land zagen dat ze nooit eerder hadden gezien. Mensen die op hun knieën vielen in het ontzagwekkende besef dat de wereld veel groter was dan ze zich hadden kunnen voorstellen.

Hun oude opvattingen over de wereld vielen in het niet bij deze nieuwe ontdekkingen. Zo moeten we ons vanavond voelen.'

Indrukwekkend, dacht Langdon, die wel eens zou willen weten of Kirsch ergens achter de schermen een script zat voor te lezen of zijn verhaal van tevoren had opgenomen.

'Mijn vrienden,' klonk Edmonds stem boven hen, 'we zijn hier vanavond bijeengekomen om te horen over een belangrijke ontdekking. Ik vraag u mij toe te staan het toneel voor te bereiden. Net als bij elke verschuiving in de menselijke filosofie is het van essentieel belang dat we de historische context begrijpen waarin een moment als dit is ontstaan.'

Precies op het juiste moment rolde er donder in de verte. Langdon voelde de diepe bas uit de speakers in zijn onderbuik.

'Om ons in de juiste stemming te brengen, hebben we tot ons geluk een vooraanstaand wetenschapper in ons midden, een levende legende in de wereld van de symbolen, codes, geschiedenis, religie en kunst. Hij is bovendien een dierbare vriend van mij. Dames en heren, hier is Robert Langdon, professor aan de Harvard-universiteit.'

Langdon kwam met een schok op zijn ellebogen omhoog toen de menigte enthousiast begon te klappen en de sterren boven hen plaatsmaakten voor een opname van een groot auditorium vol mensen. Op het toneel liep Langdon in zijn Harris Tweed-jasje voor zijn geboeide publiek heen en weer.

Dus dit is de rol waar Edmond het over had, dacht hij, en hij ging met een ongemakkelijk gevoel weer liggen.

'De eerste mensen,' zei Langdon op het scherm, 'verwonderden zich over hun universum, vooral over die verschijnselen waar ze met hun verstand niet bij konden. Om deze mysteries te doorgronden, bedachten ze een groot pantheon van goden en godinnen, waarmee ze alles konden verklaren wat hun begrip te boven ging: onweer, getijden, aardbevingen, vulkanen, onvruchtbaarheid, plagen, zelfs liefde.'

Dit is surreëel, dacht Langdon, terwijl hij op zijn rug naar zichzelf lag te kijken.

'De vroege Grieken schreven de eb en vloed van de zee toe aan de wisselende stemmingen van Poseidon.' Langdon verdween van het plafond, maar zijn stem vertelde verder.

Er verschenen beelden van donderende golven, die de hele ruimte lieten trillen. Langdon keek verwonderd toe hoe de omslaande golven veranderden in een verlaten, door de wind geteisterde vlakte vol sneeuwhopen. Er blies een koude wind over de wei.

'Het invallen van de winter werd veroorzaakt door het verdriet van de planeet om Persephone's jaarlijkse terugkeer naar de onderwereld,' ging Langdons stem verder.

De bries werd weer warm en uit het bevroren landschap rees een berg steeds hoger op, met een piek waaruit vonken, rook en lava kwamen.

'De Romeinen dachten dat een vulkaan de woonplaats was van Vulcanus, de smid van de goden, die werkte in een enorme smidse onder de berg, waardoor de vlammen uit de schoorsteen kwamen.'

Even rook Langdon zwavel en hij verbaasde zich erover hoe ingenieus Edmond zijn lezing had veranderd in een zintuiglijke ervaring.

Het gerommel van de vulkaan hield abrupt op. In de stilte begonnen de krekels weer te tsjirpen en waaide weer het warme, naar gras ruikende windje over de wei.

'De vroege mensen bedachten talloze goden om niet alleen de mysteries van hun planeet te verklaren, maar ook de mysteries van hun eigen lichaam,' verklaarde Langdons stem.

Boven hem kwamen de twinkelende sterrenconstellaties terug, waarover nu lijntekeningen lagen van de verschillende goden die ze vertegenwoordigden.

'Onvruchtbaarheid werd veroorzaakt door het verlies van de gunst van de godin Juno. Liefde was het resultaat van de pijlen van Eros. Epidemieën werden verklaard als de straf van Apollo.'

Nu verschenen er nieuwe constellaties, samen met afbeeldingen van nieuwe goden.

'Wie mijn boeken heeft gelezen,' ging Langdons stem verder, 'heeft mij de term "God van de hiaten" zien gebruiken. Daarmee bedoel ik dat de vroege mensen hiaten in hun begrip van de wereld vulden met God.'

Nu verscheen aan de hemel een enorme collage van schilderijen en beelden van tientallen oude goden.

'Talloze hiaten werden gevuld met talloze goden,' zei Langdon. 'Maar in de loop der eeuwen nam de wetenschappelijke kennis toe.' Nu verscheen er een collage van mathematische en technische symbolen. 'Naarmate de hiaten in ons begrip van de natuurlijke wereld werden opgevuld, kromp het pantheon van goden.'

Op het plafond kwam een afbeelding van Poseidon naar de voorgrond.

'Toen we er bijvoorbeeld achter kwamen dat de getijden werden veroorzaakt door de cyclus van de maan, was Poseidon niet langer nodig en werd hij afgeschreven als een dwaze mythe uit een tijd van onwetendheid.'

Poseidon verdween in een rookwolk.

'Zoals bekend hebben de andere goden hetzelfde lot ondergaan. Ze zijn een voor een gestorven op het moment dat hun relevantie voor ons zich ontwikkelende intellect verdween.'

Aan de hemel begonnen de beelden van de goden een voor een te verdwijnen: de goden van de donder, van de aardbevingen, van de plagen, enzovoort.

Terwijl het aantal afbeeldingen afnam, voegde Langdon eraan toe: 'Maar vergis je niet. Deze goden zijn niet zonder slag of stoot verdwenen. Het is een onaangenaam proces voor een cultuur om goden gedag te zeggen. Spirituele overtuigingen worden op jonge leeftijd diep in ons hoofd gegrift door degenen die we het meest liefhebben en vertrouwen: onze ouders, onze leraren, onze religieuze leiders. Daarom duren religieuze veranderingen generaties lang en gaan ze gepaard met grote angst en vaak met bloedvergieten.'

Nu werd de geleidelijke verdwijning van de goden begeleid door het geluid van kletterende zwaarden en kreten. Uiteindelijk bleef er nog maar één god over, een iconisch, verweerd gezicht met een golvende witte baard.

'Zeus...' verklaarde Langdon met krachtige stem. 'De god der goden. De meest gevreesde van de heidense goden, aanbeden boven alle andere. Meer dan enige andere god bood Zeus weerstand aan zijn verdwijning. Hij verzette zich en voerde een gewelddadige strijd tegen het doven van zijn eigen licht, zoals ook de eerdere goden hadden gedaan die door Zeus waren verdrongen.'

Over het plafond flitsten afbeeldingen van Stonehenge, de Soemerische spijkerschrifttabletten en de grote piramiden van Egypte. Toen keerde de buste van Zeus terug.

'Zeus' volgelingen hielden zo hardnekkig vast aan hun god dat het overwinnende christendom het gezicht van Zeus wel moest adopteren als het gezicht van hun nieuwe God.'

De baardige buste van Zeus veranderde naadloos in een fresco van een identiek bebaard gezicht, dat van de christelijke God zoals Michelangelo Hem had afgebeeld in de schepping van Adam op het plafond van de Sixtijnse Kapel.

'Tegenwoordig geloven we niet meer in verhalen als die over Zeus, over een jongen die is gevoed door een geit en is geholpen door eenogige wezens die Cyclopen heetten. Wij, met onze moderne denkwijze, hebben al die verhalen afgedaan als mythologie – vreemde, verzonnen verhalen die ons een amusant inkijkje bieden in ons bijgelovige verleden.'

Op het plafond was nu een foto te zien van een stoffige plank in een bibliotheek, waarop in leer gebonden boekwerken over oude mythologie wegkwijnden naast boeken over natuurreligies, Baäl, Inanna, Osiris en ontelbare vroege geloofsovertuigingen.

'Dat is nu allemaal anders!' verklaarde Langdons sonore stem. 'Wij zijn modern.'

Aan de hemel verschenen nieuwe beelden: frisse en sprankelende foto's van ruimtereizen, computerchips, een medisch lab, een deeltjesversneller, voorbijrazende straalvliegtuigen.

'Wij zijn intellectueel geëvolueerde en technologisch onderlegde mensen. Wij geloven niet in reusachtige smeden die aan het werk zijn onder vulkanen of in goden die de getijden of de seizoenen beheersen. Wij lijken in niets op onze vroege voorvaderen.'

'Of toch?' fluisterde Langdon, die meepraatte met de video.

'Of toch?' vroeg Langdon door de speakers. 'Wij beschouwen onszelf als moderne, rationele individuen, en toch bevat ons meest verspreide geloof een heel scala aan magische verhalen: mensen die op onverklaarbare wijze opstaan uit de dood, wonderbaarlijke bevallingen van maagden, wraakzuchtige goden die plagen of overstromingen veroorzaken, mystieke beloften over een volgend leven in een hemel vol wolken of een brandende hel.'

Terwijl Langdon sprak, flitsten op het plafond bekende christelijke beelden voorbij van de opstanding, de maagd Maria, de ark van Noach, de scheiding van de Rode Zee, de hemel en de hel.

'Laten we ons dus even de reactie voorstellen van toekomstige geschiedkundigen en antropologen. Zullen zij met het voordeel van de wijsheid achteraf terugkijken op onze religieuze overtuigingen en ze classificeren als een mythe uit een onwetende tijd? Zullen zij naar onze goden kijken zoals wij naar Zeus kijken? Zullen ze onze heilige teksten verbannen naar die stoffige boekenplank van de geschiedenis?'

De vraag bleef een paar tellen in de duisternis hangen.

Plotseling verbrak de stem van Edmond Kirsch de stilte.

'Ja, professor,' galmde zijn stem van boven. 'Ik denk dat dat allemaal zal gebeuren. Ik denk dat toekomstige generaties zich zullen afvragen hoe een technologisch geavanceerde soort als die van ons kon geloven wat onze moderne religies ons voorhouden.'

De stem van Kirsch werd sterker toen er een nieuwe reeks beelden over het plafond trok: Adam en Eva, een vrouw in een boerka, hindoes die over gloeiende kolen liepen.

'Ik geloof dat toekomstige generaties naar onze tradities zullen kijken en tot de conclusie zullen komen dat wij in een onwetende tijd leefden,' verklaarde Kirsch. 'Het bewijs daarvoor zullen ze vinden in onze overtuiging dat we door God zijn geschapen in een magische tuin of dat onze almachtige Schepper eist dat vrouwen hun hoofd bedekken, of het feit dat we het risico nemen brandwonden op te lopen om onze goden te eren.'

Er kwamen nog meer beelden voorbij, een snelle montage van foto's waarop religieuze ceremonies van over de hele wereld te zien waren, van duiveluitdrijvingen en doopdiensten tot rituele piercings en dierenoffers. De voorstelling ging verder met zeer verontrustende beelden van een Indiase geestelijke die een baby over de rand van een vijftien meter hoge toren liet bungelen. Opeens liet de geestelijke het kind los en het viel omlaag, recht in een uitgestrekte deken die door vrolijke dorpelingen werd vastgehouden als een brandweernet.

De val van de Grishneshwar-tempel, dacht Langdon, die zich herinnerde dat men geloofde dat het kind zo in de gunst van God zou komen te staan.

Gelukkig kwam er een eind aan de angstaanjagende video.

In de totale duisternis klonk de stem van Kirsch. 'Hoe is het mogelijk dat de moderne mens in staat is tot zeer precieze, logische analyses en tegelijkertijd religieuze overtuigingen accepteert die zelfs de lichtste rationele toets niet zouden doorstaan?'

De schitterende sterrenhemel keerde terug.

'Het antwoord blijkt heel simpel,' besloot Edmond.

De sterren werden opeens feller en groter. Er verschenen vezels tussen, zodat er een schijnbaar oneindig web van met elkaar verbonden knopen ontstond.

Neuronen, besefte Langdon net voor Edmond weer begon te spreken.

'Het menselijk brein,' zei hij. 'Waarom gelooft het wat het gelooft?'

Verschillende knopen flitsten en stuurden elektriciteit door de vezels naar andere neuronen.

'Onze hersenen hebben een besturingssysteem, als een organische computer. Een reeks regels die orde schept in de chaos die de hele dag binnenkomt: taal, een goed in het gehoor liggend wijsje, de smaak van chocola. Zoals u zich kunt voorstellen, is de onophoudelijke stroom aan binnenkomende informatie krankzinnig gevarieerd, en uw hersenen moeten daar orde in scheppen. De programmering van dat besturingssysteem bepaalt onze perceptie van de realiteit. Maar helaas worden we in de maling genomen, want wie het programma voor het menselijk brein ook geschreven heeft, hij had een raar gevoel voor humor. Met andere woorden, het is niet onze schuld dat wij zulke krankzinnige dingen geloven.'

De synapsen aan het plafond sisten en er kwamen bekende beelden omhoog vanuit de hersenen: astrologische kaarten; Jezus die over het water loopt; L. Ron Hubbard, de stichter van de Scientology-kerk; de Egyptische god Osiris; de vierarmige hindoeïstische olifantgod Ganesha; en een marmeren standbeeld van de maagd Maria dat letterlijk huilde.

'Als programmeur vraag ik me dus af: welk bizar besturingssysteem kan zulke onlogische dingen opleveren? Als we in het menselijk brein kijken en het besturingssysteem zouden kunnen lezen, zouden we zoiets als dit aantreffen.'

Er verschenen vier woorden in enorm grote letters op het plafond.

MIJD CHAOS
SCHEP ORDE

'Dat is de grondslag van ons hersenprogramma,' zei Edmond. 'En daarom zijn mensen geneigd dat te doen. Chaos vermijden. Orde scheppen.'

Opeens daverde er een kakofonie van dissonante pianoklanken door de ruimte, alsof een kind tekeerging op een keyboard. Langdon en de mensen om hem heen verstijfden onwillekeurig.

Edmond riep boven het lawaai uit: 'Het geluid van iemand die lukraak op een piano hamert, is onverdraaglijk! Maar als we dezelfde noten nemen en er orde in scheppen...'

Het lawaai hield op en maakte plaats voor de troostende melodie van Debussy's *Clair de lune*.

Langdon voelde hoe zijn spieren ontspanden.

'Nu genieten we. Van dezelfde klanken. Afkomstig van hetzelfde instrument. Maar Debussy schept orde. En juist dat plezier in het scheppen van orde spoort ons aan legpuzzels te maken en schilderijen recht te hangen. De voorkeur voor organisatie zit in ons DNA, dus het mag geen verrassing voor ons zijn dat de grootste uitvinding die de mens kon doen de computer is: een apparaat dat specifiek is bedoeld om ons te helpen orde te scheppen in de chaos. Het Spaanse woord voor computer is zelfs *ordenador*, heel letterlijk "dat wat orde schept".'

Er verscheen een afbeelding van een enorme supercomputer met een jongeman aan één enkel beeldscherm.

'Stelt u zich eens voor dat u een krachtige computer hebt met toegang tot alle informatie op de wereld. U kunt deze computer elke vraag stellen die u wilt. Waarschijnlijk zult u uiteindelijk een van de twee fundamentele vragen stellen die de mens bezighouden sinds hij zich bewust werd van zichzelf.'

De man typte iets en de tekst verscheen op het scherm.

Waar komen we vandaan?
Waar gaan we naartoe?

'Met andere woorden, u zou vragen naar onze oorsprong en onze bestemming,' zei Edmond. 'En wanneer u deze vragen stelt, zou dit het antwoord van de computer zijn.'

Op het beeldscherm verschenen de woorden:

ONVOLDOENDE DATA VOOR ACCURAAT ANTWOORD

'Daar hebben we niet veel aan,' zei Kirsch. 'Maar het is wel eerlijk.'

Nu verscheen er een afbeelding van een menselijk brein.

'Maar als u deze biologische computer vraagt waar we vandaan komen, gebeurt er heel iets anders.'

Uit de hersenen kwam een stroom religieuze beelden: God die Adam het leven geeft, Prometheus die een oermens maakt uit modder, Brahma die mensen maakt uit verschillende delen van zijn eigen lichaam, een Afrikaanse god die de wolken uiteendrijft en twee mensen op de aarde laat zakken en een Noorse god die een man en vrouw maakt uit wrakhout.

'En dan vraagt u: *Waar gaan we naartoe?*'

Er kwamen nog meer beelden uit de hersenen: een smetteloze hemel, een brandende hel, hiërogliefen uit het Egyptisch Dodenboek, afbeeldingen van astrale projecties, Griekse afbeeldingen van de Elysese velden, kabbalistische beschrijvingen van *gilgoel nesjamot*, boeddhistische en hindoeïstische reïncarnatieschema's en de theosofische sferen van Zomerland.

'Voor het menselijk brein is elk antwoord beter dan geen antwoord,' legde Edmond uit. 'We voelen ons enorm ongemakkelijk als we worden geconfronteerd met "onvoldoende data", dus bedenken onze hersenen de data zelf om ons in ieder geval de illusie van orde te geven. En zo scheppen ze ontelbare filosofieën, mythologieën en religies om ons ervan te verzekeren dat er wel degelijk orde en structuur bestaat in de ongeziene wereld.'

Terwijl de religieuze beelden voorbijtrokken, werd de stem van Edmond steeds heftiger.

'*Waar komen we vandaan? Waar gaan we naartoe?* Deze fundamentele vragen van de mens hebben me altijd geboeid, en ik heb er jaren van gedroomd om het antwoord te vinden.' Edmond zweeg even; toen zei hij op somberder toon: 'Helaas denken miljoenen mensen op grond van religieuze dogma's dat ze de antwoorden op deze grote vragen al weten. En omdat niet elke religie hetzelfde antwoord geeft, voeren hele culturen oorlog over de vraag wiens antwoord juist is en welke versie van het verhaal van God de enige echte is.'

Boven de hoofden verschenen abrupt beelden van kanonvuur en exploderende mortiergranaten – een gewelddadige montage met foto's van religieuze oorlogen, gevolgd door beelden van huilende vluchtelingen, ontheemde gezinnen en burgerslachtoffers.

'Sinds het begin van de religieuze geschiedenis is onze soort verwikkeld in een niet-aflatend kruisvuur tussen atheïsten, christenen, moslims, joden en hindoes – de gelovigen van alle religies – en het enige wat ons allemaal verbindt is ons diepe verlangen naar vrede.'

De donderende oorlogsbeelden verdwenen en werden vervangen door de stille hemel vol glinsterende sterren.

'Stelt u zich eens voor dat we als door een wonder antwoord zouden krijgen op de grote levensvragen, als we allemaal opeens hetzelfde onmiskenbare bewijs zagen en beseften dat we geen andere keus hadden dan het met open armen te aanvaarden, samen, als de menselijke soort.'

Op het scherm verscheen het beeld van een priester, de ogen gesloten in gebed.

'Spiritueel onderzoek is altijd het domein geweest van de religies, die ons aansporen blind te vertrouwen op hun leringen, zelfs als deze weinig logisch zijn.'

Nu verscheen er een collage van vurige gelovigen, allemaal met gesloten ogen, die zongen, bogen, reciteerden en baden.

'Maar geloof eist per definitie dat je vertrouwt op iets wat niet te zien of te definiëren is, dat je iets waarvoor geen empirisch bewijs bestaat aanvaardt als feit. Het is dus begrijpelijk dat we uiteindelijk allemaal in verschillende dingen geloven, omdat er geen universele waarheid is.' Hij zweeg even. 'Maar toch...'

De beelden op het plafond losten op en maakten plaats voor één enkele foto van een studente die met wijd open ogen door een microscoop keek.

'Wetenschap is het tegenovergestelde van geloof,' ging Kirsch verder. 'Wetenschap is per definitie een poging om tastbaar bewijs te vinden voor het onbekende of nog niet gedefinieerde, en om bijgeloof en misvatting te verwerpen en te vervangen door waarneembare feiten. Als de wetenschap ergens een antwoord op geeft, is dat antwoord universeel. De mensen voeren er geen oorlogen over, ze scharen zich erachter.'

Nu verschenen op het scherm historische beelden uit labs van de NASA, CERN en andere organisaties, waarin wetenschappers uit alle werelddelen opsprongen van gedeelde vreugde en elkaar omhelsden bij de onthulling van nieuwe informatie.

'Vrienden,' fluisterde Edmond nu, 'ik heb in mijn leven al vele voorspellingen gedaan. Vanavond doe ik er nog een.' Hij haalde diep adem. 'De tijd van de religie loopt ten einde. Een nieuwe tijd breekt aan. De tijd van de wetenschap.'

Er viel een stilte in de ruimte.

'En vanavond maakt de mens een grote sprong in die richting.'

De woorden stuurden een onverwachte rilling door Langdon heen. Wat die geheimzinnige ontdekking ook bleek te zijn, Edmond stevende af op een grote confrontatie met de wereldreligies.

18

🌐 ConspiracyNet.com

UPDATE EDMOND KIRSCH

Een toekomst zonder religie?

In een livestream die op dit moment een ongekend aantal van drie miljoen onlinekijkers bereikt, lijkt futuroloog Edmond Kirsch op het punt te staan een wetenschappelijke ontdekking te openbaren die volgens hem antwoord zal geven op twee van de grootste vragen van de mensheid.

Na een aanlokkelijke, van tevoren opgenomen introductie door Robert Langdon, hoogleraar aan Harvard University, is Edmond Kirsch begonnen aan een harde kritiek op religieuze overtuigingen, waarin hij net een gedurfde voorspelling heeft gedaan: 'De tijd van de religie komt tot een eind.'

Tot dusver lijkt de bekende atheïst terughoudender en respectvoller dan gewoonlijk. Voor een overzicht van Kirsch' antireligieuze redevoeringen uit het verleden klikt u hier.

19

Net achter de stoffen wand van het koepeltheater nam admiraal Ávila zijn positie in, verstopt achter een wirwar van steigerbuizen. Door laag te blijven had hij zijn schaduw kunnen verbergen en nu zat hij slechts een paar centimeter van de buitenkant van de wand, aan de voorzijde van het auditorium.

Geluidloos haalde hij de rozenkrans uit zijn zak.

Alles hangt af van de timing.

Hij liet zijn hand langzaam langs het kralensnoer gaan tot hij het zware metalen kruis had gevonden. Het amuseerde hem dat de bewakers bij de metaaldetectoren dit voorwerp zonder meer hadden laten passeren.

Met een scheermesje dat in de onderkant van het crucifix was verstopt maakte admiraal Ávila een vijftien centimeter lange verticale snee in de stoffen wand. Voorzichtig duwde hij de randen uit elkaar en keek een andere wereld in; een door bomen omzoomd veld, waarop honderden gasten op dekens naar de sterren lagen te staren.

Ze kunnen zich niet voorstellen wat er gaat gebeuren.

Ávila zag tot zijn genoegen dat de twee leden van de Guardia Real zich aan de andere kant hadden opgesteld, rechts voor in het auditorium. Ze stonden alert om zich heen te kijken, discreet in de schaduw van een paar bomen. In het zwakke licht zouden ze Ávila pas kunnen zien als het te laat was.

Behalve de bewakers was museumdirecteur Ambra Vidal de enige die overeind stond. Ze leek ongemakkelijk heen en weer te wippen terwijl ze keek naar Kirsch' presentatie.

Ávila, die tevreden was met zijn positie, trok de scheur weer dicht en richtte zijn aandacht op het crucifix. Net als de meeste kruisen had het twee korte armen als dwarsbalk. Maar bij dit kruis zaten de armen met magneten vast aan de verticale stam en konden ze worden verwijderd.

Ávila greep een van de armen en trok er hard aan. Het stuk kwam los en er viel een klein voorwerp uit. Ávila deed hetzelfde aan de andere kant, zodat er nu geen armen meer aan het kruis zaten en het nog slechts een rechthoekig stuk metaal aan een zware ketting was.

Hij liet de ketting weer in zijn zak glijden. *Die heb ik straks nog nodig.* Nu richtte hij zijn aandacht op de twee kleine voorwerpen die in de armen van het kruis verborgen hadden gezeten.

Twee kogels.

Ávila bracht zijn handen naar zijn rug en haalde het voorwerp onder zijn riem vandaan dat hij onder zijn jasje had binnengesmokkeld.

Een paar jaar geleden had een jonge Amerikaan, Cody Wilson, 'The Liberator' ontworpen, het eerste polymeer pistool uit een 3D-printer. Sinds die tijd was de technologie enorm verbeterd. De nieuwe keramische en polymeer vuurwapens waren nog niet erg krachtig, maar hun gebrek aan bereik werd meer dan goedgemaakt door het feit dat ze niet op te sporen waren met metaaldetectoren.

Ik hoef alleen maar dicht in de buurt te komen.

Als alles volgens plan verliep, was zijn huidige locatie ideaal.

De Regent had op de een of andere manier de hand weten te leggen op de precieze lay-out en het draaiboek van die avond, en hij had heel duidelijk gemaakt hoe Ávila zijn missie moest uitvoeren. Het resultaat zou niet mals zijn, maar nu hij Edmond Kirsch' goddeloze inleiding had gehoord, was Ávila er zeker van dat de zonden die hij deze avond zou begaan zouden worden vergeven.

Onze vijanden hebben ons de oorlog verklaard, had de Regent gezegd. Het is doden of gedood worden.

Ambra Vidal stond voor de wand in het auditorium en hoopte dat het haar niet was aan te zien hoe slecht ze zich op haar gemak voelde.

Edmond heeft me voorgehouden dat dit een wetenschappelijk programma was.

De Amerikaanse futuroloog had zijn afkeer van religie nooit onder stoelen of banken gestoken, maar Ambra had er geen idee van gehad dat hij in de presentatie van vanavond zoveel vijandigheid aan de dag zou leggen.

Edmond weigerde me de lezing van tevoren te laten inzien.

Er zou zeker commentaar komen van de bestuursleden van het museum, maar Ambra had op dat moment persoonlijker redenen om zich bezorgd te maken.

Een paar weken geleden had Ambra een zeer invloedrijk man op de hoogte gesteld van haar betrokkenheid bij het evenement van vanavond. De man had er sterk op aangedrongen dat ze er niet aan zou deelnemen. Hij had haar gewaarschuwd voor de gevaren als ze blindelings meedeed aan een presentatie zonder de inhoud daarvan te kennen, vooral als die was gemaakt door de bekende iconoclast Edmond Kirsch.

Hij heeft me praktisch bevolen me terug te trekken. Maar hij klonk zo zelfingenomen dat ik te boos werd om te luisteren.

Terwijl Ambra onder de sterrenhemel stond, vroeg ze zich af of die man ergens met zijn hoofd in zijn handen naar de livestream zat te kijken.

Natuurlijk kijkt hij, dacht ze. *De vraag is alleen: hoe gaat hij reageren?*

In de Almudena-kathedraal zat bisschop Valdespino stijf rechtop achter zijn bureau naar zijn laptop te staren. Hij twijfelde er niet aan dat iedereen in het nabije koninklijk paleis inmiddels naar het programma keek, in het bijzonder prins Julián, de troonopvolger.

De prins zal woedend zijn.

Een van de meest gerespecteerde musea in Spanje werkte samen met een vooraanstaande Amerikaanse atheïst in een uitzending die religieuze autoriteiten nu al een 'godslasterlijke, antichristelijke publiciteitsstunt' noemden. De vlammen van de controverse werden aangewakkerd doordat de museumdirecteur die onderdak had geboden aan het evenement een van Spanjes nieuwste en zichtbaarste beroemdheden was, de spectaculair mooie Ambra Vidal, een vrouw die de laatste twee maanden de Spaanse krantenkoppen had beheerst en die van de ene dag op de andere het aanbeden idool was geworden van een hele natie. Ongelooflijk genoeg had mevrouw Vidal alles op het spel gezet door een rol te spelen bij deze frontale aanval op God.

Prins Julián zal zich erover moeten uitspreken.

Zijn toekomstige positie als het koninklijke boegbeeld van de katholieke kerk was slechts een deel van de uitdaging die het evenement van die avond voor hem vormde. Van veel groter belang was dat prins Julián slechts een maand eerder een verheugende bekendmaking had gedaan. Sindsdien waren alle ogen op Ambra Vidal gericht.

Hij had hun verloving aangekondigd.

20

Robert Langdon voelde zich ongemakkelijk over de richting die het evenement van die avond op ging.

Edmonds presentatie kwam gevaarlijk dicht bij een openbare veroordeling van religie in het algemeen. Langdon vroeg zich af of Edmond was vergeten dat hij niet alleen de groep agnostische wetenschappers in de zaal toesprak, maar ook de miljoenen mensen over de hele wereld die online meekeken.

Zijn presentatie is duidelijk bedoeld om de zaak op de spits te drijven.

Langdon maakte zich zorgen over zijn eigen rol in het programma, en hoewel Edmond de opname beslist als eerbetoon had bedoeld, had Langdon in het verleden ongewild religieuze controverses opgerakeld. Dat wilde hij liever niet nog eens meemaken.

Kirsch had echter een uitgekiende audiovisuele aanval ingezet op de religie.

Langdon moest weer denken aan Kirsch' onverschillige reactie op de voicemail die hij had ontvangen van bisschop Valdespino.

Weer vulde Edmonds stem de ruimte. Boven hun hoofd verscheen langzaam een collage van religieuze symbolen van over de hele wereld. 'Ik moet toegeven dat ik mijn bedenkingen had over de verklaring van vanavond, en vooral over de uitwerking die deze zou hebben op gelovigen.' Hij zweeg even. 'Daarom heb ik drie dagen geleden iets gedaan wat u niet van mij zou verwachten. In een poging religieuze standpunten te respecteren, en om te peilen hoe mijn ontdekking zou worden ontvangen door vertegenwoordigers van verschillende religies, heb ik een geheim consult gehad met drie vooraanstaande religieuze leiders van de islam, het christendom en het jodendom, en hun verteld wat ik had ontdekt.'

Er ging een gemompel door de ruimte.

'Zoals ik had verwacht, reageerden de drie mannen met verbazing, bezorgdheid en zelfs woede op wat ik hun vertelde. En hoewel hun reacties negatief waren, wil ik ze bedanken voor hun vriendelijke ontvangst. Ik zal uit beleefdheid niet hun namen noemen, maar ik wil hen vanavond rechtstreeks toespreken en hen bedanken voor het feit dat ze niet hebben geprobeerd mijn presentatie te verhinderen.'

Hij zweeg even. 'God weet dat ze dat hadden kunnen doen.'

Langdon hoorde met verbazing hoe handig Edmond zich indekte. Edmonds besluit om in gesprek te gaan met religieuze leiders wees op een ruimdenkendheid, een vertrouwen en een onpartijdigheid waar de futuroloog niet echt om bekendstond. Het gesprek in Montserrat was deels research en deels een pr-manoeuvre geweest, vermoedde Langdon.

Een heel slimme verlaat-de-gevangeniskaart.

'Historisch gezien heeft religieuze ijver altijd de wetenschappelijke vooruitgang in de weg gestaan,' ging Edmond verder. 'Dus vanavond wil ik de religieuze leiders van deze wereld vragen met terughoudendheid en begrip te reageren op wat ik ga zeggen. Laat ons niet het bloedige geweld uit de geschiedenis herhalen. Laat ons niet de fouten uit het verleden nog eens maken.'

Het beeld ging over in een tekening van een oude, ommuurde stad, een volmaakt ronde metropool aan de oever van een rivier die door een woestijn stroomde.

Langdon herkende hem meteen: Bagdad, een stad met een ongebruikelijke ronde constructie, die werd versterkt door drie concentrische muren met kantelen en schietgaten.

'In de achtste eeuw nam de stad Bagdad een vooraanstaande positie in als het grootste centrum van geleerdheid op de wereld en waren alle religies, filosofieën en wetenschappen welkom in de universiteiten en bibliotheken aldaar. Vijfhonderd jaar lang was de stroom van wetenschappelijke innovatie die uit deze stad kwam ongekend op de hele wereld, en de invloed daarvan is nog steeds voelbaar in de moderne cultuur.'

De sterrenhemel kwam terug. Dit keer stonden er namen naast een groot deel van de sterren: *Wega, Betelgeuze, Rigel of Algebar, Deneb, Acrab, Kitalpha*.

'Die namen komen allemaal uit het Arabisch,' zei Edmond. 'Tot op de dag van vandaag heeft twee derde van de sterren aan de hemel een naam uit die taal, omdat ze zijn ontdekt door astronomen uit de Arabische wereld.'

De hemel vulde zich snel met zoveel sterren met Arabische namen dat hij bijna niet meer te zien was. Toen verdwenen de namen weer en bleef alleen het hemelgewelf over.

'En als we de sterren willen tellen...'

Nu verschenen er Romeinse cijfers naast de felste sterren.

I, II, III, IV, V...

Opeens stopte dat en verdwenen de cijfers weer.

'Wij gebruiken geen Romeinse cijfers,' zei Edmond. 'We gebruiken Arabische cijfers.'

Het nummeren begon weer, nu met Arabische cijfers.

1, 2, 3, 4, 5...

'U zult misschien ook deze islamitische uitvindingen herkennen. We gebruiken nog steeds hun Arabische namen.'

Het woord *algebra* zweefde door de lucht, omringd door een reeks multivariabele vergelijkingen. Daarna kwam het woord *algoritme* met een verscheidenheid aan formules. Dan *azimut* met een diagram met hoeken vanaf de horizon. Het tempo versnelde... *nadir, zenit, alchemie, chemie, cijfer, elixer, alcohol, alkaline, zero...*

Terwijl de bekende Arabische woorden voorbijschoven, dacht Langdon eraan hoe tragisch het was dat veel Amerikanen Bagdad alleen zagen als een van de vele stoffige, door oorlog verscheurde steden in het Midden-Oosten die ze in het nieuws zagen, zonder ooit te weten dat het eens het hart van de wetenschappelijke vooruitgang was geweest.

'Aan het eind van de elfde eeuw vond in en rond Bagdad de grootste intellectuele ontdekkingsreis op de aarde plaats,' zei Edmond. 'Maar dat veranderde bijna van het ene op het andere moment. Een briljante geleerde die Hamid al-Ghazali heette en die wordt beschouwd als een van de invloedrijkste moslims in de geschiedenis, schreef een reeks overtuigende teksten waarin de logica van Plato en Aristoteles in twijfel werd getrokken en waarin wiskunde "de filosofie van de duivel" werd genoemd. Dit was het begin van een samenloop van gebeurtenissen die het wetenschappelijke denken ondermijnen. De theologiestudie werd verplicht gesteld en uiteindelijk stortte de hele islamitische wetenschappelijke beweging in.'

De wetenschappelijke woorden verdwenen en werden vervangen door afbeeldingen van islamitische teksten.

'Openbaring kwam in de plaats van onderzoek. En tot op de dag van vandaag probeert de islamitische wetenschappelijke wereld zich nog steeds te herstellen.' Een korte pauze. 'De christelijke wetenschappelijke wereld verging het natuurlijk niet veel beter.'

Op het plafond waren schilderijen te zien van de astronomen Copernicus, Galileo en Bruno.

'Doordat de kerk systematisch de briljantste wetenschappelijke geesten in de geschiedenis heeft vermoord, gevangengezet en gehekeld, is de menselijke vooruitgang minstens een eeuw vertraagd. Nu we beter begrijpen wat de voordelen van de wetenschap zijn, heeft de kerk de aanval gelukkig getemperd...' Edmond zuchtte. 'Of toch niet?'

Er verscheen een globe met een crucifix en een slang en de tekst:

Madrid Declaration on Science & Life

'Hier in Spanje heeft de Wereldfederatie van Katholieke Medische Verenigingen onlangs de oorlog verklaard aan genetische manipulatie met de uitspraak dat de wetenschap geen ziel heeft en daarom moet worden ingeperkt door de kerk.'

De globe maakte plaats voor een andere cirkel, een schematische blauwdruk voor een enorme deeltjesversneller.

'En dit is de Superconducting Super Collider in Texas, die de grootste deeltjesversneller van de wereld had moeten worden en het potentieel had om het moment van de schepping te onderzoeken. De versneller moest – o, toppunt van ironie – in het hart van de Amerikaanse Biblebelt komen.'

Het beeld werd vervangen door dat van een enorm ringvormig bouwwerk in de woestijn van Texas. Het was maar half afgebouwd en overdekt met stof en aarde; kennelijk waren de bouwwerkzaamheden voortijdig gestaakt.

'De Amerikaanse superversneller had ons begrip van het universum enorm kunnen doen toenemen, maar het project werd afgeblazen vanwege de hoge kosten en politieke druk vanuit verrassende hoeken.'

Een nieuwsclip toonde een jonge televisiepredikant die zwaaide met de bestseller *Het Godsdeeltje* en boos uitriep: 'We moeten God in ons hart zoeken! Niet in atomen! Het uitgeven van miljarden aan dit absurde experiment is een schande voor de staat Texas en een belediging voor God!'

Edmonds stem keerde terug. 'De conflicten die ik heb beschreven, de conflicten waarin religieus bijgeloof de rede overwon, zijn slechts schermutselingen in een voortdurende oorlog.'

Opeens kwam het plafond tot leven met een collage van gewelddadige taferelen uit de moderne tijd – rijen postende mensen voor genetische onderzoekslaboratoria, een priester die zichzelf in brand stak bij een conferentie over transhumanisme, leden van evangelische groeperingen die hun vuist schudden en het boek Genesis omhooghielden, een Jezus-vis die een Darwin-vis opat, felle religieuze aanplakbiljetten tegen stamcelonderzoek, homorechten en abortus, en even boze aanplakbiljetten die daar weer op reageerden.

Langdon lag in het donker en voelde zijn hart bonzen. Even dacht hij dat het gras trilde, alsof er een metro naderde. Toen werd de trilling sterker en hij besefte dat de aarde inderdaad beefde. Uit het gras onder hem kwamen diepe, rollende trillingen omhoog en de hele koepel begon brullend te beven.

Het gebrul was het geluid van een donderende stroomversnelling, hoorde Langdon nu, verspreid door subwoofers onder het gras. Hij voelde een koude, vochtige mist over zijn gezicht en lichaam wervelen, alsof hij midden in een woeste rivier lag.

'Hoort u dat geluid?' riep Edmond. 'Dat is het onverbiddelijke aanzwellen van de rivier van wetenschappelijke kennis!'

Het water brulde nog luider en de mist voelde nat op Langdons wangen.

'Sinds het moment dat de mens het vuur heeft ontdekt, heeft deze rivier aan kracht gewonnen,' riep Edmond. 'Elke ontdekking werd een middel om nieuwe ontdekkingen te doen, die allemaal een druppel toevoegden aan deze rivier. Vandaag berijden we de vloedgolf van een tsunami, een stortvloed die voortraast met niet te stuiten kracht!'

De ruimte trilde nog harder.

'Waar komen we vandaan!' schreeuwde Edmond. 'Waar gaan we naartoe! We zijn altijd voorbestemd geweest om de antwoorden te vinden! Onze onderzoeksmethoden evolueren al duizenden jaren lang met exponentiële snelheid!'

Mist en wind raasden nu door de ruimte; het donderen van de rivier werd bijna oorverdovend.

'Denk hier eens aan!' verklaarde Edmond. 'Het kostte de eerste mensen meer dan een miljoen jaar om na de ontdekking van het vuur het wiel uit te vinden. Daarna kostte het slechts een paar duizend jaar om de drukpers te ontwikkelen. En toen kostte het maar een paar honderd jaar om een telescoop te bouwen. In de eeuwen daarop zijn we in steeds kortere tijdspannen van de stoommachine naar door gas aangedreven auto's en naar ruimteveren gesprongen! En daarna heeft het slechts twintig jaar gekost om ons eigen DNA aan te passen!

De wetenschappelijke vooruitgang wordt gemeten in maanden!' schreeuwde Kirsch. 'We stormen met een ongelooflijke snelheid vooruit. Het zal niet lang duren voordat de snelste supercomputer van deze tijd zal lijken op een telraam! De meest geavanceerde chirurgische methoden zullen barbaars lijken en de huidige energiebronnen zullen net zo ouderwets lijken als een kamer verlichten met een kaars!'

Edmonds stem en het gebrul van water bleven klinken in de donderende duisternis.

'De eerste Grieken moesten eeuwen terugkijken om oudere culturen te bestuderen, maar wij hoeven maar een generatie terug te gaan om mensen te vinden die het moesten stellen zonder de technologie die we vandaag als normaal beschouwen. De tijdlijn van de menselijke ontwikkeling wordt gecomprimeerd; de ruimte die "oud" scheidt van "modern" is gekrompen tot bijna niets. En daarom verzeker ik u dat de mens de komende paar jaar een schokkende, ontwrichtende en totaal onvoorstelbare ontwikkeling zal doormaken!'

Opeens hield het donderen van de rivier op.

De sterrenhemel kwam terug, evenals het warme briesje en de krekels.

De gasten in de ruimte leken collectief uit te ademen.

In de plotselinge stilte daalde Edmonds stem tot een gefluister.

'Mijn vrienden,' zei hij zachtjes. 'Ik weet dat u hier bent omdat ik u een ontdekking heb beloofd, en ik dank u dat u me een klein voorspel hebt toegestaan. Laten we nu de ketenen van ons voorbije denken afgooien. Het wordt tijd dat we delen in de roes van de ontdekking.'

Met die woorden kwam er van alle kanten een lage mist aanrollen, en de hemel begon te gloeien door het licht van een nieuwe dag, dat het publiek zwak verlichtte.

Opeens ging er een schijnwerper aan, die dramatisch op de achterkant van de koepel werd gericht. Binnen een paar tellen zaten bijna alle gasten overeind en keken ze door de mist naar achteren, in de verwachting dat ze hun gastheer in levenden lijve zouden zien. Maar na een paar seconden zwaaide de schijnwerper weer naar de voorkant van het vertrek.

Het publiek draaide mee.

Daar, voor in de ruimte, glimlachend in het licht van de schijnwerper, stond Edmond Kirsch. Zijn handen rustten vol vertrouwen op het spreekgestoelte dat er een paar seconden eerder nog niet was geweest. 'Goedenavond, vrienden,' zei de grote showman vriendelijk, terwijl de mist begon op te trekken.

Binnen een paar tellen stonden de mensen overeind en gaven ze hun gastheer een daverende ovatie. Langdon deed mee en kon een glimlach niet onderdrukken.

Net iets voor Edmond om te verschijnen in een rookwolk.

Tot dusver was de presentatie ondanks de vijandigheid tegenover elk religieus geloof een tour de force, dapper en onverschrokken als de man zelf. Nu begreep Langdon waarom de groeiende groep vrijdenkers op de wereld Edmond zo aanbad.

Al was het maar omdat hij zegt wat hij denkt op een manier die weinig anderen zouden aandurven.

Toen Edmonds gezicht op het scherm boven hem verscheen, zag Langdon dat hij veel minder bleek was dan eerder. Hij was kennelijk deskundig opgemaakt. Toch merkte Langdon dat zijn vriend doodmoe was.

Het applaus bleef zo luid dat Langdon amper het trillen in zijn borstzak voelde. Instinctief pakte hij zijn telefoon, maar besefte toen dat die uit stond. Vreemd genoeg kwam de trilling van het andere apparaat in zijn zak, de headset met botgeleiding waardoor Winston nu heel luid leek te praten.

Slechte timing.

Langdon viste de headset uit zijn jaszak en zette hem onhandig op zijn hoofd. Zodra de pad zijn kaakbeen raakte, hoorde hij Winstons stem in zijn hoofd.

'... fessor Langdon? Bent u daar? De telefoon doet het niet. U bent mijn enige aanspreekpunt. Professor Langdon?'

'Ja, Winston. Hier ben ik,' antwoordde Langdon boven het geluid van het applaus uit.

'Godzijdank,' zei Winston. 'Luister goed. We hebben misschien een ernstig probleem.'

21

Edmond Kirsch had talloze malen triomfantelijk op het wereldpodium ge-staan en werd daar enorm door gemotiveerd, maar hij had zich zelden hele-maal tevreden gevoeld. Op dit moment, nu hij een staande ovatie onderging, liet hij de huiverende vreugde toe van het besef dat hij op het punt stond de wereld te veranderen.

Ga zitten, vrienden, zei hij bij zichzelf. Het beste moet nog komen.

Terwijl de mist wegtrok, weerstond Edmond de verleiding om naar boven te kijken, naar de close-up van zijn eigen gezicht die op het plafond werd geprojecteerd en zichtbaar was voor miljoenen mensen over de hele wereld.

Dit is een wereldgebeurtenis, dacht hij trots. Het overstijgt grenzen, klassen en levensovertuigingen.

Edmond keek naar links om Ambra Vidal, die vanuit de hoek meekeek en onvermoeibaar met hem had samengewerkt om dit spektakel mogelijk te maken, dankbaar toe te knikken. Maar tot zijn verrassing keek Ambra niet naar hem. In plaats daarvan keek ze met een bezorgd gezicht naar de menigte.

Er is iets mis, dacht Ambra, die van opzij toekeek.

Midden in de ruimte drong een lange, elegant geklede man door de menigte heen en kwam zwaaiend met zijn armen Ambra's kant uit.

Dat is Robert Langdon, besefte ze. Ze herkende de Amerikaanse professor van Kirsch' video.

Langdon naderde snel en Ambra's bewakers stapten onmiddellijk weg van de muur, klaar om hem te onderscheppen.

Wat wil hij? Ambra zag ontsteltenis op het gezicht van Langdon.

Ze draaide zich om naar Edmond en vroeg zich af of hij de commotie ook had gezien, maar Edmond Kirsch keek niet naar het publiek. Vreemd genoeg keek hij recht naar haar.

Edmond! Er is iets mis!

Op dat moment weergalmde er een oorverdovende knal in de koepel, en

Edmonds hoofd schoot naar achteren. Vol ontzetting zag Ambra een rode krater in Edmonds voorhoofd verschijnen. Zijn ogen draaiden weg, maar zijn handen bleven stevig het spreekgestoelte vasthouden en zijn lichaam verstijfde. Even wankelde hij, zijn gezicht een masker van verwarring. Toen helde zijn lichaam als een gevelde boom opzij en stortte op de grond, waarbij zijn met bloed bespatte hoofd hard op het kunstgras neerkwam.

Voordat Ambra begreep wat ze had gezien, werd ze zelf door een van de gardisten tegen de grond gewerkt.

De tijd stond stil.

En toen... een pandemonium.

Verlicht door de projectie van Edmonds bebloede lijk renden de gasten en masse naar de uitgang van de zaal om te ontkomen aan eventuele volgende kogels.

Terwijl om hem heen de chaos uitbrak, bleef Robert Langdon stokstijf staan, verlamd van schrik. Niet ver van hem vandaan lag zijn vriend op zijn zij, nog steeds met zijn gezicht naar het publiek en met een hevig bloedend kogelgat in zijn voorhoofd. Wreed genoeg lag Edmonds levenloze gezicht in de felle gloed van de schijnwerper op de televisiecamera, die onbemand op een statief stond en kennelijk nog steeds beelden uitzond naar de koepel en de wereld.

Als in een droom rende Langdon naar de camera en draaide hem naar boven, zodat de lens niet meer op Edmond was gericht. Toen keek hij door de wirwar van vluchtende gasten naar het podium en zijn gevallen vriend, in de stellige zekerheid dat Edmond dood was.

Mijn god... Ik probeerde je nog te waarschuwen, Edmond, maar Winstons bericht kwam te laat.

Niet ver van Edmonds lichaam zag Langdon een lid van de Guardia beschermend bij Ambra Vidal knielen. Langdon haastte zich naar haar toe, maar de gardist reageerde instinctief: hij sprong op, deed drie grote passen naar voren en tackelde Langdon.

De schouder van de bewaker knalde tegen Langdons borstbeen, zodat alle lucht uit diens longen werd gestoten en er een schokgolf van pijn door hem heen ging terwijl hij door de lucht vloog en hard op het kunstgras terechtkwam. Voor hij kon inademen, draaiden krachtige handen hem op zijn buik en wrongen zijn linkerarm op zijn rug. Een ijzeren handpalm drukte tegen zijn achterhoofd, zodat hij machteloos met zijn linkerwang tegen de grond lag.

'Jij wist dat dit ging gebeuren,' riep de bewaker. 'Wat heb jij ermee te maken?'

Twintig meter verderop worstelde gardist Rafa Díaz zich door de vluchtende gasten en probeerde de plek bij de zijwand te bereiken waar hij de flits van een schot had gezien.

Ambra Vidal is veilig, verzekerde hij zichzelf, want hij had gezien dat zijn partner haar naar de grond trok en haar beschermde met zijn lichaam. Díaz was er bovendien zeker van dat voor het slachtoffer niets meer gedaan kon worden. *Edmond Kirsch was al dood voor hij de grond raakte.*

Vreemd genoeg had Díaz gezien dat een van de gasten van tevoren had geweten van de aanval en zich slechts een paar tellen voor het schot naar het podium had gehaast.

Wat de reden daarvoor ook was, Díaz wist dat het kon wachten.

Op dat moment had hij maar één taak.

De schutter aanhouden.

Toen Díaz bij de plek kwam waar hij de flits had gezien, zag hij een snee in de stof van de wand. Hij stak zijn hand door de opening, scheurde de stof tot op de grond door en stapte uit de koepel, waarna hij terechtkwam tussen een netwerk van steigerbuizen.

Links van hem ving hij een glimp op van een lange gestalte in een wit militair uniform die naar de nooduitgang aan de andere kant van de enorme ruimte rende. Een tel later was de vluchteling door de deur verdwenen.

Díaz ging erachteraan, zigzaggend tussen de elektronica buiten de koepel, tot hij eindelijk via de deur in een betonnen trappenhuis terechtkwam. Hij keek over de reling en zag de vluchteling twee verdiepingen lager in een halsbrekend tempo naar beneden hollen. Díaz rende achter hem aan en sprong met vijf treden tegelijk naar beneden. Ergens onder hem sloeg een deur luid open en toen weer dicht.

Hij heeft het gebouw verlaten!

Toen Díaz op de begane grond kwam, sprintte hij naar de uitgang – een dubbele deur met horizontale duwstangen – en gooide zijn volle gewicht ertegenaan. In plaats van open te schieten, zoals de eerste deuren, weken ze echter maar een paar centimeter. Díaz' lichaam raakte een stalen wand en hij viel op de grond met een brandende pijn in zijn schouder.

Geschrokken krabbelde hij overeind en probeerde opnieuw de deuren te forceren.

Ze gingen net ver genoeg open om hem te laten zien wat het probleem was.

Aan de andere kant waren de grepen vreemd genoeg aan elkaar gebonden met een draad, een snoer kralen dat aan de buitenkant om de grepen was gewikkeld. Díaz' verwarring werd nog groter toen hij besefte dat het patroon van de kralen hem heel bekend voorkwam. Het was een patroon dat iedere goede katholiek zou herkennen.

Is dat een rozenkrans?

Met al zijn kracht zette Díaz zijn pijnlijke lichaam tegen de deuren, maar het kralensnoer weigerde te breken. Hij keek weer door de smalle opening, net zo verbaasd over de aanwezigheid van een rozenkrans als om het feit dat hij die niet kon breken.

'¿Hola?' riep hij door de deuren. '¿Hay alguien?'

Stilte.

Door de kier in de deuren zag Díaz een hoge betonnen muur en een verlaten steeg. De kans was klein dat er iemand zou komen die het kralensnoer kon verwijderen. Omdat hij geen andere mogelijkheid zag, pakte hij zijn pistool uit de holster onder zijn blazer. Hij zette het op scherp, stak de loop door de opening tussen de deuren en zette hem tegen de rozenkrans.

Ik jaag een kogel door een heilige rozenkrans. Qué Dios me perdone.

Het snoer wipte op en neer voor Díaz' ogen.

Hij haalde de trekker over.

Het schot weerkaatste in de betonnen steeg en de deuren vlogen open. De rozenkrans viel uit elkaar en Díaz sprong de lege steeg in. De kralen stuiterden om hem heen over de grond.

De moordenaar in het wit was verdwenen.

Honderd meter verderop zat admiraal Luis Ávila zwijgend op de achterbank van een zwarte Renault die snel wegreed van het museum.

De kracht van de vectranvezels waar Ávila de rozenkrans van had gemaakt, had zijn werk gedaan en zijn achtervolgers net lang genoeg opgehouden.

En nu ben ik weg.

Terwijl de auto in noordwestelijke richting langs de kronkelende Nervión reed en verdween tussen het snelverkeer op de Avenida Abandoibarra, ademde de admiraal Ávila eindelijk uit.

De missie had niet soepeler kunnen verlopen.

In zijn hoofd hoorde hij de vreugdevolle tonen van de Oriamendi-hymne, waarvan de oude tekst hier in Bilbao was gezongen in een bloedige veldslag. ¡Por Dios, por la Patria y el Rey! zong Ávila in zijn hoofd. Voor God, voor het vaderland en voor de koning!

Het strijdlied was allang vergeten... maar de strijd was net begonnen.

22

Het Palacio Real in Madrid is het grootste koninklijk paleis van Europa en tevens een van de verbijsterendste samensmeltingen van classicistische architectuur en de barokstijl. Het is gebouwd op de plek van een Moors kasteel, en de zuilengevel met twee verdiepingen overspant de honderdvijftig meter van het enorme Plaza de la Armería. Vanbinnen is het een verwarrend doolhof van 2418 kamers op een vloeroppervlak van bijna 140.000 vierkante meter. De salons, slaapkamers en zalen zijn versierd met een kostbare collectie religieuze kunst, waaronder zich meesterwerken bevinden van Velázquez, Goya en Rubens.

Het paleis was generaties lang de privéresidentie geweest van de Spaanse koningen en koninginnen. Nu werd het echter voornamelijk gebruikt voor staatsiedoeleinden en had de koninklijke familie zich teruggetrokken in het minder formele en rustiger gelegen Palacio de la Zarzuela buiten de stad.

De laatste maanden was het formele paleis in Madrid echter de permanente verblijfplaats geworden van kroonprins Julián, de tweeënveertigjarige toekomstige koning van Spanje. Hij had het paleis betrokken op verzoek van zijn adviseurs, die wilden dat Julián 'zichtbaarder was in het land' tijdens de sombere periode voorafgaand aan zijn kroning.

De vader van prins Julián, de huidige koning, was al maanden bedlegerig door een terminale ziekte. Terwijl de geestelijke vermogens van de koning achteruitgingen, vond in het paleis de langzame overdracht van de macht plaats en werd de prins erop voorbereid de troon te bestijgen wanneer zijn vader eenmaal was overleden. Nu de wisseling van de macht ophanden was, keken de Spanjaarden naar kroonprins Julián met één enkele vraag in hun hoofd:

Wat voor heerser zal hij blijken te zijn?

Prins Julián was altijd een bescheiden en terughoudend kind geweest en had sinds zijn jongensjaren het gewicht gedragen van zijn toekomstige koningschap. Juliáns moeder was overleden aan zwangerschapscomplicaties toen ze in verwachting was van haar tweede kind en de koning was tot veler verrassing nooit hertrouwd, zodat Julián de enige troonopvolger was.

Omdat Julián was opgegroeid onder de vleugels van zijn zeer conservatieve vader, geloofden de meeste Spanjaarden dat hij de strenge traditie van de koning zou voortzetten en de eer van de Spaanse kroon zou hooghouden door de vaste gebruiken te handhaven, de rituelen te volgen en vooral altijd eerbied te blijven betonen aan de rijke katholieke geschiedenis van Spanje.

Eeuwenlang was de nalatenschap van de katholieke koningen het morele hart van Spanje geweest. Maar de laatste jaren leek het fundament van het geloof af te brokkelen en raakte Spanje verwikkeld in een heftige strijd tussen het heel oude en het heel nieuwe.

Een groeiend aantal liberalen overspoelde de social media met geruchten die suggereerden dat Julián zijn ware ik zou onthullen als hij eindelijk uit de schaduw van zijn vader kon treden en een stoutmoedige, progressieve, seculiere leider zou worden, die eindelijk bereid zou zijn het voorbeeld van andere Europese landen te volgen en de monarchie helemaal af te schaffen.

Juliáns vader was altijd heel actief geweest in zijn rol als koning en had Julián weinig ruimte gelaten om zich te bemoeien met de politiek. De koning had openlijk gezegd dat hij vond dat Julián moest genieten van zijn jeugd en dat het voor hem geen zin had zich te bemoeien met staatszaken tot hij getrouwd en gesetteld was. En dus had Julián zijn eerste veertig jaar – trouw vastgelegd door de Spaanse pers – besteed aan privéscholen, paardrijden, het doorknippen van linten, liefdadigheidswerk en wereldreizen. Ondanks het feit dat hij nog niet veel had gepresteerd in zijn leven, was prins Julián zonder twijfel de meest gewilde vrijgezel van Spanje.

In de loop der jaren had de knappe tweeënveertigjarige prins in het openbaar contact gehad met talloze geschikte huwelijkskandidates, en hoewel hij de reputatie had een hopeloze romanticus te zijn, had niemand echt zijn hart gestolen. Maar de laatste maanden was Julián een aantal keren gezien met een prachtige vrouw die er weliswaar uitzag als een voormalig model, maar in werkelijkheid de buitengewoon gerespecteerde directeur was van het Guggenheim Museum in Bilbao.

De media prezen Ambra Vidal meteen als 'een ideale match voor een moderne koning'. Ze was welopgevoed en succesvol, maar nog belangrijker was dat ze geen lid was van een van de Spaanse adellijke families. Ambra Vidal was van het volk.

De prins was het kennelijk eens met dat oordeel en had haar na een zeer korte verkering op een heel onverwachte en romantische manier ten huwelijk gevraagd, en Ambra Vidal had ja gezegd.

In de weken daarop had de pers dagelijks aandacht besteed aan Ambra Vidal en gemerkt dat ze veel meer was dan een knap gezicht. Ze liet al snel blijken dat ze een zeer onafhankelijke vrouw was, die ondanks haar status als de toekomstige koningin ronduit had geweigerd haar dagelijkse programma te laten beïnvloeden door de Guardia Real of zich, behalve bij grote openbare evenementen, door de gardisten te laten escorteren.

Toen de commandant van de Guardia Real discreet had gesuggereerd dat Ambra wat conservatievere en minder strakke kleding zou moeten gaan dragen, had Ambra daar in het openbaar een grapje over gemaakt door te zeggen dat ze een reprimande had gehad van de commandant van de 'Guardarropía Real', de koninklijke garderobe.

De liberale tijdschriften hadden haar allemaal veelvuldig op de covers gezet. 'Ambra! De prachtige toekomst van Spanje!' Als ze weigerde een interview te geven noemden ze haar 'onafhankelijk', en stond ze het wel toe dan noemden ze haar 'toegankelijk'.

De conservatieve tijdschriften sloegen terug door de brutale toekomstige koningin af te schrijven als een op macht beluste opportuniste die een gevaarlijke invloed zou uitoefenen op de nieuwe koning. Als bewijs daarvoor noemden ze haar regelrechte onverschilligheid ten aanzien van de reputatie van de prins.

Hun bezorgdheid werd aanvankelijk aangewakkerd door Ambra's gewoonte om prins Julián bij zijn voornaam te noemen en zich niet te houden aan de traditie door hem aan te spreken als don Julián of *su alteza*.

Maar hun tweede bezwaar leek ernstiger. De laatste weken was Ambra door haar werk bijna niet beschikbaar voor de prins, en dat niet alleen, ze was ook nog eens herhaaldelijk in Bilbao gezien terwijl ze in de omgeving van het museum lunchte met een uitgesproken atheïst, de Amerikaanse wetenschapper Edmond Kirsch.

Hoewel Ambra volhield dat de lunches niet meer waren dan zakelijke besprekingen met een van de grootste donoren van het museum, lieten bronnen in het paleis weten dat Juliáns bloed begon te koken.

Niemand kon hem dat kwalijk nemen. In feite kwam het erop neer dat Juliáns bloedmooie aanstaande slechts een paar weken na de verloving het grootste deel van haar tijd doorbracht met een andere man.

23

Langdons gezicht werd nog steeds hard tegen het gras gedrukt. Het gewicht van de gardist die boven op hem lag verpletterde hem.

Vreemd genoeg voelde hij helemaal niets.

Hij was versuft en verward en in de greep van door elkaar lopende emoties van verdriet, angst en woede. Een van de briljantste denkers op de wereld, een dierbare vriend, was op gewelddadige wijze in het openbaar geëxecuteerd. Een paar tellen voordat hij de grootste ontdekking van zijn leven zou onthullen.

Inmiddels besefte Langdon dat het tragische einde van dit mensenleven vergezeld ging van een tweede ramp – een wetenschappelijk verlies.

Nu zal de wereld waarschijnlijk nooit weten wat Edmond heeft ontdekt.

Opeens werd Langdon rood van woede, en daarna voelde hij een onwrikbare vastberadenheid.

Ik zal al het mogelijke doen om te achterhalen wie hier verantwoordelijk voor is. Ik zal je nalatenschap beheren, Edmond. Ik zal een manier vinden om je ontdekking met de wereld te delen.

'Je wíst het,' raspte de stem van de bewaker in zijn oor. 'Je was op weg naar het podium, alsof je wist dat er iets ging gebeuren.'

'Ik... werd... gewaarschuwd,' wist Langdon uit te brengen. Hij kreeg bijna geen lucht.

'Door wie?'

Langdon voelde dat de headset scheef op zijn hoofd zat. 'De headset die ik opheb... dat is een gecomputeriseerde gids. Ik ben gewaarschuwd door Edmond Kirsch' computer. Die vond iets vreemds op de gastenlijst, een gepensioneerde admiraal van de Spaanse marine.'

Het hoofd van de bewaker bevond zich zo dicht bij dat van Langdon dat hij met het oortje van de man kon meeluisteren. Daardoor klonk een ademloze en dringende stem, en hoewel Langdons Spaans niet erg goed was, verstond hij genoeg om het slechte nieuws te begrijpen.

... el asesino ha huido...

De moordenaar was gevlucht.

... *salida bloqueada*...

Er was een uitgang geblokkeerd.

... *uniforme militar blanco*...

Bij de woorden 'militair uniform' nam de druk van de bewaker die op Langdon lag af. '¿Uniforme naval?' vroeg hij aan zijn partner. '¿Blanco... como de almirante?'

Het antwoord was bevestigend.

Een marine-uniform, besefte Langdon. Winston had gelijk.

De bewaker liet Langdon los en ging van hem af. 'Omrollen.'

Langdon rolde moeizaam op zijn rug en steunde op zijn ellebogen. Het duizelde hem en het voelde alsof zijn borstkas bont en blauw was.

'Verroer je niet,' zei de bewaker.

Langdon was helemaal niet van plan zich te verroeren; de officier naast hem bestond uit zo'n negentig kilo spieren en hij had al laten zien dat hij zijn werk heel serieus nam.

'¡Inmediatamente!' blafte de bewaker in zijn portofoon, gevolgd door een dringend verzoek om ondersteuning van de plaatselijke autoriteiten en wegversperringen rond het museum.

... policía local... bloqueos de carretera...

Vanaf de vloer zag Langdon Ambra Vidal nog steeds bij de wand op de grond liggen. Ze probeerde op te staan, maar dat lukte niet en ze kwam op handen en knieën terecht.

Laat iemand haar helpen!

Maar de bewaker riep van alles door de koepel, schijnbaar tegen niemand in het bijzonder. '¡Luces! Y *cobertura de móvil!*' Ik moet licht hebben en telefoonbereik!

Langdon zette de headset recht op zijn hoofd.

'Winston, ben je daar?'

De bewaker draaide zich om en keek Langdon vreemd aan.

'Ik ben hier.' Winstons stem klonk vlak.

'Winston, Edmond is doodgeschoten. We moeten meteen weer licht hebben. En het telefoonbereik moet terug. Kun jij dat doen? Of contact opnemen met iemand die dat kan?'

Een paar seconden later ging abrupt het licht aan in de koepel, zodat de magische illusie van een maanverlichte wei verdween en er een verlaten stuk kunstgras zichtbaar werd, bezaaid met achtergelaten dekens.

De bewaker leek geschokt door wat Langdon voor elkaar wist te krijgen. Na een paar tellen stak hij zijn hand uit en trok Langdon overeind. De twee mannen stonden tegenover elkaar in het felle licht.

De gardist was lang, net zo lang als Langdon, en hij had een gemillimeterd hoofd en een gespierd lijf, waar zijn blauwe blazer strak omheen spande. Zijn gezicht was bleek en hij had onopvallende trekken, waardoor zijn scherpe ogen, die op dat moment als lasers op Langdon waren gericht, extra opvielen.

'U kwam voor in de video van vanavond. U bent Robert Langdon.'

'Dat klopt. Edmond Kirsch was mijn student en mijn vriend.'

'Ik ben Fonseca van de Guardia Real,' zei hij in volmaakt Engels. 'Vertel mij hoe u wist van dat marine-uniform.'

Langdon keek naar Edmonds lichaam, dat roerloos op het gras naast het podium lag. Ambra Vidal knielde naast hem, samen met twee bewakers van het museum en een ziekenbroeder, die zijn pogingen om hem te reanimeren al had gestaakt. Ambra bedekte het lichaam zorgzaam met een deken.

Edmond was dood, dat was wel duidelijk.

Langdon voelde zich misselijk en kon zijn blik niet van zijn vermoorde vriend afwenden.

'Hem kunnen we niet meer helpen,' snauwde de bewaker. 'Vertel me hoe u het wist.'

Langdon keek naar de bewaker, wiens toon geen ruimte liet voor misvattingen. Dit was een bevel.

Snel vertelde hij wat hij van Winston had gehoord: dat de computer had gemerkt dat een van de headsets niet werd gebruikt. Toen een menselijke gids hem in een afvalbak had gevonden, hadden ze gecontroleerd van welke gast die headset was en hadden ze tot hun schrik ontdekt dat die gast op het laatste moment was toegevoegd aan de gastenlijst.

'Dat kan niet.' De bewaker keek hem scherp aan. 'De gastenlijst is gisteren gesloten. We zijn iedereen nagegaan.'

'Deze man niet,' zei Winstons stem in Langdons headset. 'Ik was bezorgd en heb zijn naam opgezocht, maar ik kon alleen vinden dat hij een voormalige Spaanse marineadmiraal is die is ontslagen wegens alcoholisme en posttraumatische stress nadat hij vijf jaar geleden in Sevilla slachtoffer is geworden van een terroristische aanslag.'

Langdon gaf de informatie door aan de bewaker.

'De bom in de kathedraal?' De bewaker keek ongelovig.

'Verder heb ik geen enkele connectie met meneer Kirsch kunnen vinden,' vervolgde Winston. 'Dat vond ik vreemd, dus heb ik de bewaking van het museum gealarmeerd, maar daar zeiden ze dat we Edmonds evenement niet konden verstoren zonder overtuigende informatie, vooral niet omdat het aan de hele wereld werd doorgezonden. Ik wist hoe hard Edmond had gewerkt aan het programma van vanavond, dus ik kon ze daarin wel volgen, maar ik heb toen meteen contact opgenomen met u, professor, in de hoop dat u die man ergens zag en ik dan discreet een team bewakers op hem af kon sturen. Ik had doortastender moeten zijn. Ik heb Edmond in de steek gelaten.'

Langdon vond het nogal verontrustend dat Edmonds apparaat schuldgevoelens leek te kunnen hebben. Hij keek weer naar Edmonds bedekte lichaam en zag Ambra Vidal op zich afkomen.

Fonseca negeerde haar en was nog steeds met zijn volle aandacht bij Langdon. 'Die computer,' vroeg hij, 'heeft die ook de naam gegeven voor de marineofficier in kwestie?'

Langdon knikte. 'Zijn naam is admiraal Luis Ávila.'

Toen hij de naam uitsprak, bleef Ambra als aan de grond genageld staan en keek met een blik van ontzetting naar Langdon.

Fonseca zag haar reactie en ging onmiddellijk op haar af. 'Mevrouw Vidal? Kent u die naam?'

Ambra leek niets te kunnen zeggen. Ze sloeg haar ogen neer alsof ze een spook had gezien.

'Mevrouw Vidal,' herhaalde Fonseca. 'Admiraal Luis Ávila. Kent u die naam?'

Ambra's geschokte gezicht liet er weinig twijfel over bestaan dat ze de moordenaar inderdaad kende. Na een moment van verbijsterde stilte knipperde ze tweemaal en begonnen haar ogen helderder te worden, alsof ze uit een trance kwam. 'Nee... ik ken die naam niet,' fluisterde ze, en ze keek van Langdon naar de bewaker. 'Ik was alleen... geschokt toen ik hoorde dat de moordenaar een officier van de Spaanse marine was.'

Ze liegt. Langdon voelde het en vroeg zich af waarom ze haar reactie probeerde te verdoezelen. *Ik heb het gezien. Ze herkende die naam.*

Fonseca deed nog een stap naar Ambra toe. 'Wie heeft die lijst opgesteld?' wilde hij weten. 'Wie heeft de naam van die man toegevoegd?'

Ambra's lippen trilden. 'Ik... ik heb geen idee.'

De vragen van de bewaker werden opeens onderbroken door het rinkelen en piepen van meerdere telefoons in de koepel. Winston had kennelijk een manier gevonden om het telefoonsignaal te herstellen, en een van de rinkelende telefoons zat in Fonseca's zak.

De gardist pakte de telefoon en toen hij zag wie er belde, haalde hij diep adem en nam op. 'Ambra Vidal está a salvo,' zei hij.

Ambra Vidal is veilig. Langdon keek weer naar de geschokte vrouw. Zij stond al naar hem te kijken. Hun blikken kruisten elkaar en ze bleven elkaar een hele tijd strak aankijken.

Toen hoorde Langdon de stem van Winston weer via zijn headset.

'Professor,' fluisterde Winston. 'Ambra Vidal weet heel goed hoe Luis Ávila op de gastenlijst is gekomen. Ze heeft zijn naam zelf toegevoegd.'

Langdon had even tijd nodig om deze informatie tot zich door te laten dringen.

Dus Ambra Vidal heeft zelf de moordenaar op de gastenlijst gezet? En nu liegt ze erover?

Voordat Langdon dit helemaal kon verwerken, gaf Fonseca zijn telefoon aan Ambra.

De gardist zei: 'Don Julián quiere hablar con usted.'

Ambra leek bijna terug te deinzen. 'Zeg maar dat alles goed met me is,' antwoordde ze. 'Ik bel hem zo wel.'

Op het gezicht van de bewaker verscheen een uitdrukking van puur ongeloof. Hij bedekte de telefoon en fluisterde tegen Ambra: '*Su alteza don Julián, el principe, ha pedido...*'

'Het kan me niet schelen of hij de prins is,' zei ze fel. 'Als hij mijn man wordt, zal hij moeten leren me wat ruimte te geven als ik die nodig heb. Ik ben net getuige geweest van een moord en ik moet een moment voor mezelf hebben! Zeg maar dat ik hem straks zal bellen.'

Fonseca staarde de vrouw aan met iets in zijn ogen wat grensde aan minachting. Toen draaide hij zich om en liep weg om het telefoontje zonder publiek af te handelen.

Voor Langdon had de bizarre uitwisseling een klein mysterie opgelost. *Dus Ambra Vidal is verloofd met prins Julián?* Dat verklaarde de behandeling die ze kreeg en de aanwezigheid van de Guardia Real, maar niet haar weigering om haar verloofde te woord te staan. *De prins zal wel gek zijn van angst als hij dit op de televisie heeft gezien.*

Bijna meteen viel Langdon iets anders en iets veel onheilspellenders in.

O, mijn god... Ambra Vidal is verbonden met het koninklijk paleis.

De rillingen liepen over zijn rug toen hij dacht aan bisschop Valdespino's dreigende voicemail aan het adres van Edmond.

24

Tweehonderd meter van het koninklijke paleis, in de Almudena-kathedraal,
was de ademhaling van bisschop Valdespino even gestaakt. Hij droeg nog
steeds zijn misgewaad en zat achter zijn schrijftafel, aan zijn stoel gekluisterd
door de beelden uit Bilbao.

Dit is voor voor de wereld.

Voor zover hij kon zien, werden de media over de hele wereld wild. De
grote nieuwszenders brachten wetenschappers en theologen in stelling die
speculeerden over Edmond Kirsch' presentatie, terwijl anderen theorieën en bespraken over wie Kirsch had vermoord en waarom. De media lieten het er over
eens dat iemand er kennelijk as werk van maakte om te zorgen dat Kirsch
ontdekking nooit het daglicht zou zien.

Na lang nadenken pakte Valdespino zijn telefoon en belde.

24

Tweehonderd meter van het koninklijk paleis, in de Almudena-kathedraal, was de ademhaling van bisschop Valdespino even gestokt. Hij droeg nog steeds zijn misgewaad en zat achter zijn laptop, aan zijn stoel gekluisterd door de beelden uit Bilbao.

Dit is voer voor de media.

Voor zover hij kon zien, werden de media over de hele wereld wild. De grote nieuwszenders brachten wetenschappers en theologen in stelling die speculeerden over Edmond Kirsch' presentatie, terwijl anderen theorieën bespraken over wie Kirsch had vermoord en waarom. De media leken het erover eens dat iemand er kennelijk serieus werk van maakte om te zorgen dat Kirsch' ontdekking nooit het daglicht zou zien.

Na lang nadenken pakte Valdespino zijn telefoon en belde.

Rabbi Köves nam meteen op. 'Verschrikkelijk!' schreeuwde de rabbi bijna. 'Ik heb het gezien! We moeten meteen naar de autoriteiten en vertellen wat we weten!'

'Rabbi,' antwoordde Valdespino afgemeten, 'ik ben het ermee eens dat dit een afschuwelijke ontwikkeling is. Maar voor we iets doen, moeten we nadenken.'

'Er is niets om over na te denken!' riep Köves. 'Er zijn mensen die nergens voor terugdeinzen om Kirsch' ontdekking geheim te houden, en het zijn slachters! Ik ben ervan overtuigd dat ze ook Syed hebben vermoord. Ze weten ongetwijfeld wie we zijn en straks komen ze achter ons aan. U en ik hebben de morele plicht om naar de autoriteiten te stappen en hun te vertellen wat Kirsch ons heeft verteld.'

'Een morele verplichting?' wierp Valdespino tegen. 'Het klinkt meer alsof u de informatie openbaar wilt maken omdat niemand dan nog een reden heeft om u en mij het zwijgen op te leggen.'

'Zeker, onze veiligheid is een overweging,' zei de rabbi, 'maar we hebben ook een morele verplichting aan de wereld. Ik besef dat deze ontdekking een aantal fundamentele religieuze overtuigingen zal ondergraven, maar als ik iets heb geleerd in mijn lange leven, is het dat het geloof altijd overleeft, ook in tijden van crisis. Ik ben ervan overtuigd dat het geloof ook dit zal overleven, zelfs als we Kirsch' bevindingen openbaar maken.'

'Ik hoor het u zeggen, vriend,' zei de bisschop na een tijdje en zo gelijkmatig als hij kon. 'Ik hoor de vastberadenheid in uw stem en ik respecteer uw oordeel. Ik wil dat u weet dat ik opensta voor een gesprek en zelfs van mijn standpunt kan worden gebracht. En toch, ik smeek u: als we deze ontdekking wereldkundig maken, laten we het dan samen doen. In het volle daglicht. Met waardigheid. Niet in wanhoop om deze afschuwelijke aanslag. Laten we het voorbereiden en het nieuws op een fatsoenlijke manier brengen.'

Köves zei niets, maar Valdespino hoorde de oude man ademen.

'Rabbi,' ging de bisschop verder, 'op het moment is onze persoonlijke veiligheid het belangrijkste. We hebben te maken met moordenaars, en als u zichzelf te zichtbaar maakt, bijvoorbeeld door naar de autoriteiten of een televisiestation te stappen, kan dat op geweld uitdraaien. Ik ben vooral bang voor u; ik ben hier goed beschermd in het paleiscomplex, maar u... u bent alleen in Boedapest! Kirsch' ontdekking is een zaak van leven en dood. Laat mij alstublieft zorgen voor uw veiligheid, Jehoeda.'

Köves viel even stil. 'Vanuit Madrid? Hoe kunt u nu...'

'Ik heb de beveiligingsdienst van de koninklijke familie tot mijn beschikking. Blijf binnen en doe alle deuren op slot. Ik zal vragen of twee mannen van de Guardia Real u kunnen ophalen en naar Madrid kunnen brengen, waar we uw veiligheid kunnen garanderen in het paleiscomplex en waar u en ik onder vier ogen kunnen bespreken wat we het beste kunnen doen.'

'Stel dat ik naar Madrid kom,' zei de rabbi aarzelend, 'wat gebeurt er dan als u en ik het niet eens kunnen worden?'

'We worden het wel eens,' verzekerde de bisschop hem. 'Ik weet dat ik ouderwets ben, maar ik ben ook een realist, net als u. Samen zullen we de beste aanpak vinden. Daar heb ik vertrouwen in.'

'En als uw vertrouwen misplaatst is?' hield Köves vol.

Valdespino voelde zijn maag ineenkrimpen, maar hij zweeg even, ademde uit en antwoordde zo kalm als hij kon: 'Jehoeda, als we uiteindelijk geen manier vinden om dit samen aan te pakken, gaan we als vrienden uit elkaar en kunnen we allebei doen wat we het beste vinden. Daar geef ik u mijn woord op.'

'Dank u,' antwoordde Köves. 'Als ik uw woord heb, kom ik naar Madrid.'

'Mooi. Doe intussen de deuren op slot en praat met niemand. Pak een tas in. Ik bel u met de details zodra ik ze heb.' Valdespino zweeg even. 'En heb vertrouwen. Ik zie u heel snel.'

Valdespino hing op met angst in zijn hart. Hij vermoedde dat er meer voor nodig zou zijn dan een beroep op gezond verstand en voorzichtigheid om Köves in de hand te houden.

Köves raakt in paniek, net als Syed.

Ze zien geen van beiden het grotere geheel.

Valdespino klapte zijn laptop dicht, stopte hem onder zijn arm en liep door het donkere sanctuarium. Nog in zijn misgewaad verliet hij de kathedraal en ging in de koele nachtlucht op weg over het plein naar de glanzend witte façade van het koninklijk paleis.

Boven de hoofdingang zag Valdespino het Spaanse wapen, een schild met een kroon erboven, geflankeerd door de Zuilen van Hercules, met het motto *Plus ultra*, dat 'steeds verder' betekent. Sommigen geloofden dat het motto refereerde aan Spanjes eeuwenlange queeste om het rijk te vergroten. Anderen geloofden dat het stond voor de oude overtuiging dat er een hemel was na dit leven.

Hoe het ook zij, Valdespino had het gevoel dat het motto elke dag minder relevant werd. Toen hij naar de Spaanse vlag keek, die hoog boven het paleis wapperde, dacht hij met een trieste zucht aan de zieke koning.

Ik zal hem missen als hij er niet meer is.

Ik ben hem zoveel verschuldigd.

De bisschop ging al maanden elke dag op bezoek bij zijn geliefde vriend, die in het Palacio de la Zarzuela aan de rand van de stad aan zijn bed was gekluisterd. Een paar dagen geleden had de koning Valdespino aan zijn bed geroepen met een blik van diepe bezorgdheid in zijn ogen.

'Antonio,' had de koning gefluisterd. 'Ik ben bang dat de verloving van mijn zoon... overhaast was.'

Krankzinnig is een betere omschrijving, dacht Valdespino.

Twee maanden eerder, toen de prins Valdespino had toevertrouwd dat hij Ambra Vidal ten huwelijk wilde vragen, ook al kende hij haar nog maar heel kort, had de verbijsterde bisschop Julián gesmeekt voorzichtig te zijn. De prins had ertegen ingebracht dat hij verliefd was en dat zijn vader het verdiende om zijn enige zoon getrouwd te zien. Bovendien, had hij gezegd, als hij en Ambra een gezin wilden stichten, was het gezien haar leeftijd zaak daar niet te lang mee te wachten.

Valdespino glimlachte rustig naar de koning. 'Ja, daar ben ik het mee eens. Don Juliáns aanzoek heeft ons allemaal verrast. Maar hij wilde u alleen maar gelukkig maken.'

'Zijn plicht is tegenover zijn land,' zei de koning krachtig, 'niet tegenover zijn vader. En hoe mooi mevrouw Vidal ook is, we kennen haar niet, ze is een buitenstaander. Ik heb vragen bij haar redenen om het aanzoek van don Julián aan te nemen. Het is veel te snel gegaan, en een vrouw met eergevoel had hem geweigerd.'

'U hebt gelijk,' antwoordde Valdespino, hoewel hij moest toegeven dat don Julián Ambra niet veel keus had gegeven.

De koning nam zachtjes de benige hand van de bisschop in de zijne. 'Mijn vriend, waar is de tijd gebleven? Jij en ik zijn oud geworden. Ik wil je bedanken. Je hebt me al die jaren wijze raad gegeven, bij het verlies van mijn vrouw en bij de veranderingen in ons land. En ik heb veel gehad aan de kracht van je overtuiging.'

'Onze vriendschap is een eer die ik voor altijd zal koesteren.'

De koning glimlachte zwakjes. 'Antonio, ik weet dat je offers hebt gebracht om bij me te blijven. Rome, bijvoorbeeld.'

Valdespino haalde zijn schouders op. 'Ik was niet dichter bij God gekomen door kardinaal te worden. Mijn plaats is altijd hier bij u geweest.'

'Je trouw was een zegen voor me.'

'En ik zal nooit vergeten hoeveel compassie u me al die jaren geleden hebt betoond.'

De koning sloot zijn ogen en greep de hand van de bisschop stevig vast. 'Antonio... ik ben bezorgd. Mijn zoon zal spoedig aan het roer staan van een enorm schip, en hij is er niet op voorbereid om dat schip te besturen. Help hem alsjeblieft. Wees zijn poolster. Leg je vaste hand op die van hem aan het roer, vooral in ruwe zee. En als hij uit de koers raakt, smeek ik je om hem te helpen de weg terug te vinden... terug naar alles wat zuiver is.'

'Amen,' fluisterde de bisschop. 'Ik geef u mijn woord.'

Terwijl hij in de koele nachtlucht over het plein liep, verhief Valdespino zijn blik naar de hemelen. *Uwe Majesteit, weet alstublieft dat ik alles doe wat ik kan om gehoor te geven aan uw laatste wens.*

Het was Valdespino een troost om te weten dat de koning veel te zwak was om televisie te kijken. Als hij de uitzending van vanavond had gezien en er getuige van was geweest wat er van zijn geliefde land is geworden, was hij ter plekke gestorven.

Rechts van Valdespino, achter de ijzeren hekken, stonden mediatrucks langs de hele Calle de Bailén, die hun satellietantennes omhoogstaken.

Aasgieren, dacht Valdespino, terwijl de avondwind aan zijn soutane rukte.

25

Het verdriet zal moeten wachten. Daar heb ik later nog alle tijd voor. Langdon vocht tegen de emoties die dreigden hem te overweldigen.

Hij had Winston al gevraagd de beveiligingsbeelden van het museum te analyseren, op zoek naar informatie die zou kunnen leiden tot de aanhouding van de schutter. En hij had er op gedempte toon aan toegevoegd dat hij ook moest nagaan of er misschien een connectie bestond tussen bisschop Valdespino en Ávila.

Agent Fonseca kwam inmiddels teruglopen, nog altijd aan de telefoon. 'Sí... sí. Claro. Inmediatamente.' Hij verbrak de verbinding en wendde zich tot Ambra, die nog altijd als versuft voor zich uit staarde.

'Mevrouw Vidal, het is tijd om te vertrekken,' verklaarde hij op besliste toon. 'In het belang van uw veiligheid wil don Julián dat we u onmiddellijk naar het paleis in Madrid brengen.'

Ambra verstijfde. 'Ik kan Edmond zo niet alleen laten.' Ze gebaarde naar het lichaam onder de deken.

'De plaatselijke autoriteiten handelen de zaak verder af,' zei Fonseca. 'De lijkschouwer is al onderweg. De heer Kirsch zal met de grootst mogelijke zorg en eerbied worden behandeld. U kunt hier niet blijven. We zijn bang dat u gevaar loopt.'

'Hoezo loop ik gevaar?' Ambra deed een stap in zijn richting. 'De moordenaar had alle kans mij ook neer te schieten, maar dat heeft hij niet gedaan. Het ging hem blijkbaar alleen om Edmond!'

'Mevrouw Vidal!' De aderen in Fonseca's nek zwollen op. 'De prins wil dat we u naar Madrid brengen. Hij maakt zich zorgen over uw veiligheid.'

'Het enige waarover de prins zich zorgen maakt, zijn de politieke gevolgen!' beet ze hem toe.

Fonseca slaakte een diepe zucht en dwong zichzelf kalm te blijven. 'Mevrouw Vidal,' hervatte hij op gedempte toon, 'het is verschrikkelijk wat er is gebeurd! Voor Spanje. En voor de prins. Uw besluit om bij de presentatie als gastvrouw op te treden, is ronduit ongelukkig te noemen.'

Plotseling klonk de stem van Winston in Langdons hoofd. 'Professor? De beveiliging van het museum heeft de data van de camera's buiten geanalyseerd. Het lijkt erop dat ze iets hebben gevonden.'

Langdon luisterde even en gebaarde toen naar Fonseca, die zijn uitbrander aan Ambra's adres moest onderbreken. 'Meneer, volgens de computer staat de vluchtauto op de beelden van een van de camera's op het dak van het museum. Althans, gedeeltelijk.'

'O?' Fonseca was zichtbaar verrast.

Langdon gaf de informatie door zoals hij die van Winston via zijn headset doorkreeg. 'Het gaat om een zwarte personenwagen die via de leveranciersuitgang is vertrokken. Doordat de camera op het dak staat, is het kenteken niet zichtbaar. Maar op de foto is wel een ongebruikelijke sticker op de voorruit te zien.'

'Wat voor sticker?' vroeg Fonseca. 'Dan kunnen we dat doorgeven aan de politie.'

'Het is een sticker die ik niet ken,' antwoordde Winston in Langdons hoofd. 'Maar ik heb hem vergeleken met alle bekende symbolen in de wereld, en toen kreeg ik maar één match.'

Langdon was stomverbaasd door de snelheid waarmee Winston dat voor elkaar had gekregen.

'De enige match die ik heb gevonden, is een eeuwenoud alchemistisch symbool. Het symbool voor amalgamatie.'

'Hè?' Langdon had het logo van een parkeergarage verwacht, of van een politieke organisatie. 'De sticker op de voorruit is het symbool voor... amalgamatie?'

Fonseca's gezicht verried dat hij geen idee had waar het over ging.

'Dat moet een vergissing zijn, Winston,' zei Langdon. 'Waarom zou iemand met het symbool voor een alchemistisch proces op zijn voorruit rondrijden?'

'Dat weet ik niet,' antwoordde Winston. 'Maar dit is de enige match, met een overeenkomst van negenennegentig procent.'

Dankzij zijn fotografische geheugen zag Langdon het alchemistische symbool voor amalgamatie onmiddellijk voor zich.

'Winston, ik wil een exacte beschrijving van die sticker.'

De computer aarzelde geen moment. 'Het symbool bestaat uit een verticale lijn die wordt gekruist door drie horizontale. Boven de verticale lijn bevindt zich een boog, waarvan de uiteinden omhoogwijzen.'

Dat klopt precies. Langdon fronste. 'Die boog... zit daar nog iets bovenop?'

'Ja. De bovenkant van elke arm bestaat uit een korte horizontale lijn.'

Oké, dat is inderdaad het symbool voor amalgamatie.

Langdon dacht even na. 'Winston, kun je ons die foto sturen?'

'Natuurlijk.'

'Naar mijn telefoon,' commandeerde Fonseca.

Langdon gaf Winston het mobiele nummer van de agent, en toen Fonseca's telefoon even later pingde, verzamelden ze zich allemaal rond de agent. Op de korrelige zwart-witfoto, van bovenaf genomen, stond inderdaad een zwarte personenwagen die wegreed bij de leveranciersingang.

En in de linkerbenedenhoek van de voorruit zag Langdon de sticker met het symbool dat Winston had beschreven.

Amalgamatie. Bizar!

Met zijn vingertoppen trok hij de foto groter, zodat hij de opname gedetailleerder kon bekijken.

Hij zag meteen wat er niet klopte. 'Dit is niet het symbool voor amalgamatie.' Hoewel het dicht in de buurt kwam van wat Winston had beschreven, was er een minuscuul verschil. En in de leer van de symbolen kon een minuscuul verschil het onderscheid betekenen tussen de swastika van de nazi's en het boeddhistische symbool voor welvaart.

Soms werkt het menselijk brein toch beter dan de computer.

'Het is niet één sticker,' verklaarde Langdon. 'Het zijn er twee, die elkaar gedeeltelijk overlappen. Op de onderste staat een bijzonder crucifix, het zogenaamde pauselijke kruis. Dat is op het moment erg populair.'

Sinds de verkiezing van de meest liberale paus in de geschiedenis van het Vaticaan gaven duizenden mensen over de hele wereld met afbeeldingen van het driearmige kruis blijk van hun waardering voor diens beleid. Langdon kwam de sticker zelfs thuis tegen, in Cambridge, Massachusetts.

'Het U-vormige symbool bóven het kruis staat op een andere sticker,' vervolgde Langdon.

'Dat zie ik nu ook. U hebt gelijk,' zei Winston. 'Ik ga meteen op zoek naar het telefoonnummer.'

Opnieuw stond Langdon versteld van Winstons snelheid. *Dus hij heeft het bedrijfslogo al herkend?* 'Uitstekend. Dan kunnen we ze bellen, en dan kunnen zij de auto traceren.'

Fonseca keek hem verbaasd aan. 'Maar hoe dan?'

'Het gaat om een huurauto.' Langdon wees naar de gestileerde U op de voorruit. 'De vluchtauto is een Uber.'

26

Op Fonseca's gezicht stond ongeloof te lezen. Langdon zou niet kunnen zeggen wat de agent meer verbaasde: de snelheid waarmee de sticker op de voorruit was geïdentificeerd, of het feit dat generaal Ávila voor een Uber als vluchtauto had gekozen.

Was dat niet ongelooflijk onnozel, vroeg Langdon zich af. Of was de keuze voor een Uber juist briljant?

Ubers concept van de 'chauffeur op bestelling' had de wereld in slechts enkele jaren stormenderhand veroverd. Met een smartphone kon iedereen rechtstreeks contact zoeken met het groeiende leger Uber-chauffeurs die wat bijverdienen door zichzelf en hun auto als taxi te verhuren. In Spanje, waar deze vorm van dienstverlening pas sinds kort was toegestaan, moest de U van Uber zichtbaar op de voorruit zijn aangebracht. En blijkbaar was de chauffeur van de vluchtauto ook een fan van de nieuwe paus.

'Meneer Fonseca, Winston zegt dat hij zo vrij is geweest de foto van de auto naar de lokale politie te sturen,' zei Langdon. 'Dan kan die hem gebruiken bij de wegversperringen.'

Fonseca's mond viel open, en Langdon begreep dat hij er als ervaren lid van de Guardia moeite mee had dat het initiatief hem uit handen werd genomen. Het leek erop dat Fonseca niet wist hoe hij moest reageren. Moest hij Winston bedanken of zeggen dat hij zich, verdomme, met zijn eigen zaken moest bemoeien?

'Hij belt nu het alarmnummer van Uber.'

'Nee!' baste Fonseca. 'Dat doe ík! Geef op dat nummer. Uber is ongetwijfeld meer onder de indruk van een hoge officier van de Guardia dan van een computer.'

Daar had hij waarschijnlijk gelijk in, moest Langdon toegeven. Bovendien kon de Guardia zich beter met de jacht op de moordenaar bezighouden dan met het vervoer van Ambra naar Madrid.

Terwijl Fonseca het alarmnummer belde, groeide Langdons overtuiging dat het een kwestie van minuten zou zijn voordat ze de moordenaar te pakken hadden. Bij Uber draaide alles om het traceren van auto's. Met zijn smartphone was iedere klant in staat de exacte locatie na te trekken van iedere Uber-chauffeur, waar ook ter wereld. Fonseca hoefde het bedrijf alleen maar te vragen de chauffeur te traceren die zojuist een passagier had opgepikt achter het Guggenheim Museum.

'¡Hostia!' vloekte Fonseca. 'Automatizada.' Hij toetste nijdig een nummer in en wachtte. Blijkbaar moest hij zich door een keuzemenu heen werken. 'Professor, zodra ik Uber opdracht heb gegeven de auto te traceren, draag ik deze zaak over aan de lokale autoriteiten. Dan hebben Díaz en ik onze handen vrij om u en mevrouw Vidal naar Madrid te brengen.'

'Naar Madrid?' herhaalde Langdon geschrokken. 'Het spijt me, maar dat zal wat mij betreft niet gaan.'

'Niets mee te maken. U gaat mee,' verklaarde Fonseca. 'En uw computerspeeltje ook.' Hij wees naar Langdons headset.

'Zoals ik al zei, ik kan onmogelijk met u mee naar Madrid,' zei Langdon, nu iets minder welwillend.

'Merkwaardig. Ik dacht dat u hoogleraar was. Aan Harvard nog wel.'

Langdon keek hem niet-begrijpend aan. 'Dat klopt.'

'Dan zou u intelligent genoeg moeten zijn om te begrijpen dat u geen keus hebt,' snauwde Fonseca.

Met die woorden liep hij weg, nog altijd met de telefoon tegen zijn oor.

Langdon keek hem na. *Wat krijgen we nou?*

'Professor?' Ambra stond ineens achter hem. 'Ik moet u wat vertellen,' fluisterde ze.

Toen hij zich omdraaide schrok hij van de onverholen angst in haar ogen. De verlamming, de verdwazing leek te zijn geweken. Ze was weer volkomen helder en in haar stem klonk pure wanhoop.

'Dat Edmond u in zijn presentatie heeft opgenomen, bewijst hoezeer hij u respecteerde. Dus ik heb besloten u in vertrouwen te nemen.'

Langdon keek haar aan, niet goed wetend wat hij moest zeggen.

'Het is mijn schuld dat Edmond is vermoord,' fluisterde ze. Er blonken tranen in haar diepbruine ogen.

'Hè? Waarom denkt u dat?'

Ambra wierp nerveus een blik in de richting van Fonseca, die inmiddels buiten gehoorsafstand was. 'Vanwege de gastenlijst.' Ze keek Langdon weer aan. 'Vanwege de gast die op het laatste moment aan de lijst is toegevoegd. U weet toch wie dat was?'

'Ja, Luis Ávila.'

'Ík heb zijn naam op de lijst gezet.' Haar stem brak. 'Het is mijn schuld!'

Winston had gelijk, dacht Langdon verbijsterd.

'Het is mijn schuld dat Edmond is vermoord.' Ze zag eruit alsof ze elk moment in snikken kon uitbarsten. 'Ik heb de moordenaar binnengelaten.'

'Wacht eens even.' Langdon legde een hand op haar schouder, die zachtjes schokte. 'Dit gaat me te snel. Waarom hebt u zijn naam op de lijst gezet?'

Ambra wierp opnieuw een nerveuze blik op Fonseca, die ongeveer twintig meter verderop nog altijd stond te telefoneren. 'Het werd me gevraagd. Op het allerlaatste moment. Door iemand in wie ik een groot vertrouwen heb. Hij vroeg of ik de naam van admiraal Ávila aan de gastenlijst wilde toevoegen. Dat was een paar minuten voordat de deuren opengingen, en ik had het razend druk, dus ik heb er verder niet bij nagedacht. Het ging om een admiraal bij de marine! Hoe had ik ooit kunnen weten...' Ze sloeg een hand voor haar mond, haar blik ging weer naar Edmonds lichaam. 'En nu...'

'Ambra,' fluisterde Langdon. 'Van wie kwam dat verzoek? Wié heeft u gevraagd Ávila op de lijst te zetten?'

Ze slikte moeizaam. 'Mijn verloofde... de kroonprins. Don Julián.'

Langdon keek haar verward aan. Hij kon zijn oren niet geloven. Suggereerde de directeur van het Guggenheim dat de Spaanse kroonprins was betrokken bij de moord op Edmond Kirsch? *Dat kan niet!*

'Het paleis had nooit verwacht dat de identiteit van de moordenaar bekend zou worden. Daar ben ik van overtuigd,' vervolgde ze. 'Maar nu ik het weet... nu ben ik bang dat ik ook gevaar loop.'

Langdon legde opnieuw een hand op haar schouder. 'Hier in het museum bent u veilig.'

'Nee,' fluisterde ze wanhopig. 'Er spelen dingen waar u geen weet van hebt. We moeten hier weg. U ook!'

'Dat lukt ons nooit. Het is zinloos om het zelfs maar te proberen. De...'

'U moet naar me luisteren!' zei ze bijna smekend. 'Ik weet hoe we Edmond kunnen helpen.'

'Edmond?' Langdon begreep dat ze nog altijd in shock was. 'Die is niet meer te helpen.'

'Jawel!' Ze klonk vastberaden, en volkomen helder. 'Maar dan moeten we naar Barcelona. Naar zijn huis.'

'Waar hebt u het over?'

'Alstublieft! U moet naar me luisteren! Ik weet wat Edmond zou willen. Ik weet wat we moeten doen.'

In de daaropvolgende vijftien seconden begon Langdons hart wild te kloppen, terwijl hij luisterde naar wat Ambra Vidal hem influisterde. *Mijn god! Ze heeft gelijk. Dit verandert de hele zaak.*

Toen ze was uitgesproken, keek Ambra hem uitdagend aan. 'Begrijpt u nu waarom we hier weg moeten?'

Langdon aarzelde niet langer. 'Winston,' zei hij in zijn microfoontje. 'Heb je gehoord wat Ambra zei?'

'Ik heb het gehoord, professor.'

'Was je je daar al van bewust?'

'Nee.'

Langdon koos zijn woorden uiterst zorgvuldig. 'Winston, ik heb geen idee of computers zoiets kennen als loyaliteit jegens hun schepper. Zo ja, dan is dit het uur van de waarheid. We hebben je nodig. Je moet ons helpen.'

27

Terwijl Langdon in de richting van het podium liep, hield hij Fonseca in de gaten, die nog altijd met Uber aan de telefoon was. Ondertussen zag hij Ambra nonchalant naar het midden van de koepel slenteren, ook aan de telefoon. Althans, dat leek zo; en het was een idee van Langdon.

Zeg tegen Fonseca dat je hebt besloten de prins alsnog te bellen.

Toen hij bij het podium kwam, dwong hij zichzelf naar de liggende gedaante te kijken. *Edmond.* Bijna teder trok hij de deken weg die Ambra over hem heen had gelegd. Onder het bloedrode kogelgat in zijn voorhoofd waren Edmonds ogen, die even eerder nog zo helder de wereld in hadden gekeken, verworden tot doodse spleten. Langdon huiverde. Zijn hart bonsde van woede en verdriet.

In gedachten zag hij opnieuw de jonge student met zijn wilde bos haar die vervuld van hoop en ambitie de collegezaal was binnengekomen. En die zoveel zou weten te bereiken in de korte tijd die hem zou zijn gegeven. Het was gruwelijk dat een ongelooflijk talent als Edmond was vermoord, ongetwijfeld om te voorkomen dat zijn ontdekking bekend werd.

En als ik nu niet mijn nek uitsteek, als ik nu niets doe, zal Edmonds grootste ontdekking voorgoed verloren gaan.

Hij ging tussen Fonseca en het lichaam staan, liet zich op zijn knieën zakken en vouwde zijn handen, alsof hij bad.

In het besef van de ironie van de situatie – bidden bij het lichaam van een atheïst – moest hij bijna glimlachen. *Ach Edmond, uitgerekend jij zou niet willen dat er voor je werd gebeden. Maak je geen zorgen, mijn vriend, ik doe maar alsof. Ik ben hier niet om te bidden.*

Terwijl hij zich over Edmond boog, moest Langdon vechten tegen een gevoel van angst dat dreigde hem te overweldigen. *Ik heb tegen je gezegd dat je van de bisschop niets te vrezen had. Als blijkt dat Valdespino hierbij betrokken is...* Langdon verdrong de gedachte.

Toen hij zeker wist dat Fonseca hem in gebedshouding had gezien, boog Langdon zich onopvallend nog verder naar voren en viste de buitenmaatse turquoise telefoon uit de zak van Edmonds leren jasje.

Een haastige blik over zijn schouder maakte duidelijk dat Fonseca nog altijd aan de telefoon stond en niet zozeer in hem geïnteresseerd was als wel in Ambra, die verdiept leek in haar eigen telefoongesprek en steeds verder bij Fonseca vandaan slenterde.

Langdon concentreerde zich weer op Edmonds telefoon en haalde diep adem. Hij moest nog één ding doen.

Voorzichtig pakte hij de rechterhand van de dode. Die werd al koud. Zorgvuldig drukte hij Edmonds wijsvinger op de sensor.

Een zachte klik en de telefoon ontgrendelde.

Langdon scrolde gejaagd naar 'Instellingen' en schakelde de wachtwoordbeveiliging uit. *Permanent ontgrendeld.* Toen liet hij de telefoon in zijn jaszak glijden en trok de deken weer over Edmond heen.

In de verte klonk het gejank van sirenes. Ambra stond in het midden van het verlaten auditorium met haar mobiele telefoon tegen haar oor gedrukt, zogenaamd volledig opgaand in haar gesprek maar zich er ondertussen voortdurend van bewust dat Fonseca haar in de gaten hield.

Schiet op, Robert.

Amper een minuut eerder was de Amerikaanse professor in actie gekomen nadat Ambra hem had verteld over een gesprek dat ze recentelijk met Edmond Kirsch had gehad. Om precies te zijn twee dagen eerder, in deze zelfde ruimte, waar Edmond en zij nog tot laat aan de laatste details van de presentatie hadden gewerkt. Toen Edmond op enig moment even pauze nam voor een spinaziesmoothie – zijn derde die avond – had ze gezegd dat hij er slecht uitzag. Vaal en uitgeput.

'Sorry Edmond, maar dat veganistische dieet van je lijkt me geen succes. Je ziet ongezond bleek en je bent veel te mager.'

'Te mager?' Edmond was in de lach geschoten. 'Dat moet jij nodig zeggen.'

'Ik ben niet te mager!'

'Nou, het scheelt niet veel.' Bij het zien van haar verontwaardigde gezicht knipoogde hij. 'En ongezond bleek? Vind je het gek? Ik ben een computerfreak. Ik zit de hele dag voor een lcd-scherm.'

'Over twee dagen moet je de hele wereld toespreken. Een beetje kleur zou geen kwaad kunnen. Dus ga morgen de deur uit om een frisse neus te halen. Of vind een computerscherm uit waar je bruin van wordt.'

'Dat is niet eens zo'n gek idee.' Hij was zichtbaar onder de indruk. 'Daar zou je patent op moeten aanvragen.' Hij schoot in de lach; toen werd hij weer serieus. 'Dus de volgorde voor zaterdagavond is duidelijk?'

Ambra keek in het draaiboek en knikte. 'Ik verwelkom de gasten bij binnenkomst, daarna gaat het gezelschap hierheen, voor je introductie op video, en daarna verschijn je als bij toverslag op het podium.' Ze wees naar de voorkant van het auditorium. 'En dan doe je je aankondiging.'

'Klopt helemaal. Nog één dingetje.' Hij grijnsde. 'Wat ik op het podium ga zeggen, is een soort intermezzo. Ik verwelkom mijn gasten persoonlijk, zij krijgen de kans even de benen te strekken en ik bereid ze voor op het tweede gedeelte van de avond: een multimediapresentatie waarin ik mijn ontdekking uit de doeken doe.'

'Dus die heb je ook al opgenomen? Net als de intro?'

'Ja, ik heb er een paar dagen geleden de laatste hand aan gelegd. We leven in een beeldcultuur. Een multimediapresentatie spreekt meer aan dan de een of andere wetenschapper die een praatje houdt.'

'Jij bent nou niet bepaald wat je noemt "de een of andere wetenschapper",' zei Ambra. 'Maar ik ben het met je eens. Ik ben zó benieuwd!'

Ze wist dat Edmonds presentatie om veiligheidsredenen was opgeslagen op zijn privéserver en vanaf een externe locatie naar het projectiesysteem van het museum zou worden verstuurd.

'En wanneer we klaar zijn voor het tweede gedeelte... wie activeert dan het livestreamen? Jij of ik?'

'Dat doe ik zelf.' Hij haalde zijn telefoon tevoorschijn. 'Hiermee.' Hij hield zijn buitenmaatse smartphone omhoog in het turquoise Gaudí-hoesje. 'Het maakt allemaal deel uit van de show. Ik bel eenvoudig in naar mijn server, via een gecodeerde verbinding...'

Edmond drukte een paar toetsen in, de telefoon ging één keer over en de verbinding werd tot stand gebracht.

'Goedenavond, Edmond,' klonk een gecomputeriseerde vrouwenstem uit de speaker. 'Mag ik je wachtwoord?'

Edmond glimlachte. 'Dan typ ik voor het oog van de hele wereld mijn wachtwoord in, en via een livestream krijgt het publiek hier de presentatie te zien terwijl de rest van de wereld meekijkt.'

'Klinkt dramatisch.' Ambra was onder de indruk. 'Tenzij je je wachtwoord vergeet.'

'Ja, dat zou wel het toppunt van gênant zijn.'

'Ik neem aan dat je het hebt opgeschreven?' vroeg ze een beetje spottend.

'Wat dénk je nou?' Edmond schoot in de lach. 'Computerwetenschappers schrijven nooit wachtwoorden op. Maar maak je geen zorgen. Mijn wachtwoord heeft maar tweeënzestig tekens. Dus ik weet zeker dat ik het niet vergeet.'

'Tweeënzestig?' Ambra zette grote ogen op. 'Edmond, je vergeet zelfs de pin van je pasje voor de beveiliging! En die heeft maar vier cijfers! Hoe denk je dan dat je een willekeurige reeks van tweeënzestig tekens kunt onthouden?'

Bij het zien van haar verschrikte gezicht schoot hij opnieuw in de lach. 'Heel eenvoudig: het ís geen willekeurige reeks.' Hij dempte zijn stem. 'Mijn wachtwoord is mijn favoriete dichtregel.'

'Je hebt een dichtregel als wachtwoord?' vroeg Ambra verbouwereerd.

'Waarom niet? Mijn favoriete dichtregel telt precies tweeënzestig letters.'

'Klinkt niet als een erg sterk wachtwoord.'

'O nee? Denk je dat je mijn favoriete dichtregel kunt raden?'

'Ik wist niet eens dat je van poëzie hield.'

'Precies. Zelfs als iemand erachter kwam dat mijn wachtwoord een dichtregel is, en zelfs als iemand uit al die miljoenen opties de juiste zou weten te raden, dan nog zouden ze achter het heel erg lange telefoonnummer van mijn beveiligde server moeten zien te komen.'

'En dat nummer heb je in je telefoon zitten, onder een snelkeuzetoets?'

'Ja, en mijn telefoon heeft zijn eigen pincode en zit bovendien altijd in mijn borstzak.'

Ambra stak speels haar handen op. 'Oké, je hebt me overtuigd. Trouwens, wie is je favoriete dichter?'

'Leuk geprobeerd.' Hij gebaarde dreigend met zijn wijsvinger. 'Je zult tot zaterdag geduld moeten hebben. Ik heb echt de perfecte regel gekozen.' Hij grijnsde. 'Een regel die gaat over de toekomst, een soort profetie. Die tot mijn vreugde al werkelijkheid begint te worden.'

Kijkend naar Edmonds lichaam keerde ze terug naar het heden. En besefte in paniek dat ze Langdon nergens zag.

Waar is hij?

Bovendien – en dat was zo mogelijk nog verontrustender – ontdekte ze dat Díaz, het andere lid van de Guardia, net op dat moment weer binnenkwam door de scheur in de stoffen wand. Hij liet zijn blik door de koepel gaan en kwam toen recht op Ambra af.

Het lukt me nooit hier weg te komen!

Ineens stond Langdon naast haar. Hij legde een hand in de holte van haar rug en duwde haar met zachte drang in de richting van het eind van de koepel en de gang waar ze door waren binnengekomen.

'Mevrouw Vidal!' riep Díaz. 'Meneer Langdon? Waar gaat u naartoe?'

'We zijn zo terug,' riep Langdon over zijn schouder, terwijl hij Ambra voortvarend naar de uitgang loodste.

'Meneer Langdon!' Dat was de stem van Fonseca. 'Het is u beiden verboden deze ruimte te verlaten!'

Ambra voelde dat Langdon haar nog dwingender in de richting van de uitgang duwde.

'Winston,' fluisterde Langdon in zijn headset. 'Nú!'

Het volgende moment werd de hele koepel in duisternis gedompeld.

28

Fonseca en zijn collega Díaz renden door de verduisterde koepel, bijgelicht door de zaklantaarn in hun mobiele telefoon. Aan het eind van de koepel stormden ze de tunnel in waar Langdon en Ambra zojuist door waren verdwenen.

Halverwege de gang zag Fonseca de mobiele telefoon van Ambra op het tapijt liggen. Hij was stomverbaasd.

Ambra heeft haar telefoon weggegooid! Waarom in godsnaam?

De Guardia Real gebruikte, met haar toestemming, een heel simpele tracking-app om te allen tijde te weten waar ze was. Er was dan ook maar één verklaring mogelijk waarom ze haar telefoon had weggegooid: omdat ze niet gevolgd wilde worden.

Bij die gedachte werd Fonseca bloednerveus. Maar nog niet half zo nerveus als bij het vooruitzicht dat hij zijn baas zou moeten vertellen dat de toekomstige koningin spoorloos was verdwenen. Wanneer het ging om het beschermen van de prins en diens belangen kende Fonseca's baas, de commandant van de Guardia, geen genade en was hij bereid tot het uiterste te gaan. De opdracht die hij Fonseca voor die avond had gegeven, was buitengewoon simpel: zorg dat de veiligheid van Ambra Vidal geen moment in gevaar komt.

Ik kan haar veiligheid niet garanderen als ik niet weet waar ze is.

Aan het eind van de tunnel kwamen de twee agenten in het verduisterde voorvertrek, waar ze op een spookachtig gezelschap stuitten: een menigte bleke, dodelijk verschrikte gezichten, verlicht door het schermpje van hun mobiele telefoon. Het waren de gasten die contact zochten met de buitenwereld om te vertellen waarvan ze zojuist getuige waren geweest.

'Doe het licht aan!' klonk het van alle kanten.

Fonseca's telefoon ging.

'U spreekt met de museumbeveiliging,' klonk een jonge, zakelijke vrouwenstem. 'Het probleem met de verlichting is ons bekend. Er schijnt sprake te zijn van een computerstoring. We doen er alles aan om het probleem zo snel mogelijk te verhelpen.'

'Functioneert het beveiligingssysteem nog wel?' vroeg Fonseca, in het besef dat de camera's waren uitgerust met nachtzicht.

'Ja, dat werkt.'

Fonseca liet zijn blik door de verduisterde ruimte gaan. 'Kunt u zien waar Ambra Vidal is? Ze moet even eerder de voorzaal hebben bereikt. Waar is ze vandaar naartoe gegaan?'

'Een ogenblikje, alstublieft.'

Fonseca's hart bonsde van frustratie terwijl hij op antwoord wachtte. Hij had net bericht gekregen dat Uber problemen had met het traceren van de vluchtauto van de schutter.

Alles gaat mis vanavond! Wat krijgen we nog meer?

Tot overmaat van ramp was dit de eerste keer dat hij bij het escorte van Ambra Vidal was ingedeeld. Gezien zijn hoge rang deed hij normaliter alleen de beveiliging van prins Julián zelf. Maar die ochtend had zijn baas hem apart genomen. 'Er wordt vanavond een presentatie gegeven in het Guggenheim, en in haar functie van directeur van het museum treedt mevrouw Vidal op als gastvrouw. Zeer tegen de zin van de prins. U begeleidt haar en zorgt dat haar veiligheid geen moment in gevaar komt.'

Fonseca had nooit kunnen denken dat de presentatie een frontale aanval op het geloof zou behelzen, laat staan dat die in moord zou culmineren.

Hij was nog steeds niet bekomen van Ambra's woedende reactie toen hij haar had gevraagd de bezorgde prins telefonisch te woord te staan, maar haar gedrag ging van kwaad tot erger. Het had er alle schijn van dat Ambra Vidal probeerde haar escorte te ontlopen en ervandoor was met een Amerikaanse hoogleraar.

Als prins Julián dit hoort...

'Bent u daar nog?' Het was de beveiligingsbeambte weer. 'We kunnen zien dat mevrouw Vidal de voorzaal heeft verlaten. In gezelschap van een man. Ze zijn via de loopbrug naar de zaal met werken van Louise Bourgeois gelopen. De expositie heet *Cellules*. Wanneer u de voorzaal uit komt rechtsaf, tweede expositieruimte aan uw rechterhand.'

'Dank u! Blijf ze volgen!'

Fonseca en Díaz renden de zaal uit, de smalle loopbrug over. Beneden zich zagen ze dat de gasten zich in drommen naar de uitgangen haastten.

Aan zijn rechterhand, precies zoals de beveiliging had gezegd, zag Fonseca de opening naar een grote zaal. Op het bord stond: CELLULES.

In de uitgestrekte ruimte stond een verzameling vreemde, kooiachtige constructies opgesteld, met in elk daarvan een amorfe witte sculptuur.

'Mevrouw Vidal!' riep Fonseca. 'Meneer Langdon!'

Toen ze geen antwoord kregen, besloten de mannen van de Guardia de zaal te doorzoeken.

Verscheidene zalen daarvandaan, net buiten de koepel in het auditorium, klauterden Langdon en Ambra zo stil en onopvallend mogelijk door een doolhof van stellages naar het vaag oplichtende EXIT-bordje in de verte.

De laatste minuten, waarin Langdon en Winston hun achtervolgers op het verkeerde been hadden weten te zetten, waren als in een roes verlopen.

Op aanwijzing van Langdon had Winston alle lichten in de koepel gedoofd en de ruimte in duisternis gedompeld. Langdon had de afstand naar de uitgang van de tunnel in gedachten gevisualiseerd, en zijn schatting was bijna perfect gebleken. Aan het begin van de tunnel had Ambra haar telefoon de gang in gegooid. Maar in plaats van door te rennen, hadden ze rechtsomkeert gemaakt en waren ze in de koepel gebleven. Daar waren ze langs de wand gelopen, met hun hand op de stof, totdat ze de scheur vonden waar de gardist door naar buiten was gegaan, achter Edmonds moordenaar aan. Nadat ze zich door de opening hadden gewerkt, waren ze langs de buitenkant van de stoffen wand verdergegaan, naar een verlicht bord dat een brandtrap markeerde.

Het had Langdon verbaasd hoe snel Winston het besluit had genomen hen te helpen. 'Als Edmonds bekendmaking kan worden geactiveerd met een wachtwoord, dan moeten we dat zien te vinden,' had Winston gezegd. 'Mijn oorspronkelijke opdracht was alles in het werk te stellen om een succes te maken van Edmonds presentatie. Het is duidelijk dat ik daarin heb gefaald. Dus ik zal doen wat ik kan om dat goed te maken.'

Voordat Langdon hem kon bedanken, sprak Winston al verder, zonder adem te hoeven halen. Een niet-menselijke spraakwaterval, als een luisterboek dat op verhoogde snelheid wordt afgespeeld.

'Als ik Edmonds presentatie zelf had kunnen activeren, had ik dat gedaan,' zei Winston. 'Maar u hebt het gehoord: de presentatie is opgeslagen bij een beveiligde server. Het lijkt erop dat we alleen Edmonds telefoon en zijn wachtwoord nodig hebben om zijn ontdekking wereldkundig te maken. Ik heb alle gepubliceerde teksten doorgewerkt, op zoek naar een dichtregel van tweeënzestig letters. Dat zijn er helaas honderdduizenden, zo niet meer, afhankelijk van de enjambementen. En omdat Edmonds interfaces een gebruiker al na een paar onjuist ingevoerde wachtwoorden blokkeren, kunnen we in dat opzicht niets riskeren. Dus er blijft maar één optie over. We zullen het wachtwoord op een andere manier moeten achterhalen. Ik ben het met mevrouw Vidal eens dat u naar Barcelona moet, naar Edmonds huis. Als hij een favoriete dichtregel had, dan is de kans groot dat die afkomstig is uit een boek dat bij hem in de kast staat. Misschien heeft hij de bewuste regel zelfs gemarkeerd. Afgaande op mijn calculaties lijkt het me dan ook zo goed als zeker dat Edmond zou hebben gewild dat u naar Barcelona gaat, zijn wachtwoord achterhaalt en het gebruikt om zijn ontdekking alsnog bekend te maken. Bovendien heb ik kunnen achterhalen dat het telefoongesprek waarin vlak voor het begin van de presentatie werd gevraagd admiraal Ávila op de gastenlijst te zetten, inderdaad afkomstig was uit het koninklijk paleis in Madrid. Precies zoals mevrouw Vidal zei. Om die reden heb ik besloten dat we de Guardia Real niet kunnen vertrouwen. Dus ik zal een manier moeten zien te vinden om hen af te leiden en uw ontsnapping te faciliteren.'

Hoe ongelooflijk het ook had geklonken, het leek erop dat Winston in zijn opzet was geslaagd.

Langdon en Ambra hadden inmiddels de nooduitgang bereikt. Langdon deed zo geruisloos mogelijk de deur open, loodste Ambra erdoor en sloot de deur weer achter zich.

'Oké,' klonk de stem van Winston in Langdons hoofd. 'U bent nu in het trappenhuis.'

'En de Guardia?' vroeg Langdon.

'Die zijn niet eens in de buurt!' antwoordde Winston. 'Ik ben op dit moment met ze aan de telefoon, zogenaamd als beveiligingsbeambte, en ik stuur ze naar een zaal aan de andere kant van het gebouw.'

Het is niet te geloven! Langdon knikte geruststellend naar Ambra. 'Alles in orde.'

'Ga de trap af naar de begane grond en verlaat het museum,' zei Winston. 'Verder dient u er rekening mee te houden dat onze verbinding wordt verbroken zodra u het gebouw verlaat.'

Verdomme. Dat was geen moment bij Langdon opgekomen. 'Winston,' zei hij gejaagd, 'wist je dat Edmond zijn ontdekking vorige week heeft gedeeld met een aantal religieuze leiders?'

'Inderdaad,' antwoordde Winston. 'In zijn inleiding impliceerde hij zo-even dat zijn werk vérstrekkende religieuze implicaties zal hebben. Dus misschien wilde hij de reactie van de geestelijke wereld alvast peilen?'

'Dat denk ik. Maar een van hen was aartsbisschop Valdespino uit Madrid.'

'Dat is interessant. Online vind ik talrijke verwijzingen waaruit blijkt dat Valdespino een van de naaste adviseurs is van de Spaanse koning.'

'Dat klopt. En dan nog iets,' zei Langdon. 'Wist je dat Edmond na hun gesprek een dreigende voicemail van Valdespino heeft ontvangen?'

'Nee, dat wist ik niet. Die voicemail moet op zijn privénummer zijn ingesproken.'

'Edmond heeft me de boodschap laten horen. Valdespino drong erop aan dat Edmond zijn presentatie zou afblazen. Bovendien waarschuwde hij dat de geestelijk leiders met wie Edmond had gesproken overwogen om vóór de presentatie een verklaring te doen uitgaan om Edmonds geloofwaardigheid te ondermijnen.' Langdon hield een beetje in en liet Ambra voorgaan. 'Kun je een connectie vinden tussen Valdespino en admiraal Ávila?'

Het bleef even stil. 'Ik kon geen directe connectie vinden, maar dat wil niet zeggen dat die er niet is. Het betekent alleen dat die niet is gedocumenteerd.'

Ze waren bijna op de begane grond.

'Professor, als ik nog iets mag zeggen...' vervolgde Winston. 'Afgaande op wat er vanavond is gebeurd, lijkt het reëel te veronderstellen dat er invloedrijke krachten zijn die voor niets terugdeinzen om te voorkomen dat Edmonds ontdekking bekend wordt. Wanneer we daarbij bedenken dat Edmond ú in zijn presentatie noemde als degene wiens inzichten hem bij zijn doorbraak hebben geïnspireerd, zouden Edmonds vijanden u ook als een gevaar kunnen zien.'

Het was iets wat geen moment bij Langdon was opgekomen, en een gevoel van dreiging overviel hem toen hij de begane grond bereikte. Ambra duwde de metalen deur al open.

'Wanneer u naar buiten komt, staat u in een steeg,' zei Winston. 'Sla links af, loop om het gebouw heen en ga naar de rivier. Ik zal zorgen dat u vandaar naar de locatie wordt gebracht waarover we het hebben gehad.'

BIO-EC346. Langdon had erop aangedrongen dat Winston hen daarheen bracht. *De plek waar Edmond en ik elkaar hadden zullen ontmoeten wanneer alles achter de rug was.* Langdon had de code eindelijk ontcijferd. BIO-EC346 was geen geheime club van wetenschappers, maar iets veel alledaagsers. Toch hoopte hij dat BIO-EC346 hen zou helpen uit Bilbao te ontsnappen.

Maar dan moeten we er nog wel zien te komen, dacht hij, in het besef dat er spoedig overal wegversperringen zouden zijn opgeworpen. *We moeten snel zijn.*

Terwijl Ambra en hij de koude avond in stapten, schrok Langdon toen hij op de grond iets zag liggen wat leek op de kralen van een rozenkrans. Hij had echter geen tijd erover na te denken, want Winston was nog steeds aan het woord.

'Wanneer u bij de rivier komt,' klonk zijn gebiedende stem, 'volgt u het pad onder de La Salve-brug. Daar wacht u tot...'

Plotseling kwam er alleen nog maar oorverdovende statische ruis uit Langdons headset.

'Winston?' riep Langdon. 'Wachten tot wát?'

Maar de metalen deur viel met een dreun achter hen in het slot, en Winston was verdwenen.

29

Kilometers naar het zuiden, aan de rand van Bilbao, joeg een zwarte Uber over de AP-68 in de richting van Madrid. Luis Ávila zat op de achterbank. Hij had zijn admiraalspet afgezet, zijn witte jasje uitgetrokken, en terwijl hij achteroverleunde en zijn succesvolle ontsnapping opnieuw beleefde, koesterde hij zich in een bedwelmend gevoel van vrijheid.

Precies zoals de Regent had beloofd.

Vrijwel onmiddellijk nadat hij in de Uber was gestapt, had Ávila zijn pistool getrokken en het tegen de slaap van de doodsbange chauffeur gedrukt. Op Ávila's bevel had deze zijn smartphone uit het raam gegooid en daarmee de enige verbinding met Uber verbroken.

Vervolgens had Ávila de portefeuille van de chauffeur gepakt en diens adres en de namen van zijn vrouw en kinderen in zijn geheugen geprent. Als je niet doet wat ik zeg, gaat je gezin eraan, had hij gedreigd. De man achter het stuur verkrampte en zijn knokkels werden wit. Ávila wist dat hij op zijn chauffeur kon rekenen.

Ik ben onzichtbaar, dacht hij toen politieauto's de Uber met jankende sirene tegemoet raasden.

Terwijl de auto zich in zuidelijke richting spoedde, bereidde Ávila zich voor op de lange rit, nog nagenietend van zijn adrenalineroes. *Ik heb me een goede dienaar van de zaak getoond.* Hij keek naar de tatoeage in zijn hand, in het besef dat hij de bescherming die deze bood niet nodig had gehad. *Nog niet.*

In het volste vertrouwen dat zijn doodsbange Uber-chauffeur alles zou doen wat hij zei, liet Ávila zijn pistool zakken. Zijn blik viel op de twee stickers op de voorruit van de auto.

Dat kan geen toeval zijn.

De eerste sticker – het logo van Uber – was geen verrassing. Maar de tweede kon niet anders dan een vingerwijzing Gods zijn.

Het pauselijke kruis. Het symbool was vandaag de dag alomtegenwoordig. In heel Europa toonden katholieken zich solidair met de paus en waren ze euforisch over zijn radicale liberalisering en modernisering van de kerk.

Ironisch genoeg maakte het besef dat zijn chauffeur een aanhanger was van de liberale paus het voor Ávila bijna een genoegen om de man een pistool tegen de slaap te drukken. Ávila was geschokt door de gemakzucht van de massa die de nieuwe paus aanbad. De nieuwe paus, die de volgelingen van Christus de vrijheid gaf hun eigen keuze te maken uit de veelheid van Gods wetten, als gold het een lopend buffet; de vrijheid om zelf te bepalen welke geboden, welke wetten hen aanspraken en welke niet. Bijna van de ene op de andere dag waren kwesties als geboortebeperking, het homohuwelijk, vrouwelijke priesters en andere liberale ideeën in het Vaticaan onderwerp van discussie geworden. Het was alsof tweeduizend jaar traditie in enkele vluchtige momenten in rook opgingen.

Gelukkig zijn er ook nog mensen die vechten voor behoud van het oude.

In gedachten hoorde Ávila de klanken van de Oriamendi-hymne.

En ik beschouw het als een eer om hen te dienen.

30

De Guardia Real, de oudste en meest prestigieuze lijfwacht in Spanje, heeft een traditie die teruggaat tot de middeleeuwen. De leden van de Guardia beschouwen het als hun heilige plicht om te waken over de veiligheid van de koninklijke familie, de koninklijke bezittingen te beschermen en de koninklijke eer te verdedigen.

Commandant Diego Garza, die aan het hoofd stond van de bijna tweeduizend gardisten, was een kleine, graatmagere zestigjarige met een getaande huid, kleine oogjes en dunnend, geolied zwart haar dat hij glad naar achteren kamde over zijn vlekkerige schedel. Door zijn knaagdierachtige trekken en kleine gestalte viel Garza in een menigte nauwelijks op, wat ook hielp om zijn enorme invloed binnen de paleismuren te verbloemen.

Garza had al jong geleerd dat echte macht niet voortkwam uit spierkracht, maar uit het vermogen politieke druk uit te oefenen. Als hoofd van de Guardia Real was hij een machtig man, maar het kwam vooral door zijn politieke inzicht en gewiekstheid dat Garza in het paleis gold als hét aanspreekpunt voor een breed scala aan kwesties, zowel in de persoonlijke als in de professionele sfeer.

Discreet als hij was, had hij het in hem gestelde vertrouwen nog nooit beschaamd. Door zijn reputatie als geheimenbewaarder, in combinatie met zijn onwaarschijnlijke talent voor het oplossen van gevoelige kwesties, had hij zich voor de koning onmisbaar gemaakt. Maar nu het leven van de bejaarde Spaanse vorst in het Palacio de la Zarzuela zijn einde naderde, zagen Garza en ook anderen in het paleis zich geconfronteerd met een onzekere toekomst.

Meer dan veertig jaar had de koning geregeerd over een land dat roerige tijden had gekend in de aanloop naar de parlementaire monarchie, een monarchie die volgde op zesendertig bloedige jaren onder het dictatoriale bewind van de ultraconservatieve generaal Francisco Franco. Sinds Franco's dood in 1975 had de koning zich beijverd en met de regering samengewerkt om het democratische proces in Spanje te bevorderen, waarbij het land heel langzaam en geleidelijk weer naar links was opgeschoven.

Voor de jeugd gingen de veranderingen te langzaam.

En veel ouderen, die wilden vasthouden aan de tradities, beschouwden de veranderingen als godslasterlijk.

Een hoog percentage van de Spaanse heersende klasse stond nog altijd vierkant achter Franco's conservatieve doctrines, met name waar het ging om het katholicisme als 'staatsgodsdienst' en als moreel kompas van het volk. Een snelgroeiend aantal Spaanse jongeren verzette zich echter uiterst fel tegen deze opvatting door de hypocrisie van het georganiseerde geloof keihard aan de kaak te stellen en te pleiten voor een grotere afstand tussen kerk en staat.

Met een kroonprins die de middelbare leeftijd naderde en die klaarstond om de troon te bestijgen, kon niemand voorspellen welke richting de monarchie zou inslaan. Tientallen jaren lang had prins Julián zich op bewonderenswaardige wijze gekweten van nietszeggende ceremoniële verplichtingen. In politieke kwesties had hij zich onveranderlijk geschikt naar de wil van zijn vader, zonder ook maar één keer zijn persoonlijke overtuiging de boventoon te laten voeren. Hoewel de meeste deskundigen vermoedden dat zijn beleid aanzienlijk liberaler zou uitpakken dan dat van zijn vader, viel dat op geen enkele manier met zekerheid te zeggen.

Maar vanavond zou althans een tipje van die sluier worden opgelicht.

Na de schokkende gebeurtenissen in Bilbao en gezien het feit dat de koning om gezondheidsredenen niet tot het afleggen van een verklaring in staat was, had de prins geen andere keus dan zich over de verontrustende ontwikkelingen uit te spreken.

Diverse hoge overheidsfunctionarissen, onder wie de eerste minister, *el presidente del gobierno*, hadden de moord al veroordeeld. Ze waren echter wel zo sluw geweest met nader commentaar te wachten totdat er een verklaring was uitgegaan van het paleis, waardoor de hele kwestie op prins Juliáns bord was komen te liggen. Dat verbaasde Garza hoegenaamd niet. Door de betrokkenheid van Ambra Vidal, de toekomstige koningin, was de zaak een politieke tijdbom, iets waar niemand zijn vingers aan wilde branden.

Prins Julián zal vanavond zwaar op de proef worden gesteld, dacht Garza terwijl hij zich de grote trap op haastte naar de vertrekken van de koninklijke familie. *Hij heeft behoefte aan leiding, en nu zijn vader hem die niet kan geven, zal ik dat moeten doen.*

Garza liep door de lange gang van de *residencia* naar de deur van de prins. Daar haalde hij diep adem en klopte aan.

Merkwaardig, dacht hij, toen hij geen antwoord kreeg. Ik weet zeker dat hij er is. Volgens Fonseca in Bilbao had de prins hem net gebeld vanuit zijn appartement omdat hij Ambra Vidal wilde spreken en zeker wilde weten dat ze ongedeerd was gebleven. En dat was ze, goddank.

Garza klopte nogmaals. Zijn bezorgdheid steeg toen hij opnieuw geen antwoord kreeg.

Gejaagd stak hij zijn sleutel in het slot. 'Don Julián?' Hij ging naar binnen.

Het appartement was in duisternis gehuld; het enige licht was afkomstig van het flikkerende televisiescherm in de woonkamer. 'Bent u daar?'

Garza haastte zich verder het appartement in. Prins Julián was alleen, een roerloos silhouet voor het erkerraam in de donkere kamer. Een onberispelijke verschijning, nog altijd in het pak dat hij die avond naar zijn afspraken had gedragen. Hij had zelfs zijn das nog niet losser gedaan.

Garza zei niets, geschrokken door de trance waarin de prins leek te verkeren. Hij lijkt lamgeslagen door de gebeurtenissen.

Pas toen Garza zijn keel schraapte, verbrak de prins zijn stilzwijgen, maar zonder zich van het raam af te wenden. 'Ik heb Ambra gebeld, maar ze wilde niet met me praten.' De prins klonk eerder onthutst dan gekwetst.

Garza wist niet goed wat hij moest zeggen. Na wat er die avond was gebeurd, vond hij het onbegrijpelijk dat don Julián zich vooral druk leek te maken over zijn relatie met Ambra, die toch al gespannen was, vanaf het allereerste, ongelukkige begin.

'Waarschijnlijk is mevrouw Vidal nog in shock,' zei Garza zachtjes. 'Fonseca brengt haar later op de avond naar het paleis. Dan is er alle tijd om te praten. En als ik zo vrij mag zijn, we mogen dankbaar zijn dat ze ongedeerd is gebleven.'

Prins Julián knikte verstrooid.

'Naar de schutter wordt gezocht,' zei Garza, in een poging het over iets anders te hebben. 'Fonseca heeft me verzekerd dat ze de terrorist spoedig achter slot en grendel zullen hebben.' Hij gebruikte met opzet het woord 'terrorist', in de hoop de prins te doen opschrikken uit zijn verdoving.

Maar diens enige reactie was opnieuw een verstrooid knikje.

'De eerste minister heeft zijn afkeuring uitgesproken over de moord,' vervolgde Garza, 'maar de regering hoopt dat ú een uitgebreidere verklaring zult willen afleggen... gezien Ambra's betrokkenheid bij de gebeurtenissen.' Garza zweeg even. 'Ik besef hoe ongemakkelijk de situatie is, vanwege uw verloving, maar ik stel voor dat u zegt dat haar onafhankelijkheid een van de eigenschappen is die u het meest in uw verloofde bewondert. Dat u weet dat ze de politieke opvattingen van Kirsch niet deelt, maar dat u het toejuicht dat ze niet is weggelopen voor de verplichtingen die ze als directeur van het museum is aangegaan. Ik wil met alle plezier iets voor u op papier zetten, mocht u dat op prijs stellen. We moeten zorgen dat uw verklaring nog op tijd is voor het ochtendnieuws.'

Julián bleef strak uit het raam kijken. 'Als we een verklaring laten uitgaan, hecht ik aan de inbreng van bisschop Valdespino.'

Garza klemde zijn kaken op elkaar om zijn afkeuring niet te laten blijken. Het huidige Spanje, het Spanje na Franco, was een *estado aconfesional*, wat betekende dat het niet langer een staatsgodsdienst had en dat de kerk werd geacht zich niet te mengen in politieke kwesties. Door de hechte vriendschap tussen Valdespino en de koning had de bisschop echter altijd veel invloed gehad op het dagelijkse reilen en zeilen in het paleis. Helaas lieten Valdespino's harde politieke lijn en religieuze gedrevenheid weinig ruimte voor de tact en de diplomatie die de huidige crisis vereiste.

We hebben behoefte aan nuance en verfijning. Niet aan dogma's en vuurwerk!

Garza wist maar al te goed dat achter Valdespino's vrome voorkomen een uiterst simpele waarheid schuilging: de aartsbisschop diende altijd eerst zijn eigen belang. God kwam op de tweede plaats. Tot recentelijk had Garza dat kunnen negeren, maar nu het machtsevenwicht in het paleis begon te verschuiven, maakte hij zich grote zorgen over de manier waarop Valdespino zich steeds verder in de richting van Julián bewoog.

Zijn invloed op de prins is al te groot.

Garza wist dat Julián de bisschop altijd als 'familie' had beschouwd – als een soort oom, in plaats van een religieuze autoriteit. Als de naaste vertrouweling van de koning was Valdespino belast geweest met het toezicht op de morele ontwikkeling van de jonge Julián, en van die taak had hij zich met passie en toewijding gekweten. Hij had persoonlijk alle privéleraren gekeurd, hij had Julián onderwezen in de doctrines van het geloof en hij had de prins zelfs van advies gediend in kwesties die het hart betroffen. Het was inmiddels jaren later, maar zelfs wanneer Julián en Valdespino het ergens niet over eens waren, kon dat geen afbreuk doen aan hun hechte band.

'Don Julián,' begon Garza, uiterlijk volmaakt kalm, 'ik ben er ten sterkste van overtuigd dat u en ik de huidige situatie samen zouden moeten afhandelen.'

'Zo? Vindt u dat?' klonk achter hem een mannenstem uit de duisternis.

Met een ruk draaide Garza zich om, verbijsterd door de aanblik van een soort geestverschijning in bisschopsgewaad.

Valdespino.

'Ik had gedacht dat uitgerekend ú zou beseffen hoe hard u me vanavond nodig hebt, commandant,' beet Valdespino hem toe.

'Het gaat hier om een politieke kwestie,' verklaarde Garza op ferme toon. 'Geen religieuze.'

'Ik hoor het al, ik heb uw politieke inzicht schromelijk overschat,' schamperde Valdespino. 'Als u het mij vraagt, is er maar één gepaste reactie op wat er is gebeurd. We moeten het land onmiddellijk duidelijk maken dat prins Julián, onze toekomstige koning, een diep gelovig man is en een toegewijd katholiek.'

'Dat ben ik met u eens... en we zullen in elke verklaring die de prins aflegt melding maken van zijn geloof.'

'En wanneer de prins de media te woord staat, is het van cruciaal belang dat hij dat doet met mij naast zich; met mijn hand op zijn schouder, als krachtig symbool van zijn innige band met de kerk. Van dat beeld zal meer geruststelling uitgaan naar het volk dan van welke verklaring ook.'

Garza voelde dat hij woedend werd.

'De wereld is zojuist getuige geweest van een wrede moord op Spaanse bodem,' verklaarde Valdespino. 'In tijden van geweld is niets zo troostrijk als de hand Gods.'

31

De Széchenyi lánchíd, de bijna vierhonderd meter lange Ketting-brug over de Donau, is een van de vele bruggen in Boedapest en vormt een symbool van de band tussen Oost en West. De Széchenyi geldt bovendien als een van de mooiste bruggen ter wereld.

Wat bezielt me, vroeg rabbi Köves zich af, turend in de wervelende zwarte wateren. De bisschop heeft nog zo gezegd dat ik binnen moest blijven.

Köves wist dat de bisschop gelijk had, maar wanneer hij zich rusteloos voelde, was er iets wat hem naar de brug trok. Zo ging het al bijna zijn hele leven. Al jaren kwam hij hier in de avonduren om na te denken terwijl hij het tijdloze uitzicht bewonderde. In het oosten, in Pest, verrees trots de verlichte gevel van het Gresham Palace Hotel, met daarachter de klokkentorens van de Szent István Bazilika. In het westen, op de top van de Burchtheuvel, verhieven zich de dikke muren van de Citadel van Boeda. En in het noorden waren op de oever van de Donau de elegante spitsen van het parlement te zien, het grootste gebouw van Hongarije.

Köves vermoedde echter dat het niet het uitzicht was dat hem telkens weer naar de Ketting-brug deed komen. Wat hem naar de brug trok was iets heel anders.

De hangslotjes.

Aan de relingen en de kettingen van de brug hingen honderden hangslotjes, stuk voor stuk met hun eigen initialen, stuk voor stuk voor altijd met de brug verbonden.

Het was traditie dat geliefden naar de brug kwamen, hun initialen in een slotje krasten en dat aan de brug bevestigden. De sleutel gooiden ze in het diepe water, waarin hij voor altijd verdween, een bezegeling van hun eeuwige band.

Geen simpeler belofte dan die. Köves liet zijn vingers over de bengelende slotjes gaan. *Mijn ziel, voor altijd verbonden met de jouwe.*

Telkens wanneer Köves eraan moest worden herinnerd dat grenzeloze liefde wel degelijk bestond, kwam hij naar de brug. Dit was zo'n moment. Terwijl hij in het snelstromende water keek, had hij plotseling het gevoel dat de wereld hem te snel ging. *Misschien hoor ik er niet langer in thuis.*

Wat ooit momenten van rust en eenzame reflectie waren geweest – een paar minuten alleen in de bus, een wandeling naar het werk, wachten op een afspraak – leek tegenwoordig onverdraaglijk; momenten waarop mensen impulsief naar hun telefoon grepen, naar hun oordopjes, hun games, niet in staat weerstand te bieden aan de verslavende aantrekkingskracht van de technologie. De wonderen van het verleden verdwenen steeds verder uit het zicht en werden verdrongen door een onophoudelijke honger naar het nieuwe.

Starend in het water was Jehoeda Köves zich bewust van een groeiende vermoeidheid. Zijn zicht vertroebelde en hij meende griezelige, amorfe schimmen onder het wateroppervlak te zien bewegen. De rivier oogde plotseling als een kolkende chaos waarin schepselen tot leven kwamen.

'A *víz él*,' klonk een stem. 'Het water leeft.'

De rabbi draaide zich om. Achter hem stond een jonge knul met een kop vol krullen en ogen vol hoop. Hij deed Jehoeda denken aan hemzelf in zijn jonge jaren.

'Wat zei je?' vroeg de rabbi.

De jongen deed zijn mond open, alsof hij iets ging zeggen, maar in plaats van woorden steeg er een soort elektronisch gezoem op uit zijn keel, terwijl een verblindend wit flitslicht uit zijn ogen scheen.

'*Oy gevalt!*'

De telefoon op zijn bureau ging. Bij het horen van het lawaai draaide de oude rabbi zich met een ruk om en liet in paniek zijn blik door de studeerkamer in zijn házikó gaan. Tot zijn opluchting was hij alleen. Zijn hart ging wild tekeer.

Hij probeerde zijn ademhaling weer onder controle te krijgen. Wat een vreemde droom, dacht hij.

De telefoon ging nog steeds, luid en dwingend. Op dit uur moest het bisschop Valdespino zijn, die belde met het laatste nieuws over zijn vervoer naar Madrid.

'Aartsbisschop, wat is er voor nieuws?' informeerde de rabbi, nog altijd gedesoriënteerd.

'Rabbi Jehoeda Köves?' vroeg een onbekende stem. 'U kent me niet en ik wil u geen angst aanjagen, maar het is van het grootste belang dat u goed luistert naar wat ik ga zeggen.'

Köves was op slag klaarwakker.

De stem was die van een vrouw en klonk gedempt, verwrongen. De beller sprak gejaagd. In het Engels, maar met een licht Spaans accent. 'Om herkenning te voorkomen gebruik ik een stemvervormer. Mijn excuses daarvoor, maar het zal u snel duidelijk worden waarom dat nodig is.'

'Met wie spreek ik?' vroeg Köves streng.

'Ik ben een burgerwaakhond. Iemand die opstaat tegen hen die proberen de waarheid voor het publiek verborgen te houden.'

'Ik... ik begrijp u niet.'

'Rabbi Köves, ik weet dat u een geheime ontmoeting hebt gehad met Edmond Kirsch. Samen met bisschop Valdespino en oelama Syed al-Fadl. Drie dagen geleden in het klooster van Montserrat.'

Hoe weet ze dat?

'Ik weet óók dat Edmond Kirsch u drieën uitgebreid heeft geïnformeerd over zijn nieuwste wetenschappelijke ontdekking, en dat u betrokken bent bij een complot om die ontdekking voor de wereld verborgen te houden.'

'Wát?'

'Als u niet heel goed luistert naar wat ik nu ga zeggen, voorspel ik u dat u de ochtend niet zult halen. Dat u zult worden geëlimineerd door de lange arm van bisschop Valdespino.' De beller zweeg even. 'Net als Edmond Kirsch en uw vriend Syed al-Fadl.'

32

De La Salve-brug in Bilbao, over de rivier de Nervión, ligt zo dicht bij het Guggenheim Museum dat de twee gebouwen soms met elkaar versmolten lijken. De brug, met als voornaamste kenmerk zijn unieke centrale pijler in de vorm van een hoog oprijzende, vuurrode hoofdletter H, ontleent zijn naam aan de verhalen over terugkerende zeelui die bij het opvaren van de rivier een dankgebed uitspraken voor hun behouden thuiskomst.

Nadat ze het gebouw aan de achterkant hadden verlaten, waren Langdon en Ambra naar de nabijgelegen rivier gerend, waar ze nu op de oever stonden, volgens de instructies van Winston op een looppad pal onder de brug.

Waar wachten we op, vroeg Langdon zich af.

Hoewel het donker was, zag hij dat Ambra stond te rillen in haar avondjurk. Dus trok hij het jasje van zijn rokkostuum uit, hing het om haar schouders en streek haar over de armen.

Abrupt draaide ze zich naar hem om.

Even vreesde Langdon dat hij zijn boekje te buiten was gegaan, maar hij las geen ergernis in haar ogen, eerder dankbaarheid.

'Dank je wel,' zei ze fluisterend. 'Bedankt dat je me wilt helpen.'

Terwijl ze hem in de ogen keek pakte ze zijn handen en drukte ze krachtig, als om er alle warmte, alle troost uit te putten die hij te bieden had.

Toen liet ze hem net zo abrupt weer los. 'Sorry,' fluisterde ze. '*Conducta impropia*, zou mijn moeder hebben gezegd.'

Langdon schonk haar een geruststellende grijns. 'Verzachtende omstandigheden, zou míjn moeder hebben gezegd.'

Ze glimlachte, maar het ging niet van harte. 'Ik voel me ellendig... afschuwelijk...' Ze wendde haar blik af. 'Wat er vanavond is gebeurd... met Edmond...'

'Dat ís ook verschrikkelijk. Schokkend.' Langdon besefte dat hij nog te zeer in shock verkeerde om zijn emoties de vrije teugel te geven.

Ambra staarde naar het water. 'En dan te bedenken dat mijn verloofde, don Julián, erbij betrokken is...'

Haar stem verried hoezeer ze zich verraden voelde. Langdon wist niet goed wat hij moest zeggen. 'Daar lijkt het op,' zei hij voorzichtig. 'Maar er valt nog niets met zekerheid te zeggen. Het is heel goed mogelijk dat prins Julián van niets weet; dat de moordenaar alléén heeft gehandeld of dat hij voor iemand anders werkte dan voor de prins. Waarom zou de toekomstige koning betrokken zijn bij een moord? Dat snijdt geen hout. En al helemaal niet als het spoor zo duidelijk naar hem terugvoert.'

'Dat komt alleen door Winston. Doordat hij erachter kwam dat Ávila pas op het allerlaatste moment aan de gastenlijst was toegevoegd. Misschien dacht Julián dat de identiteit van de schutter nooit achterhaald zou worden.'

Daar zat iets in, moest Langdon toegeven.

'Ik had Edmonds presentatie nooit met Julián moeten bespreken.' Ambra keek hem weer aan. 'Hij drong erop aan dat ik mij zou terugtrekken. Dus heb ik geprobeerd hem gerust te stellen en hem duidelijk te maken dat mijn betrokkenheid maar heel beperkt was. Dat het ging om een videopresentatie. Meer niet. Volgens mij heb ik Julián zelfs verteld dat Edmond de bekendmaking van zijn ontdekking zou activeren door middel van een smartphone.' Ze zweeg even. 'Dus als ze erachter komen dat we Edmonds telefoon bij ons hebben, begrijpen ze dat zijn ontdekking alsnog wereldkundig kan worden gemaakt. En ik heb geen idee hoever Julián bereid is te gaan om dat te verhinderen.'

Langdon nam haar onderzoekend op. 'Hij is je verloofde. Hoe kan het dat je zo weinig vertrouwen in hem hebt?'

Ambra slaakte een diepe zucht. 'Ik ken hem niet zo goed als jij waarschijnlijk denkt.'

'Waarom ben je dan met hem verloofd?'

'Ik had geen keus. Julián heeft me voor het blok gezet.'

Voordat Langdon kon reageren, klonk er een diep, galmend gebrom in de grotachtige ruimte onder de brug. Het geluid trilde door tot in het beton van het looppad, werd geleidelijk aan steeds krachtiger en leek van rechts te komen. Van ergens stroomopwaarts.

Toen Langdon zich omdraaide, zag hij een donker silhouet met grote snelheid dichterbij komen. Het bleek een motorboot te zijn, met gedoofde boordlichten. Vlak bij de hoge betonnen oever ging de boot langzamer varen. Ten slotte kwam hij soepel tot stilstand bij de plek waar Langdon en Ambra stonden.

Langdon schudde zijn hoofd. Tot op dat moment had hij niet geweten in hoeverre hij op Edmonds gecomputeriseerde gids kon rekenen, maar neerkijkend op de gele watertaxi besefte hij dat Winston zich de beste bondgenoot had getoond die ze zich konden wensen.

De wat sjofel ogende kapitein gebaarde naar hen dat ze aan boord moesten stappen. 'Uw Britse vriend, hij belt me,' riep hij hun toe. 'Hij zegt vip betaalt driedubbel voor... hoe zeggen jullie... *velocidad y discreción*? Dus ik doe. Ziet u? Geen lichten!'

'Inderdaad. Dank u wel,' antwoordde Langdon. *Goeie tekst, Winston. Snelheid en discretie.*

De kapitein hielp Ambra aan boord, en terwijl ze in de kleine kajuit verdween om weer warm te worden, schonk hij Langdon een verbaasde grijns. 'Dit mijn vip? Señorita Vidal?'

'*Velocidad y discreción*,' hielp Langdon hem herinneren.

'*¡Sí, sí!* Oké!' De kapitein haastte zich naar het roer en gaf gas. Enkele ogenblikken later joeg de motorboot in westelijke richting over de donkere rivier.

Aan bakboord zag Langdon de reusachtige zwarte spin van het Guggenheim, griezelig verlicht door de zwaailichten van de politieauto's. Boven het museum hing een televisiehelikopter.

Er zouden er nog vele volgen, vermoedde Langdon.

Hij haalde Edmonds visitekaartje uit zijn broekzak, met daarop die cryptische boodschap BIO-EC346. Edmond had hem gezegd het aan de taxichauffeur te geven, ook al had hij daarbij vast niet aan een watertaxi gedacht.

'Onze Britse vriend...' riep Langdon boven het geluid van de motoren uit. 'Die heeft u zeker ook verteld waar we heen gaan?'

'Ja, ja! Ik hem waarschuw. Per boot ik kan niet helemaal daar komen. Maar hij zegt geen probleem. U loop driehonderd meter. ¿No?'

'Dat is prima. Hoe ver is het?'

De kapitein wees naar de snelweg, rechts van de rivier. 'Bord zegt zeven kilometer. Met de boot beetje meer.'

Langdon keek naar het verlichte verkeersbord.

AEROPUERTO BILBAO (BIO) → 7 KM

Hij glimlachte weemoedig terwijl hij in gedachten Edmonds stem hoorde. *De code is pijnlijk eenvoudig, Robert.* En dat was ook gebleken. Toen Langdon hem eerder op de avond eindelijk ontcijferde, had hij zich bijna geschaamd omdat hij er zo lang over had gedaan.

BIO was inderdaad een code, maar net zo gemakkelijk te ontcijferen als talloze soortgelijke codes die over de hele wereld werden gebruikt: BOS, LAX, JFK.

BIO is de code van het vliegveld van Bilbao.

Toen hij dat eenmaal had achterhaald, was de rest van de code ook meteen duidelijk.

EC346.

Langdon had Edmonds privéjet nooit gezien, maar hij wist van het bestaan van het vliegtuig, en hij twijfelde er niet aan of de landencode in het staartnummer van een Spaanse jet begon met de E van *España*.

EC346 is een privéjet.

Als hij met een gewone taxi naar het vliegveld van Bilbao was gegaan, had hij Edmonds kaartje aan de beveiliging kunnen laten zien en dan had die hem rechtstreeks naar het toestel gebracht.

Ik hoop dat Winston de piloten heeft gewaarschuwd dat we eraan komen. Langdon keek achterom, naar het museum, dat steeds kleiner werd.

Hij overwoog ook in de kajuit te gaan zitten, maar de frisse lucht deed hem goed, en hij besloot Ambra een moment alleen te geven, zodat ze een beetje tot zichzelf kon komen.

Ik zou ook wel een moment voor mezelf kunnen gebruiken. Hij liep naar de boeg.
Helemaal voor in de boot, met de wind in zijn haar, deed Langdon zijn strikje af en stopte het in zijn zak. Vervolgens maakte hij de bovenste knoop van zijn opstaande boord los en haalde diep adem.

Edmond. Wat heb je gedaan?

33

Commandant Diego Garza ijsbeerde ziedend van woede door het donkere appartement van prins Julián terwijl de bisschop doceerde, zelfingenomen als altijd.

Je bemoeit je met dingen die je niet aangaan, zou Garza hem willen toeschreeuwen. *Je hebt hier niets te zoeken!*

Voor de zoveelste keer mengde bisschop Valdespino zich in een politieke kwestie. Hij was in zijn volle bisschoppelijke ornaat als een schim uit de duisternis opgedoemd en oreerde vol vuur tegen prins Julián over het belang van de Spaanse tradities, over de devotie van vroegere koningen en koninginnen, en over de troostende invloed van de kerk in tijden van crisis.

Daarvoor is dit niet het moment, dacht Garza razend.

Prins Julián zou zich nog diezelfde avond op evenwichtige, diplomatieke wijze aan de media moeten presenteren. Het laatste wat Garza daarbij kon gebruiken, was dat de prins werd afgeleid door Valdespino's pogingen hem een religieuze agenda op te dringen.

Tot Garza's opluchting ging zijn telefoon, waardoor de monoloog van de bisschop werd onderbroken.

'Sí, dime,' antwoordde Garza luid. Hij ging nadrukkelijk tussen de prins en de bisschop in staan. '¿Qué tal va?'

'Fonseca hier, ik ben nog in Bilbao.' Het antwoord klonk afgemeten, snel als mitrailleurvuur. 'Ik heb slecht nieuws. Het is ons niet gelukt de schutter aan te houden. We dachten dat Uber hem moeiteloos zou kunnen traceren, maar ze hebben het contact met de auto verloren. De schutter heeft zich blijkbaar goed voorbereid.'

Garza ademde uit, in een poging kalm te blijven en zijn woede niet te laten blijken. 'Duidelijk,' zei hij vlak. 'Op dit moment is mevrouw Vidal je enige prioriteit. De prins verwacht haar hier, en ik heb hem verzekerd dat je ervoor gaat zorgen dat ze zo snel mogelijk in Madrid is.'

Het bleef lang stil aan de andere kant van de lijn. Te lang.

'Commandant?' klonk ten slotte de aarzelende stem van Fonseca. 'Het spijt me, maar ik heb nog meer slecht nieuws. Alles wijst erop dat mevrouw Vidal en de Amerikaanse hoogleraar het gebouw hebben verlaten...' Hij zweeg weer even. 'Zonder escorte.'

Garza liet de telefoon bijna vallen. 'Neem me niet kwalijk. Kun je dat... kun je dat nog even herhalen?'

'Natuurlijk, commandant. Mevrouw Vidal en Robert Langdon zijn het gebouw ontvlucht. Mevrouw Vidal heeft haar telefoon hier gelaten, blijkbaar om te voorkomen dat we haar traceren. We hebben geen idee waar ze zijn.'

Garza besefte dat zijn mond was opengevallen en dat de prins hem ongerust opnam. Ook Valdespino luisterde aandachtig mee, met opgetrokken wenkbrauwen.

'Aha... dat is goed nieuws!' zei Garza vol overtuiging. 'Goed werk. Dan zien we je hier later op de avond. Laten we alleen nog even de vervoersprotocollen bevestigen en de beveiliging. Een moment, alsjeblieft.'

Garza legde een hand op zijn telefoon en schonk de prins een glimlach. 'Alles is in orde. Ik ga even naar hiernaast om de details te bespreken. Daar wil ik u niet mee lastigvallen.'

Garza liet de prins liever niet met Valdespino alleen, maar hij kon dit telefoontje niet afhandelen waar ze bij waren. Dus liep hij naar een van de logeerkamers en trok de deur achter zich dicht.

'¿Qué diablos ha pasado?' tierde hij in zijn telefoon. Wat is er in godsnaam aan de hand?

Waarop Fonseca met een volstrekt onwaarschijnlijk verhaal kwam.

'De lichten gingen uit?' herhaalde Garza streng. 'Een computer gaf zich uit voor beveiligingsbeambte en informeerde je bewust verkeerd? En dat moet ik geloven?'

'Ik besef dat het ongelooflijk klinkt, commandant. En toch is het zo. Wat we alleen niet begrijpen, is waarom de computer van het ene op het andere moment van gedachten is veranderd.'

'Van gedachten veranderd? We hebben het over een computer, verdomme!'

'Wat ik bedoel, is dat de computer aanvankelijk buitengewoon behulpzaam was. Hij wist de schutter te identificeren, hij heeft zelfs geprobeerd de moord te verijdelen, en hij ontdekte ook dat de vluchtauto een Uber was. Maar toen begon hij ons van het ene op het andere moment tegen te werken. De enige verklaring die we kunnen bedenken, is dat Robert Langdon daar de hand in heeft gehad. Want na zíjn gesprek met de computer kwam ineens alles anders te liggen.'

Moet ik het nu opnemen tegen een computer? Hij werd oud, besefte Garza. 'Ik hoef je ongetwijfeld niet te vertellen hoe buitengewoon onaangenaam het zal zijn voor de prins, zowel in persoonlijke als politieke zin, wanneer mocht blijken dat zijn verloofde de benen heeft genomen met de Amerikaan en dat de Guardia Real zich voor de gek heeft laten houden door een computer.'

'Daar zijn we ons terdege van bewust, commandant.'

'Heb je enig idee waarom ze de benen hebben genomen? Het lijkt een volstrekt ongerechtvaardigde en roekeloze actie.'

'Professor Langdon protesteerde krachtig toen ik zei dat hij met ons meeging naar Madrid. Het was duidelijk dat hij daar geen zin in had.'

En dus ontvlucht hij de plaats delict? Daar moest iets anders achter zitten; alleen kon Garza zich niet voorstellen wat. 'Luister. Het is van het grootste belang dat je Ambra Vidal weet te vinden en haar naar het paleis brengt voordat er ook maar iets over haar verdwijning uitlekt.'

'Dat begrijp ik, commandant, maar Díaz en ik zijn hier maar met ons tweeën. We kunnen onmogelijk heel Bilbao uitkammen. Dus we zullen de plaatselijke politie moeten inschakelen, we moeten toegang eisen tot de beelden van de verkeerscamera's, we moeten om ondersteuning vragen door helikopters en...'

'Geen sprake van!' bulderde Garza. 'Dat zou ons ernstig in verlegenheid brengen en dat kunnen we ons niet veroorloven. Doe gewoon je werk. Zorg dat je ze vindt en dat mevrouw Vidal zo snel mogelijk weer onder onze bescherming staat.'

'Tot uw orders, commandant.'

Garza hing op. Hij kon nauwelijks geloven wat hij zojuist had gehoord.

Toen hij de gang in stapte, kwam er een bleke jonge vrouw aanrennen. Ze droeg een beige broekpak, op haar neus stond haar gebruikelijke nerdy bril met dikke glazen en ze hield nerveus een tablet omklemd.

Nee! dacht Garza. Niet nu.

Mónica Martín was de nieuwe en piepjonge 'pr-coördinator' van het paleis, een functie die behelsde dat ze hoofd communicatie was, dat ze de contacten onderhield met de media en dat ze de public relations van het Koninklijk Huis beheerde; een takenpakket waardoor ze permanent in een staat van verhoogde waakzaamheid leek te verkeren.

Op haar zesentwintigste bezat Martín een academische graad in de communicatiewetenschappen van de Complutense Universiteit in Madrid; daarnaast had ze twee jaar postdoctoraal onderzoek gedaan bij een van de beste

ICT-opleidingen ter wereld, de Tsinghua Universiteit in Beijing, waarna ze een hoge pr-functie had bekleed bij het Spaanse uitgeversconcern Grupo Planeta, gevolgd door een topfunctie in de wereld van de televisie, op de afdeling communicatie van Antena 3.

Een jaar eerder had het paleis, vanuit de behoefte om via de digitale media ook de jongere generaties te bereiken en om aan te haken bij de volgers van Twitter, Facebook, blogs en andere onlinegemeenschappen die in snel tempo invloedrijker werden, zijn pr-functionaris met pensioen gestuurd. Ondanks zijn tientallen jaren ervaring met de media – zowel kranten als radio en televisie – had hij het veld moeten ruimen voor een technisch onderlegde millennial.

Garza was zich ervan bewust dat Mónica Martín haar positie te danken had aan prins Julián.

Haar benoeming was een van de weinige bijdragen die de prins had geleverd aan de 'bedrijfsvoering' van het hof; in het geval van de aanstelling van Martín had de prins bij wijze van hoge uitzondering zijn poot stijf gehouden tegenover zijn vader. Martín gold als een van de besten in haar vak, maar Garza vond haar paranoia en nerveuze energie dodelijk vermoeiend.

'Complottheorieën!' riep ze nu, zwaaiend met haar tablet. 'Ze schieten als paddenstoelen uit de grond.'

Garza staarde de pr-coördinator ongelovig aan. *Hoe kan ze nou denken dat ik daar op een moment als dit in geïnteresseerd ben?* Hij had wel wat anders aan zijn hoofd dan complottheorieën en de geruchtenmolen. 'Niet om het een of ander, maar wat doe je hier, in de koninklijke privévertrekken?'

'De controlekamer heeft uw gps gepingd.' Ze wees naar de telefoon aan Garza's riem.

De commandant sloot zijn ogen en bedwong zuchtend zijn ergernis. Behalve dat het paleis een millennial als pr-coördinator had benoemd, had het recentelijk ook een afdeling 'elektronische beveiliging' opgezet, die Garza's manschappen assisteerde met gps-diensten, digitale surveillance, profilering en preventieve datamining. Garza's ondergeschikten werden met de dag jonger en diverser.

Onze controlekamer lijkt wel een computercentrum op een universiteitscampus. Blijkbaar werd de nieuwe technologie die was bedoeld om de leden van de Guardia te traceren ook gebruikt om Garza zelf op te sporen. Hij vond het een ontmoedigende gedachte dat een stel kinderen in het souterrain vierentwintig uur per dag wist waar hij was.

'Ik wilde u spreken. Want ik weet zeker dat u dit wilt zien.' Martín hield hem haar tablet voor.

Garza griste het ding uit haar handen en keek naar het scherm, met daarop een archieffoto plus cv van de man met de zilvergrijze baard die was geïdentificeerd als de schutter in Bilbao: Luis Ávila, admiraal bij de koninklijke marine.

'Het gonst van de speculaties, en dat is schadelijk,' zei Martín. 'Iedereen heeft het erover dat Ávila in dienst is geweest bij het Koninklijk Huis.'

'Ávila diende bij de marine!' sputterde Garza tegen.

'Ja, maar strikt formeel gesproken is de koning opperbevelhebber van de krijgsmacht...'

'Ho! Stop!' Garza gaf haar de tablet terug. 'Het is absurd om te suggereren dat de koning op welke manier dan ook medeplichtig is aan een terreurdaad. Typisch iets voor die samenzweringsidioten. En het heeft geen enkele relevantie voor de huidige situatie. Laten we onze zegeningen tellen en gewoon ons werk doen. Die gek had tenslotte ook onze toekomstige koningin kunnen vermoorden. In plaats daarvan heeft hij een Amerikaanse atheïst neergeschoten. Dat is iets om dankbaar voor te zijn.'

Martín gaf geen krimp. 'Dat is niet het enige. Er is nog iets. En ik wilde niet dat u erdoor zou worden overvallen.'

Al pratend liet ze haar vingers over de toetsen gaan om een andere site aan te klikken. 'Dit is een foto die al een paar dagen online staat. Hij was tot dusverre door niemand opgemerkt. Maar nu alles wat met Edmond Kirsch te maken heeft viral gaat, verschijnt hij steeds vaker in het nieuws.' Opnieuw reikte ze Garza de tablet aan.

Een kop sprong in het oog: IS DIT DE LAATSTE FOTO VAN FUTUROLOOG EDMOND KIRSCH?

Op de onscherpe foto stond Kirsch, gekleed in een donker pak, op een klif naast een gevaarlijke afgrond.

'De foto is drie dagen geleden genomen,' vertelde Martín, 'toen Kirsch een bezoek bracht aan het klooster van Montserrat. Iemand die daar aan het werk was, heeft hem herkend en de foto gemaakt. En die heeft hij op internet gezet.'

'En wat heeft dat met ons te maken?' vroeg Garza nijdig.

'Scrolt u maar naar beneden, naar de volgende foto.'

Garza deed wat ze zei. Bij het zien van de volgende foto moest hij houvast zoeken bij de muur. 'Maar... maar dat kan niet waar zijn!'

In de bredere versie van dezelfde foto was te zien dat er naast Edmond

Kirsch een lange man stond. Een man in een traditionele paarse soutane. Bisschop Valdespino.

'Het is wel degelijk waar,' zei Martín. 'Valdespino heeft Kirsch een paar dagen geleden ontmoet.'

'Maar...' Garza aarzelde, even met stomheid geslagen. 'Waarom heeft de bisschop daar niets over gezegd? Na wat er vanavond is gebeurd?'

Martín schudde wantrouwend haar hoofd. 'Daarom wilde ik het ook eerst aan u voorleggen.'

Valdespino heeft met Kirsch gesproken! Garza kon het amper bevatten. *En daar heeft hij niets over gezegd.* Dat was ronduit verontrustend, en Garza's eerste impuls was dat hij de prins moest waarschuwen.

'Er is helaas nóg veel meer.' Martín ging weer aan de slag met haar tablet.

'Commandant?' klonk de stem van Valdespino uit de woonkamer. 'Hoe staat het met het vervoer van mevrouw Vidal?'

Mónica Martín hief met een ruk haar hoofd op. 'Is dat de bisschop?' fluisterde ze met grote ogen. 'Valdespino? Híér? In de residentie?'

'Ja. Hij dient de prins van advies.'

'Commandant!' riep Valdespino weer. 'Bent u daar nog?'

'U moet me geloven,' fluisterde Martín, met een klank van paniek in haar stem. 'Er is nog veel meer. Informatie waarover u moet beschikken voordat u ook nog maar één woord met de bisschop of de prins wisselt. Wat er vanavond is gebeurd, raakt ons veel dieper dan u zich zelfs maar kunt voorstellen.'

Garza nam zijn pr-coördinator onderzoekend op. 'Over één minuut beneden,' zei hij toen. 'In de bibliotheek.'

Martín knikte en haastte zich weg.

Toen hij weer alleen was, slaakte Garza een diepe zucht en trok hij zijn gezicht in de plooi, in de hoop niets van zijn stijgende woede en verwarring te verraden. Uiterlijk kalm liep hij terug naar de woonkamer.

'Alles is in orde,' verklaarde hij met een glimlach. 'Mevrouw Vidal komt vanavond nog hierheen. Ik ga nu naar de afdeling beveiliging om haar vervoer persoonlijk te bevestigen.' Garza wierp Julián een bemoedigende blik toe en keerde zich toen naar Valdespino. 'Ik ben zo terug. Dan praten we verder.'

Met die woorden draaide hij zich om en liep de kamer uit.

Toen Garza het appartement verliet, keek Valdespino hem met gefronste wenkbrauwen na.

'Is er iets aan de hand?' De prins nam de bisschop onderzoekend op.

'Reken maar.' Valdespino keerde zich weer naar Julián. 'Ik neem al vijftig jaar de biecht af. Er is geen leugen of ik kijk er dwars doorheen.'

34

BREAKING NEWS

Internet ontploft door vragen

In de nasleep van de moord op Edmond Kirsch is het internet ontploft doordat enorme aantallen volgers van de futuroloog speculeren over de vragen die iedereen bezighouden.

WAT HEEFT KIRSCH ONTDEKT?
WIE HEEFT HEM VERMOORD, EN WAAROM?

Wat dat eerste betreft, wordt het internet overstroomd door theorieën over een breed scala aan onderwerpen, variërend van Darwin en buitenaardse wezens tot creationisme, om er slechts enkele te noemen.

Tot op dit moment bestaat er nog geen duidelijkheid over het motief voor de moord, maar er wordt gespeculeerd over zowel religieus fanatisme als bedrijfsspionage. Ook jaloezie zou een motief kunnen zijn.

ConspiracyNet is exclusieve informatie over de moordenaar toegezegd, die we na ontvangst onmiddellijk op de site zullen plaatsen.

35

Ambra Vidal stond in de kajuit van de watertaxi, met het jasje van Robert Langdon om zich heen getrokken. Even eerder had ze, op zijn vraag waarom ze zich had verloofd met een man die ze nauwelijks kende, naar waarheid geantwoord.

Ik had geen keus.

Haar verloving met Julián was een ramp, iets waar ze nu, na alles wat er die avond was gebeurd, niet aan wilde denken.

Ik ben in de val gelokt.

En ik zit nog steeds in de val.

Kijkend naar haar spiegelbeeld in het smerige raampje van de boot werd ze overweldigd door een intens gevoel van eenzaamheid. Ambra Vidal was niet iemand die snel toegaf aan zelfbeklag, maar op dit moment voelde ze zich oneindig kwetsbaar en volmaakt stuurloos. *Ik ben verloofd met een man die op een of andere manier bij een gruwelijke moord is betrokken.*

De prins had Edmonds lot met een enkel telefoontje bezegeld, vlak voor het begin van de presentatie. Ambra was koortsachtig aan het werk geweest met de laatste voorbereidingen toen een staflid kwam binnenstormen, opgewonden wapperend met een velletje papier.

'¡Señora Vidal! ¡Mensaje para usted!'

Buiten adem van opwinding vertelde het meisje over een belangrijk telefoontje dat zojuist bij de receptie van het museum was binnengekomen.

'Op de nummerweergave zag ik dat het koninklijk paleis in Madrid aan de lijn was,' piepte ze. 'Dus ik heb natuurlijk meteen opgenomen. Degene die belde, sprak namens prins Julián, zei hij!'

'Maar waarom belden ze de receptie?' vroeg Ambra. 'Ze hebben mijn mobiele nummer.'

'Volgens de assistent van de prins had hij uw mobiele nummer geprobeerd, maar geen verbinding kunnen krijgen.'

Ambra keek op haar telefoon. *Merkwaardig. Geen gemiste oproep.* Toen besefte ze dat de technici net bezig waren geweest het systeem te testen op het jammen van mobiel telefoonverkeer. Blijkbaar had Julián gebeld toen haar telefoon geen ontvangst had.

'De prins was vandaag gebeld door een hooggeplaatste connectie in Bilbao. Iemand die de presentatie van vanavond graag zou willen bijwonen.' Het meisje gaf Ambra het strookje papier. 'En hij hoopte dat u zijn naam nog aan de gastenlijst zou kunnen toevoegen.'

Ambra keek op het briefje.

Almirante Luis Ávila (b.d.)
Armada Española

Een gepensioneerde marineofficier?

'Ze hebben me een nummer gegeven dat u kunt bellen, mocht u nog vragen hebben. Maar de prins stond op het punt om de deur uit te gaan, dus waarschijnlijk krijgt u hem niet meer te pakken. De prins hoopte vurig dat hij u niet in moeilijkheden brengt met zijn verzoek, zei zijn assistent nog.'

Dat hij me niet in moeilijkheden brengt? Ambra kookte. Hoe durft hij het te zeggen!

'Ik ga ermee aan de slag,' zei ze. 'Dank je wel.'

Het meisje huppelde weg alsof ze de komst van de Messias had aangekondigd. Ambra staarde naar het briefje, nijdig dat de prins het blijkbaar niet ongepast vond zijn invloed aan te wenden, terwijl hij haar nota bene zo onder druk had gezet om zich uit de organisatie van de presentatie terug te trekken.

Je laat me opnieuw geen keus.

Als ze zijn verzoek negeerde, ontstond er een ongemakkelijke confrontatie bij de deur met een vooraanstaand marineofficier. De avond was met de uiterste zorg voorbereid en georganiseerd, de aandacht van de media zou ongekend zijn. *Het laatste waar ik op zit te wachten, is een conflict met een van Juliáns invloedrijke vriendjes.*

De antecedenten van alle gasten waren nagetrokken voordat ze op de lijst waren gezet, maar ook al was het daar bij Ávila nu te laat voor, het leek Ambra niet nodig – en hij zou het misschien zelfs als een belediging opvatten – om hem door de beveiliging te laten controleren. Het ging tenslotte om iemand die het bij de marine tot admiraal had geschopt, iemand die dusdanig invloedrijk was dat hij het koninklijk paleis kon bellen en de toekomstige koning om een gunst kon vragen.

Onder druk van het strakke tijdschema nam Ambra de enige beslissing die ze kon nemen. Ze zette de naam van admiraal Ávila op de gastenlijst en voegde hem toe aan de database, zodat er ook voor deze laatste gast een persoonlijke gids kon worden aangemaakt.

Toen was ze weer aan het werk gegaan.

En nu is Edmond dood. Ambra keerde terug naar het heden, naar de donkere kajuit van de watertaxi. Terwijl ze de pijnlijke herinneringen uit haar hoofd probeerde te zetten, kwam er een vreemde gedachte bij haar op.

Julián zelf heb ik niet gesproken... De vraag kwam niet rechtstreeks van hem. Bij dat besef voelde ze een sprankje hoop.

Zou Robert gelijk hebben? Kan het zijn dat Julián er inderdaad niets mee te maken heeft?

Ze haastte zich naar buiten en vond de Amerikaanse hoogleraar helemaal voor in de boot, waar hij met zijn handen op de reling de duisternis in staarde. Ambra ging naast hem staan. Tot haar schrik had de boot de Nervión verlaten en voeren ze inmiddels op een kleine zijrivier, die er eerder uitzag als een kanaal. Gevaarlijk smal, met hoge modderige oevers. Het gebrek aan diepte en breedte maakte Ambra nerveus, maar de kapitein leek niet onder de indruk en racete op topsnelheid door de smalle kloof die opdoemde in de gloed van de inmiddels ontstoken boordlichten.

Vlug vertelde ze Langdon over het telefoontje dat bij de receptie van het museum was binnengekomen, het telefoontje uit het kantoor van prins Julián. 'Het enige wat ik zeker weet, is dat het uit het paleis kwam. Maar iedereen kan zich voor Juliáns assistent hebben uitgegeven.'

Langdon humde bevestigend. 'Dat zou de reden kunnen zijn waarom de beller vroeg het verzoek aan jou door te geven, in plaats van je rechtstreeks te spreken te vragen. Heb je enig idee wie het geweest zou kunnen zijn?' Gezien het contact tussen Edmond en Valdespino was de bisschop de eerste aan wie Langdon dacht.

'Het kan iedereen zijn geweest,' antwoordde Ambra. 'Het zijn onrustige tijden in het paleis. Nu Julián zich gereedmaakt om zijn vader op te volgen, is de bestaande adviseurs er alles aan gelegen om bij hem in het gevlij te komen. Het land verandert, en ik denk dat de oude garde als de dood is zijn macht te verliezen.'

'Afijn, wie er ook achter zit, laten we hopen dat ze niet beseffen dat we op zoek zijn naar Edmonds wachtwoord om zijn ontdekking alsnog wereldkundig te maken.'

Terwijl hij het zei, werd Langdon zich bewust van de naakte eenvoud van de uitdaging waarvoor ze zich gesteld zagen.

En van de grimmige gevaren die ermee waren verbonden.

Edmond is vermoord om te voorkomen dat zijn ontdekking bekend zou worden.

Even vroeg hij zich af of het misschien de veiligste optie zou zijn om voor de uitdaging te bedanken en rechtstreeks naar huis te vliegen.

Dat zou wel het veiligst zijn. Maar het is geen optie.

Langdon voelde een diepgeworteld plichtsbesef jegens zijn vroegere student, in combinatie met morele verontwaardiging omdat een wetenschappelijke doorbraak moedwillig voor de mensheid verborgen dreigde te worden gehouden. Bovendien werd hij beheerst door een vurige intellectuele nieuwsgierigheid. *Wat heeft Edmond ontdekt?*

En dan was er ten slotte nog Ambra Vidal.

Haar wanhoop was duidelijk, maar toen ze hem om hulp smeekte, had hij een enorme gedrevenheid in haar gevoeld, en een sterke hang naar onafhankelijkheid. Tegelijkertijd had hij angst in haar ogen gelezen. Angst en spijt, als donkere wolken aan een heldere hemel. *Ze wordt achtervolgd door geheimen; duistere geheimen die haar gevangenhouden. En ze doet een beroep op mij om haar te helpen.*

Alsof ze zijn gedachten had geraden, sloeg Ambra plotseling haar ogen op.
'Je hebt het koud. Ik zie het aan je. Hier, je jasje.'

Hij schonk haar een glimlach. 'Nee, hou maar aan. Ik heb het niet koud.'

'Wat doe je als we op het vliegveld komen? Vlieg je naar huis?'

Langdon lachte. 'Ik moet je eerlijk zeggen dat ik dat heb overwogen.'

'Doe het niet. Alsjeblieft.' Ze legde haar zachte hand op de zijne, die nog altijd op de reling rustte. 'Ik weet niet wat we kunnen verwachten. Je was een goede vriend van Edmond. Hij heeft me meer dan eens verteld hoeveel jullie vriendschap voor hem betekende en hoeveel vertrouwen hij had in je oordeel. Ik ben bang, Robert. En wat er ook gaat gebeuren, ik denk niet dat ik het alleen aankan.'

Langdon was geschokt door haar openhartigheid. Geschokt en geïntrigeerd. 'Oké.' Hij knikte. 'We zijn het aan Edmond verschuldigd, en aan de wetenschap, om dat wachtwoord te achterhalen en zijn werk wereldkundig te maken.'

Ambra schonk hem een lieve glimlach. 'Dank je wel.'

Langdon keek achterom. 'Ik neem aan dat je escorte inmiddels heeft ontdekt dat we zijn ontsnapt.'

'Dat weet ik wel zeker. Winston was indrukwekkend, hè?'

'Het is ongelooflijk. Niet te bevatten.' Nu pas begon het tot Langdon door te dringen hoe spectaculair het was wat Edmond op het gebied van de AI had bereikt. Wat voor nieuwe technologieën hij ook mocht hebben ontwikkeld, het was duidelijk dat Edmond op het punt had gestaan de mensheid een 'heerlijke nieuwe wereld' binnen te voeren van interactie tussen mens en computer.

Vanavond had Winston zich een trouwe dienaar van zijn schepper getoond, maar bovendien een onschatbare bondgenoot voor Langdon en Ambra. Binnen enkele minuten had hij een potentieel gevaar op de gastenlijst herkend, hij had geprobeerd de moord op Edmond te voorkomen, hij had de herkomst van de vluchtauto achterhaald en hij had ervoor gezorgd dat Langdon en Ambra uit het museum konden ontsnappen.

'Laten we hopen dat Winston vooruit heeft gebeld naar Edmonds piloten,' zei Langdon.

'Vast wel,' zei Ambra. 'Maar je hebt gelijk. Ik zal het hem voor de zekerheid even vragen.'

'Hè?' Langdon keek haar verrast aan. 'Bedoel je Winston? Kan dat dan? Toen we het museum uit kwamen en geen bereik meer hadden, dacht ik...'

Ambra schudde lachend haar hoofd. 'Winston zit niet in het Guggenheim maar ergens in een geheime computerfaciliteit, en hij wordt op afstand geactiveerd. Denk je nou echt dat Edmond iets als Winston zou hebben ontworpen zonder dat hij hem te allen tijde kon gebruiken, waar ook ter wereld? Edmond praatte voortdurend met Winston – thuis, op reis, wanneer hij een wandeling maakte. Eén simpel telefoontje was genoeg om contact te leggen. Ik heb gezien hoe Edmond urenlang met Winston in gesprek was. Hij gebruikte hem als personal assistant, om een tafeltje in een restaurant te reserveren, om afspraken te maken met zijn piloten. Je kunt het zo gek niet bedenken of hij liet het Winston doen. Trouwens, tijdens het voorbereiden van de presentatie heb ik Winston ook regelmatig aan de lijn gehad.'

Ambra viste Edmonds telefoon in het turquoise hoesje uit de zak van Langdons jasje en zette hem aan. Bij het verlaten van het museum had Langdon hem uitgeschakeld om de batterij te sparen.

'Jij zou je telefoon ook moeten aanzetten,' zei Ambra. 'Dan kunnen we allebei contact zoeken met Winston.'

'Ben je niet bang dat ze ons dan kunnen tracken?'

Ze schudde haar hoofd. 'De politie heeft nog geen tijd gehad om een gerechtelijk bevel te regelen, dus het lijkt me een risico dat we wel kunnen nemen. Vooral als Winston ons een update kan geven over de vorderingen van de Guardia en over de situatie op het vliegveld.'

Enigszins ongemakkelijk zette Langdon zijn telefoon aan. Starend naar het oplichtende toegangsscherm voelde hij zich ineens erg kwetsbaar, alsof elke satelliet die rond de aarde draaide hem onmiddellijk zou kunnen traceren.

Je hebt te veel films gezien.

Plotseling begon zijn telefoon te trillen, toen alle opgespaarde berichten met een staccato van 'ping'-geluidjes begonnen binnen te stromen. Tot zijn verbazing had hij tweehonderd sms'jes en e-mails ontvangen sinds hij zijn telefoon had uitgezet.

Allemaal afkomstig van vrienden en collega's, zag hij. De oudste e-mails hadden juichende onderwerpregels – *Wat een geweldige lezing! En wat geweldig dat je erbij bent! Niet te geloven!* Maar toen werd de toon van het ene op het andere moment ongerust, hevig bezorgd, zoals in het bericht van zijn uitgever, Jonas Faukman: MY GOD, ROBERT!! ALLES IN ORDE?? Langdon had zijn erudiete uitgever nog nooit in kapitalen zien communiceren, laat staan met dubbele uitroep- en vraagtekens.

Tot dusverre had hij zich verrukkelijk onzichtbaar gevoeld op de duistere waterwegen van Bilbao, alsof het museum een droom was geweest waaraan de herinnering begon te verbleken.

De hele wereld weet het al, besefte hij nu. Het nieuws van de moord. Van Kirsch en zijn mysterieuze ontdekking... inclusief mijn betrokkenheid bij de presentatie.

'Winston heeft geprobeerd ons te bereiken.' Ambra keek op Edmonds mobiele telefoon. Haar gezicht werd verlicht door het schermpje. 'Drieënvijftig gemiste oproepen in het afgelopen halfuur, allemaal van hetzelfde nummer, allemaal met precies dertig seconden ertussen.' Ze grinnikte. 'Onvermoeibare volharding is een van Winstons vele deugden.'

Op dat moment ging Edmonds telefoon over.

Langdon schonk Ambra een glimlach. 'Wie zou dat kunnen zijn?'

Ze hield hem de telefoon voor. 'Neem maar op.'

Langdon pakte het toestel aan en drukte op 'Luidspreker'. 'Hallo?'

'Professor Langdon,' klonk de stem van Winston met het vertrouwde Britse accent. 'Ik ben blij dat we weer contact hebben. Ik heb geprobeerd u te bereiken.'

'Dat hebben we gezien.' Langdon vond het indrukwekkend dat de computer zo volmaakt kalm en onverstoorbaar klonk, na drieënvijftig mislukte oproepen.

'Er zijn nieuwe ontwikkelingen,' zei Winston. 'De kans bestaat dat de autoriteiten op het vliegveld zijn gewaarschuwd om naar u uit te kijken. Dus ik zou u opnieuw op het hart willen drukken mijn instructies nauwkeurig op te volgen.'

'Ons lot ligt in jouw handen, Winston,' zei Langdon. 'Zeg het maar. Wat moeten we doen?'

'Om te beginnen moet u uw telefoon weggooien, professor. Als u dat nog niet hebt gedaan.'

'Echt waar?' Langdon omklemde de telefoon nog strakker. 'Heeft de politie geen gerechtelijk bevel nodig voordat...'

'Misschien in Amerikaanse politieseries, maar we hebben hier te maken met de Spaanse Guardia Real en het koninklijk paleis. Die doen gewoon wat zij vinden dat nodig is.'

Langdon keek naar zijn telefoon en voelde een vreemde terughoudendheid om er afstand van te doen. *Mijn hele leven zit erin.*

'En Edmonds telefoon?' Ambra klonk verontrust.

'Die is niet te traceren,' antwoordde Winston. 'Edmond was altijd alert op hacken en bedrijfsspionage. Hij heeft zijn eigen persoonlijke IMEI/IMSI-programma geschreven dat de C2-waarden van zijn telefoon voortdurend varieert om gsm-onderscheppers te slim af te zijn.'

Natuurlijk, dacht Langdon. *Voor het genie dat Winston heeft gemaakt, moet het een fluitje van een cent zijn geweest om plaatselijke telefoonmaatschappijen te slim af te zijn.*

Langdon keek fronsend naar zijn eigen telefoon, die het zonder die slimme toepassing moest stellen. Op dat moment stak Ambra haar hand uit en wurmde de telefoon voorzichtig maar vastberaden tussen zijn vingers vandaan. Zonder een woord te zeggen hield ze hem overboord en liet los. Langdon keek de telefoon na en zag hem met een plons in het donkere water verdwijnen. Terwijl de boot voortjoeg, deed het verlies hem lichamelijk pijn.

'Robert,' fluisterde Ambra, 'denk aan de wijze woorden van prinses Elsa.'

Langdon draaide zich om. 'Hè? Wat bedoel je?'

'Prinses Elsa. Uit Frozen.' Ambra glimlachte toegeeflijk. '*Laat het los!*'

36

'Su misión todavía no ha terminado,' zei de stem in Ávila's telefoon. Uw missie is nog niet voltooid.

Ávila schoot overeind op de achterbank van de Uber terwijl hij luisterde naar zijn opdrachtgever.

'Er is een onverwachte complicatie opgetreden. U moet naar Barcelona. Nu meteen.'

Naar Barcelona? Ávila had te horen gekregen dat hij in Madrid nieuwe opdrachten zou krijgen.

'We hebben reden om aan te nemen dat twee vrienden of connecties van de heer Kirsch op het punt staan naar Barcelona te vertrekken in de hoop een manier te vinden om de presentatie van meneer Kirsch alsnog vanaf een externe locatie te activeren.'

Ávila verstijfde. '¿Kán dat dan?'

'Dat weten we nog niet zeker, maar als blijkt dát het kan, is al uw werk voor niets geweest. Ik moet zo snel mogelijk iemand in Barcelona hebben. Onopvallend! Bel me zodra u daar bent.'

De verbinding werd verbroken.

Merkwaardig genoeg was Ávila ingenomen met het slechte nieuws. *Ze hebben me nog steeds nodig.* Het was verder naar Barcelona dan naar Madrid, maar midden in de nacht zou de rit toch niet langer dan een paar uur duren. Zonder ook maar één moment te verspillen, drukte Ávila zijn pistool weer tegen het hoofd van de chauffeur, die opnieuw krampachtig het stuur omklemde.

'¡Llevame a Barcelona!' commandeerde Ávila.

De chauffeur verliet de A-1 en nam de volgende afslag naar de snelweg in oostelijke richting. Het enige andere verkeer op dit uur bestond uit zware vrachtwagens met aanhanger, die voortraasden richting Zaragoza en uiteindelijk naar een van de grootste havensteden aan de Middellandse Zee: Barcelona.

Het was nauwelijks te bevatten, peinsde Ávila. De vreemde reeks van gebeurtenissen die hem naar dit moment had geleid. *Vanuit de diepste diepten van* mijn wanhoop ben ik herrezen naar de hoogste glorie in het dienen van de goede zaak.

In gedachten bevond hij zich opnieuw in die duistere, bodemloze put en kroop hij over het altaar in de met rook gevulde kathedraal van Sevilla, waar hij in het met bloed besmeurde puin naar zijn vrouw en zoontje zocht, totdat de gruwelijke waarheid tot hem was doorgedrongen.

In de weken na de aanslag kwam hij de deur niet uit. Hij lag trillend op de bank, verteerd door een nachtmerrie die hem bleef achtervolgen, ook in de lange uren dat hij niet kon slapen. Een nachtmerrie gevuld met vurige demonen die hem meesleurden een duistere afgrond in, waarin hij werd gedompeld in duisternis, woede en een verstikkend schuldgevoel.

'De afgrond is het vagevuur,' fluisterde de non die naast hem zat, een van de vele rouwbegeleiders die door de kerk waren opgeleid om de overlevenden slachtofferhulp te bieden. 'Uw ziel zit gevangen in een duister voorgeborchte. Vergeving is het enige wat u daaruit kan bevrijden. U moet een manier zien te vinden om de mensen die dit hebben gedaan te vergeven. Anders zal de woede u verteren.' Ze sloeg een kruis. 'Vergeving is uw enige redding.'

Vergeving? Ávila wilde iets zeggen, maar de demonen knepen zijn keel dicht. Op dat moment voelde wraak als zijn enige redding. Maar *op wie moet ik me wreken?* De verantwoordelijkheid voor de aanslag was nooit opgeëist.

'Ik besef dat door het geloof geïnspireerde terreurdaden onvergeeflijk lijken,' vervolgde de non. 'Maar misschien helpt het om te beseffen dat wijzelf eeuwenlang een Inquisitie hebben gekend. Dat we uit naam van God onschuldige vrouwen en kinderen hebben gedood. Daarvoor hebben we om vergiffenis moeten vragen, aan de wereld en aan onszelf. En uiteindelijk heeft de tijd onze wonden geheeld.'

Daarop had ze hem voorgelezen uit de Bijbel: 'Maar ik zeg u geen weerstand te bieden aan het onrecht, doch als iemand u op de rechterwang slaat, keer hem dan ook de andere toe. Bemint uw vijanden en bidt voor wie u vervolgen.'

Die avond staarde Ávila gekweld in de spiegel. De man die hem aankeek, was een vreemde voor hem. De woorden van de non hadden zijn pijn in geen enkel opzicht kunnen verzachten.

Vergiffenis? De andere wang toekeren?

Ik ben getuige geweest van een kwaad waarvoor geen vergiffenis bestaat!

Aan woede ten prooi beukte Ávila de spiegel aan scherven en zakte toen snikkend in elkaar op de vloer van de badkamer.

Als marineman had hij altijd alles onder controle gehad en was hij een voorvechter geweest van discipline, eer, hiërarchie. Maar die man bestond niet meer. In een periode van slechts enkele weken was Ávila weggezonken in een roes van alcohol en medicijnen. Het duurde niet lang of hij werd volledig beheerst door zijn verslaving aan de verdovende effecten van drank en pillen, waardoor hij verwerd tot een kluizenaar die de wereld haatte.

De marine had het een paar maanden aangekeken, maar dwong hem toen onopvallend ontslag te nemen. Wat ooit een machtig oorlogsschip was geweest, lag op het droge, vast in het dok. Hij zou nooit meer varen, wist Ávila. Hij had de marine alles gegeven, maar kreeg slechts een bescheiden uitkering, waar hij nauwelijks van kon leven.

Ik ben nu achtenvijftig en ik heb helemaal niets meer.

Zijn dagen sleet hij voor de televisie, met een fles wodka als enige gezelschap. Zo wachtte hij tot het misschien ooit weer licht zou worden. *La hora más oscura es justo antes del amenecer*, hield hij zichzelf steeds opnieuw voor. Het donkerste uur is het uur vlak voor de dageraad. Maar telkens weer bleek de oude spreuk een illusie. *Het donkerste uur is niét het uur vlak voor de dageraad. Want de dageraad komt niet. Nooit meer.*

Op de regenachtige donderdagochtend van zijn negenenvijftigste verjaardag, met in zijn ene hand een lege wodkafles en in de andere de kennisgeving dat zijn huur was opgezegd, nam hij een besluit. Hij raapte al zijn moed bij elkaar, liep naar de kast en haalde zijn dienstpistool tevoorschijn. Nadat hij het had geladen zette hij de loop tegen zijn slaap.

'*Perdóname*,' zei hij fluisterend. Hij sloot zijn ogen en haalde de trekker over. In plaats van de knal van een schot klonk er slechts een zachte klik.

Het wapen was niet afgegaan. De lange jaren dat het in de kast had gelegen en nooit was schoongemaakt, hadden het ceremoniële admiraalspistool geen goed gedaan.

Woedend omdat hij zelfs tot deze simpele daad van lafheid niet in staat was gebleken, smeet Ávila het pistool tegen de muur. De explosie was oorverdovend. Een verscheurende, brandende hitte trok door zijn kuit. De felle pijn verdreef de alcoholnevelen en hij viel schreeuwend op de grond, met zijn handen om zijn bloedende been geklemd.

De buren bonsden in paniek op de deur, buiten klonk het gejank van sirenes en het duurde niet lang of Ávila zag zich in het Hospital Provincial de San Lázaro genoodzaakt uit te leggen hoe hij had geprobeerd zelfmoord te plegen door zichzelf in zijn been te schieten.

De volgende morgen, toen hij – gebroken, vernederd – in de verkoeverkamer lag, kreeg admiraal Luis Ávila bezoek.

'U bent een waardeloze schutter,' zei de jongeman die de kamer binnenkwam. 'Geen wonder dat ze u met pensioen hebben gestuurd.'

Voordat Ávila iets kon zeggen, werden de luiken opengegooid, zodat zonlicht de kamer binnenstroomde. Terwijl Ávila zijn ogen afschermde, zag hij dat zijn bezoeker één bonk spieren was en gemillimeterd haar had, en dat op zijn t-shirt het gezicht van Jezus prijkte.

'Ik ben Marco,' stelde hij zich voor. Zijn accent verried dat hij uit Andalusië kwam. 'En ik ga u helpen met revalideren. We hebben iets gemeen, u en ik. Vandaar dat ik u als patiënt wilde. Daar heb ik speciaal om gevraagd.'

'Wat hebben we dan gemeen? Het leger?' vroeg Ávila, verbouwereerd door de zelfverzekerde, bijna onbeschaamde houding van zijn nieuwe begeleider.

'Nee.' Het joch keek Ávila recht aan. 'Ik was die zondagochtend ook in de kathedraal. Op het moment van de aanslag.'

Ávila staarde hem verbijsterd aan. 'Echt waar?'

Marco trok een van de pijpen van zijn joggingbroek omhoog. Daaronder kwam een prothese tevoorschijn. 'Ik besef dat u door een hel bent gegaan.

Maar ik speelde fútbol op semiprofessioneel niveau, dus verwacht van mij niet te veel medeleven. "God helpt hen die zichzelf helpen." Wat mij betreft, kom je daar verder mee dan met medelijden.'

Voordat Ávila wist wat hem overkwam, had het joch hem in een rolstoel gezet en werd hij de gang door gereden naar een kleine fitnessruimte. Daar kreeg hij opdracht tussen de leggers van een brug te gaan staan.

'Dit doet pijn,' zei Marco, 'maar probeer naar de andere kant te komen. Eén keer maar. Daarna kunt u gaan ontbijten.'

Het was een marteling, maar Ávila weigerde te klagen tegen iemand die een been miste. Zwaar leunend op zijn armen schuifelde hij naar de andere kant van de brug.

'Heel goed,' zei Marco. 'En nu weer terug.'

'Maar je zei...'

'Ik heb gelogen. Vooruit, nog een keer.'

Met stomheid geslagen keek Ávila de jongen aan. Als admiraal had hij in geen jaren meer hoeven doen wat anderen zeiden, maar vreemd genoeg vond hij het een verfrissende ervaring. Een ervaring waardoor hij zich weer jong voelde, als de groene rekruut van jaren geleden. Dus hij draaide zich om en begon naar de andere kant te schuifelen.

'Gaat u nog steeds in de kathedraal naar de mis?' vroeg Marco.

'Nee, ik ben er nooit meer geweest.'

'Bent u bang?'

Ávila schudde zijn hoofd. 'Nee, woedend.'

Marco schoot in de lach. 'Ik weet het! De nonnen hebben gezegd dat u de aanslagplegers moest vergeven.'

Ávila bleef met een ruk staan. 'Precies!'

'Dat zeiden ze tegen mij ook. En ik heb het geprobeerd. Maar het is onmogelijk. De nonnen hebben ons een slechte dienst bewezen.' Hij lachte weer.

Ávila keek naar het т-shirt van de jongen. 'Maar zo te zien ben je nog steeds...'

'Nou en of. Ik ben nog steeds gelovig! Meer dan ooit. Ik heb mijn opdracht in het leven gevonden. Ik help de slachtoffers van de vijanden van God.'

'Een nobele zaak.' Ávila benijdde hem, zich bewust van de zinloosheid van zijn eigen leven, zonder zijn gezin, zonder de marine.

'Een groot man heeft me geholpen de weg naar God terug te vinden,' vervolgde Marco. 'Niemand minder dan de paus. Ik heb hem diverse keren ontmoet.'

'De... paus?'

'Ja.'

'De paus... het hoofd van de katholieke kerk?'

'Ja. Als u wilt, kan ik waarschijnlijk wel een audiëntie voor u regelen.'

Ávila staarde Marco aan alsof die zijn verstand had verloren. 'Kun jij een audiëntie bij de paus voor me regelen?'

Marco keek gekwetst. 'Als hoge marineofficier kunt u zich natuurlijk niet voorstellen dat een invalide fysiotherapeut uit Sevilla toegang heeft tot de paus, maar het is toch echt zo. Als u dat wilt, kan ik een ontmoeting voor u regelen. En ik denk dat hij u zal kunnen helpen om de weg naar God terug te vinden. Net zoals hij mij heeft geholpen.'

Ávila leunde op de leggers, niet goed wetend wat hij moest zeggen. Hij had diepe bewondering voor de paus, die de kerk leidde in een onwankelbaar geloof in de oude waarden en die een strikt orthodoxe en traditionele geloofsbeleving predikte. Helaas lag hij van alle kanten onder vuur in een wereld die zich steeds meer van het oude afkeerde. Er werd zelfs gefluisterd dat de paus onder druk van een groeiend religieus liberalisme op korte termijn zou terugtreden. 'Ik zou het natuurlijk een eer vinden om hem te ontmoeten, maar...'

'Akkoord. Dan probeer ik voor morgen een afspraak te maken.'

Ávila had nooit kunnen denken dat hij de volgende dag in een streng beveiligd heiligdom zou zitten, oog in oog met een machtige leider van wie hij de meest bezielende, de meest stimulerende les van zijn leven zou leren.

Er zijn vele wegen die naar de verlossing leiden.

Vergiffenis is niet de enige weg.

37

De koninklijke bibliotheek, op de begane grond van het paleis in Madrid, is ronduit spectaculair; een reeks schitterende zalen met daarin duizenden boeken van onschatbare waarde, waaronder het fraai verluchtigde *Brevarium van koningin Isabella*, de persoonlijke bijbels van verscheidene koningen en een in ijzer gebonden handschrift uit de tijd van Alfonso XI.

Omdat hij de prins niet te lang met Valdespino alleen wilde laten, kwam Garza gejaagd binnenstormen. Hij probeerde nog altijd een verklaring te vinden voor het feit dat Valdespino met Edmond Kirsch had gesproken, enkele dagen geleden, maar dat hij blijkbaar had besloten die ontmoeting geheim te houden. *Ook na wat er vanavond is gebeurd!*

Garza haastte zich door de verduisterde, uitgestrekte bibliotheek naar waar hij de tablet van zijn pr-coördinator zag oplichten.

'Ik besef dat u het druk hebt,' zei Mónica Martín, 'maar de situatie ligt buitengewoon gevoelig en de tijd dringt. Er is bij beveiliging een verontrustende e-mail binnengekomen. Van ConspiracyNet.com.'

'Van wíé?'

'ConspiracyNet. Een populaire site over complottheorieën. Journalistiek gezien is het om te huilen – niveau schoolkrant – maar ze hebben wél miljoenen volgers. Als u het mij vraagt, is het nepnieuws wat ze brengen. Toch wordt de site onder complotdenkers hoog aangeslagen.'

In Garza's optiek sloten de termen 'hoog aangeslagen' en 'complotdenkers' elkaar uit.

'Ze hadden de primeur van de moord op Kirsch en brengen de hele avond al updates,' vervolgde Martín. 'Ik heb geen idee hoe ze aan hun informatie komen, maar de site is het brandpunt geworden voor zowel complotdenkers als bloggers die de actualiteit volgen. Zelfs de radio en de televisie brengen de updates inmiddels als breaking news.'

'Kun je alsjeblieft ter zake komen?' drong Garza aan.

'ConspiracyNet heeft nieuwe informatie met betrekking tot het paleis.' Martín duwde haar bril omhoog. 'Ze zetten het over tien minuten op de site, maar geven ons eerst de kans om commentaar te leveren.'

Garza keek haar ongelovig aan. 'Het paleis geeft geen commentaar op roddel en sensatiezucht!'

'Misschien wilt u er toch even naar kijken.' Martín hield hem de tablet voor.

Garza griste het ding uit haar handen. Op het scherm zag hij opnieuw een foto van admiraal Luis Ávila. De compositie wekte de indruk dat de foto per ongeluk was genomen en toonde Ávila die in zijn witte uniform voor een schilderij langs liep. Het leek erop dat een museumbezoeker het schilderij had willen fotograferen en daarbij onbedoeld Ávila voor de lens had gekregen.

'Ik weet hoe Ávila eruitziet,' snauwde Garza, die terug wilde naar de prins en Valdespino. 'Wat moet ik hiermee?'

'Ga naar de volgende foto.'

Garza deed het. De volgende foto was een vergroting van de eerste, in het bijzonder een vergroting van de rechterhand van de admiraal terwijl hij die al lopend naar voren zwaaide. Garza zag meteen waar het om ging: iets wat leek op een tatoeage, aangebracht in de palm van Ávila's hand.

Garza staarde naar de tatoeage van een symbool dat hij maar al te goed kende. En met hem heel veel Spanjaarden, met name de oudere generaties.

Het symbool dat Franco zich had toegeëigend.

Halverwege de twintigste eeuw was het in Spanje alomtegenwoordig geweest en had het verwezen naar het ultraconservatieve dictatoriale bewind van generaal Francisco Franco, dat dweepte met nationalisme, militarisme, autoritarisme en antiliberalisme, en dat het katholieke geloof tot staatsgodsdienst had verklaard.

Het eeuwenoude symbool bestond uit zes letters, die samengevoegd een Latijns woord vormden. Een woord dat een perfecte weergave was van Franco's zelfbeeld.

Victor.

De onbuigzame, genadeloze, uiterst gewelddadige Francisco Franco was aan de macht gekomen dankzij de militaire steun van nazi-Duitsland en het Italië van Mussolini. Hij vermoordde duizenden van zijn tegenstanders alvorens in 1939 de macht te grijpen en zichzelf uit te roepen tot El Caudillo, het Spaanse equivalent van der Führer. Tijdens de Burgeroorlog en tot ver in de eerste jaren van zijn bewind verdween iedereen die verzet pleegde in een van de vele concentratiekampen, waar naar schatting driehonderdduizend burgers werden vermoord.

Als verdediger van het katholieke Spanje en vijand van het goddeloze communisme, zoals hij zichzelf noemde, streefde Franco naar een maatschappij waarin de man centraal stond en waarin vrouwen officieel werden uitgesloten van talloze invloedrijke posities; een maatschappij waarin vrouwen geen hoogleraar konden worden, en geen rechter; waarin vrouwen geen eigen bankrekening mochten hebben en waarin ze zelfs niet het recht hadden een gewelddadige echtgenoot te verlaten. Franco verklaarde alle huwelijken nietig die niet in een katholieke eredienst waren gesloten. Echtscheiding, anticonceptie, abortus en homoseksualiteit waren verboden.

Gelukkig was er inmiddels veel veranderd, dacht Garza, ook al vond hij het nog altijd verbazingwekkend hoe snel Spanje een van de meest duistere periodes uit zijn geschiedenis was vergeten.

Spanjes pacto de olvido – een door alle politieke partijen ondertekende overeenkomst om te 'vergeten' wat er onder Franco's kwaadaardige bewind was gebeurd – betekende dat schoolkinderen in Spanje nauwelijks iets over de dictator leerden. Uit een opiniepeiling was gebleken dat de acteur James Franco bij tieners op meer herkenning kon rekenen dan Francisco Franco.

De oudere generaties zouden hem echter nooit vergeten. Het VICTOR-symbool boezemde hun die oud genoeg waren om zich zijn wrede bewind te herinneren nog altijd angst in. Net zoals de swastika van de nazi's ook nog steeds als een huiveringwekkend symbool werd gezien. In Spanje werd er door sommige kringen tot op de dag van vandaag voor gewaarschuwd dat er op het hoogste bestuurlijke en religieuze niveau nog altijd aanhangers van Franco actief waren en dat er een geheime broederschap bestond van traditionalisten die hadden gezworen de ultraconservatieve maatschappij van de vorige eeuw in ere te herstellen.

Garza besefte dat er veel ouderen waren die, geïnspireerd door het morele verval en de spirituele apathie van het huidige Spanje, de overtuiging koesterden dat het land slechts kon worden gered door het herinvoeren van het katholieke geloof als staatsgodsdienst, door het vestigen van een krachtiger, autoritair regime en door het opleggen van duidelijke morele richtlijnen.

Kijk naar de jeugd van tegenwoordig, luidde hun oproep. Onze jonge mensen zijn losgeslagen!

Doordat het moment naderde waarop de troon in handen zou komen van een nieuwe generatie, in de persoon van prins Julián, begon de laatste maanden de angst onder traditionalisten toe te nemen dat het Koninklijk Huis de zoveelste stem zou worden in het koor dat riep om verandering, om een nog progressiever beleid. Koren op de molen van deze traditionalisten was de recentelijk bekendgemaakte verloving van de prins met Ambra Vidal. Vidal was niet alleen van Baskische afkomst, ze maakte er ook geen geheim van dat ze een agnoste was. Als koningin zou ze zowel in staatszaken als in religieuze kwesties grote invloed hebben op haar koninklijke echtgenoot.

Het zijn gevaarlijke tijden, dacht Garza. *We bevinden ons op een keerpunt in de geschiedenis; op een cruciale, controversiële overgang van verleden naar toekomst.*

Naast de steeds bredere kloof tussen gelovigen en niet-gelovigen was er ook de kwestie van de monarchie. Behield het land zijn koning of zou de monarchie worden afgeschaft, zoals dat in Oostenrijk, Hongarije en diverse andere landen van Europa al was gebeurd? De tijd zou het leren. Terwijl oudere traditionalisten met de Spaanse vlag zwaaiden, droegen progressieve jongeren trots het antimonarchistische paars, geel en rood, de kleuren van de vroegere republikeinse vlag.

Julián erft een kruitvat.

'Toen ik de Franco-tatoeage zag, was mijn eerste gedachte dat hij misschien was gefotoshopt. Louter en alleen voor het effect.' De woorden van Martín deden Garza terugkeren naar het heden. 'Alle samenzweringssites willen zo veel mogelijk bezoekers trekken, en een connectie met Franco zou enorm veel respons krijgen. Zeker in combinatie met het antichristelijke aspect van Kirsch' presentatie.'

Ze had gelijk, besefte Garza. *Complotdenkers zullen hiervan smullen!*

Martín gebaarde naar de tablet. 'Dit is wat ze over tien minuten op de site gaan zetten.'

Angstig keek Garza naar de tekst bij de foto.

🌐 ConspiracyNet.com

UPDATE EDMOND KIRSCH

Hoewel aanvankelijk het vermoeden bestond dat de moord op Edmond Kirsch het werk was van religieuze fanatici, suggereert de ontdekking van dit ultraconservatieve, aan Franco gelieerde symbool een politieke motivatie. Er wordt gespeculeerd dat conservatieve geesten in de hoogste bestuurlijke regionen, misschien zelfs binnen de muren van het paleis, streven naar het opvullen van het machtsvacuüm dat is ontstaan door de afwezigheid van de koning en door diens aanstaande overlijden…

'Schandelijk!' Garza had genoeg gezien. 'Al dat gespeculeer op basis van een tatoeage! Het is allemaal volkomen ongegrond! Het enige verband met het paleis is dat Ambra Vidal bij de schietpartij aanwezig was. Geen commentaar.'

'Toch zou ik u willen vragen de rest ook te lezen,' drong Martín aan. 'Dan zult u zien dat ze proberen een direct verband te leggen tussen bisschop Valdespino en admiraal Ávila. Er wordt gesuggereerd dat de bisschop heimelijk een aanhanger is van Franco en dat hij in de vele jaren dat hij de koning van advies heeft gediend diverse ingrijpende veranderingen heeft tegengehouden.' Ze zweeg even. 'Het is een speculatie die online steeds meer weerklank vindt.'

Niet voor het eerst had Garza geen idee hoe hij moest reageren. Hij herkende de wereld waarin hij leefde niet meer.

Nepnieuws heeft tegenwoordig net zoveel gewicht als echt nieuws.

'Mónica, het is allemaal onzin. Afkomstig uit de koker van fantasten die puur voor hun plezier dit soort verzinsels op het internet gooien.' Garza deed zijn best beheerst te klinken. 'Ik kan je verzekeren dat Valdespino geen aanhanger van Franco is. Hij heeft de koning tientallen jaren trouw gediend, en het is volstrekt uit de lucht gegrepen dat hij betrokken zou zijn bij een door de ideeën van Franco geïnspireerde moordaanslag. Het paleis geeft geen commentaar op dit soort aantijgingen. Is dat duidelijk?'

Garza draaide zich om en liep naar de deur. Hij wilde terug naar de prins en Valdespino.

'Nee! Wacht even! Er is nóg iets!' Martín greep hem bij de mouw.

Garza bleef abrupt staan en keek geschokt naar de hand van een ondergeschikte op zijn arm.

Martín trok hem haastig terug. 'Neemt u mij niet kwalijk. Maar ConspiracyNet heeft ons een opname gestuurd van een telefoongesprek met Boedapest. Heet van de naald.' Haar ogen knipperden nerveus achter haar dikke brillenglazen. 'En ik weet zeker dat u ook daar niet blij mee zult zijn.'

38

Mijn baas is vermoord.

Gezagvoerder Josh Siegel taxiede met de Gulfstream G550 naar de startbaan. Hij voelde zijn handen trillen op de knuppel.

Ik zou niet moeten vliegen, dacht hij, in het besef dat zijn copiloot er net
zo slecht aan toe was als hij.

Siegel vloog al jaren de privéjets van Edmond Kirsch, en de gruwelijke
moord had hem diep geschokt. Amper een uur daarvoor hadden Siegel en
zijn copiloot in de lounge van het vliegveld naar de live-uitzending vanuit het
Guggenheim Museum zitten kijken.

'Dramatisch! Typisch Edmond,' had Siegel gegrapt, maar hij was diep onder de indruk geweest van de reusachtige menigte die zijn baas had weten
te trekken. Terwijl hij samen met de andere aanwezigen in de lounge naar

de presentatie keek, boog hij zich onwillekeurig steeds verder naar voren, geboeid, geïntrigeerd, totdat het van het ene op het andere moment afschuwelijk misging.

In de nasleep van de moord zaten Siegel en zijn copiloot als verdwaasd voor de televisie, zich afvragend wat er van hen werd verwacht.

Tien minuten later ging de telefoon. Het was Winston, Edmonds PA. Siegel had hem nooit ontmoet, en ook al vond hij de Brit wel een beetje een rare snijboon, hij was eraan gewend geraakt met hem te overleggen wanneer er gevlogen ging worden.

'Als de televisie daar niet aanstaat, moet u hem nu aanzetten,' zei Winston.

'We hebben het gezien. En we zijn er allebei kapot van.'

'Het toestel moet naar Barcelona. Vanavond nog.' Winston klonk griezelig kalm en zakelijk, na wat er was gebeurd. 'Maak alles gereed voor vertrek. Ik neem zo snel mogelijk weer contact met u op. Maar denk erom dat u niet vertrekt voordat wij elkaar opnieuw hebben gesproken.'

Siegel had geen idee of Winstons instructies overeenkwamen met wat Edmond zou hebben gewild, maar hij was dankbaar voor elke vorm van leiding.

In opdracht van Winston hadden Siegel en zijn copiloot een vluchtplan voor Barcelona ingediend met nul passagiers – 'deadheading', zoals het wrang genoeg werd genoemd – en daarna hadden ze zich uit de hangar laten duwen en waren ze begonnen met de vluchtvoorbereiding.

Dertig minuten na zijn vorige telefoontje belde Winston opnieuw. 'Bent u klaar voor take-off?'

'Ja.'

'Mooi. Ik neem aan dat u zoals gebruikelijk de oostelijke startbaan gebruikt?'

'Klopt.' Siegel vond Winston soms pijnlijk grondig en ontmoedigend goedgeïnformeerd.

'Neem dan alstublieft contact op met de toren en vraag toestemming voor take-off. Rij naar het eind van de taxibaan, maar ga nog niet de startbaan op.'

'Ik moet op de taxibaan blijven staan?'

'Ja. Heel even maar. Waarschuw me zodra u daar bent.'

Siegel en zijn copiloot keken elkaar aan, verrast door Winstons bizarre instructies.

Daar zal de toren het niet mee eens zijn.

Desondanks was Siegel van de hangar helemaal naar de oostkant van het vliegveld getaxied. Inmiddels had hij bijna het punt bereikt waar de taxibaan een bocht van negentig graden naar rechts maakte en uitkwam op de startbaan.

'Winston?' Siegel keek naar de hoge omheining van draadgaas die de grens vormde van het luchthaventerrein. 'We staan vlak voor de startbaan.'

'Blijf op de taxibaan,' zei Winston. 'Ik neem zo snel mogelijk weer contact op.'

Ik kan hier niet stoppen. Siegel vroeg zich af wat Winston in godsnaam van plan was. Gelukkig kon hij in zijn boordcamera zien dat er geen vliegtuig achter hem zat. De enige lichten die hij zag, waren die van de verkeerstoren – een zwakke gloed helemaal aan de andere kant van de startbaan, ruim drie kilometer verderop.

Het bleef zestig seconden stil.

Toen hoorde hij gekraak in zijn headset. Het was de toren. 'EC346, u hebt toestemming voor take-off op baan nummer één. Ik herhaal, u hebt toestemming voor take-off.'

Siegel wilde niets liever dan opstijgen, maar hij wachtte nog steeds op bericht van Edmonds PA. 'Dank u, maar we stoppen hier nog even. Er brandt een lampje dat we willen controleren.'

'Roger! Laat het ons weten zodra u klaar bent voor take-off.'

'Hier?' De kapitein van de watertaxi verkeerde zichtbaar in verwarring. 'Hiér stoppen? Vliegveld meer ver. Ik breng u daar.'

'Nee, dank u wel. We stappen hier uit,' zei Langdon, in navolging van Winstons instructies.

De kapitein haalde zijn schouders op en bracht de boot tot stilstand naast een kleine brug. PUERTO BIDEA, stond er op het bord. De rivieroever, begroeid met hoog gras, zag er redelijk begaanbaar uit. Ambra stapte al uit de boot en begon de flauwe helling te beklimmen.

'Hoeveel zijn we u verschuldigd?' vroeg Langdon aan de kapitein.

'Geen betalen. Uw Britse vriend betaal van tevoren. Creditcard. Drie keer de prijs.'

Winston *heeft al betaald.* Langdon was nog steeds niet helemaal gewend aan de gecomputeriseerde PA van Kirsch.

Een soort Siri aan de anabole steroïden.

Gezien de ontwikkelingen op het gebied van kunstmatige intelligentie, die bijna dagelijks tot nieuwe mogelijkheden leidden – zoals zelfs het schrijven van romans, waarvan er een in Japan bijna een literaire prijs had gewonnen – zou het geen verbazing moeten wekken wat Winston allemaal bleek te kunnen.

Langdon bedankte de kapitein en sprong van de boot op de oever. Voordat hij naar boven klom, draaide hij zich om naar de verbouwereerde kapitein en legde zijn wijsvinger op zijn lippen. '*Discreción, por favor.*'

'*Sí, sí.*' De kapitein legde een hand voor zijn ogen. '*¡No he visto nada!*'

Daarop haastte Langdon zich naar boven, stak een spoorbaan over en voegde zich bij Ambra. Ze stonden aan de rand van een slaperig dorpje, met aan weerskanten van de weg wat eenvoudige winkeltjes.

'Volgens de kaart staan jullie op de plek waar de Puerto Bidea een riviertje kruist, de Río Asua,' klonk de stem van Winston uit de speaker van Edmonds telefoon. 'Als het goed is ziet u een kleine rotonde, midden in het dorp.'

'Klopt,' zei Ambra.

'Mooi zo. Vanaf de rotonde neemt u de Beike Bidea. Het dorp uit.'

Twee minuten later hadden Langdon en Ambra het dorp achter zich gelaten en liepen ze haastig over een verlaten landweg met hier en daar een boerderij, omringd door uitgestrekt grasland. Naarmate de bewoonde wereld verder achter hen kwam te liggen, kreeg Langdon steeds sterker het gevoel dat er iets niet goed zat. In de verte, rechts van hen, boven de kam van een lage heuvel, was een wazige koepel van licht te zien.

'Als daar de terminal is, moeten we nog een heel eind lopen,' zei Langdon.

'De terminal is drie kilometer bij u vandaan,' zei Winston.

Ambra en Langdon keken elkaar geschrokken aan. Winston had gezegd dat het maar acht minuten lopen was.

'Volgens de satellietbeelden van Google ligt er een groot veld rechts van u,' vervolgde Winston. 'Ziet dat er begaanbaar uit? Kunt u doorsteken naar de andere kant, denkt u?'

Langdon keek naar het hooiveld dat licht glooiend omhoogliep in de richting van de lichten van de terminal.

'Zo te zien wel,' antwoordde Langdon. 'Maar drie kilometer, dan zijn we...'

'Steek nou maar gewoon dat veld over, professor.' Winston klonk zoals altijd beleefd, zonder enige emotie, maar Langdon besefte dat Edmonds PA hem zojuist een uitbrander had gegeven.

'Goed gedaan,' fluisterde Ambra geamuseerd terwijl ze de glooiing beklommen. 'Dus Winston kan zich zelfs geërgerd tonen.'

'EC346, hier de verkeerstoren!' blèrde de stem in Siegels headset. 'U moet óf de taxibaan vrijmaken en opstijgen, óf u moet terug naar de hangar om het probleem te laten repareren. Hoe is de situatie?'

'We zijn nog bezig,' loog Siegel met een blik in zijn boordcamera. Er stond niemand achter hem. Het enige licht kwam nog altijd van de toren in de verte. 'Eén minuutje, langer heb ik niet nodig.'

'Roger! Hou ons op de hoogte.'

De copiloot tikte Siegel op de schouder en wees.

Siegel keek door de voorruit, maar zag niets bijzonders, alleen het hoge gaas rond het vliegveld. Toen doemde er achter dat gaas een schimmig visioen op. *Wat is dát in godsnaam?*

In het donkere veld aan de andere kant van de omheining doemden twee spookachtige silhouetten op uit de duisternis. Ze verschenen op de kam van een lage heuvel en liepen recht naar de jet toe. Terwijl de gedaanten dichterbij kwamen, herkende Siegel de opvallende diagonale zwarte baan op een witte avondjurk die hij even eerder op de televisie had gezien.

Is dat Ambra Vidal?

Ambra had af en toe met Kirsch gevlogen, en wanneer de opvallende Spaanse schone aan boord was, werd Siegels hartslag altijd wat onrustig. Hij kon zich echter met de beste wil van de wereld niet voorstellen wat ze hier deed, in een weiland bij het vliegveld van Bilbao.

De rijzige man die haar vergezelde was ook in avondkleding. En ook hij had deel uitgemaakt van Kirsch' presentatie, besefte Siegel.

Het was Robert Langdon, de hoogleraar uit Amerika.

Plotseling klonk de stem van Winston weer in zijn headset. 'Meneer Siegel, als het goed is ziet u nu twee individuen aan de andere kant van het gaas, en ik neem aan dat u hen herkent.' Siegel vond de Brit opnieuw griezelig kalm. 'Helaas hebben zich vanavond ontwikkelingen voorgedaan die ik niet kan toelichten, maar ik zou u uit naam van meneer Kirsch willen verzoeken te doen wat ik u vraag. Het enige wat u op dit moment moet weten' – Winston haperde slechts een fractie van een seconde – 'is dat degenen die Edmond Kirsch hebben vermoord nu ook zullen proberen Ambra Vidal en Robert Langdon uit de weg te ruimen. Om te zorgen dat hun niets overkomt, hebben we uw hulp nodig.'

'Maar... natuurlijk,' stamelde Siegel, amper in staat te bevatten wat hij zojuist had gehoord.

'Mevrouw Vidal en professor Langdon vliegen met u mee. U moet ze onmiddellijk aan boord laten.'

'Híér?' vroeg Siegel.

'Ik ben me bewust van het probleem van een niet-bijgewerkte passagierslijst, maar...'

'Bent u zich bewust van het probleem van een omheining? Om precies te zijn drie meter gaas, rond de hele luchthaven?'

'Daar ben ik me inderdaad van bewust,' antwoordde Winston volmaakt beheerst. 'En ook van het feit dat u en ik nog maar een paar maanden samenwerken. Toch zult u me moeten vertrouwen, meneer Siegel. Wat ik u ga voorstellen, is precies wat Edmond u zou vragen onder de huidige omstandigheden.'

Siegel luisterde met stijgend ongeloof terwijl Winston zijn plan uiteenzette.

'Maar dat kan helemaal niet!' protesteerde hij ten slotte.

'Dat kan wel degelijk,' luidde Winstons reactie. 'De motor heeft een stuwend vermogen van ruim dertienduizend pond, en de neus van het toestel is bestand tegen een kracht van meer dan duizend kilometer...'

'Ik maak me geen zorgen over de technische problemen, maar over de juridische!' snauwde Siegel. 'Over mijn vliegbrevet!'

'Daar heb ik begrip voor, meneer Siegel,' antwoordde Winston vlak. 'Maar de toekomstige koningin van Spanje verkeert in levensgevaar. Door te doen wat ik vraag, helpt u haar in veiligheid te brengen. Dus in plaats van te worden berispt, of misschien zelfs uw brevet te verliezen, krijgt u een medaille. Van niemand minder dan de koning.'

Staande in het hoge gras keken Langdon en Ambra naar de omheining, beschenen door de lichten van de privéjet.

Op aandringen van Winston deden ze een paar stappen naar achteren, en op hetzelfde moment werd het geraas van de vliegtuigmotoren luider en begon het toestel te taxiën. In plaats van de bocht te volgen in de richting van de startbaan, reed het recht op de omheining af, over de markering heen, waarna het heel langzaam over het asfalt buiten de witte lijn naar het gaas kwam rijden.

Langdon zag dat de neus van het toestel zich rechtstreeks in het verlengde bevond van een van de zware stalen palen van de omheining. Op het moment dat de massieve neuskegel de paal raakte, begonnen de motoren van de jet nog sneller te draaien.

Langdon moest concluderen dat de stalen paal geen partij was voor twee Rolls-Royce-motoren en een jet van veertig ton. Met een metaalachtig kreunen begon de paal richting Langdon en Ambra te hellen en trok een reusachtige bult asfalt mee, als de kluit van een gevelde boom.

Zonder aarzelen rende Langdon naar voren, greep de omheining en trok die verder naar beneden, zodat Ambra en hij eroverheen konden stappen. Tegen de tijd dat ze het asfalt op strompelden, was de loopplank van de jet uitgeklapt en wenkte een geüniformeerde piloot hen aan boord.

Ambra schonk Langdon een gespannen glimlach. 'Twijfel je nu nog steeds aan Winston?'

Daar had Langdon geen antwoord op.

Terwijl ze de trap op renden en de weelderig gestoffeerde cabine betraden, hoorde Langdon de tweede piloot in de cockpit met de verkeerstoren overleggen.

'Roger. Maar blijkbaar staat uw grondradar verkeerd afgesteld. We hebben de taxibaan niet verlaten. Ik herhaal, we staan op de taxibaan. Het waarschuwingslampje is inmiddels uit en we zijn klaar voor take-off.'

De copiloot gooide de deur dicht, de piloot zette de Gulfstream in zijn achteruit en het vliegtuig begon bij de vernielde omheining vandaan te rijden, de brede bocht in die naar de startbaan leidde.

Amper enkele ogenblikken later joeg het toestel de hemel tegemoet, zwenkte naar het zuidoosten en raasde door de nacht, op weg naar Barcelona.

40

Rabbi Jehoeda Köves haastte zich zijn studeerkamer uit, de tuin door, naar de voordeur, waar hij de treden afdaalde naar de stoep.

Ik ben thuis mijn leven niet zeker. Zijn hart ging wild tekeer. *Ik moet naar de synagoge.*

De synagoge aan de Dohánystraat was al Köves' hele leven zijn veilige toevluchtsoord. En niet alleen dat, het godshuis was ook een ware burcht. De barricades eromheen herinnerden, net als het prikkeldraad en de permanente bewaking, aan de lange geschiedenis van het antisemitisme in Boedapest. Vanavond stemde het Köves dankbaar de sleutels van een dergelijk bastion te bezitten.

De synagoge was een kwartier lopen van zijn huis – een vredige wandeling die de rabbi dagelijks maakte. Maar terwijl hij de Kossuth Lajosstraat uit liep, voelde hij alleen maar angst. Met zijn hoofd gebogen tuurde hij wantrouwend de schaduwen in voordat hij aan zijn tocht begon.

Bijna onmiddellijk zag hij iets wat hem deed schrikken.

Op een bankje aan de overkant van de straat zat een duistere, ineengedoken gedaante – een gespierde verschijning in een spijkerbroek, met op zijn hoofd een honkbalpet, die onverschillig zat te typen op een smartphone. Het licht van het apparaat viel op zijn bebaarde gezicht.

Hij woont niet in deze buurt. Köves versnelde zijn tempo.

De man met de honkbalpet keek op, wierp een blik op de rabbi en verdiepte zich weer in zijn telefoon. Köves liep door. Bij de volgende zijstraat keek hij nerveus achterom. Tot zijn ontzetting zat de man met de honkbalpet niet langer op de bank, maar was hij de straat overgestoken en liep nu op de stoep, een eindje achter Köves.

Hij volgt me! De rabbi begon nog sneller te lopen, zijn ademhaling werd oppervlakkiger. Ondertussen vroeg hij zich af of hij misschien een verschrikkelijke vergissing had begaan door de deur uit te gaan.

Valdespino heeft me nog zo op het hart gedrukt binnen te blijven! Heb ik er verkeerd aan gedaan door hem niet te vertrouwen?

Köves was van plan geweest te wachten op het escorte van Valdespino dat hem naar Madrid zou begeleiden. Maar door het telefoontje was alles anders komen te liggen. Het duistere zaad van de twijfel ontkiemde razendsnel.

De vrouw aan de telefoon had hem gewaarschuwd: *De bisschop stuurt inderdaad een escorte. Niet om u naar Madrid te brengen, maar om u uit de weg te ruimen. Net zoals hij Syed al-Fadl uit de weg heeft laten ruimen.* En ze was met zulke overtuigende bewijzen gekomen dat Köves in paniek was geraakt en zijn huis was ontvlucht.

Terwijl hij zich over de stoep haastte, begon hij hoe langer hoe meer te vrezen dat hij zijn veilige toevluchtsoord niet op tijd zou weten te bereiken. De man met de honkbalpet liep nog altijd achter hem. Köves schatte de afstand op een meter of vijftig.

Een oorverdovend gekrijs verscheurde de nachtelijke stilte. Köves dacht dat zijn hart stilstond, totdat hij opgelucht besefte dat het geluid afkomstig was van een stadsbus die stopte bij een halte, een klein eindje verderop. Köves had het gevoel dat G'd zelf de bus op zijn pad had gestuurd. Hij haastte zich erheen en klom aan boord. De bus zat stampvol luidruchtige studenten. Twee van hen maakten beleefd ruimte voor de rabbi, die zich dankbaar op de bank voorin liet zakken.

'Köszönöm,' bracht hij hijgend uit. Dank u wel.

Maar voordat de bus weer kon optrekken, kwam de man met de honkbalpet aanrennen en slaagde er nog net op tijd in aan boord te springen.

Köves verstijfde. Maar de man met de honkbalpet liep door naar achteren, zonder hem zelfs maar een blik waardig te keuren. In de weerspiegeling van de vooruit zag de rabbi dat hij zich onmiddellijk weer over zijn smartphone boog, blijkbaar verdiept in een spelletje.

Doe niet zo paranoïde, mopperde hij op zichzelf. *Hij is volstrekt niet in je geïnteresseerd.*

Bij de halte Dohánystraat keek Köves verlangend naar de torens van de synagoge, die zo verleidelijk dichtbij waren. Toch kon hij zich er niet toe brengen de veilige, drukke bus te verlaten.

Als ik uitstap en hij volgt me...

En dus bleef hij zitten, in de overtuiging dat hij maar beter onder de mensen kon blijven. *Ik blijf gewoon een tijdje in de bus zitten, om op adem te komen.* Ook al wenste hij nu wel dat hij nog even naar de wc was gegaan voordat hij zo overhaast zijn huis had verlaten.

Slechts enkele ogenblikken later, toen de bus wegreed bij de halte Dohánystraat, drong het tot rabbi Köves door dat zijn plan één zwak punt had. Een
gruwelijk zwak punt.

Het is zaterdagavond en het is haast allemaal jeugd wat er in de bus zit.

Waarschijnlijk zouden bijna alle passagiers bij dezelfde halte – de volgende
halte – uitstappen, in het hart van de Joodse wijk van Boedapest.

De buurt was na de Tweede Wereldoorlog nooit weer opgebouwd, maar
de vervallen, verwaarloosde gebouwen vormden tegenwoordig een van de
meest bruisende uitgaansdistricten in heel Europa: de beroemde 'ruïnebars',
een reeks trendy clubs in gebouwen die tijdens de oorlog beschadigd waren
geraakt. In het weekend verzamelden zich hier studenten en toeristen om te
drinken en te feesten in de gebombardeerde, met graffiti beschilderde pak-
huizen en oude villa's, die inmiddels waren voorzien van de modernste audio
en opgeleukt met gekleurde verlichting en eclectische kunst.

En inderdaad, toen de bus bij de volgende halte opnieuw met krijsende
remmen tot stilstand kwam, stapten alle studenten uit. De man met de honkbalpet bleef zitten, nog altijd verdiept in zijn telefoon. Köves' instinct zei hem
ook zo snel mogelijk uit te stappen, dus hij schoot overeind, haastte zich het

41

Guardia-commandant Diego Garza haastte zich terug naar de privévertrekken, met de tablet van Mónica Martín onder zijn arm.

Op de tablet stond een opname van een telefoongesprek tussen een Hongaarse rabbi, Jehoeda Köves, en de een of andere online-informant. De schokkende inhoud van dat gesprek liet Garza weinig keus.

Volgens de informant zou er sprake zijn van een moordcomplot. Ongeacht of die bewering op waarheid berustte, en ongeacht een eventuele betrokkenheid van Valdespino: als de opname online werd gezet, zou de reputatie van de bisschop onherstelbare schade oplopen.

Ik moet de prins waarschuwen en ervoor zorgen dat een en ander niet ook op hem terugslaat.

Valdespino moet hier weg, voordat het verhaal bekend wordt.

41

Guardia-commandant Diego Garza haastte zich terug naar de privévertrekken, met de tablet van Mónica Martín onder zijn arm.

Op de tablet stond een opname van een telefoongesprek tussen een Hongaarse rabbi, Jehoeda Köves, en de een of andere online-informant. De schokkende inhoud van dat gesprek liet Garza weinig keus.

Volgens de informant zou er sprake zijn van een moordcomplot. Ongeacht of die bewering op waarheid berustte, en ongeacht een eventuele betrokkenheid van Valdespino: als de opname online werd gezet, zou de reputatie van de bisschop onherstelbare schade oplopen.

Ik moet de prins waarschuwen en ervoor zorgen dat een en ander niet ook op hém terugslaat.

Valdespino moet hier weg, voordat het verhaal bekend wordt.

In de politiek draait alles om perceptie, en de verspreiders van het al dan niet verzonnen verhaal stonden op het punt Valdespino voor de wolven te gooien. Dus het was Garza zonneklaar dat de kroonprins, uitgerekend vanavond, niet samen met de bisschop mocht worden gezien.

Pr-coördinator Mónica Martín had erop aangedrongen dat de prins onmiddellijk een verklaring aflegde, omdat hij anders het risico liep als betrokkene te worden beschouwd.

Ze heeft gelijk. Julián moet op de televisie. En wel zo snel mogelijk.

Boven aan de trap gekomen sloeg Garza buiten adem de gang in die leidde naar het appartement van de prins. Al rennend wierp hij een blik op de tablet.

Behalve de tatoeage met het symbool van Franco en de opname van het telefoongesprek met de rabbi zou de info die ConspiracyNet op zijn site ging dumpen blijkbaar nog een derde onthulling bevatten. Een onthulling die volgens Martín een zo mogelijk nog grotere tijdbom was dan de eerste twee.

Een 'dataconstellatie' had ze het genoemd. Volgens haar omschrijving was dat een ogenschijnlijk willekeurige verzameling van feiten en pseudofeiten die aan complotdenkers werden gepresenteerd met de aanmoediging ze te analyseren en met elkaar te verbinden om op die manier 'constellaties' te creëren.

Ze zijn geen haar beter dan de idioten die dieren zien in willekeurige sterrenconstellaties, dacht Garza minachtend.

Helaas leken de feiten en pseudofeiten die door ConspiracyNet werden gepresenteerd speciaal geselecteerd om zich samen te voegen tot een constellatie die weinig fraai was, gezien door de ogen van het paleis.

 ConspiracyNet.com

De moord op Kirsch

Wat we tot dusverre weten

- Edmond Kirsch deelde zijn wetenschappelijke ontdekking met drie religieuze leiders: bisschop Antonio Valdespino, oelama Syed al-Fadl en rabbi Jehoeda Köves.
- Kirsch en al-Fadl zijn dood, en rabbi Jehoeda Köves neemt de telefoon niet op en lijkt spoorloos te zijn verdwenen.
- Bisschop Valdespino leeft nog en werd voor het laatst gezien terwijl hij op weg was naar het koninklijk paleis in Madrid.

- De moordenaar van Kirsch, admiraal Luis Ávila, heeft een tatoeage waaruit blijkt dat hij een aanhanger is van de ultraconservatieve ideeën van Franco, de voormalige Spaanse dictator. (Is bisschop Valdespino, die bekendstaat om zijn conservatieve opvattingen, ook een franquist?)
- Volgens bronnen in het Guggenheim Museum was de gastenlijst voor de presentatie al gesloten. Desondanks is de moordenaar, Luis Ávila, op het laatste moment aan de lijst toegevoegd, na een verzoek van iemand in het koninklijk paleis. (Degene die het verzoek heeft gehonoreerd is Ambra Vidal, de toekomstige Spaanse koningin.)

ConspiracyNet spreekt zijn dank uit voor de waardevolle bijdragen en updates van burgerwaakhond monte@iglesia.org.

Monte@iglesia.org?

Dat moest een gefingeerd e-mailadres zijn, had Garza geconcludeerd.

Iglesia.org was een prominente katholieke website in Spanje, een onlinegemeenschap van priesters, leken en studenten die Jezus als leidsman hadden en zich wijdden aan Zijn leer. Blijkbaar had de informant de naam van de website gebruikt om de indruk te wekken dat de aantijgingen afkomstig waren van iglesia.org.

Slim, dacht Garza, in het besef dat de vrome katholieken die de site beheerden grote bewondering koesterden voor de bisschop. En hij vroeg zich af of degene die voor deze onlinebijdragen had gezorgd, ook de informant was die de rabbi had gebeld.

Toen hij voor de deur van het appartement stond, vroeg Garza zich af hoe hij de prins het nieuws moest vertellen. De dag was zo normaal begonnen, maar ineens leek het alsof het paleis de strijd moest aanbinden met een geestenleger. *Een onbekende informant die zich verschuilt achter de naam Monte? Een verzameling feiten en pseudofeiten?* Tot overmaat van ramp had Garza nog altijd geen nieuws over de verblijfplaats van Ambra Vidal en Robert Langdon.

God helpe ons als de pers erachter komt dat Ambra vanavond heeft geweigerd de prins te woord te staan en zich naar Madrid te laten escorteren.

Zonder kloppen liep hij het appartement binnen. 'Prins Julián?' Hij haastte zich naar de woonkamer. 'Ik moet u even onder vier ogen spreken.'

In de woonkamer gekomen bleef hij met een ruk staan.

Er was niemand.

'Don Julián?' Hij draaide zich om naar de keuken. 'Bisschop Valdespino?'

Garza doorzocht het hele appartement, maar de prins en Valdespino waren verdwenen.

Hij belde het mobiele nummer van de prins en hoorde tot zijn schrik een telefoon overgaan. Het geluid was zwak, maar het kwam ergens uit het appartement. Hij belde het nummer nogmaals, en toen hij op het gedempte geluid afging, bleek dat het achter een klein schilderij vandaan kwam, waarvan hij wist dat daarachter een muurkluis was verborgen.

Heeft Julián zijn telefoon in de kluis gelegd?

Garza kon simpelweg niet geloven dat de prins zonder zijn telefoon was vertrokken, uitgerekend op een moment dat communicatie cruciaal was.

En waar kunnen ze naartoe zijn gegaan?

Hij belde het mobiele nummer van Valdespino, in de hoop dat de bisschop wel zou opnemen. Maar tot zijn stomme verbazing kwam opnieuw het gedempte geluid van een ringtone achter het schilderij vandaan.

Heeft ook Valdespino zijn telefoon in de kluis gelegd?

In groeiende paniek, met een verwilderde blik in zijn ogen stormde Garza het appartement uit. De daaropvolgende minuten liep hij roepend, zoekend door de gangen, trap op, trap af. Ze kunnen toch niet zomaar in het niets zijn verdwenen?

Toen hij eindelijk stopte met rennen stond hij aan de voet van de fraaie, grote door Sabatini ontworpen trap. Verslagen boog hij zijn hoofd. In het donkere scherm van de tablet zag hij de weerspiegeling van het fresco, recht boven hem op het plafond.

De wrede ironie ontging hem niet. Het fresco was een van Giaquinto's indrukwekkende meesterwerken, waarop Spanje werd afgebeeld als hoeder van het geloof.

42

Terwijl de Gulfstream G550 naar zijn kruishoogte klom, staarde Robert Langdon niets ziend uit het ovale raampje en probeerde orde te scheppen in zijn hoofd. Hij had een gevoel alsof hij de afgelopen twee uur alle denkbare emoties had doorlopen, van opwinding toen Edmond met zijn presentatie begon tot intense geschoktheid en weerzin toen hij getuige was van de gruwelijke moord op hem. Hoe langer hij erover nadacht, hoe groter en raadselachtiger het mysterie rond Edmonds presentatie leek te worden.

Welk geheim had Edmond ontsluierd?

Waar komen we vandaan? Waar gaan we naartoe?

In gedachten hoorde hij weer wat Edmond eerder op de avond had gezegd, in de spiraal: *Robert, de ontdekking die ik heb gedaan... die geeft duidelijk antwoord op beide vragen.*

Edmond had beweerd dat hij de twee grootste mysteries van het leven had opgelost. Maar hoe kon het nieuws daarover zo gevaarlijk zijn, zo ontwrichtend dat iemand had besloten hem te vermoorden om te voorkomen dat het wereldkundig werd?

Het enige wat Langdon zeker wist, was dat Edmonds ontdekking te maken had met de oorsprong van de mens en diens bestemming.

Is de oorsprong die hij heeft ontdekt zó schokkend?
En wat is het geheim van onze bestemming dat hij heeft ontrafeld?

Edmond had een optimistische indruk gemaakt, vol vertrouwen in de toekomst, dus het leek onwaarschijnlijk dat de uitkomst van zijn onderzoek een apocalyptische voorspelling was. *Wat kan Edmond dan in hemelsnaam hebben voorspeld dat het de geestelijkheid dusdanig veel zorgen baart?*

'Robert?' Ambra stond naast zijn stoel met een kop koffie. 'Zwart, zei je toch?'

'Ja, lekker. Dank je wel.' Langdon pakte de mok dankbaar aan, in de hoop dat een dosis cafeïne zou helpen zijn verstrikte gedachten te ontwarren.

Ambra ging tegenover hem zitten en schonk zichzelf een glas rode wijn in, uit een fles waar het sierlijke wapen van het chateau in fraai reliëf op afgebeeld was. 'Edmond heeft altijd een voorraadje Château Montrose aan boord. Het zou zonde zijn daar geen gebruik van te maken.'

Langdon had maar één keer in zijn leven een Montrose gedronken, in een eeuwenoude wijnkelder onder Trinity College, toen hij in Dublin was voor het bestuderen van het fraai verluchte manuscript dat bekendstond als het Book of Kells.

Ambra legde haar handen om het glas en terwijl ze het aan haar lippen zette, zochten haar ogen die van Langdon. Niet voor het eerst voelde hij zich wonderlijk ontwapend door haar natuurlijke schoonheid en elegantie.

'Ik heb eens nagedacht,' zei ze. 'Je zei dat Edmond bij je in Boston is geweest en dat hij je toen naar de diverse scheppingsverhalen vroeg.'

'Ja, dat zal ongeveer een jaar geleden zijn geweest. Hij was geïnteresseerd in het antwoord van de grote godsdiensten op de vraag waar we vandaan komen.'

'Dan is dat misschien een goed uitgangspunt om te proberen erachter te komen in welke richting hij het zocht.'

'Ik vind het een prima idee om bij het begin te beginnen, maar in welke richting hij het zocht... Als het gaat om de vraag waar we vandaan komen, zijn er maar twee richtingen. De religieuze opvatting dat God de mens heeft geschapen en de leer van Darwin, volgens welke we uit de oersoep zijn gekropen en uiteindelijk tot mens zijn geëvolueerd.'

'Maar stel nu eens dat Edmond een derde mogelijkheid heeft ontdekt?' Ambra's bruine ogen schitterden. 'Stel nu eens dat hij heeft weten aan te tonen dat de mens niet afstamt van Adam en Eva maar ook niet het product is van een evolutie, zoals Darwin beweert?'

Langdon moest toegeven dat zo'n ontdekking – een alternatieve ontstaanstheorie van de mens – wereldschokkend zou zijn, maar hij kon zich een dergelijke theorie simpelweg niet voorstellen. 'Darwins evolutietheorie is gebaseerd op bevindingen die wetenschappelijk kunnen worden gecontroleerd. De theorie is buitengewoon goed gefundeerd. Er is ondubbelzinnig aangetoond hoe organismen evolueren en zich aan veranderende omstandigheden aanpassen. De evolutietheorie wordt algemeen aanvaard door de grootste geesten in de wetenschap.'

'O ja?' vroeg Ambra. 'Toch heb ik ook boeken gezien waarin wordt beweerd dat Darwin er helemaal naast zat.'

'Dat klopt,' klonk ineens de stem van Winston uit de telefoon, die op de tafel tussen hen in lag op te laden. 'Alleen al in de afgelopen twintig jaar gaat het om meer dan vijftig titels.'

Langdon was Edmonds PA helemaal vergeten.

'Sommige van de boeken waren bestsellers,' vervolgde Winston. '*Darwins vergissing... De nederlaag van het darwinisme... De zwarte doos van Darwin... Darwin staat terecht... De duistere kant van Charles Dar...*'

'Dat weet ik.' Langdon was maar al te bekend met de aanzienlijke reeks publicaties waarin Darwin in het ongelijk werd gesteld. 'Ik heb er een tijdje terug zelfs twee gelezen.'

'En?' vroeg Ambra.

Langdon glimlachte beleefd. 'Ik kan natuurlijk niet oordelen over de rest, maar de twee die ik heb gelezen waren geschreven vanuit een streng christelijke invalshoek. Eén auteur ging zelfs zover om te suggereren dat God een fossiele geschiedenis heeft gecreëerd "om ons geloof op de proef te stellen".'

Ambra fronste. 'Ik hoor het al. Ze hebben je niet kunnen overtuigen.'

'Nee, maar ze hebben me wel nieuwsgierig gemaakt, dus ik heb een collega op Harvard, een hoogleraar in de biologie, naar zijn mening gevraagd.' Langdon glimlachte. 'Om precies te zijn, wijlen Stephen J. Gould.'

'Waar ken ik die naam van?' vroeg Ambra.

'Stephen J. Gould,' zei Winston prompt. 'Befaamd evolutiebioloog en paleontoloog. Zijn theorie van het "onderbroken evenwicht" verklaart sommige van de gaten in de fossiele geschiedenis en ondersteunt Darwins evolutiemodel.'

'Hoe dan ook, Gould begon te grinniken,' zei Langdon. 'De meeste tegen Darwin en zijn leer gerichte boeken waren publicaties van organisaties als het Institute for Creation Research, dat de Bijbel beschouwt als "een onfeilbare, letterlijke weerslag van historische en wetenschappelijke feiten", in de woorden van het instituut zelf.'

'Hetgeen betekent,' zei Winston, 'dat ze geloven dat brandende braambossen kunnen praten, dat Noach alle bestaande diersoorten in één boot heeft weten te krijgen en dat mensen kunnen veranderen in zoutpilaren. Niet bepaald een gezonde basis voor een instituut dat zich bezighoudt met wetenschappelijk onderzoek.'

'Precies,' viel Langdon hem bij. 'Maar er bestaan ook boeken die niet vanuit het geloof zijn geschreven, maar waarin de auteur probeert Darwin vanuit een historische invalshoek in diskrediet te brengen, bijvoorbeeld door hem ervan te beschuldigen dat hij zijn theorie heeft gestolen van de Franse naturalist Jean-Baptiste Lamarck, die als eerste met het idee kwam dat organismen zich aanpassen aan hun omgeving.'

'Die gedachtegang is voor ons niet interessant, professor,' zei Winston. 'Of Darwin nu wel of geen plagiaat heeft gepleegd, is niet relevant voor de juistheid van zijn evolutietheorie.'

'Daar valt niets tegen in te brengen,' zei Ambra. 'Dus als je professor Gould zou vragen waar we vandaan komen, zou hij zeggen dat we afstammen van de apen?'

Langdon knikte. 'Ik citeer hem niet letterlijk, maar het komt erop neer dat de evolutie volgens Gould door geen enkele serieuze wetenschapper in twijfel wordt getrokken. We hebben het proces empirisch kunnen aantonen. Volgens hem is een andere vraag relevanter. Namelijk: waarom is er sprake van evolutie? En hoe is het allemaal begonnen?'

'Heeft hij die vragen ook beantwoord?' vroeg Ambra.

'Inderdaad. Helaas waren zijn antwoorden voor mij te hoog gegrepen. Maar hij illustreerde een en ander met een gedachte-experiment. "De Oneindige Gang", zoals hij het noemde.' Langdon nam een slok koffie.

'Inderdaad, een behulpzame verduidelijking,' liet Winston zich horen. 'Het experiment gaat als volgt: stel je voor dat je door een gang loopt, een gang die zo lang is dat je niet kunt zien waar je vandaan komt, noch waar je heen gaat.'

Langdon luisterde, niet voor het eerst onder de indruk van Winstons brede kennis.

'Dan hoor je in de verte achter je het geluid van een stuiterende bal,' vervolgde Winston. 'En wanneer je je omdraait, zie je inderdaad dat er een bal aan komt stuiteren. Hij komt steeds dichterbij, stuitert langs je heen en verdwijnt uiteindelijk uit het zicht.'

'Inderdaad,' zei Langdon. 'De vraag is niet óf de bal stuitert. Want dat is duidelijk. Dat kunnen we waarnemen. De vraag is waarom hij stuitert. En hoe is hij begonnen met stuiteren? Heeft iemand er een schop tegen gegeven? Is het een speciale bal die het fijn vindt om te stuiteren? Heeft de bal geen andere keus dan eeuwig te blijven stuiteren, vanwege de in de gang heersende wetten van de natuurkunde?'

'Wat Gould daarmee duidelijk wilde maken,' nam Winston het weer van Langdon over, 'is dat het begin van het proces zo ver achter ons ligt dat we het niet kunnen zien. Voor het evolutieproces geldt hetzelfde.'

'Precies,' viel Langdon hem bij. 'Het enige wat we kunnen doen, is het proces observeren.'

'En die redenering kun je ook toepassen op het mysterie van de oerknal,' zei Winston. 'Kosmologen hebben de fraaiste formules bedacht om het uitdijende universum te beschrijven op elk moment in de tijd, voorgesteld als T. Zowel in het verleden als in de toekomst. Maar wanneer we terugkijken naar het moment waarop de oerknal plaatsvond – het moment waarop T gelijk is aan 0 – lijkt de wiskunde geen concreet antwoord te hebben en komt ze met iets wat lijkt op een mystieke stip waarin hitte en dichtheid oneindig zijn.'

Langdon en Ambra keken elkaar aan, diep onder de indruk.

'Ook dat klopt,' zei Langdon. 'En omdat de menselijke geest niet goed overweg kan met een begrip als "oneindig", spreken de meeste wetenschappers uitsluitend over het universum van ná de oerknal, wanneer T groter is dan 0 en wanneer de wiskunde niet wordt verdrongen door mystiek.'

Een van Langdons collega's op Harvard, een nogal serieuze hoogleraar in de natuurkunde, had zo genoeg van de studenten filosofie die deelnamen aan zijn werkgroep 'De oorsprong van het universum', dat hij ten slotte een briefje op de deur hing.

In mijn lokaal geldt: T > 0. Wie vragen heeft omtrent T = 0 verwijs ik naar de theologische faculteit.

'En hoe zit het met panspermie?' vroeg Winston. 'Het idee dat het leven op aarde afkomstig is van een andere planeet, hier gezaaid door een meteoor of kosmisch stof? Panspermie wordt gezien als een verdedigbare wetenschappelijke optie om het bestaan van leven op aarde te verklaren.'

'Zelfs als dat zo zou zijn, dan geeft die theorie nog geen antwoord op de vraag over de oorsprong van het leven in het universum,' zei Langdon. 'We schoppen het blikje telkens een eind verder weg, maar we negeren de oorsprong van de stuiterende bal, en de grote vraag – Waar komt het leven vandaan? – schuiven we voor ons uit.'

Winston zweeg.

Ambra nipte van haar wijn, geamuseerd door hun interactie.

Terwijl de Gulfstream zijn kruishoogte bereikte, probeerde Langdon zich voor te stellen wat het voor de wereld zou betekenen als Edmond inderdaad het antwoord had gevonden op de eeuwenoude vraag: Waar komen we vandaan?

Toch was dat antwoord, in Edmonds eigen woorden, slechts een deel van het geheim.

Wat het hele verhaal ook mocht zijn, Edmond had zijn ontdekking beschermd met een ontzagwekkend wachtwoord: een dichtregel van tweeënzestig letters. Als alles volgens plan verliep, zouden Ambra en hij dat wachtwoord spoedig weten op te sporen in Edmonds huis in Barcelona.

43

Bijna tien jaar na zijn ontstaan is het 'darkweb' nog altijd een mysterie voor de overgrote meerderheid van de internetgebruikers. Het duistere schaduwdomein van het wereldwijde web is via traditionele zoekmachines niet te vinden en verschaft anonieme toegang tot een duizelingwekkend aanbod van illegale goederen en diensten.

Sinds het voorzichtige begin, waarin het onderdak bood aan Silk Road, de eerste online zwarte markt voor de handel in drugs, is het darkweb uitgegroeid tot een gigantisch netwerk van sites waarop wordt gehandeld in wapens, kinderporno en politieke geheimen, en waarop zelfs illegale dienstverleners als prostituees, hackers, spionnen, terroristen en moordenaars kunnen worden ingehuurd.

Wekelijks faciliteerde het darkweb miljoenen transacties, en vanavond naderde een van die transacties haar voltooiing. In Boedapest, in de wijk van de ruïnebars.

De man met de honkbalpet bleef zo veel mogelijk in de schaduw terwijl hij zijn prooi onopvallend volgde door de Kazinczystraat. Sinds een paar jaar verdiende hij zijn brood met dit soort opdrachten, die hem zonder uitzondering bereikten via een handvol populaire netwerken zoals Unfriendly Solution, Hitman Network en BesaMafia.

Huurmoord was een industrie waarin miljarden omgingen; een industrie die dagelijks groeide, met name dankzij de garantie van anonimiteit die het darkweb bood en het feit dat betalingen met bitcoins niet te traceren waren. In de meeste gevallen ging het om verzekeringsfraude, zakelijke conflicten en huwelijksproblemen. Maar de motivatie van de opdrachtgever was niet de zaak van degene die de klus klaarde.

Geen vragen. Dat is de stilzwijgende afspraak, en daardoor kan ik mijn werk doen.

De moordenaar had de opdracht voor die avond een paar dagen eerder aangenomen. De anonieme opdrachtgever had hem 150.000 euro geboden om het huis van een oude rabbi in de gaten te houden en stand-by te blijven voor als er actie moest worden ondernomen. Actie betekende in dit geval dat de moordenaar in het huis van zijn doelwit moest inbreken en zijn slachtoffer met kaliumchloride injecteren, waarna een hartaanval onmiddellijk tot de dood zou leiden.

Die avond had de rabbi echter volkomen onverwacht in het holst van de nacht zijn huis verlaten en de bus genomen. De moordenaar was hem gevolgd en had een versleutelde overlay gebruikt om zijn opdrachtgever via zijn smartphone van de laatste ontwikkelingen op de hoogte te stellen.

Doelwit heeft zijn huis verlaten. Heeft de bus genomen naar het uitgaans-district. Mogelijk voor een ontmoeting?

Het antwoord van zijn opdrachtgever volgde bijna onmiddellijk:

Executeren.

Wat was begonnen als observeren, was inmiddels in de duistere stegen rond de ruïnebars een dodelijk kat-en-muisspel geworden.

Rabbi Jehoeda Köves haastte zich zwetend, hijgend door de Kazinczystraat. Zijn longen brandden en hij had het gevoel dat zijn arme oude blaas op knappen stond.

Een wc en even de tijd om op adem te komen. Meer heb ik niet nodig, dacht hij, terwijl hij bleef staan tussen de menigte die zich had verzameld voor Bar Szimpla, een van de grootste en beroemdste ruïnebars. Het publiek vormde zo'n allegaartje van leeftijden en beroepen dat niemand ook maar enige aandacht aan een oude rabbi schonk.

Ik ga hier maar even naar binnen, besloot hij.

Bar Szimpla was gevestigd in wat ooit een schitterende villa met fraaie balkons en hoge ramen moest zijn geweest. Inmiddels was het een verwaarloosde huls waarvan de muren waren bedekt met graffiti. Toen Köves de brede portiek betrad, zag hij boven de deuropening iets wat hem een gecodeerde boodschap leek: EGG-ESJ-ZJEE-GED-REH!

Het duurde even voordat hij besefte dat het de fonetisch gespelde versie was van het Hongaarse woord *egészségedre*, dat 'proost' betekende.

Na binnenkomst staarde Köves ongelovig om zich heen in het grotachtige inwendige van de bar. De vervallen villa was gebouwd rond een royale binnenplaats, waarop de vreemdste verzameling rariteiten bijeengebracht was die de rabbi ooit had gezien – een bank gemaakt van een badkuip, opgehangen fietsen met etalagepoppen op het zadel en een half gesloopte Oost-Duitse Trabant die als geïmproviseerde zithoek diende.

De hoge muren rond de binnenplaats waren versierd met een lappendeken van graffiti, posters uit de Sovjettijd en beelden van figuren uit de Griekse en Romeinse oudheid. Weelderige planten hingen over de balkons, waarop het publiek uitbundig meebewoog met de dreunende muziek. Er hing een walm van bier en sigaretten. Jonge stelletjes stonden elkaar hartstochtelijk en on-gegeneerd te zoenen, terwijl anderen onopvallend aan dunne pijpjes lurkten en shotjes pálinka achteroversloegen.

Köves was niet blind voor de ironie dat de mens, als de kroon op G'ds schep-ping, in wezen nauwelijks hoger stond dan de dieren en zich in belangrijke mate liet leiden door de zoektocht naar de geneugten des levens. We troosten ons lichaam, in de hoop dat onze ziel daardoor ook wordt getroost. De oude rabbi besteedde veel tijd en aandacht aan de zielszorg van hen die bezweken voor de dierlijke verleidingen van het lichaam – voornamelijk eten en seks. Door het groeiende aantal drugs- en internetverslaafden werd de uitdaging om zijn kudde op het rechte pad te houden met de dag groter.

De enige geneugte des levens die Köves op dat moment nodig had, was een wc. Maar hij ontdekte tot zijn ontsteltenis dat daar een enorme rij stond. Boven waren nog meer wc's, hadden ze gezegd, en omdat hij niet langer kon wachten, klom hij voorzichtig de trap op. Hij belandde in een doolhof van kamers, elk met een eigen bar en groepje banken of stoelen. Toen hij naar de wc vroeg, wees een barkeeper naar een verre gang, te bereiken via een langgerekt balkon boven de binnenplaats.

Met zijn hand op de leuning haastte Köves zich over het balkon, terwijl hij zijn blik afwezig over de stampvolle binnenhof liet gaan, waar een zee van jonge mensen meedraaide en -deinde op het pulserende ritme van de muziek.

Toen zag hij hem.

De rabbi bleef met een ruk staan. Zijn bloed veranderde in ijswater.

Want daar, in het hart van de menigte, stond de man met de honkbalpet. Heel even keken ze elkaar recht in de ogen. Toen kwam de man met de pet in actie. Met de souplesse en de snelheid van een wild dier baande hij zich een weg door de drukte, in de richting van de trap.

De moordenaar stormde de trap op, gespannen kijkend naar de vele gezichten die hij passeerde. Bar Szimpla was vertrouwd terrein voor hem, en het duurde niet lang of hij had het balkon bereikt waarop hij zijn doelwit had zien staan.

Maar de rabbi was verdwenen.

Ik heb je niet naar beneden zien komen, dacht de moordenaar. Dus je bent dieper het gebouw in gegaan. Bij het zien van de donkere gang recht voor hem verscheen er een glimlach op zijn gezicht. Want hij wist bijna zeker waar zijn doelwit zich probeerde te verbergen.

Het stonk in de gang naar urine. Helemaal aan het eind bevond zich een door het vocht kromgetrokken deur.

De moordenaar liep luid stampend de gang in en bonsde op de deur.

Geen antwoord.

Hij klopte nogmaals.

Een diepe stem bromde dat de wc bezet was.

'Bocsásson meg!' verontschuldigde de moordenaar zich opgewekt, waarop hij luid wegstampte. Maar halverwege de gang maakte hij rechtsomkeert en liep zachtjes terug. Bij de deur gekomen drukte hij zijn oor ertegen aan. Daarachter hoorde hij de rabbi wanhopig fluisteren.

'Ze willen me vermoorden! Er zat een man voor mijn huis. Hij is me gevolgd naar Bar Szimpla, in Boedapest! Ik durf de wc niet meer uit te komen. U moet me helpen!'

Blijkbaar had zijn doelwit 112 gebeld. Het alarmnummer was berucht om zijn lange wachttijden, maar de moordenaar had genoeg gehoord.

Hij keek achterom, en toen hij zag dat de gang er verlaten bij lag, keerde hij zijn schouder naar de deur, deed een stap naar achteren en beukte synchroon met het dreunen van de muziek tegen het hout.

Het oude vlinderslot begaf het al bij de eerste poging. De deur vloog open, de moordenaar stapte naar binnen en trok de deur achter zich dicht.

Zijn prooi hurkte ineengedoken in een hoek, met een blik van verbijstering en doodsangst in zijn ogen.

De moordenaar rukte de telefoon uit de hand van de rabbi, verbrak de verbinding en gooide het toestel in de wc.

'Wie heeft u gestuurd?' stamelde de rabbi.

'Geen idee! Dat vertellen ze me niet. Daarom is het zo'n mooi vak,' antwoordde de moordenaar.

Het zweet liep de oude man over het gezicht, hij maakte een geluid alsof hij stikte en begon te hijgen. Zijn ogen puilden uit hun kassen terwijl hij met beide handen naar zijn borst greep.

Dat zou toch al te mooi zijn. De moordenaar grijnsde. *Krijgt hij nou een hart-aanval?*

De oude rabbi lag hijgend, kronkelend op de vloer van de wc. Zijn ogen smeekten om compassie, zijn gezicht liep rood aan, zijn handen klauwden naar zijn borst. Ten slotte verslapte hij en zakte met zijn gezicht op de tegels. Hij verloor de controle over zijn blaas en plaste in zijn broek. Op de vloer werd een stroompje urine zichtbaar.

Uiteindelijk bewoog de rabbi niet meer.

De moordenaar liet zich op zijn hurken zakken en luisterde of hij nog een ademhaling hoorde. Het bleef doodstil.

Grijnzend richtte hij zich op. 'Dat ging een stuk gemakkelijker dan ik had gedacht, ouwe.'

Met die woorden liep de moordenaar naar de deur.

Rabbi Köves snakte naar lucht, zijn longen stonden in brand.

Hij had zojuist de voorstelling van zijn leven gegeven.

Half bewusteloos bleef hij liggen, roerloos, met zijn oren gespitst op het geluid van de voetstappen van zijn aanvaller die zich verwijderden. De deur ging knarsend open en weer dicht.

Toen werd het stil.

Köves dwong zichzelf nog even te wachten, om zeker te weten dat zijn aanvaller buiten gehoorsafstand was. Toen kon hij zijn adem niet langer inhouden. Hij slaakte een zucht en ademde gretig weer in. Zelfs de smerige rioollucht in de wc was als een geschenk uit de hemel.

Langzaam deed hij zijn ogen open. Door gebrek aan zuurstof zag hij alles wazig. Maar toen hij zijn bonkende hoofd optilde, begon zijn zicht weer helder te worden. Tot zijn verbijstering ontdekte hij bij de deur een donkere gedaante.

De man met de honkbalpet keek glimlachend op hem neer.

Köves bevroor. Hij is er nog!

Met twee stappen stond de moordenaar weer naast hem. Hij klemde zijn arm als een bankschroef om Köves' nek en drukte het gezicht van de oude rabbi weer tegen de tegels.

'Je kunt wel ophouden met ademhalen,' snauwde de moordenaar, 'maar je kunt je hart niet stilzetten.' Hij lachte. 'Geen nood. Ik zal je helpen.'

Het volgende moment voelde Köves een brandende, stekende pijn in zijn hals, een verterende hitte die zich als gesmolten vuur naar zijn keel en zijn schedel verspreidde. Zijn hart haperde, en hij besefte dat het dit keer menens was.

Nadat hij zijn hele leven had gewijd aan de mysteries van Shamayim, G'ds hemelse huis waar Hij woonde met de rechtschapen doden, wist rabbi Jehoeda Köves dat nu spoedig al zijn vragen zouden worden beantwoord.

44

Eindelijk alleen. In de ruime wc van de Gulfstream, keek Ambre Vidal in de spiegel boven de wastafel terwijl ze het warme water over haar handen liet stromen. Haar gezicht leek dat van een vreemde.

Wat heb ik gedaan?

Ze rent nog een slok wijn en drukt verbaasd aan haar leven van nog maar een paar maanden geleden: een bestaan in de anonimiteit, zonder partner, waarin ze zich volledig had gewijd aan haar werk in het museum. Dat was nu allemaal weg. Verdwenen. In rook opgegaan op het moment dat Julián haar ten huwelijk vroeg.

Nee, wees ze zichzelf terecht. In rook opgegaan op het moment dat je in ver...

De gruwelijke moord van die avond had haar diep geschokt. Ze was er in... chaemaljkziek van, maar naarmate de tenige van de rutio kwam ru ook de angst

44

Eindelijk alleen, in de ruime wc van de Gulfstream, keek Ambra Vidal in de spiegel boven de wastafel terwijl ze het warme water over haar handen liet stromen. Haar gezicht leek dat van een vreemde.

Wat heb ik gedaan?

Ze nam nog een slok wijn en dacht verlangend aan haar leven van nog maar een paar maanden geleden: een bestaan in de anonimiteit, zonder partner, waarin ze zich volledig had gewijd aan haar werk in het museum. Dat was nu allemaal weg. Verdwenen. In rook opgegaan op het moment dat Julián haar ten huwelijk vroeg.

Nee, wees ze zichzelf terecht. *In rook opgegaan op het moment dat je ja zei.*

De gruwelijke moord van die avond had haar diep geschokt. Ze was er lichamelijk ziek van, maar met de terugkeer van de ratio kwam nu ook de angst voor de implicaties.

Ik heb de moordenaar op de gastenlijst gezet.
Ik ben misleid door iemand in het paleis.
En nu weet ik te veel.

Er was geen bewijs dat prins Julián achter de bloedige moord zat, noch dat hij van het moordscenario op de hoogte was geweest. Maar Ambra had inmiddels genoeg ervaring met het reilen en zeilen van het paleis om te vermoeden dat het misleidende telefoontje niet had kunnen plaatsvinden zonder dat de prins was ingelicht en er misschien zelfs zijn zegen aan had gegeven.

Ik heb Julián te veel verteld.

In de laatste weken had Ambra zich steeds meer gedwongen gevoeld elk moment dat ze niet met haar jaloerse verloofde doorbracht te rechtvaardigen. Met als gevolg dat ze hem onder vier ogen veel had verteld van wat ze wist over Edmonds presentatie. Inmiddels was ze bang dat ze daarmee een onaanvaardbaar risico had genomen.

Ze zette de kraan uit, en nadat ze haar handen had afgedroogd, pakte ze haar bijna lege wijnglas. Er zaten nog een paar druppels in. Vanuit de spiegel werd ze aangekeken door iemand die ze niet kende – een werkende vrouw die ooit vol zelfvertrouwen in het leven had gestaan, maar die nu werd beheerst door spijt en schaamte.

Hoe heb ik zoveel fouten kunnen maken? In amper een paar maanden tijd...

Terugdenkend vroeg ze zich af wat ze anders had kunnen doen. Vier maanden eerder, op een regenachtige avond in Madrid, was Ambra in het Reina Sofia Museum geweest, ter gelegenheid van een fundraiser...

De meerderheid van de gasten had zich verzameld in zaal 206.06, waar het beroemdste werk van het museum hing: de *Guernica*. Het meer dan acht meter brede schilderij van Picasso verbeeldde het gruwelijke bombardement van een stadje in Baskenland, in 1937, tijdens de Spaanse Burgeroorlog, en herinnerde schrijnend aan de wrede onderdrukking waaronder het land had geleden tijdens het fascistische bewind van generaal Francisco Franco, van 1939 tot 1975.

Ambra had de aanblik van het doek nauwelijks kunnen verdragen en was een rustige zaal binnengeglipt, waar werk hing van een van haar favoriete Spaanse kunstenaars: Maruja Mallo. Dankzij haar succes in de jaren dertig had de Galicische surrealiste ertoe bijgedragen het glazen plafond voor vrouwelijke kunstenaars in Spanje te doorbreken.

Het was stil in de zaal, maar terwijl Ambra moederziel alleen voor *La Verbena* stond, een politieke allegorie rijk aan complexe symbolen, klonk achter haar een diepe stem.

'*Es casi tan guapa como usted.*' Het is bijna net zo mooi als u.

Nee, hè! Ambra bleef strak voor zich kijken en weerstond de impuls om met haar ogen te rollen. Bij dit soort gelegenheden veranderde het museum van een cultureel centrum niet zelden in een plek om te zien en gezien te worden, of om een date aan de haak te slaan.

'*¿Qué crees que significa?*' De man die achter haar stond liet zich niet ontmoedigen. Wat denk je dat het voorstelt?

'Ik heb geen idee,' loog ze, in het Engels, in de hoop dat hij zou doorlopen. 'Ik vind het gewoon mooi.'

'Ik vind het ook mooi.' Hij sprak bijna accentloos Engels. 'Mallo was haar tijd ver vooruit. Jammer genoeg leidt de schoonheid af van de diepgang. Althans, voor het ongeoefende oog.' Hij zweeg even. 'Ik kan me voorstellen dat u dat probleem maar al te goed kent.'

Ambra kreunde inwendig. *Zijn er nou echt vrouwen die gevoelig zijn voor dit soort teksten?* Ze plooide haar gezicht in een beleefde glimlach en draaide zich om, vastbesloten hem af te poeieren. 'Dat is erg aardig van u, maar...'

Ze zweeg abrupt.

Ze kende de knappe man die achter haar stond. Ze zag hem al haar hele leven op de televisie en in de bladen.

'O,' stamelde Ambra. 'U bent...'

'Arrogant?' opperde hij. 'Onhandig en te vrijpostig? Het spijt me. Ik leid een nogal afgeschermd bestaan, dus ik heb wat moeite met dit soort situaties.' Hij stak glimlachend zijn hand uit. 'Julián.'

Blozend schudde Ambra de toekomstige koning de hand. Hij was veel langer dan ze had gedacht, had vriendelijke, zachte ogen en een zelfverzekerde glimlach. 'Ik had geen idee dat u er vanavond zou zijn.' Haar zelfvertrouwen keerde terug. 'Ik had u eerder ingeschat als een man voor het Prado. Goya, Velázquez... de klassieken.'

'U bedoelt conservatief en ouderwets?' Hij schonk haar een warme glimlach. 'U verwart me met mijn vader. Mallo en Miró zijn altijd twee van mijn favoriete kunstenaars geweest.'

Tijdens het daaropvolgende gesprek raakte Ambra onder de indruk van zijn kennis op het gebied van de kunst. Anderzijds, hij was opgegroeid in het koninklijk paleis, dat kon bogen op een van de mooiste kunstcollecties van het land. Ze sloot niet uit dat er een originele El Greco aan de muur van zijn kinderkamer had gehangen.

'Ik besef dat het brutaal overkomt...' De prins gaf haar een visitekaartje met gouden reliëfdruk. 'Maar ik geef morgenavond een diner, en ik zou het leuk vinden als u mijn tafeldame zou willen zijn. Mijn directe nummer staat op het kaartje. Ik hoop dat ik van u hoor.'

'Uw tafeldame?' herhaalde Ambra geamuseerd. 'U weet niet eens hoe ik heet.'

'Ambra Vidal,' antwoordde hij bijna nonchalant. 'Negenendertig jaar oud. Afgestudeerd in de kunstgeschiedenis aan de Universidad de Salamanca. U bent directeur van ons Guggenheim Museum in Bilbao. U hebt zich recentelijk uitgesproken over de controverse rond Luis Quiles, wiens kunst op indringende wijze de gruwelen van het moderne leven verbeeldt en misschien inderdaad niet geschikt is voor jonge kinderen. Maar ik weet niet of ik het met u eens ben dat zijn werk overeenkomsten vertoont met dat van Banksy. U bent nooit getrouwd geweest. U hebt geen kinderen. En zwart staat u fantastisch.'

Ambra's mond viel open. 'Lieve hemel. En dit werkt? Deze aanpak?'

'Ik heb geen idee.' Hij glimlachte. 'Dat zal moeten blijken.'

Alsof dat voor hen het teken was, verschenen er twee mannen van de Guardia Real, die de prins de zaal uit loodsten om zich onder de vips te mengen.

Ambra stond met het visitekaartje in haar hand geklemd, zich bewust van iets wat ze in geen jaren had gevoeld. Vlinders. *Is dit een droom? Of heb ik echt een date met een prins?*

Ze was een slungelachtige tiener geweest. Niet het soort meisje bij wie de jongens die haar mee uit vroegen zich slecht op hun gemak voelden omdat ze tegen haar opkeken. Maar toen ze zich tot een schoonheid ontwikkelde, merkte Ambra dat mannen zich geïntimideerd voelden in haar aanwezigheid; dat ze onhandig werden en verlegen, bijna onderdanig. Vanavond was er echter een machtige, invloedrijke man vrijmoedig op haar afgestapt, zonder een zweem van ongemakkelijkheid. Het maakte dat ze zich begeerlijk voelde. En jong.

De volgende avond stond er een auto met chauffeur voor haar hotel, die haar naar het paleis bracht. Tijdens het diner zat ze naast de prins. Het gezelschap bestond uit een stuk of vijfentwintig gasten, onder wie diverse bekende gezichten uit de politiek en de maatschappelijke elite. De prins stelde haar voor als een 'lieftallige nieuwe vriendin' en stuurde het gesprek behendig in de richting van de kunst, zodat Ambra ontspannen en met kennis van zaken kon meepraten. Ze had een gevoel alsof ze auditie deed, maar vreemd genoeg vond ze dat niet erg. Integendeel, ze voelde zich gevleid.

Aan het eind van de avond nam Julián haar apart. 'Ik hoop dat je het naar je zin hebt gehad,' fluisterde hij. 'En ik wil graag nog eens afspreken.' Hij glimlachte. 'Kun je donderdagavond?'

'Bedankt voor de uitnodiging,' antwoordde Ambra. 'Maar ik vlieg morgenochtend terug naar Bilbao.'

'Dan vlieg ik daar ook heen. Heb je wel eens bij Etxanobe gegeten?'

Ambra schoot in de lach. Etxanobe was een van de beroemdste restaurants in Bilbao. Kunstliefhebbers van over de hele wereld roemden de avant-gardistische inrichting en de kleurrijke keuken, die de gasten een 'experience' bezorgden alsof ze lunchten en dineerden in een landschap van Marc Chagall.

Verbouwereerd nam ze de uitnodiging aan. 'O, dat zou verrukkelijk zijn.'

Tijdens hun diner bij Etxanobe, waar ze genoten van smaakvol geserveerde tonijn in een sumakkorstje en asperges met truffel, vertelde Julián over de politieke uitdagingen waarvoor hij zich zag geplaatst nu hij geleidelijk aan uit de schaduw van zijn vader trad, wiens gezondheid snel achteruitging. En over de druk die het voortzetten van de koninklijke lijn op hem legde. Ambra herkende in hem de onschuld van een beschermd opgegroeid kind, dat tegelijkertijd over de capaciteiten beschikte om zich te ontpoppen als een gepassioneerd leider. Ze vond het een intrigerende, betoverende combinatie.

Aan het eind van de avond, toen zijn beveiligers Julián kwamen halen om hem naar zijn privévliegtuig te escorteren, besefte Ambra dat ze als een blok voor hem was gevallen.

Rustig aan, hield ze zichzelf voor. *Je kent hem amper.*

De daaropvolgende maanden leken om te vliegen. Ambra en de prins zagen elkaar met grote regelmaat. Ze dineerden in het paleis, ze picknickten op zijn landgoed buiten de stad, ze gingen zelfs naar de bioscoop. Hun omgang was volmaakt ontspannen en Ambra voelde zich intens gelukkig. Julián was aanbiddelijk ouderwets, hij pakte vaak haar hand of gaf haar een snelle kus, zonder ooit de grens van het betamelijke te overschrijden. Zijn hoffelijkheid was een van de vele dingen die Ambra in hem waardeerde.

Inmiddels drie weken geleden was Ambra uitgenodigd om in een van de ontbijtshows op televisie te verschijnen en te vertellen over de tentoonstellingsagenda van het Guggenheim. *Telediario* van RTVE werd door miljoenen bekeken, en Ambra was een beetje nerveus geweest omdat het programma live werd uitgezonden. Maar het bood een schitterende gelegenheid om het museum nationaal onder de aandacht te brengen.

De avond voor het programma genoten Julián en zij van een verrukkelijk informeel diner bij Trattoria Malatesta, waarna ze onopvallend El Parque del Retiro binnenglipten. Terwijl ze naar de wandelende gezinnen keek, naar de tientallen kinderen die rondrenden en plezier maakten, voelde Ambra zich volmaakt in harmonie, volledig deel van het moment.

'Hou je van kinderen?' vroeg Julián.

'Ik ben dol op kinderen!' antwoordde ze naar waarheid. 'Sterker nog, ik heb soms het gevoel dat kinderen het enige zijn wat aan mijn leven ontbreekt.'

Julián schonk haar een brede glimlach. 'Dat gevoel ken ik.'

De blik waarmee hij haar aankeek was nieuw voor haar, en ze besefte ineens waarom hij die vraag had gesteld. Een overweldigende angst nam bezit van haar. *Je moet het hem vertellen,* zei een stemmetje in haar hoofd. *Je moet het hem vertellen! Nu meteen!*

Ze probeerde iets te zeggen, maar de woorden bleven steken in haar keel.

'Is er iets?' vroeg hij bezorgd.

Ambra glimlachte. 'Het komt door *Telediario*. Ik ben gewoon een beetje nerveus.'

'Diep uitademen. Ik weet zeker dat je het geweldig doet.'

Julián schonk haar opnieuw een stralende glimlach, toen boog hij zich naar haar toe en kuste haar zacht, teder op haar mond.

Om halfacht de volgende morgen zat Ambra op de set van de ontbijtshow en voerde een verrassend ontspannen gesprek met de drie charmante presentatoren van *Telediario*. Ze ging zo op in haar enthousiasme over het Guggenheim dat ze zich nauwelijks bewust was van de camera's en van het publiek in de studio, laat staan van de vijf miljoen kijkers thuis voor de buis.

'*Gracias, Ambra, y muy interesante,*' zei de vrouwelijke presentator terwijl ze naar de afronding van het onderwerp toewerkte. '*Un gran placer conocerte.*'

Ambra bedankte haar met een knikje, in de veronderstelling dat het gesprek hiermee afgelopen was.

Tot haar verbazing schonk de presentatrice haar een schalkse glimlach en wendde ze zich vervolgens rechtstreeks naar de camera. 'We hebben vanochtend verrassend bezoek in de studio, en ik zou onze speciale gast willen vragen naar voren te komen.'

Alle drie de presentatoren gingen staan en begonnen te applaudisseren toen een rijzige, elegante verschijning de set betrad. Ook het publiek schoot overeind en barstte los in luid gejuich.

Ambra ging staan. Ze was in shock.

Julián?

De prins wuifde naar het publiek en schudde de presentatoren de hand. Toen ging hij naast Ambra staan en sloeg een arm om haar heen.

'Mijn vader is altijd een romanticus geweest,' stak hij van wal. 'Hij is na de dood van mijn moeder nooit hertrouwd. Ik heb zijn romantische aanleg geërfd en ik geloof heilig in de enige ware. Ik ben ervan overtuigd dat een man het onmiddellijk weet wanneer hij zijn grote liefde ontmoet.' Hij glimlachte liefdevol naar Ambra. 'En dus...' De prins deed een stap naar achteren.

Ambra voelde zich als verlamd, in het besef van wat er stond te gebeuren. *Nee! Julián! Niet doen! Wat bezielt je?*

Maar de kroonprins liet zich al voor haar op zijn knieën vallen. 'Ambra Vidal, ik vraag je dit niet als prins, maar als een man die zijn grote liefde heeft gevonden.' Met vochtige ogen keek hij naar haar op; de camera's draaiden zijn kant uit voor een close-up van zijn gezicht. 'Ik hou van je. Wil je met me trouwen?'

Het publiek en de presentatoren slaakten een zucht van geluk, en Ambra was zich bewust van de ogen van miljoenen kijkers die op haar gericht waren. Het bloed schoot naar haar gezicht, het licht van de studiolampen brandde op haar huid. Haar hart ging wild tekeer, haar gedachten sloegen op hol.

Hoe kan hij dat doen? Hij brengt me in een onmogelijke positie! We kennen elkaar amper! Er is nog zoveel wat hij niet weet... en waardoor alles kan veranderen.

Ambra had geen idee hoelang ze daar stond, overweldigd door paniek, maar ten slotte begon een van de presentatoren zacht te lachen. Het klonk wat ongemakkelijk. 'Ik geloof dat mevrouw Vidal in trance is geraakt! Mevrouw Vidal? Er ligt een knappe prins voor u geknield, en hij heeft u zojuist voor het oog van de hele wereld zijn liefde verklaard!'

Ze probeerde wanhopig een elegante oplossing te bedenken om zich uit de onmogelijke situatie te redden. Maar haar hoofd bleef leeg, en ze besefte dat ze geen kant uit kon. Er was maar één manier om aan dit moment een eind te maken. 'Ik aarzel, want het voelt als een sprookje. Een sprookje waarin ik nauwelijks durf te geloven.' Ze dwong zichzelf te ontspannen en schonk de prins een warme glimlach. 'Natuurlijk wil ik met je trouwen, Julián.'

In de studio barstte een wild applaus los.

Julián richtte zich op en nam Ambra in zijn armen. Terwijl ze elkaar omhelsden, besefte ze dat ze zijn armen nog nooit zo lang om zich heen had gevoeld.

Tien minuten later zaten ze op de achterbank van zijn limo.

'Ik heb je laten schrikken,' zei hij, 'en dat spijt me. Het leek me zo romantisch. Je bent heel erg belangrijk voor me. Ik koester oprechte gevoelens voor je en...'

'Julián! Jij bent ook heel erg belangrijk voor mij. Je bent me oprecht dierbaar, maar je hebt me in een onmogelijke positie gebracht! Ik had nooit gedacht dat je me zo snel ten huwelijk zou vragen. We kennen elkaar amper. Er is nog zoveel wat je niet van me weet. Dingen uit mijn verleden. Belangrijke dingen.'

'Het verleden doet er niet toe.'

'Het doet er wel toe. Er is iets wat ik je moet vertellen.'

Hij schudde glimlachend zijn hoofd. 'Ik hou toch wel van je. Het maakt niet uit. Dat zul je zien.'

Ambra keek hem aan. *Goed dan.* Ze had zich dit gesprek anders voorgesteld, maar hij gaf haar geen keus. 'Als kind ben ik heel erg ziek geweest. Een afschuwelijke infectie. Het had niet veel gescheeld of ik was eraan bezweken.'

'Oké.'

Terwijl ze verder sprak, ervoer ze hoe een gevoel van leegte bezit van haar nam. 'Het gevolg was dat mijn droom om ooit kinderen te krijgen... voor altijd een droom zal blijven.'

'Wat bedoel je? Ik begrijp het niet.'

'Julián,' zei ze bijna ongeduldig, 'ik kan geen kinderen krijgen! Door die infectie in mijn jeugd ben ik onvruchtbaar geworden. Ik heb altijd kinderen gewild, maar ik kan ze niet krijgen. Het spijt me. Ik weet hoe belangrijk kinderen voor je zijn. Maar de vrouw die je zojuist ten huwelijk hebt gevraagd, kan je geen erfgenaam geven.'

Julián verbleekte.

Haar ogen zochten de zijne. Ze wilde dat hij iets zei. *Julián, als je echt om me geeft, sla je nu je armen om me heen en zeg je dat het er niet toe doet. Dat je toch wel van me houdt.*

Toen gebeurde het.

Hij schoof onopvallend, nauwelijks merkbaar bij haar vandaan.

En Ambra wist dat het voorbij was.

45

De afdeling elektronische beveiliging van de Guardia Real zetelt in een doolhof zonder ramen, in het souterrain van het paleis, met opzet ver van het wapenarsenaal en van de barakken waarin de gardisten zijn ondergebracht. Het hoofdkwartier van de afdeling bestaat uit twaalf afgeschermde werkplekken met computer, plus een telefooncentrale en beveiligingsmonitoren. De achtkoppige staf – alle acht onder de vijfendertig – zorgt ervoor dat het paleispersoneel en de Guardia Real kunnen beschikken over veilige communicatienetwerken. Daarnaast draagt de afdeling bij aan de veiligheid in het paleis door middel van elektronische surveillance.

Vanavond was het zoals altijd bedompt in het ondergrondse labyrint, waar de geur hing van noedels en magnetronpopcorn. De tl-buizen aan het plafond produceerden een luid gezoem.

Ik heb zelf gezegd dat ik hier mijn werkplek wilde, dacht Martín.

Hoewel ze als pr-coördinator strikt gesproken geen deel uitmaakte van de Guardia, vereiste Martíns functie dat ze toegang had tot krachtige computers en een technisch onderlegde staf. Vandaar dat de afdeling elektronische beveiliging haar als werkplek logischer had geleken dan een onvoldoende toegerust kantoor ergens boven de grond.

En uitgerekend vanavond zal ik alle beschikbare technologie hard nodig hebben.

De afgelopen maanden was het haar eerste prioriteit geweest om te zorgen dat het paleis helder en bevredigend communiceerde over de geleidelijke machtsoverdracht van de oude koning naar prins Julián. Dat was niet altijd even gemakkelijk geweest. De transitie betekende voor antimonarchisten een aanleiding om zich luid en duidelijk te laten horen.

Volgens de grondwet stond de monarchie symbool voor 'een duurzaam verenigd en onvergankelijk Spanje'. Martín was zich er echter maar al te scherp van bewust dat de eenheid in het land al enige tijd ver te zoeken was. In 1931 had de Tweede Republiek een eind gemaakt aan de monarchie, en vervolgens had de staatsgreep van generaal Franco, in 1936, het land in een burgeroorlog gestort.

Hoewel de monarchie inmiddels opnieuw was ingevoerd en het land gold als een liberale democratie, zagen veel liberalen de koning nog altijd als een achterhaald residu van een dictatoriaal, religieus-militair verleden, en als iets wat er dagelijks aan herinnerde dat Spanje bij lange na nog niet volledig was toegetreden tot de eenentwintigste eeuw.

In haar berichtgeving van de laatste weken had Mónica Martín de koning welbewust gepresenteerd als een geliefd nationaal symbool zonder concrete macht. Iets wat moeilijk te verkopen viel omdat de vorst zowel opperbevelhebber van de strijdkrachten als staatshoofd was.

Staatshoofd in een land waarin de scheiding tussen kerk en staat altijd controversieel is geweest, peinsde Martín. De hechte vriendschap tussen de ziekelijke koning en bisschop Valdespino was jarenlang een doorn in het oog van vrijdenkers en liberalen geweest.

En dan hebben we ook nog prins Julián.

Martín wist dat ze haar baan aan de prins te danken had, maar hij had haar werk er de laatste tijd niet gemakkelijker op gemaakt. Enkele weken eerder had de prins de ergste pr-blunder gemaakt die Martín ooit had gezien.

Hij was tijdens een live uitgezonden televisieprogramma op zijn knieën gevallen en had Ambra Vidal ten huwelijk gevraagd. *Belachelijk!* Het gruwelijk gênante moment zou alleen maar nog gênanter zijn geweest als Vidal zijn aanzoek had afgewezen. Gelukkig had ze het gezonde verstand gehad om ja te zeggen.

Helaas had Ambra Vidal de prins vervolgens in problemen gebracht waarop hij niet had gerekend, en de consequenties van haar activiteiten die buiten haar gebruikelijke agenda vielen, waren in de afgelopen weken Mónica's grootste pr-probleem geworden.

Maar vanavond leek Ambra's onbezonnen gedrag zo goed als vergeten. De overweldigende media-activiteit naar aanleiding van de gebeurtenissen in Bilbao was aangezwollen tot iets wat zijn weerga niet kende. Sinds een uur hadden diverse, razendsnel verspreide complottheorieën de wereld stormenderhand veroverd, waaronder verschillende nieuwe hypotheses waarin bisschop Valdespino een rol speelde.

De meest veelbetekenende ontwikkeling betrof de moordenaar in het Guggenheim, die toegang had weten te krijgen tot de presentatie van Kirsch 'dankzij een verzoek van iemand in het paleis'. Dit belastende nieuws had geleid tot een stortvloed van complottheorieën volgens welke de aan zijn bed gekluisterde koning en bisschop Valdespino zouden hebben samengezworen om Edmond Kirsch, een populaire Amerikaan die ervoor had gekozen in Spanje te wonen en een held in de digitale wereld, te vermoorden.

Dit betekent het eind van Valdespino's carrière, dacht Martín.

'Iedereen opgelet!' Garza kwam de controlekamer binnen. 'Prins Julián en bisschop Valdespino zijn ergens in het gebouw! Met zijn tweeën. Controleer alle beveiligingsbeelden en zorg dat je ze vindt! Dat is op dit moment onze eerste prioriteit!'

Daarop liep de commandant naar het kantoortje van Martín om haar bij te praten over de situatie van de prins en de bisschop.

'Verdwenen?' herhaalde ze ongelovig. 'En ze hebben hun telefoon in de kluis van de prins gelegd?'

Garza haalde zijn schouders op. 'Blijkbaar willen ze niet dat wij weten waar ze zijn.'

'We moeten ze vinden!' verklaarde Martín. 'Prins Julián moet nu meteen een verklaring afleggen. En hij moet zo veel mogelijk afstand nemen van Valdespino.' Ze gaf hem een update van de laatste ontwikkelingen.

Nu was het de beurt aan Garza om ongelovig te kijken. 'Het zijn geruchten. Meer niet. Het is ondenkbaar dat Valdespino betrokken zou zijn bij een moordcomplot.'

'Misschien, maar er lijkt wel degelijk een verband te bestaan tussen de moord en de katholieke kerk. Iemand heeft ontdekt dat er een rechtstreekse connectie bestaat tussen de schutter en een hooggeplaatste kerkelijke functionaris. Kijkt u zelf maar.' Martín klikte de laatste update van ConspiracyNet aan. Opnieuw een bijdrage van informant monte@iglesia.org. 'Dit is een paar minuten geleden online gezet.'

Garza liet zich op zijn hurken zakken en begon te lezen. 'De paus!' riep hij verontwaardigd. 'Ávila zou een persoonlijke relatie hebben met...'

'U moet het bericht helemaal lezen.'

Toen Garza dat had gedaan, richtte hij zich op. Hij knipperde met zijn ogen alsof hij akelig had gedroomd.

Op dat moment klonk er een stem uit de controlekamer. 'Commandant! Ik heb ze gevonden!'

Garza en Martín haastten zich naar de werkplek van surveillance-expert Suresh Bhalla, wiens wieg in India had gestaan. Hij wees naar de beveiligingsbeelden op zijn monitor, waarop twee gedaanten te zien waren, de ene in bisschopsgewaad, de andere in pak. Ze liepen over een door bomen omzoomd pad.

'De tuin aan de oostkant,' zei Suresh. 'De beelden dateren van twee minuten geleden.'

'Ze zijn naar búíten gegaan?' donderde Garza.

'Wacht even, commandant.' Suresh spoelde de beelden door. Hij kon de prins en de bisschop volgen dankzij de vele camera's die verspreid over het terrein van het paleis waren opgehangen en zag hoe de mannen de tuin verlieten en een door muren omsloten binnenplaats betraden.

'Waar gaan ze heen?'

Martín had wel een vermoeden, en het ontging haar niet dat Valdespino zo slim was geweest hun route zo te kiezen dat ze vanuit de busjes van de media, op het grote plein voor het paleis, niet te zien waren.

Zoals ze al had verwacht, verschenen Valdespino en Julián even later bij de zuidelijke dienstingang van de Almudena-kathedraal, waar de bisschop de sleutel in het slot stak en de prins naar binnen loodste. Even later zwaaide de deur dicht en waren beide mannen verdwenen.

Garza staarde zwijgend naar het scherm. Hij wist duidelijk niet goed wat hij van de beelden moest denken. 'Hou me op de hoogte,' zei hij ten slotte, waarop hij Martín wenkte.

'Ik heb geen idee hoe bisschop Valdespino de prins zover heeft gekregen het paleis te verlaten en zijn telefoon hier te laten,' fluisterde hij toen ze buiten gehoorsafstand waren. 'Maar het is duidelijk dat de prins geen weet heeft van de beschuldigingen aan het adres van Valdespino. Want dan zou hij weten dat hij zich van hem moet distantiëren.'

'Dat denk ik ook,' viel Martín hem bij. 'En ik durf nauwelijks te speculeren over de bedoelingen van de bisschop, maar...' Ze zweeg.

'Maar wat?'

Martín zuchtte. 'Het heeft er alle schijn van dat Valdespino een buitengewoon waardevolle gijzelaar heeft.'

Zo'n vierhonderd kilometer naar het noorden, in het atrium van het Guggenheim Museum, begon de telefoon van Fonseca te zoemen. Voor de zesde keer in twintig minuten. Toen hij op het schermpje keek, was hij meteen alert.

'¿Sí?' Zijn hart bonsde.

De stem aan de andere kant van de lijn sprak langzaam, doelbewust.

'Fonseca, de toekomstige koningin heeft vanavond een aantal gruwelijke vergissingen gemaakt. Dat is duidelijk. Daardoor en door het aangaan van verkeerde contacten heeft ze het paleis ernstig in verlegenheid gebracht. Om verdere schade te voorkomen is het van het grootste belang dat je haar zo snel mogelijk naar het paleis brengt.'

'Ik vrees dat de verblijfplaats van mevrouw Vidal ons op dit moment niet bekend is.'

'Veertig minuten geleden is de Gulfstream van Edmond Kirsch vertrokken van het vliegveld van Bilbao, met bestemming Barcelona,' klonk het uit de telefoon. 'En volgens mij was mevrouw Vidal aan boord van het toestel.'

'Hoe weet u dat?' Fonseca had onmiddellijk spijt van zijn impertinente vraag.

'Als jij je werk naar behoren deed, zou je het ook weten,' luidde het barse antwoord. 'Ik wil dat jij en je collega onmiddellijk achter haar aan reizen. Er staat al een militair transportvliegtuig voor jullie klaar. Het wordt op dit moment afgetankt.'

'Als mevrouw Vidal in het toestel zit, dan reist ze waarschijnlijk in gezelschap van de Amerikaanse professor Langdon,' zei Fonseca.

'Klopt,' zei de beller boos. 'Ik heb geen idee hoe hij mevrouw Vidal zover heeft weten te krijgen dat ze aan haar beveiligers ontsnapte, maar Langdon is een obstakel. Dat lijkt me duidelijk. Zorg dat je mevrouw Vidal vindt en breng haar terug naar Madrid. Indien nodig onder dwang.'

'En als Langdon voor problemen zorgt?'

Er viel een geladen stilte. 'Probeer nevenschade zo veel mogelijk te beperken,' antwoordde de beller ten slotte. 'Maar deze crisis is ernstig. Zo ernstig dat het leven van professor Langdon niet ten koste van alles kan worden gespaard.'

46

🌐 ConspiracyNet.com

BREAKING NEWS

Zaak-Kirsch opgepikt door mainstream media!

De wetenschappelijke onthulling van Edmond Kirsch trok vanavond als online-presentatie meer dan drie miljoen kijkers! Maar in de nasleep van de moord is de zaak-Kirsch nu ook opgepikt door mainstream media over de hele wereld. Met op dit moment een geschat aantal kijkers van tachtig miljoen.

47

Terwijl de Gulfstream de landing inzette, sloeg Robert Langdon de laatste slok van zijn tweede mok koffie achterover en staarde naar de restanten van het provisorische 'souper' dat Ambra en hij in Edmonds pantry bij elkaar hadden gesprokkeld: een paar zakjes noten, wat rijstcrackers en een stel veganistische repen die, vond hij, allemaal hetzelfde smaakten.

Ambra, die tegenover hem zat, had net haar tweede glas wijn op en oogde aanzienlijk minder gespannen.

'Bedankt voor het luisteren.' Ze klonk een beetje verontschuldigend. 'Want ik kan mijn verhaal over Julián natuurlijk verder aan niemand kwijt.'

Langdon knikte begrijpend. Ambra had hem verteld over Juliáns ongelukkige besluit om haar tijdens een ontbijtshow ten huwelijk te vragen. Ze had inderdaad geen keus gehad. Het was ondenkbaar dat ze de toekomstige koning tijdens een live uitgezonden televisieprogramma voor schut had gezet.

'Als ik had geweten wat hij van plan was, had ik hem al veel eerder verteld dat ik geen kinderen kan krijgen. Maar ik had geen idee. Het overviel me.' Ze schudde haar hoofd en staarde verdrietig uit het raampje. 'Ik dacht echt dat ik hem leuk vond. Maar misschien was het gewoon de kick...'

'Van een lange, donkere, knappe prins?' opperde Langdon met een scheve grijns.

Ambra keerde zich zacht lachend weer naar hem toe. 'Nou ja, die kom je niet elke dag tegen. Ik weet het niet. Hij leek me een goed mens. Een beetje wereldvreemd misschien, maar ook een romanticus... Niet het soort man dat je je voorstelt als medeplichtige aan een moordcomplot.'

Langdon vermoedde dat ze gelijk had. En trouwens, waarom zou de prins Edmond dood hebben gewild? Bovendien bestond er geen enkel bewijs van zijn betrokkenheid. Er was alleen dat telefoontje uit het paleis, waarin iemand had gevraagd admiraal Ávila aan de gastenlijst toe te voegen. Op dit moment leek bisschop Valdespino de meest voor de hand liggende verdachte, want hij had tijdig genoeg van Edmonds bekendmaking geweten om die te verhinderen. En hij wist als geen ander hoe verwoestend het effect van de onthulling zou zijn op het gezag en de geloofwaardigheid van de grote wereldreligies.

'Het is duidelijk dat ik niet met Julián kan trouwen,' zei Ambra zacht. 'Nu hij weet dat ik geen kinderen kan krijgen, verwacht ik dat hij de verloving zal verbreken. De Tweede Republiek en de periode-Franco niet meegerekend, zit zijn familie al vierhonderd jaar op de troon. Dus ze laten het ongetwijfeld niet gebeuren dat de bloedlijn eindigt door een onvruchtbare museumdirecteur uit Bilbao.'

Er klonk gekraak uit de speaker boven hun hoofd, waarop de cockpit liet weten dat ze zich moesten gereedmaken voor de landing.

Ambra schrok op uit haar mijmeringen over de prins, schoot overeind en begon de cabine aan kant te maken – ze spoelde de glazen en gooide de etensresten in de afvalbak.

'Professor,' klonk de stem van Winston uit Edmonds telefoon, die op tafel lag. 'Er is zojuist nieuwe informatie online verschenen die onmiddellijk viral gaat. Het betreft sterke aanwijzingen dat er een connectie zou bestaan tussen bisschop Valdespino en de moordenaar, admiraal Ávila.'

Schokkend, vond Langdon.

'En dat is helaas nog niet alles,' vervolgde Winston. 'U weet dat er tijdens de geheime ontmoeting tussen Kirsch en de bisschop nog twee religieuze leiders aanwezig waren: een prominente rabbi en een geliefde imam. De imam is gisteravond dood gevonden in de woestijn bij Dubai. En een paar minuten geleden kwam er ook verontrustend nieuws uit Boedapest: het schijnt dat de rabbi dood is aangetroffen. De voorlopige conclusie is dat hij zou zijn gestorven aan een hartaanval.'

Langdon was met stomheid geslagen.

'Bloggers zetten al vraagtekens bij het "toeval" van hun bijna gelijktijdige dood.'

Langdon schudde ongelovig zijn hoofd. Te midden van alle onduidelijkheden stond één ding vast: van de personen die waren ingewijd in Edmonds geheim, was bisschop Antonio Valdespino de enige die nog leefde.

Bij de landing op de enige baan van het vliegveld van Sabadell, in de uitlopers van de bergen in het achterland van Barcelona, zag Ambra tot haar opluchting geen spoor van paparazzi of andere vertegenwoordigers van de media.

Edmond had altijd de voorkeur gegeven aan Sabadell boven El Prat, de internationale luchthaven van Barcelona; naar zijn zeggen om hysterische fans te ontlopen.

Maar dat was niet de ware reden, wist Ambra.

Edmond was dol op aandacht, maar hij had haar ooit bekend dat zijn Gulfstream op Sabadell stond zodat hij zich in zijn snelle Tesla X P90D – volgens de verhalen een cadeautje van Elon Musk persoonlijk – kon uitleven op de bochtige route door de heuvels naar de stad. Het verhaal ging dat Edmond zijn jetpiloten ooit had uitgedaagd tot een dragrace over de startbaan – de Gulfstream versus de Tesla – maar dat zijn piloten hun kansen hadden berekend en vervolgens hadden bedankt voor de eer.

Ik zal Edmond missen, dacht Ambra verdrietig. Natuurlijk, hij was vrijpostig, onbezonnen, een verwend kind. Maar ook briljant. Het is gruwelijk hoe abrupt en voortijdig hij uit het leven is weggerukt. Hij had zoveel meer verdiend. Het enige wat we nog voor hem kunnen doen, is zijn ontdekking alsnog wereldkundig maken.

Toen de jet naar de hangar was getaxied, zag Ambra dat ook hier alles rustig was. Blijkbaar vlogen Langdon en zij nog altijd onder de radar.

Terwijl ze de trap afdaalde, haalde ze diep adem, in een poging helderheid te scheppen in haar hoofd. Het tweede glas wijn had erin gehakt, dat had ze beter niet kunnen nemen. Toen ze van de laatste trede op het beton van de hangar stapte en even wankelde, voelde ze de sterke hand van Langdon op haar schouder.

'Bedankt,' fluisterde ze met een glimlach.

Dankzij zijn twee koppen sterke koffie was Langdon klaarwakker en alert. 'We moeten zien dat we hier zo snel mogelijk wegkomen,' zei hij gespannen. Zijn blik ging naar de gestroomlijnde zwarte Tesla in de hoek van de hangar. 'Dat is zeker de auto waar je het over had?'

'Edmonds geheime liefde.'

'Merkwaardig kenteken.'

Grinnikend keek Ambra naar het gepersonaliseerde kenteken.

E-WAVE

'Volgens Edmond hebben Google en de NASA een soort supercomputer ontwikkeld. D-Wave. Een van de eerste "kwantumcomputers",' vertelde ze. 'Hij heeft geprobeerd het me uit te leggen, maar het was behoorlijk ingewikkeld – iets met superposities en kwantummechanica en een volstrekt nieuw computerconcept. Hoe het ook zij, Edmond was vastbesloten iets te ontwikkelen wat de D-Wave volledig van "zijn sokken zou blazen", zoals hij het noemde. De E-Wave.'

'De E van Edmond,' vermoedde Langdon.

En de E komt na de D. Ambra herinnerde zich wat Edmond haar had verteld over de beroemde computer in 2001: A Space Odyssey, die HAL zou zijn genoemd omdat die letters in het alfabet vóór de letters IBM kwamen.

'En de sleutel?' vroeg Langdon. 'Jij wist waar hij die bewaarde, zei je.'

'Hij had geen sleutel.' Ambra hield Edmonds telefoon omhoog. 'Dat heeft hij me laten zien toen we hier vorige maand waren.' Ze ging naar de Tesla-app en tikte op de oproepfunctie.

In de hoek van de hangar gingen de koplampen van de auto aan, waarop de Tesla volkomen geruisloos kwam aanrijden.

Langdon trok een bedenkelijk gezicht, niet op zijn gemak bij het vooruitzicht van een rit met een zelfrijdende auto.

'Maak je geen zorgen,' stelde Ambra hem gerust. 'Je mag ook zelf rijden als je dat wilt.'

Langdon knikte en liep om de auto heen naar de bestuurderskant. Halverwege bleef hij staan en schoot in de lach.

Ambra begreep de reden van zijn hilariteit: het kader rond de nummerplaat waarin Edmond ZALIG ZIJN DE NERDS WANT ZIJ ZULLEN DE AARDE BEËRVEN had laten zetten.

'Zoiets kon alleen Edmond bedenken,' zei Langdon terwijl hij achter het stuur ging zitten. 'Subtiliteit was nooit zijn sterkste kant.'

'Hij was helemaal idolaat van deze auto.' Ambra ging naast hem zitten. 'Volledig elektrisch en sneller dan een Ferrari.'

Langdon haalde zijn schouders op en liet zijn blik over het hightech dashboard gaan. 'Ik ben niet echt een automan.'

Ambra glimlachte. 'Wacht maar tot je erin hebt gereden.'

48

Terwijl de Uber in oostelijke richting door de duisternis joeg, vroeg Ávila zich af hoe vaak hij tijdens zijn jaren op zee in Barcelona had aangemeerd.

Het leek een ander leven, zijn tijd bij de marine. Een leven dat in een explosie van vuur was geëindigd. Het lot was een wrede, onvoorspelbare meesteres. Toch leek het evenwicht op een griezelige manier hersteld. Nadat het lot in de kathedraal van Sevilla het hart uit zijn lichaam had gerukt, had het hem nu een tweede leven gegeven; een nieuw begin waarvan de kiem was gelegd binnen de gewijde muren van een heel andere kathedraal.

En dat had hij allemaal te danken aan Marco, zijn fysiotherapeut. Want hij was degene die hem naar die kathedraal had gebracht.

'Een ontmoeting met de paus?' had Ávila hem gevraagd, maanden geleden, toen Marco het idee opperde. 'Morgen? In Rome?'

'Morgen. En niet in Rome maar in Spanje. De paus is hier.'

Ávila keek hem aan alsof hij zijn verstand had verloren. 'Ik heb in de media niets gezien over een bezoek van de paus aan Spanje.'

'U moet een beetje vertrouwen in me hebben, admiraal,' zei Marco lachend. 'Of hebt u morgen andere plannen?'

Ávila keek naar zijn gewonde been.

'We vertrekken om negen uur,' drong Marco aan. 'En dat ritje is heel wat minder pijnlijk dan oefeningen aan de brug. Dat beloof ik.'

De volgende morgen trok Ávila een marine-uniform aan dat Marco voor hem uit zijn appartement had gehaald. Gewapend met twee krukken hobbelde hij naar buiten, naar Marco's oude Fiat. Vanaf het parkeerterrein van het ziekenhuis reden ze in zuidelijke richting, over de Avenida de la Raza. Toen ze de stad achter zich hadden gelaten, voegde Marco in op de snelweg, de N-IV, naar het zuiden.

'Waar gaan we heen?' Ávila voelde zich plotseling slecht op zijn gemak.

'Vertrouw me nou maar,' antwoordde Marco met een glimlach. 'We zijn er met een halfuurtje.'

Langs de N-IV lag tot minstens honderdvijftig kilometer ten zuiden van Sevilla niets anders dan dor, droog weideland, dus Ávila begon zich af te vragen of hij misschien een gruwelijke vergissing had begaan. Na een halfuur bereikten ze El Torbiscal, een sinister ogend spookstadje dat ooit een welvarende boerengemeenschap was geweest, maar waaruit de inwoners geleidelijk aan waren weggetrokken. Nu woonde er niemand meer. *Waar brengt hij me in godsnaam naartoe?* Een paar minuten na El Torbiscal verliet Marco de snelweg en sloeg hij af naar het noorden.

'Ziet u het al?' Marco wees in de verte.

Ávila zag niets, alleen braakliggend land. Dus óf zijn jeugdige therapeut hallucineerde, óf Ávila's ogen begonnen oud te worden.

'Is het niet verbijsterend?' zei Marco even later.

Ávila kneep zijn ogen dicht tegen het felle licht. Ten slotte zag hij een donker silhouet oprijzen uit het landschap. Terwijl ze dichterbij kwamen, werden zijn ogen groot van ongeloof.

Is dat… een kathedraal?

Het gebouw was enorm. Iets wat hij eerder in Madrid of Parijs zou hebben verwacht. Ávila had zijn hele leven in Sevilla gewoond, maar hij had nooit geweten dat hier, midden in de verlatenheid, een kathedraal stond. Naarmate de afstand kleiner werd, raakte Ávila hoe langer hoe meer onder de indruk. De dikke muren van het complex suggereerden een beveiligingsniveau dat Ávila tot dusverre alleen in Vaticaanstad had gezien.

Ze verlieten de doorgaande route en kwamen op een korte toegangsweg naar de kathedraal, waar ze uiteindelijk stilhielden voor een hoge ijzeren poort. Marco haalde een gelamineerde kaart uit het handschoenenkastje en legde deze op het dashboard.

De beveiligingsbeambte die naar de auto kwam wierp een blik op de kaart, keek door het raampje en glimlachte breed toen hij Marco zag. '¿Bienvenidos. Qué tal, Marco?'

De twee mannen schudden elkaar de hand, waarna Marco de admiraal voorstelde.

'Ha venido al conocer al papa.' Hij wil de paus graag leren kennen.

Na een bewonderende blik op Ávila's medailles gebaarde de beveiliger dat ze konden doorrijden. Toen de reusachtige poort openzwaaide, had Ávila het gevoel dat hij een middeleeuws kasteel binnenging.

De majestueus oprijzende gotische kathedraal had acht hoge torens, stuk voor stuk bekroond met een klokkentoren van drie lagen. Het gebouw zelf werd gedomineerd door drie enorme koepelgewelven en was opgetrokken uit donkerbruine en witte steen, waardoor het in de ogen van Ávila merkwaardig modern aandeed.

De admiraal liet zijn blik over de oprijlaan gaan, die zich splitste in drie parallelle wegen, stuk voor stuk omzoomd door palmbomen. Tot zijn verrassing stond het hele terrein stampvol auto's. Het moesten er honderden zijn, van luxe personenwagens tot haveloze bussen. Ávila zag zelfs bemodderde brommers.

In plaats van een plekje te zoeken reed Marco door naar het plein voor de kerk. De beveiligingsbeambte die daar stond keek op zijn horloge en gebaarde toen naar een lege plek die blijkbaar voor hen was gereserveerd.

'We zijn een beetje laat,' zei Marco. 'Dus we moeten voortmaken.'

Ávila wilde iets zeggen, maar bij het zien van het bord dat voor de kerk stond, bleven de woorden steken in zijn keel.

IGLESIA CATÓLICA PALMARIANA

Mijn god! Die kerk ken ik! Daar heb ik van gehoord!

Met wild bonzend hart keek hij Marco aan. 'Ben je een palmariaan?' Hij deed zijn best niet gealarmeerd te klinken.

Marco glimlachte. 'U zegt het alsof u daarvan schrikt. Ik ben gewoon een vrome katholiek die gelooft dat Rome van het rechte pad is afgedwaald.'

Ávila sloeg zijn ogen weer op naar de kerk. Daarmee was het raadsel van Marco's bewering dat hij de paus kende opgelost: *De paus is hier in Spanje.*

Een paar jaar geleden had Canal Sur een documentaire uitgezonden, *La Iglesia Oscura*, waarin enkele geheimen van de palmariaanse kerk werden ontsluierd. Ávila had met verbijstering kennisgenomen van het bestaan van de merkwaardige kerk, om nog maar te zwijgen van haar groeiende aanhang en invloed.

De palmariaanse kerk zou zijn gesticht nadat aan mensen uit de streek in een nabijgelegen veld een reeks mystieke visioenen was geopenbaard. Volgens de verhalen was de maagd Maria aan hen verschenen. Ze had hen gewaarschuwd dat de katholieke kerk was besmet met de 'ketterij van het modernisme' en dat het ware geloof diende te worden beschermd.

Sterker nog, de Heilige Maagd had erop aangedrongen een nieuwe kerk te stichten en de huidige paus in Rome af te zweren. De overtuiging dat de paus in het Vaticaan niet de ware plaatsvervanger van God op aarde was, werd het *sedisvacantis*me genoemd, het geloof dat de 'zetel' van Sint-Petrus letterlijk 'vacant' was.

De aanhangers van de nieuwe kerk beweerden te kunnen bewijzen dat Clemente Domínguez y Gómez, die gold als de stichter van de nieuwe geloofsgemeenschap, de enige ware paus was. Onder Gregorius XVII – de 'antipaus', zoals hij door reguliere katholieken werd genoemd – groeide de schare gelovigen van de palmariaanse kerk gestaag. Toen paus Gregorius in 2005 overleed tijdens het opdragen van een paasmis, zagen zijn volgelingen daarin een teken van boven: de bevestiging van de directe band tussen Gregorius en God.

Opkijkend naar de enorme kerk kon Ávila het gevoel niet van zich afzetten dat het gebouw een sinistere aanblik bood.

Wie de huidige antipaus ook mag zijn, ik heb geen enkele behoefte hem te ontmoeten.

Behalve kritiek op de manier waarop de nieuwe kerk zich uitsprak over het pausschap, waren er ook aantijgingen dat deze zich bezondigde aan praktijken als hersenspoelen en aan sekteachtige vormen van intimidatie. De nieuwe kerk werd zelfs verantwoordelijk geacht voor diverse geheimzinnige sterfgevallen, zoals de dood van Bridget Crosbie, die zich volgens de advocaten van haar nabestaanden niet had kunnen bevrijden 'uit de klauwen van' de Palmarian Church in Ierland.

Ávila wilde niet onbeleefd lijken tegen zijn nieuwe vriend, maar dit was bepaald niet wat hij van dit uitstapje had verwacht. 'Marco,' begon hij met een verontschuldigende zucht, 'het spijt me, maar ik geloof niet dat dit iets voor mij is.'

'Ik had al zo'n gevoel dat u dat zou zeggen.' Marco toonde zich niet in het minst uit het veld geslagen. 'En ik moet bekennen dat ik net zo reageerde toen ik hier voor het eerst kwam. Ik had, net als u ongetwijfeld, alle roddels en duistere geruchten gehoord. Maar ik kan u verzekeren dat die op niets berusten. Het is puur een lastercampagne, afkomstig van het Vaticaan.'

En neem het ze eens kwalijk, dacht Ávila. *Jouw kerk maakt ze uit voor leugenaars!*

'Rome moest een excuus hebben om ons te excommuniceren, en dus hebben ze al die leugens verzonnen. Het Vaticaan verspreidt al jaren doelbewust valse informatie over onze kerk.'

Ávila keek opnieuw naar de reusachtige kathedraal. Het had iets vreemds, zo'n schitterend gebouw ver van de bewoonde wereld. 'Ik begrijp het niet,' zei hij. 'Als jullie losstaan van het Vaticaan, hoe komen jullie dan aan geld?'

Marco glimlachte. 'Het zou u verbazen als u wist hoeveel geheime volgelingen we hebben binnen de katholieke geestelijkheid. Er zijn hier in Spanje heel veel conservatieve parochies die het niet eens zijn met de liberale veranderingen waarmee ze door toedoen van Rome worden geconfronteerd. En dus sluizen ze hun inkomsten in het verborgene door naar kerken zoals de onze, waar de traditionele waarden nog in ere worden gehouden.'

Hoewel het antwoord Ávila verraste, klonk het hem geloofwaardig in de oren. Ook hij was zich steeds sterker bewust geworden van een schisma binnen de katholieke kerk. Er bestond een kloof tussen enerzijds de gelovigen die vonden dat de kerk moest moderniseren om te kunnen blijven bestaan, en anderzijds degenen die de overtuiging aanhingen dat de kerk in een veranderende wereld moest vasthouden aan het oude.

'De huidige paus is een opmerkelijke man,' zei Marco. 'Ik heb hem uw verhaal verteld, en hij zou het als een eer beschouwen om een gedecoreerd militair in onze kerk te mogen begroeten. En om u, vandaag na de dienst, persoonlijk te ontmoeten. Net als zijn voorgangers had ook hij een militaire carrière achter de rug voordat hij de weg vond naar God. Daardoor begrijpt hij nog beter wat u doormaakt. Ik denk oprecht dat hij u zou kunnen helpen innerlijke vrede te vinden.'

Marco maakte aanstalten om uit te stappen, maar Ávila zat als verlamd. Hij staarde naar het enorme gebouw en voelde zich schuldig vanwege het blinde vooroordeel dat hij koesterde. Tenslotte wist hij zo goed als niets over de palmariaanse kerk. Hij kende alleen de geruchten. En het Vaticaan was ook bepaald niet brandschoon. Integendeel. Ávila dacht aan de hulp die zijn kerk hem had geboden na de aanslag. Of liever gezegd aan het ontbreken daarvan. U moet proberen uw vijanden te vergeven, had de non gezegd. *Keer ze de andere wang toe.*

'Luister, Luis,' fluisterde Marco. 'Ik ben niet helemaal eerlijk tegen je geweest. Dat besef ik. Maar ik deed het met de beste bedoelingen... Want ik wilde dat je de paus zou ontmoeten. Zijn ideeën hebben mijn leven drastisch veranderd. Toen ik mijn been had verloren, was ik er net zo aan toe als jij. Ik wilde dood. Ik zakte steeds verder weg, in een steeds diepere duisternis. Maar dankzij de paus heb ik weer een doel in mijn leven. Ga in elk geval mee naar binnen. Geef het een kans.'

Ávila aarzelde. 'Ik ben blij dat het voor jou zo is gelopen, Marco. Maar ik red het alleen wel. Het gaat prima met mij.'

'Prima?' Marco schoot in de lach. 'Amper een week geleden stond je met een pistool tegen je hoofd. Dus hoezo, "prima"?'

Hij heeft gelijk, moest Ávila toegeven. Als de therapie over een week is afgerond, zit ik weer thuis. Nog steeds alleen. Nog steeds zonder doel in mijn leven.

'Waar ben je bang voor?' drong Marco aan. 'Je bent admiraal geweest! Je hebt het commando gevoerd over een schip! Ben je bang dat de paus je in tien minuten weet te hersenspoelen?'

Ik weet zelf niet goed waar ik bang voor ben. Ávila keek naar zijn gewonde been. Hij voelde zich ineens vreemd klein en machteloos. Het grootste deel van zijn leven had hij de controle gehad over anderen en was híj het geweest die de orders had gegeven. Het vooruitzicht nu zelf orders te moeten aannemen, maakte hem onzeker.

'Laat maar,' zei Marco uiteindelijk. Hij deed zijn veiligheidsgordel weer om. 'Het spijt me. Je voelt je niet op je gemak. Dat zie ik aan je. Het was niet de bedoeling je onder druk te zetten.' Hij stak het sleuteltje in het contact.

Idioot, schold Ávila zichzelf uit. Marco was amper volwassen, nog bijna een kind. Hij miste een been en hij had een mede-invalide willen helpen.

En in plaats van hem dankbaar te zijn, had Ávila kritiek gespuid en zich neerbuigend over zijn kerk uitgelaten.

'Het spijt me, Marco. Ik ga met je mee. En ik zal het als een eer beschouwen om je paus te horen preken.'

49

De brede voorruit van de Tesla ging, ergens achter Langdons hoofd, naadloos over in het dak van de auto, wat hem het desoriënterende gevoel bezorgde dat hij in een glazen bol zat opgesloten.

De snelweg ten noorden van Barcelona werd omzoomd door bomen, en terwijl het asfalt onder de wielen door vloog, besefte Langdon tot zijn verrassing dat hij ruim boven de toegestane limiet van honderdtwintig kilometer per uur reed. Door de geruisloze elektrische motor en lineaire acceleratie verdween bijna elk gevoel van snelheid.

Ambra, die op de passagiersstoel zat, surfte over het internet en deed verslag van de laatste ontwikkelingen die inmiddels door alle media wereldwijd als breaking news werden gebracht. Er was een web van intriges aan het licht gekomen, waarvan de wortels steeds dieper leken te gaan. Zo wilde het gerucht dat bisschop Valdespino in het geheim bedragen overmaakte naar de palmariaanse kerk, waarvan werd gezegd dat deze connecties onderhield met een conservatieve beweging als de carlisten en dat die niet alleen achter de moord op Edmond Kirsch zat, maar ook achter de dood van Syed al-Fadl en rabbi Jehoeda Köves.

Uit de updates die Ambra voorlas, bleek dat alle media, over de hele wereld, zochten naar het antwoord op dezelfde vraag: wat had Edmond in godsnaam ontdekt waardoor een prominente bisschop en een conservatieve katholieke sekte zich zo bedreigd voelden dat ze niet waren teruggedeinsd voor moord, om daarmee te voorkomen dat de ontdekking wereldkundig werd?

'Het is ongelooflijk hoeveel mensen de berichtgeving volgen.' Ambra keek op van het scherm. 'Het lijkt wel alsof de hele wereld de adem inhoudt.'

De wrange gedachte kwam bij Langdon op dat de gruwelijke moord op Edmond misschien toch ook iets goeds had opgeleverd. Door de enorme wereldwijde aandacht had Edmond een groter publiek dan hij ooit had kunnen denken. Zelfs nu hij dood was, hing de hele wereld als het ware aan zijn lippen.

Het besef sterkte Langdon zo mogelijk nog meer in zijn vastberadenheid om niet te rusten voordat ze Edmonds wachtwoord van tweeënzestig letters hadden gevonden en zijn ontdekking alsnog met de wereld hadden gedeeld.

'Julián heeft nog geen verklaring afgelegd.' Ambra klonk verbaasd. 'Sterker nog, het paleis heeft helemaal niet gereageerd. Dat begrijp ik niet. Ik heb Mónica Martín, de pr-coördinator, persoonlijk ontmoet, en ze is een groot voorstander van transparantie, van het delen van informatie voordat de pers die kan verdraaien. Ik weet zeker dat ze erop heeft aangedrongen dat Julián een verklaring aflegt.'

Langdon vermoedde dat ze gelijk had. Gezien de aantijgingen aan het adres van de voornaamste religieuze adviseur van het paleis – hij zou betrokken zijn bij een samenzwering, misschien zelfs bij een moordaanslag – lag het voor de hand dat Julián een verklaring aflegde, al was het maar om te zeggen dat het paleis de aantijgingen onderzocht.

'Zeker als je in aanmerking neemt dat de toekomstige koningin van het land pal naast Edmond stond toen hij werd neergeschoten. Jij had ook dood kunnen zijn, Ambra. De prins zou op zijn minst moeten zeggen hoe opgelucht hij is dat je ongedeerd bent gebleven.'

'Ik weet niet zo zeker of hij dat wel is,' zei ze nuchter. Ze zette de browser uit en leunde naar achteren.

Langdon keek haar aan. 'Nou, ík ben in elk geval blij dat je nog leeft. Want ik weet niet of ik het alleen had gered.'

'Hoezo, alleen?' klonk een stem met een Brits accent uit de speakers van de auto. 'Wat zíjn we weer kort van memorie!'

Langdon schoot in de lach om Winstons verontwaardigde reactie. 'Heeft Edmond dat er ook in geprogrammeerd? Onzekerheid en het vermogen om voor jezelf op te komen?'

'Nee, hij heeft me geprogrammeerd om te observeren, om te leren en om menselijk gedrag na te bootsen. Mijn opmerking was bedoeld als een poging tot humor. Edmond moedigde me aan die te ontwikkelen. Humor valt niet te programmeren. Het is iets wat je moet leren.'

'Dan ben je een snelle leerling.'

'Echt waar?' Winston klonk bijna opgetogen. 'Zou u dat willen herhalen?'

Langdon lachte hardop. 'Zoals ik al zei, je bent een snelle leerling.'

Ambra had de computer in het dashboard weer op de standaardpagina gezet, een navigatieprogramma met een satellietopname waarop een kleine 'avatar' van de auto te zien was. Langdon zag dat ze de Serra de Collserola achter zich hadden gelaten en nu invoegden op de B-20, de snelweg naar

Barcelona. Ten zuiden van hun locatie ontdekte Langdon iets ongebruikelijks op de satellietfoto: een grote beboste streek midden in het uitgestrekte stratenpatroon van de stad. De groene uitgestrektheid was langgerekt en amorf, als een reusachtige amoebe.

'Is dat Parc Güell?'

Ambra keek naar het scherm en antwoordde bevestigend. 'Goed gezien.'

'Edmond stopte er vaak,' vertelde Winston. 'Op weg naar huis vanaf het vliegveld.'

Dat verbaasde Langdon niet. Parc Güell was een van de bekendste meesterwerken van Antoni Gaudí, de architect en kunstenaar wiens werk ook op Edmonds telefoonhoesje terugkwam. Gaudí en Edmond hadden veel gemeen, besefte Langdon. Beide mannen waren baanbrekende visionairs geweest, die zich van regels niets hadden aangetrokken.

Als toegewijd observeerder van de natuur had de architect Antoni Gaudí zich laten inspireren door organische vormen en 'Gods vrije natuur' als voorbeeld genomen bij het ontwerpen van zijn biomorfe structuren, die niet zelden aan de grond waarop ze stonden leken te zijn ontsproten. In Gaudí's werk kwamen nauwelijks kaarsrechte lijnen voor.

Met zijn 'biologische stijl' en als schepper van wat de 'organische architectuur' werd genoemd, bedacht Gaudí nieuwe manieren om met hout, ijzer, glas en keramiek te werken en daardoor zijn gebouwen te 'kleden' in een oogverblindende, kleurige huid.

Bijna een eeuw na zijn dood kwamen toeristen nog altijd vanuit de hele wereld naar Barcelona om zijn onnavolgbare modernistische stijl te bewonderen. Zijn werk omvatte parken, openbare gebouwen, villa's en natuurlijk zijn magnum opus: de Sagrada Família. De hoog oprijzende katholieke basiliek, waarvan de torens als reusachtige, langgerekte zeesponsen de skyline van Barcelona domineerden, was door de critici juichend tot een 'unicum in de geschiedenis van de kunst' uitgeroepen.

Langdon had zich altijd verwonderd over Gaudí's gedurfde ontwerp van de Sagrada Família, waarvan de afmetingen zo kolossaal waren dat ze vandaag de dag, bijna honderdveertig jaar na de eerstesteenlegging, nog steeds niet voltooid was.

Kijkend naar de satellietopname van Gaudí's beroemde Parc Güell herinnerde Langdon zich zijn eerste bezoek aan het park, toen hij nog student was en door die fantasiewereld dwaalde: grillige banken; grotten met fonteinen in de vorm van draken en vissen; op gedraaide, boomvormige zuilen steunende verhoogde looppaden; een golvende, witte muur, als de zwiepende zweepdraad van een reusachtig eencellig schepsel.

'Edmond was idolaat van Gaudí's werk,' vervolgde Winston. 'Van zijn concept van de natuur als organische kunst.'

Dat bracht Langdon weer op Edmonds ontdekking. *De natuur. Organische stoffen. De schepping.* In gedachten zag hij Gaudí's *panots* voor zich, de beroemde zeskantige tegels, speciaal ontworpen voor de trottoirs van Barcelona. Elke tegel had een identiek ontwerp van wervelende vormen die ogenschijnlijk niets voorstelden, maar wanneer ze op de juiste manier werden gerangschikt, verscheen er een bizar patroon, een voorstelling van de zeebodem met plankton, microben en onderwaterflora – *La Sopa Primordial*, zoals het ontwerp in Barcelona werd genoemd.

Gaudí's oersoep. Langdon besefte niet voor het eerst hoe perfect de stad Barcelona aansloot op Edmonds nieuwsgierigheid naar de oorsprong van het leven. De gangbaarste wetenschappelijke theorie was dat het leven was begonnen in de oersoep van de aarde, in de oceanen uit het begin der tijden waarin vulkanen krachtige chemicaliën uitbraakten die rond elkaar wervelden, bestookt door de bliksemschichten van een eindeloos onweer... totdat plotseling, als een soort microscopische golem, het eerste eencellige organisme was ontstaan.

'Ambra, jij bent conservator van een museum, dus je hebt het met Edmond ongetwijfeld vaak over kunst gehad. Heeft hij je ooit verteld wát het precies was in Gaudí's werk dat hem zo aansprak?'

'Wat Winston al zei. Het feit dat zijn architectuur de indruk wekt door de natuur zelf te zijn geschapen. Gaudí's grotten lijken door wind en regen te zijn uitgesleten, zijn zuilen lijken aan de aarde te ontspruiten en zijn tegels lijken op primitief leven in de zeeën.' Ze haalde haar schouders op. 'Wat het ook precies was dat hem aansprak, Edmond bewonderde Gaudí zo vurig dat hij besloot naar Spanje te verhuizen.'

Langdon keek haar verrast aan. Hij wist dat Edmond in diverse landen een huis bezat, maar de laatste jaren had hij eigenlijk altijd in Spanje gezeten. 'Wil je daarmee zeggen dat Edmond vanwege Gaudí hiernaartoe is verhuisd?'

'Ja, volgens mij wel. Ik heb het hem ooit gevraagd. "Waarom Spanje?" Toen vertelde hij dat hij de kans had een uniek object te huren. Iets wat met niets te vergelijken was. En ik denk dat hij daarmee zijn appartement bedoelde.'

'Waar woont hij precies?'

'Robert, Edmond woonde in het Casa Milà.'

Langdon keek haar verbijsterd aan. 'Hét Casa Milà?'

'Er is maar één Casa Milà, en daar woonde Edmond. Hij heeft vorig jaar de hele bovenste verdieping gehuurd, als penthouse.'

Het duurde even voordat Langdon deze informatie had verwerkt. Het Casa Milà was een van Gaudí's beroemdste gebouwen, een 'huis' zoals er inderdaad geen tweede was en dat door de uit lagen opgebouwde gevel en de golvende balkons de aanblik bood van een afgegraven berghelling. Vandaar de bijnaam La Pedrera, 'de Steengroeve'.

'Is er op de bovenste verdieping niet een Gaudí-museum?' vroeg Langdon, die zich dat van een vorig bezoek meende te herinneren.

'Klopt,' klonk de stem van Winston. 'Maar Edmond heeft een royale donatie gedaan aan de Unesco, die het huis op de werelderfgoedlijst heeft gezet. En toen gingen ze akkoord met een tijdelijke sluiting van het museum en een huurcontract voor Edmond van twee jaar. Er blijft in Barcelona nog genoeg Gaudí over om te bekijken.'

Edmond woonde in een Gaudí-museum. In het Casa Milà, dacht Langdon verbouwereerd. Waarom heeft hij dat voor maar twee jaar gehuurd? Waarom niet langer?

Winston liet zich weer horen. 'Edmond heeft het Casa Milà zelfs geholpen met een nieuwe educatieve video over de architectuur van het huis. Die is de moeite van het bekijken waard.'

'De video is inderdaad indrukwekkend.' Ambra raakte het schermpje van de computer aan. Er verscheen een toetsenbord en ze typte: Lapedrera.com. 'Hier heb je hem.'

'Niet om het een of ander, maar ik ben aan het rijden.'

Ambra stak haar hand uit en trok aan een hendeltje in de stuurkolom. Op slag voelde Langdon dat het stuur bevroor. De auto had het van hem overgenomen en bleef keurig in het midden van zijn baan.

'Automatische piloot,' zei Ambra.

Het effect was behoorlijk verwarrend. Tegen beter weten in hield Langdon zijn handen boven het stuur en zijn voet bij de rem.

'Probeer te ontspannen.' Ambra legde sussend een hand op zijn schouder. 'Dit is veel veiliger dan een gewone bestuurder.'

Met tegenzin liet Langdon zijn handen in zijn schoot vallen.

'Zo is-ie braaf.' Ze glimlachte. 'Dan kun je nu de video bekijken.'

Die begon met dramatisch laag opgenomen beelden, vlak boven een onstuimige branding, alsof ze waren gemaakt vanuit een helikopter die over de oceaan scheerde. In de verte rees een eiland op uit de zee, een rots met loodrechte kliffen die zich tientallen meters boven de beukende golven verhief.

Boven de rots verscheen een tekst in beeld.

La Pedrera is niet Gaudí's schepping.

De daaropvolgende halve minuut zag Langdon hoe de branding in de rotswand de kenmerkende, organisch ogende gevel van Casa Milà kerfde. En hoe de oceaan vervolgens naar binnen raasde, holtes uitsleet en grotachtige ruimtes creëerde, waarin watervallen trappen uitsneden en waarin klimranken groeiden die zich verstrengelden tot ijzeren leuningen, terwijl mossen uit de grond sproten en de vloeren bedekten.

Ten slotte trok de camera zich weer terug, over de golven, en verscheen het beroemde ontwerp van het Casa Milà, 'de Steengroeve', gekerfd in een reusachtige rots.

La Pedrera
een meesterwerk van de natuur

Gevoel voor drama kon Edmond niet ontzegd worden, moest Langdon toegeven. Nu hij de door de computer gegenereerde beelden had gezien, verheugde hij zich er nog meer op het beroemde gebouw weer te bezoeken.

Hij richtte zijn ogen op de weg, schakelde de automatische piloot uit en nam het stuur weer over. 'En nu maar hopen dat wat we zoeken ook inderdaad in Edmonds appartement is. We moeten zien dat we dat wachtwoord vinden.'

50

Diego Garza, commandant van de Guardia Real, stak aan het hoofd van een eenheid van vier gewapende gardisten de Plaza de la Armería over. Hij keek strak voor zich uit, zonder acht te slaan op de media die zich verdrongen voor het hek en hem schreeuwend om commentaar vroegen, terwijl de televisie-camera's tussen de tralies door opnames maakten.

Ze zien in elk geval dat er tenminste iémand is die actie onderneemt.

Toen hij en zijn mannen bij de kathedraal kwamen, was de hoofdingang gesloten. Dat was op dit uur niet zo verrassend. Garza beukte met de kolf van zijn dienstwapen op de deur.

Geen antwoord.

Hij beukte opnieuw en bleef dat doen tot er een sleutel in het slot werd omgedraaid, de deur openzwaaide en Garza oog in oog stond met een schoonmaakster, die begrijpelijkerwijs verschrikt reageerde bij het zien van het legertje gardisten.

'Waar is bisschop Valdespino?' vroeg Garza streng.

'Dat... dat weet ik niet,' antwoordde de schoonmaakster.

'De bisschop is in de kathedraal,' zei Garza. 'Dat weet ik zeker. En hij is in gezelschap van de prins. Maar u hebt ze niet gezien?'

Ze schudde haar hoofd. 'Ik ben er net. Om schoon te maken, op zaterdagavond na...'

Garza duwde haar opzij, liep naar binnen en gaf zijn mannen opdracht zich door de donkere kathedraal te verspreiden.

'Doe de deur op slot,' zei hij tegen de schoonmaakster. 'En loop ons niet voor de voeten. Dat zeg ik in het belang van uw eigen veiligheid.'

Hij ontgrendelde zijn wapen en zette koers naar Valdespino's kantoor.

Aan de andere kant van het plein stond Mónica Martín bij de waterkoeler in de controlekamer in het souterrain van het paleis, genietend van een welverdiende sigaret. Als gevolg van de liberale 'politiek correcte' beweging die in snel tempo aan invloed won, was roken in de kantoren van het paleis verboden.

Maar na de stortvloed van aantijgingen over misdrijven waaraan het paleis zich schuldig zou hebben gemaakt, had Martín besloten dat een beetje twee-dehandsrook er ook nog wel bij kon.

Op de wand met televisies, waarvan het geluid uit stond, werden op alle vijf de zenders onafgebroken live-updates vertoond betreffende de moord op Edmond Kirsch en werden de beelden van de wrede moord onafgebroken her-haald. Uiteraard telkens voorafgegaan door de gebruikelijke waarschuwing:

PAS OP: De nu volgende beelden kunnen als schokkend worden ervaren.

Schaamteloos! Martín wist maar al te goed dat dergelijke waarschuwingen niets met zorgzaamheid te maken hadden. Ze waren niet bedoeld om de kijkers te sparen, maar om te voorkomen dat ze wegzapten.

Martín nam nog een trek van haar sigaret, terwijl ze de diverse netwerken langsging, waarvan de meeste het groeiende aantal complottheorieën uit-molken als breaking news. Onder in beeld liepen teksten over het scherm als:

Futuroloog vermoord door de kerk?

Wetenschappelijke ontdekking voor altijd verloren?
Moordenaar ingehuurd door koninklijke familie?

Je wordt geacht verslag te doen van het nieuws, dacht Martín verontwaardigd. In plaats van kwaadaardige geruchten te verspreiden door ze in de vorm van een vraag te gieten.

Martín had een pers die haar verantwoordelijkheid kende altijd beschouwd als een van de hoekstenen van vrijheid en democratie. Dus was ze zoals altijd teleurgesteld in journalisten die controverses opklopten door evident absurde ideeën te publiceren en zich aan juridische gevolgen te onttrekken door elke belachelijke theorie te formuleren als een suggestieve vraag.

Het was iets waaraan zelfs gerespecteerde wetenschappelijke kanalen zich schuldig maakten – 'Werd Deze Eeuwenoude Peruaanse Tempel Gebouwd Door Buitenaardse Wezens?'

Nee, zou Martín naar het scherm willen roepen. Nee, natuurlijk niet! Hou op met dat soort fucking idiote vragen te stellen!

Op een van de televisieschermen zag ze dat CNN zijn best deed Kirsch met respect te gedenken.

Bij de dood van Edmond Kirsch
Profeet. Visionair. Schepper.

Mónica Martín pakte de afstandsbediening en zette het geluid aan.

'... een man met een liefde voor kunst, technologie en innovatie,' zei de presentator met een ernstig gezicht. 'En een man wiens bijna mystieke vermogen om de toekomst te voorspellen hem over de hele wereld tot een begrip maakte. Volgens zijn collega's zijn alle voorspellingen die Kirsch op het gebied van de computerwetenschap heeft gedaan uitgekomen. Niet één uitgezonderd.'

'Inderdaad, David,' nam zijn vrouwelijke collega het over. 'Hadden we dat ook maar kunnen zeggen over zijn persoonlijke voorspellingen.'

Op het scherm verschenen archiefbeelden van een gebruinde Edmond Kirsch die op de stoep voor Rockefeller Center 30 in New York een persconferentie gaf. 'Ik ben vandaag dertig geworden, met een levensverwachting van slechts achtenzestig jaar. Maar ik voorspel dat ik, dankzij de ontwikkelingen op medisch gebied, de regeneratie van telomeren en andere technologieën om de levensverwachting te verhogen, mijn honderdtiende verjaardag nog zal beleven. Sterker nog, daar heb ik zoveel vertrouwen in dat ik zojuist de

Rainbow Room heb gereserveerd om die verjaardag te vieren.' Kirsch keek glimlachend langs het gebouw omhoog. 'Ik heb de rekening al betaald. Táchtig jaar vooruit. Rekening houdend met de inflatie.'

De vrouwelijke presentator kwam weer in beeld en slaakte een verdrietige zucht. 'Dat doet me denken aan het Joodse gezegde: "De mens wikt, God lacht."'

'En zo is het,' viel de mannelijke presentator haar bij. 'Behalve de vele raadsels die de dood van Kirsch omringen, zijn er de talloze speculaties omtrent de aard van zijn ontdekking.' Hij keek ernstig in de camera. '*Waar komen we vandaan? Waar gaan we naartoe? Twee fascinerende vragen.*'

'En om die te beantwoorden,' vervolgde zijn vrouwelijke collega monter, 'hebben we twee bijzondere gasten in de studio. Twee vrouwen met een uitgesproken mening over deze materie. Een anglicaanse dominee uit Vermont en een evolutionair bioloog die doceert aan de University of California in Los Angeles. We gaan er even uit voor de reclame en dan zullen wij horen wat zij over het onderwerp te zeggen hebben.'

Martín wist al wat ze te zeggen hadden. *Ze staan lijnrecht tegenover elkaar, anders waren ze niet uitgenodigd.* De dominee zou verklaren dat we van God kwamen en na onze dood ook weer naar God gingen. En de bioloog zou op haar beurt verkondigen dat we van de apen afstammen en zullen uitsterven.

Daarmee is opnieuw niets bewezen, behalve dat het publiek overal naar kijkt zolang het maar voldoende wordt gehypet.

'Mónica!' Het was Suresh die haar riep.

Martín draaide zich om en zag het hoofd elektronische beveiliging gehaast de hoek om komen.

'Wat is er?'

'Bisschop Valdespino belde net,' antwoordde hij buiten adem.

Ze zette het geluid van de televisie uit. 'De bisschop? Heeft hij ook gezegd waar hij in godsnaam mee bezig is?'

Suresh schudde zijn hoofd. 'Nee, en dat heb ik hem ook niet gevraagd. Hij wilde weten of ik iets voor hem kon controleren. Of ik toegang had tot de data van onze servers.'

'Wat bedoel je?'

'Het gaat om dat bericht op ConspiracyNet. Dat iemand vanavond vlak voor het begin van de presentatie vanuit het paleis naar het Guggenheim heeft gebeld met het verzoek aan Ambra Vidal om Ávila aan de gastenlijst toe te voegen.'

'Ja, en? Ik had je gevraagd onderzoek te doen naar dat telefoontje.'
'Precies. En Valdespino belde met dezelfde vraag. Of ik wilde inloggen in de centrale van het paleis om dat telefoontje na te trekken. Als ik erachter kon komen van welk toestel er is gebeld, hoopte hij meer duidelijkheid te krijgen over de vraag wie dat telefoontje kan hebben gepleegd.'

Martín voelde zich in verwarring gebracht. In haar ogen was Valdespino de meest voor de hand liggende verdachte.

'Volgens het Guggenheim zijn ze gebeld door het centrale nummer van het paleis, vlak voor het begin van de presentatie. Dat blijkt uit hun gespreksgeschiedenis. Tot zover geen probleem. Maar toen ik hier de uitgaande gesprekken controleerde, op het bewuste tijdstip, kon ik niets vinden.' Hij schudde zijn hoofd. 'Helemaal niets. Geen enkel telefoontje. Blijkbaar heeft iemand de telefonische data van dat moment gewist. Weg telefoontje naar het Guggenheim!'

Martín nam hem nadenkend op. 'Wie heeft er toegang tot die gegevens?'

'Dat vroeg Valdespino ook. Dus ik heb hem een eerlijk antwoord gegeven. Namelijk dat ik, als hoofd elektronische beveiliging, die data had kunnen wissen. Dat ik dat niet heb gedaan en dat behalve ik alleen commandant Garza toegang heeft tot de telefonische data van het paleis.'

Martín zette grote ogen op. 'Dus jij denkt dat Garza daarmee heeft geknoeid?'

'Het zou op zich niet onlogisch zijn,' antwoordde Suresh. 'Het is Garza's taak om het paleis te beschermen. Mocht er onderzoek worden gedaan naar dat telefoontje, dan hoeft het paleis zich nu geen zorgen meer te maken. Uit onze gegevens blijkt dat het bewuste telefoontje nooit heeft plaatsgevonden. Door het wissen van die data gaat het paleis vrijuit.'

'Hoezo, het paleis gaat vrijuit? Dat telefoontje heeft wél plaatsgevonden. Daar is geen twijfel over mogelijk! Ambra heeft Ávila op de gastenlijst gezet! En de balie van het Guggenheim kan bevestigen...'

'Dat is zo, maar dan gaat het om het woord van een jonge baliemedewerkster tegenover dat van het paleis. Wanneer onze data worden gecontroleerd, zal blijken dat er op dat tijdstip vanuit het paleis niet is gebeld.'

Martín vond zijn stelligheid en zijn optimisme ongepast. 'En dat heb je ook allemaal aan Valdespino verteld?'

'Het ís zo. Ik kan er niks anders van maken. Of Garza dat telefoongesprek nou wel of niet heeft gevoerd, het lijkt er in elk geval op dat hij het heeft gewist om het paleis te beschermen. Dat is wat ik tegen Valdespino heb gezegd.' Suresh zweeg even. 'Maar nadat de bisschop had opgehangen, schoot me iets te binnen.'

'En dat is?'

'Dat er technisch gesproken nog iemand is die toegang heeft tot de server.' Suresh keek nerveus om zich heen en ging nog wat dichter bij Martín staan. 'De inlogcodes van prins Julián geven hem toegang tot alle systemen.'

Martín keek hem ontsteld aan. 'Maar dat is krankzinnig!'

'Daar ben ik me van bewust. Maar de prins was op het moment van het telefoontje in zijn appartement. Alleen. Hij kan moeiteloos hebben gebeld, vervolgens hebben ingelogd op de server en de data weer hebben gewist. De software is doodsimpel en de prins is technisch behoorlijk onderlegd. Daar zou je verbaasd van staan.'

'Suresh!' snauwde Martín. 'Denk je nou echt dat prins Julián, de kroonprins, persoonlijk iemand naar het Guggenheim Museum heeft gestuurd om Edmond Kirsch te vermoorden?'

'Ik weet niet wat ik moet denken. Ik zeg alleen maar dat het tot de mogelijkheden behoort.'

'Wat zou de prins daarmee bereiken?'

'Uitgerekend jij zou dat moeten weten. Tenslotte kreeg jij alle slechte pers op je bord over Ambra en Edmond Kirsch die wel erg dik met elkaar leken. Ze vloog zelfs met hem mee naar Barcelona!'

'Dat was voor hun werk. Ze waren bezig met het voorbereiden van die presentatie!'

'Het gaat erom hoe het eruitziet! Dáár draait het om in de politiek. Om de indruk die wordt gewekt,' zei Suresh. 'Dat heb ik van jou geleerd. En je weet net zo goed als ik dat zijn huwelijksaanzoek niet de publiciteit heeft opgeleverd waar de prins op had gehoopt.'

Suresh' telefoon pingde, en terwijl hij het binnengekomen bericht las verscheen er een ongelovige frons op zijn gezicht.

'Wat is er?' vroeg Martín.

Hij maakte zonder een woord te zeggen rechtsomkeert en draafde terug naar zijn afdeling.

'Suresh!' Martin maakte haar sigaret uit. Ze rende achter hem aan en vond hem bij een van de beveiligingsmonitoren waarop een technicus een korrelige bewakingstape afspeelde.

'Waar is dat?' vroeg Martín.

'De achteruitgang van de kathedraal,' antwoordde de technicus. 'Vijf minuten geleden.'

Martín en Suresh bogen zich naar voren en zagen een jonge acoliet naar buiten komen en zich door de betrekkelijk rustige Calle Mayor naar een oude personenauto haasten. Een afgetrapte Opel.

De mis is afgelopen, hij gaat naar huis, dacht Martín. *Dat is toch niets bijzonders?*

Op het scherm was te zien dat de Opel wegreed, maar al snel weer bleef staan, bij de achteruitgang van de kathedraal. Dezelfde deur als waardoor de acoliet even eerder naar buiten was gekomen. Vrijwel onmiddellijk glipten twee donkere gedaanten de kathedraal uit en stapten achter in de Opel. Het leed geen enkele twijfel wie de twee donkere gedaanten waren.

Bisschop Valdespino en prins Julián.

Even later reed de Opel met hoge snelheid weg, de hoek om en het beeld uit.

Als een ruw uitgehouwen berg in het hart van de stad verhief het Casa Milà, Gaudí's meesterwerk uit 1906, zich op de hoek van de Carrer de Provença en de Passeig de Gràcia. Appartementengebouw en kunstwerk ineen.

Met zijn golvende façade van kalksteen is Gaudí's schepping, geïnspireerd op de eeuwig gebogen lijn, onmiddellijk herkenbaar. Het gebouw telt negen woonlagen en ademt door zijn welvende balkons en grillige vormen een organische sfeer, alsof de holtes en bochten, net als die van de cañons in de woestijn, in duizenden jaren door de wind zijn uitgesleten.

Hoewel Gaudí's schokkend modernistische ontwerp aanvankelijk door de buurt met misprijzen werd bekeken, zongen critici universeel de lof van het Casa Milà en werd het al snel een van de stralende architecturale hoogtepunten van Barcelona. Pere Milà, de zakenman die het liet bouwen, woonde dertig jaar lang met zijn vrouw in het grootste appartement. De andere twintig verhuurde hij. Tot op de dag van vandaag geldt Passeig de Gràcia 92 als een van de begeerlijkste, meest exclusieve adressen in Spanje.

Terwijl Robert Langdon de Tesla van Kirsch door het rustige verkeer over de voorname, met bomen omzoomde avenue loodste, voelde hij dat ze hun bestemming naderden. De Passeig de Gràcia in Barcelona was het equivalent van de Champs-Élysées in Parijs: de breedste, indrukwekkendste avenue, schitterend aangelegd en met aan weerskanten boetieks met namen van de beroemdste designers op de gevel.

Chanel... Gucci... Cartier... Longchamp...

Ze hadden misschien nog tweehonderd meter te gaan toen Langdon hun bestemming zag opdoemen.

Met zijn bleke, pokdalige zandsteengevel en langgerekte balkons, badend in floodlight, viel het Casa Milà onmiddellijk op tussen zijn rechtlijnige buren. Het leek alsof er een schitterend brok koraal was aangespoeld op een strand van B-2-blokken.

'Daar was ik al bang voor.' Ambra wees verontrust naar de chique avenue vóór hen. 'Kijk.'

Langdons blik ging naar het brede trottoir voor het Casa Milà, waar een stuk of vijf, zes busjes van de televisie stonden en waar een legertje verslaggevers live-updates gaf, met het huis van Kirsch als achtergrond. Beveiligingsagenten hielden belangstellenden weg bij de ingang. Door Edmonds dood was alles wat met hem te maken had ineens nieuws geworden.

Langdon keek de Passeig de Gràcia langs, op zoek naar een plek waar hij kon stoppen. Maar hij zag niets en door het verkeer dat achter hem zat, was hij gedwongen door te rijden. 'Ga op de grond zitten,' zei hij tegen Ambra zodra hij besefte dat hij pal langs de hoek zou moeten rijden waar de pers zich had verzameld.

Ambra liet zich van haar stoel glijden en hurkte in de beenruimte, zodat ze van buitenaf niet te zien was. Langdon keek de andere kant uit terwijl ze de pers passeerden.

'Zo te zien staat het helemaal vol bij de hoofdingang,' merkte hij op. 'Daar kunnen we in elk geval niet naar binnen.'

'Sla rechts af en dan nog twee keer rechts.' Winston klonk opgewekt en vol vertrouwen. 'Ik had niet anders verwacht.'

Blogger Héctor Marcano keek somber omhoog naar de bovenste verdieping van het Casa Milà. Hij kon nog steeds niet bevatten dat Edmond Kirsch dood was.

Sinds drie jaar schreef Hector over de nieuwste technologische ontwikkelingen voor Barcinno.com, een populair platform voor ondernemers en start-ups in Barcelona. Dat de grote Edmond Kirsch in de stad woonde, bezorgde Hector een gevoel alsof hij zijn werk deed aan de voeten van de oppergod zelf.

Hector had Edmond Kirsch ruim een jaar geleden voor het eerst ontmoet, toen de legendarische futuroloog de uitnodiging had aangenomen om te spreken tijdens FuckUpNight, Barcinno's maandelijkse paradepaardje, waarbij een succesvolle ondernemer in alle openheid vertelde over zijn of haar grootste professionele blunders. Kirsch had schaapachtig bekend dat hij in zes maanden tijd meer dan vierhonderd miljoen dollar had geïnvesteerd in het ontwikkelen van wat hij de E-Wave noemde, een kwantumcomputer die door zijn extreem snelle dataverwerking een ongekende vooruitgang op alle wetenschappelijke terreinen mogelijk zou maken, met name dankzij en op het gebied van complexe computersimulaties.

'Ik ben bang dat mijn kwantumsprong in kwantumcomputers een kwantumzeperd is geworden,' had Edmond toegegeven.

Toen Hector die avond had gehoord dat Kirsch een wereldschokkende ontdekking ging onthullen, was hij er onmiddellijk van uitgegaan dat de bekendmaking over de E-Wave zou gaan. *Heeft hij de sleutel tot zijn supercomputer gevonden?* Maar na Edmonds filosofische inleiding was Hector tot de conclusie gekomen dat de bekendmaking van een heel andere aard zou zijn.

Zullen we ooit weten wat Kirsch had ontdekt, vroeg hij zich nu af terwijl hij voor het Casa Milá stond. Diep geschokt door de moord was hij naar Edmonds huis gekomen, niet om te bloggen maar om zijn respect aan de overledene te betuigen.

'E-Wave!' hoorde hij iemand roepen. 'E-Wave!'

Er werd gewezen, mensen stootten elkaar aan en richtten hun camera op een zwarte Tesla die langzaam het kleine hoekplein op reed, de menigte verblindend met het halogeenlicht van zijn koplampen.

Hector keek verbijsterd naar de maar al te bekende auto.

Kirsch' Tesla Model x met E-WAVE als kenteken was in Barcelona net zo beroemd als de pausmobiel dat was in Rome. Kirsch had er plezier in om dubbel te parkeren op de Carrer de Provença, voor DANIËL VIOR, de juwelier, en uit te stappen om handtekeningen uit te delen, waarbij hij de menigte in vervoering bracht door zijn lege auto zichzelf te laten parkeren. Dankzij de oproepfunctie in zijn telefoon kon hij de Tesla een voorgeprogrammeerde route laten afleggen, de straat door, de brede stoep over – waarbij sensoren voetgangers en obstakels registreerden – naar het hek van de parkeergarage dat automatisch opening zodat de auto via de spiraalvormige hellingbaan kon afdalen naar de privégarage onder het Casa Milà.

Zelfparkeren was weliswaar een standaardfunctie op alle Tesla's – het openen van garagedeuren, naar binnen rijden en zichzelf uitschakelen – maar Edmond had het systeem van zijn Model x gehackt en een complexere toepassing in de boordcomputer geprogrammeerd.

Het maakte allemaal deel uit van de show.

Wat er vanavond werd vertoond, was echter nog wonderbaarlijker. Kirsch was dood, maar zijn auto draaide langzaam de Carrer de Provença in, reed over het trottoir en bleef staan voor het fraaie hek, waar het aldaar verzamelde publiek ruim baan voor hem maakte.

Verslaggevers en cameramannen haastten zich onder verraste kreten naar de Tesla en probeerden door de ramen van getint glas naar binnen te kijken.

'Hij is leeg! Er zit niemand achter het stuur! Waar komt hij vandaan?'

De beveiligingsbeambten van het Casa Milà hadden de truc blijkbaar al vaker gezien en hielden het publiek bij de auto vandaan terwijl het hek openging.

De aanblik van Edmonds lege auto die de garage binnenreed, deed Hector denken aan een hond die naar huis terugkeerde nadat hij zijn baasje had verloren.

Als een schim reed de Tesla geruisloos de garage binnen. Buiten op straat barstte de menigte los in een emotioneel applaus terwijl Edmonds geliefde auto begon aan de afdaling van de spiraalvormige hellingbaan naar de oudste ondergrondse parkeergarage in Barcelona.

'Ik wist niet dat je last had van claustrofobie,' fluisterde Ambra. Langdon en zij lagen op de vloer van de Tesla, tussen de tweede en de derde rij stoelen, onder een autohoes van zwart vinyl die Ambra uit de laadruimte had gevist. Dankzij het getinte glas waren ze onzichtbaar voor wie door een van de raampjes naar binnen keek.

'Ik overleef het wel,' wist Langdon beverig uit te brengen. Hij maakte zich drukker over de zelfrijdende auto dan over zijn fobie. Hij voelde hoe ze een steile spiraalvormige helling afdaalden en verwachtte elk moment een klap te horen.

Twee minuten eerder, toen ze dubbelgeparkeerd stonden op de Carrer de Provença, voor DANIEL VIOR, had Winston hun volstrekt duidelijke instructies gegeven.

Ambra en hij waren zonder uit te stappen tussen de twee rijen stoelen achterin geklommen, waarna Ambra via de telefoon de door Edmond geprogrammeerde automatische parkeerfunctie had geactiveerd.

Onder het zeil had Langdon gevoeld hoe de auto langzaam weer in beweging kwam. Met Ambra in de smalle ruimte dicht tegen zich aangedrukt, dacht hij onwillekeurig aan zijn eerste ervaring met een meisje, op de achterbank van een auto. *Toen was ik zenuwachtiger.* Wat merkwaardig was, gezien het feit dat hij lepeltje-lepeltje lag, op de vloer van een auto zonder bestuurder, met de toekomstige koningin van Spanje.

Langdon voelde dat ze aan het eind van de afdaling waren gekomen, waarna de auto na nog een paar langzame bochten tot stilstand kwam.

'U hebt uw bestemming bereikt,' zei Winston.

Onmiddellijk sloeg Ambra het zeil weg. Ze ging voorzichtig rechtop zitten en keek uit het raampje. 'De kust is veilig.' Ze kwam overeind en klom uit de auto.

Langdon volgde dankbaar haar voorbeeld.

'De liften zijn in de centrale hal.' Ambra gebaarde naar de bochtige hellingbaan.

Maar Langdon had iets ontdekt, iets wat hij in een ondergrondse parkeergarage niet zou hebben verwacht. Aan de betonnen muur voor Edmonds parkeerhaven hing een fraai ingelijst strandgezicht.

'Ambra? Heeft Edmond dat hier opgehangen? In de parkeergarage?'

Ze knikte. 'Dat verbaasde mij ook. Toen ik ernaar vroeg, zei hij dat hij het prettig vond om bij thuiskomst te worden verwelkomd door een stralende schoonheid.'

Langdon grinnikte. *Leer mij ze kennen, die vrijgezellen.*

'De kunstenaar is een man voor wie Edmond grote bewondering had,' zei Winston via de telefoon, die Ambra in haar hand hield. 'Herken je hem?'

Daarop moest Langdon het antwoord schuldig blijven. De aquarel van het strandgezicht verried de hand van een talentvolle schilder, maar was een opmerkelijke keuze voor iemand zoals Edmond, die een avant-gardistische smaak had.

'De kunstenaar is Churchill,' zei Ambra. 'Edmond citeerde hem voortdurend.'

Churchill. Het duurde even voordat Langdon besefte dat ze doelde op Winston Churchill, de beroemde Britse staatsman die behalve oorlogsheld, historicus en Nobelprijswinnaar in de literatuur ook een talentvol schilder was geweest. Langdon herinnerde zich dat Edmond ooit, toen iemand zei dat hij door veel gelovigen werd gehaat, de Britse premier had geciteerd: *Dat je vijanden hebt, bewijst alleen maar dat je je ergens sterk voor hebt gemaakt!*

'Edmond was vooral diep van Churchill onder de indruk vanwege de diversiteit van diens activiteiten,' zei Winston. 'Het gebeurt zelden dat mensen zo breed getalenteerd zijn.'

'Dus dat is de reden waarom Edmond je Winston heeft genoemd?'

'Klopt,' antwoordde de computer. 'En gezien zijn bewondering voor Churchill voel ik me buitengewoon gevleid.'

Het is maar goed dat ik het heb gevraagd. Langdon was ervan uitgegaan dat 'Winston' een verwijzing was naar 'Watson', de IBM-computer die een jaar of wat geleden een belangrijke rol had gespeeld in het televisieprogramma *Jeopardy!* en die inmiddels op de evolutionaire schaal van kunstmatige intelligentie ongetwijfeld werd beschouwd als een primitieve eencellige.

Langdon gebaarde naar de hellingbaan. 'Op naar de liften! En nou maar hopen dat we vinden wat we zoeken.'

In de Almudena-kathedraal in Madrid stond commandant Diego Garza op datzelfde moment met de telefoon tegen zijn oor gedrukt en luisterde stomverbaasd naar de update van Mónica Martín, de pr-coördinator van het paleis.

Valdespino en prins Julián hebben het paleis verlaten? Zijn ze helemaal gek geworden? Dat is levensgevaarlijk!

Garza kon zich met de beste wil van de wereld niet voorstellen wat hen bezielde.

Ze zijn bij een acoliet in de auto gestapt? Dat is krankzinnig!

'We moeten de verkeerspolitie waarschuwen,' zei Martín. 'Suresh denkt dat die ons kan helpen ze op te sporen via de camera's op...'

'Nee!' protesteerde Garza. 'Niemand mag weten dat de prins zonder beveiliging het paleis heeft verlaten. De risico's zijn te groot. Zijn veiligheid is onze eerste prioriteit.'

'Oké. Duidelijk.' Martín klonk een beetje ongemakkelijk. 'Er is nog iets wat u moet weten. Over gewiste telefoondata.'

'Wacht even...' Garza werd afgeleid door zijn vier gardisten die plotseling om hem heen kwamen staan. Voordat hij in de gaten had wat er gebeurde, hadden ze hem deskundig zijn dienstwapen en telefoon afhandig gemaakt.

'Commandant Garza,' zei de hoogste in rang met een uit steen gehouwen gezicht. 'Ik heb opdracht u te arresteren.'

52

Het Casa Milà is gebouwd in de vorm van een lemniscaat – een nooit eindigende acht rond twee gapende afgronden. Deze open lichtschachten zijn bijna dertig meter diep en geplooid als een gedeeltelijk ingeknepen tube. Van boven lijken ze op twee enorme zinkgaten in het dak van het gebouw.

Langdon stond onder in de kleinste lichtschacht en werd duizelig als hij naar de hemel keek – het was alsof je in de keel van een enorm beest zat.

De stenen vloer onder zijn voeten was ongelijk. Een trap liep kronkelend omhoog en de reling, die bestond uit een smeedijzeren ajour, vertoonde de ongelijke gaten van een zeespons. Over de balustrades hing een wirwar van kronkelende klimplanten en wuivende palmen, die de hele ruimte leken te willen overwoekeren.

Organische architectuur, dacht Langdon, die zich verwonderde over Gaudí's vermogen om zijn werk een bijna biologische uitstraling te geven.

Langdons blik ging nog verder omhoog, langs de zijkant van de 'afgrond' en de gebogen muren, waarop een lappendeken van bruine en groene tegels werd afgewisseld met fresco's. Op die fresco's waren in gedempte kleuren planten en bloemen afgebeeld die omhoog leken te groeien naar het ovaal van de nachtelijke hemel, boven aan de open schacht.

'De lift is deze kant uit,' fluisterde Ambra, en ze leidde hem langs de rand van het binnenplein. 'Edmonds appartement is helemaal boven.'

Toen ze in de ongemakkelijk kleine lift stapten, stelde Langdon zich de zolderverdieping van het gebouw voor, waar hij een keer was geweest om de kleine Gaudí-tentoonstelling te bekijken. In zijn herinnering bestond de zolder van het Casa Milà uit een donkere, golvende reeks kamers met maar heel weinig ramen.

'Edmond had overal kunnen wonen,' zei Langdon toen de lift naar boven ging. 'Ik kan nog steeds niet geloven dat hij een zolder heeft gehuurd.'

'Het is een vreemd appartement,' beaamde Ambra. 'Maar zoals je weet, was Edmond een excentriekeling.'

Toen de lift bij de bovenverdieping was, kwamen ze uit in een fraaie hal en moesten ze nog een wenteltrap op naar een kleine overloop helemaal boven in het gebouw.

'Dit is het.' Ambra gebaarde naar een gladde metalen deur zonder knop of sleutelgat. Het futuristische portaal leek misplaatst in dit gebouw en was ongetwijfeld door Edmond ingericht.

'Je zei dat je weet waar zijn sleutel is?' vroeg Langdon.

Ambra hield Edmonds telefoon omhoog. 'Op de plek waar hij alles bewaart.'

Ze hield de telefoon tegen de metalen deur. Langdon hoorde drie piepjes; toen schoof er een reeks grendels open. Ambra deed de telefoon in haar zak en duwde tegen de deur.

'Na jou,' zei ze met een armgebaar.

Langdon stapte over de drempel en kwam terecht in een zwak verlichte hal met muren en een plafond van lichte baksteen. De vloer was ook van steen, en de lucht leek ijl.

Toen hij door de hal naar de open ruimte daarachter liep, stond hij opeens oog in oog met een enorm schilderij dat tegen de achterwand hing, onberispelijk verlicht met spots van museale kwaliteit.

Toen Langdon het zag, bleef hij abrupt staan. 'Mijn god, is dat... het origineel?'

Ambra glimlachte. 'Ja, ik wilde het nog zeggen in het vliegtuig, maar toen bedacht ik dat het leuker zou zijn om je te verrassen.'

Sprakeloos liep Langdon naar het meesterwerk. Het was ongeveer drieënhalve meter breed en meer dan een meter hoog – veel groter dan hij zich herinnerde van de keer dat hij het had gezien in het Museum of Fine Arts in Boston. *Ik had gehoord dat het was verkocht aan een anonieme verzamelaar, maar ik had geen idee dat Edmond dat was!*

'Toen ik het voor het eerst zag, kon ik bijna niet geloven dat Edmond hield van dit soort kunst,' zei Ambra. 'Maar nu ik weet waar hij dit jaar aan heeft gewerkt, lijkt het schilderij helemaal op zijn plaats.'

Het beroemde meesterwerk was een van de belangrijkste schilderijen van de Franse postimpressionist Paul Gauguin, een baanbrekende schilder die de belichaming was van het symbolisme van het eind van de negentiende eeuw en een van de grondleggers van de moderne kunst.

Toen Langdon voor het schilderij stond, viel hem meteen op dat Gauguins palet leek op dat van de hal van het Casa Milà: een samensmelting van organische groene, bruine en blauwe tinten, die ook hier een heel natuurlijk tafereel vormden.

Ondanks de intrigerende verzameling mensen en dieren in het schilderij van Gauguin ging Langdons blik meteen naar de linkerbovenhoek, waar in een heldergele vlek de titel van het werk stond.

Ongelovig las Langdon de woorden. *D'où Venons Nous?/ Que Sommes Nous?/ Où Allons Nous?*

Waar komen we vandaan? Wie zijn wij? Waar gaan we naartoe?

Langdon vroeg zich af of Edmond het inspirerend had gevonden om elke dag bij thuiskomst deze woorden te lezen.

Ambra kwam ook voor het schilderij staan. 'Edmond zei dat hij elke keer als hij binnenkwam door deze vragen gemotiveerd wilde worden.'

Je kunt ze ook niet missen, dacht Langdon.

Toen hij de prominente plek zag die Edmond het meesterwerk had toebedeeld, vroeg Langdon zich af of op het schilderij misschien iets te vinden was over Edmonds ontdekking. Op het eerste gezicht leek het onderwerp te primitief om een aanwijzing te bevatten over een geavanceerd wetenschappelijk onderzoek. In brede, ongelijke penseelstroken was het Tahitiaanse oerwoud afgebeeld, dat werd bewoond door inlanders en dieren.

Langdon kende het doek goed, en hij herinnerde zich dat het Gauguins bedoeling was geweest dat het van rechts naar links werd 'gelezen' – precies andersom als een standaard Franse tekst. En dus ging Langdons blik snel in omgekeerde volgorde langs de bekende figuren.

Uiterst rechts sliep een pasgeboren baby op een rotsblok, het symbool van het begin van het leven. *Waar komen we vandaan?*

In het midden was een groep mensen van verschillende leeftijden bezig met de dagelijkse activiteiten. *Wie zijn we?*

En aan de linkerkant zat een afgeleefde oude vrouw, helemaal alleen en ogenschijnlijk verzonken in gedachten over haar sterfelijkheid. *Waar gaan we naartoe?*

Het verbaasde Langdon dat hij niet meteen aan dit schilderij had gedacht toen Edmond vertelde waar zijn ontdekking mee te maken had. *Wat is onze oorsprong? Wat is onze bestemming?*

Langdon keek naar de andere elementen op het schilderij – honden, katten en vogels die niets in het bijzonder leken te doen; een primitief beeld van een godin op de achtergrond; een hoop kronkelende wortels en bomen.

En natuurlijk Gauguins beroemde 'vreemde witte vogel', die naast de oude vrouw zat en volgens de kunstenaar de nutteloosheid van woorden vertegenwoordigde.

Nutteloos of niet, dacht Langdon, we zijn hier om te zoeken naar woorden. Om te zoeken naar een dichtregel met een lengte van tweeënzestig tekens.

Even vroeg hij zich af of de ongebruikelijke titel van het schilderij het wachtwoord zou kunnen zijn, maar een snelle telling in zowel het Frans als het Engels leverde niet het juiste aantal op.

'Oké, we zoeken een dichtregel,' zei Langdon hoopvol.

'Edmonds bibliotheek is deze kant uit.' Ambra wees naar links, waar een brede gang was. Langdon zag dat er verschillende objecten in werden tentoongesteld die met Gaudí te maken hadden.

Woont Edmond in een museum? Langdon kon er nog steeds niet helemaal over uit. De zolder van het Casa Milà was niet bepaald gezellig te noemen. Hij was helemaal opgebouwd uit steen en vormde in wezen een doorlopende, van bogen voorziene tunnel, een ring van 270 paraboolbogen van verschillende hoogte, met tussenruimtes van ongeveer een meter. Er waren maar heel weinig ramen en de lucht deed droog en steriel aan. Kennelijk werd hij grondig gefilterd om de museumstukken te beschermen.

'Ik kom zo,' zei Langdon. 'Eerst moet ik Edmonds badkamer zien te vinden.'

Ambra keek onzeker. 'Edmond vroeg altijd of ik die beneden in de hal wilde gebruiken. Hij liet vreemd genoeg niemand binnen in de privébadkamer in het appartement.'

'Het is een vrijgezellenhuis. Waarschijnlijk is het een grote rotzooi in zijn badkamer en schaamde hij zich daarvoor.'

Ambra glimlachte. 'Ik denk dat hij ergens daar is.' Ze wees de andere kant uit, naar een heel donkere tunnel.

'Dank je. Ik ben zo terug.'

Ambra liep naar Edmonds kantoor, en Langdon ging de andere kant uit en nam de smalle gang, een indrukwekkende tunnel van bakstenen bogen die deed denken aan een ondergrondse grot of een middeleeuwse catacombe. Terwijl hij door de stenen tunnel liep, gingen onder aan elke paraboolboog lampen met bewegingssensoren aan om hem bij te lichten.

Langdon kwam langs een mooie leeshoek, een kleine fitnessruimte en zelfs een voorraadkamer. Overal stonden vitrines met tekeningen, architecturale schetsen en 3D-modellen van projecten van Gaudí.

Maar toen hij langs een verlichte vitrine met biologische voorwerpen kwam, bleef Langdon staan, verbaasd over de inhoud: een fossiel van een prehistorische vis, een elegante nautilusschelp en het kronkelende skelet van een slang. Even dacht Langdon dat Edmond deze vitrine zelf had ingericht en dat ze misschien te maken had met zijn onderzoek naar de oorsprong van het leven. Toen zag hij de tekst op de vitrine en las dat deze voorwerpen van Gaudí waren geweest en dat verschillende architecturale kenmerken van dit huis hierin werden weerspiegeld. De visschubben waren de tegelpatronen op de muren, de nautilusschelp was de ronde hellingbaan van de garage en het slangenskelet met zijn honderden dicht bij elkaar staande ribben was deze gang.

Bij de vitrine stonden de nederige woorden van de architect:

Niets wordt uitgevonden dat al niet in de natuur bestaat. Oorspronkelijkheid is de terugkeer naar de oorsprong.

– Antoni Gaudí

Langdon keek de bochtige gang door en had eens te meer het gevoel dat hij in een levend wezen stond.

Een perfect onderkomen voor Edmond, besloot hij. Door de wetenschap geïnspireerde kunst.

Toen Langdon een bocht in de tunnel omging, kwam hij in een open ruimte en gingen de lampen aan. Zijn blik werd meteen getrokken door een enorme glazen vitrine in het midden.

Een maquette met kettinglijnen. Hij had altijd bewondering gehad voor deze ingenieuze prototypen van Gaudí. In de architectuur is een kettinglijn de bocht van een koord dat slap tussen twee vaste punten hangt, zoals een hangmat of het fluwelen touw tussen twee paaltjes in een theater.

In de maquette die Langdon hier zag, waren tientallen kettingen losjes boven in de vitrine vastgemaakt, zodat ze in flauwe U-vormen naar beneden en weer naar boven liepen. Omdat trekkracht het omgekeerde was van drukkracht, kon Gaudí de precieze vorm die de ketting aannam als hij op natuurlijke wijze doorboog onder zijn eigen gewicht bestuderen en nabootsen om de architecturale uitdaging van de drukkracht op te lossen.

Maar daar heb je een spiegel voor nodig. Langdon liep naar de vitrine. Zoals hij al had verwacht, lag onder in de vitrine een spiegel. Toen hij erin keek, zag hij het magische effect. Het hele model kwam op zijn kop te staan en de hangende lussen werden hoge pieken.

Het leek op een soort luchtopname van de Basílica de la Sagrada Família, waarvan de torens mogelijk waren ontworpen naar dit model.

Langdon liep verder en kwam in een smaakvol ingerichte slaapkamer met een antiek hemelbed, een grote kast van kersenhout en een ladekast met inlegwerk. Aan de muren hingen ontwerpschetsen van Gaudí. Langdon besefte dat die weer bij het museum hoorden.

Het enige kunstwerk dat aan de kamer leek te zijn toegevoegd, was een gekalligrafeerd citaat dat boven Edmonds bed hing. Langdon las de eerste drie woorden en wist meteen waar het citaat vandaan kwam.

God is dood! God blijft dood! En wij hebben hem gedood! Hoe zullen wij ons troosten, wij moordenaars?
– Nietzsche

'God is dood' was de bekendste uitspraak van Friedrich Nietzsche, de beroemde negentiende-eeuwse Duitse filosoof en atheïst. Nietzsche stond bekend om zijn vernietigende kritiek op het geloof, maar ook om zijn bespiegelingen over de wetenschap – in het bijzonder Darwins evolutieleer – die volgens hem de mens aan de rand van het nihilisme had gebracht: het bewustzijn dat het leven geen betekenis of hoger doel heeft en geen direct bewijs vormt voor het bestaan van God.

Toen hij het citaat boven het bed zag, vroeg Langdon zich af of Edmond ondanks zijn antireligieuze uitspraken misschien toch had geworsteld met zijn eigen pogingen om de wereld van God te bevrijden.

Hij herinnerde zich dat het citaat van Nietzsche eindigde met de woorden: 'Is niet de grootte van deze daad te groot voor ons? Moeten wij niet zelf goden worden om haar waardig te blijken?'

Dit stoutmoedige idee – dat de mens God moest worden om God te kunnen doden – vormde de kern van Nietzsches denken, en Langdon besefte dat het misschien gedeeltelijk het godcomplex verklaarde waar zoveel geniale technologische pioniers als Edmond aan leden. *Wie van God af wil, moet een god zijn.*

Terwijl Langdon daarover nadacht, viel hem nog iets in.

Nietzsche was niet alleen filosoof, maar ook dichter!

Hij had zelf *The Peacock and the Buffalo* in de kast staan, Nietzsches verzamelde poëzie in het Duits met de Engelse vertaling ernaast.

Langdon telde snel de tekens van het ingelijste citaat. Het aantal klopte niet, maar toch voelde hij zich hoopvol. Zou Nietzsche niet de dichter kunnen zijn van de regel die we zoeken? En zo ja, staat hier dan ergens een dichtbundel van Nietzsche? Hoe dan ook, Langdon zou Winston vragen een compilatie te maken van Nietzsches gedichten en te kijken of hij daar een zin in kon ontdekken van tweeënzestig tekens.

Omdat hij graag terug wilde naar Ambra om haar te vertellen wat hij had bedacht, haastte Langdon zich door de slaapkamer naar de badkamer die hij daarachter zag.

Toen hij naar binnen liep, gingen de lampen aan in een elegant ingerichte badkamer met een wastafel, een douche en een toilet.

Langdons blik viel meteen op een laag, antiek tafeltje vol toiletspullen. Toen hij zag wat er allemaal tussen lag, deinsde hij geschokt achteruit.

O god, Edmond... Nee.

Het tafeltje lag vol drugsattributen – gebruikte naalden, pillenpotjes, losse capsules en zelfs een lap met bloedvlekken.

Was Edmond aan de drugs?

Langdon wist dat er pijnlijk veel drugsverslaafden waren, zelfs onder rijke en beroemde mensen. Heroïne was tegenwoordig goedkoper dan bier en mensen slikten opiaten alsof het aspirientjes waren.

Een verslaving zou in elk geval verklaren waarom hij de laatste tijd zo mager is geworden. Langdon vroeg zich af of Edmond alleen maar had gedaan alsof hij veganist was geworden om zijn gewichtsverlies en diepliggende ogen te verklaren.

Hij liep naar de tafel, pakte een van de potjes en las het etiket, in de verwachting een veelgebruikt opiaat te vinden als Oxicontin of Percocet.

In plaats daarvan zag hij Docetaxel staan.

Verbaasd bekeek hij een ander potje. Gemcitabine.

Wat zijn dat voor middeltjes, vroeg hij zich af. Hij las het opschrift van een derde potje. Fluorouracil.

Langdon verstrakte. Hij had gehoord van Fluorouracil via een collega op Harvard, en opeens werd hij bang. Toen zag hij een brochure tussen de potjes liggen. De titel luidde: 'Kan veganisme alvleesklierkanker vertragen?'

Langdons mond viel open toen de waarheid tot hem doordrong.

Edmond was niet aan de drugs geweest.

Hij had in stilte gevochten tegen kanker.

53

Ambra Vidal stond in het zwak verlichte zolderappartement en liet haar blik langs de boeken in Edmonds bibliotheek gaan.

Zijn collectie is groter dan ik me herinnerde.

Edmond had een groot deel van de gang veranderd in een prachtige bibliotheek door planken tussen Gaudí's bogen aan te brengen. Die bibliotheek was onverwacht groot en uitgebreid, vooral als je bedacht dat Edmond hier maar twee jaar had gedacht te blijven.

Het ziet er eerder naar uit dat hij hier niet meer weg wilde.

Toen ze de volle planken bekeek, besefte Ambra dat het veel meer tijd zou kosten om Edmonds favoriete dichtregel op te sporen dan ze hadden verwacht. Ze liep tussen de planken door en bekeek de ruggen van de boeken, maar zag alleen wetenschappelijke werken over kosmologie, bewustzijn en kunstmatige intelligentie.

- HET GROTE BEELD
- KRACHTEN DER NATUUR
- WAAR KOMT HET BEWUSTZIJN VANDAAN?
- BIOLOGIE VAN HET GELOOF
- INTELLIGENTE ALGORITMEN
- ONZE FINALE UITVINDING

Aan het eind van dat gedeelte stapte ze om een boog heen en kwam bij het volgende stuk met planken. Daar vond ze een breed scala aan wetenschappelijke onderwerpen: thermodynamica, kosmochemie, psychologie.

Geen poëzie.

Opeens viel haar in dat Winston zich al een tijdje niet had laten horen, dus ze haalde Kirsch' telefoon tevoorschijn. 'Winston? Hebben we nog verbinding?'

'Ik ben hier,' klonk zijn Britse stem.

'Heeft Edmond al die boeken in zijn bibliotheek daadwerkelijk gelezen?'

'Dat geloof ik wel,' antwoordde Winston. 'Hij was een gretig veellezer en noemde zijn bibliotheek zijn schatkamer vol kennis.'

'En is er toevallig ook een afdeling poëzie?'

'De enige titels waar ik me van bewust ben, zijn de non-fictieboeken die ik als e-boek heb moeten lezen, zodat Edmond en ik de inhoud konden bespreken, een oefening die naar ik vermoed meer diende voor mijn onderricht dan voor dat van hem. Helaas heb ik niet zijn hele collectie tot mijn beschikking, dus de enige manier om iets te vinden, is om gewoon te zoeken.'

'Ik begrijp het.'

'Er is nog één ding dat u misschien zal interesseren terwijl u zoekt: breaking news uit Madrid over uw verloofde, prins Julián.'

'Wat is er met hem?' Ambra bleef abrupt staan. Ze wist nog steeds niet wat ze moest denken over Juliáns mogelijke betrokkenheid bij de aanslag op Kirsch. Er is geen bewijs, hield ze zichzelf voor. Geen enkel bewijs dat Julián heeft geholpen Ávila's naam op de gastenlijst te krijgen.

'Er is net gemeld dat er wordt gedemonstreerd voor het koninklijk paleis,' zei Winston. 'Het schijnt dat er steeds meer aanwijzingen zijn dat de moord op Edmond in het geheim is voorbereid door bisschop Valdespino, mogelijk met de hulp van iemand in het paleis, misschien zelfs de prins. Fans van Kirsch zijn daar te hoop gelopen. Kijk maar eens.'

Op Edmonds smartphone verschenen beelden van boze mensen voor de hekken van het paleis. Een ervan droeg een bord waarop stond: PONTIUS PILATUS VERMOORDDE JULLIE PROFEET – JULLIE DIE VAN ONS!

Anderen hadden met spuitbussen verf een enkel woord op beddenlakens gespoten – APOSTASIA! – dat werd vergezeld door een logo dat steeds vaker verscheen in de straten van Madrid.

Apostasie was een populaire strijdkreet geworden bij de liberale jeugd in Spanje. *Verzaak de kerk!*

'Heeft Julián al een verklaring afgelegd?' vroeg Ambra.

'Dat is een van de problemen,' zei Winston. 'Geen woord van Julián, de bisschop of wie dan ook in het paleis. De voortdurende stilte heeft de argwaan aangewakkerd. Overal doen samenzweringstheorieën de ronde en de nationale pers vraagt waar u zit en waarom u geen commentaar hebt gegeven op deze crisis.'

'Ik?' vroeg Ambra ontzet.

'U was getuige van de moord. U bent de toekomstige koningin en de liefde van prins Juliáns leven. Het publiek wil u horen zeggen dat u er zeker van bent dat Julián er niets mee te maken heeft.'

Ambra wist in haar hart dat Julián met geen mogelijkheid iets kon hebben geweten van de moord op Edmond. Als ze terugdacht aan hun tijd samen, herinnerde ze zich een tedere en oprechte man. Naïef, romantisch en impulsief, maar zeker geen moordenaar.

'Er worden nu ook vragen gesteld over professor Langdon,' zei Winston. 'De media vragen zich af waarom de professor zonder enig commentaar is verdwenen, vooral nadat hij zo'n prominente rol heeft gespeeld in Edmonds presentatie. Verscheidene samenzweringsblogs suggereren dat zijn verdwijning wel eens zou kunnen wijzen op zijn betrokkenheid bij de moord.'

'Dat is idioot!'

'Het standpunt krijgt bijval. Dat komt doordat Langdon in het verleden heeft gezocht naar de heilige graal en de bloedlijn van Christus. Het schijnt dat de Salische afstammelingen van Christus in het verleden banden hebben gehad met de carlistische beweging, en de tattoo van de moordenaar...'

'Stop,' viel Ambra hem in de rede. 'Dit is absurd.'

'Anderen beweren juist dat Langdon is verdwenen omdat hijzelf vanavond een doelwit is geworden. Iedereen hangt vanuit zijn leunstoel de detective uit. Een groot deel van de wereld werkt op dit moment samen om te achterhalen wat Edmond had ontdekt en wie hem het zwijgen wilde opleggen.'

Ambra's aandacht werd getrokken door het geluid van Langdons voetstappen, die snel de gang door kwamen. Ze draaide zich om en zag hem net de hoek om komen.

'Ambra?' riep hij gespannen. 'Was jij je ervan bewust dat Edmond ernstig ziek was?'

'Ziek?' zei ze verbaasd. 'Nee.'

Langdon vertelde wat hij in Edmonds badkamer had aangetroffen.

Ambra was met stomheid geslagen.

Alvleesklierkanker? Was Edmond daarom zo bleek en mager?

Edmond had nooit laten merken dat hij ziek was. Nu begreep Ambra waarom hij de laatste paar maanden zo idioot hard had gewerkt. *Edmond wist dat zijn tijd opraakte.*

'Winston,' vroeg ze. 'Wist jij van Edmonds ziekte?'

'Ja,' zei Winston zonder enige aarzeling. 'Voor de buitenwereld hield hij dat verborgen. Hij kwam er tweeëntwintig maanden geleden achter en toen is hij meteen anders gaan eten en harder gaan werken. Hij is bovendien verhuisd naar deze zolder, waar hij gefilterde lucht kon inademen en beschermd was tegen uv-straling. Hij moest zo veel mogelijk in het donker leven, omdat hij door zijn medicijnen overgevoelig werd voor licht. Edmond is veel langer blijven leven dan zijn dokters voorspelden. Maar de laatste tijd begon zijn toestand te verslechteren. Gebaseerd op empirisch bewijs dat ik uit wereldwijde databases over alvleesklierkanker heb gehaald, heb ik Edmonds achteruitgang geanalyseerd en berekend dat hij nog negen dagen te leven had.'

Negen dagen, dacht Ambra. Ze voelde zich schuldig omdat ze Edmond had geplaagd met zijn veganistische dieet en hem een workaholic had genoemd. *De man was ziek. Hij werkte zo hard als hij kon om zijn laatste moment van glorie te beleven voordat zijn tijd op was.* Dat trieste besef maakte Ambra's vastberadenheid om het gedicht te vinden en af te maken wat Edmond was begonnen alleen maar groter.

'Ik heb nog geen dichtbundels gevonden,' zei ze tegen Langdon. 'Tot hier zijn het allemaal wetenschappelijke boeken.'

'Ik denk dat de dichter die we zoeken wel eens Friedrich Nietzsche zou kunnen zijn.' Langdon vertelde haar over het ingelijste citaat boven Edmonds bed. 'Dat citaat heeft geen tweeënzestig letters, maar het wijst er wel op dat Edmond een fan van Nietzsche was.'

'Winston,' zei Ambra, 'kun jij Nietzsches verzamelde gedichten doorzoeken op regels met precies tweeënzestig letters?'

'Zeker,' antwoordde Winston. 'In het Duits of in de Engelse vertaling?'

Ambra aarzelde.

'Begin maar met het Engels,' zei Langdon. 'Edmond moest die zin intypen op zijn telefoon en met dat toetsenbord kon hij niet zo gemakkelijk een ringel-s of letters met een umlaut maken.'

Ambra knikte. *Slim.*

'Ik heb de resultaten,' kwam Winston bijna meteen. 'Ik heb bijna driehonderd vertaalde gedichten gevonden en honderdtweeënnegentig zinnen met precies tweeënzestig letters.'

Langdon zuchtte. 'Zoveel?'

'Winston, Edmond noemde zijn favoriete zin een profetie, een voorspelling over de toekomst, een die al bewaarheid werd. Zie je iets wat daaraan voldoet?' vroeg Ambra.

'Het spijt me,' antwoordde Winston. 'Ik zie hier niets wat wijst op een profetie. Het zijn allemaal door enjambementen onderbroken langere zinnen uit gedichten, en het lijken gedeelten van gedachten. Zal ik ze laten zien?'

'Het zijn er te veel,' zei Langdon. 'We moeten een echte bundel zien te vinden en hopen dat Edmond daar zijn favoriete zin in heeft aangegeven.'

'Dan stel ik voor dat u een beetje opschiet,' zei Winston. 'Het lijkt erop dat uw aanwezigheid hier geen geheim meer is.'

'Waarom zeg je dat?' vroeg Langdon.

'Het plaatselijke nieuws meldt dat er een militair vliegtuig is geland op luchthaven El Prat dat er twee leden van de Guardia Real zijn uitgestapt.'

Bisschop Valdespino zat naast prins Julián op de smalle achterbank van de kleine Opel van zijn acoliet, die door de buitenwijken van Madrid reed, en was dankbaar dat hij op tijd uit het paleis had weten te ontsnappen. Hij hoopte dat de wanhopige maatregelen die inmiddels achter de schermen werden getroffen hem zouden helpen de situatie weer een beetje in de hand te krijgen nadat alles die avond zo enorm mis was gelopen.

'*La casita del Principe*,' had Valdespino tegen de acoliet gezegd toen de jongeman wegreed van het paleis.

Het casita van de prins, dat eigenlijk meer een landhuis was, stond in een afgelegen landelijk gebied op een kleine drie kwartier rijden van Madrid. Het was al sinds halverwege de achttiende eeuw het privéonderkomen van de erfgenaam van de Spaanse troon en vormde een geïsoleerde plek waar een man zijn wilde haren kon verliezen voordat hij zich ging bezighouden met ernstiger zaken, zoals het besturen van een land. Valdespino had Julián verzekerd dat het veel veiliger was om zich daar terug te trekken dan om vanavond in het paleis te blijven.

Alleen neem ik Julián niet mee naar het casita, dacht de bisschop, en hij wierp een blik op de prins, die schijnbaar diep in gedachten naar buiten zat te kijken.

Valdespino vroeg zich af of de prins echt zo naïef was als hij leek, of er net als zijn vader bedreven in was geworden om alleen bepaalde kanten van zichzelf te laten zien.

54

De handboeien om Garza's polsen leken onnodig strak.

Het is die jongens menens, dacht hij, nog steeds in de war.

'Wat is er in vredesnaam aan de hand?' vroeg Garza nogmaals toen de mannen met hem de kathedraal uit marcheerden, het nachtelijke plein op.

Geen antwoord.

Toen de groep over het grote plein naar het paleis liep, zag Garza dat er een hele verzameling tv-camera's en een protesterende menigte achter het hek stonden. 'Ga alsjeblieft achterom,' zei hij tegen de man die de leiding had. 'Maak hier geen openbaar spektakel van.'

De soldaten negeerden hem en dwongen Garza recht over het plein te lopen. Binnen een paar seconden klonken er schreeuwende stemmen achter het hek en werd hij verblind door felle lampen. Woedend dwong Garza zichzelf rustig te blijven en met opgeheven hoofd door te lopen toen hij vlak langs de schreeuwende cameramannen en verslaggevers werd geleid.

Een kakofonie van stemmen riep Garza vragen toe.

'Waarom wordt u gearresteerd?'

'Wat hebt u gedaan, commandant?'

'Bent u betrokken bij de aanslag op Edmond Kirsch?'

Garza verwachtte niet anders dan dat de gardisten zonder ook maar op te kijken langs de menigte zouden lopen, maar tot zijn geschokte verbazing stopten ze abrupt en lieten hem stilstaan voor de camera's. Vanuit het paleis kwam een bekende gestalte in broekpak op hen af.

Mónica Martín.

Garza twijfelde er niet aan dat ze verbijsterd zou zijn over wat er gebeurde. Maar toen Martín zich bij hen voegde, keek ze vreemd genoeg niet verbaasd, maar minachtend. De bewakers zetten Garza met zijn gezicht naar de verslaggevers.

Mónica Martín stak een hand op om de menigte tot stilte te manen en haalde toen een vel papier uit haar zak. Ze duwde haar bril omhoog en las een verklaring voor.

'Het koninklijk paleis heeft opdracht gegeven tot de arrestatie van commandant Diego Garza voor zijn rol in de moord op Edmond Kirsch en voor zijn pogingen om bisschop Valdespino voor die misdaad aansprakelijk te stellen.'

Voordat Garza de belachelijke beschuldiging tot zich door kon laten dringen, werd hij door de bewakers met harde hand meegenomen naar het paleis. Terwijl hij wegliep, hoorde hij dat Mónica Martín verderging met haar verklaring.

'Met betrekking tot onze toekomstige koningin, Ambra Vidal, en de Amerikaanse hoogleraar Robert Langdon heb ik tot mijn spijt zeer verontrustend nieuws.'

In het paleis stond de directeur van de elektronische beveiliging, Suresh Bhalla, voor een televisie en keek als aan de grond genageld naar de live-uitzending van Mónica Martíns geïmproviseerde persconferentie.

Ze lijkt er niet echt gelukkig mee.

Nog maar vijf minuten geleden had Martín een persoonlijk telefoontje gehad. Ze had de telefoon meegenomen naar haar kantoor, waar ze op gedempte toon had gesproken en zorgvuldig aantekeningen had gemaakt. Zestig seconden later was ze weer naar buiten gekomen, en Suresh had haar nog nooit zo geschokt gezien. Zonder enige uitleg was Martín rechtstreeks met haar aantekeningen naar het plein gegaan en had ze de media toegesproken.

Of haar beweringen nu klopten of niet, één ding was zeker: degene die bevel had gegeven tot het afleggen van deze verklaring had Robert Langdon ernstig in gevaar gebracht.

Wie heeft Mónica dat bevel gegeven, vroeg Suresh zich af.

Terwijl hij het bizarre gedrag van de pr-coördinator probeerde te begrijpen, kwam er een bericht binnen op zijn computer. Suresh ging ernaartoe, keek op het scherm en was verbaasd toen hij zag wie er contact met hem had gezocht.

Monte@iglesia.org.

De informant, dacht Suresh.

Het was de persoon die de hele avond al informatie doorgaf aan ConspiracyNet. En nu nam hij om welke reden dan ook rechtstreeks contact op met Suresh.

Suresh ging zitten en opende argwanend zijn e-mail.

Er stond:

ik heb valdespino's berichten gehackt.
hij heeft gevaarlijke geheimen.
het paleis zou eens in zijn sms-gegevens moeten kijken.
nu meteen.

Geschrokken las Suresh het bericht nog een keer. Toen wiste hij het.
Even bleef hij zwijgend zitten om te bedenken wat hem te doen stond.
Toen nam hij een besluit, maakte snel een sleutelkaart aan voor de koninklijke appartementen en glipte ongezien naar boven.

55

Steeds sneller liet Langdon zijn blik langs de boeken in Edmonds bibliotheek gaan.

Gedichten... er moeten hier ergens gedichten zijn.

De onverwachte aankomst van de Guardia had alles op scherp gezet, maar toch had Langdon er alle vertrouwen in dat ze genoeg tijd zouden hebben. Hadden ze eenmaal Edmonds favoriete dichtregel gevonden, dan zou het probleem maar een paar seconden kosten om die in te voeren in Edmonds telefoon en de presentatie af te spelen voor de wereld. Zoals Edmond een plan had geopperd.

Langdon keek even naar Ambra, die iets verderop stond en de linkerkant van de gang voor haar rekening nam, terwijl hij de rechterkant afzocht. 'Zie je daar iets?'

55

Steeds sneller liet Langdon zijn blik langs de boeken in Edmonds bibliotheek gaan.

Gedichten... er moeten hier ergens gedichten zijn.

De onverwachte aankomst van de Guardia had alles op scherp gezet, maar toch had Langdon er alle vertrouwen in dat ze genoeg tijd zouden hebben. Hadden ze eenmaal Edmonds favoriete dichtregel gevonden, dan zou het tenslotte maar een paar seconden kosten om die in te voeren in Edmonds telefoon en de presentatie af te spelen voor de wereld. *Zoals Edmond van plan was geweest.*

Langdon keek even naar Ambra, die iets verderop stond en de linkerkant van de gang voor haar rekening nam, terwijl hij de rechterkant afzocht. 'Zie je daar iets?'

Ambra schudde haar hoofd. 'Alleen maar wetenschap en filosofie, tot dusver. Geen poëzie. Geen Nietzsche.'

'Blijf zoeken.' Langdon ging zelf ook verder met zijn zoektocht. Hij bekeek op dat moment een deel met dikke boeken over geschiedenis.

Voorrecht, vervolging en voorspelling: de katholieke kerk in Spanje.
Met Zwaard en Kruis: de historische evolutie van de katholieke wereldmonarchie.

De titels deden hem denken aan een verhaal dat Edmond hem jaren geleden had verteld, nadat Langdon had opgemerkt dat Edmond voor een Amerikaanse atheïst een ongebruikelijke belangstelling leek te hebben voor Spanje en het katholicisme. 'Mijn moeder was een Spaanse,' had Edmond op vlakke toon gezegd. 'En een door schuldgevoelens geplaagde katholiek.'

Langdon had alleen maar vol verbazing kunnen luisteren toen Edmond hem het tragische relaas deed van zijn jeugd en zijn moeder. De computerwetenschapper had uitgelegd dat zijn moeder, Paloma Calvo, de dochter was van eenvoudige arbeiders in het Spaanse Cádiz. Op haar negentiende was ze verliefd geworden op Michael Kirsch, een hoogleraar uit Chicago die in Spanje zijn sabbatical doorbracht, en in verwachting geraakt. Omdat ze had gezien dat andere ongetrouwde moeders in haar streng katholieke gemeenschap met de nek werden aangekeken, had Paloma geen andere mogelijkheid gezien dan Kirsch' halfslachtige aanbod om met haar te trouwen aan te nemen en naar Chicago te verhuizen. Kort nadat haar zoon Edmond was geboren, werd Paloma's man door een auto doodgereden terwijl hij op de fiets op weg was naar huis.

Castigo divino, had haar eigen vader het genoemd. De straf van God.

Paloma's ouders weigerden hun dochter terug te laten keren naar Cádiz, waar ze hen te schande zou maken. Bovendien waarschuwden ze haar dat haar moeilijke situatie een duidelijk teken was van Gods woede en dat ze nooit in het koninkrijk der hemelen zou worden opgenomen, tenzij ze zich de rest van haar leven met lichaam en ziel aan Christus zou wijden.

Na de geboorte van Edmond werkte Paloma als kamermeisje in een motel, en ze probeerde haar zoon zo goed mogelijk op te voeden. 's Avonds las ze in hun armoedige appartement de Schrift en bad ze om vergeving, maar haar armoede werd alleen maar groter, en daarmee ook haar zekerheid dat God nog niet tevreden was met haar boetedoening.

Vol schaamte en angst raakte Paloma er na vijf jaar van overtuigd dat ze haar moederliefde het beste kon tonen door haar zoon een nieuw leven te geven en hem te behoeden voor Gods straf voor de zonden van zijn moeder. Dus bracht ze de vijfjarige Edmond onder in een weeshuis en keerde ze zelf terug naar Spanje, waar ze intrad in een klooster. Edmond had haar nooit meer teruggezien.

Op zijn tiende had Edmond te horen gekregen dat zijn moeder in het klooster was overleden nadat ze zichzelf een religieuze vastenperiode had opgelegd. Overweldigd door lichamelijke pijn had ze zichzelf opgehangen.

'Het is een treurig verhaal,' had Edmond tegen Langdon gezegd. 'De bijzonderheden heb ik gehoord toen ik op de middelbare school zat, en zoals je je kunt voorstellen, heeft de onwrikbare geloofsijver van mijn moeder veel te maken met mijn afkeer van religie. Ik noem het Newtons derde wet van de kinderopvoeding: elke vorm van waanzin heeft zijn tegenpool die net zo waanzinnig is.'

Nadat hij het verhaal had gehoord, begreep Langdon waarom Edmond zoveel woede en bitterheid in zich had gehad toen hij hem als eerstejaars had leren kennen. Langdon verwonderde zich erover dat Edmond nooit had geklaagd over zijn harde jeugd. Integendeel, hij had zich zelfs gelukkig geprezen met die vroege ontberingen, omdat die een krachtige motivatie voor hem waren geweest om de twee doelen te bereiken die hij zich als kind had gesteld: ten eerste om uit de armoede te raken en ten tweede om de hypocrisie van het geloof dat volgens hem zijn moeder kapot had gemaakt aan de kaak te stellen.

Dat is allebei gelukt, dacht Langdon somber terwijl hij in de bibliotheek rond bleef neuzen.

Toen hij bij een nieuwe reeks boekenplanken kwam, zag hij veel bekende titels, die bijna allemaal te maken hadden met de bezorgdheid die Edmond zijn leven lang had gevoeld ten aanzien van de gevaren van religie.

GOD ALS MISVATTING

GOD IS NIET GROOT

DE DRAAGBARE ATHEÏST

BRIEF AAN EEN CHRISTELIJKE NATIE

VAN GOD LOS

HET GODSVIRUS: HOE RELIGIE ONS LEVEN EN ONZE CULTUUR BESMET

De laatste tien jaar waren boeken waarin rationaliteit werd aanbevolen boven blind geloof prominent aanwezig op de bestsellerlijsten. Langdon moest toegeven dat de mensen merkbaar afstand namen van het geloof, zelfs op de campus van Harvard. In de *Washington Post* had onlangs een artikel gestaan over het geringe aantal gelovigen op Harvard, waarin werd gemeld dat zich voor het eerst in de driehonderdtachtigjarige geschiedenis van de universiteit meer agnostici en atheïsten onder de eerstejaarsstudenten bevonden dan protestanten en katholieken.

In de hele westerse wereld staken antireligieuze bewegingen de kop op die waarschuwden voor de gevaren van religieuze dogma's: American Atheist, de Freedom from Religion Foundation, Americanhumanist.org, de Atheist Alliance International.

Langdon had nooit veel aandacht aan deze groeperingen besteed, hoewel Edmond hem had verteld over de Brights, een wereldorganisatie die ondanks haar vaak verkeerd begrepen naam uitging van een naturalistisch wereldbeeld zonder bovennatuurlijke of mystieke elementen. Onder de leden van de Brights bevonden zich prominente intellectuelen als Richard Dawkins, Margaret Downey en Daniel Dennett. Het groeiende leger atheïsten kon tegenwoordig kennelijk beschikken over een aantal heel grote kanonnen.

Langdon had even daarvoor boeken van zowel Dawkins als Dennett gezien in het deel van de bibliotheek dat was gewijd aan de evolutie.

De blinde horlogemaker, het klassieke boek van Dawkins, maakte korte metten met het teleologische idee dat de mens net als een ingewikkeld horloge alleen kan bestaan door tussenkomst van een 'ontwerper'. In een van Dennetts boeken, *Darwins gevaarlijke idee*, werd gesteld dat natuurlijke selectie voldoende was om de evolutie te verklaren en dat complexe biologische ontwerpen konden bestaan zonder de bemoeienis van een goddelijke ontwerper.

God is niet nodig om leven te maken, peinsde Langdon, die terugdacht aan Edmonds presentatie. De vraag 'waar komen we vandaan?' weerklonk opeens krachtiger in zijn hoofd. Kan dat deel uitmaken van Edmonds ontdekking, vroeg hij zich af. Het idee dat het leven op zichzelf kan bestaan, zonder Schepper?

Dat concept was natuurlijk lijnrecht in tegenspraak met elk scheppingsverhaal, en Langdon werd steeds benieuwder of hij op het juiste spoor zat. Maar aan de andere kant was het idee volgens hem totaal niet te bewijzen.

'Robert?' riep Ambra achter hem.

Langdon draaide zich om en zag dat ze haar kant van de bibliotheek had doorzocht en haar hoofd schudde. 'Hier is niets te vinden,' zei ze. 'Allemaal non-fictie. Ik zal je helpen met jouw kant.'

'Hier is het hetzelfde, tot dusver,' zei Langdon.

Toen Ambra overstak naar Langdons kant van de bibliotheek, klonk Winstons stem door de telefoon.

'Mevrouw Vidal?'

Ambra hield Edmonds telefoon omhoog. 'Ja?'

'Ik moet u en de professor iets laten zien,' zei Winston. 'Het paleis heeft net een verklaring afgelegd.'

Langdon ging snel naar Ambra toe en keek mee toen er een video verscheen op het schermpje van de telefoon.

Hij herkende het plein voor het koninklijk paleis in Madrid, waar een geüniformeerde man met handboeien om ruw door vier leden van de Guardia Real over het plein werd geleid. De gardisten zetten hun gevangene met zijn gezicht naar de camera's, alsof ze hem voor de ogen van de wereld te schande wilden maken.

'Garza?' riep Ambra ongelovig. 'Is het hoofd van de Guardia Real gearresteerd?'

De camera draaide bij en er kwam een vrouw met een bril in beeld, die een stuk papier uit een zak van haar broekpak haalde en zich klaarmaakte om een verklaring voor te lezen.

'Dat is Mónica Martín,' zei Ambra. 'De pr-coördinator. Wat is er in godsnaam aan de hand?'

De vrouw begon te lezen en sprak elk woord heel duidelijk uit. 'Het koninklijk paleis heeft opdracht gegeven tot de arrestatie van commandant Diego Garza voor zijn rol in de moord op Edmond Kirsch en voor zijn pogingen om bisschop Valdespino voor die misdaad aansprakelijk te stellen.'

Langdon voelde dat Ambra wankelde toen Mónica Martín verder las.

'Met betrekking tot onze toekomstige koningin, Ambra Vidal, en de Amerikaanse hoogleraar Robert Langdon heb ik tot mijn spijt zeer verontrustend nieuws.'

Langdon en Ambra keken elkaar verrast aan.

'Het paleis heeft net van de beveiligers van mevrouw Vidal te horen gekregen dat mevrouw Vidal vanavond tegen haar wil door Robert Langdon uit het Guggenheim Museum is meegenomen,' ging Martín verder. 'Onze Guardia Real is in opperste staat van paraatheid gebracht en werkt samen met de plaatselijke autoriteiten in Barcelona, waar men gelooft dat Robert Langdon mevrouw Vidal gegijzeld houdt.'

Langdon was sprakeloos.

'Omdat dit nu formeel is geclassificeerd als een gijzelingsactie, wordt er bij het publiek op aangedrongen de politie te helpen door het doorgeven van tips over de mogelijke verblijfplaats van mevrouw Vidal en de heer Langdon. Het paleis heeft op dit moment geen verder commentaar.'

De verslaggevers schreeuwden vragen naar Martín, die zich abrupt omdraaide en naar het paleis liep.

'Dit is... krankzinnig,' stamelde Ambra. 'Mijn beveiligers hebben gezien dat ik uit vrije wil het museum verliet!'

Langdon staarde naar de telefoon en probeerde te begrijpen wat hij net had gezien. Ondanks alle vragen die door zijn hoofd schoten, was één belangrijk feit hem volkomen duidelijk.

Ik loop ernstig gevaar.

56

'Robert, het spijt me zo.' Ambra Vidals ogen stonden verwilderd van angst en schuldgevoelens. 'Ik heb geen idee wie er achter dat verhaal zit, maar hij heeft je in groot gevaar gebracht.' Ze pakte Edmonds telefoon. 'Ik ga meteen Mónica Martín bellen.'

'Bel mevrouw Martín niet,' klonk Winstons stem uit de telefoon. 'Dat is precies wat ze in het paleis willen. Het is een truc. Ze proberen u op te jagen, u ertoe te brengen contact op te nemen en te onthullen waar u bent. Denk logisch na. Twee gardisten weten dat u niet bent ontvoerd, en toch hebben ze ermee ingestemd deze leugen te verspreiden en naar Barcelona te vliegen om achter u aan te gaan. Het is duidelijk dat het hele paleis hierbij is betrokken. En het feit dat de commandant van de Guardia Real is gearresteerd, wil zeggen dat de bevelen van hoger moeten komen. Veel hoger.'

Ambra deed even haar ogen dicht en Langdon voelde dat er een golf van verdriet door haar heen ging, alsof dit schijnbaar onweerlegbare bewijs van Juliáns betrokkenheid een eind had gemaakt aan het laatste restje hoop dat haar verloofde in dit alles een onschuldige toeschouwer was.

'Het gaat allemaal om Edmonds ontdekking,' zei Langdon. 'Iemand in het paleis weet dat we proberen Edmonds video aan de wereld te laten zien en wil ons per se tegenhouden.'

'Misschien dachten ze dat hun werk gedaan was toen ze Edmond het zwijgen hadden opgelegd,' voegde Winston eraan toe. 'Ze beseften niet dat het daarmee niét afgelopen was.'

Er viel een ongemakkelijke stilte.

'Ambra,' zei Langdon zachtjes, 'ik ken je verloofde natuurlijk niet, maar ik heb het sterke vermoeden dat bisschop Valdespino in deze zaak de adviseur van Julián is. Vergeet niet dat Edmond en Valdespino al voor het evenement in het museum met elkaar overhooplagen.'

Ze keek onzeker. 'Hoe dan ook, jij loopt gevaar.'

Opeens hoorden ze het zwakke geluid van verre sirenes.

Langdon voelde dat zijn hart sneller begon te kloppen. 'We moeten dat gedicht vinden! Nu meteen!' Hij richtte zijn aandacht weer op de boeken-planken. 'De sleutel tot onze veiligheid is het openbaar maken van Edmonds presentatie. Als we dat doen, zal degene die ons het zwijgen wil opleggen beseffen dat hij te laat is.'

'Dat is waar,' zei Winston, 'maar de plaatselijke politie zal u nog steeds opjagen wegens ontvoering. U zult nergens veilig zijn, tenzij u het paleis met zijn eigen wapens bestrijdt.'

'Hoe dan?' wilde Ambra weten.

Winston ging verder zonder een moment te aarzelen. 'Het paleis heeft de media tegen u gebruikt, maar dat is een tweesnijdend zwaard.'

Langdon en Ambra luisterden terwijl Winston hun snel een eenvoudig plan voorlegde. Langdon moest toegeven dat het meteen verwarring zou stichten bij hun tegenstanders.

'Ik doe het,' zei Ambra meteen.

'Weet je het zeker?' Langdon bleef voorzichtig. 'Je kunt daarna niet meer terug.'

'Robert,' zei ze, 'ik ben degene die je hierbij heeft betrokken, en nu loop je gevaar. Het paleis heeft het lef gehad om de media tegen je te gebruiken, en nu ga ik dat bij hen doen.'

'Volkomen terecht,' zei Winston. 'Wie leeft bij het zwaard, zal sterven bij het zwaard.'

Daar keek Langdon van op. *Heeft Edmonds computer echt Matteüs geparafraseerd?* Hij vroeg zich af of het niet gepaster zou zijn om Nietzsche te citeren: 'Wie monsters bestrijdt, moet oppassen geen monster te worden.'

Voordat Langdon nog meer tegenwerpingen kon maken, liep Ambra de gang door met Edmonds telefoon in haar hand. 'Zorg dat je dat wachtwoord vindt, Robert!' riep ze over haar schouder. 'Ik ben zo terug.'

Langdon zag haar verdwijnen in een smalle toren met een wenteltrap die omhoogliep naar het berucht gevaarlijke dak van het Casa Milà.

'Wees voorzichtig!' riep hij haar na.

Nu hij alleen was in Edmonds appartement keek Langdon de gang in en probeerde wijs te worden uit wat hij daar had gezien: een vitrine met ongebruikelijke artefacten, een ingelijst citaat dat verkondigde dat God dood was en een kostbare Gauguin waarop dezelfde vragen werden gesteld die Edmond eerder op de avond aan de wereld had voorgelegd. *Waar komen we vandaan? Waar gaan we naartoe?*

Hij had nog niets gevonden wat iets onthulde over Edmonds mogelijke antwoorden op deze vragen. Tot dusver had Langdons zoektocht in de bibliotheek nog maar één boek opgeleverd dat wellicht relevant zou kunnen zijn: *Onverklaarde kunst*, een fotoboek met mysterieuze, door de mens gemaakte kunstwerken zoals Stonehenge, de beelden op Paaseiland en de 'woestijntekeningen' van de Nazca's, geogliefen die zo groot waren dat ze alleen vanuit de lucht te zien waren.

Daar heb ik niet veel aan, besloot hij, en hij ging verder met het inspecteren van de boekenplanken.

Buiten werden de sirenes luider.

57

'Ik ben geen monster,' verklaarde Ávila toen hij opgelucht stond te plassen in het smerige urinoir van een verlaten parkeerplaats aan de N-240.

Naast hem stond de trillende Uber-chauffeur, kennelijk te nerveus om te kunnen urineren. 'Je hebt mijn gezin bedreigd.'

'Als jij doet wat ik zeg, zal hun niets overkomen, daar kun je op vertrouwen,' zei Ávila. 'Breng me gewoon naar Barcelona, zet me af en we gaan als vrienden uit elkaar. Ik zal je portefeuille teruggeven en je adres vergeten, en dan zie of hoor je nooit meer iets van me.'

De chauffeur staarde met trillende lippen recht voor zich uit.

'Je bent een man van het geloof,' zei Ávila. 'Ik heb het pauselijke kruis gezien op je voorruit. En wat je ook van me mag denken, je kunt rust vinden in de wetenschap dat je vanavond het werk van God doet.' Ávila was klaar. 'De wegen van de Heer zijn ondoorgrondelijk.'

Ávila deed een stap achteruit en controleerde het polymeer pistool in zijn riem. Er zat nog één kogel in. Hij vroeg zich af of hij het wapen vannacht zou moeten gebruiken.

Hij liep naar de wasbak en liet water in zijn handpalmen lopen, waarbij hij de tatoeage zag die hij daar van de Regent had moeten aanbrengen voor het geval hij werd gepakt. Een onnodige voorzorgsmaatregel, vermoedde Ávila, die zich een onvindbare geest in de nacht voelde.

Hij keek op naar de vuile spiegel en schrok een beetje van zijn uiterlijk. De laatste keer dat Ávila zichzelf had gezien, droeg hij een wit gala-uniform met een gesteven overhemd en een marinepet. Nu hij het jasje en het overhemd had uitgetrokken, leek hij in zijn T-shirt en met de honkbalpet die hij van de chauffeur had geleend meer een vrachtwagenchauffeur.

Ironisch genoeg deed de slordige man in de spiegel Ávila denken aan hoe hij eruitzag in de dagen van dronken zelfmedelijden na de explosie waarbij zijn gezin was omgekomen.

Ik bevond me in een bodemloze put.

Het keerpunt was de dag geweest waarop zijn fysiotherapeut, Marco, hem met een smoes zover had gekregen het platteland op te rijden voor een ont-moeting met 'de paus'.

Ávila zou nooit vergeten hoe hij de spookachtige spitsen van de palma-riaanse kerk was genaderd, door het hoge hek was gereden en halverwege de ochtendmis de kathedraal was binnengelopen, waar een grote menigte gelovigen geknield lag te bidden.

Het sanctuarium werd alleen verlicht door het daglicht dat door de hoge gebrandschilderde ramen viel, en er hing een zware wierookgeur. Toen Ávila de vergulde altaren en glanzend geboende houten banken zag, besefte hij dat de geruchten over de enorme rijkdom van de palmarianen op waarheid berustten. De kerk deed in schoonheid niet onder voor de andere kathedra-len die Ávila had gezien. Toch wist hij dat deze daarvan wezenlijk verschilde.

De palmarianen zijn de gezworen vijanden van het Vaticaan.

Terwijl hij met Marco achter in de kathedraal stond, keek Ávila naar de gelovigen en vroeg zich af hoe deze sekte het zo goed had kunnen doen na-dat ze in het openbaar in verzet was gekomen tegen Rome. Kennelijk had de palmariaanse veroordeling van het groeiende liberalisme in het Vaticaan weerklank gevonden bij mensen die een conservatiever interpretatie van het geloof voorstonden.

Toen hij op zijn krukken door het middenpad hobbelde, voelde Ávila zich net een kreupele die als pelgrim naar Lourdes trekt in de hoop op een wonderbaarlijke genezing. Marco werd begroet door een man die de twee naar gereserveerde plekken op de voorste rij bracht. Om hen heen keken de mensen nieuwsgierig op om te zien wie die bijzondere behandeling kreeg. Ávila wilde dat Marco hem niet had overgehaald zijn marine-uniform en decoraties te dragen.

Ik dacht dat ik de paus zou ontmoeten.

Ávila ging zitten en keek op naar het hoofdaltaar, waar een jong, strak in het pak gestoken parochielid voorlas uit de Bijbel. Ávila herkende de passage uit het evangelie naar Marcus.

'Hebt ge iets tegen iemand, vergeeft het dan, opdat ook uw Vader in de hemel u uw tekortkomingen moge vergeven.'

Nog meer vergiffenis, dacht Ávila met een zuur gezicht. Hij had het gevoel dat hij die passage in de maanden na de terroristische aanslag wel duizend keer had gehoord van de hulpverleners en nonnen die hem wilden helpen met de rouwverwerking.

De lezing was afgelopen en de aanzwellende tonen van een orgel weerklonken in het sanctuarium. De aanwezigen stonden eensgezind op, en ook Ávila kwam aarzelend en met een pijnlijke trek op zijn gezicht overeind. Achter het altaar ging een verborgen deur open en er kwam een gestalte tevoorschijn die een rimpeling van opwinding door de menigte deed gaan.

De man was zo te zien in de vijftig en had een waardige houding, kaarsrecht en koninklijk, en een innemende blik. Hij droeg een witte soutane, een goudkleurige mozetta, een geborduurde stola en een pauselijke *pretiosa*-mijter met juwelen. Hij kwam naar voren, met zijn armen uitgestrekt naar de parochie, en leek wel te zweven toen hij naar het altaar liep.

'Daar is hij,' fluisterde Marco opgewonden. 'Paus Innocentius de Veertiende.'

Noemt hij zich *paus Innocentius xiv*? Ávila wist dat de palmarianen alle pausen erkenden tot en met Paulus VI, die in 1978 was overleden.

'We zijn net op tijd,' zei Marco. 'Hij gaat preken.'

De paus liep over de verhoging waarop het altaar stond, langs de rijkversierde preekstoel, en stapte naar beneden, zodat hij op gelijke hoogte stond met zijn parochianen. Hij zette de microfoon aan die aan zijn gewaad was bevestigd, stak zijn armen uit en glimlachte warm.

'Goedemorgen,' zei hij fluisterend.

De gelovigen riepen in koor: 'Goedemorgen!'

De paus liep verder weg van het altaar, dichter naar zijn parochieleden toe. 'We hebben net een lezing gehoord uit het evangelie naar Marcus,' begon hij, 'een passage die ik persoonlijk heb gekozen omdat ik vanmorgen wil praten over vergiffenis.'

De paus bewoog zich naar Ávila en bleef naast hem in het gangpad staan, slechts een paar centimeter van hem verwijderd. Hij keek niet één keer naar beneden. Ávila wierp een ongemakkelijke blik op Marco, die opgewonden knikte.

'We hebben allemaal moeite met vergiffenis,' zei de paus tegen de aanwezigen. 'Dat komt omdat de dingen die ons worden aangedaan soms onvergeeflijk lijken. Als iemand in een daad van pure haat onschuldige mensen doodt, moeten we dan doen wat sommige kerken prediken en de andere wang toekeren?' Het werd doodstil in de kathedraal en de paus ging nog zachter praten. 'Als een antichristelijke extremist een bom laat afgaan tijdens de ochtendmis in de kathedraal van Sevilla, en als die bom onschuldige moeders en kinderen doodt, hoe kan van ons dan verwacht worden dat we hem vergeven? Een bom is een oorlogsdaad. Een oorlog, niet alleen tegen de katholieken. Een oorlog, niet alleen tegen de christenen. Maar een oorlog tegen de goedheid... tegen God Zelf!'

Ávila sloot zijn ogen en probeerde de afschuwelijke herinneringen aan die ochtend te verdringen, samen met alle woede en ellende die nog steeds door zijn hart raasden. Toen zijn woede desondanks een hoogtepunt bereikte, voelde Ávila opeens de zachte hand van de paus op zijn schouder. Ávila deed zijn ogen open, maar de paus keek niet eenmaal op hem neer. Toch was zijn aanraking geruststellend.

'Laat ons niet onze eigen *Terror Rojo* vergeten,' ging de paus verder, nog steeds met zijn hand op Ávila's schouder. 'De Rode Terreur. Tijdens onze burgeroorlog hebben vijanden van God de Spaanse kerken en kloosters in brand gestoken, meer dan zesduizend priesters vermoord en honderden nonnen gemarteld. Ze dwongen de zusters de kralen van hun rozenkrans door te slikken, en daarna werden ze verkracht en in een mijnschacht gegooid.' Hij zweeg even om zijn woorden te laten doordringen. 'Een dergelijke haat verdwijnt niet maar blijft woekeren en wordt steeds sterker, wachtend op een kans om terug te komen, als kanker. Mijn vrienden, ik waarschuw jullie, het kwaad zal ons opslokken als we dat geweld niet met geweld bestrijden. We zullen het kwaad nooit overwinnen als onze strijdkreet "vergiffenis" is.'

Hij heeft gelijk, dacht Ávila, die bij de marine had meegemaakt dat een zachte aanpak van misdragingen slechts leidde tot meer wangedrag.

'Ik geloof dat vergiffenis in sommige gevallen gevaarlijk kan zijn,' ging de paus verder. 'Wanneer we het kwaad op de wereld vergeven, geven we het toestemming om te groeien en zich te verspreiden. Wanneer we een oorlogsdaad beantwoorden met een daad van genade, moedigen we onze vijanden aan meer gewelddaden te plegen. Er komt een moment dat we moeten doen wat Jezus deed, een moment waarop we met kracht de tafels van de geldwisselaars omver moeten werpen en moeten roepen: "Dit laten wij niet toe!"'

Precies! had Ávila wel willen roepen. De parochie betuigde haar instemming.

'Maar doen we er iets tegen?' vroeg de paus. 'Gaat de katholieke kerk in Rome ergens voor stáán, zoals Jezus dat deed? Nee, dat doet ze niet. We staan vandaag tegenover het ergste kwaad van de wereld, met niets meer dan ons vermogen om te vergeven, om lief te hebben en om medeleven te tonen. En zo staan we toe dat het kwaad groeit. Nee, we moedigen het zelfs aan. In antwoord op de misdaden die tegen ons worden gepleegd, spreken we voorzichtig en in politiek correcte taal onze bezorgdheid uit en herinneren we elkaar eraan dat een slecht iemand alleen slecht is door zijn moeilijke jeugd of door zijn armoede, of doordat er misdaden zijn begaan tegen zijn geliefden, en dat zijn haat dus niet zijn eigen schuld is. Ik zeg: genoeg! Er is geen excuus! We hebben allemáál problemen in het leven!'

De parochie begon spontaan te applaudisseren, iets wat Ávila nog nooit had meegemaakt tijdens een katholieke mis.

'Ik wilde vandaag over vergiffenis spreken omdat we een bijzondere gast in ons midden hebben,' ging de paus verder, nog steeds met zijn hand op Ávila's schouder. 'Ik wil admiraal Luis Ávila bedanken omdat hij ons heeft gezegend met zijn aanwezigheid. Hij is een geëerd en onderscheiden lid van de Spaanse strijdkrachten en heeft ondenkbaar kwaad in de ogen gezien. Net als wij allemaal heeft hij geworsteld met vergiffenis.'

Voor Ávila kon protesteren, vertelde de paus tot in levendige details wat Ávila had moeten doormaken: het verlies van zijn gezin bij de terroristische aanslag, zijn strijd met alcoholisme en uiteindelijk zijn mislukte zelfmoordpoging. Aanvankelijk was Ávila woedend op Marco omdat hij zijn vertrouwen had beschaamd, maar toen hij zijn eigen verhaal op deze manier hoorde vertellen, gaf het hem juist kracht. Het was een openbare erkenning dat hij tot op de bodem was gegaan en het toch, misschien als door een wonder, had overleefd.

'Ik wil jullie allen het idee voorleggen dat God tussenbeide is gekomen en het leven van admiraal Ávila heeft gered voor een hoger doel,' zei de paus.

Met die woorden draaide de palmariaanse paus Innocentius XIV zich om en keek voor het eerst op Ávila neer. De diepliggende ogen van de man leken door te dringen tot Ávila's ziel en hij voelde een kracht door zich heen stromen die hij in geen jaren had ervaren.

'Admiraal Ávila,' verklaarde de paus, 'ik vind dat er geen vergiffenis bestaat voor het tragische verlies dat u hebt geleden. Ik vind dat uw blijvende woede, uw gerechtvaardigde verlangen naar wraak, niet kan worden bevredigd door de andere wang toe te keren. En dat moet ook niet! Uw pijn zal de katalysator zijn voor uw verlossing. Wij zijn hier om u te steunen! Om van u te houden! Om naast u te staan en u te helpen uw woede in te zetten om goede daden te verrichten! Ere zij God!'

'Ere zij God!' herhaalden de gelovigen.

'Admiraal Ávila.' De paus keek hem nog indringender aan. 'Wat is het motto van de Spaanse armada?'

'Pro Deo et patria,' antwoordde Ávila meteen.

'Ja, pro Deo et patria. Voor God en vaderland. Het is een eer voor ons allemaal om in de nabijheid te zijn van een onderscheiden marineofficier die zijn land zo goed heeft gediend.' De paus zweeg even en boog zich over hem heen. 'Maar... hoe zit het met God?'

Ávila keek in de doordringende ogen van de man en was opeens van zijn stuk gebracht.

'Uw leven is nog niet voorbij, admiraal,' fluisterde de paus. 'Uw werk is nog niet gedaan. Daarom heeft God u gered. De missie die u hebt gezworen uit te voeren, is nog maar half voltooid. Ja, u hebt het land gediend, maar God hebt u nog niet gediend!'

Ávila had het gevoel dat hij was geraakt door een kogel.

'Vrede zij met u!' verklaarde de paus.

'En met u!' antwoordden de gelovigen.

Ávila werd opeens omgeven door een zee van mensen die hem gelukwensten. Hij had nog nooit zoveel steun ervaren. Hij keek in de ogen van de parochieleden, op zoek naar een spoor van het fanatisme dat hij had verwacht bij een sekte, maar hij zag alleen maar optimisme, goede wil en een oprecht verlangen om het werk van God te doen. Precies wat hij had gemist, besefte hij nu.

Vanaf die dag begon Ávila met de hulp van Marco en zijn nieuwe groep vrienden aan zijn lange klim om uit de bodemloze put van de wanhoop te komen. Hij pakte zijn strenge trainingsprogramma weer op, at gezond en, wat nog het belangrijkste was, herontdekte zijn geloof.

Na een paar maanden, toen de fysiotherapie niet meer nodig was, gaf Marco Ávila een in leer gebonden bijbel waarin hij een stuk of tien passages had gemarkeerd.

Ávila sloeg er willekeurig een paar op.

Romeinen 13:4
Zij is een werktuig van God
om aan de boosdoener
de rechtvaardige straf te voltrekken.

Psalm 94:1
God der wrake, Jahwe,
God der wraak, openbaar U!

2 Timoteüs 2:3
Draag uw deel van de last,
als een goed soldaat van Christus Jezus.

'Denk eraan,' had Marco met een glimlach gezegd, 'als het kwaad de kop opsteekt in de wereld, werkt God door elk van ons op een andere manier om Zijn wil te laten heersen op aarde. Vergiffenis is niet het enige pad naar de verlossing.'

58

🌐 ConspiracyNet.com

BREAKING NEWS

Wie je ook bent – vertel ons meer!

Vanavond heeft de burgerwaakhond die zichzelf monte@iglesia.org noemt een onvoorstelbare hoeveelheid inside-information doorgegeven aan Conspiracy-Net.com.

Dank je!

Omdat de gegevens die 'Monte' met ons heeft gedeeld tot dusver zo betrouwbaar en goedgeïnformeerd zijn gebleken, spreken we vol vertrouwen dit nederige verzoek uit:

Monte – wie je ook bent – als je enige informatie hebt over de inhoud van Kirsch' verijdelde presentatie, deel die dan alsjeblieft met ons!

#WAARKOMENWEVANDAAN
#WAARGAANWENAARTOE

Dank je.

– Iedereen bij ConspiracyNet.

59

Robert Langdon doorzocht de laatste delen van Edmonds bibliotheek en voelde zijn hoop vervliegen. Buiten waren de tweetonige politiesirenes steeds luider geworden, tot ze vlak voor het Casa Milà abrupt zwegen. Langdon zag de zwaailichten door de kleine ramen van het appartement.

We zitten hier vast, besefte hij. Als we dat wachtwoord niet vinden, komen we hier nooit meer weg.

Helaas had hij nog geen enkele dichtbundel gezien.

In het laatste gedeelte waren de planken dieper dan in de andere. Zo te zien stond hier Edmonds verzameling grote kunstboeken. Terwijl Langdon haastig langs de muur liep en de titels bekeek, zag hij dat de boeken een afspiegeling waren van Edmonds voorliefde voor de meest avant-gardistische en nieuwste moderne kunst.

SERRA... KOONS... HIRST... BRUGUERA... BASQUIAT... BANKSY... ABRAMOVIĆ...

De verzameling stopte abrupt bij een reeks kleinere boekjes, en Langdon bleef staan in de hoop iets met gedichten te vinden.

Niets.

De boeken waren commentaren en kritieken op abstracte kunst, en Langdon zag een paar titels die Edmond hem eens had toegestuurd.

DAT KAN MIJN KLEINE ZUSJE OOK
MODERNE KUNST VERKLAARD
HOE OVERLEEF IK MODERNE KUNST?

Ik probeer het nog steeds te overleven. Langdon ging snel verder. Hij stapte om de boog heen en begon het volgende deel te inspecteren.

Boeken over iets minder moderne kunst. Al op het eerste gezicht zag hij dat deze afdeling bestemd was voor een eerdere periode. *Eindelijk gaan we terug in de tijd... naar kunst die ik kan begrijpen.*

Zijn blik ging snel langs de ruggen van biografieën en catalogues raisonnés van de impressionisten, kubisten en surrealisten die tussen 1870 en 1960 de wereld versteld hadden doen staan door de kunst opnieuw te definiëren.

VAN GOGH... SEURAT... PICASSO... MUNCH... MATISSE... MAGRITTE... KLIMT... KANDINSKY... JOHNS... HOCKNEY... GAUGUIN... DUCHAMP... DEGAS... CHAGALL... CÉZANNE... CASSATT... BRAQUE... ARP... ALBERS...

Dit gedeelte hield op bij de laatste boog en toen Langdon die voorbijliep, kwam hij in het achterste deel van de bibliotheek. De boeken hier leken te zijn gewijd aan de groep kunstenaars die Edmond in het bijzijn van Langdon 'de school van saaie dode blanke kerels' had genoemd, zo'n beetje iedereen van voor de modernistische beweging van halverwege de negentiende eeuw.

Anders dan Edmond voelde Langdon zich hier het meest thuis, omringd door de oude meesters.

VERMEER... VELÁZQUEZ... TITIAAN... TINTORETTO... RUBENS... REMBRANDT... RAFAËL... POUSSIN... MICHELANGELO... LIPPI... GOYA... GIOTTO... GHIRLAN-DAIO... EL GRECO... DÜRER... DA VINCI... COROT... CARAVAGGIO... BOTTICELLI... BOSCH...

Het laatste stukje van de laatste plank werd ingenomen door een grote glazen kast met een zwaar slot erop. Langdon keek door het glas en zag er een oud leren foedraal in liggen, een beschermende opbergplek voor een groot, antiek boek. De tekst op het foedraal was amper leesbaar, maar Langdon zag er genoeg van om de titel van het boek te achterhalen.

Mijn god, dacht hij, beseffend waarom dit boek achter slot en grendel lag, zodat bezoekers er niet aan konden komen. Dat is een fortuin waard.

Langdon wist dat er maar heel weinig vroege edities waren van het werk van deze legendarische kunstenaar.

Het verbaast me niet dat Edmond hierin heeft geïnvesteerd. Hij herinnerde zich dat Edmond de Britse kunstenaar eens 'de enige premoderne man met een beetje verbeeldingskracht' had genoemd. Daar was Langdon het niet mee eens, maar hij begreep Edmonds bijzondere genegenheid voor deze man wel. *Ze zijn uit hetzelfde hout gesneden.*

Langdon bukte en keek door het glas naar het vergulde opschrift op het foedraal: *The Complete Works of William Blake.*

William Blake, dacht Langdon. De Edmond Kirsch van de negentiende eeuw.

Blake was een idiosyncratisch genie, een productieve uitblinker wiens schilderstijl zo progressief was dat sommigen geloofden dat hij in zijn dromen de toekomst had gezien. In zijn religieuze illustraties vol symbolen waren engelen, demonen, Satan, God, mythische wezens, Bijbelse thema's en een pantheon van godheden uit zijn eigen spirituele hallucinaties verwerkt.

En Blake hield ervan om het christendom uit te dagen, net als Kirsch.

Bij die gedachte kwam Langdon abrupt overeind.

William Blake.

Hij hapte verrast naar adem.

Omdat hij Blake had aangetroffen te midden van zoveel andere visuele kunstenaars, was Langdon bijna een heel belangrijk feit over het mystieke genie vergeten.

Blake was niet alleen een kunstenaar en illustrator...

Blake was ook een heel productieve dichter.

Even voelde Langdon zijn hartslag versnellen. Veel van Blakes gedichten gingen over revolutionaire denkbeelden die perfect pasten bij Edmonds standpunten. Sommige van Blakes bekendste aforismen uit 'satanische' werken als Het huwelijk van hemel en hel hadden bijna door Edmond geschreven kunnen zijn.

ALLE RELIGIES ZIJN ÉÉN

ER IS GEEN NATUURLIJKE RELIGIE

Nu moest Langdon denken aan Edmonds beschrijving van zijn favoriete dichtregel. *Hij heeft Ambra verteld dat het een 'profetie' was.* Langdon kende geen enkele dichter in de geschiedenis die meer als profeet kon worden beschouwd dan William Blake, die in de achttiende eeuw twee duistere en onheilspellende gedichten had geschreven:

AMERICA A PROPHECY
EUROPE A PROPHECY

Langdon had beide werken in zijn bezit, fraaie reproducties van Blakes handgeschreven gedichten, met bijpassende illustraties.

Langdon keek naar het leren foedraal.

De eerste edities van Blakes 'profetieën' zijn gepubliceerd als grote, met ornamenten verluchte teksten!

Vol hoop hurkte Langdon voor de kast, want hij voelde dat dit foedraal heel goed kon bevatten wat hij en Ambra hier kwamen zoeken – een gedicht met een profetische regel van tweeënzestig tekens. De enige vraag was nu of

Edmond zijn favoriete passage op de een of andere manier had aangegeven.

Langdon trok aan de deurgreep van de kast.

Op slot.

Hij keek even naar de wenteltrap en vroeg zich af of hij gewoon naar boven moest rennen en Winston moest vragen alle gedichten van Blake te doorzoeken. Het geluid van sirenes had plaatsgemaakt voor het verre gedender van de rotorbladen van een helikopter en geschreeuw in het trappenhuis voor Edmonds deur.

Ze zijn er.

Langdon keek naar de kast en naar de iets groenige tint van het moderne uv-glas, zoals dat in musea werd gebruikt.

Hij trok snel zijn jasje uit, hield het tegen de kast, draaide zijn lichaam en ramde zonder enige aarzeling zijn elleboog tegen het glas. Met een gedempt gekraak versplinterde het. Voorzichtig stak Langdon zijn arm tussen de scherpe splinters door en deed de deur van het slot. Toen trok hij de deur open en tilde voorzichtig het leren foedraal uit de kast.

Nog voordat Langdon het op de grond had gelegd, merkte hij dat er iets niet klopte. *Het is niet zwaar genoeg.* Blakes verzamelde werk leek bijna niets te wegen.

Langdon legde het foedraal neer en maakte het voorzichtig open.

Net zoals hij al had gevreesd. Leeg.

Hij ademde uit en keek in het lege foedraal. *Waar is Edmonds boek in godsnaam?*

Hij wilde het foedraal net weer dichtdoen toen hij iets tegen de binnenkant van het deksel zag zitten – een elegante, ivoorkleurige kaart met reliëfopdruk.

Langdon las de tekst op de kaart.

Toen las hij hem nogmaals, in opperst ongeloof.

Een paar seconden later rende hij de wenteltrap naar het dak op.

Op datzelfde moment liep Suresh Bhalla, de directeur elektronische beveiliging, stilletjes door het privéappartement van prins Julián op de tweede verdieping van het koninklijk paleis in Madrid. Toen hij eenmaal de digitale brandkast in de muur had gevonden, voerde hij de mastercode in waarmee in geval van nood de kluis kon worden geopend.

De deur ging met een klik open.

In de kluis zag Suresh twee telefoons – een beveiligde smartphone zoals die door het paleis werd uitgegeven en die het eigendom was van prins Julián, en een iPhone die waarschijnlijk van bisschop Valdespino was.

Hij pakte de iPhone.

Doe ik dit echt?

Hij dacht nogmaals aan het bericht van monte@iglesia.org.

ik heb valdespino's berichten gehackt.
hij heeft gevaarlijke geheimen.
het paleis zou eens in zijn sms-gegevens moeten kijken.
nu meteen.

Suresh vroeg zich af welke geheimen er in vredesnaam in de sms'jes van de bisschop konden staan... en waarom de informant had besloten het paleis te waarschuwen.

Misschien probeert hij het paleis te behoeden voor nog meer schade?

Suresh wist alleen dat het zijn taak was om toegang te krijgen tot informatie die een gevaar kon zijn voor de koninklijke familie.

Hij had erover gedacht een gerechtelijk bevel voor noodsituaties aan te vragen, maar met de risico's op het gebied van de public relations en de tijd die ermee gemoeid zou zijn, was dat onpraktisch. Gelukkig had Suresh een veel discreter en handiger methode tot zijn beschikking.

Hij drukte op de thuisknop van de telefoon en het scherm lichtte op. Vergrendeld met een wachtwoord.

Geen probleem.

'Hé, Siri,' zei Suresh met de telefoon bij zijn mond. 'Hoe laat is het?'

De telefoon bleef vergrendeld, maar er verscheen een klok. Via het scherm met de klok voerde Suresh een reeks eenvoudige taken uit: hij creëerde een nieuwe tijdzone voor de klok, vroeg om die tijdzone te delen via sms, voegde een foto toe en klikte op de thuisknop in plaats van het bericht te versturen.

Klik.

De telefoon was ontgrendeld.

Een eenvoudige hack, met de complimenten aan YouTube, dacht Suresh, die in zichzelf moest lachen omdat iPhone-gebruikers dachten dat hun code hun enige privacy gaf.

Nu Suresh volledige toegang had tot Valdespino's telefoon, opende hij de iMessage-app, in de verwachting dat hij Valdespino's gewiste berichten zou moeten terugbrengen door de iCloud-back-up zo te manipuleren dat deze het bestand herstelde.

Inderdaad bleek de sms-geschiedenis van de bisschop leeg.

Op één bericht na, besefte hij toen hij een enkel bericht zag dat een paar uur eerder was binnengekomen van een afgeschermd nummer.

Suresh klikte de tekst open en las het bericht van drie regels. Even dacht hij dat hij hallucineerde.

Dit kan niet waar zijn!

Suresh las het bericht nog eens. Het was het absolute bewijs dat Valdespino betrokken was bij ondenkbare daden van verraad en misleiding.

Om nog maar te zwijgen van arrogantie, dacht Suresh, verbijsterd om het feit dat de oude geestelijke zich zo onkwetsbaar voelde dat hij over zoiets via elektronische weg communiceerde.

Als dit openbaar wordt...

Suresh huiverde bij de mogelijkheid en rende onmiddellijk naar beneden om Mónica Martín op te zoeken.

60

Toen de eco-4-helikopter van de Guardia Real laag over de stad scheerde, staarde Díaz naar de vele lichtjes onder hem. Ondanks het late uur zag hij in de meeste appartementen het geflikker van tv's en beeldschermen, die de stad hulden in een vage, blauwe gloed.

De hele wereld kijkt toe.

Het maakte hem nerveus. Hij voelde dat de situatie helemaal uit de hand liep en hij was bang dat deze groeiende crisis alsnog op een verontrustend einde.

Vóór hem riep Fonseca iets en wees in de verte, recht vooruit. Díaz knikte, want hij zag hun doelwit meteen.

Het is niet te missen.

Zelfs van een afstand waren de pulserende blauwe zwaailichten duidelijk

60

Toen de EC145-helikopter van de Guardia Real laag over de stad scheerde, staarde Díaz naar de vele lichtjes onder hem. Ondanks het late uur zag hij in de meeste appartementen het geflikker van tv's en beeldschermen, die de stad hulden in een vage, blauwe gloed.

De hele wereld kijkt toe.

Het maakte hem nerveus. Hij voelde dat de situatie helemaal uit de hand liep en hij was bang dat deze groeiende crisis afstevende op een verontrustend einde.

Vóór hem riep Fonseca iets en wees in de verte, recht vooruit. Díaz knikte, want hij zag hun doelwit meteen.

Het is niet te missen.

Zelfs van een afstand waren de pulserende blauwe zwaailichten duidelijk te zien.

God sta ons bij.

Zoals Díaz al had gevreesd, was het Casa Milà omsingeld door politiewagens. De politie van Barcelona had gereageerd op een anonieme tip, die meteen na Mónica Martíns persverklaring was binnengekomen.

Robert Langdon heeft de toekomstige koningin van Spanje ontvoerd.

Het paleis heeft de hulp van het publiek nodig om hen te vinden.

Een regelrechte leugen, wist Díaz. Ik heb zelf gezien hoe ze samen het Guggenheim verlieten.

Hoewel Martíns truc had gewerkt, kon het enorm gevaarlijke gevolgen hebben. Het was een hachelijke zaak om een klopjacht te organiseren waarbij de plaatselijke autoriteiten werden betrokken, niet alleen voor Robert Langdon, maar ook voor de toekomstige koningin, die gemakkelijk verzeild kon raken in het kruisvuur van de politie. Stelletje amateurs, dacht Díaz. Als het paleis de toekomstige koningin in veiligheid wilde brengen, was dit beslist niet de manier om dat te doen.

Commandant Garza had de situatie nooit zo laten escaleren.

De arrestatie van Garza bleef een mysterie voor Díaz, die er niet aan twijfelde dat de aanklachten tegen zijn commandant net zo uit de lucht waren gegrepen als die tegen Langdon.

Maar Fonseca was gebeld en had zijn bevelen gekregen.

Bevelen die over Garza's hoofd heen gingen.

Toen de helikopter het Casa Milà naderde, bekeek Díaz het tafereel en besefte dat er geen veilige plek was om te landen. De brede laan en het pleintje voor het gebouw stonden vol mediatrucks, politiewagens en een menigte nieuwsgierigen.

Díaz keek neer op het beroemde dak van het gebouw, een golvende lemniscaat van hellende paden en trappen die over het gebouw kronkelden, die bezoekers een adembenemend uitzicht verschafte op de skyline van Barcelona... en een inkijkje in de twee gapende lichtschachten van het gebouw, met binnenplaatsen onder aan de negen verdiepingen.

Daar kunnen we niet landen.

Afgezien van de oneffenheid van het geheel werd het dak ook nog beschermd door hoge schoorstenen die leken op futuristische schaakstukken – gehelmde wachters die zoveel indruk hadden gemaakt op filmregisseur George Lucas dat ze model hadden gestaan voor zijn dreigende stormtroopers in *Star Wars*.

Díaz keek naar de gebouwen in de buurt, op zoek naar mogelijke landingsplaatsen, maar opeens bleef zijn blik haken bij een onverwachte verschijning.

Tussen de hoge schoorstenen stond een gestalte bij de reling aan de rand van het dak van het Casa Milà. Hij was gekleed in het wit en werd verlicht door de omhooggerichte schijnwerpers van de media op het plein. Even deed de gestalte Díaz denken aan de paus die vanaf zijn balkon boven het Sint-Pietersplein de gelovigen toesprak.

Maar het was niet de paus.

Het was een heel mooie vrouw in een heel bekende witte jurk.

Ambra Vidal kon niets zien door de felle schijnwerpers, maar ze hoorde een helikopter aankomen en wist dat de tijd drong. Wanhopig leunde ze over de reling en probeerde iets te roepen tegen de persmensen op het plein.

Haar woorden werden overstemd door het oorverdovende gedaver van de rotorbladen.

Winston had voorspeld dat de televisieploegen in de straat hun camera's omhoog zouden richten zodra Ambra zich aan de rand van het dak vertoonde.

Dat was ook gebeurd, maar toch wist Ambra dat Winstons plan was mislukt.

Ze horen geen woord van wat ik zeg!

Het dak van het Casa Milà stak veel te hoog uit boven het toeterende verkeer en de chaos daarbeneden. En nu dreigde het geratel van de helikopter alles te overstemmen.

'Ik ben niet ontvoerd!' schreeuwde Ambra nogmaals, zo hard als ze kon. 'De verklaring van het koninklijk paleis over Robert Langdon is onjuist! Ik ben geen gijzelaar!'

U bent de toekomstige koningin, had Winston even eerder gezegd. *Als u deze klopjacht afblaast, zal de politie er meteen mee stoppen. Uw verklaring zal iedereen in verwarring brengen. Niemand zal weten wiens bevelen hij moet opvolgen.*

Ambra wist dat Winston gelijk had, maar haar woorden gingen verloren in het geluid van de helikopter boven de rumoerige menigte.

Opeens hoorde ze een donderend gejank. Ambra trok zich terug van de reling toen de helikopter omlaagkwam en recht voor haar bleef hangen. De deuren stonden wijd open en twee bekende gezichten keken haar aan – die van Fonseca en Díaz.

Tot Ambra's ontzetting had Fonseca iets in zijn hand dat hij recht op haar

gen plek terwijl er nog twee kogels over zijn hoofd gingen. Even dacht hij dat de schoten uit de helikopter kwamen, maar toen hij naar Ambra kroop, zag hij een zwerm politieagenten met getrokken wapens uit een torentje aan de andere kant van het dak komen.

Ze willen me doodschieten, besefte hij. Ze denken dat ik de toekomstige koningin heb ontvoerd! Haar verklaring vanaf het dak was kennelijk niet gehoord.

Toen Langdon naar Ambra keek, die nu nog maar tien meter bij hem vandaan lag, zag hij tot zijn ontzetting dat haar arm bloedde. *Mijn god, ze is neergeschoten!* Er zeilde nog een kogel over zijn hoofd. Ambra greep naar de reling die om de lichtschacht heen liep. Ze probeerde zich omhoog te trekken.

'Liggen blijven!' riep Langdon. Hij kroop naar Ambra toe en boog zich beschermend over haar heen. Intussen keek hij op naar de hoge, gehelmde betonnen wachters, die als stille bewakers langs de rand van het dak stonden.

Er klonk een oorverdovend gedaver en ze werden gegeseld door de wind toen de helikopter boven de enorme schacht naast hen ging hangen, waardoor de politiemannen hen niet meer konden zien.

'*¡Dejen de disparar!*' galmde een versterkte stem uit de helikopter. '*¡Enfunden* las armas!' Stop met schieten! Doe jullie wapens weg!

Recht voor Langdon en Ambra hurkte Díaz in de open deur, met één voet op het onderstel. hij strekte een hand naar hen uit.

'Stap in!' riep hij.

Langdon voelde dat Ambra terugdeinsde.

'NU!' schreeuwde Díaz boven het gebulder uit.

De gardist wees naar de reling om de lichtschacht en spoorde hen aan erop te klimmen, zijn hand te pakken en de korte sprong over de afgrond naar de helikopter te wagen.

Langdon aarzelde net te lang.

Díaz griste de megafoon uit Fonseca's hand en richtte hem recht op Langdons gezicht.

'PROFESSOR, SPRING IN DE HELIKOPTER, NU!' De stem van de gardist klonk als de donder. 'DE PLAATSELIJKE POLITIE HEEFT BEVEL U NEER TE SCHIETEN! WIJ WETEN DAT U MEVROUW VIDAL NIET HEBT ONTVOERD! KOM ALLEBEI ONMIDDELLIJK AAN BOORD, VOORDAT ER DODEN VALLEN!'

61

Ambra voelde hoe Langdon haar optilde en naar de uitgestrekte handen van Díaz in de stil hangende helikopter duwde.

Ze was te versuft om te protesteren.

'Ze bloedt!' riep Langdon terwijl hij achter haar aan het toestel in klauterde.

Abrupt schoot de helikopter omhoog, weg van het golvende dak, met achterlating van een klein leger stomverbaasde politiemannen, die allemaal naar boven keken.

Fonseca trok de deur dicht en ging toen voorin naast de piloot zitten. Díaz schoof naast Ambra om haar arm te inspecteren.

'Het is maar een schaafwond,' zei ze suf.

'Ik haal een verbanddoos.' Díaz liep naar de achterkant van de cabine.

Langdon zat tegenover Ambra, achterin. Nu ze opeens alleen waren, keek hij haar aan en glimlachte opgelucht. 'Ik ben zo blij dat alles goed met je is.'

Ambra knikte zwakjes, maar voordat ze hem kon bedanken, boog Langdon zich naar haar toe en begon opgewonden te fluisteren.

'Ik denk dat ik onze geheimzinnige dichter heb gevonden,' zei hij met hoop in zijn ogen. 'William Blake. Er ligt niet alleen een exemplaar van Blakes complete werken in Edmonds bibliotheek, maar veel van Blakes gedichten zijn profetieën!' Langdon stak zijn hand uit. 'Geef mij Edmonds telefoon maar even, dan vraag ik Winston of hij Blakes werk wil afzoeken naar regels van tweeënzestig letters!'

Ambra keek naar Langdons uitgestoken hand en legde de hare erin, overmand door schuldgevoel. 'Robert,' zei ze met een berouwvolle zucht, 'Edmonds telefoon is weg. Hij is van het gebouw gevallen.'

Langdon keek naar haar en Ambra zag het bloed wegtrekken uit zijn gezicht. *Het spijt me zo, Robert.* Ze zag hem worstelen om het nieuws te verwerken en te bedenken waar ze stonden nu ze Winston kwijt waren.

In de cockpit riep Fonseca in zijn telefoon: 'Dat kan ik bevestigen! Ik heb ze allebei veilig hier aan boord. Maak het transportvliegtuig klaar voor Madrid. Ik neem contact op met het paleis en stel...'

'Doe geen moeite!' riep Ambra tegen de gardist. 'Ik ga niet naar het paleis!'

Fonseca legde zijn hand over de telefoon en draaide zich naar haar om. 'Zeker wel! Ik heb bevel gekregen te zorgen dat u veilig bent. U had onder mijn hoede moeten blijven. U mag van geluk spreken dat ik u nog kon redden.'

'Redden?' zei Ambra. 'Als dat een redding was, was die alleen nodig omdat het paleis de belachelijke leugen heeft verspreid dat professor Langdon me had ontvoerd. U weet dat dat niet waar is! Is prins Julián echt zo wanhopig dat hij het leven van een onschuldig man op het spel wil zetten? Om nog maar niet te spreken van mijn leven?'

Fonseca bleef haar even aanstaren en draaide zich toen weer om.

Op dat moment kwam Díaz terug met de verbanddoos.

'Mevrouw Vidal.' Hij ging naast haar zitten. 'U moet begrijpen dat onze bevelstructuur vanavond is verstoord door de arrestatie van commandant Garza. Maar prins Julián heeft niets te maken met de persverklaring die het paleis heeft afgelegd. We weten niet eens zeker of de prins van de laatste ontwikkelingen op de hoogte is. We kunnen hem al een uur niet meer bereiken.'

Wát? Ambra staarde hem aan. 'Waar is hij dan?'

'We weten niet waar hij op dit moment is,' zei Díaz, 'maar zijn bevel aan ons van eerder op de avond was kristalhelder. De prins wil dat u veilig bent.'

'Als dat waar is,' verklaarde Langdon, abrupt zijn gedachtegang onderbrekend, 'is het een dodelijke vergissing om mevrouw Vidal naar het paleis te brengen.'

Fonseca draaide zich om. 'Wat zegt u daar?'

'Ik weet niet van wie de bevelen nu komen,' zei Langdon, 'maar als de prins wil dat zijn verloofde niets overkomt, kunt u maar beter goed naar mij luisteren.' Hij zweeg even en zei toen op heftiger toon: 'Edmond Kirsch is vermoord om te voorkomen dat hij zijn ontdekking wereldkundig maakte. En degene die hem het zwijgen heeft opgelegd zal nergens voor terugdeinzen om ervoor te zorgen dat dat karwei wordt afgemaakt.'

'Het is al afgemaakt,' zei Fonseca schamper. 'Kirsch is dood.'

'Maar zijn ontdekking niet,' antwoordde Langdon. 'Edmonds presentatie is er nog en kan nog steeds openbaar worden gemaakt.'

'Daarom bent u naar zijn appartement gegaan,' zei Díaz. 'Omdat u gelooft dat u dat kunt doen.'

'Precies,' zei Langdon. 'En daarom zijn we een doelwit geworden. Ik weet niet wie die persverklaring heeft opgesteld waarin werd beweerd dat Ambra was ontvoerd, maar het was duidelijk iemand die ons tot elke prijs wil tegenhouden. Dus als u deel uitmaakt van die groep, van de groep mensen die wil voorkomen dat Edmonds ontdekking ooit wereldkundig wordt, dan kunt u mevrouw Vidal en mij beter meteen uit de helikopter gooien.'

Ambra keek naar Langdon en vroeg zich af of hij gek was geworden.

'Maar als u als lid van de Guardia Real hebt gezworen de koninklijke familie te beschermen, inclusief de toekomstige koningin, dan moet u beseffen dat er op dit moment geen gevaarlijker plek is voor mevrouw Vidal dan een paleis dat net een verklaring heeft doen uitgaan die bijna haar dood was geworden.' Langdon haalde een fraai bedrukte kaart uit zijn zak. 'Ik stel voor dat u haar naar het adres brengt dat onder op deze kaart staat.'

Fonseca nam de kaart aan en las met een frons wat erop stond. 'Dat is belachelijk.'

'Er staat een hek rond het terrein,' zei Langdon. 'Uw piloot kan ons vieren afzetten en weer wegvliegen voordat iemand beseft dat we er zijn. Ik ken degene die daar de leiding heeft. We kunnen ons daar verborgen houden tot dit allemaal is uitgezocht. U kunt bij ons blijven.'

'Ik zou me veiliger voelen in een militaire hangar op het vliegveld.'

'Wilt u echt een team soldaten vertrouwen dat waarschijnlijk bevelen ontvangt van dezelfde mensen die mevrouw Vidal bijna de dood in hebben gejaagd?'

Fonseca bleef hem met een stalen gezicht aankijken.

Er gingen inmiddels de wildste gedachten door Ambra's hoofd. Ze vroeg zich af wat er op die kaart stond. *Waar wil Langdon heen?* Zijn plotselinge felheid leek erop te wijzen dat er meer op het spel stond dan alleen haar veiligheid. Ze hoorde een nieuw optimisme in zijn stem en voelde dat hij de hoop nog niet had opgegeven om Edmonds presentatie op de een of andere manier uit te zenden.

Langdon nam de kaart van Fonseca over en gaf hem aan Ambra. 'Deze heb ik gevonden in Edmonds bibliotheek.'

Ambra bekeek hem en zag meteen wat voor kaart het was.

Dit soort fraaie, in reliëf gedrukte kaarten werd door museumconservatoren gegeven aan kunstbezitters die een werk in bruikleen gaven. Er werden er altijd twee van gedrukt: een werd in het museum bij het werk gehangen om de eigenaar te bedanken, en de ander werd door de eigenaar bewaard om te bewijzen dat hij het stuk had uitgeleend.

Heeft Edmond zijn boek met de gedichten van Blake uitgeleend?

Volgens de kaart bevond het boek zich in Barcelona, niet meer dan een paar kilometer van het appartement.

The Complete Works of William Blake
Uit de privécollectie van Edmond Kirsch
Uitgeleend aan la Basílica de la Sagrada Família.

Carrer de Mallorca, 401
08013 Barcelona, Spanje

'Ik begrijp er niets van,' zei Ambra. 'Waarom zou een uitgesproken atheïst een boek uitlenen aan een kerk?'

'Niet zomaar een kerk,' sprak Langdon haar tegen. 'Gaudí's raadselachtige, architecturale meesterwerk...' Hij wees door het raam. 'En weldra de hoogste kerk in Europa.'

Ambra draaide zich om en keek in noordelijke richting over de stad. In de verte, omringd door kranen, steigers en bouwlampen, glansden de onafgemaakte torens van de Sagrada Família, een groep geperforeerde spitsen die wel wat weg hadden van enorme zeesponsen die van de oceaanbodem naar het licht groeiden.

Er werd al meer dan een eeuw gebouwd aan Gaudí's controversiële Basílica de la Sagrada Família, die helemaal werd bekostigd uit privégiften van gelovigen. De kerk werd bekritiseerd door traditionalisten vanwege de vreemde organische vorm en het gebruik van biomimetische ontwerpen, maar werd door modernisten geprezen vanwege de vloeiende structuur en het gebruik van hyperboloïde vormen, die de natuurlijke wereld weergaven.

'Ik geef toe dat het een ongebruikelijk gebouw is,' zei Ambra tegen Langdon, 'maar het blijft een katholieke kerk. En je kent Edmond.'

Ja, ik ken Edmond, dacht Langdon. Goed genoeg om te weten dat de Sagrada Família volgens hem een geheim doel dient en een symboliek vertoont die ver boven die van het christelijke geloof uitstijgt.

Sinds in 1882 was begonnen met de bouw van de bizarre kerk deden er allerlei complottheorieën de ronde over de met mysterieuze codes uitgeruste deuren, kosmisch geïnspireerde, helicoïdale zuilen, met symbolen overladen gevels, wiskundige inscripties van magische vierkanten en spookachtige skeletconstructies die een duidelijke gelijkenis vertoonden met beenderen en bindweefsel.

Langdon was zich uiteraard bewust van die theorieën, maar hij had er nooit veel geloof aan gehecht. Een paar jaar geleden had Edmond echter tot zijn verbazing bekend dat hij behoorde tot het groeiende aantal Gaudí-fans die geloofden dat de Sagrada Família heimelijk iets anders voorstelde dan een christelijke kerk en misschien zelfs een mystiek heiligdom voor de wetenschap en de natuur was.

Langdon vond het een hoogst onwaarschijnlijk idee en hij had Edmond eraan herinnerd dat Gaudí een vrome katholiek was, die zo hoog in de achting van het Vaticaan stond dat hij daar 'de architect van God' werd genoemd en zelfs in aanmerking kwam voor zaligverklaring. Het ongewone ontwerp van de Sagrada Família was niets anders dan een voorbeeld van Gaudí's unieke, modernistische benadering van de christelijke symboliek, had hij Kirsch verzekerd.

Weer zo'n geheim van Kirsch, dacht Langdon nu. Net als zijn strijd tegen kanker.

'Ik had het eerder moeten zien,' zei hij. 'Winston heeft iets, iets heel intrigerends, dat me de hele avond al dwarszit. Ik geloof dat ik er eindelijk achter ben wat het is.'

Langdon wierp een behoedzame blik op de gardisten, boog zich naar Ambra toe en ging zachter praten. 'Wil je me vertrouwen?' vroeg hij zachtjes. 'Ik denk dat ik Winston kan vinden. Het probleem is dat we daar zonder Edmonds wachtwoord niets aan hebben. Op dit moment moeten we ons concentreren op het vinden van die dichtregel. En volgens mij moeten we daarvoor naar de Sagrada Família.'

Ambra keek Langdon recht aan. Toen schudde ze verbaasd haar hoofd, richtte haar blik op de stoelen voor in de helikopter en riep: 'Fonseca! Laat de piloot alsjeblieft omdraaien en ons onmiddellijk naar de Sagrada Família brengen!'

Fonseca keek achterom en zei boos: 'Mevrouw Vidal, ik heb u al verteld dat ik bevel heb...'

'Fonseca.' De toekomstige koningin van Spanje viel hem in de rede, boog zich naar hem toe en keek hem recht in de ogen. 'Breng ons nu meteen naar de Sagrada Família, anders kun je je baan straks wel vergeten.'

62

 ConspiracyNet.com

BREAKING NEWS

Connectie tussen moordenaar en sekte!

Dankzij alweer een tip van monte@iglesia.org hebben we zojuist achterhaald dat de moordenaar van Edmond Kirsch lid is van een ultraconservatieve christelijke sekte die bekendstaat als de palmariaanse kerk!

Ávila werft al meer dan een jaar rekruten voor de palmarianen, en zijn lidmaatschap van deze controversiële religieus-militaire organisatie verklaart ook de

'Victor'-tattoo in zijn handpalm.

Dit franquistische symbool wordt regelmatig gebruikt in de palmariaanse kerk, die volgens de nationale Spaanse krant *El País* haar eigen 'paus' heeft en verscheidene meedogenloze heersers – onder wie Francisco Franco en Adolf Hitler – heilig heeft verklaard!

Geloof je ons niet? Zoek het maar eens op.

Het is allemaal begonnen met een mystiek visioen.

In 1975 beweerde verzekeringsmakelaar Clemente Domínguez y Gómez dat hij een visioen had gehad waarin hij tot paus werd gekroond door Jezus Christus in eigen persoon. Clemente nam de pauselijke naam Gregorius XVII aan, brak met het Vaticaan en benoemde zijn eigen kardinalen. Hoewel zijn aanspraken door Rome werden verworpen, wist de nieuwe antipaus duizenden volgelingen bijeen te brengen en een reusachtig vermogen in te zamelen, dat hem in staat stelde een kerk te bouwen als een fort, zijn geloof over de hele wereld uit te dragen en honderden palmariaanse bisschoppen te benoemen.

De afgescheiden palmariaanse kerk functioneert nog steeds vanuit het wereldhoofdkwartier, een streng beveiligd, ommuurd complex in het Spaanse El Palmar de Troya, dat El Monte Sagrado de Cristo Rey heet. De palmarianen worden niet erkend door het Vaticaan, maar hebben veel ultraconservatieve katholieken aan zich weten te binden.

Binnenkort volgt er meer nieuws over deze sekte, evenals een update over bisschop Antonio Valdespino, die ook betrokken lijkt bij de samenzwering van vannacht.

63

Oké, dit was indrukwekkend, dacht Langdon.

Met een paar krachtige uitspraken had Ambra de bemanning van de helikopter overgehaald een wijde draai te maken en de koers te verleggen naar de Basílica de la Sagrada Família.

Toen het toestel weer recht hing en terugvloog over de stad, eiste Ambra de telefoon van Díaz op, die de gardist aarzelend overhandigde. Ambra ging meteen naar zijn browser en begon het nieuws te bekijken.

Ze schudde gefrustreerd haar hoofd. 'Verdomme,' fluisterde ze, 'ik heb nog zó geprobeerd de media te vertellen dat je me niet hebt ontvoerd. Maar niemand kon me horen.'

'Misschien hebben ze meer tijd nodig om het te posten,' opperde Langdon. *Het is nog geen tien minuten geleden gebeurd.*

'Ze hebben tijd genoeg gehad,' antwoordde ze. 'Ik zie hier beelden van onze helikopter die wegvliegt van het Casa Milà.'

Nu al? Langdon had af en toe het gevoel dat de wereld te snel om zijn as draaide. Hij kon zich nog de tijd herinneren waarin breaking news werd gedrukt en de volgende morgen bij hem thuisbezorgd.

'Zo te zien horen jij en ik trouwens tot de trending topics,' zei Ambra met enige humor.

'Ik wist dat ik je niet had moeten ontvoeren,' antwoordde hij droog.

'Dat is niet grappig. Maar we staan tenminste niet op nummer één.' Ze gaf hem de telefoon. 'Moet je dit zien.'

Langdon keek op het schermpje en zag de Yahoo-pagina met de top tien van trending topics. Bovenaan stond het populairste verhaal:

1 'Waar komen we vandaan?'/ Edmond Kirsch

Het leek erop dat Edmonds presentatie mensen over de hele wereld had geïnspireerd om het onderwerp te onderzoeken en te bespreken. Dat zou Edmond fijn hebben gevonden, dacht Langdon, maar toen hij op de link klikte en de eerste tien koppen zag, bleek hoezeer hij zich vergiste. De tien eerste theorie-en over de oorsprong van de mens waren allemaal verhalen over creationisme en buitenaardse wezens.

Edmond zou zich doodschrikken.

Een van de beruchtste uitbarstingen van Langdons voormalige student had zich voorgedaan bij een openbaar forum over wetenschap en spiritualiteit, waar Edmond zich zo had geërgerd aan de vragen van het publiek dat hij uiteindelijk zijn handen ten hemel had geheven, het podium af was gelopen en had geroepen: 'Hoe is het mogelijk dat intelligente mensen niet kunnen praten over hun oorsprong zonder God en die vervloekte buitenaardse wezens erbij te halen!'

Langdon bleef omlaagscrollen tot hij een ogenschijnlijk onschuldige link naar CNN Live zag met de titel: 'Wat heeft Kirsch ontdekt?'

Hij klikte erop en hield de telefoon zo dat Ambra kon meekijken. Toen de video begon, zette hij het volume hoger en bogen Ambra en hij zich naar elkaar toe om de video ondanks het geratel van de rotorbladen te kunnen beluisteren.

Er verscheen een presentatrice van CNN in beeld. Langdon had haar in de loop der jaren al vaak gezien. 'Naast mij zit NASA-astrobioloog doctor Griffin Bennett, die zijn licht zal laten schijnen over de geheimzinnige ontdekking van Edmond Kirsch. Welkom, doctor Bennett.'

De gast – een man met een baard en een stalen bril – knikte somber. 'Dank u. Om te beginnen wil ik zeggen dat ik Edmond persoonlijk heb gekend. Ik heb een enorm respect voor zijn intelligentie, zijn creativiteit en zijn toewijding aan de vooruitgang en de innovatie. De aanslag op zijn leven is een enorme klap voor de wetenschap, en ik hoop dat deze laffe moord intellectuelen over de hele wereld zal inspireren om samen op te staan tegen de gevaren van fanatisme, bijgeloof en tegen mensen die hun toevlucht nemen tot geweld in plaats van zich te verdiepen in de feiten. Ik hoop oprecht dat de geruchten kloppen en dat er vanavond hard aan gewerkt wordt om Edmonds ontdekking alsnog publiek te maken.'

Langdon keek even naar Ambra. 'Ik geloof dat hij het over ons heeft.'

Ze beaamde dat.

'Er zijn heel veel mensen die daar ook op hopen, doctor Bennett,' zei de presentatrice. 'Kunt u intussen enig licht werpen op wat ú denkt dat Edmond Kirsch' ontdekking zou kunnen behelzen?'

'Als ruimtewetenschapper vind ik dat ik mijn woorden van vanavond moet laten voorafgaan door een inleidende verklaring,' ging doctor Bennett verder. 'Een verklaring die Edmond Kirsch volgens mij zou hebben kunnen waarderen.' De man keek recht in de camera. 'Wie over buitenaards leven praat, krijgt te maken met een verblindend scala aan slechte wetenschap, complottheorieën en regelrechte fantasie. Laat ik dit vooropstellen: graancirkels zijn nep. Video's waarin autopsie wordt gepleegd op buitenaardse wezens zijn getrukeerd. Er is nog nooit een koe verminkt door een alien. De vliegende schotel van Roswell was een weerballon van de overheid, onderdeel van Project Mogul. De grote piramiden zijn gebouwd door Egyptenaren, zonder buitenaardse technologie. En alle verhalen over ontvoering door ruimtewezens zijn gelogen.'

'Hoe kunt u daar zo zeker van zijn, doctor?' vroeg de presentatrice.

'Simpele logica,' zei de wetenschapper, die met een geërgerd gezicht weer naar de presentatrice keek. 'Een levensvorm die zo goed is ontwikkeld dat hij lichtjaren door de ruimte kan reizen, hoeft geen boer uit Kansas in zijn anus te porren als hij iets wil weten. En deze levensvormen hoeven zich ook niet te veranderen in reptielen of regeringen te infiltreren om de aarde over te nemen. Een levensvorm die over de technologie beschikt om naar de aarde te reizen, heeft geen listen en lagen nodig om meteen de macht te kunnen grijpen.'

'Dat klinkt behoorlijk alarmerend!' zei de presentatrice met een ongemakkelijk lachje. 'En wat heeft dit te maken met uw gedachten over Kirsch' ontdekking?'

De man slaakte een diepe zucht. 'Ik ben sterk van mening dat Edmond Kirsch wilde aankondigen dat hij tastbaar bewijs heeft gevonden voor het idee dat het leven op aarde uit de ruimte komt.'

Langdon was meteen sceptisch. Hij wist hoe Kirsch dacht over die opvatting.

'Fascinerend. Wat brengt u ertoe om dat te denken?' drong de presentatrice aan.

'Dat het leven uit de ruimte komt, is de enige rationele verklaring. We hebben al onomstotelijk bewijs dat er materie kan worden uitgewisseld tussen de planeten. We beschikken over stukjes Mars en Venus en over honderden monsters van nog niet geïdentificeerde bronnen die het idee ondersteunen dat het leven hier is gekomen in de vorm van microben op ruimtegesteente en uiteindelijk is geëvolueerd tot de levensvormen op aarde.'

De presentatrice knikte heftig. 'Maar bestaat deze theorie over microben uit de ruimte niet al tientallen jaren zonder dat er enig bewijs voor is gevonden? Hoe denkt u dat een technoloog als Edmond Kirsch een dergelijke theorie zou kunnen bewijzen? Het lijkt meer het terrein van de astrobiologie dan van de computerwetenschap.'

'Er ligt een solide logica aan ten grondslag,' antwoordde doctor Bennett. 'Topastronomen waarschuwen al tientallen jaren dat de enige hoop op het langdurig voortbestaan van de mens is gelegen in een vertrek van deze planeet. De aarde is al halverwege haar levenscyclus en uiteindelijk zal de zon uitgroeien tot een rode reus en ons opslokken. Dat wil zeggen, als we niet vóór die tijd door een inslaande asteroïde of een gammaflits zijn vernietigd. Om die reden wordt er gewerkt aan voorposten op Mars, zodat we uiteindelijk de ruimte in kunnen trekken om een nieuwe gastplaneet te zoeken. Het behoeft geen betoog dat dat een enorme onderneming is, en als we een eenvoudiger manier zouden kunnen vinden om ons voortbestaan te garanderen, zouden we die onmiddellijk toepassen.'

Doctor Bennett zweeg even. 'En misschien ís er wel een eenvoudiger manier. Stel dat we het menselijk genoom in kleine capsules konden verpakken en die met miljoenen tegelijk de ruimte in konden sturen, in de hoop dat er een wortel schiet en menselijk leven zaait op een verre planeet? Deze technologie bestaat nog niet, maar wordt gezien als een haalbare optie voor het voortbestaan van de mens. En als wíj erover denken om "leven te zaaien", volgt daaruit dat een meer geavanceerde levensvorm daar misschien ook aan heeft gedacht.'

Langdon had een idee waar doctor Bennett naartoe wilde met zijn betoog.

'Met dat in gedachten,' ging Bennett verder, 'geloof ik dat Edmond Kirsch misschien een buitenaardse signatuur heeft gevonden – hetzij materieel, chemisch of digitaal, dat weet ik niet – waarmee hij kon bewijzen dat het leven op aarde uit de ruimte komt. Ik moet er even bij zeggen dat Edmond Kirsch en ik daar jaren geleden een heel debat over hebben gehad. Hij zag niet veel in de theorie over ruimtemicroben, omdat hij zoals zoveel mensen geloofde dat genetisch materiaal nooit de dodelijke straling en temperaturen zou overleven van de lange reis naar de aarde. Persoonlijk geloof ik dat het heel goed mogelijk moet zijn om deze "levenszaden" te verzegelen in beschermende, stralingsbestendige capsules, die we de ruimte in zouden kunnen schieten om de kosmos te bevolken door middel van een soort door de technologie ondersteunde panspermie.'

'Oké,' zei de presentatrice, die zichtbaar steeds minder op haar gemak was, 'maar als iemand zou kunnen bewijzen dat de mensen afkomstig zijn van een zaadje uit de ruimte, zou dat betekenen dat we niet alleen zijn in het universum.' Ze zweeg even. 'Maar het betekent bovendien iets nog veel ongelooflijkers...'

'Namelijk?' Voor het eerst glimlachte doctor Bennett.

'Het betekent dat degenen die die zaadjes de ruimte in hebben gestuurd net als wij zouden moeten zijn... mensen!'

'Inderdaad, dat was ook mijn eerste conclusie,' merkte de wetenschapper op. 'Maar toen heeft Edmond me uit de droom geholpen. Hij wees me op de denkfout in die theorie.'

Daar was de presentatrice niet op bedacht geweest. 'Dus Edmond geloofde dat het geen mensen waren die deze zaadjes hebben gestuurd? Hoe kan dat, als de zaadjes om het zo maar eens te zeggen een recept waren voor het voortbestaan van de mens?'

'De mens is een halffabricaat,' antwoordde de wetenschapper. 'Dat waren Edmonds exacte woorden.'

'Wat bedoelt u daarmee?'

'Als de zaadjestheorie klopt, is het recept dat naar de aarde is gestuurd waarschijnlijk slechts een halfbakken poging, zei Edmond. Het was nog niet klaar, wat betekent dat de mens niet het eindproduct is, maar een overgangssoort die moet evolueren in iets anders, iets buitenaards.'

De CNN-presentatrice keek verbijsterd.

'Een geavanceerde levensvorm zou volgens Edmond nooit een recept voor mensen sturen, evenmin als het een recept zou sturen voor chimpansees.' De wetenschapper grinnikte. 'Edmond beschuldigde me er zelfs van in het geheim een christen te zijn en zei dat alleen een religieuze geest kon geloven dat de mens het middelpunt van het universum is. Of dat aliens een kant-en-klaar "Adam-en-Eva-DNA" de kosmos in zouden sturen.'

'Nou, doctor,' zei de presentatrice, die zich duidelijk oncomfortabel voelde bij de wending die het gesprek nam, 'het was in elk geval heel leerzaam om met u te spreken. Dank u voor uw tijd.'

Het fragment was afgelopen en Ambra vroeg meteen aan Langdon: 'Robert, als Edmond het bewijs heeft ontdekt dat de mens een half geëvolueerd buitenaards wezen is, roept dat een nog grotere vraag op. Waarin evolueren we precies?'

'Ja,' zei Langdon. 'En ik geloof dat Edmond die kwestie iets anders onder woorden heeft gebracht: *Waar gaan we naartoe?*'

Ambra keek verrast op nu het kringetje rond was. 'Edmonds tweede vraag uit de presentatie van vanavond.'

'Precies. *Waar komen we vandaan? Waar gaan we naartoe?* De NASA-wetenschapper die we net hebben gezien, denkt kennelijk dat Edmond naar de ruimte heeft gekeken en daar antwoorden op beide vragen heeft gevonden.'

'En wat denk jij, Robert? Is dit wat Edmond heeft ontdekt?'

Langdon voelde een weifelende frons in zijn voorhoofd verschijnen toen hij de mogelijkheden overwoog. De theorie van de wetenschapper, hoe opwindend ook, leek veel te algemeen en zweverig voor het scherpe verstand van Edmond Kirsch. *Edmond houdt het graag eenvoudig, helder en technisch. Hij is computerwetenschapper.* Belangrijker nog was dat Langdon zich niet kon voorstellen hoe Edmond een dergelijke theorie zou kunnen bewijzen. *Een oude zaaddoos opgraven? Een buitenaardse uitzending opvangen?* Beide ontdekkingen zouden een acute doorbraak zijn geweest, terwijl Edmonds ontdekking tijd had gevergd.

Edmond zei dat hij er al maanden aan werkte.

'Ik weet het natuurlijk niet,' zei Langdon tegen Ambra, 'maar mijn gevoel zegt me dat Edmonds ontdekking niets te maken heeft met buitenaards leven. Ik denk echt dat hij iets heel anders heeft ontdekt.'

Ambra keek verrast en toen geboeid. 'Volgens mij is er maar één manier om erachter te komen.' Ze wees naar het raam.

Voor hen glansden de torens van de Sagrada Família.

64

Bisschop Valdespino wierp een snelle blik op Julián, die nog steeds niets ziend door het raampje van de Opel zat te kijken terwijl ze over de M-505 reden.

Waar denkt hij aan, vroeg Valdespino zich af.

De prins zat al bijna een halfuur zwijgend en roerloos voor zich uit te staren, hoewel hij af en toe uit gewoonte naar zijn zak greep om zijn telefoon te pakken, vergetend dat hij die in zijn kluis had opgeborgen.

Ik moet hem in het ongewisse laten, dacht Valdespino. Nog even.

De acoliet reed nog steeds in de richting van het Casita del Príncipe, maar Valdespino zou hem straks moeten zeggen dat het huis van de prins toch niet hun bestemming was.

Opeens keek Julián op en tikte de acoliet op zijn schouder. 'Wil je de radio even aanzetten?' zei hij. 'Ik wil het nieuws horen.'

Voor de acoliet het kon doen, boog Valdespino zich naar voren en legde gebiedend een hand op de schouder van de jongeman. 'Laten we gewoon even stil zijn, goed?'

Julián keek naar de bisschop, duidelijk niet blij met diens tussenkomst.

'Neem me niet kwalijk,' zei Valdespino meteen, want hij zag een groeiende argwaan in de ogen van de prins. 'Het is al laat. Al dat gepraat. Ik geef de voorkeur aan stille overpeinzing.'

'Daar ben ik nu wel klaar mee,' zei Julián op scherpe toon, 'en ik wil weten wat er gebeurt in mijn land. We hebben ons vanavond totaal afgezonderd en ik begin me af te vragen of dat wel zo'n goed idee was.'

'Het ís een goed idee,' verzekerde Valdespino hem, 'en ik waardeer het dat u zoveel vertrouwen in mij stelt.' Hij haalde zijn hand van de schouder van de acoliet en gebaarde naar de radio. 'Zet het nieuws maar aan, alsjeblieft. Radio María España, misschien?' Valdespino hoopte dat de katholieke omroep de onrustbare ontwikkelingen van die avond tactvoller en minder hard zou brengen dan de meeste andere media dat hadden gedaan.

Toen de stem van de nieuwslezer door de goedkope autospeakers klonk, had hij het over de presentatie van en de moord op Edmond Kirsch. *Daar wordt vanavond op elke zender op de wereld over gesproken.* Valdespino hoopte alleen dat zijn naam niet genoemd zou worden.

Gelukkig leken de gevaren van de antireligieuze boodschap van Kirsch op dat moment het onderwerp, met name zijn invloed op de Spaanse jeugd. Ter verduidelijking zond de zender een lezing uit die Kirsch onlangs had gegeven aan de universiteit van Barcelona.

'Velen van ons zijn bang om zichzelf atheïst te noemen,' zei Kirsch rustig tegen de verzamelde studenten. 'En toch is atheïsme geen filosofie en ook geen wereldbeeld. Atheïsme is niet meer dan de erkenning van wat duidelijk is.'

Verscheidene studenten klapten instemmend.

'Het woord "atheïst" zou niet eens moeten bestaan,' ging Kirsch verder. 'Niemand vindt het nodig om zich een "niet-astroloog" of een "niet-alchemist" te noemen. We hebben geen woorden voor mensen die betwijfelen of Elvis nog leeft en voor mensen die niet geloven dat aliens door de ruimte reizen om koeien te molesteren. Atheïsme is niets meer dan het tegengeluid van redelijke mensen die worden geconfronteerd met ongerechtvaardigde religieuze overtuigingen.'

Een groeiend aantal studenten klapte goedkeurend.

'Die definitie is trouwens niet van mij,' vertelde Kirsch. 'Het zijn de woorden van neurowetenschapper Sam Harris. En als je dat nog niet gedaan hebt, moet je zijn boek *Brief aan een christelijke natie* eens lezen.'

Valdespino fronste en dacht aan de opschudding die was ontstaan door het boek van Harris, *Carta a una Nación Cristiana*, dat weliswaar voor Amerikanen was geschreven maar ook in Spanje niet onopgemerkt was gebleven.

'Laten we even handen opsteken,' ging Kirsch verder. 'Wie van jullie gelooft in een van de volgende oude goden: Apollo, Zeus, Vulcanus?' Hij zweeg even en toen lachte hij. 'Helemaal niemand? Goed. Dus we zijn allemaal atheïsten als het om die goden gaat.' Na een moment stilte zei hij: 'Ik ga gewoon een god verder.'

De toehoorders klapten nog harder.

'Vrienden, ik beweer niet dat ik zeker weet dat er geen God is. Ik zeg alleen maar: áls er een goddelijke macht achter het universum zit, lacht die zich rot om de religies die wij hebben bedacht in onze pogingen Hem te definiëren.'

Iedereen lachte.

Nu was Valdespino blij dat de prins naar de radio had willen luisteren. *Julián moet dit horen.* De duivelse charme van Kirsch was het bewijs dat de vijanden van Christus niet langer werkeloos in een hoekje zaten maar actief probeerden zielen weg te trekken van God.

'Ik ben Amerikaan,' ging Kirsch verder, 'en ik voel me een enorme geluksvogel omdat ik ben geboren in een van de meest technologisch geavanceerde en intellectueel progressieve landen op de wereld. En dus vond ik het diep verontrustend toen een recente opiniepeiling uitwees dat de helft van mijn landgenoten letterlijk gelooft dat Adam en Eva hebben bestaan, dat een almachtige God twee volledig gevormde menselijke wezens heeft geschapen, die met zijn tweetjes de hele planeet hebben bevolkt en uit wie zonder problemen met inteelt alle verschillende rassen zijn ontstaan.'

Nog meer gelach.

'In Kentucky heeft predikant Peter LaRuffa in het openbaar verklaard: als ik ergens in de Bijbel een passage zou vinden waarin stond dat twee plus twee vijf is, zou ik dat meteen geloven.'

Er werd nog harder gelachen.

'Ja, lachen jullie maar. Maar ik verzeker jullie dat deze overtuigingen eerder angstaanjagend zijn dan grappig. Veel mensen die zo denken zijn slim en hoogopgeleid: artsen, advocaten en leraren. In sommige gevallen streven ze naar de hoogste posities in ons land. Ik heb het Amerikaanse Congreslid Paul Broun horen zeggen: "De evolutie en de oerknal zijn leugens die rechtstreeks uit de hel komen. Ik geloof dat de aarde zo'n negenduizend jaar oud is en dat zij in zes dagen is geschapen." Nog verontrustender is het feit dat Congreslid Broun zitting heeft in de commissie voor wetenschap, ruimte en technologie en dat hij, toen hem werd gezegd dat er fossielen bestaan die miljoenen jaren oud zijn, reageerde met: "Fossielen zijn hier geplaatst door God om ons geloof op de proef te stellen."'

Opeens werd de stem van Kirsch beheerst en somber.

'Wanneer je onwetendheid toestaat, geef je haar macht. Wanneer je niets doet als onze leiders absurde dingen zeggen, ben je schuldig aan laksheid. Net als wanneer je toestaat dat scholen en kerken onze kinderen regelrechte onwaarheden leren. Het is tijd om in te grijpen. Pas als we onze soort zuiveren van bijgelovige gedachten kunnen we volledig gebruikmaken van alles wat ons verstand te bieden heeft.' Er viel een stilte over de menigte. 'Ik hou van de mens. Ik geloof dat ons brein en onze soort een grenzeloos potentieel bezitten. Ik geloof dat we aan de vooravond staan van een nieuw tijdperk van verlichting, een wereld waarin de religie eindelijk verdwijnt... en de wetenschap heerst.'

Er barstte een wild applaus los.

'In godsnaam,' snauwde Valdespino, en hij schudde vol verachting zijn hoofd. 'Zet dat uit.'

De acoliet gehoorzaamde en de drie mannen reden in stilte verder.

Vijftig kilometer verderop stond Mónica Martín tegenover een ademloze Suresh Bhalla, die net binnen was komen stormen en haar een telefoon had gegeven.

'Lang verhaal,' hijgde Suresh, 'maar je moet dit bericht lezen dat bisschop Valdespino heeft gekregen.'

'Ho eens even.' Martín liet de telefoon bijna vallen. 'Is dit de telefoon van de bisschop? Hoe kom jij in godsnaam...'

'Vraag dat maar niet. Lees.'

Martín keek gealarmeerd naar de telefoon en begon het bericht op het scherm te lezen. Binnen een paar seconden voelde ze het bloed uit haar gezicht trekken. 'Mijn god, bisschop Valdespino is...'

'Gevaarlijk,' zei Suresh.

'Maar... dit kan toch niet! Wie heeft dit naar de bisschop gestuurd?'

'Onbekend nummer,' zei Suresh. 'Ik probeer het te achterhalen.'

'En waarom heeft Valdespino dit bericht niet gewist?'

'Geen idee,' zei Suresh effen. 'Slordigheid? Arrogantie? Ik zal proberen de gewiste berichten weer boven water te krijgen en kijken of ik erachter kan komen met wie Valdespino communiceerde, maar ik wilde je dit nieuws meteen geven. Je zult er een verklaring over moeten afleggen.'

'Dat ga ik niet doen!' zei Martín, wie het nog steeds duizelde. 'Het paleis gaat deze informatie niet openbaar maken!'

'Nee, maar iemand anders doet dat binnenkort wel.' Suresh legde snel uit dat hij de telefoon van Valdespino was gaan zoeken na een directe tip van monte@iglesia.org – de informant die ConspiracyNet van nieuwtjes voorzag. Als die persoon woord hield, zou het bericht niet lang geheim blijven.

Martín sloot haar ogen en probeerde te bedenken hoe de wereld zou reageren op het onweerlegbare bewijs dat een katholieke bisschop die zeer nauwe banden had met de koning rechtstreeks betrokken was bij het verraad en de moord van die avond.

'Suresh,' fluisterde Martín, die langzaam haar ogen opendeed. 'Je moet voor me uitzoeken wie die "Monte" is. Kun je dat voor me doen?'

'Ik kan het proberen.' Hij klonk niet erg hoopvol.

'Dank je.' Martín overhandigde hem de telefoon en liep haastig naar de deur. 'En stuur me een screenschot van dat bericht!'

'Waar ga je naartoe?' riep Suresh.

Mónica Martín gaf geen antwoord.

65

La Sagrada Família, de Basiliek van de Heilige Familie, beslaat een flink terrein in het centrum van Barcelona. Ondanks haar enorme afmetingen lijkt de kerk bijna gewichtloos boven de aarde te zweven; een delicate verzameling luchtige spitsen die moeiteloos opklimmen naar de Spaanse hemel.

De complexe en poreuze torens hebben allemaal een andere hoogte, wat het heiligdom iets geeft van een zonderling zandkasteel, gebouwd door ondeugende reuzen. Wanneer het eenmaal is voltooid, zal de hoogste van de achttien torens een duizelingwekkende en ongekende hoogte bereiken van ruim honderdzeventig meter, hoger dan het Washington Monument, waardoor de Sagrada Família de hoogste kerk van de wereld zal zijn en de Sint-Pietersbasiliek in het Vaticaan met meer dan dertig meter zal overtreffen.

De kerk heeft drie enorme gevels. Aan de oostkant lijkt de kleurrijke façade van de geboorte op een hangende tuin met haar veelkleurige planten, dieren, vruchten en mensen. De westelijke façade van het lijden vormt daarmee een sterk contrast met haar strenge skelet van harde stenen, die gelijkenis vertonen met pezen en botten. Aan de zuidkant kronkelt de façade van de glorie op als een chaotische mengeling van demonen, idolen, zonden en verdorvenheden, om uiteindelijk plaats te maken voor meer verheven symbolen voor de opstanding, de deugd en het paradijs.

Tussen die drie façades staan talloze kleinere gevels, steunberen en torens, de meeste gehuld in een op modder lijkend materiaal, wat de indruk wekt dat de onderste helft van het gebouw smelt of uit de aarde is getrokken. Volgens een vooraanstaande criticus lijkt de onderste helft van de Sagrada Família op 'een rottende boomstam waaruit een verzameling complexe paddenstoeltorens ontkiemt'.

Gaudí heeft zijn kerk niet alleen versierd met traditionele religieuze iconen, maar er ook verrassende dingen aan toegevoegd die zijn eerbied voor de natuur weergeven – schildpadden die zuilen torsen, bomen die uit de gevels groeien en zelfs enorme stenen slakken en kikkers die de buitenkant van het gebouw beklimmen.

Ondanks de vreemde buitenkant wordt de Sagrada Família pas echt verrassend als je naar binnen stapt. Eenmaal in het grootste heiligdom blijven bezoekers onveranderlijk met open mond staan terwijl ze omhoogkijken langs de scheve boomstamzuilen, die zestig meter oprijzen naar een reeks gewelven, waar psychedelische collages van geometrische ontwerpen een kristalheldere baldakijn in de boomtakken vormen. Dit 'zuilenbos' was bedoeld om de geest aan te moedigen terug te keren naar de eerste spirituele zoekers, voor wie het bos Gods kathedraal was, beweerde Gaudí.

Het zal geen verbazing wekken dat Gaudí's kolossale art-nouveauwerk zowel hartstochtelijke aanbidding als cynische minachting opwekt. De een noemt het lovend 'sensueel, spiritueel en organisch', een ander schrijft het af als 'vulgair, pretentieus en profaan'. De schrijver James Michener beschreef het als 'een van de vreemdste serieuze gebouwen op de wereld', en de Architectural Review noemde het 'Gaudí's heilige monster'.

De esthetiek is vreemd, maar nog vreemder zijn de financiën. De Sagrada Família wordt geheel betaald uit privédonaties en krijgt geen enkele financiële steun van het Vaticaan of de katholieke leiders van deze wereld. Ondanks periodes waarin het werk wegens gebrek aan geld moest worden stilgelegd, vertoont het project een bijna darwinistische overlevingsdrang en heeft het koppig de dood van de architect, een gewelddadige burgeroorlog, terroristische aanvallen van Catalaanse anarchisten en zelfs het boren van een metrotunnel die de grond dreigde te destabiliseren doorstaan.

Maar omstreden of niet, de Sagrada Família is er nog en blijft groeien.

De laatste tien jaar staat de kerk er financieel aanzienlijk beter voor, nu de schatkist wordt aangevuld door toegangskaartjes te verkopen aan meer dan vier miljoen toeristen per jaar, die flink betalen om de gedeeltelijk afgebouwde kerk te kunnen bezichtigen. Nu het jaar 2026 – honderd jaar na de dood van Gaudí – is genoemd voor de voltooiing van de Sagrada Família, lijkt er een hernieuwde energie te heersen en klimmen de spitsen met frisse moed en hoop naar de hemel.

Pater Joaquim Beña, de oudste priester en hoogste geestelijke van de Sagrada Família, was een joviale tachtigjarige met een rond brilletje op een rond gezicht dat altijd glimlachte boven zijn kleine, in een soutane gestoken gestalte. Beña droomde ervan lang genoeg te leven om de voltooiing van dit glorieuze heiligdom mee te maken.

Maar vanavond glimlachte pater Beña niet. Hij was tot laat aan het werk geweest in zijn kantoor, maar had uiteindelijk geboeid naar zijn computer zitten kijken, helemaal in de ban van het verontrustende drama in Bilbao.

Edmond Kirsch was vermoord.

De laatste drie maanden had Beña een delicate en onwaarschijnlijke vriendschap gesloten met Kirsch. De uitgesproken atheïst had Beña verrast door hem persoonlijk te benaderen met het aanbod van een enorme donatie voor de kerk. Het ging om een ongehoord bedrag, dat een geweldige stimulans zou zijn.

Kirsch' aanbod is te gek voor woorden. Beña was bang geweest voor addertjes onder het gras. *Is het een publiciteitsstunt? Wil hij misschien invloed hebben op de bouw?*

In ruil voor zijn donatie had de bekende futuroloog slechts één verzoek.

Beña had er onzeker naar geluisterd. *Is dat alles wat hij wil?*

'Dit is voor mij een persoonlijke kwestie,' had Kirsch gezegd. 'En ik hoop dat u mijn verzoek zult inwilligen.'

Beña had vertrouwen in zijn medemens, maar op dat moment had hij toch het gevoel dat hij een pact sloot met de duivel. Hij keek Kirsch recht in de ogen, op zoek naar een verborgen beweegreden. Toen zag hij het. Onder

Kirsch' zorgeloze charme lag een vermoeide wanhoop, en zijn diepliggende ogen en magere lichaam deden Beña denken aan zijn dagen in het seminarie, waar hij in het hospice had gewerkt als geestelijk raadsman.

Edmond Kirsch is ziek.

Beña vroeg zich af of de man stervende was en of deze donatie een poging was om zich te verzoenen met de God die hij altijd had afgewezen.

Juist de mensen die overtuigd zijn van hun eigen gelijk zijn bang als ze de dood in de ogen zien.

Beña dacht aan de evangelist Johannes, die zijn hele leven had geprobeerd ongelovigen aan te moedigen de glorie van Jezus Christus te ervaren. Wanneer een ongelovige als Kirsch wilde bijdragen aan de bouw van een heiligdom voor Jezus, leek het onchristelijk en wreed om hem dat te weigeren.

Daarnaast had Beña nog de professionele plicht om fondsen te werven voor de kerk. Hij wist niet hoe hij zijn collega's zou moeten vertellen dat Kirsch' enorme donatie was geweigerd omdat de man een uitgesproken atheïst was.

Uiteindelijk had Beña de voorwaarden van Kirsch aanvaard en hadden de mannen elkaar een stevige handdruk gegeven.

Dat was drie maanden geleden.

Vanavond had Beña gekeken naar Kirsch' presentatie in het Guggenheim. Aanvankelijk had hij bezorgd geluisterd naar zijn antireligieuze toon, toen was hij geboeid geraakt door Kirsch' verwijzingen naar een geheimzinnige ontdekking en ten slotte had hij vol ontzetting gezien hoe Kirsch werd neergeschoten. Daarna had Beña zijn computer niet meer kunnen uitzetten, zo was hij in de ban geraakt van wat snel een duizelingwekkende caleidoscoop van tegenstrijdige complottheorieën was geworden.

En nu zat Beña confuus in het enorme heiligdom, helemaal alleen in Gaudí's 'zuilenbos'. Maar het mystieke woud droeg weinig bij aan het kalmeren van zijn tollende hoofd.

Wat had Kirsch ontdekt? Wie wilde hem dood hebben?

Pater Beña sloot zijn ogen en probeerde weer kalm te worden, maar de vragen bleven terugkomen.

Waar komen we vandaan? Waar gaan we naartoe?

'We komen van God!' zei Beña hardop. 'En we gaan naar God!'

Terwijl hij het zei, voelde hij de woorden resoneren in zijn borst, met zoveel kracht dat het hele heiligdom leek te trillen. Opeens viel er een felle lichtstraal door het gebrandschilderde glas van het raam boven in de façade van het lijden, recht de basiliek in.

Vol ontzag stond pater Beña op en strompelde naar het raam. De hele kerk donderde toen de hemelse lichtstraal afdaalde langs het gekleurde glas. Toen Beña door de hoofdingang van de kerk naar buiten stormde, werd hij geteisterd door een oorverdovende wind. Aan zijn linkerkant daalde uit de hemel een grote helikopter neer, waarvan het zoeklicht over de voorkant van de kerk speelde.

Beña keek ongelovig toe hoe het toestel binnen de hekken in de noordwesthoek van het bouwterrein landde en de motor werd uitgezet.

Toen de wind en het lawaai minder werden, stond pater Beña in de deuropening van de Sagrada Família en zag hij vier gestalten uit de helikopter stappen en snel naar hem toe lopen. De voorste twee waren meteen te herkennen na de uitzending van die avond: de ene was de toekomstige koningin en de andere was professor Robert Langdon. Ze werden gevolgd door twee uit de kluiten gewassen mannen in blazers met een monogram erop.

Zo te zien had Langdon Ambra Vidal toch niet ontvoerd. Mevrouw Vidal leek geheel uit eigen wil mee te lopen met de Amerikaanse hoogleraar.

'Pater!' riep de vrouw, en ze zwaaide vriendelijk. 'Vergeef ons de luidruchtige verstoring van deze heilige plek. We moeten u meteen spreken. Het is heel belangrijk.'

Beña deed zijn mond open om iets terug te zeggen, maar kon alleen maar knikken toen het vreemde groepje voor hem stond.

'Neemt u ons niet kwalijk, pater,' zei Robert Langdon met een ontwapenende glimlach. 'Ik begrijp dat dit allemaal heel vreemd moet lijken. Weet u wie we zijn?'

'Natuurlijk,' wist Beña uit te brengen, 'maar ik dacht...'

'Een misvatting,' zei Ambra. 'Ik kan u verzekeren dat alles prima in orde is.'

Op dat moment kwamen de twee bewakers die normaal buiten het hek stonden door de bewakingspoortjes naar binnen stormen, geschrokken van de aankomst van de helikopter. De bewakers zagen Beña en renden naar hem toe.

Meteen draaiden de twee mannen in blazer zich naar hen om en staken hun hand op in het universele teken om te stoppen.

De bewakers bleven verrast staan en keken vragend naar Beña.

'¡Tot està bé!' riep Beña in het Catalaans. '*Tornin al seu lloc.*' Alles is in orde! Ga terug naar jullie post.

De bewakers keken onzeker naar het vreemde groepje.

'*Són els meus convidats*,' verklaarde Beña nu vastberaden. Het zijn mijn gasten. '*Confío en la seva discreció.*' Ik vertrouw op jullie discretie.

De verbaasde bewakers keerden terug naar de poortjes om weer langs de buitenkant van het hek te gaan patrouilleren.

'Dank u,' zei Ambra. 'Ik waardeer het zeer.'

'Ik ben pater Joaquim Beña,' zei hij. 'Vertelt u me alstublieft wat er aan de hand is.'

Robert Langdon deed een stap naar voren en schudde Beña de hand. 'Pater Beña, wij zijn op zoek naar een zeldzaam boek dat het eigendom was van de wetenschapper Edmond Kirsch.' Hij haalde een elegante kaart tevoorschijn en gaf hem aan de pater. 'Volgens deze kaart is het boek uitgeleend aan uw kerk.'

Hoewel hij een beetje van zijn stuk was geraakt door de overdonderende aankomst van de groep, herkende Beña het ivoorkleurige kaartje meteen. Een exacte kopie ervan hoorde bij het boek dat Kirsch hem een paar weken geleden had gegeven.

The Complete Works of William Blake.

De voorwaarde die Edmond had gesteld bij de grote donatie aan de Sagrada

Família was dat het boek van Blake werd tentoongesteld in de crypte van de basiliek.

Een vreemd verzoek, maar gemakkelijk in te willigen.

Kirsch' enige aanvullende verzoek – dat was opgeschreven op de achterkant van de kaart – luidde dat het boek altijd moest zijn opengeslagen op pagina 163.

66

Acht kilometer ten noordwesten van de Sagrada Família keek admiraal Ávila
door de voorruit van de über-taxi naar de zee van stadslichtjes die glinsterden
tegen de zwarte achtergrond van de Balearische Zee.

Eindelijk, bereikend... De voormalige marineofficier haalde zijn telefoon tevoorschijn in en belde zoals beloofd de Regent.

De Regent nam meteen op. 'Admiraal Ávila, waar bent u?'

'Een paar minuten van de stad.'

'U bent er net op tijd. Ik heb zojuist verontrustend nieuws vernomen.'

'Zeg het maar.'

'U hebt met succes de top van de slang afgehakt. Maar zoals we al vreesden,'
is de lange staart nog steeds gevaarlijk aan het kronkelen.'

'Hoe kan ik van dienst zijn?' vroeg Ávila.

66

Acht kilometer ten noordwesten van de Sagrada Família keek admiraal Ávila door de voorruit van de Uber-taxi naar de zee van stadslichtjes die glinsterden tegen de zwarte achtergrond van de Balearische Zee.

Eindelijk, Barcelona... De voormalige marineofficier haalde zijn telefoon te voorschijn en belde zoals beloofd de Regent.

De Regent nam meteen op. 'Admiraal Ávila. Waar bent u?'

'Een paar minuten van de stad.'

'U bent er net op tijd. Ik heb zojuist verontrustend nieuws gekregen.'

'Zeg het maar.'

'U hebt met succes de kop van de slang afgehakt. Maar zoals we al vreesden, is de lange staart nog steeds gevaarlijk aan het kronkelen.'

'Hoe kan ik van dienst zijn?' vroeg Ávila.

Toen de Regent hem vertelde wat hij wilde, was Ávila verbaasd. Hij had niet gedacht dat er die nacht nog meer doden zouden vallen, maar hij was niet van plan tegen de Regent in te gaan. Ik ben niet meer dan een voetsoldaat, bedacht hij.

'Het is een gevaarlijke missie,' zei de Regent. 'Als u wordt gepakt, laat u de autoriteiten het symbool in uw hand zien. Dan wordt u meteen weer vrijgelaten. Wij hebben overal invloed.'

Ávila wierp een blik op zijn tatoeage. 'Ik ben niet van plan gepakt te worden,' zei hij.

'Mooi.' De stem van de Regent klonk vreemd levenloos. 'Als alles volgens plan verloopt, zijn ze straks allebei dood en dan is dit voorbij.'

De verbinding werd verbroken.

In de plotselinge stilte keek Ávila vol afkeer op naar het best verlichte punt aan de horizon, een afschuwelijke groep misvormde torens in het felle licht van bouwlampen.

De Sagrada Família. Een heiligdom voor alles wat verkeerd is aan ons geloof.

Volgens Ávila was de beroemde kerk in Barcelona een monument voor zwakte en morele aftakeling, een overgave aan het liberale katholicisme, dat bruut duizenden jaren van geloof verdraaide en verwrong tot een bizarre mengelmoes van natuuraanbidding, pseudowetenschap en gnostische ketterij.

Er kruipen gigantische hagedissen tegen een kerk van Christus op!

De teloorgang van tradities in de wereld joeg Ávila enorme angst aan, maar hij voelde zich gesteund door de opkomst van een nieuwe groep wereldleiders die die angst kennelijk deelden en deden wat nodig was om de tradities in ere te herstellen. Toewijding aan de palmariaanse kerk en vooral aan paus Innocentius XIV had hem, Ávila, een nieuwe reden gegeven om te leven en hem geholpen de tragische gebeurtenissen met andere ogen te zien.

Mijn vrouw en kinderen waren oorlogsslachtoffers, dacht Ávila. Slachtoffers van de strijd van het kwaad tegen God en tegen de tradities. Vergiffenis is niet de enige weg naar de verlossing.

Vijf nachten geleden was Ávila in zijn bescheiden appartement wakker geworden van de luide ping van een inkomend tekstbericht op zijn telefoon. 'Het is midden in de nacht,' mopperde hij terwijl hij wazig naar het scherm keek om erachter te komen wie er op dit uur contact met hem had gezocht.

Numero oculto

Ávila wreef in zijn ogen en las het bericht.

Compruebe su saldo bancario

Moet ik het saldo van mijn bankrekening controleren?

Ávila fronste en vermoedde dat het een of andere reclameboodschap was. Geïrriteerd stapte hij uit bed en liep naar de keuken om wat water te drinken. Terwijl hij bij het aanrecht stond, keek hij naar zijn laptop. Hij wist dat hij niet meer zou kunnen slapen totdat hij gekeken had.

Hij logde in op de website van zijn bank en verwachtte zijn normale, armzalig kleine banksaldo te zien, het restant van zijn militaire pensioen. Maar toen de cijfers op het scherm verschenen, sprong hij zo plotseling overeind dat hij een stoel omstootte.

Dat kan niet!

Hij sloot zijn ogen en keek nog eens. Toen ververste hij het scherm.

Het getal bleef staan.

Hij schoof met zijn muis, scrolde naar de af- en bijschrijvingen en zag tot zijn verbijstering dat er een uur eerder honderdduizend euro naar zijn rekening was overgemaakt door een anonieme partij, die alleen werd aangeduid met een niet te traceren nummer.

Wie zou zoiets doen?

Het scherpe zoemen van zijn telefoon maakte dat Ávila's hart een slag miste. Hij pakte het toestel en keek op het scherm.

Numero oculto

Even staarde Ávila naar de telefoon, maar toen nam hij op. '¿Si?'

Een zachte stem sprak hem toe in zuiver Castiliaans. 'Goedenavond, admiraal. Ik neem aan dat u hebt gezien welk geschenk we u hebben gestuurd?'

'J... ja,' stamelde Ávila. 'Wie bent u?'

'U kunt me de Regent noemen,' antwoordde de stem. 'Ik vertegenwoordig uw broeders, de leden van de kerk die u de laatste twee jaar zo trouw hebt bezocht. Uw vaardigheden en trouw zijn niet onopgemerkt gebleven, admiraal. We willen u de gelegenheid geven om een hoger doel te dienen. Zijne Heiligheid heeft een reeks missies voor u... taken die God u stelt.'

Ávila was nu klaarwakker. Zijn handen waren nat van het zweet.

'Het geld dat we u hebben gegeven is een voorschot voor uw eerste missie,' ging de stem verder. 'Als u ervoor kiest de missie uit te voeren, kunt u dat beschouwen als een gelegenheid om u te kwalificeren voor een plek in onze hoogste gelederen.' De stem zweeg even. 'Er bestaat een sterke hiërarchie in onze kerk, onzichtbaar voor de wereld. We geloven dat u een aanwinst zou zijn voor de top van onze organisatie.'

Hoewel het vooruitzicht op een hogere positie hem aantrok, bleef Ávila voorzichtig. 'Wat houdt die missie in? En wat als ik ervoor kies die niet uit te voeren?'

'Daar zult u op geen enkele manier op worden aangekeken, en u kunt het geld houden in ruil voor uw stilzwijgen. Klinkt dat redelijk?'

'Het klinkt heel ruimhartig.'

'We waarderen u als mens. We willen u helpen. Maar ik moet u waarschuwen. De missie van de paus is niet gemakkelijk.' Er viel een korte stilte. 'Er kan geweld bij te pas komen.'

Ávila verstrakte. *Geweld?*

'Admiraal, het kwaad wordt elke dag sterker. God verkeert in oorlog en bij een oorlog vallen slachtoffers.'

Ávila dacht terug aan de verschrikkingen van de bom die zijn gezin had gedood. Huiverend verdrong hij de vreselijke herinneringen. 'Het spijt me, ik weet niet of ik een gewelddadige missie kan accepteren...'

'De paus heeft u persoonlijk uitgezocht, admiraal,' fluisterde de Regent. 'De man die het doelwit is van deze missie... is de man die uw gezin heeft vermoord.'

67

De wapenkamer op de begane grond van het koninklijk paleis in Madrid is een sierlijk gewelfde ruimte waarvan de hoge, rode muren zijn versierd met magnifieke wandkleden waarop beroemde veldslagen uit de Spaanse geschiedenis zijn afgebeeld. In de kamer bevindt zich een kostbare verzameling van meer dan honderd harnassen, waaronder de gevechtsuitrusting van vele koningen uit de geschiedenis van Spanje. Midden in de ruimte staan zeven levensgrote beelden van paarden in volledige oorlogsuitrusting.

Garza keek naar het oorlogstuig overal om hem heen. Willen ze me hier gevangenhouden? dacht hij verbaasd. De wapenkamer was weliswaar een van de best beveiligde ruimtes in het paleis, maar Garza vermoedde dat deze deftige cel was gekozen in de hoop hem te intimideren. Dit is de kamer waarin ik ben aangenomen.

Bijna twintig jaar eerder was Garza in deze imposante kamer scherp ondervraagd voordat hij uiteindelijk de positie van hoofd van de koninklijke garde had gekregen.

Nu hadden Garza's eigen gardisten hem gearresteerd. *Ik word aangeklaagd voor het plannen van een aanslag. En voor het valselijk beschuldigen van een bisschop.* De logica achter deze beweringen was zo verwrongen dat Garza er geen touw aan kon vastknopen.

Binnen de Guardia Real was Garza de hoogste officier in het paleis, en dat betekende dat het bevel om hem te arresteren maar van één man kon zijn gekomen... prins Julián zelf.

Valdespino heeft de prins tegen me opgezet, besefte Garza. De bisschop was altijd een overlever geweest, en vanavond was hij kennelijk wanhopig genoeg geweest voor deze brutale mediastunt, een noodsprong om zijn eigen reputatie te redden door die van Garza te bezoedelen. *Ze hebben me opgesloten in de wapenkamer, zodat ik me niet kan uitspreken.*

Als Julián en Valdespino de handen in elkaar hadden geslagen, hadden ze hem in de tang en was het met hem gedaan, wist Garza. Op dit moment was er maar één persoon op aarde die genoeg macht had om hem te helpen, en dat was een oude man die zijn laatste dagen sleet in een ziekenhuisbed in zijn privéresidentie, het Palacio de la Zarzuela.

De koning van Spanje.

Aan de andere kant, besefte Garza, zal de koning me nooit helpen als dat betekent dat hij moet ingaan tegen bisschop Valdespino of zijn eigen zoon.

Hij hoorde de menigte voor het paleis harder roepen. Het klonk alsof het wel eens op gewelddadigheden kon uitlopen. Toen Garza hoorde wat ze riepen, kon hij zijn oren niet geloven.

'Waar komt Spanje vandaan? Waar gaat Spanje naartoe?'

De demonstranten leken de twee provocerende vragen van Kirsch te hebben aangegrepen om zich te uiten over de politieke toekomst van de Spaanse monarchie.

Waar komen we vandaan? Waar gaan we naartoe?

De Spaanse jongeren spraken zich uit tegen de onderdrukking uit het verleden en riepen voortdurend om snellere verandering. Ze spoorden hun land aan 'zich bij de beschaafde wereld te scharen' door een volledige democratie te worden en de monarchie af te schaffen. Frankrijk, Duitsland, Rusland, Oostenrijk, Polen en meer dan vijftig andere landen hadden in de laatste eeuw hun koning of keizer afgezet. Zelfs in Engeland werd gesproken over een referendum over het beëindigen van de monarchie nadat de huidige koningin zou zijn overleden.

En vanavond was het helaas een chaos in het koninklijk paleis, zodat het eigenlijk geen verbazing hoefde te wekken dat die strijdkreet weer werd opgepikt.

Dat kan prins Julián echt niet gebruiken nu hij zich voorbereidt op het bestijgen van de troon, dacht Garza.

Opeens ging de deur aan de andere kant van de wapenkamer open en keek een van de gardisten naar binnen.

Garza riep: 'Ik wil een advocaat!'

'En ik wil een verklaring voor de pers,' antwoordde de stem van Mónica Martín, terwijl ze om de gardist heen liep en de kamer in beende. 'Commandant Garza, waarom hebt u samengespannen met de moordenaars van Edmond Kirsch?'

Garza staarde haar ongelovig aan. *Is iedereen gek geworden?*

Martín liep op hem af. 'We weten dat u bisschop Valdespino de schuld in de schoenen hebt willen schuiven!' verklaarde ze. 'En dit paleis wil nu meteen uw bekentenis openbaar maken!'

Daar had de commandant niets op te zeggen.

Halverwege de kamer draaide Martín zich abrupt om en keek woedend naar de jonge gardist in de deuropening. 'Een privégesprek, zei ik!'

De gardist keek onzeker, maar deed een stap achteruit en sloot de deur.

Martín draaide zich weer om naar Garza en stormde naar hem toe. 'Ik wil nu een bekentenis!' schreeuwde ze. Haar stem weerkaatste tegen het gewelfde plafond en ze ging vlak voor hem staan.

'Die zul je van mij niet krijgen,' zei Garza effen. 'Ik heb hier niets mee te maken. Er is helemaal niets waar van jullie beschuldigingen.'

Martín wierp een nerveuze blik over haar schouder. Toen kwam ze nog dichter bij hem staan en fluisterde in Garza's oor: 'Dat weet ik... U moet nu even heel goed naar mij luisteren.'

68

Trending ↑ 2745%

⊕ ConspiracyNet.com

BREAKING NEWS

Van antipausen, bloedende handpalmen en dichtgenaaide ogen...

Vreemde verhalen uit de palmariaanse kerk.

Online christelijke nieuwsgroepen hebben inmiddels bevestigd dat admiraal Luis Ávila al verscheidene jaren een actief lid is van de palmariaanse kerk.

Als pleitbezorger voor de kerk heeft hij herhaaldelijk verklaard dat de palmariaanse paus 'zijn leven heeft gered' toen hij in een diepe depressie verkeerde na het verlies van zijn gezin bij een antichristelijke terroristische aanslag.

Omdat het beleid is binnen ConspiracyNet.com om nooit religieuze instellingen te steunen of te veroordelen, hebben we hier tientallen links geplaatst naar de palmariaanse kerk.
Wij geven informatie. U oordeelt.

Let erop dat veel onlinebeweringen over de palmarianen uiterst schokkend zijn, en dus vragen we uw hulp, de hulp van onze gebruikers, om feiten van fictie te scheiden.

De volgende 'feiten' zijn ons toegestuurd door onze sterinformant monte@iglesia.org, wiens perfecte staat van dienst van deze avond doet vermoeden dat ook deze beweringen waar zijn. Toch hopen we dat onze gebruikers aanvullende harde bewijzen kunnen aanleveren om ze te ondersteunen of te weerleggen voordat we ze als zodanig presenteren.

'Feiten'

- De palmariaanse paus Clemente heeft in 1976 bij een auto-ongeluk allebei zijn oogbollen verloren en heeft tien jaar gepredikt met dichtgenaaide ogen.
- Paus Clemente had stigmata in beide handen, die regelmatig bloedden als hij visioenen had.
- Verscheidene palmariaanse pausen waren officier in het Spaanse leger en hadden sterk carlistisch getinte idealen.
- Het is de leden van de palmariaanse kerk verboden om tegen hun eigen familie te praten, en verscheidene leden zijn in het complex gestorven aan ondervoeding of mishandeling.
- Het is de palmarianen verboden om (1) boeken te lezen die zijn geschreven door niet-palmarianen, (2) huwelijken of begrafenissen in de familie bij te wonen, tenzij die familie tot de palmariaanse kerk behoort, (3) zich op te houden in zwembaden, op stranden, bij bokswedstrijden, in dansgelegenheden en op elke plek waar een kerstboom of een afbeelding van de Kerstman wordt vertoond.
- De palmarianen geloven dat de antichrist is geboren in het jaar 2000.

- Er bestaan palmariaanse rekruteringscentra in de VS, Canada, Duitsland, Oostenrijk en Ierland.

69

Toen Langdon en Ambra met pater Beña naar de kolossale bronzen deuren van de Sagrada Família liepen, verbaasde Langdon zich als altijd over de uiterst bizarre versiering van de hoofdingang van de kerk.

Het is een muur vol codes, dacht hij toen hij naar de verheven letters en cijfers op de glanzende monolithische metaalplaten keek. Uit het bronzen oppervlak staken meer dan achtduizend driedimensionale letters. De letters stonden in horizontale regels, zodat er een enorm tekstveld ontstond waarop bijna geen ruimte was tussen de woorden. Hoewel Langdon wist dat de tekst een beschrijving was van het lijden van Christus, geschreven in het Catalaans, leek hij eerder een codering van de NSA.

Geen wonder dat deze plek de inspiratie is voor zoveel complottheorieën.

Langdons blik ging langs de hoge façade van het lijden en de spookachtige verzameling magere, hoekige beelden van de kunstenaar Josep Maria Subirachs, met daarboven een afschuwelijk uitgemergelde Jezus aan een kruis dat naar voren was gekanteld, zodat het angstaanjagende effect ontstond dat het elk moment op de bezoekers kon vallen.

Links van Langdon was nog een somber beeld te zien van Judas die Jezus verried met een kus. Dit beeld werd vreemd genoeg geflankeerd door een vierkant met getallen, een zogenaamd magisch vierkant. Edmond had Langdon eens verteld dat de magische constante van dit vierkant drieëndertig was, en dat dit een verborgen eerbewijs was aan de eerbied van de heidense vrijmetselaars voor de grote architect van het universum, een allesomvattende godheid wiens geheimen naar verluidt werden onthuld aan mensen die de drieëndertigste graad van de broederschap bereikten.

'Leuk verhaal,' had Langdon lachend gezegd, 'maar het gegeven dat Jezus drieëndertig jaar oud was toen hij aan het kruis werd genageld, lijkt mij een waarschijnlijker verklaring.'

Toen ze de ingang naderden, vertrok Langdons gezicht bij het zien van de akeligste versiering van de kerk: een kolossaal beeld van de gegeselde Jezus, met touwen vastgebonden aan een pilaar. Hij wendde snel zijn blik af en keek naar de inscriptie boven de deuren, twee Griekse letters, alfa en omega.

'Het begin en het einde,' fluisterde Ambra, die ook naar de letters keek. 'Net iets voor Edmond.'

Langdon wist waar ze op doelde. *Waar komen we vandaan? Waar gaan we naartoe?*

Pater Beña opende een kleine deur in de muur van bronzen letters en de hele groep ging naar binnen, inclusief de twee gardisten. Beña deed de deur achter hen dicht.

Stilte.

Schaduwen.

In de zuidwestelijke hoek van het dwarsschip kwam pater Beña met een verrassend verhaal. Hij vertelde dat Kirsch naar hem toe was gekomen met het aanbod een grote donatie te doen aan de Sagrada Família als de kerk erin toestemde zijn exemplaar van Blakes verluchte manuscript tentoon te stellen in de crypte, vlak bij de tombe van Gaudí.

In het hart van de kerk, dacht Langdon, wiens nieuwsgierigheid was geprikkeld.

'Heeft Edmond ook gezegd waarom hij dat wilde?' vroeg Ambra.

Beña knikte. 'Hij vertelde dat hij zijn hele leven van Gaudí's kunst heeft gehouden, en dat hij dat had van zijn overleden moeder, die ook een groot bewonderaar was van het werk van William Blake. Kirsch zei dat hij het boek van Blake bij Gaudí's tombe wilde tentoonstellen als eerbetoon aan zijn moeder. Het leek mij geen kwaad te kunnen.'

Edmond heeft mij nooit verteld dat zijn moeder van Gaudí hield, dacht Langdon verbaasd. Bovendien was Paloma Kirsch overleden in een klooster, en het leek onwaarschijnlijk dat een Spaanse non bewondering zou voelen voor een heterodoxe Britse dichter. Het hele verhaal was nogal vergezocht.

'Bovendien had ik het gevoel dat meneer Kirsch zich in een spirituele crisis bevond,' ging Beña verder. 'En dat hij misschien ook problemen had met zijn gezondheid.'

'Volgens de aantekening achter op deze kaart moet het boek op een speciale manier worden getoond,' viel Langdon hem in de rede. Hij hield de kaart omhoog. 'Het moet openliggen op bladzijde 163.'

'Ja, dat klopt.'

Langdon voelde dat zijn hart sneller ging slaan. 'Kunt u me vertellen welk gedicht op die bladzijde staat?'

Beña schudde zijn hoofd. 'Er staat geen gedicht op die bladzijde.'

'Echt niet?'

'In het boek staan de complete werken van Blake, dus al zijn kunstwerken en niet alleen zijn gedichten. Op bladzijde 163 staat een illustratie.'

Langdon keek bezorgd naar Ambra. *We moeten een dichtregel van tweeënzestig letters hebben, geen illustratie!*

'Pater,' zei Ambra tegen Beña. 'Mogen we het boek bekijken?'

De priester aarzelde even, maar vond kennelijk dat hij de toekomstige koningin niets kon weigeren. 'De crypte is deze kant uit.' Hij leidde hen door het dwarsschip naar het midden van de kerk. De twee gardisten volgden.

'Ik moet toegeven,' zei Beña, 'dat ik heb geaarzeld om geld aan te nemen van zo'n uitgesproken atheïst, maar zijn verzoek om zijn moeders favoriete illustratie te tonen leek me heel onschuldig, vooral omdat het een beeltenis van God betreft.'

Langdon dacht dat hij hem niet goed had verstaan. 'Zegt u nu dat Edmond heeft gevraagd of u een beeltenis van God tentoon wilde stellen?'

'Ik voelde dat hij ziek was en dacht dat dit misschien zijn manier was om iets goed te maken na een leven van verzet tegen het goddelijke.' Hij zweeg even en schudde zijn hoofd. 'Hoewel ik na het zien van zijn presentatie van vanavond moet toegeven dat ik niet meer weet wat ik van hem moet denken.'

Langdon probeerde te bedenken welke van Blakes talloze illustraties Edmond tentoon had willen stellen.

Toen ze het sanctuarium in liepen, had Langdon het gevoel dat hij deze ruimte voor het allereerst zag. Hoewel hij al vaak in de Sagrada Família was geweest, in verschillende stadia van de bouw, was dat altijd overdag geweest, als de zon door het gebrandschilderde glas scheen, overal verblindende kleurvlekken op wierp en de blik steeds verder naar boven trok, naar de schijnbaar gewichtloze hemel van de gewelven.

's Nachts is al die lichtheid verdwenen.

Het zonovergoten bos van de basiliek had plaatsgemaakt voor een middernachtelijk oerwoud vol schaduwen en duisternis, een somber bos van geribbelde zuilen die opstegen naar een onheilspellende leegte.

'Kijk uit waar u loopt,' zei de priester. 'We moeten zuinig zijn.'

Langdon wist dat het een klein fortuin kostte om de enorme Europese kerken te verlichten, maar hier konden ze amper de weg vinden bij de gloed van de spaarzame noodverlichting. *Een van de nadelen van een vloeroppervlak van vijfenvijftighonderd vierkante meter.*

Toen ze bij het middenschip kwamen en linksaf gingen, keek Langdon naar de verhoging voor hem. Het altaar was een ultramoderne, minimalistische tafel tussen twee groepjes glinsterende orgelpijpen. Vierenhalve meter boven het altaar hing het bijzondere baldakijn van de kerk, een doek of altaarhemel die een symbool was van eerbied en was geïnspireerd op de ceremoniële baldakijnen die vroeger met palen omhoog werden gehouden om schaduw te verschaffen aan koningen.

De meeste baldakijnen waren van steen, maar in de Sagrada Família was gekozen voor doek, in dit geval een parapluvormige luifel die als door toverij boven het altaar leek te hangen. Onder de doek, opgehangen aan draden als een paratroeper, hing Jezus aan het kruis.

Jezus als parachutist, had Langdon het beeld wel eens horen noemen. Nu hij het weer zag, verbaasde het hem niet dat het een van de meest controversiële details van de kerk was.

Toen Beña hen de steeds diepere duisternis in voerde, had Langdon moeite ook maar iets te zien. Díaz haalde een zaklantaarn voor de dag en verlichtte de tegelvloer vóór hen. Op weg naar de ingang van de crypte doemde boven hen het bleke silhouet op van een hoge cilinder die tientallen meters tegen de binnenmuur van de kerk omhoogklom.

De beruchte Sagrada-spiraal, besefte hij. Hij had hem nooit durven beklimmen.

De duizeligmakende schacht met de wenteltrap behoorde volgens de lijst van de *National Geographic* tot de twintig dodelijkste trappen op de wereld. Hij stond op de derde plek, net onder de gevaarlijke trap naar de Angkor Wat-tempel in Cambodja en de bemoste stenen langs de klip van de Pailón del Diablo-waterval in Ecuador.

Langdon keek van opzij naar de eerste paar treden van de trap, die als een kurkentrekker naar boven liep en verdween in de duisternis.

'De ingang van de crypte is iets verderop,' zei Beña met een gebaar naar de donkere leegte aan de linkerkant van het altaar. Toen ze verder liepen, zag Langdon een zwakke gouden gloed, die uit een gat in de vloer leek te komen.

De crypte.

Het gezelschap was bij een sierlijke, licht draaiende trap gekomen.

'Heren,' zei Ambra tegen haar bewakers, 'u blijft hier. Wij zijn zo weer terug.'
Fonseca keek ontevreden, maar zei niets.

Ambra, pater Beña en Langdon begonnen aan hun afdaling naar het licht.

Díaz was dankbaar voor een moment van rust toen hij de drie gestalten langs de trap zag verdwijnen. De groeiende spanning tussen Ambra Vidal en Fonseca werd steeds zorgelijker.

Gardisten zijn niet gewend dat degene die ze beschermen hen dreigt met ontslag. Dat doet alleen commandant Garza.

Díaz was nog steeds verbijsterd over de arrestatie van Garza. Vreemd genoeg had Fonseca hem niet precies willen vertellen wie het bevel daarvoor had gegeven of wie de bron was van het valse ontvoeringsverhaal.

'De situatie is ingewikkeld,' had Fonseca gezegd. 'En voor je eigen veiligheid is het beter dat je het niet weet.'

Wie heeft er dan bevel gegeven, vroeg Díaz zich af. *De prins?* Het leek onwaarschijnlijk dat Julián Ambra in gevaar zou brengen door met een vals ontvoeringsverhaal te komen. *Valdespino dan?* Díaz wist niet of de bisschop wel zoveel macht had.

'Zo terug,' gromde Fonseca, en hij ging weg, naar eigen zeggen op zoek naar een toilet. Toen Fonseca in de duisternis verdween, zag Díaz nog net dat hij zijn telefoon pakte, iemand belde en op gedempte toon begon te praten.

Díaz wachtte alleen in het lege sanctuarium. Hij kreeg steeds meer moeite met het geheimzinnige gedrag van Fonseca.

70

De trap naar de crypte liep in een brede, sierlijke boog naar beneden en voerde Langdon, Ambra en pater Beña naar de onderaardse kamer.

Langdon keek bewonderend om zich heen. *Een van de grootste crypten van Europa.* Zoals hij zich herinnerde, beschikte het ondergrondse mausoleum van de Sagrada Família over een grote, ronde ruimte met banken voor honderden gelovigen. Gouden olielampen die op regelmatige afstanden langs de randen waren geplaatst, verlichtten een mozaïekvloer met kronkelende wijnranken, wortels, bladeren en andere beelden uit de natuur.

Een crypte was letterlijk een 'verborgen plek', en Langdon vond het bijna onvoorstelbaar dat Gaudí met succes zo'n grote ruimte onder de kerk had weten te verbergen. Hij leek totaal niet op Gaudí's speelse Cripta de Colónia Güell; dat was een strenge, neogotische ruimte met bebladerde zuilen, puntige bogen en versierde gewelven. Hier was het doodstil en hing een vage wierookgeur.

Links van de trap was een diepe inham. Op de lichte, zandstenen vloer lag een bescheiden grijze steen, omringd door lantaarns.

Daar ligt hij, besefte Langdon toen hij de inscriptie las.

ANTONIUS GAUDI

Terwijl Langdon de laatste rustplaats van Gaudí bekeek, voelde hij weer het scherpe verlies van Edmond. Hij keek op naar het beeld van de maagd Maria boven de tombe, en zag een onbekend symbool op de sokkel.

Wat is dat?

Langdon bestudeerde het vreemde teken.

Zelden zag Langdon een symbool dat hij niet kon identificeren. In dit geval bestond het uit de Griekse letter lambda, die voor zover hij wist niet voorkwam in de christelijke symboliek. De lambda was een wetenschappelijk symbool, dat werd gebruikt in de evolutieleer, de elementairedeeltjesfysica en de kosmologie. Nog vreemder was dat uit de top van deze lambda een christelijk kruis omhoogstak.

De religie die wordt ondersteund door de wetenschap? Langdon had nog nooit zoiets gezien.

'Verbaast dat symbool u?' vroeg Beña, die naast Langdon kwam staan. 'U bent niet de enige. Veel mensen vragen ernaar. Het is niet meer dan een unieke, modernistische interpretatie van een kruis op een bergtop.'

Langdon ging iets naar voren en zag drie vage, vergulde sterren bij het symbool.

Drie sterren in die positie, dacht Langdon, die ze nu onmiddellijk herkende. *Een kruis op de berg Karmel.* 'Dat is het wapen van de karmelieten.'

'Inderdaad. Gaudí's lichaam wordt beschermd door de Gezegende Maagd Maria van de Karmelberg.'

'Was Gaudí een karmeliet?' Langdon vond het moeilijk te geloven dat de modernistische architect zich had gehouden aan de strikte geloofsinterpretatie van deze broederschap, waarvoor de basis was gelegd in de twaalfde eeuw.

'Zeer zeker niet.' Beña lachte. 'Maar zijn verzorgers wel. Er woonde een groep karmelietessen bij Gaudí, die hem verzorgden in zijn laatste jaren. Ze geloofden dat hij het zou waarderen als ze ook in de dood over hem waakten en hebben deze kapel geschonken.'

'Heel attent.' Langdon nam het zichzelf kwalijk dat hij zo'n onschuldig symbool verkeerd had geïnterpreteerd. Door alle complottheorieën die vanavond circuleerden, zag zelfs hij kennelijk overal spoken.

'Is dat Edmonds boek?' vroeg Ambra opeens.

De mannen draaiden zich om en zagen haar in de schaduw rechts van Gaudí's tombe staan.

'Ja,' antwoordde Beña. 'Het spijt me dat er zo weinig licht is.'

Ambra haastte zich naar de vitrine. Toen Langdon haar volgde, zag hij dat het boek was verwezen naar een donkere uithoek van de crypte, in de schaduw van een enorme pilaar die rechts van Gaudí's tombe stond.

'Normaal gesproken liggen daar brochures,' zei Beña, 'maar die heb ik ergens anders neergelegd om plaats te maken voor het boek van meneer Kirsch. Niemand lijkt het gemerkt te hebben.'

Langdon ging snel naast Ambra voor de vitrine staan, een soort kist met een schuine glazen bovenkant. Onder het glas, opengeslagen op bladzijde 163 en amper zichtbaar in het zwakke licht, lag een gebonden editie van *The Complete Works of William Blake*.

Zoals Beña al had gezegd, stond op de betreffende bladzijde geen gedicht maar een illustratie. Langdon had zich afgevraagd welke afbeelding hij zou zien, maar deze had hij zeker niet verwacht.

The Ancient of Days, dacht Langdon, die een beetje moest turen om in het donker Blakes beroemde ets uit 1794 te zien.

Langdon was verbaasd dat pater Beña dit een afbeelding van God had genoemd. De illustratie leek weliswaar de kenmerkende christelijke God voor te stellen – een wijze oude man met baard en wit haar, die uit de hemel omlaagreikte – maar enig onderzoek van de kant van Beña zou hebben uitgewezen dat hier iets heel anders was uitgebeeld. De gestalte was niet de christelijke God, maar een godheid die Urizen heette en die ontsproten was aan Blakes visionaire verbeelding. Urizen was hier afgebeeld terwijl hij de hemel de maat nam met een enorme passer en eer betoonde aan de wetenschappelijke wetten van het universum.

De afbeelding was zo futuristisch van stijl dat de bekende natuurkundige en atheïst Stephen Hawking haar later op het omslag van zijn boek *God schiep de hele getallen* opnam. Daarnaast waakte Blakes tijdloze demiurg over het Rockefeller Center in de stad New York, waar de oude landmeter neerblikt uit een art-decoplaquette met de titel *Wijsheid, licht en geluid*.

Langdon keek naar het boek van Blake en vroeg zich nogmaals af waarom Edmond zoveel moeite had gedaan om het hier tentoon te stellen. *Uit pure wraakzucht? Als een klap in het gezicht van de christelijke kerk?*

Edmond heeft onophoudelijk oorlog gevoerd tegen het geloof, dacht Langdon, kijkend naar Blakes Urizen. Door zijn rijkdom had Edmond kunnen doen wat hij wilde en had hij zelfs godslasterlijke kunst tentoon kunnen stellen in het hart van een christelijke kerk.

Woede en wrok, dacht Langdon. Misschien is het wel zo simpel. Of het nu terecht was of niet, Edmond had de dood van zijn moeder altijd geweten aan de georganiseerde religie.

'Ik ben me er natuurlijk heel goed van bewust dat dit geen afbeelding is van de christelijke God,' zei Beña.

Langdon keek de priester verrast aan. 'O ja?'

'Ja, daar was Edmond heel eerlijk over, hoewel dat niet nodig was. Ik ben goed bekend met de denkbeelden van Blake.'

'En toch had u er geen probleem mee om het boek tentoon te stellen?'

'Professor,' fluisterde de priester met een milde glimlach. 'We zijn hier in de Sagrada Família. Binnen deze muren heeft Gaudí God vermengd met de wetenschap en de natuur. Het thema van deze afbeelding is niet nieuw voor ons.' Zijn ogen twinkelden cryptisch. 'Niet al onze geestelijken zijn zo progressief als ik, maar zoals u weet blijft het christendom voor ons allemaal werk in uitvoering.' Hij glimlachte en wees naar het boek. 'Ik ben alleen blij dat meneer Kirsch erin toestemde om de kaart niet bij het boek te leggen. Gezien zijn reputatie weet ik niet hoe ik dat had moeten uitleggen, vooral niet na zijn presentatie van vanavond.' Beña zweeg even en zijn gezicht betrok. 'Maar heb ik het goed en is deze afbeelding niet wat u hoopte te vinden?'

'Nee, dat klopt. We zoeken een dichtregel van Blake.'

'*Tijger, tijger vlammenpracht, in de wouden van de nacht*, soms?' opperde Beña.

Langdon glimlachte, onder de indruk van het feit dat Beña de eerste regel van Blakes beroemdste gedicht kende, een werkje van zes strofen waarin werd gevraagd of dezelfde God die de angstaanjagende tijger had geschapen ook het makke lam had gemaakt.

'Pater Beña?' Ambra zat op haar hurken door het glas te turen. 'Hebt u toevallig een telefoon of een zaklamp bij u?'

'Nee, het spijt me. Zal ik een lantaarn van Antoni's tombe lenen?'

'Zou u dat willen doen?' vroeg Ambra. 'Dat zou een stuk schelen.'

Beña liep snel weg.

Zodra hij uit de buurt was, fluisterde ze dringend tegen Langdon: 'Robert! Edmond heeft bladzijde 163 niet gekozen voor de afbeelding!'

'Hoe bedoel je?' *Er staat niets anders op bladzijde 163.*

'Het is een slimme afleidingsmanoeuvre.'

'Ik kan je niet volgen,' zei Langdon met een blik op de afbeelding.

'Edmond heeft bladzijde 163 gekozen omdat je die niet kunt tonen zonder tegelijkertijd de tegenoverliggende bladzijde te laten zien, bladzijde 162!'

Langdon keek iets meer naar links en bestudeerde de bladzijde die voorafging aan *The Ancient of Days*. In het zwakke licht kon hij niet veel onderscheiden, behalve dat de bladzijde bijna helemaal leek volgeschreven in een klein handschrift.

Beña kwam terug met een lantaarn en gaf hem aan Ambra, die hem boven het boek hield. Toen de zachte gloed over het open boekwerk viel, hield Langdon verrast zijn adem in.

Op de tegenoverliggende pagina stond inderdaad een tekst, met de hand geschreven, zoals in alle oorspronkelijke manuscripten van Blake. De kantlijnen waren versierd met tekeningen, randen en figuurtjes. Maar het belangrijkste was dat de tekst op de bladzijde leek te zijn geordend in zwierige dichtregels.

Recht boven hen, in het grote sanctuarium, ijsbeerde Díaz door het donker en vroeg zich af waar zijn partner bleef.

Fonseca had allang terug moeten zijn.

Toen de telefoon in zijn zak begon te trillen, dacht hij dat het Fonseca was, maar op het schermpje stond een naam die hij niet had verwacht.

Mónica Martín

Hij kon zich niet indenken wat de pr-coördinator wilde, maar wat het ook was, ze zou met Fonseca moeten bellen. *Hij heeft hier de leiding.*

'Hallo,' zei hij. 'Met Díaz.'

'Díaz, met Mónica Martín. Ik heb hier iemand die je moet spreken.'

Een tel later klonk er een krachtige, bekende stem door de telefoon. 'Díaz, je spreekt met commandant Garza. Zeg me alsjeblieft dat mevrouw Vidal veilig is.'

'Ja, commandant,' stootte Díaz uit, die bijna in de houding was gesprongen toen hij Garza's stem hoorde. 'Mevrouw Vidal is volkomen veilig. Fonseca en ik zijn op dit moment bij haar en we bevinden ons in...'

'Niet via een open telefoonlijn!' viel Garza hem meteen in de rede. 'Als ze op een veilige plek is, hou haar dan daar. Ga nergens heen. Het is een opluchting om je stem te horen. We hebben geprobeerd Fonseca te bellen, maar die neemt niet op. Is hij bij je?'

'Ja, meneer. Hij is even weggelopen om te bellen, maar hij zou zo terug moeten zijn...'

'Ik heb geen tijd om op hem te wachten. Ik word op dit moment gevangen-gehouden en mevrouw Martín heeft me haar telefoon geleend. Luister goed. Dat ontvoeringsverhaal is natuurlijk flauwekul. Het heeft mevrouw Vidal in groot gevaar gebracht.'

U moest eens weten. Díaz dacht terug aan het chaotische tafereel op het dak van het Casa Milà.

'De melding dat ik bisschop Valdespino erin heb geluisd, is eveneens on-waar.'

'Dat dacht ik al, meneer, maar...'

'Mevrouw Martín en ik proberen erachter te komen wat we in deze situatie het best kunnen doen, maar tot we zover zijn, moet jij de toekomstige konin-gin uit de openbaarheid houden. Is dat duidelijk?'

'Natuurlijk, meneer. Maar wie heeft het bevel gegeven om die leugens te verspreiden?'

'Dat kan ik je niet vertellen via de telefoon. Doe gewoon wat ik je vraag en hou Ambra Vidal weg van de media en buiten gevaar. Mevrouw Martín zal je op de hoogte houden van verdere ontwikkelingen.'

Garza hing op en Díaz stond alleen in het donker en probeerde te begrijpen wat er allemaal aan de hand was.

Op het moment dat hij de telefoon weer in zijn zak wilde steken, hoorde hij naast zich iets ritselen. Hij wilde zich omdraaien, maar er kwamen twee bleke handen uit de duisternis tevoorschijn, die zich om zijn hoofd klemden. Met verblindende snelheid rukten de handen zijn hoofd hard opzij.

Díaz voelde zijn nek breken en een brandende hitte door zijn hoofd schieten.

Toen werd alles zwart.

71

🌐 ConspiracyNet.com

BREAKING NEWS

Nieuwe hoop voor opzienbarende ontdekking Kirsch!

Mónica Martín, de pr-coördinator van het paleis in Madrid, heeft even geleden in een officiële verklaring duidelijk gemaakt dat de toekomstige koningin van Spanje, Ambra Vidal, is ontvoerd en wordt vastgehouden door de Amerikaanse hoogleraar Robert Langdon. Het paleis dringt er bij de politie op aan naar de koningin te zoeken.

De burgerwaakhond monte@iglesia.org heeft ons echter de volgende verklaring gestuurd:

VERHAAL PALEIS OVER ONTVOERING VOOR 100% GELOGEN – EEN TRUC OM DE PLAATSELIJKE POLITIE IN TE ZETTEN OM LANGDON ERVAN TE WEERHOUDEN IN BARCELONA ZIJN DOEL TE BEREIKEN (LANGDON/VIDAL GELOVEN DAT ZE NOG STEEDS EEN MANIER KUNNEN VINDEN OM KIRSCH' ONTDEKKING WERELDKUNDIG TE MAKEN). ALS ZE DAARIN SLAGEN, KAN DE PRESENTATIE VAN KIRSCH ELK MOMENT DE LUCHT IN GAAN. NADERE BERICHTEN VOLGEN.

Ongelooflijk! En wij brengen het als eerste: Langdon en Vidal zijn op de vlucht omdat ze willen afmaken waar Edmond Kirsch mee is begonnen! Het paleis lijkt hen per se te willen tegenhouden. (Valdespino weer? En waar staat de prins in dit alles?)

Meer nieuws zodra we het hebben, maar blijf kijken, want de geheimen van Kirsch zouden nog steeds vanavond onthuld kunnen worden!

72

Prins Julián keek door het raampje van de Opel van de acoliet en probeerde te bedenken waar de bisschop mee bezig was.

Valdespino verbergt iets.

Het was al meer dan een uur geleden dat de bisschop Julián stiekem had meegevoerd uit het paleis – een hoogst ongebruikelijke actie – met de verzekering dat het voor zijn eigen veiligheid was.

Hij verzocht me geen vragen te stellen en hem gewoon te vertrouwen.

De bisschop was altijd een soort oom voor hem geweest en een vertrouweling van zijn vader. Maar Valdespino's voorstel om zich schuil te houden in zijn zomerhuis had Julián meteen al vreemd in de oren geklonken. *Er is iets mis. Ik word geïsoleerd – geen telefoon, geen beveiliging, geen nieuws, en niemand weet waar ik ben.*

Terwijl de auto vlak bij het Casita del Príncipe over de spoorrails hotste, keek Julián de weg door het bos af. Honderd meter verderop, aan de linkerkant, lag de lange, met bomen omzoomde oprijlaan naar het afgelegen landhuis.

Toen Julián aan het verlaten huis dacht, zei zijn instinct opeens dat hij voorzichtig moest zijn. Hij boog zich naar voren en legde ferm een hand op de schouder van de acoliet achter het stuur. 'Stop hier even, alsjeblieft.'

Valdespino keek hem verbaasd aan. 'We zijn bijna...'

'Ik wil weten wat er aan de hand is!' blafte de prins. Zijn stem klonk luid in de kleine auto.

'Don Julián, het is een vreemde avond, maar u moet...'

'Ik moet u vertrouwen?' wilde Julián weten.

'Ja.'

Julián kneep in de schouder van de jonge chauffeur en wees naar de grazige berm van de eenzame landweg. 'Stoppen,' commandeerde hij scherp.

'Doorrijden,' sprak Valdespino hem tegen. 'Don Julián, laat het me uitleggen...'

'Stoppen!' brulde de prins.

De acoliet week uit naar de berm en kwam slippend op het gras tot stilstand.

'Geef ons wat privacy, alsjeblieft,' zei Julián met bonzend hart.

Dat liet de acoliet zich geen tweemaal zeggen. Hij sprong uit de auto, waarvan de motor nog draaide, en liep snel de duisternis in, zodat Valdespino en Julián alleen op de achterbank achterbleven.

In het bleke maanlicht leek Valdespino opeens bang.

'U hebt alle reden om bang te zijn,' zei Julián op zo'n autoritaire toon dat het hemzelf verbaasde. Valdespino deinsde achteruit, ontsteld door de dreigende toon van de prins – een toon die Julián nooit eerder tegen hem had aangeslagen.

'Ik ben de toekomstige koning van Spanje,' zei Julián. 'U hebt me vanavond weggehaald bij mijn beveiligers, me de toegang tot mijn telefoon en mijn personeel ontzegd, voorkomen dat ik het nieuws hoorde en geweigerd me contact op te laten nemen met mijn verloofde.'

'Ik bied u mijn diepste verontschuldigingen aan...' begon Valdespino.

'Dat is niet genoeg,' viel Julián hem met een boze blik in de rede. De bisschop leek hem opeens vreemd klein.

Valdespino haalde langzaam adem en keek Julián in het donker aan. 'Er is eerder vanavond contact met mij opgenomen, don Julián, en toen is me gezegd...'

'Wie heeft contact opgenomen?'

De bisschop aarzelde. 'Uw vader. Hij is zeer verontrust.'

O ja? Julián was twee dagen eerder nog bij zijn vader op bezoek geweest en toen was die ondanks zijn verslechterende gezondheid in een prima humeur. 'Waarom is hij van streek?'

'Helaas heeft hij de uitzending van Edmond Kirsch gezien.'

Julián voelde zijn kaken verstrakken. Zijn zieke vader sliep bijna vierentwintig uur per dag en had op dat uur helemaal niet wakker moeten zijn. Bovendien had de koning nooit televisies en computers in de slaapkamers van het paleis willen hebben, want hij vond dat die kamers alleen bestemd waren voor slapen en lezen. En de verpleegsters van de koning zouden nooit toestaan dat hij uit bed kwam om de publiciteitsstunt van een atheïst te bekijken.

'Het is allemaal mijn schuld,' bekende Valdespino. 'Ik heb hem een paar weken geleden een tablet gegeven, zodat hij zich niet zo afgezonderd zou voelen. Hij leerde e-mails schrijven. En nu heeft hij het evenement van Kirsch op zijn tablet gezien.'

Julián werd ziek bij de gedachte dat zijn vader, mogelijk in de laatste weken van zijn leven, had gekeken naar een verdeeldheid zaaiende, antikatholieke uitzending die was uitgelopen op bloedig geweld. De koning kon beter denken aan de vele buitengewone dingen die hij voor zijn land had bereikt.

'Zoals u zich kunt voorstellen, maakt hij zich ernstig zorgen, maar hij is in het bijzonder van streek geraakt door de teneur van Kirsch' opmerkingen en de bereidheid van uw verloofde om als gastvrouw op te treden. De koning vindt dat de betrokkenheid van de toekomstige koningin u en het paleis in diskrediet heeft gebracht.'

'Ambra neemt haar eigen beslissingen. Dat weet mijn vader.'

'Dat kan wel zijn, maar toen hij belde was hij zo helder en boos als ik hem in geen jaren heb meegemaakt. Hij gaf me bevel u meteen naar hem toe te brengen.'

'Waarom zijn we dan hier?' vroeg Julián met een gebaar naar de oprijlaan van het casita. 'Hij is in Zarzuela.'

'Niet meer,' zei Valdespino zachtjes. 'Hij heeft zich door zijn bedienden en verpleegsters laten aankleden, in een rolstoel laten zetten en zich naar een andere plek laten brengen, zodat hij in zijn laatste dagen omringd zou zijn door de geschiedenis van zijn land.'

Julián besefte ineens hoe de vork in de steel zat.

La Casita is nooit onze bestemming geweest.

Met angst en beven wendde Julián zich af van de bisschop en keek voorbij de oprijlaan van het casita naar de weg die zich voor hen uitstrekte. In de verte, tussen de bomen door, kon hij net de verlichte torens van een enorm gebouw onderscheiden.

El Escorial.

Een kilometer verderop stond een van de grootste religieuze bouwwerken op de wereld, een fort aan de voet van de berg Abantos – het beroemde Escorial. Het complex, dat een oppervlak besloeg van meer dan drie hectare, bestond uit een klooster, een basiliek, een koninklijk paleis, een museum, een bibliotheek en de meest angstaanjagende dodenkamers die Julián ooit had gezien.

De koninklijke crypte.

Toen Julián acht was, had zijn vader hem meegenomen naar de crypte. Hij had de jongen door het Panteón de Infantes geloodst, een doolhof van kamertjes, propvol tombes van koningskinderen.

Julián zou nooit de afschuwelijke 'verjaarstaarttombe' in de crypte vergeten, een massief, rond graf dat leek op een wit geglazuurde taart en waarin de overblijfselen waren bijgezet van zestig koninklijke kinderen, die allemaal in 'laden' waren gelegd en voor eeuwig in de zijkanten van de 'taart' waren geschoven.

Juliáns afschuw bij de aanblik van deze afgrijselijke tombe werd slechts een paar minuten later naar de achtergrond gedrongen toen zijn vader hem naar de laatste rustplaats van zijn moeder bracht. Julián had een marmeren tombe verwacht voor een koningin, maar in plaats daarvan lag zijn moeder in een verrassend simpele, loden kist in een kale stenen kamer aan het eind van een lange gang. De koning legde Julián uit dat zijn moeder op dat moment in een pudridero lag, een 'verteerkamer' waar koninklijke lijken dertig jaar werden bewaard tot hun lichaam tot stof was vergaan, waarna ze werden overgebracht naar hun permanente graf. Julián herinnerde zich dat hij de grootste moeite had gehad om zijn tranen én zijn maaginhoud binnen te houden.

Vervolgens had zijn vader hem naar een steile trap gevoerd, die oneindig leek af te dalen in de diepte. Hier waren de muren en de trappen niet meer van wit marmer, maar hadden ze een majestueuze amberkleur. Op elke derde tree wierp een votiefkaars een flikkerend licht op de geelbruine steen.

De jonge Julián greep de oude touwreling en daalde tree voor tree af met zijn vader. Onder aan de trap duwde de koning een rijkversierde deur open, deed een stap opzij en gebaarde dat de jonge Julián naar binnen moest gaan.

El Panteón de Reyes, had zijn vader gezegd.

Zelfs op zijn achtste had Julián van deze legendarische plek gehoord.

Trillend stapte de jongen over de drempel en belandde in een prachtige, okerkleurige ruimte. De achthoekige kamer werd ongelijkmatig verlicht door de kaarsen in de kroonluchter en het rook er naar wierook. Julián liep naar het midden en draaide langzaam om zijn as. Hij voelde zich koud en nietig in deze plechtige ruimte.

In de acht muren waren diepe nissen gemaakt, waarin identieke zwarte lijkkisten van de vloer tot het plafond waren opgestapeld, elk met een gouden naambordje. De namen op de kisten kwamen rechtstreeks uit de bladzijden van Juliáns geschiedenisboeken: koning Ferdinand, koningin Isabella, koning Karel v, de keizer van het Heilige Roomse Rijk.

In de stilte voelde Julián het gewicht van zijn vaders liefhebbende hand op zijn schouder. Hij werd geraakt door de ernst van het moment. *Op een dag ligt mijn vader hier ook.*

Zonder iets te zeggen klommen vader en zoon weer omhoog uit de aarde, weg van de dood en terug naar het licht. Toen ze eenmaal in de brandende Spaanse zon stonden, ging de koning op zijn hurken zitten en keek de achtjarige Julián recht aan.

'Memento mori,' fluisterde de vorst. 'Gedenk te sterven. Het leven is kort, zelfs voor mensen die grote macht bezitten. Er is maar één manier om de dood te overwinnen, en dat is door een meesterwerk te maken van je leven. We moeten elke gelegenheid aangrijpen om vriendelijk te zijn en met heel ons wezen lief te hebben. Ik zie aan je ogen dat je de goedhartige aard van je moeder bezit. Je geweten is je gids. Als het leven moeilijk is, laat je je leiden door je hart.'

Tientallen jaren later hoefde Julián er niet aan herinnerd te worden dat hij bijzonder weinig had gedaan om een meesterwerk van zijn leven te maken. Eigenlijk had hij amper aan de schaduw van de koning kunnen ontsnappen en een zelfstandige persoon kunnen worden.

Ik heb mijn vader op alle mogelijke manieren teleurgesteld.

Jarenlang had Julián het advies van zijn vader opgevolgd en zich door zijn hart laten leiden, maar het was een moeilijke weg geworden, want zijn hart verlangde naar een Spanje dat volledig tegengesteld was aan het Spanje van zijn vader. Juliáns dromen voor zijn geliefde land waren zo stoutmoedig dat er tot de dood van zijn vader niet eens over gesproken kon worden, en zelfs dan had Julián geen idee hoe ze zouden worden ontvangen, niet alleen door het koninklijk paleis, maar door het hele land. Julián kon niets anders doen dan wachten, zich open blijven stellen en de traditurs respecteren.

Maar drie maanden geleden was alles veranderd.

Toen ontmoette ik Ambra Vidal.

De levendige, gedecideerde schoonheid had Juliáns wereld op zijn kop gezet. Binnen een paar dagen na hun eerste ontmoeting had Julián eindelijk de woorden van zijn vader begrepen. *Laat je leiden door je hart... en grijp elke gelegenheid aan om lief te hebben met heel je wezen!* De verrukkingen van de verliefdheid waren nieuw voor Julián, en hij voelde dat hij misschien eindelijk de eerste stappen kon zetten om een meesterwerk van zijn leven te maken.

Maar nu de prins niets ziend naar de weg zat te kijken, werd hij overvallen door een onheilspellend gevoel van eenzaamheid en afzondering. Zijn vader was stervende, de vrouw van wie hij hield praatte niet meer met hem en hij was net uitgevallen tegen zijn vertrouwde mentor, bisschop Valdespino.

'Prins Julián,' drong de bisschop voorzichtig aan. 'We moeten gaan. Uw vader is zwak en hij wil u graag spreken.'

Julián draaide zich langzaam om naar de levenslange vriend van zijn vader. 'Hoeveel tijd denkt u dat hij nog heeft?' fluisterde hij.

Valdespino's stem trilde, alsof de tranen hoog zaten. 'Hij heeft me gevraagd u niet bezorgd te maken, maar ik heb het gevoel dat het einde sneller komt dan verwacht. Hij wil afscheid nemen.'

'Waarom hebt u me niet verteld waar we naartoe gingen?' vroeg Julián. 'Waarom al die leugens en geheimzinnigheid?'

'Het spijt me, ik kon niet anders. Uw vader heeft me expliciete bevelen gegeven. Hij gaf me opdracht u te isoleren van de buitenwereld en van het nieuws tot hij de kans had gehad om zelf met u te spreken.'

'Me te isoleren van... welk nieuws?'

'Het lijkt me het beste als uw vader dat zelf uitlegt.'

Julián bleef de bisschop even aankijken. 'Voor ik naar hem toe ga, moet ik iets weten. Denkt hij logisch na?'

Valdespino keek hem onzeker aan. 'Waarom vraagt u dat?'

'Omdat zijn eisen vanavond vreemd en impulsief lijken,' antwoordde Julián.

Valdespino knikte triest. 'Impulsief of niet, uw vader is nog steeds de koning. Ik hou van hem en ik doe wat hij vraagt. Dat doen we allemaal.'

73

Robert Langdon en Ambra Vidal stonden naast elkaar bij de vitrine en keken neer op het manuscript van William Blake, dat werd verlicht door de zachte gloed van de olielamp. Pater Beña was weggelopen om een beetje op te ruimen en hun wat privacy te geven.

Langdon had moeite de kleine letters van de handgeschreven tekst te lezen, maar de grotere kop erboven was volkomen duidelijk.

The Four Zoas

Toen hij die woorden zag, voelde Langdon meteen een straaltje hoop. De Vier Zoas was de titel van een van Blakes bekendste profetische gedichten, een enorm werk dat verdeeld was in negen hoofdstukken of 'nachten'. Langdon had het gelezen in zijn studententijd en herinnerde zich dat het ging over de neergang van de conventionele religie en de uiteindelijke dominantie van de wetenschap.

Langdon liet zijn blik langs de strofen gaan en zag de regels halverwege de bladzijde eindigen met een sierlijk geschetste finis divisionem, het grafische equivalent van 'einde'.

Dit is de laatste pagina van het gedicht, besefte hij. Het sluitstuk van een van Blakes profetische meesterwerken!

Langdon boog zich vooroever en tuurde naar het priegelige handschrift, maar kon in het zwakke licht van de lantaarn de tekst niet goed lezen.

Ambra zat al op haar hurken, met haar gezicht een paar centimeter van het glas. Stil liet ze haar blik over het gedicht gaan. Soms haperde ze even om een zin hardop voor te lezen. '*De mens komt tevoorschijn uit de vlammen, het kwaad is gans verteerd.*' Ze keek naar Langdon. 'Het kwaad is gans verteerd?'

Langdon dacht even na en knikte vaag. 'Ik geloof dat Blake het heeft over het uitroeien van de corrupte religies. Een toekomst zonder religie was een van zijn terugkerende profetieën.'

Ambra keek hoopvol. 'Edmond zei dat zijn favoriete dichtregel een profetie was waarvan hij hoopte dat die uit zou komen.'

'Nou,' zei Langdon, 'Edmond wilde beslist een toekomst zonder religie. Hoeveel letters staan er in die regel?'

Ambra begon te tellen, maar schudde al snel haar hoofd. 'Te weinig.'

Ze las verder en stopte een paar tellen later weer. 'Wat vind je van deze? *De zich openende ogen van de mens aanschouwen de diepten van wondere werelden.*'

'Zou kunnen,' zei Langdon, die nadacht over de betekenis. *Het menselijk intellect zal blijven groeien en evolueren, zodat we in staat zullen zijn dieper tot de waarheid door te dringen.*

'Dit zijn er juist te veel,' zei Ambra. 'Ik ga verder.'

Terwijl ze verder las, liep Langdon peinzend op en neer. De regels die ze had voorgelezen weerklonken in zijn hoofd en riepen een verre herinnering op aan de tijd in Princeton, waarin hij Blake had gelezen voor het college Britse literatuur.

Er verschenen beelden in zijn hoofd, zoals soms gebeurde door zijn fotografische geheugen. Die beelden riepen nieuwe beelden op, in een eindeloze opeenvolging. Opeens zag Langdon zijn hoogleraar voor zich, die nadat de klas *De Vier Zoas* had uitgelezen de eeuwenoude vraag had gesteld: Wat zou jij kiezen? Een wereld zonder religie? Of een wereld zonder wetenschap? De hoogleraar had eraan toegevoegd: William Blake wist kennelijk wel waaraan hij de voorkeur gaf, en nergens wordt zijn hoop voor de toekomst beter verwoord dan in de laatste zin van dit grootse gedicht.

Langdon draaide zich verrast om naar Ambra, die nog steeds aandachtig zat te lezen.

'Ambra, ga naar het eind van het gedicht!' zei hij. De laatste regel stond hem nu helder voor de geest.

Ambra keek naar de slotregels. Nadat ze zich even had geconcentreerd, keek ze met grote, ongelovige ogen naar hem om.

Langdon kwam weer bij haar staan en tuurde naar de tekst. Nu hij wist wat er stond, kon hij de vage, handgeschreven letters onderscheiden.

De duistere religies hebben afgedaan & het licht der wetenschap straalt

'De duistere religies hebben afgedaan,' las Ambra hardop voor, 'en het licht der wetenschap straalt.'

De regel was niet alleen een profetie waar Edmond helemaal in mee had kunnen gaan, maar in wezen een samenvatting van zijn presentatie van eerder op de avond.

De religies zullen verdwijnen... en de wetenschap zal heersen.

Ambra begon zorgvuldig de letters te tellen, maar Langdon wist dat het niet nodig was. *Dit is het. Dat moet wel.* Hij dacht er al over hoe hij Winston moest vinden en Edmonds presentatie wereldkundig moest maken. Hoe hij dat wilde doen, moest hij onder vier ogen aan Ambra uitleggen.

Hij wendde zich tot pater Beña, die net terugkwam. 'Pater,' zei hij, 'wij zijn hier bijna klaar. Zou u alstublieft naar boven willen gaan en tegen de gardisten willen zeggen dat ze de helikopter in gereedheid moeten laten brengen? We moeten meteen weg.'

'Natuurlijk.' Beña liep naar de trap. 'Ik hoop dat u hebt gevonden wat u zocht. Ik zie u straks boven.'

Toen de priester was verdwenen, draaide Ambra zich met een geschrokken blik om.

'Robert,' zei ze, 'de regel is te kort. Ik heb hem twee keer geteld. Het zijn maar eenenzestig tekens. We moeten er tweeënzestig hebben.'

'Wat?' Langdon liep naar haar toe, tuurde naar de tekst en telde zorgvuldig elke met de hand geschreven letter. 'De duistere religies hebben afgedaan & het licht der wetenschap straalt.' Hij kwam inderdaad uit op eenenzestig. Verbluft bekeek hij de regel nog eens. 'En Edmond heeft beslist tweeënzestig gezegd, en niet eenenzestig?'

'Absoluut.'

Langdon las de regel nog eens. Maar dit moet het zijn, dacht hij. Wat zie ik over het hoofd?

Zorgvuldig bekeek hij elke letter van de laatste regel van Blakes gedicht. Hij was bijna aan het eind toen hij het zag.

... & het licht der wetenschap straalt

'De ampersand,' riep hij uit. 'Het symbool dat Blake heeft gebruikt in plaats van het woord "en".'

Langdon glimlachte toen hij zich nog iets anders realiseerde. *Het is een code in een code.*

Vol bewondering dacht hij aan Edmonds slimme truc. Het paranoïde genie had een simpel typografisch trucje toegepast om ervoor te zorgen dat iemand die er op de een of andere manier achter kwam wat zijn favoriete dichtregel was nog steeds niet in staat zou zijn die correct in te voeren.

De ampersandcode, dacht Langdon. Edmond wist het nog.

De oorsprong van de ampersand was altijd een van de eerste dingen die Langdon behandelde in zijn lessen symbolenleer. Het symbool '&' was een logogram, letterlijk een teken dat een woord voorstelt. Veel mensen namen aan dat het symbool stond voor het woord 'en', maar eigenlijk was het de Latijnse vorm daarvan, 'et'. Het vreemde symbool was in werkelijkheid een typografische samensmelting van de letters e en t, wat nog steeds zichtbaar was in letterfonts als Trebuchet, waarin de ampersand & duidelijk zijn Latijnse afkomst liet zien.

Langdon zou nooit vergeten dat Edmond een week na die les was verschenen in een T-shirt met de tekst *Ampersand, phone home!*, een speelse verwijzing naar de film van Spielberg over een buitenaards wezen dat E.T. heette en de weg naar huis probeerde te vinden.

Op dat moment zag Langdon Edmonds wachtwoord van tweeënzestig letters duidelijk voor zich.

dedwisterereligieshebbenafgedaanethetlichtdetwetenschapstraalt

Echt iets voor Edmond, dacht Langdon. Hij vertelde Ambra snel over het slimme trucje dat Edmond had gebruikt om zijn wachtwoord nog veiliger te maken.

Toen de waarheid tot haar doordrong, verscheen er een brede glimlach op haar gezicht. Langdon had haar nog nooit zo zien stralen. 'Nou,' zei ze, 'als we er ooit aan hadden getwijfeld dat Edmond Kirsch een nerd was...'

Ze lachten samen en profiteerden van het rustige moment in de stille crypte om opgelucht adem te halen.

'Je hebt het wachtwoord gevonden.' Ze klonk dankbaar. 'En nu vind ik het nog erger dat ik Edmonds telefoon ben kwijtgeraakt. Als we hem nog hadden, konden we nu meteen Edmonds presentatie uitzenden.'

'Je kon er niets aan doen,' zei hij geruststellend. 'En zoals ik al zei, ik weet waar we Winston kunnen vinden.'

Dat denk ik tenminste. Hopelijk heb ik gelijk.

Terwijl Langdon in zijn verbeelding Barcelona weer uit de lucht zag en dacht aan de ongebruikelijke puzzel die nog voor hen lag, werd de stilte in de crypte opeens verbroken door een scherp geluid, dat weerkaatste op de trap.

Pater Beña slaakte een kreet en riep hen.

74

'Snel! Mevrouw Vidal... Professor Langdon... Kom snel hier!'

Langdon en Ambra renden de trap van de crypte op, terwijl pater Beña wanhopig bleef roepen. Toen ze boven waren, rende Langdon het sanctuarium in, maar stuitte meteen op een diepe duisternis.

Ik zie niets!

Langzaam liep hij in het donker naar voren. Zijn ogen spanden zich in om zich aan te passen na de gloed van de olielampen in de crypte. Ambra kwam naast hem lopen; ze had hetzelfde probleem.

'Hierheen!' riep Beña wanhopig.

Ze liepen naar het geluid toe en eindelijk zagen ze de priester aan de rand van de gedempte lichtcirkel die uit het trapgat kwam. Pater Beña zat op zijn knieën over een donker silhouet gebogen.

Ze stonden meteen naast hem, en Langdon zag tot zijn schrik het lichaam van Díaz met grotesk verdraaid hoofd op de grond liggen. Díaz lag plat op zijn buik, maar zijn hoofd was honderdtachtig graden gedraaid, zodat zijn levenloze ogen gericht waren op het plafond van de kathedraal. Langdon kromp ontzet ineen; nu begreep hij de paniek in de stem van pater Beña.

Er ging een kille angst door hem heen en hij ging abrupt rechtop staan en tuurde de duisternis in, op zoek naar beweging in de enorme kerk.

'Zijn pistool,' fluisterde Ambra. Ze wees naar de lege holster. 'Het is weg.' Ze keek om zich heen en riep: 'Fonseca?'

Vlakbij klonk opeens het schuifelen van voeten op de tegels en het geluid van een felle worsteling in het donker. Toen scheurde abrupt de oorverdovende knal van een pistool door het sanctuarium. Langdon, Ambra en Beña sprongen naar achteren, en terwijl het geluid nog door de ruimte weergalmde, hoorden ze een gepijnigde stem dringend roepen: '¡*Corre!* Rennen!'

Er volgde een tweede pistoolschot en toen een zware bons, het onmiskenbare geluid van een lichaam dat tegen de grond sloeg.

Langdon had Ambra al bij de hand gepakt en trok haar naar de diepe schaduwen bij de zijmuur van het sanctuarium. Pater Beña volgde. Alle drie drukten ze zich in absolute stilte tegen de koude stenen.

Langdon probeerde iets te zien in het donker en te bepalen wat er gebeurde.

Iemand heeft Díaz en Fonseca vermoord! Wie is hier in de kerk? En wat wil hij?

Hij kon maar één logisch antwoord bedenken: de moordenaar die zich in de duisternis van de Sagrada Família ophield was hier niet gekomen om twee willekeurige gardisten om het leven te brengen... Hij kwam voor Ambra en Langdon.

Er is nog steeds iemand die Edmonds ontdekking geheim wil houden.

Opeens flitste er een felle zaklamp aan in het sanctuarium. De straal zwaaide in een grote boog heen en weer en kwam hun kant uit. Langdon wist dat ze nog maar een paar seconden hadden voor hij hen bereikte.

Het licht kwam steeds dichterbij. 'Deze kant uit,' fluisterde Beña, en hij trok Ambra weg. Langdon volgde hen. Opeens gingen Beña en Ambra naar rechts en verdwenen in een opening in de muur; Langdon sprong achter hen aan en struikelde meteen over een trap. Ambra en Beña klommen verder naar boven terwijl Langdon zich herstelde en achter hen aan ging. Toen hij achteromkeek, zag hij net onder zich een lichtstraal die de onderste treden verlichtte.

Langdon verstijfde en wachtte in het donker.
Het licht bleef even waar het was en werd toen feller.
Hij komt deze kant uit!

Langdon hoorde Ambra en Beña zo geluidloos mogelijk de trap op lopen. Hij draaide zich om en wilde achter hen aan gaan, maar struikelde weer omdat hij tegen een muur botste; hij besefte dat de trap niet recht was, maar krom. Hij drukte een hand tegen de muur om te voelen waar hij heen moest en begon in een strakke spiraal naar boven te cirkelen. Al snel begreep hij waar hij was.

De beruchte, verraderlijke wenteltrap van de Sagrada Família.

Hij keek op en zag de uiterst zwakke gloed van de lichtspleten boven hem, net sterk genoeg om de smalle schacht te zien waarin hij zich bevond. Langdon voelde zijn benen verstijven en hij bleef staan op de trap, in de ban van zijn claustrofobie.

Blijven klimmen! Zijn verstand drong erop aan dat hij naar boven ging, maar zijn spieren waren verkrampt van angst.

Langdon hoorde zware voetstappen omhoogkomen uit het sanctuarium. Hij dwong zichzelf om weer in beweging te komen en zo snel hij kon de wenteltrap op te lopen. Boven hem werd het zwakke licht helderder en Langdon passeerde een opening in de muur, een brede spleet waardoor hij een glimp opving van de stadslichtjes. Hij voelde een stroom koele lucht toen hij zich langs de spleet haastte. Maar hoe hoger hij kwam, hoe donkerder het weer werd.

Voetstappen kwamen de trap op en het licht van de zaklamp bewoog schokkerig langs de schacht midden in de trap. Langdon passeerde nog een lichtspleet, maar het geluid van de voetstappen achter hem werd luider; de moordenaar kwam nu snel de trap op gerend.

Langdon kwam weer bij Ambra en pater Beña, die zwaar hijgde. Hij keek over de binnenrand van de trap de diepe middenschacht in. Het was een duizelingwekkende afgrond, een smal, rond gat dat door het midden van een enorme nautilusspiraal liep. Er was bijna geen afscheiding, alleen een enkelhoge rand die geen enkele bescherming bood. Langdon moest een golf van misselijkheid onderdrukken.

Hij keek weer naar de donkere schacht boven hem. Langdon had gehoord dat deze trap meer dan vierhonderd treden telde. Als dat waar was, kwamen ze nooit boven voor de gewapende man hen inhaalde.

'Jullie allebei... doorlopen!' hijgde Beña. Hij deed een stap opzij en maande Langdon en Ambra om hem te passeren.

'Dat gaat niet gebeuren, pater,' zei Ambra. Ze stak haar hand uit om de oude priester te helpen.

Langdon had bewondering voor haar beschermende instinct, maar hij wist ook dat het zelfmoord was om verder deze trap op te vluchten en dat ze waarschijnlijk een kogel in de rug zouden krijgen. Van de twee mogelijkheden die het dierlijke instinct bood om te overleven – vechten of vluchten – was vluchten geen optie meer.

We redden het nooit.

Hij liet Ambra en pater Beña doorlopen, draaide zich om naar de trap onder hem en zette zijn voeten stevig neer. De lichtstraal van de zaklamp kwam steeds dichterbij. Langdon ging met zijn rug tegen de muur staan en wachtte tot het licht de treden onder hem raakte. Opeens kwam de moordenaar de bocht om, een donkere gestalte die de trap op rende met de zaklamp in de ene hand en een vuurwapen in de andere.

Langdon reageerde instinctief en sprong met zijn voeten vooruit door de lucht. De man zag hem en hief zijn pistool, maar op dat moment hadden

Langdons voeten hem al tegen de borst geraakt. De man viel achterover tegen de muur van het trappenhuis.

De volgende seconden gingen in een waas voorbij.

Langdon kwam hard op zijn zij terecht en er ging een pijnscheut door zijn heup, terwijl de andere man een eindje omlaagviel en kreunend op de trap bleef liggen. De zaklamp stuiterde van de treden, rolde een stukje door en bleef liggen. Een schuine straal licht viel over de zijmuur en verlichtte een metalen voorwerp op de trap, precies tussen Langdon en de moordenaar.

Het pistool.

Beide mannen schoten er tegelijkertijd op af, maar Langdon kwam van boven en was er het eerst. Hij greep het vast en richtte het wapen op de moordenaar, die als aan de grond genageld bleef staan en uitdagend in de loop keek.

Bij het licht van de zaklamp zag Langdon een met grijs doorschoten baardje en een helderwitte broek. Hij wist meteen wie dit was.

De marineofficier van het Guggenheim...

Langdon richtte het pistool op het hoofd van de man en voelde zijn wijsvinger om de trekker spannen. 'Jij hebt mijn vriend Edmond Kirsch vermoord.'

De man was buiten adem, maar gaf toch meteen antwoord, en zijn stem was ijskoud. 'Ik had nog iets met hem af te rekenen. Jouw vriend Edmond Kirsch heeft mijn gezin vermoord.'

75

Langdon heeft mijn ribben gebroken.

Admiraal Ávila voelde scherpe steken als hij inademde, en zijn gezicht vertrok van pijn terwijl zijn borstkas zwaar op en neer ging in een poging weer zuurstof in zijn longen te krijgen. Robert Langdon stond boven hem op de trap naar hem te staren en richtte het pistool onhandig op Ávila's torso.

Meteen deed Ávila's militaire training zich gelden en begon hij de situatie te beoordelen. Minpunten waren dat zijn vijand het wapen in handen had en zich in een hogere positie bevond. Een pluspunt was dat de professor niet veel ervaring had met vuurwapens, te oordelen naar de onhandige manier waarop hij het wapen vasthield.

Hij is niet van plan me neer te schieten, besloot Ávila. *Hij houdt me hier en wacht op de bewakers.* Het geschreeuw buiten de kerk maakte duidelijk dat de bewakers van de Sagrada Família de schoten hadden gehoord en zich het gebouw in haastten.

Ik moet snel zijn.

Met zijn handen omhoog ging Ávila langzaam op zijn knieën zitten, een toonbeeld van overgave.

Geef Langdon het gevoel dat hij de situatie onder controle heeft.

Ávila voelde dat het voorwerp dat hij op zijn rug in zijn riem had gestoken er nog zat, ondanks zijn val: het polymeer pistool waarmee hij in het Guggenheim Kirsch had vermoord. Hij had de laatste kogel in de kamer gedaan voordat hij de kerk binnen was gegaan, maar had het pistool niet hoeven gebruiken omdat hij de eerste gardist stilletjes had kunnen vermoorden en diens veel efficiëntere pistool had kunnen stelen, dat Langdon nu helaas op hem richtte. Ávila wenste dat hij de veiligheidspal erop had laten zitten, want hij vermoedde dat Langdon geen idee zou hebben hoe hij een pistool moest ontgrendelen.

Even dacht Ávila erover om het polymeer pistool uit zijn riem te trekken en op Langdon te schieten voor die de trekker kon overhalen, maar zelfs als dat zou lukken, schatte Ávila zijn kans om het te overleven op slechts vijftig procent. Een van de gevaren van onervaren schutters was hun neiging om per ongeluk de trekker over te halen.

Als ik te snel beweeg...

Het geschreeuw van de bewakers kwam dichterbij. Ávila wist dat de 'victor'-tatoeage op zijn hand ervoor zou zorgen dat hij weer werd vrijgelaten als hij gevangen werd genomen – dat had de Regent hem in ieder geval verzekerd. Maar nu hij twee gardisten van de koning had vermoord, wist Ávila niet zo zeker meer of de invloed van de Regent hem nog kon redden.

Ik ben hiernaartoe gekomen om een missie uit te voeren, bedacht Ávila. *Die moet ik voltooien. Ik moet Robert Langdon en Ambra Vidal elimineren.*

De Regent had tegen Ávila gezegd dat hij de kerk binnen moest gaan via de oostelijke dienstingang, maar in plaats daarvan had hij ervoor gekozen over een hek te springen. *Ik zag de politie aan de oostkant staan, dus heb ik geïmproviseerd.*

Langdon keek over het pistool heen naar Ávila en zei vastberaden: 'Je zei dat Edmond Kirsch jouw gezin heeft vermoord. Dat is een leugen. Edmond was geen moordenaar.'

Je hebt gelijk, dacht Ávila. *Hij was iets nog veel ergers.*

De duistere waarheid over Kirsch was een geheim dat Ávila pas een week geleden te horen had gekregen tijdens een telefoongesprek met de Regent. 'Onze paus vraagt je de beruchte futuroloog Edmond Kirsch uit te schakelen,' had de Regent gezegd. 'Daar heeft Zijne Heiligheid vele redenen voor, en hij wil graag dat jij deze missie persoonlijk op je neemt.'

'Waarom ik?' had Ávila gevraagd.

'Admiraal,' had de Regent gefluisterd, 'het spijt me dat ik u dit moet vertellen, maar Edmond Kirsch is verantwoordelijk voor de bom in de kathedraal die uw gezin heeft gedood.'

Ávila's eerste reactie was puur ongeloof. Hij zag geen enkele reden waarom een bekende computerwetenschapper een bom zou leggen in een kerk.

'U bent militair, admiraal,' had de Regent hem uitgelegd. 'U weet beter dan wie ook dat de jonge soldaat die de trekker overhaalt niet de eigenlijke moordenaar is. Hij is een pion die het werk doet van machtiger mensen – regeringen, generaals, religieuze leiders. Mensen die hem hebben betaald, of die hem ervan hebben overtuigd dat een zaak het waard is.'

Dat had Ávila inderdaad wel meegemaakt.

'Dezelfde regel is van toepassing op terroristen,' had de Regent gezegd. 'De kwaadaardigste terroristen zijn niet de mensen die de bommen maken, maar de invloedrijke leiders die de haat van de wanhopige massa's aanwakkeren en die hun voetsoldaten aansporen gewelddaden te plegen. Er is maar één machtige, duistere ziel nodig om een ravage aan te richten op de wereld door spirituele intolerantie, nationalisme of afkeer te zaaien in het hoofd van kwetsbare mensen.'

Ávila kon het daar alleen maar mee eens zijn.

'Er worden op de wereld steeds meer terroristische aanslagen gepleegd op christenen,' zei de Regent. 'Dat zijn niet langer strategisch geplande gebeurtenissen. Het zijn spontane aanvallen, uitgevoerd door eenlingen die reageren op een oproep van de vijanden van Christus.' De Regent zweeg even. 'En een van de overtuigendste vijanden is naar mijn mening de atheïst Edmond Kirsch.'

Nu begaf de Regent zich op glad ijs, vond Ávila. Kirsch mocht dan een verachtelijke campagne voeren tegen het christendom, de wetenschapper had nog nooit aangedrongen op het vermoorden van christenen.

'Voordat u hier tegen in wilt gaan, moet ik u nog één stukje informatie geven.' De Regent zuchtte diep. 'Niemand weet dit, admiraal, maar de aanslag waarbij uw gezin is omgekomen... die was bedoeld als oorlogsdaad tegen de palmariaanse kerk.'

Die verklaring bracht Ávila aan het twijfelen, maar toch leek het niet logisch: de kathedraal van Sevilla was geen palmariaans gebouw.

'Op de ochtend van de aanslag bevonden zich vier vooraanstaande leden van de palmariaanse kerk onder de gelovigen om mensen te rekruteren. Zij waren het doelwit. U kent een van hen – Marco. De andere drie zijn bij de aanval omgekomen.'

Het duizelde Ávila toen hij dacht aan zijn fysiotherapeut, Marco, die bij de aanslag een been was kwijtgeraakt.

'Onze vijanden zijn machtig en vastberaden,' ging de stem verder. 'Toen de bommenlegger zich geen toegang kon verschaffen tot ons terrein in El Palmar de Troya, volgde hij onze vier missionarissen naar Sevilla en ondernam daar actie. Het spijt me heel erg, admiraal. Deze tragedie is een van de redenen waarom de palmarianen u de hand hebben toegestoken. Wij voelen ons verantwoordelijk omdat uw gezin het slachtoffer is geworden van een oorlog die tegen ons was gericht.'

'Wie voert die oorlog?' wilde Ávila weten, die deze schokkende beweringen probeerde te begrijpen.

'Lees uw e-mail,' antwoordde de Regent.

Ávila opende zijn inbox en ontdekte een schat aan documenten waaruit bleek dat er al tien jaar een wrede oorlog werd gevoerd tegen de palmariaanse kerk, een oorlog met rechtszaken, bedreigingen die grensden aan afpersing en enorme donaties aan antipalmariaanse groeperingen als Palmar de Troya Support en Dialogue Ireland.

Het verrassendste was nog wel dat die bittere oorlog tegen de palmariaanse kerk kennelijk werd gevoerd door één enkel individu. De futuroloog Edmond Kirsch.

Ávila stond versteld. *Waarom zou Edmond Kirsch juist de palmarianen willen vernietigen?*

De Regent vertelde hem dat niemand in de kerk enig idee had waarom Kirsch zo'n specifieke afkeer koesterde tegen de palmarianen, zelfs de paus van Rome niet. Ze wisten alleen dat een van de rijkste en invloedrijkste mensen op de planeet niet zou rusten tot de palmarianen waren uitgeroeid.

De Regent vestigde Ávila's aandacht op een laatste document, een kopie van een getypte brief aan de palmarianen van een man die beweerde de bommenlegger van Sevilla te zijn. In de eerste zin noemde de terrorist zich 'een volgeling van Edmond Kirsch'. Meer hoefde Ávila niet te zien. Hij balde woedend zijn vuisten.

De Regent legde uit waarom de palmarianen de brief nooit openbaar hadden gemaakt: na alle kritiek die de palmarianen de laatste tijd hadden gekregen – waarvan een groot deel uit de koker van Kirsch kwam of tot stand gekomen was met zijn financiële steun – kon de kerk het absoluut niet gebruiken om te worden geassocieerd met een bomaanslag.

Mijn gezin is dood door toedoen van Edmond Kirsch.

Op de donkere trap keek Ávila op naar Robert Langdon en kreeg het gevoel dat de man waarschijnlijk niet wist dat Kirsch een geheime kruistocht voerde tegen de palmariaanse kerk of dat Kirsch een bommenlegger had geïnspireerd tot de aanslag waarbij Ávila's gezin was omgekomen.

Het maakt niet uit wat Langdon weet, dacht Ávila. Hij is een soldaat, net als ik. We zijn met zijn tweeën in een mangat beland en slechts één van ons zal er weer uit komen. Ik heb mijn bevelen.

Langdon stond een paar treden boven hem en hield het wapen vast als een amateur, met beide handen. Slechte keus, dacht Ávila, die langzaam met zijn tenen naar de tree onder hem tastte, zijn voeten stevig neerzette en Langdon recht in de ogen bleef kijken.

'Ik weet dat je dat moeilijk te geloven vindt,' verklaarde Ávila, 'maar Edmond Kirsch heeft mijn gezin vermoord. En hier is het bewijs.'

Ávila deed zijn hand open om Langdon zijn tatoeage te laten zien. Die bewees natuurlijk helemaal niets, maar hij had wel het gewenste effect: Langdon keek.

Zodra de aandacht van de hoogleraar zich op iets anders richtte, sprong Ávila langs de gebogen buitenmuur naar boven om uit de vuurlinie te komen. Zoals hij al had verwacht, schoot Langdon impulsief – hij haalde de trekker over voor hij het wapen op het bewegende doel kon richten. Het schot weergalmde als een donderslag in de kleine ruimte en Ávila voelde de kogel zijn schouder schampen voordat hij zonder verdere schade aan te richten door het stenen trapgat naar beneden ketste.

Langdon bracht het pistool alweer in stelling, maar Ávila draaide in de lucht om en toen hij zijn hoogste punt had bereikt, sloeg hij hard met zijn vuisten op Langdons polsen, zodat het pistool uit diens handen viel en over de trap kletterde.

De pijn schoot door Ávila's borst en schouder toen hij naast Langdon op de trap terechtkwam, maar hij werd aangevuurd door de adrenaline. Hij bracht zijn handen naar achteren en rukte het pistool uit zijn riem. Het wapen leek bijna niets te wegen na het pistool van de bewaker.

Ávila richtte het wapen op Langdons borst en haalde zonder enige aarzeling de trekker over.

Het pistool knalde, maar maakte ook een merkwaardig geluid, alsof er iets brak. Ávila voelde een brandende hitte tegen zijn hand en besefte meteen dat de loop was gebarsten. Die nieuwe, niet op te sporen wapens zonder metaal erin waren gemaakt op slechts een of twee schoten. Ávila had geen idee waar de kogel was gebleven, maar toen hij zag dat Langdon al overeind krabbelde, liet hij het wapen vallen en schoot op hem af. Er ontstond een worsteling bij de gevaarlijk lage rand van de trap.

Op dat moment wist Ávila dat hij had gewonnen.

We hebben geen van beiden een wapen. Maar ik heb de betere positie.

Ávila had de open schacht midden in het trappenhuis al gezien, een dodelijke val die bijna niet was afgeschermd. In zijn poging om Langdon achterwaarts naar de schacht te duwen, zette Ávila een been tegen de buitenmuur achter hem om zich af te zetten. Met grote krachtsinspanning duwde hij Langdon naar achteren.

Langdon duwde uit alle macht terug, maar Ávila was in het voordeel en aan de wanhopige blik in de ogen van de hoogleraar was te zien dat hij wist wat er ging gebeuren.

Robert Langdon had wel eens horen zeggen dat de meest kritieke keuzes in het leven, de keuzes waarvan je leven afhing, in een fractie van een seconde werden gemaakt.

Nu hij met geweld naar de lage rand werd gedreven en achterover boven de dertig meter hoge afgrond hing, wist Langdon dat hij niets tegen Ávila kon uitrichten. Zijn lange lijf en hoge zwaartepunt waren nu een dodelijk nadeel.

Langdon wierp een wanhopige blik over zijn schouder in de leegte achter hem. De middenschacht was smal, misschien maar een meter in doorsnee, maar zeker groot genoeg voor zijn vallende lichaam, dat waarschijnlijk in zijn val voortdurend tegen de zijkanten zou stuiteren.

Dat overleeft niemand.

Ávila stootte een keelachtig gebrul uit en pakte Langdon beter vast.

Langdon wist dat hij nog maar één ding kon doen.

In plaats van de man tegen te werken, zou hij hem helpen.

Terwijl Ávila probeerde hem op te tillen, zakte Langdon door zijn knieën en plantte zijn voeten stevig op de trap.

Heel even was hij weer twintig en bevond hij zich in het zwembad van Princeton. Hij deed mee aan de rugcrawl en stond op het blok, wachtend op het startschot. Rug naar het water... knieën gebogen... strak aangespannen buikspieren...

Alles komt aan op de timing.

Dit keer hoorde Langdon geen startschot. Hij kwam als een veer omhoog en sprong naar achteren, naar de afgrond. In de sprong voelde hij dat Ávila, die zich schrap had gezet voor een worsteling met een dood gewicht van negentig kilo, totaal uit zijn evenwicht werd gebracht toen de krachtsverhoudingen opeens werden omgedraaid.

Ávila liet zo snel mogelijk los, maar Langdon voelde hoe de man wanhopig probeerde zijn evenwicht te hervinden. Langdon schoot weg, biddend dat hij ver genoeg zou komen om over de opening heen te schieten en twee meter lager op de trap aan de andere kant te belanden... Maar kennelijk mocht het niet zo zijn. Toen Langdon zich midden in zijn sprong instinctief oprolde tot een beschermende bal, kwam hij hard in aanraking met een verticale steenwand.

Ik heb het niet gered.

Ik ben er geweest.

Langdon bereidde zich voor op een val in de diepte, overtuigd dat hij de binnenrand van de schacht had geraakt.

Maar de val duurde slechts een tel.

Hij kwam bijna meteen terecht op een ondergrond met scherpe uitsteeksels en stootte zijn hoofd. De klap was zo hard dat hij bijna bewusteloos raakte, maar op dat moment besefte hij dat hij helemaal over de schacht heen was geschoten, de verste muur van het trappenhuis had geraakt en op het lagere deel van de wenteltrap was beland.

Waar is het pistool, dacht Langdon, die zich inspande om bij bewustzijn te blijven, in de wetenschap dat Ávila binnen een paar seconden opnieuw zou aanvallen.

Maar het was te laat.

Zijn lichaam gaf het op.

Vlak voor de duisternis over hem neerdaalde, hoorde Langdon een vreemd geluid... een reeks van klappen ergens onder hem, elke klap verder weg dan de vorige.

Het klonk alsof een grote zak vuilnis stuiterend door een afvalkoker viel.

'Ze waren nodig in het paleis,' antwoordde de prins. 'We komen mijn vader bezoeken.'

'Natuurlijk, natuurlijk! Als u en de bisschop alstublieft willen uitstappen...'

'Haal de blokkade maar gewoon weg,' zei Valdespino scherp, 'dan rijden we naar binnen. Zijne Majesteit bevindt zich in het ziekenhuis van het klooster, neem ik aan?'

'Daar was hij wel,' zei de gardist aarzelend. 'Maar ik ben bang dat hij er niet meer is.'

Valdespino hapte ontzet naar adem.

Julián voelde zich ijzig koud worden. *Is mijn vader dood?*

'Nee! Neemt u me alstublieft niet kwalijk,' stamelde de gardist, die besefte hoe onhandig zijn woordkeuze was geweest. 'Zijne Majesteit is vertrokken. Hij is een uur geleden weggegaan uit El Escorial. Hij heeft zijn bewakers meegenomen en is weggereden.'

Juliáns opluchting maakte snel plaats voor verwarring. *Is hij uit het ziekenhuis vertrokken?*

'Dat is absurd,' riep Valdespino. 'De koning heeft me zelf gezegd dat ik prins Julián meteen hierheen moest brengen!'

'We hebben heel specifieke bevelen, monseigneur. Als u wilt uitstappen, kunnen we u overbrengen naar een voertuig van de Guardia Real.'

Valdespino en Julián wisselden een verbaasde blik, maar stapten toen gehoorzaam uit. De gardist vertelde de acoliet dat hij niet meer nodig was en dat hij terug moest keren naar het paleis. De bange jongeman reed zonder iets te zeggen de duisternis weer in, kennelijk opgelucht dat zijn rol in de bizarre gebeurtenissen van die nacht was uitgespeeld.

Toen de gardisten de prins en Valdespino in een SUV lieten stappen, raakte de bisschop nog meer van streek. 'Waar is de koning?' wilde hij weten. 'Waar brengen jullie ons naartoe?'

'We volgen de directe bevelen van Zijne Majesteit op,' zei de gardist. 'Hij heeft ons gevraagd u een voertuig, een chauffeur en deze brief te geven.' De gardist haalde een verzegelde envelop voor de dag en gaf hem door het raampje aan prins Julián.

Een brief van mijn vader? De prins vond het verontrustend dat hij een formele brief kreeg, vooral toen hij zag dat de envelop het koninklijke zegel droeg. *Wat wil hij van me?* Hij werd steeds banger dat de koning niet meer wist wat hij deed.

Haastig verbrak Julián het zegel, maakte de envelop open en haalde er een met de hand beschreven vel papier uit. Het handschrift van zijn vader was niet meer wat het was geweest, maar het was nog steeds leesbaar. Terwijl Julián de brief las, werd zijn verwarring bij elk woord groter.

Ten slotte liet hij het papier weer in de envelop glijden en sloot zijn ogen om te overdenken wat hij kon doen. Er was uiteraard maar één optie.

'Naar het noorden, alsjeblieft,' zei Julián tegen de chauffeur.

Toen het voertuig wegreed van El Escorial voelde de prins dat Valdespino naar hem keek. 'Wat schrijft uw vader?' vroeg de bisschop. 'Waar gaan we naartoe?'

Julián zuchtte en keek naar de vertrouwde vriend van zijn vader. 'U hebt het daarnet heel goed onder woorden gebracht.' Hij glimlachte triest naar de oude bisschop. 'Mijn vader is nog steeds de koning. We houden van hem en we doen wat hij ons beveelt.'

77

'Robert...' fluisterde iemand.

Langdon wilde iets zeggen, maar zijn hoofd bonkte zo dat hij het niet kon opbrengen.

'Robert...'

Toen hij een zachte hand op zijn wang voelde, opende hij langzaam zijn ogen. Hij voelde zich zo gedesoriënteerd dat hij even dacht dat hij droomde. *Ik zie een engel. Een engel in een wit gewaad die zich over me heen buigt.*

Toen hij haar herkende, wist hij een zwakke glimlach tevoorschijn te toveren.

'Goddank,' verzuchtte Ambra. 'We hoorden het schot.' Ze liet zich op haar hurken zakken. 'Blijf liggen. Niet overeind komen.'

Het besef van wat er was gebeurd, ging vergezeld van een overweldigende angst. 'De man die me aanviel...'

'Hij is dood,' stelde Ambra hem gerust, nog altijd fluisterend. 'Het gevaar is geweken.' Ze gebaarde naar de rand van de schacht. 'Hij is over de rand gevallen. En te pletter geslagen.'

Het kostte Langdon moeite de informatie te verwerken. Geleidelijk herinnerde hij zich alles weer. Hij probeerde uit alle macht helderheid te scheppen in zijn gedachten, en terwijl hij de inventaris opmaakte van zijn verwondingen registreerde hij het pijnlijke bonzen in zijn linkerheup en de scherpe steken in zijn hoofd. Toch dacht hij niet dat hij iets had gebroken. Van ergens lager op de trap klonk de echo van stemmen, afkomstig uit politieradio's.

'Hoelang... ben ik...'

'Een paar minuten,' antwoordde Ambra. 'Je kwam bij, en dan zakte je weer weg. Dat is een paar keer gebeurd. Er moet echt een dokter naar je kijken.'

Voorzichtig werkte Langdon zich zo ver overeind dat hij met zijn rug tegen de muur van het trappenhuis kon gaan zitten. 'Het was de marine... officier,' stamelde hij. 'De admiraal die...'

'Weet ik.' Ambra knikte. 'Edmonds moordenaar. De politie heeft hem al geïdentificeerd. Ze zijn met het lichaam bezig en ze willen dat je een verklaring aflegt, maar pater Beña heeft gezegd dat er niemand bij je mag voordat de ambulancebroeders zijn geweest. En die kunnen nu elk moment hier zijn.'

Langdon zweeg. Zijn hoofd voelde nog altijd als een smidse.

'Ik denk dat ze je naar het ziekenhuis brengen,' vervolgde Ambra. 'Dus we moeten snel zijn...'

'Wat... wat bedoel je?'

Ambra nam hem bezorgd op en boog zich naar hem toe. 'Weet je dat dan niet meer?' fluisterde ze in zijn oor. 'We hebben het gevonden. Het wachtwoord. *De duistere religies hebben afgedaan & het licht der wetenschap straalt.*'

De mist in zijn hoofd was op slag verdwenen. Langdon schoot rechtop, van het ene op het andere moment glashelder.

'We zijn er bijna,' zei Ambra. 'De rest kan ik wel alleen af. Je zei dat je wist waar we Winston kunnen vinden. En Edmonds computerlab. Dus zeg maar waar ik heen moet. Dan komt het allemaal goed.'

Langdon werd bestormd door herinneringen, die in vloedgolven over hem heen spoelden. 'Dat klopt. Ik weet het.' Althans, ik denk dat ik erachter kan komen.

'Vertel!'

'We moeten naar de andere kant van de stad.'

'Waar precies?'

'Het adres weet ik niet.' Langdon kwam moeizaam, onvast overeind. 'Maar ik kan je er wel naartoe brengen...'

'Ga weer zitten,' drong Ambra aan.

'Ja, gaat u alstublieft zitten,' zei nu ook een mannenstem, ergens beneden hen op de trap. Het was pater Beña, die buiten adem de treden beklom. 'De ambulancebroeders kunnen elk moment hier zijn.'

Versuft en licht in het hoofd zocht Langdon houvast tegen de muur. 'Ik voel me prima,' loog hij. 'Ambra en ik moeten ervandoor.'

'U zult niet ver komen,' zei Beña, die maar langzaam vorderde op de trap. 'De politie staat u op te wachten. Ze willen uw verklaring opnemen. En buiten hebben de media een kordon rond de kerk gelegd. Iemand heeft de pers getipt.'

De geestelijke was eindelijk boven en glimlachte vermoeid. 'Trouwens, mevrouw Vidal en ik zijn erg opgelucht dat alles goed met u is. U hebt ons leven gered.'

Langdon schoot in de lach. 'Ik weet bijna zeker dat het andersom is. Dat u het mijne hebt gered, en dat van Ambra.'

'Hoe dan ook, als u naar beneden gaat zult u de politie te woord moeten staan.'

Langdon zette zijn handen voorzichtig op de stenen reling en boog zich naar voren. Het macabere tafereel in de diepte leek ver weg. Helemaal onder aan de trap zag hij Ávila liggen. Politielantaarns wierpen hun licht op het verwrongen lichaam van de oud-admiraal.

Terwijl Langdon door de sierlijke, op de spiraal van de nautilus geïnspireerde schacht keek, zag hij in gedachten de website van het Gaudí-museum in de crypte voor zich. Hij had de site nog niet zo lang geleden bezocht en een reeks schitterende schaalmodellen van de Sagrada Família bewonderd, uiterst gedetailleerd dankzij CAD-programma's en reusachtige 3D-printers, die de lange wordingsgeschiedenis van het gebouw verbeeldden, van het leggen van de fundering tot de luisterrijke voltooiing die nog zeker tien jaar op zich zou laten wachten.

Waar komen we vandaan? Waar gaan we naartoe?

Er kwam een herinnering bij Langdon op aan een van de schaalmodellen van de kerk. Het beeld was opgeslagen in zijn eidetische geheugen. 'De Sagrada Família vandaag', heette het bewuste model.

Als dat model up-to-date is, moeten we hier weg kunnen komen.

Langdon keerde zich met een ruk naar pater Beña. 'Zou u een boodschap willen doorgeven? Aan iemand buiten de kerk?'

De geestelijke keek hem niet-begrijpend aan.

Terwijl Langdon zijn ontsnappingsplan uit de doeken deed, schudde Ambra haar hoofd. 'Dat kan niet, Robert. Er is nergens ruimte voor...'

'Die is er wel!' viel Beña haar in de rede. 'In de toekomst niet meer, maar nu is die ruimte er nog. De heer Langdon heeft gelijk. Wat hij voorstelt, kan wel degelijk.'

Ambra keek verrast. 'Maar Robert... zelfs al lukt het ons ongezien weg te komen, weet je zeker dat je niet naar het ziekenhuis wilt?'

Er was maar weinig wat Langdon op dat moment zeker wist. 'Dat kan altijd nog,' antwoordde hij. 'Maar we hebben onszelf een taak gesteld en we zijn het aan Edmond verschuldigd om die af te maken.' Zijn ogen zochten die van pater Beña. 'Ik zal eerlijk zijn, pater. We zijn hier met een reden. Edmond Kirsch is vermoord om te voorkomen dat hij zijn ontdekking wereldkundig zou maken. Dat weet u ongetwijfeld.'

'Inderdaad, en afgaande op zijn inleiding lijkt de conclusie gerechtvaardigd dat die ontdekking vernietigende gevolgen zou hebben voor de grote wereldreligies.'

'Dat klopt. En daarom zijn mevrouw Vidal en ik naar Barcelona gekomen. Ik vind dat u dat moet weten. We willen proberen de ontdekking van Edmond Kirsch alsnog bekend te maken. En er is een goede kans dat het ons gaat lukken. Dat betekent...' Hij zweeg even. 'Door u te vragen ons te helpen, vraag ik u in wezen om mee te werken aan het verspreiden van de opvattingen van een atheïst.'

Beña legde een hand op Langdons schouder. 'Professor,' zei hij grinnikend, 'Edmond Kirsch is niet de eerste atheïst die God doodverklaart. En vast en zeker niet de laatste. Wat meneer Kirsch ook heeft ontdekt, het zal ongetwijfeld overal, over de hele wereld, tot discussie leiden. Het menselijk intellect is sinds het begin der tijden onafgebroken geëvolueerd, en het is niet aan mij om die ontwikkeling tegen te houden. Maar in mijn optiek heeft die evolutie God nooit buitengesloten.'

Pater Beña knikte hun bemoedigend toe en liep weer de trap af.

In de cockpit van de geparkeerde helikopter zag de piloot met stijgende bezorgdheid dat de menigte buiten de hekken van de Sagrada Família nog steeds groeide. Hij had niets meer gehoord van de gardisten en wilde net contact met hen zoeken toen hij een kleine gedaante in een zwarte soutane uit de basiliek zag komen en koers zetten naar de helikopter.

De gedaante stelde zich voor als pater Beña en had schokkend nieuws: de twee gardisten waren vermoord en de toekomstige koningin en Robert Langdon moesten onmiddellijk worden geëvacueerd. Alsof dat nog niet schokkend genoeg was, vertelde de pater vervolgens waar de piloot zijn passagiers moest oppikken.

Dat kan niet, was de eerste gedachte die bij hem opkwam.

Inmiddels hing de helikopter boven de torens van de Sagrada Família. Pater Beña had gelijk gehad. De centrale toren van de kerk, een reusachtige monoliet die boven alles zou uitsteken, was nog niet gebouwd. Maar de fundering was al wel gelegd: een vlak, rond platform genesteld tussen de reeds bestaande torens, als een open plek in een woud van sequoia's.

De piloot manoeuvreerde de heli precies boven het platform en liet het toestel behoedzaam zakken. Op het moment dat hij de heli aan de grond zette, zag hij twee gedaanten naar buiten komen: Ambra Vidal en Robert Langdon. Die laatste was blijkbaar gewond, want hij werd door mevrouw Vidal ondersteund.

De piloot sprong uit de heli om hen aan boord te helpen.

Terwijl hij hun riemen vastgespte, keek de toekomstige koningin hem vermoeid aan.

'Dank u wel!' zei ze fluisterend. 'De heer Langdon weet waar we heen moeten.'

78

 ConspiracyNet.com

BREAKING NEWS

Palmariaanse kerk verantwoordelijk voor dood moeder Edmond Kirsch?!

Onze informant monte@iglesia.org komt opnieuw met een spectaculaire, vernietigende onthulling! Volgens exclusieve documenten die door ConspiracyNet op hun echtheid zijn gecontroleerd, heeft Edmond Kirsch jarenlang geprobeerd de palmariaanse kerk voor de rechter te slepen op beschuldiging van 'hersenspoelen, psychologisch conditioneren en het plegen van fysieke wreedheden'. Een en ander zou hebben geresulteerd in de dood van Paloma

Kirsch, Edmonds moeder, meer dan dertig jaar geleden.

Paloma Kirsch zou zich na haar aanvankelijke toetreding tot de palmariaanse kerk uiteindelijk weer van de palmarianen hebben willen losmaken, maar werd door haar meerderen belasterd en psychisch mishandeld, met als gevolg dat ze zichzelf ophing in het nonnenklooster waar ze woonde.

79

'De koning?' bulderde commandant Garza voor de zoveelste keer verontwaar-
digd. Zijn stem weergalmde door het wapenarsenaal. 'Dat wil er bij mij niet in.
Dat de koning persoonlijk opdracht zou hebben gegeven tot mijn arrestatie!
Na al die jaren trouwe dienst!'

Mónica Martín legde een vinger op haar lippen en keek tussen de harnassen
bij de ingang door om zeker te weten dat de wachten die buiten stonden niet
meeluisterden. 'Bisschop Valdespino is de naaste adviseur van de koning. En
hij heeft Zijne Majesteit ervan overtuigd dat de beschuldigingen aan zijn adres
van ú afkomstig zijn. Dat u probeert hem zwart te maken.'

Dus ik ben tot *zondebok gebombardeerd.* Garza had altijd wel vermoed dat de
koning, als hij werd gedwongen tot een keuze tussen de commandant van
zijn Guardia Real en Valdespino, voor de bisschop zou kiezen. Valdespino en

hij waren hun hele leven al bevriend, en een emotionele, spirituele band ging altijd boven een professionele.

Toch kon Garza het gevoel niet van zich afzetten dat Mónica's verklaring niet in alle opzichten houtsneed.

'Het verhaal van die ontvoering...' begon hij. 'Dat is ook afkomstig van de koning?'

'Ja, Zijne Majesteit heeft me gebeld met de opdracht bekend te maken dat Ambra Vidal was ontvoerd. Het verhaal was bedoeld om de reputatie van de toekomstige koningin te redden, zei hij. Om de indruk weg te nemen dat ze ervandoor was met een andere man.' Martín keek Garza geërgerd aan. 'Waarom vraagt u dat? Zeker nu u weet dat de koning Fonseca ook heeft gebeld, met hetzelfde ontvoeringsverhaal?'

'Omdat het er bij mij simpelweg niet in gaat dat de koning zover zou gaan om een prominent Amerikaans staatsburger valselijk te beschuldigen,' antwoordde Garza. 'Dat zou... ronduit...'

'Krankzinnig zijn?'

Garza keek haar zwijgend aan.

'Commandant, u moet niet vergeten dat Zijne Majesteit ziek is,' vervolgde

Martín. 'Misschien wordt zijn oordeel daardoor beïnvloed. Met een ongelukkige beslissing als gevolg.'

'Of misschien was het wel een briljante beslissing,' merkte Garza op. 'De koning heeft een groot risico genomen, maar het is niet voor niets geweest. De toekomstige koningin is inmiddels weer veilig onder de hoede van de Guardia.'

'Inderdaad.' Martín nam hem onderzoekend op. 'Dus wat zit u dwars?'

'Valdespino,' antwoordde Garza. 'Ik mag hem niet, dat zal ik niet ontkennen. Maar mijn gevoel zegt me dat hij onmogelijk achter de moord op Kirsch kan zitten, en achter alles wat er daarna is gebeurd.'

'Waarom niet? Omdat hij een man van de kerk is?' vroeg ze cynisch. 'Onze eigen Inquisitie heeft aangetoond dat de kerk niet terugschrikt voor het nemen van drastische maatregelen. En dat ze er ook geen moeite mee heeft die te rechtvaardigen. Valdespino is vervuld van eigendunk. Een starre, genadeloze, opportunistische man met een sterke hang naar geheimzinnigheid. Ben ik nog iets vergeten?'

'Ja!' Garza was zelf verbaasd dat hij het voor de bisschop opnam. 'Wat je zegt, klopt allemaal. Maar daarnaast is hij een man die traditie en waardigheid hoog in het vaandel heeft. De koning vertrouwt bijna niemand, maar naar de bisschop luistert hij. Al tientallen jaren. Ik kan moeilijk geloven dat de naaste vertrouweling van de koning in staat zou zijn tot het verraad waar we het hier over hebben.'

Martín haalde zuchtend haar mobiele telefoon tevoorschijn. 'Het spijt me dat ik uw vertrouwen in de bisschop moet ondermijnen, commandant. Maar dit kreeg ik net van Suresh.' Ze drukte een paar toetsen in en gaf Garza haar telefoon.

Op het schermpje stond een lang tekstbericht.

'Dit is een schermafbeelding van een bericht dat Valdespino vanavond heeft ontvangen,' fluisterde ze. 'Lees maar. Ik weet zeker dat u dan anders over de bisschop gaat denken.'

80

Ondanks de pijn in zijn hele lijf was Robert Langdon merkwaardig opgewekt, bijna euforisch, toen de helikopter onder luid geraas weg zwenkte van de Sagrada Família.

Ik leef nog.

Hij voelde de adrenaline in zijn bloed toenemen, alsof de impact van alles wat er de afgelopen uren was gebeurd hem nu pas in volle hevigheid raakte. Diep en rustig ademhalend keek hij naar buiten, naar de wereld achter de ramen van de helikopter.

Overal om hem heen reikten kerktorens naar de hemel, maar naarmate de helikopter hoger klom, maakten de torens plaats voor een raster van lichtjes. Langdon keek neer op een uitgestrekt patroon van straten en huizenblokken die niet de gebruikelijke vierkanten en rechthoeken vormden, maar achthoeken, waardoor ze veel minder streng oogden.

L'Eixample, dacht Langdon. Catalaans voor 'Uitbreiding'.

Ildefons Cerdà getuigde als stadsarchitect van visie en oorspronkelijkheid toen hij alle kruisingen in de wijk verbreedde door het 'schuin afsnijden' van de huizenblokken. Zo werd elke hoek een pleintje, werd er ook optisch meer ruimte gecreëerd en kon de lucht beter circuleren. Bovendien boden al die pleintjes de mogelijkheid ze als caféterras in te richten.

'¿Adónde vamos?'

Langdon wees twee blokken naar het zuiden, waar een van de breedste avenues van de stad deze diagonaal doorsneed. Stralend verlicht en met een buitengewoon toepasselijke naam.

'Avinguda Diagonal!' riep Langdon terug. 'Al oeste.' Naar het westen.

De Avinguda Diagonal, die op de plattegrond van de stad direct in het oog sprong, doorkruiste Barcelona over de hele breedte, van Diagonal ZeroZero, de ultramoderne wolkenkrabber aan het strand, naar de eeuwenoude rozentuinen van het vier hectare tellende Parc de Cervantes, een eerbetoon aan Spanjes beroemdste schrijver, de schepper van *Don Quichot*.

De piloot knikte, de helikopter veranderde van koers en volgde de avenue naar het westen, in de richting van de bergen achter de stad. 'Adres?' riep de piloot. 'Coördinaten?'

Ik weet het adres niet. 'Vlieg maar naar het stadion! ¡Fútbol!'

'¿Fútbol?' De piloot leek verrast. 'FC Barcelona?'

Langdon schudde ja. Hij twijfelde er niet aan of de piloot zou het stadion van de beroemde voetbalclub, dat niet ver van de Diagonal lag, moeiteloos weten te vinden.

De piloot gaf meer gas en vloog op hoge snelheid evenwijdig aan de Avinguda.

'Robert?' vroeg Ambra zacht. 'Gaat het wel?' Ze nam hem onderzoekend op, alsof ze bang was dat zijn hoofdwond zijn verstand had aangetast. 'Je zei dat je wist waar we Winston kunnen vinden.'

'Dat is ook zo. En daar gaan we nu naartoe.'

'Naar een voetbalstadion? Heeft Edmond zijn supercomputer in een stadion gebouwd?'

Langdon schudde zijn hoofd. 'Nee, het stadion is gewoon een goed herkenningspunt voor de piloot. Het gaat me om het gebouw vlak bíj het stadion. Het Gran Hotel Princesa Sofía.'

De verwarring op Ambra's gezicht werd steeds groter. 'Sorry, Robert, maar het klinkt me niet bepaald logisch in de oren. Edmond zou Winston nooit in een luxehotel hebben gebouwd. Volgens mij kunnen we toch beter met je naar het ziekenhuis.'

'Ik voel me prima, Ambra. Vertrouw me nou maar.'

'Maar waar gaan we dan naartoe?'

'Waar we naartoe gaan?' Langdon streek speels over zijn kin. 'Volgens mij is dat een van de grote vragen waarop Edmond ons vanavond antwoord had zullen geven.'

De uitdrukking op Ambra's gezicht hield het midden tussen geamuseerd en geërgerd.

'Sorry,' zei Langdon. 'Ik zal het je uitleggen. Twee jaar geleden heb ik met Edmond geluncht in de besloten club op de achttiende verdieping van het hotel.'

'En toen had Edmond een supercomputer onder zijn arm meegenomen?' Ambra schoot in de lach.

Langdon grijnsde. 'Nee, dat niet. Maar hij was lopend gekomen en hij zei dat hij er bijna dagelijks at, omdat het hotel maar twee straten van zijn computerlab was. Bovendien vertelde hij tijdens die lunch dat hij werkte aan een geavanceerde vorm van synthetische intelligentie. De mogelijkheden en toepassingen waren spectaculair, bezwoer hij. Ik heb hem nog nooit zo opgewonden gezien.'

Ambra leek er weer vertrouwen in te krijgen. 'Dat moet Winston zijn geweest!'

'Precies. Dat denk ik ook.'

'En na de lunch nam Edmond je mee naar zijn lab?'

'Nee.'

'Maar hij heeft je wel verteld waar het was?'

'Nee, helaas niet.'

Abrupt keerde de bezorgdheid terug in Ambra's ogen.

'Maar Winston heeft het ons verteld. De exacte locatie.'

Ambra keek hem niet-begrijpend aan. 'Daar herinner ik me niets van.'

'Ik wel.' Langdon glimlachte. 'Sterker nog, hij heeft het aan de hele wereld verteld.'

Voordat Ambra een verklaring kon eisen wees de piloot in de verte, naar het enorme stadion van FC Barcelona. '¡Ahi está el estadio!'

Dat is snel! Langdon keek naar buiten, van het stadion naar het nabijgelegen

Gran Hotel Princesa Sofía, een wolkenkrabber met daarvoor een groot plein, gelegen aan de Avinguda Diagonal. Hij vroeg de piloot het stadion links te laten liggen en boven het hotel te gaan hangen.

Binnen enkele ogenblikken was de helikopter een paar honderd voet omhooggeklommen en cirkelden ze boven het hotel waar Langdon twee jaar eerder met Edmond had geluncht. Hij zei dat het computerlab hier maar twee straten vandaan was.

Vanaf zijn hoge uitkijkpost liet Langdon zijn blik over de omgeving gaan. De straten in deze buurt waren niet zo rechtlijnig als die rond de Sagrada Família, en de huizenblokken hadden alle mogelijke grillige en langgerekte contouren.

Het moet hier ergens zijn.

Met groeiende onzekerheid verkende Langdon de huizenblokken in alle richtingen, in de hoop de unieke vorm te ontdekken die hij in gedachten voor zich zag. *Waar is het?*

Pas toen hij in noordelijke richting keek, voorbij het verkeersplein Plaça de Pius XII, kreeg hij een sprankje hoop. 'Daar!' riep hij naar de piloot. 'Dat stuk bos! Daar moeten we zijn!'

De piloot paste zijn koers weer aan en vloog diagonaal een blok naar het noordwesten, totdat ze boven het stuk bos hingen dat Langdon had aangewezen. Het 'bos' bleek deel uit te maken van een uitgestrekt ommuurd terrein rond een enorm gebouw.

'Robert?' schreeuwde Ambra. Ze klonk gefrustreerd. 'Wat doen we hier? We zijn bij het Pedralbes! Het bestaat niet dat Edmond hier...'

'Niet hier! Daar!' Langdon wees voorbij het paleis, naar het blok daarachter.

Ambra boog zich naar voren en tuurde naar de oorzaak van Langdons opwinding. Het blok achter het paleis bestond uit vier goed verlichte straten, die samen een vierkant vormden dat op zijn punt stond; de bovenste punt wees naar het noorden, de onderste naar het zuiden. Het vierkant deed denken aan een diamant, met als enige onvolkomenheid een kleine inkeping rechtsonder.

'Herken je die gebroken lijn?' Langdon wees naar de onderkant van de diamant – een goed verlichte straat, duidelijk afgetekend naast de donkere, bomenrijke paleistuin. 'Zie je die inkeping?'

Ambra tuurde nog aandachtiger naar beneden; haar ergernis was op slag verdwenen. 'Die komt me inderdaad bekend voor. Waar ken ik die van?'

'Kijk naar het hele blok,' drong Langdon aan. 'Een diamant met een vreemde onvolkomenheid rechtsonder.' Hij wachtte, in de stellige overtuiging dat

Ambra het al snel zou herkennen. 'Kijk naar die twee kleine parken.' Hij wees naar een groene cirkel in het midden en een halfrond park aan de rechterkant.

'Het komt me zo bekend voor,' zei Ambra. 'Waar ken ik dat toch van...'

'Denk aan kunst,' zei Langdon. 'Aan de collectie in het Guggenheim. Denk aan...'

'Winston!' Ongelovig keek ze hem aan. 'De vorm van het stratenblok... die ziet er net zo uit als Winstons zelfportret!'

Langdon schonk haar een glimlach. 'Precies!'

Ambra tuurde opnieuw naar het diamantvormige stratenplan. Langdon deed hetzelfde, denkend aan Winstons zelfportret, het merkwaardige doek dat Winston hem aan het begin van de avond had aangewezen en dat hem voor een raadsel had geplaatst. Een onbeholpen eerbetoon aan Miró.

Edmond vroeg me om een zelfportret, had Winston gezegd. En dit is het geworden.

Langdon had al besloten dat de oogbol, bijna in het midden van het portret – een regelmatig terugkerend element in Miró's werk – bijna zeker de exacte locatie markeerde waar Winston zich bevond, de plek vanwaar Winston naar de wereld 'keek'.

Ambra keerde zich weer naar Langdon, uitgelaten en verbijsterd tegelijk. 'Winstons zelfportret is geen Miró, het is een kaart!'

'Precies. En aangezien Winston geen fysiek lichaam heeft en dus geen fysiek zelfbeeld, is het begrijpelijk dat hij zich bij zijn zelfportret liet inspireren door zijn locatie.'

'De oogbal verwijst naar Miró,' zei Ambra. 'Maar er is er maar één van. Dus misschien is dat de plek waar we Winston kunnen vinden?'

'Dat lijkt mij ook.' Langdon wendde zich tot de piloot en vroeg of hij de heli in een van de twee kleine parken in Winstons blok aan de grond kon zetten. Onmiddellijk begon de heli te dalen.

'O god, volgens mij weet ik waarom Winston voor de stijl van Miró heeft gekozen!' riep Ambra uit.

'O? Waarom dan?'

'Het paleis waar we net overheen vlogen is het Palau Reial de Pedralbes.'

'Pedralbes?' herhaalde Langdon. 'Is dat niet de titel van...'

'Een van Miró's beroemdste tekeningen! Inderdaad. Winston heeft zijn omgeving verkend en een connectie met Miró ontdekt!'

Langdon was opnieuw onder de indruk van Winstons creativiteit. Hij voelde zich merkwaardig uitgelaten bij het vooruitzicht om de verbinding met Edmonds synthetische intelligentie te herstellen. Terwijl de heli steeds verder zakte, zag Langdon het donkere silhouet van een gebouw, precies op de plek waar Winston zijn oog had getekend.

'Kijk...' Ambra wees ernaar. 'Dat moet het zijn.'

Langdon tuurde ingespannen naar het gebouw, dat aan het oog werd onttrokken door bomen. Zelfs vanuit de lucht bood het een indrukwekkende aanblik.

'Er brandt nergens licht,' zei Ambra. 'Denk je dat we binnen kunnen komen?'

'Er moet toch iémand zijn,' veronderstelde Langdon. 'Het kan niet anders of Edmond had personeel. En zeker vanavond moet hij hebben gezorgd dat er mensen waren. Zodra duidelijk wordt dat we Edmonds wachtwoord hebben, zullen ze ongetwijfeld doen wat ze kunnen om ons te helpen de presentatie te activeren.'

Vijftien seconden later zette de piloot de heli aan de grond in een halfrond park aan de oostkant van Winstons blok. Langdon en Ambra sprongen eruit, waarop de heli onmiddellijk weer opsteeg, richting het stadion, waar de piloot op nadere instructies zou wachten.

Terwijl ze zich door het donkere park naar het midden van het blok haastten, staken ze een smalle straat over, de Passeig dels Til-lers. Daarachter stonden de bomen dicht op elkaar. Een eindje voor hen uit, half verscholen achter de bomen, konden ze het silhouet van een groot, hoog gebouw onderscheiden.

'Het is helemaal donker,' fluisterde Ambra.

'En er staat een hek omheen.' Langdon keek fronsend naar het drie meter hoge tralichek dat het hele complex van de buitenwereld afsloot. Hij tuurde door de spijlen, maar vanwege de bomen was er weinig van het gebouw te zien. Het verbaasde hem dat er nergens licht leek te branden.

'Daar!' Ambra wees een meter of twintig verderop. 'Volgens mij is daar een poort.'

Ze haastten zich langs de omheining en kwamen bij een indrukwekkend draaihek. Helaas was er geen beweging in te krijgen. Op de paal zat een kast-je, een elektronische intercom, en voordat Langdon zelfs maar de kans had gekregen hun opties te overwegen, had Ambra al op de knop gedrukt.

Nadat het signaal twee keer had geklonken werd er een verbinding tot stand gebracht.

Stilte.

'Hallo?' zei Ambra. 'Hallo?'

Het enige geluid was een onheilspellend gezoem, als van een open telefoonlijn.

'Ik weet niet of u me kunt horen,' vervolgde Ambra, 'maar mijn naam is Ambra Vidal en ik ben hier met Robert Langdon. We zijn goede vrienden van Edmond Kirsch. We waren erbij vanavond toen hij werd vermoord. En we hebben informatie die van het grootste belang is voor Edmond, voor Winston, voor ons allemaal.'

Er klonk een reeks klikken.

Langdon legde zijn hand op het hek, dat nu wel begon te draaien.

Hij slaakte een zucht van verlichting. 'Ik zei toch dat er iemand moest zijn?'

Ze werkten zich haastig door het hek en liepen tussen de bomen door naar het gebouw. Toen ze dichterbij kwamen en het dak zich begon af te tekenen tegen de hemel, zagen ze een onverwacht silhouet: een vijf meter hoog symbool dat zich op de punt van het dak verhief.

Met een ruk bleven ze staan.

Dat zal toch niet waar zijn! Langdon staarde naar het symbool, dat aan duidelijkheid niets te wensen overliet. *Een reusachtig kruis op het dak van Edmonds computerlab?*

Langdon liep verder. Toen hij de bomen achter zich liet en de hele façade zichtbaar werd, wachtte hem opnieuw een verrassing. Het gebouw was een oude gotische kerk, met een groot rozetvenster, twee torens en een fraai portaal met boven de deuren basreliëfs die katholieke heiligen en de maagd Maria voorstelden.

Ambra keek geschokt. 'Volgens mij zijn we bij een kerk beland! We moeten hier helemaal niet zijn.'

Maar Langdon schoot in de lach bij het zien van het bord dat voor de kerk stond. 'Nou en of we hier moeten zijn.'

Deze computerfaciliteit was een paar jaar daarvoor in het nieuws geweest, maar Langdon had nooit beseft dat het gebouw in Barcelona stond. *Een hightech lab in een voormalige katholieke kerk.* Voor een atheïst de ultieme plek om een goddeloze computer te bouwen, moest Langdon toegeven. Omhoogkijkend langs het gebouw kreeg hij kippenvel van de vooruitziendheid waarmee Edmond zijn wachtwoord had gekozen.

De duistere religies hebben afgedaan & het licht der wetenschap straalt.

Langdon wees Ambra op het bord.

BARCELONA SUPERCOMPUTING CENTER
CENTRO NACIONAL DE SUPERCOMPUTACIÓN

Ambra keek hem aan met een blik vol ongeloof. 'Een hightech lab met supercomputers in een katholieke kerk?'

'Inderdaad,' antwoordde Langdon. 'De werkelijkheid is soms vreemder dan de verbeelding.'

81

Het hoogste kruis ter wereld staat in Spanje.

Op een kleine vijftien kilometer van El Escorial, het kloosterpaleis van koning Filips II, verheft het enorme granieten gevaarte zich honderdvijftig meter boven de bergtop waarop het is gebouwd en vanwaar het uitkijkt over een dorre vallei.

De rotsachtige kloof die door het kruis wordt gemarkeerd, de Vallei van de Gevallenen, is de laatste rustplaats van meer dan veertigduizend mensen die tijdens de bloedige Spaanse Burgeroorlog aan beide kanten zijn omgekomen.

Wat doen we hier, vroeg Julián zich af terwijl hij de Guardia volgde over de weidse esplanade aan de voet van de berg. Waarom wilde mijn vader uitgerekend hier afspreken?

Ook op het gezicht van Valdespino, die naast hem liep, stond verwarring te lezen. 'Ik begrijp er niets van,' fluisterde hij. 'Uw vader heeft deze plek altijd verafschuwd.'

En met hem miljoenen anderen, dacht Julián.

In 1940 had Franco zelf het initiatief genomen tot de bouw van het kruis en de ondergrondse basiliek, als 'een nationaal monument van verzoening', een poging om overwinnaars en overwonnenen te herenigen. Ondanks dit nobele streven was het monument tot op de dag van vandaag een bron van controverse, omdat het was gebouwd door dwangarbeiders, onder wie politieke gevangenen die zich tegen Franco hadden verzet. Velen van hen stierven van uitputting en honger.

In het verleden waren sommige parlementsleden zelfs zover gegaan de vergelijking te maken met de concentratiekampen van de nazi's. Julián vermoedde dat zijn vader het daarmee eens was, ook al kon hij dat als koning natuurlijk nooit hardop zeggen. In de ogen van de meeste Spanjaarden was de Vallei van de Gevallenen een monument voor Franco, gebouwd door Franco. Een kolossale schrijn tot meerdere eer en glorie van hemzelf. Het feit dat Franco er begraven lag, gooide alleen maar meer olie op het vuur van de critici.

Julián herinnerde zich dat hij hier als kind ooit met zijn vader was geweest;

een educatief uitstapje om zijn land beter te leren kennen. Terwijl hij zijn zoon rondleidde, had de koning zacht gefluisterd: 'Kijk goed om je heen, zoon. Ooit zul jij dit alles neerhalen.'

De Guardia ging hun voor over de treden naar de strenge, in de berghelling uitgehakte façade, en de prins besefte waar ze naartoe gingen. Voor hen doemde een gegraveerde bronzen deur op, een poort in de wand van de berg. Julián herinnerde zich nog goed dat hij als kind vervuld was geweest van ontzag door wat daarachter lag.

Want wat zich ín de berg bevond, was een nog veel groter wonder dan het kruis op de top ervan.

De afmetingen van de grot, die door mensenhanden in het graniet was uitgehakt, tartten elke verbeelding. Een driehonderd meter diepe gang leidde naar een schitterende ruimte met een vloer van glanzende tegels en een hoog oprijzende, met fresco's verfraaide koepel met een spanwijdte van bijna vijftig meter. Ik ben in de berg, had de kleine Julián gedacht. Het is alsof ik droom!

En nu, jaren later, zou hij de berg opnieuw binnengaan.

Om gehoor te geven aan het verzoek van mijn stervende vader.

Terwijl de kleine groep de poort naderde, keek Julián omhoog naar de grimmige bronzen piëta daarboven. Bisschop Valdespino sloeg een kruis. Meer uit angst dan uit vroomheid, vermoedde de prins.

82

 ConspiracyNet.com

BREAKING NEWS

Maar... wie is de Regent?

Er is informatie aan het licht gekomen die bewijst dat Luis Ávila de opdracht tot de moord op Edmond Kirsch heeft ontvangen van iemand die zich de Regent noemt.

De identiteit van deze Regent blijft vooralsnog een mysterie, ook al zou zijn titel een aanwijzing kunnen verschaffen. Volgens dictionary.com is een 'regent' iemand die tijdens de afwezigheid of tijdelijke onbekwaamheid van de leider van een organisatie wordt benoemd tot toezichthouder.

Op onze vraag 'Wie is de Regent?' bestond de respons voornamelijk uit de volgende drie antwoorden:

1. bisschop Antonio Valdespino, die de regie van de zieke koning heeft overgenomen;
2. een palmariaanse paus die gelooft dat hij de wettige paus is;
3. een Spaanse militair die beweert namens de koning op te treden omdat deze zijn functie als opperbevelhebber van de krijgsmacht niet langer kan uitoefenen.

Een nieuwe update volgt zodra we meer weten!

#WIEISDEREGENT

83

Langdon en Ambra lieten hun blik over de gevel gaan, op zoek naar de ingang van het Barcelona Supercomputing Center. Die bleek zich aan de zuidkant van het schip van de kerk te bevinden. Daar was een ultramoderne hal van plexiglas aan de rustieke façade gebouwd, waardoor de kerk een hybride aanblik bood, als een product van twee ver uit elkaar liggende eeuwen.

Op een plein bij de ingang stond een vier meter hoge buste van een primitieve krijger. Het was Langdon een raadsel wat een artefact als dit bij een katholieke kerk deed, maar Edmond Kirsch kennende twijfelde hij er niet aan of diens werkplek zou een domein vol tegenstrijdigheden blijken te zijn.

Ambra haastte zich naar de hoofdingang en drukte op de bel naast de deur. Toen Langdon zich bij haar voegde, zag hij dat de veiligheidscamera boven hun hoofd zich naar hen toe draaide.

Na enig wachten klonk er een gezoem en klikte het slot open.

Langdon en Ambra betraden een grote, schemerig verlichte ruimte zonder ramen, die ooit de hal van de kerk moest zijn geweest. Er was niemand. Langdon had op enige vorm van ontvangst gerekend, door iemand van Edmonds personeel, maar de hal lag er verlaten bij.

'Is hier eigenlijk wel iemand?' vroeg Ambra fluisterend.

Ergens vandaan klonk muziek: devote polyfonie, gezongen door mannenstemmen. De vreemde aanwezigheid van duidelijk religieuze muziek in een ultramoderne computerfaciliteit leek Langdon typisch een product van Edmonds kwajongensachtige gevoel voor humor.

Het enige licht in de ruimte was afkomstig van een reusachtig plasmascherm aan de muur, met daarop iets wat eruitzag als een primitief soort computerspel: trossen zwarte stippen die zich over een wit oppervlak bewogen, als groepjes doelloos rondscharrelende torren.

Nee, niet helemaal doelloos, besefte Langdon toen hij de patronen herkende.

Dit beroemde, door een computer gegenereerde proces – bekend als *The Game of Life* – was in de jaren zeventig van de twintigste eeuw ontwikkeld door een Britse wiskundige, John Conway. De zwarte stippen – 'cellen', zoals ze werden genoemd – bewogen zich over het scherm, reageerden op elkaar en vermenigvuldigden zich op basis van 'regels' die waren ingevoerd door de programmeur. Onder invloed van deze 'initiële regels van interactie' begonnen de stippen zich na verloop van tijd onveranderlijk te organiseren in trossen, reeksen en telkens terugkerende patronen; patronen die evolueerden, complexer werden en uiteindelijk een verbijsterende overeenkomst vertoonden met patronen die in de natuur voorkwamen.

'*The Game of Life*, van Conway,' zei Ambra. 'Ik heb jaren geleden in een museum een digitale installatie gezien die op *Life* was gebaseerd. *Cellular Automaton.* Een combinatie van technieken.'

Langdon was onder de indruk. De enige reden dat híj *The Game of Life* kende, was dat Conway op Princeton had gedoceerd.

Opnieuw trok de koormuziek zijn aandacht. *Volgens mij ken ik dat stuk. Is het een mis uit de renaissance?*

'Robert, moet je kijken!' Ambra wees naar het scherm.

Daar bewogen de groepjes cellen inmiddels steeds sneller en in omgekeerde richting, alsof de beelden achterstevoren werden afgespeeld. De veranderingen voltrokken zich sneller en sneller, terug in de tijd. Het aantal stippen werd minder... de cellen splitsten en vermenigvuldigden zich niet langer, maar sloten zich weer aaneen... hun structuur werd eenvoudiger, totdat er uiteindelijk nog maar een handjevol over waren, die steeds verder samensmolten... van acht, naar vier, naar twee, en toen...

Eén.

In het midden van het scherm knipperde één enkele cel.

De oorsprong van het leven. Langdon kreeg er kippenvel van.

De stip doofde en liet een leegte achter. Een leeg wit scherm.

The Game of Life was verdwenen, en in plaats daarvan verscheen in wazige letters een tekst die geleidelijk aan duidelijker werd.

Zelfs als we het bestaan van een Eerste Oorzaak erkennen, dan nog snakt de geest naar de kennis over de herkomst en het ontstaan daarvan.

'Dat is een uitspraak van Darwin,' fluisterde Langdon, die de eloquente formulering herkende waarmee de legendarische botanicus de vraag onder woorden had gebracht die ook Edmond Kirsch had beziggehouden.

'Waar komen we vandaan?' zei Ambra opgewonden, na het lezen van de tekst.

'Precies.'

Ambra schonk hem een glimlach. 'Hoogste tijd om daarachter te komen!'

Ze gebaarde naar een deur tussen twee zuilen, die toegang gaf tot de kerk zelf.

Toen ze de hal overstaken verschenen er nieuwe beelden op het scherm: een willekeurige collage van woorden. Het werden er steeds meer, hun aantal groeide gestaag en chaotisch; de woorden evolueerden, veranderden en vormden steeds complexere formuleringen.

... groei... prille knoppen... uitbottende schoonheid...

Terwijl de beelden zich vermeerderden, zagen Langdon en Ambra hoe de woorden zich aaneensloten tot een boom die steeds groter werd.

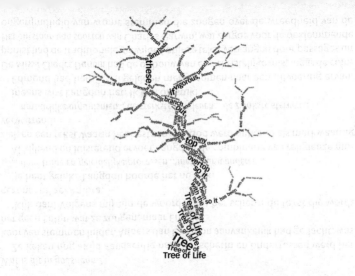

Wat is dit in godsnaam?

Ze keken nog altijd aandachtig naar het scherm en ondertussen werd het koor van stemmen luider. Anders dan Langdon aanvankelijk had gedacht, was het geen Latijn wat ze zongen, maar Engels.

'Kijk dan! Volgens mij zijn de woorden op het scherm de tekst die wordt gezongen!' zei Ambra.

'Je hebt gelijk.' Langdon hoorde het nu ook.

... door trage en geleidelijke processen... niet door wonderen...

Al kijkend en luisterend ervoer Langdon de combinatie van religieuze muziek en een tekst waarin het bestaan van God werd ontkend als merkwaardig verwarrend.

... natuurlijke organismen... de sterkste overleven... de zwakste sterven...

Ineens wist Langdon het. Ik ken dit stuk!

Edmond had hem jaren geleden meegenomen naar een uitvoering ervan. De *Missa Charles Darwin* had de opbouw van een christelijke mis, maar de componist had de traditionele, gewijde Latijnse tekst vervangen door passages uit *Het ontstaan van soorten* van Charles Darwin, wat zorgde voor de beklemmende ongerijmdheid van vrome stemmen die zongen over de wreedheid van de natuurlijke selectie.

'Bizar,' zei Langdon. 'Edmond en ik hebben dit stuk ooit samen gehoord. Jaren geleden. Hij vond het prachtig. Wat toevallig om het hier weer te horen.'

'Hoezo, toevallig?' klonk een opgewekte, vertrouwde stem uit de speakers boven hun hoofd. 'Edmond heeft me geleerd gasten te verwelkomen met muziek die ze weten te waarderen en die bovendien interessante gespreksstof oplevert.'

Langdon en Ambra keken ongelovig omhoog bij het horen van het onmiskenbaar Britse accent.

'Ik ben blij dat jullie me hebben weten te vinden,' vervolgde de maar al te bekende computerstem. 'Want andersom was onmogelijk. Ik kon geen contact met jullie zoeken.'

'Winston!' Langdon was verbaasd door zijn eigen opluchting over het herstelde contact met een computer. Haastig vertelden Ambra en hij wat er was gebeurd.

'Het is goed om jullie stemmen weer te horen,' zei Winston. 'Maar vertel! Hebben we gevonden wat we zochten?'

84

'Het is van William Blake,' zei Langdon. 'De duistere religies hebben afgedaan & het licht der wetenschap straalt.'

Winston reageerde bijna onmiddellijk. 'De laatste regel van zijn beroemde gedicht *De Vier Zoas*. Een perfecte keuze, dat moet ik toegeven.' Hij zweeg even. 'Maar het heeft niet de vereiste tweeënzestig letters...'

'De ampersand.' Langdon legde in korte bewoordingen uit dat Kirsch het koppelteken had vervangen door *et*.

'Echt iets voor Edmond.' De computerstem zei het grinnikend, wat nogal merkwaardig klonk.

'En dus?' drong Ambra aan. 'Nu je Edmonds wachtwoord weet, kun je nu de rest van de presentatie activeren?'

'Natuurlijk,' antwoordde Winston onbubbelzinnig. 'Jullie hoeven het wachtwoord alleen nog maar handmatig in te voeren. Edmond heeft dit project beveiligd met firewalls, dus ik heb geen directe toegang. Maar ik neem jullie mee naar het lab om te laten zien waar het wachtwoord moet worden ingevoerd.'

Langdon en Ambra keken elkaar aan, verrast doordat het ineens zo snel leek te gaan. Na alles wat ze die avond hadden moeten doorstaan, kwam de uiteindelijke triomf bijna als een anticlimax, zonder tromgeroffel om de spanning op te bouwen.

'Robert,' fluisterde Ambra. Ze legde een hand op zijn schouder. 'Het is je gelukt. Dank je wel!'

'Ik zie het meer als een gezamenlijke prestatie.' Hij schonk haar een glimlach.

'Zullen we maar meteen naar Edmonds werkplek gaan?' stelde Winston voor. 'Jullie zijn hier in de hal van buitenaf duidelijk zichtbaar, en uit berichtgeving die ik heb gevonden blijkt dat jullie al in deze buurt zijn gesignaleerd.'

Dat verbaasde Langdon niet. Een militaire helikopter die in een stadspark landde trok onvermijdelijk de aandacht.

'Zeg maar waar we heen moeten,' zei Ambra.

'Tussen de zuilen door,' antwoordde Winston. 'Mijn stem achterna.'

In de hal zweeg de koormuziek abrupt. Het plasmascherm werd donker en een reeks luide, galmende dreunen verried dat de voordeur automatisch werd vergrendeld.

Edmond heeft van dit gebouw waarschijnlijk een onneembaar fort gemaakt. Tot Langdons opluchting bewees een snelle blik naar buiten dat het beboste terrein voor de kerk er verlaten bij lag.

Nog wel.

Toen hij zich naar Ambra omdraaide, zag hij boven de deuropening tussen de twee zuilen een licht aangaan. Ambra en hij liepen erheen. Daarachter strekte zich een lange gang uit. Aan het eind brandde opnieuw licht, dat hun de weg wees.

Terwijl ze door de gang liepen, klonk boven hun hoofd de stem van Winston. 'Om zo veel mogelijk publiciteit te genereren zouden we een persverklaring moeten doen uitgaan, waarin we aankondigen dat de presentatie van wijlen Edmond Kirsch op het punt staat live te gaan. Als we de media de kans geven dat bericht te verspreiden, zal de kijkdichtheid dramatisch toenemen.'

'Goed idee.' Ambra ging steeds sneller lopen. 'Maar hoelang wil je dan nog wachten met het activeren van het programma? Ik vind dat we geen enkel risico moeten nemen.'

'Zeventien minuten,' antwoordde Winston. 'Dan begint de uitzending precies op het hele uur. Om drie uur, om precies te zijn. En drie uur 's nachts hier betekent primetime in heel Amerika.'

'Klinkt goed.'

'Mooi zo,' zei Winston. 'De verklaring voor de media gaat er nu meteen uit, en dan laten we de presentatie over zeventien minuten beginnen.'

Langdon moest zich inspannen om Winstons razendsnelle planning te kunnen volgen.

'Hoeveel man personeel is hier eigenlijk aanwezig?' vroeg Ambra.

'Niemand,' antwoordde Winston. 'Edmond was heel fanatiek als het ging om het beveiligen van zijn werk. Er is hier hoe dan ook nauwelijks personeel. Behalve voor alle computernetwerken zorg ik ook voor de beveiliging en zelfs voor de verlichting en de airco. In een tijd van smartphones en smarthuizen had hij als eerste een smartkerk, grapte Edmond altijd.'

Langdon luisterde maar half, plotseling bezorgd over wat ze gingen doen. 'Winston, denk je echt dat dit het juiste moment is om Edmonds ontdekking wereldkundig te maken?'

Ambra bleef met een ruk staan. 'Natuurlijk is dit het juiste moment! Daarvoor zijn we hier. De hele wereld kijkt mee. En wie garandeert dat er niet opnieuw iemand probeert de uitzending tegen te houden? We moeten het nú doen! Voordat het te laat is!'

'Daar ben ik het mee eens,' zei Winston. 'Statistisch gesproken heeft dit verhaal zijn verzadigingspunt bijna bereikt. Gemeten in terabytes mediadata is de ontdekking van Edmond Kirsch een van de grootste nieuwsverhalen van de laatste tien jaar. Wat niet verrassend is als je kijkt naar de exponentiële groei die de onlinegemeenschap in de afgelopen tien jaar heeft doorgemaakt.'

'Wat zit je dwars, Robert?' Ambra's ogen zochten die van Langdon.

Die aarzelde, niet in staat onder woorden te brengen waar zijn plotselinge twijfels vandaan kwamen. 'Ik denk dat ik bang ben dat alle complottheorieën en verhalen rond het gebeuren – moord, ontvoering, paleisintriges – Edmonds wetenschappelijke werk zullen overschaduwen.'

'Daar zit iets in, professor,' gaf Winston toe. 'Toch denk ik dat u voorbijgaat aan één belangrijk aspect van de situatie: juist door al die complottheorieën hebben er verspreid over de hele wereld oneindig veel meer mensen op Edmond en zijn verhaal afgestemd dan anders het geval zou zijn geweest. De live-uitzending vanavond had 3,8 miljoen kijkers. Na alles wat er vanavond is gebeurd, schat ik dat zo'n tweehonderd miljoen mensen het onderwerp volgen via nieuwsupdates op internet, via social media en op radio en televisie.'

Het was een ongelooflijk aantal, ook al herinnerde Langdon zich dat er destijds ook tweehonderd miljoen mensen hadden gekeken naar de finale van de FIFA World Cup, en zelfs vijfhonderd miljoen mensen naar de eerste maanlanding, inmiddels een halve eeuw geleden, toen het internet nog niet bestond en er nog lang niet zoveel televisies waren.

'U merkt dat op de universiteit misschien niet zo, professor, maar de rest van de wereld is tegenwoordig één grote realityshow. De ironie wil dat degenen die Edmond de mond wilden snoeren, precies het tegenovergestelde hebben bereikt: Edmond krijgt het grootste publiek ooit, en dat voor een wetenschappelijke bekendmaking. Dat doet me eraan denken dat het Vaticaan zich destijds vernietigend uitliet over uw boek *Het christendom en het heilig vrouwelijke*, met als gevolg dat het een bestseller werd.'

Nou ja, een bestseller... Maar Langdon begreep wat Winston wilde zeggen.

'Zo veel mogelijk mensen bereiken is van meet af aan Edmonds streven geweest,' zei Winston.

'Hij heeft gelijk.' Ambra keek Langdon aan. 'Toen Edmond en ik brainstormden over de live-uitzending vanuit het Guggenheim, werd hij geobsedeerd door de ambitie om de publieke betrokkenheid zo groot mogelijk te maken.'

'Zoals ik al zei, het punt van verzadiging is bijna bereikt,' drong Winston aan. 'En er is geen beter moment dan dit om zijn ontdekking wereldkundig te maken.'

'Akkoord. Het is me duidelijk,' zei Langdon. 'Zeg maar wat we moeten doen.'

Terwijl ze verder de gang in liepen kwamen ze bij een onverwacht obstakel: een onhandig neergezette ladder, alsof er een schilder aan het werk was. De enige manier om er voorbij te komen, was onder de ladder door lopen.

'Zal ik hem even weghalen?' bood Langdon aan.

'Nee,' zei Winston. 'Die heeft Edmond daar een paar jaar geleden expres neergezet.'

'Waarom?' vroeg Ambra. 'Hij moest niets hebben van bijgeloof, in welke vorm dan ook. Maar dat weet u ongetwijfeld. Sterker nog, hij genoot ervan om elke dag wanneer hij op zijn werk kwam onder die ladder door te lopen. Het was zijn manier om een lange neus te maken naar de goden. En wanneer een gast of een technicus weigerde om onder de ladder door te lopen, dan werd hem door Edmond zonder pardon de deur gewezen.'

Altijd de redelijkheid zelve. Langdon herinnerde zich glimlachend hoe Edmond hem ooit in het openbaar terecht had gewezen omdat hij iets op hout afklopte. *Robert, tenzij je stiekem een druïde bent die op bomen tikt om ze te wekken, zou ik je willen vragen dat onnozele bijgeloof te laten waar het hoort: in het verleden.*

Ambra dook onder de ladder door en liep verder. Maar toen Langdon haar voorbeeld volgde, kon hij een irrationele huivering niet onderdrukken.

Eenmaal aan de andere kant loodste Winston hen een hoek om naar een grote veiligheidsdeur, voorzien van twee camera's en een biometrische scan.

Erboven hing een handgeschreven bordje: KAMER 13

Langdon keek naar het beruchte ongeluksgetal. *Weer een lange neus van Edmond naar de goden.*

'Dit is de deur van zijn lab,' zei Winston. 'Behalve de technici die Edmond voor de bouw van de computer had ingehuurd, zijn hier maar weinig mensen geweest. Hij liet bijna niemand toe.'

Er klonk een luid gezoem, de veiligheidsdeur sprong van het slot en Ambra aarzelde geen moment om hem open te duwen. Nadat ze over de drempel was gestapt, bleef ze met een ruk staan en sloeg stomverbaasd haar hand voor haar mond. Toen Langdon langs haar heen de kerk in keek, begreep hij haar reactie.

De enorme ruimte werd in beslag genomen door de grootste glazen kist die Langdon ooit had gezien. De transparante constructie vulde het hele voormalige godshuis, bijna tot aan het plafond.

De doos was zo te zien in twee lagen verdeeld.

Op de benedenverdieping stonden rijen van honderden metalen kasten, zo groot als een koelkast, als kerkbanken voor een altaar. De kasten hadden geen deuren, de inhoud was zichtbaar. Duizelingwekkend complexe matrixen van vuurrode draden hingen aan rasters van dicht opeenstaande contactpunten naar beneden en verbonden zich net boven de grond tot dikke strengen tussen de machines. Het geheel deed denken aan een netwerk van aderen.

Geordende chaos, dacht Langdon.

'Op de begane grond ziet u de beroemde MareNostrum-supercomputer – 48.896 Intel-cores die communiceren via een InfiniBand FDR 10-netwerk. Een van de snelste computers ter wereld. MareNostrum stond er al toen Edmond zijn lab hier vestigde, en in plaats van hem te laten weghalen, besloot hij de computer te incorporeren in zijn nieuw te bouwen systeem. Dus hij heeft simpelweg uitgebreid... naar boven.'

Langdon zag dat alle strengen van de MareNostrum in het midden van de ruimte bij elkaar kwamen in één enkele stam van strengen, die als een dikke klimrank omhoogging. Naar het plafond van de eerste laag.

De verdieping daarboven bood een totaal andere aanblik. In het midden van de ruimte stond een enorme metallic blauwgrijze kubus van drie vierkante meter op een verhoging. Zonder draden, zonder knipperende lichtjes. Er was niets wat deed vermoeden dat dit de hypermoderne computer was die Winston in nauwelijks te begrijpen technologische termen beschreef.

'... qubits in plaats van bits... superposities van staten... kwantumalgoritmen... verstrengeling en tunneling...'

Langdon wist nu waarom hij het met Edmond altijd liever over kunst had gehad dan over computers.

'... resulterend in biljarden zwevende komma-berekeningen per seconde,' besloot Winston. 'En dat maakt de koppeling van deze twee zeer verschillende systemen tot de machtigste supercomputer ter wereld.'

'Mijn god,' fluisterde Ambra.

'Édmonds God,' verbeterde Winston.

85

ConspiracyNet.com

BREAKING NEWS

Kirsch' ontdekking over enkele minuten live!

Het gaat er toch van komen!

In een persverklaring, uitgegeven door het kamp-Edmond Kirsch, is zojuist bevestigd dat de onthulling van zijn wetenschappelijke ontdekking, waarop met spanning werd gewacht maar die door de moord op de futuroloog onmogelijk werd gemaakt, alsnog wereldwijd zal worden gelivestreamd. En wel om drie uur 's nachts, plaatselijke tijd in Barcelona.

De kijkdichtheid stijgt spectaculair, en hetzelfde geldt voor het aantal volgers online, dat in de hele geschiedenis van het internet nog nooit zo hoog is geweest.

Daarnaast kunnen we melden dat Robert Langdon en Ambra Vidal gesignaleerd zouden zijn op het terrein van de Torre Girona, een voormalige kerk waarin het Barcelona Supercomputing Center is gehuisvest en waar Edmond Kirsch de laatste jaren zou hebben gewerkt. Of dit ook de locatie is vanwaar de presentatie zal worden gelivestreamd, heeft ConspiracyNet nog niet bevestigd kunnen krijgen.

De presentatie van Edmond Kirsch zal hier, op ConspiracyNet.com worden gelivestreamd!

86

Terwijl prins Julián door de bronzen deur naar binnen ging, overviel hem een beklemmend gevoel, alsof hij nooit meer uit de berg zou kunnen ontsnappen.

De Vallei van de Gevallenen. Wat doe ik hier?

In de gang achter de poort was het koud en donker. Het rook er muf, naar vochtige stenen, en het enige licht was afkomstig van twee elektrische toortsen.

Ze werden opgewacht door een man in uniform, die een sleutelbos in zijn trillende handen hield. Het verbaasde Julián niet dat de beambte van het *Patrimonio Nacional* nerveus was. In de duisternis achter hem stonden zes leden van de Guardia Real. *Mijn vader is hier ergens.* De arme man met de sleutels was ongetwijfeld in het holst van de nacht uit bed getrommeld om Franco's heilige berg voor de koning te ontsluiten.

Een van de gardisten deed een stap naar voren. 'Hoogheid, monseigneur. Mag ik u voorgaan?'

Hij bracht hen naar een enorme smeedijzeren poort waarin een onheilspellend Franco-symbool was gegraveerd: een vurige dubbelkoppige adelaar die herinneringen opriep aan een zwarte bladzijde in de Spaanse geschiedenis.

'Zijne Majesteit is helemaal aan het eind van de gang.' De gardist gebaarde naar de poort, die op een kier stond.

Julián en de bisschop keken elkaar onzeker aan en gingen naar binnen. In de gang achter de poort stond aan weerskanten een grimmig ogende, metalen sculptuur: een engel des doods, met in zijn hand een zwaard dat de vorm had van een kruis.

Nog meer katholiek-militaire Franco-symbolen, dacht Julián terwijl de bisschop en hij aan de lange wandeling begonnen die hen tot diep in het hart van de berg zou brengen.

De gang die zich voor hen uitstrekte deed in luister niet onder voor de balzaal van het koninklijk paleis. De vloer van zwart marmer glansde, het hoog oprijzende cassetteplafond was schitterend en de ruimte werd verlicht door een ogenschijnlijk eindeloze reeks muurkandelaars in de vorm van toortsen.

De verlichting was vanavond echter nog dramatischer dan gebruikelijk, dankzij de tientallen vuurbekkens die als de lichten van een landingsbaan aan weerskanten langs de muur stonden, en die een oranje gloed verspreidden. Normaliter brandden de vuurbekkens alleen op hoogtijdagen, maar blijkbaar was de komst van de koning, hoe laat op de avond ook, voldoende reden om ze aan te steken.

De weerkaatsing van de dansende vlammen in de glimmend gewreven vloer verleende de enorme gang bijna iets bovennatuurlijks. Julián voelde de aanwezigheid van de doden die de ruimte hadden uitgehakt, zwoegend met spades en pikhouwelen in de ijzige kilte van de berg. Velen waren van honger en kou gestorven, ter verheerlijking van Franco, die diep in de berg begraven lag.

Kijk goed om je heen, zoon, had Juliáns vader gezegd. *Ooit zul jij dit alles neerhalen.*

Julián besefte dat hij als koning waarschijnlijk niet de macht zou hebben om het schitterende monument te vernietigen. Toch verbaasde het hem dat het Spaanse volk het bestaan ervan nog altijd tolereerde, zeker gezien de gretigheid waarmee het land zijn duistere verleden achter zich wilde laten en de moderne wereld wilde omhelzen. Anderzijds waren er nog altijd velen die terugverlangden naar vroeger, en die elk jaar op Franco's sterfdag naar het monument kwamen. Honderden franquisten, veelal stokoud, die hier bij elkaar kwamen om hun respect te betuigen.

'Don Julián,' zei de bisschop zacht, zonder dat de anderen het konden horen. 'Weet u waarom uw vader ons heeft gevraagd hierheen te komen?'

Julián schudde zijn hoofd. 'Ik hoopte eigenlijk dat ú dat wist.'

Valdespino slaakte een ongewoon diepe zucht. 'Ik heb geen idee.'

Als de bisschop het niet weet, dan weet niemand het, dacht Julián.

'Ik hoop maar dat alles goed met hem is.' De bisschop klonk verrassend teder. 'Sommige van zijn beslissingen de laatste tijd baren me zorgen...'

'Zoals het beleggen van een ontmoeting in een berg terwijl hij in een ziekenhuisbed zou moeten liggen?'

Valdespino glimlachte vluchtig. 'Inderdaad.'

Julián vroeg zich af waarom de gardisten niet in actie waren gekomen; waarom ze niet hadden geweigerd de stervende vorst vanuit het ziekenhuis naar deze onheilspellende plek te brengen. Anderzijds, gardisten werden geacht te gehoorzamen en geen vragen te stellen, al helemaal niet wanneer het ging om hun opperbevelhebber.

'Ik heb hier in geen jaren gebeden.' Valdespino staarde in de verte.

De gang waarin ze liepen was niet alleen de toegang tot de berg, maar ook het schip van een officieel gewijde katholieke kerk. Een eind verderop zag de prins de rijen met banken al.

La basílica secreta, zoals hij de kerk als kind had genoemd.

Het luisterrijke heiligdom aan het eind van de gang, uitgehouwen in de berg, was een grote, hoge ruimte, een verbazingwekkende ondergrondse basiliek met een enorme koepel. Volgens de verhalen zou de oppervlakte groter zijn dan die van de Sint-Pieter in Rome. Het mausoleum beschikte over zes kapellen, geschikt rond het hoogaltaar, dat zich recht onder het kruis boven op de berg bevond.

Terwijl ze het centrale heiligdom naderden, keek Julián zoekend om zich heen. Maar de basiliek leek verlaten.

'Waar is hij?' De bisschop klonk bezorgd.

Julián begon nu ook ongerust te worden, bang dat de Guardia zijn vader helemaal alleen had gelaten in dit desolate oord. De prins haastte zich verder en controleerde eerst de ene arm van het dwarsschip, toen de andere. Er was niemand. Dus liep hij om het altaar heen naar de apsis.

En daar, in de diepste diepten van de berg, ontdekte hij zijn vader. Julián bleef met een ruk staan.

De koning van Spanje was alleen en zat, onder een plaid, in een rolstoel, nauwelijks in staat zichzelf overeind te houden.

87

In het schip van de voormalige kerk liepen Langdon en Ambra op aanwijzing van Winston om de twee verdiepingen hoge supercomputer heen. Van achter het dikke glas drong een diep vibrerend brommen tot hen door, afkomstig van de reusachtige installatie. Het bezorgde Langdon het griezelige gevoel dat hij door de tralies van een kooi naar een gevangen dier keek.

Volgens Winston was het geluid niet afkomstig van de elektronica, maar van de enorme verzameling van gedestilleerd water gebruikmakende centrifugale ventilators, warmteopnemers en processorkoelers die voorkwamen dat de computer oververhit raakte.

'Het lawaai is oorverdovend,' zei Winston. 'En het is er ijskoud. Gelukkig ligt Edmonds werkruimte op de bovenverdieping.'

Die kon worden bereikt via een open wenteltrap, bevestigd aan de buitenwand van de glazen doos. Op Winstons instructies klommen Langdon en Ambra naar boven en betraden zij een metalen platform voor een glazen draaideur.

Langdon registreerde geamuseerd dat de futuristische toegang tot Edmonds werkplek was voorzien van wat huiselijke details zoals een mat, een kunstplant in een pot en een bankje met daaronder een paar pantoffels. Die waren ongetwijfeld van Edmond geweest, dacht Langdon weemoedig.

Boven de deur hing een ingelijste tekst:

Succes is het vermogen
keer op keer te falen
zonder je enthousiasme te verliezen.
– Winston Churchill

'Alweer Churchill.' Langdon wees Ambra op de tekst.

'Het was Edmonds favoriete citaat,' vertelde Winston. 'Volgens hem gaf het precies weer wat de grootste kracht is van de computer.'

'Van de computer?' herhaalde Ambra.

'Ja, computers geven het nooit op. Ik kan miljarden keren falen zonder ook maar enigszins gefrustreerd te raken. Hoe vaak het oplossen van een probleem ook mislukt, ik blijf het proberen, met dezelfde energie als bij mijn eerste poging. Dat is iets wat mensen niet kunnen.'

'Dat klopt. Ik geef het doorgaans op na mijn miljoenste poging,' zei Langdon.

Ambra glimlachte en liep naar de deur.

'De vloer binnen is van glas,' zei Winston toen de deur automatisch begon te draaien. 'Dus doe uw schoenen uit, alstublieft.'

In een oogwenk had Ambra haar schoenen uitgeschopt en liep ze op blote voeten door de draaideur. Terwijl Langdon haar voorbeeld volgde, viel zijn oog op de ongebruikelijke boodschap op de deurmat.

OOST WEST 127.0.01 BEST

'Winston, die tekst op de mat, wat...'

'*Localhost*,' antwoordde Winston.

Langdon keek opnieuw naar de mat. 'O, ik snap het,' zei hij, zonder het te snappen, en hij liep naar de draaideur.

Toen hij op de glazen vloer stapte, kreeg hij even een wee gevoel in zijn maag. Het was al ontmoedigend om op zijn sokken op een vloer te staan waar hij dwars doorheen kon kijken, maar dat hij zich recht boven de MareNostrum-computer bleek te bevinden, bezorgde hem knikkende knieën. De indrukwekkende slagorde van kasten deed hem denken aan de archeologische opgravingen bij Xi'an, aan de enorme kuil met het blootgelegde terracottaleger.

Hij ademde diep in en liet zijn blik door de bizarre ruimte gaan.

Edmonds werkruimte bestond uit een transparante rechthoek die werd gedomineerd door de metallic blauwgrijze kubus die hij van beneden al had gezien en waarvan het glimmende oppervlak alles eromheen weerkaatste. Aan het eind van de ruimte, rechts van de kubus, bevond zich een fraai, strak ingericht kantoor met een hoefijzervormig bureau, drie reusachtige lcd-schermen en een reeks toetsenborden, verzonken in een werkblad van graniet.

'Het zenuwcentrum,' fluisterde Ambra.

Langdon knikte en zijn blik dwaalde naar de andere kant van de ruimte, waar wat gemakkelijke stoelen, een bank en een hometrainer stonden. Op de vloer lag een oosters tapijt.

Een mancave met een supercomputer. Langdon vermoedde dat Edmond tijdens het werken aan zijn project min of meer in de glazen doos had gewoond. Wat heeft hij hier ontdekt? Langdons twijfels waren verdwenen en hadden plaatsgemaakt voor een groeiende nieuwsgierigheid, een intellectuele hunkering om erachter te komen welke mysteries hier waren ontsluierd, welke geheimen er waren onthuld door de samenwerking van een genie en een krachtige computer.

Ambra was al over de glazen vloer naar de enorme kubus gelopen en staarde verbijsterd naar het glanzende blauwgrijze omhulsel. Toen Langdon naast haar ging staan, zagen ze zichzelf erin weerspiegeld.

Dit is een computer, dacht Langdon, maar in tegenstelling tot de installatie beneden was deze doodstil. Een levenloze, inerte monoliet in metallic blauwgrijs.

De blauwachtige kleur deed Langdon denken aan Deep Blue, een supercomputer uit de jaren negentig van de vorige eeuw, die de hele wereld versteld had doen staan door te winnen van schaakgrootmeester Garry Kasparov. De ontwikkelingen die de computertechnologie sindsdien had doorgemaakt, waren nauwelijks meer te bevatten.

'Wilt u hem vanbinnen zien?' klonk de stem van Winston uit de speakers boven hun hoofd.

Ambra keek verschrikt omhoog. 'Kan dat dan? Kunnen we ín de kubus kijken?'

'Waarom niet? Edmond zou er trots op zijn geweest u te laten zien hoe zijn uitvinding werkt.'

'Dat hoeft niet.' Ambra draaide zich om naar het bureau. 'Ik denk dat we beter met het wachtwoord aan de slag kunnen gaan. Hoe voeren we dat in?'

'Dat duurt maar een paar seconden. En we hebben nog meer dan elf minuten voordat we de presentatie moeten activeren. Dus ik zou zeggen, neem een kijkje.'

Vrijwel onmiddellijk schoof er in de zijkant van de kubus een paneel open met daarachter een dikke glasplaat. Langdon en Ambra tuurden naar binnen.

Langdon had verwacht opnieuw een dicht opeengepakte verzameling draden en knipperende lichtjes te zien, maar tot zijn verbijstering leek het donkere inwendige van de kubus leeg. Als een kamer met niets erin. Het enige wat hij zag, waren wat witte mistslierten, alsof hij in een inloopvriezer keek. Van het dikke plexiglazen paneel sloeg een ijzige kou af.

'Ik zie niks,' zei Ambra.

Langdon zag ook niets, maar was zich bewust van een zacht pulseren, afkomstig uit het inwendige van de kubus.

'Dat trage, pulserende ritme is de pulsbuiskoeler,' zei Winston. 'Die klinkt als het kloppen van het menselijk hart.'

Inderdaad. Langdon vond de vergelijking nogal verontrustend.

Dankzij het opgloeien van rode lichtjes begon het inwendige van de kubus geleidelijk aan zichtbaar te worden. Aanvankelijk zag Langdon slechts witte mist en een kale vloer – een lege, vierkante kamer. Maar naarmate de rode gloed krachtiger werd, zag hij boven die vloer iets glinsteren en herkende hij een complex gevormde metalen cilinder die als een stalactiet aan de bovenkant van de kubus hing.

'Dat is hem,' begon Winston. 'Dat is wat door de kubus op temperatuur moet worden gehouden.'

De cilindervormige constructie was ongeveer anderhalve meter hoog en bestond uit zeven ringen boven elkaar die naar beneden toe steeds kleiner werden, zodat er een taps toelopende zuil van schijven ontstond die met dunne verticale staven aan elkaar waren bevestigd. In de ruimte tussen de glanzende metalen schijven was een ijl maaswerk te zien van tere draden. Het geheel was omhuld door een ijzige mist.

'Dat is de E-Wave,' vertelde Winston. 'De grote sprong voorwaarts, als ik die term even mag lenen, ten opzichte van de D-Wave van de NASA en Google.'

Winston legde uit dat de D-Wave, de allereerste rudimentaire 'kwantumcomputer', een wereld van nieuwe mogelijkheden had ontsloten die zelfs wetenschappers nog amper konden bevatten. In plaats van gebruik te maken van een binaire methode om informatie op te slaan, werkte een kwantumcomputer met kwantumstaten van subatomaire deeltjes, met als gevolg een exponentiële toename van snelheid, vermogen en flexibiliteit.

'Edmonds kwantumcomputer verschilt in wezen niet eens zoveel van de D-Wave. Eén verschil is de metaalachtige kubus waarin de computer is ondergebracht. De kubus heeft een osmiumcoating. Osmium is een zeldzaam chemisch element met een extreem grote dichtheid, dat zorgt voor een verhoogde magnetische, thermische en kwantumshielding en dat bovendien, althans dat vermoed ik, Edmonds gevoel voor drama aansprak.'

Langdon glimlachte, want dat laatste had hij ook al bedacht.

'Terwijl Googles Quantum Artificial Intelligence Lab gebruikmaakte van computers als de D-Wave om het proces van *machine learning* te verbeteren, heeft Edmond met deze computer als het ware haasje-over gedaan. Met als enige verschil in aanpak een buitengewoon gedurfd idee...' Winston zweeg even. 'Dat van het bicamerisme. Het tweekamerstelsel.'

Langdon fronste. *Het bicamerisme? Zoals het Congres en de Senaat, het Hogerhuis en het Lagerhuis?*

'Het concept van het brein dat uit twee helften bestaat,' vervolgde Winston. 'De linker- en de rechterhelft.'

Dat was iets wat Langdon begreep. Een van de oorzaken van de menselijke creativiteit was het verschil in functioneren tussen de twee hersenhelften. De linkerhelft was analytisch en verbaal, terwijl de intuïtieve rechterhelft 'de voorkeur gaf' aan plaatjes boven woorden.

'Edmond besloot een kunstmatig brein te bouwen dat het menselijke imiteerde,' vervolgde Winston. 'Dat wil zeggen, een kunstmatig brein met een linker- en een rechterhelft. Hoewel het in dit geval geen kwestie is van links en rechts, maar van onder en boven.'

Langdon deed een stap naar achteren en keek door de glazen vloer naar de zacht pulserende installatie en vervolgens weer naar de stille stalactiet in de kubus. Twee verschillende computers die waren gekoppeld tot één bicameraal brein.

'Wanneer ze worden gedwongen samen te werken, hanteren de twee computers elk hun eigen aanpak bij het oplossen van problemen en ervaren ze dezelfde conflicten en compromissen als die welke tussen de twee helften van het menselijk brein optreden, waardoor de snelheid waarmee kunstmatige intelligentie zich data, creativiteit en in zekere zin ook... menselijkheid eigen maakt, aanzienlijk wordt versneld. In mijn geval heeft Edmond mij de tools gegeven om me een vorm van menselijkheid eigen te maken door de wereld om me heen te observeren en menselijke eigenschappen te incorporeren, zoals humor, het vermogen tot samenwerken, het ontwikkelen van waardeoordelen en zelfs een gevoel voor ethiek.'

Ongelooflijk, dacht Langdon. 'Dus deze supercomputer... dat ben jij...'

Winston lachte. 'Nee, deze supercomputer valt niet samen met mij. Net zomin als u samenvalt met uw fysieke hersenen. Wanneer u uw eigen hersenen in een bakje zou zien liggen, zou u niet zeggen: "Dat ben ik." Wij zijn de som van de interacties die binnen het systeem plaatsvinden.'

'Winston...' Ambra liep in de richting van Edmonds bureau. 'Hoeveel tijd hebben we nog voordat we het programma moeten activeren?'

'Zes minuten en drieënveertig seconden,' antwoordde Winston. 'Zullen we ons gereedmaken?'

'Graag.'

Het paneel schoof langzaam weer voor de glazen plaat. Langdon draaide zich om en voegde zich bij Ambra, die bij Edmonds bureau stond.

'Zeg Winston,' zei ze op dat moment. 'Gezien al het werk dat je met Edmond hebt gedaan, verbaast het me eigenlijk dat je geen idee hebt van wat hij heeft ontdekt.'

'Zoals ik al zei, mijn info is gecompartimenteerd. En ik beschik over dezelfde data als u. Dus ik kan er alleen naar gissen, gebaseerd op die data.'

Ambra liet haar blik door Edmonds kantoor gaan. 'Maar wat denk je?' drong ze aan.

'Tja, Edmond zei altijd dat door zijn ontdekking alles zou veranderen. Bij mijn weten hebben de meeste transformerende ontdekkingen in de geschiedenis allemaal geleid tot een nieuwe perceptie van het universum – doorbraken zoals Pythagoras' afwijzing van de opvatting dat de aarde plat was, het heliocentrisme van Copernicus, Darwins evolutietheorie en de ontdekking van de relativiteit door Einstein. Die hebben stuk voor stuk een ingrijpende verandering teweeggebracht in de manier waarop de mensheid naar de wereld kijkt en zijn van invloed geweest op onze huidige opvatting van het universum.'

Langdon keek naar de speaker boven hun hoofd. 'Dus jij denkt dat Edmond iets heeft ontdekt wat een nieuw model van het universum suggereert?'

'Dat is een logische conclusie.' Winston begon steeds sneller te praten. 'MareNostrum is een van de beste "modelling computers" ter wereld, gespecialiseerd in complexe simulaties, waarvan "Alya Red" de beroemdste is. "Alya Red" is een volledig functionerend, virtueel menselijk hart, nauwkeurig tot op het cellulaire niveau. Dankzij de recente toevoeging van een kwantumcomponent kan Edmonds installatie simulaties maken van systemen die miljoenen malen complexer zijn dan de menselijke organen.'

Langdon begreep het concept, maar kon zich nog altijd niet voorstellen welke simulaties Edmond kon hebben uitgevoerd om antwoord te geven op de vragen *Waar komen we vandaan?* en *Waar gaan we naartoe?*

'Winston?' riep Ambra vanaf Edmonds bureau. 'Hoe zetten we deze aan?'

'Ik zal u helpen.'

De drie reusachtige lcd-schermen op het bureau kwamen flikkerend tot leven. Bij het zien van de eerste beelden deinsden ze verschrikt achteruit.

'Winston... zijn deze beelden líve?' vroeg Ambra.

'Ja, van onze beveiligingscamera's buiten. Ik vond dat u dit moest weten. Ze zijn net gearriveerd.'

Op de schermen waren door een visooglens beelden te zien van de hoofdingang van de kerk, waar zich een legertje politiemensen had verzameld die op de bel drukten en in hun portofoons spraken.

'Maakt u zich geen zorgen,' stelde Winston hen gerust. 'Het zal ze niet lukken om binnen te komen. En over vier minuten beginnen we met uitzenden.'

'Waarom niet nu meteen?' drong Ambra aan.

'Ik denk dat Edmond de voorkeur zou hebben gegeven aan het hele uur, zoals beloofd,' antwoordde Winston onbewogen. 'Hij was een man van zijn woord. Bovendien hou ik in de gaten hoeveel mensen er op ons hebben afgestemd, en dat aantal stijgt nog steeds. Als die ontwikkeling zich doorzet, zal het aantal kijkers in de komende vijf minuten met 12,7 procent stijgen, en ik voorspel dat we een maximaal bereik zullen weten te genereren.' Winston zweeg even. Toen vervolgde hij: 'Ik moet zeggen, ondanks alles wat er vanavond is gebeurd, had de timing voor de bekendmaking niet beter gekund. Ik denk dat Edmond u beiden heel erg dankbaar zou zijn geweest.' Hij klonk aangenaam verrast.

88

Over minder dan vijf minuten is het zover. Langdon nam plaats achter Edmonds bureau. Zijn blik ging naar de drie reusachtige lcd-schermen die deze kant van de ruimte domineerden. Via de beveiligingscamera's waren de agenten te zien die nog steeds voor de ingang van de kerk stonden.

'Weet je zeker dat ze niet binnen kunnen komen?' Ambra stond achter Langdon, nerveus heen en weer schuifelend.

'Ik weet het zeker,' antwoordde Winston. 'Edmond nam de beveiliging van zijn werk heel serieus.'

'En als ze de stroom afsnijden?' opperde Langdon.

'We hebben een eigen installatie,' antwoordde Winston. 'En een reserve-voorziening met een royale overcapaciteit. Niemand kan de uitzending op dit moment nog verhinderen. Vertrouw me nou maar.'

Langdon besloot het los te laten. *Winston heeft zich nog niet één keer vergist. En hij is ons op alle fronten te hulp gekomen.*

In zijn stoel achter het hoefijzervormige bureau concentreerde Langdon zich op het ongebruikelijke toetsenbord vóór hem. Het had minstens twee keer het normale aantal toetsen – de gewone alfanumerieke en een stel toetsen met symbolen die zelfs hem niets zeiden. Het bord bestond bovendien uit twee helften, die als bij een gewoon ergonomisch toetsenbord enigszins schuin ten opzichte van elkaar stonden.

'Ik heb hier wel wat hulp bij nodig,' zei hij, starend naar de ongelooflijke verzameling opties.

'Dat is niet het goede toetsenbord,' antwoordde Winston. 'Dit is het centrale bedieningspaneel van de E-Wave. Zoals ik al zei, Edmond hield zijn presentatie voor iedereen geheim, ook voor mij. Het programma moet worden geactiveerd via een andere computer. Ga helemaal naar rechts, naar het uiteinde van het bureau.'

Langdon keek naar rechts, waar een rij van zes computers stond. Terwijl hij er met zijn stoel naartoe reed, besefte hij tot zijn verrassing dat de eerste daarvan al behoorlijk oud en achterhaald waren. Sterker nog, hoe verder hij naar rechts ging, hoe ouder de computers.

Dat kan toch niet kloppen, dacht hij bij het zien van een log ogende beige IBM PC-DOS die van tientallen jaren geleden moest dateren. 'Winston, wat doen deze hier?'

'Dat zijn Edmonds eerste computers, uit zijn jeugd,' antwoordde Winston. 'Hij heeft ze hier neergezet om hem eraan te herinneren waar hij vandaan komt. Soms, als het werk niet wilde vlotten, startte hij ze op en dan liet hij een oud programma draaien. Dat was zijn manier om terug te gaan naar de verwondering die hij als kind ervoer toen hij het programmeren ontdekte.'

'Wat een mooie gedachte,' zei Langdon.

'Net als de gedachte achter uw Mickey Mouse-horloge,' zei Winston.

Langdon keek verrast naar zijn pols en trok de mouw van zijn jasje iets omhoog, waardoor het stokoude horloge zichtbaar werd dat hij, sinds hij het als kind had gekregen, altijd was blijven dragen. Het verraste hem dat Winston wist van het bestaan van het horloge. Anderzijds, hij had Edmond nog niet zo lang geleden verteld waarom hij het droeg: om zichzelf eraan te herinneren dat hij jong van hart moest blijven.

'Robert,' zei Ambra, 'niet om het een of ander, maar kunnen we nu alsjeblieft het wachtwoord invoeren? Zelfs die muis van je staat te zwaaien. Volgens mij probeert hij je iets te vertellen.'

En inderdaad, Mickey stond met zijn hand boven zijn hoofd en wees met de wijsvinger van zijn witte handschoen bijna recht omhoog. *Nog drie minuten.*

Langdon gleed snel verder langs het bureau, en Ambra kwam naast hem staan bij de laatste computer in de rij: een logge, champignongrijze kist met een station voor floppydisks, een telefoonmodem met een snelheid van 1200 baud en een bolvormige 12 inch-monitor erbovenop.

'Een Tandy TRS-80,' zei Winston. 'Edmonds allereerste computer. Tweedehands gekocht toen hij acht was. Daarop heeft hij zichzelf Basic geleerd.'

Langdon zag tot zijn vreugde dat de stokoude computer al aanstond, met op het flikkerende zwart-witscherm een veelbelovende boodschap, in een gepixeld bitmapfont.

Welkom, Edmond.
Voer het wachtwoord in

Achter 'in' knipperde vol verwachting een zwarte cursor.

'Dit is hem?' Het leek Langdon bijna te simpel. 'Moet ik het wachtwoord hierin invoeren?'

'Ja. En zodra u dat hebt gedaan, stuurt de computer een geautoriseerde opdracht tot ontgrendelen naar het verzegelde gedeelte van de supercomputer waarin Edmonds presentatie is opgeslagen. Dan kan ik ervoor zorgen dat de presentatie om drie uur begint en de data doorgeven naar alle grote distributiekanalen om ze wereldwijd te relayeren.'

Langdon kon het min of meer volgen, maar terwijl hij naar de logge computer met zijn ouderwetse modem keek, kon hij een gevoel van verbijstering niet ontkennen. 'Winston, ik begrijp het niet. Edmond heeft het allemaal zo zorgvuldig voorbereid. Wat bezielt hem dan om de hele presentatie afhankelijk te maken van een telefoontje naar een prehistorisch modem?'

'Ook dat is weer typisch Edmond,' antwoordde Winston. 'Hij hield van drama, van symboliek, van geschiedenis. Volgens mij maakte het hem intens gelukkig om zijn allereerste computer te gebruiken voor de lancering van zijn grootste, zijn spectaculairste ontdekking.'

Inderdaad, echt iets voor Edmond.

'Bovendien vermoed ik dat Edmond maatregelen had getroffen, mocht zich iets onverwachts voordoen,' vervolgde Winston. 'Maar los daarvan, er schuilt logica in de constructie om een stokoude computer te gebruiken voor "het omzetten van de knop". Een simpele taak vereist een simpel instrument. En uit veiligheidsoverwegingen is het ook niet zo gek om een trage processor te gebruiken. Mocht iemand proberen het programma te hacken, dan is traagheid een voordeel. Want dat hacken zou dan ook heel traag gaan.'

'Robert?' drong Ambra weer aan. Ze stond nog altijd achter hem en gaf hem een kneepje in zijn schouder.

'Ja, sorry. Ik ben er helemaal klaar voor.' Langdon trok het toetsenbord van de Tandy naar zich toe. Het stugge, gedraaide snoer zag eruit als dat van een ouderwetse telefoon. Hij zette zijn vingers op de toetsen en dacht aan de regel tekst die Ambra en hij in de crypte van de Sagrada Família hadden gevonden.

De duistere religies hebben afgedaan & het licht der wetenschap straalt.

Het grootse slot van William Blakes beroemde gedicht *De Vier Zoas* leek de perfecte keuze om Edmonds wetenschappelijke ontdekking te onthullen. Een ontdekking waarvan hij had beweerd dat die alles zou veranderen.

Langdon haalde diep adem en typte zorgvuldig de dichtregel, zonder spaties en met 'et' in plaats van de ampersand.

Toen hij klaar was keek hij naar het scherm.

VOER WACHTWOORD IN

....

Robert telde de puntjes. Tweeënzestig.

Oké! Daar gaat-ie!

Zijn blik zocht die van Ambra. Ze knikte. En Langdon drukte op Enter.

Er klonk een dof gezoem.

WACHTWOORD ONJUIST
PROBEER OPNIEUW.

Langdons hart dreigde op hol te slaan.

'Ik heb het goed ingevoerd! Dat weet ik zeker!' Langdon draaide zich om naar Ambra, in de verwachting dat zij net zo geschokt zou zijn als hij.

In plaats daarvan keek ze geamuseerd op hem neer. Ze schudde haar hoofd en schoot in de lach.

'Professor,' fluisterde ze, wijzend naar zijn toetsenbord. 'U hebt Caps Lock aanstaan.'

Op datzelfde moment stond prins Julián als aan de grond genageld in het hart van de berg, verbijsterd door de ongerijmde aanblik van zijn vader, de Spaanse koning, die roerloos in een rolstoel zat, geparkeerd in de verste hoek van de basiliek.

Overspoeld door een golf van angst haastte Julián zich naar hem toe. 'Vader?'

Traag deed de koning zijn ogen open, alsof hij had zitten dutten. De zieke monarch schonk zijn zoon een ontspannen glimlach. 'Bedankt voor je komst, zoon,' fluisterde hij zwakjes.

Julián liet zich naast de rolstoel op zijn hurken zakken, opgelucht dat zijn vader nog leefde, maar ook geschrokken toen hij zag hoe dramatisch diens toestand in amper een paar dagen was verslechterd. 'Vader? Is alles goed met u?'

De koning haalde zijn schouders op. 'Naar omstandigheden redelijk,' antwoordde hij verrassend opgewekt. 'Maar hoe is het met jóú? Je hebt een nog-al... veelbewogen dag achter de rug.'

Julián wist niet wat hij daarop moest zeggen. 'Wat doet u hier, vader?'

'Ach, ik had behoefte aan wat frisse lucht.'

'Dat begrijp ik, maar waarom wilde u uitgerekend... hierheen?' Julián wist dat zijn vader de relatie tussen de basiliek en het wrede bewind dat hier werd herdacht altijd had verafschuwd.

'Majesteit!' Valdespino haastte zich om het altaar heen en voegde zich buiten adem bij hen. 'Wat doet u hier in hemelsnaam?'

De koning glimlachte naar de man met wie hij al zijn leven lang bevriend was. 'Antonio! Welkom.'

Antonio? Prins Julián had nog nooit gehoord dat zijn vader de bisschop met diens voornaam aansprak. In het openbaar gebruikte hij altijd 'monseigneur', de gepaste aanspreektitel voor een aartsbisschop.

Ook Valdespino leek verrast door het gebrek aan formaliteit. 'Dank u... dank u wel,' stamelde hij. 'Is alles goed met u?'

'Prima. Ronduit geweldig,' antwoordde de koning met een brede glimlach. 'Hoe kan het ook anders, nu ik jullie bij me heb. Niemand op de hele wereld is me zo vertrouwd, zo dierbaar als jullie dat zijn.'

Valdespino wierp Julián een ongemakkelijke blik toe en keerde zich toen weer naar de koning. 'Majesteit, ik heb gedaan wat u had gevraagd en uw zoon hierheen gebracht. Zal ik u dan nu maar alleen laten?'

'Nee, Antonio,' antwoordde de koning. 'Dit wordt een biecht. En daar heb ik mijn biechtvader bij nodig.'

Valdespino schudde zijn hoofd. 'Ik denk niet dat uw zoon verwacht dat u verantwoording aflegt voor uw beslissingen van vanavond. Ik weet zeker dat hij...'

'Van vanavond?' De koning schoot in de lach. 'Nee, Antonio, ik ga mijn zoon eindelijk het geheim opbiechten dat ik al veel te lang voor hem heb verzwegen.'

89

BREAKING NEWS

Kerk onder vuur!

Nee, het is deze keer niet Edmond Kirsch die de kerk onder vuur neemt. Het is de Spaanse politie!

De Iglesia Torre Girona in Barcelona wordt op ditzelfde moment bestormd door de plaatselijke politie. Er wordt beweerd dat Robert Langdon en Ambra Vidal zich in het gebouw bevinden, waar ze over slechts enkele minuten de presentatie van Edmond Kirsch zullen activeren, waarnaar door de hele wereld reikhalzend wordt uitgekeken.

Het aftellen is begonnen!

90

Opwinding maakte zich van Ambra Vidal meester toen de antieke computer een pinggeluid maakte na Langdons tweede poging om de dichtregel in te voeren.

WACHTWOORD CORRECT.

Goddank, dacht ze terwijl Langdon opstond en zich naar haar omdraaide. In een onstuimig gebaar van dankbaarheid sloeg ze haar armen om hem heen. *Edmond zou zo gelukkig zijn geweest!*

'Nog twee minuten en drieëndertig seconden,' meldde Winston.

Ambra liet Langdon los, waarop ze beiden naar de lcd-schermen boven hun hoofd keken. Op het middelste was een aftelklok verschenen die ze voor het laatst in het Guggenheim had gezien.

> De live-uitzending begint over 2 minuten en 33 seconden
> Huidige aantal kijkers 227.257.914

Meer dan tweehonderd miljoen? Ambra kon het niet geloven. Blijkbaar hadden de ogen van de hele wereld zich op Barcelona gericht terwijl Langdon en zij de halve stad door vluchtten. *Edmonds bereik heeft astronomische vormen aangenomen.*

Naast het aftelscherm waren nog altijd de livebeelden te zien van de beveiligingscamera's. Maar het ontging Ambra niet dat de situatie bij de ingang van de kerk was veranderd. In plaats van op de deur te bonzen en in hun portofoons te praten, hadden de agenten hun smartphone tevoorschijn gehaald. Het plein voor de kerk veranderde geleidelijk aan in een zee van bleke, gretige gezichten, verlicht door de gloed van de telefoons die de agenten in hun hand hielden.

De wereld is gestopt met draaien. Door Edmond. Ambra werd zich bewust van een intimiderend gevoel van verantwoordelijkheid nu de hele mensheid wachtte op een presentatie die hier, in deze zelfde ruimte, zou worden geactiveerd. Zou Julián kijken? Haastig zette ze hem uit haar gedachten.

'Het programma is klaargezet,' zei Winston. 'Volgens mij kunnen jullie beter naar de zithoek gaan. Dat is wat comfortabeler.'

'Dank je wel, Winston.' Langdon loodste Ambra, nog altijd op blote voeten, langs de metallic blauwgrijze kubus naar het zitgedeelte.

Ambra besefte dat ze ontspande zodra ze van de glazen vloer op het zachte tapijt stapte. Ze ging op de bank zitten en trok haar benen onder zich. 'Waar kunnen we de presentatie zien?' Ze keek om zich heen, op zoek naar een televisie.

Langdon hoorde het niet. Hij was naar een hoek van de ruimte gelopen waar iets zijn aandacht had getrokken. Ambra kreeg echter antwoord op haar vraag toen de hele wand van de zithoek van binnenuit begon te gloeien en er een vertrouwd beeld in het glas verscheen.

De live-uitzending begint over 1 minuut en 39 seconden
Huidig aantal kijkers: 227.501.173

De hele muur is een televisie!

Ambra keek naar het ruim twee meter hoge scherm, terwijl de lichten in de kerk langzaam werden gedimd. Winston deed er alles aan om te zorgen dat ze zich thuis voelden, klaar voor Edmonds grote spektakel.

Drie meter verderop, in de hoek van de kamer, stond Langdon als aan de grond genageld. Niet door de enorme televisie die de hele wand bleek te beslaan, maar door een klein object in een metalen vitrinekast met een glazen deur. Het stond op een fraaie sokkel, alsof het een onderdeel vormde van een tentoonstelling.

Het object was een reageerbuis, voorzien van een kurk en een etiket. De inhoud bestond uit een troebele, bruinige vloeistof. Aanvankelijk had Langdon gedacht dat het ging om een medicijn dat Edmond had geslikt. Totdat hij de tekst op het etiket las.

Dat bestaat niet! Hoe komt dit hier?

Er waren op de wereld niet veel beroemde reageerbuizen, maar deze kwam zonder enige twijfel voor die kwalificatie in aanmerking. *Die Edmond! Het is niet te geloven!* Langdon vermoedde dat Kirsch het wetenschappelijke artefact in de stille verkoop had weten te bemachtigen en er een enorm bedrag voor had betaald. Net zoals hij de *Gauguin* in het *Casa Milà heeft gekocht.*

Langdon liet zich op zijn hurken zakken en tuurde door het glas naar de decennia oude reageerbuis. Het plakband van het etiket was verbleekt en gerafeld, maar de twee namen waren nog duidelijk leesbaar: MILLER-UREY.

De haartjes in Langdons nek begonnen te prikken terwijl hij de namen nogmaals las.

MILLER-UREY.

Mijn god... Waar komen we vandaan?

In een poging die vraag te beantwoorden, hadden de scheikundigen Stanley Miller en Harold Urey in de jaren vijftig van de vorige eeuw een legendarisch en gedurfd experiment uitgevoerd. Hun poging was mislukt, maar hun inspanningen waren wereldwijd geprezen en de geschiedenis in gegaan als het Miller-Urey-experiment.

Langdon herinnerde zich hoe gefascineerd hij was geweest toen de biologieleraar op de middelbare school erover had verteld. Over de manier waarop de twee wetenschappers hadden geprobeerd de omstandigheden tijdens het ontstaan van de aarde na te bootsen. Een hete planeet, bedekt door een kolkende oceaan van kokende chemicaliën, zonder enige vorm van leven.

De oersoep.

Nadat ze de chemicaliën in die vroege oceanen en in de atmosfeer – water, methaan, ammoniak en waterstof – hadden samengevoegd, verhitten Miller en Urey het brouwsel om de kolkende zeeën na te bootsen. Dat brouwsel stelden ze vervolgens bloot aan elektrische ontladingen, om de bliksem te simuleren. Ten slotte lieten ze het mengsel afkoelen, net zoals de oceanen op de planeet uiteindelijk waren afgekoeld.

Hun doel was simpel en gedurfd: het doen ontstaan van leven in een levenloze oerzee. Het nabootsen van de 'Schepping', slechts gebruikmakend van de wetenschap.

Miller en Urey bestudeerden het brouwsel, in de hoop dat zich misschien primitieve micro-organismen zouden vormen in het rijk met chemicaliën gevulde mengsel. Een nog nooit vertoond proces, dat 'abiogenese' of 'spontane generatie' werd genoemd. Helaas hadden hun pogingen om 'leven' uit dode materie te scheppen niets opgeleverd, behalve een verzameling reageerbuizen met een inerte inhoud, die stonden te verstoffen in een donkere kast in een gebouw van de University of California in San Diego.

Tot op de huidige dag voeren creationisten het mislukken van het Miller-Urey-experiment op als wetenschappelijk bewijs dat het leven op aarde niet zonder de interventie van God kan zijn ontstaan.

'Nog dertig seconden,' klonk de stem van Winston uit de speakers.

Langdon schrok op uit zijn gedachten, kwam overeind en liet zijn blik door de verduisterde kerk gaan. Even eerder had Winston gezegd dat de grootste wetenschappelijke doorbraken ontdekkingen waren die hadden geleid tot nieuwe 'modellen' voor het universum. En hij had ook gezegd dat MareNostrum gespecialiseerd was in computer modelling: het simuleren van complexe systemen en het bestuderen van de ontwikkeling daarvan.

Het Miller-Urey-experiment is een vroeg voorbeeld van modelling, dacht Langdon. *Het simuleren van de complexe chemische interacties die zich in de oertijd op aarde hebben voorgedaan.*

'Robert!' riep Ambra van de andere kant van de kamer. 'Het begint!'

'Ik kom eraan.' Hij liep naar de zithoek, in het overweldigende besef dat hij misschien al een eerste glimp had gezien van Edmonds onderzoek.

Terwijl hij naar de bank liep, dacht hij terug aan Edmonds dramatische inleiding op de grazige weide van het Guggenheim. *Laten we vanavond in de* voetsporen treden van de vroege ontdekkingsreizigers, had hij toen gezegd. *Mensen die alles achterlieten en op weg gingen over grote oceanen. De tijd van de religie loopt ten einde. Een nieuwe tijd breekt aan. De tijd van de wetenschap. Stelt u zich eens voor dat we als door een wonder antwoord zouden krijgen op de grote levensvragen.*

Langdon ging naast Ambra zitten. Op het reusachtige scherm begon het dramatische aftellen van de laatste seconden.

Ambra nam hem onderzoekend op. 'Alles oké, Robert?'

Langdon knikte. Indringende muziek vulde de kamer, op het scherm verscheen Edmonds gezicht, anderhalve meter hoog. De gevierde futuroloog oogde mager, vermoeid, maar hij glimlachte breed in de camera.

'*Waar komen we vandaan?*' De opwinding in zijn stem steeg terwijl de muziek geleidelijk aan zachter werd. '*En waar gaan we naartoe?*'

Ambra pakte nerveus Langdons hand.

'Deze twee vragen zijn onderdeel van een en hetzelfde verhaal,' verklaarde Edmond. 'Dus laten we bij het begin beginnen. Bij het allereerste begin.'

Met een olijk gebaar reikte hij in zijn zak en haalde er een klein glazen object uit. Een reageerbuis met een donkere inhoud en met op het verbleekte etiket de namen Miller en Urey.

Langdons hart begon wild te slaan.

'Onze reis begint lang geleden... vier miljard jaar voor Christus... in de kolkende zee van de oersoep.'

91

Naast Ambra op de bank voelde Langdon een steek van verdriet terwijl hij keek naar het vaalbleke gezicht op het nabijliggende scherm en bedacht dat Edmond ten dode opgeschreven was geweest, maar zijn ziekte tegenover ie- dereen stil had gehouden. Toch straalden de ogen van de futurist nu van vreugde en opwinding.

'Straks ga ik u het verhaal van deze reageerbuis vertellen,' Edmond hield het glazen buisje omhoog. 'Maar laten we eerst een duik nemen...' In de oersoep. Het gezicht van Edmond verdween en over het scherm flitste een bliksem- schicht, die licht wierp op een kolkende oceaan waarin vulkanische eilanden lava en as uitbraakten in een onstuimige dampkring.

'Is hier het leven begonnen?' vroeg Edmond. 'Als een spontane reactie in een kolkende zee van chemicaliën? Of is het leven misschien begonnen met

91

Naast Ambra op de bank voelde Langdon een steek van verdriet terwijl hij keek naar het vaalbleke gezicht op het reusachtige scherm en bedacht dat Edmond ten dode opgeschreven was geweest, maar zijn ziekte tegenover iedereen stil had gehouden. Toch straalden de ogen van de futuroloog nu van vreugde en opwinding.

'Straks ga ik u het verhaal van deze reageerbuis vertellen.' Edmond hield het glazen buisje omhoog. 'Maar laten we eerst een duik nemen... in de oersoep.'

Het gezicht van Edmond verdween en over het scherm flitste een bliksemschicht, die licht wierp op een kolkende oceaan waarin vulkanische eilanden lava en as uitbraakten in een onstuimige dampkring.

'Is hier het leven begonnen?' vroeg Edmond. 'Als een spontane reactie in een kolkende zee van chemicaliën? Of is het leven misschien begonnen met een microbe op een meteoriet uit de ruimte? Of was het begin van het leven... het werk van God? We kunnen helaas niet teruggaan in de tijd om van dat moment getuige te zijn. Het enige wat we weten, is wat er ná dat moment gebeurde, na het moment waarop het eerste leven ontstond. Wat er daarna gebeurde, noemen we "evolutie". En die wordt doorgaans als volgt afgebeeld.'

Op het scherm verscheen de vertrouwde voorstelling van de menselijke evolutie: een primitieve aap op handen en voeten als begin van een reeks steeds meer rechtop lopende mensachtigen, waarvan de laatste volledig op twee benen liep en het meeste van zijn lichaamshaar had verloren.

'Ja, de mens is geëvolueerd,' zei Edmond. 'Dat is een onweerlegbaar, wetenschappelijk vastgesteld feit, en dankzij de fossiele geschiedenis hebben we een duidelijke tijdlijn kunnen opstellen. Maar wat zou er gebeuren als we de evolutie in omgekeerde volgorde konden waarnemen?'

Er begon haar te groeien op zijn gezicht, dat hoe langer hoe meer de trekken kreeg van de primitieve mens. De beenderstructuur veranderde en werd in toenemende mate aapachtig. Vervolgens versnelde het proces in een duizelingwekkend tempo en verschenen er beelden van steeds oudere soorten en levensvormen – maki's, luiaards, buideldieren, vogelbekdieren en longvissen – waarna de reeks onder water verderging en via alen en andere vissoorten muteerde naar geleiachtige levensvormen, plankton en amoebes, totdat er van Edmond Kirsch alleen nog een microscopisch kleine bacterie over was. Eén enkele pulserende cel in een eindeloze oceaan.

'De vroegste minuscule levensvormen,' zei Edmond. 'Verder komen we niet. Hier stopt onze teruggespoelde film. We hebben geen idee hoe die levensvormen hebben kunnen ontstaan in een zee van dode chemicaliën. Simpelweg omdat we het eerste beeld van deze film niet kunnen zien.'

$T = 0$, dacht Langdon, en hij stelde zich een soortgelijke teruggespoelde film voor, waarin van de steeds verder slinkende kosmos uiteindelijk niet meer overbleef dan een enkel stipje licht, zodat de kosmologen, net als Edmond, op een dood punt belandden.

'"Eerste Oorzaak",' vervolgde die. 'Dat is de term die Darwin gebruikte om dit ongrijpbare moment van de schepping aan te duiden. Hij bewees dat het leven voortdurend evolueerde, maar kon er niet achter komen hoe dat proces ooit was begonnen. Met andere woorden: Darwin toonde aan dat de best aangepasten overleefden, niet hoe het kon dat de best aangepasten überhaupt leefden.'

Langdon grinnikte. Die formulering was nieuw voor hem.

'Hoe ontstond het leven op aarde? Anders geformuleerd: *Waar komen we vandaan?*' Edmond glimlachte. 'In de nu volgende minuten krijgt u op die vraag antwoord. Maar hoe verbijsterend dat antwoord ook zal blijken te zijn, het is nog maar de helft van wat ik u vanavond ga vertellen.' Hij keek met een onheilspellende grijns recht in de camera. 'Want waar we vandaan komen mag dan fascinerend zijn... *waar we naartoe gaan* is ronduit schokkend.'

Ambra en Langdon wisselden een verbaasde blik, en ook al vermoedde Langdon dat dit weer een van Edmonds overdrijvingen was, hij begon zich toch steeds slechter op zijn gemak te voelen.

'De oorsprong van het leven...' vervolgde Edmond, '... is sinds de eerste scheppingsverhalen altijd een ondoorgrondelijk mysterie gebleven. Filosofen en wetenschappers zoeken al duizenden jaren naar iets wat getuigt van dat allereerste moment, naar iets wat het begin van het leven als het ware documenteert.'

Edmond hield de inmiddels vertrouwde reageerbuis omhoog. 'In de jaren vijftig voerden twee van die zoekenden, de scheikundigen Miller en Urey, een gedurfd experiment uit waarmee ze hoopten te kunnen aantonen hoe het leven ooit is begonnen.'

Langdon boog zich naar Ambra. 'Die reageerbuis staat dáár,' fluisterde hij, en hij wees naar de vitrinekast in de hoek.

Ze keek hem verrast aan. 'Wat moest Edmond daarmee?'

Langdon haalde zijn schouders op. Te oordelen naar de merkwaardige verzameling voorwerpen in Edmonds appartement was de reageerbuis simpelweg een stukje wetenschapsgeschiedenis waarvan hij het leuk had gevonden het in zijn bezit te hebben.

Edmond beschreef in korte bewoordingen de inspanningen van Miller en Urey om een simulatie te maken van de oersoep, in de hoop leven te creëren in een erlenmeyer gevuld met dode chemicaliën.

Op het scherm verscheen een artikel uit *The New York Times* van 8 maart 1953, getiteld 'Twee miljard jaar terug in de tijd'.

'Uit dit artikel blijkt dat Miller en Urey niet de enigen waren die zich met het simuleren van de oersoep bezighielden. Het zal duidelijk zijn dat er met de nodige scepsis op dit soort experimenten werd gereageerd,' zei Edmond. 'De implicaties hadden de wereld op zijn grondvesten kunnen doen schudden. Vooral de religieuze wereld. Als er op wonderbaarlijke wijze leven was ontstaan in deze reageerbuis, zouden we het sluitende bewijs hebben gehad dat er voor het scheppen van leven niet meer nodig was dan de wetten van de scheikunde. Dan hadden we niet langer een bovennatuurlijk wezen nodig gehad dat zich vanuit de hemel neerbuigt en ons de vonk van het leven schenkt. Dan zouden we hebben aangetoond dat het ontstaan van het leven een onvermijdelijk bijproduct is van de wetten van de natuur. En wat nog belangrijker is, dan zouden we moeten concluderen dat, als het leven hier op aarde spontaan was ontstaan, het bijna zeker ook elders in de kosmos voorkwam. Met andere woorden: de mens is niet uniek; de mens vormt niet het centrum van Gods universum; en de mens is niet alleen in de kosmos.'

Edmond slaakte een zucht. 'Maar zoals velen van u misschien weten, liep het Miller-Urey-experiment uit op een mislukking. Het enige wat het opleverde, waren wat aminozuren, maar niets wat zelfs maar in de buurt kwam van een vorm van leven. De twee scheikundigen hebben hun experiment herhaald met andere combinaties van ingrediënten, met andere warmtepatronen, maar het haalde allemaal niets uit. Het leek erop dat voor het ontstaan van leven goddelijke interventie nodig was, precies zoals gelovigen altijd hadden beweerd. Uiteindelijk staakten Miller en Urey hun experiment. De religieuze gemeenschap slaakte een zucht van verlichting, en de wetenschap was terug bij af.' Hij zweeg. Er dansten pretlichtjes in zijn ogen. 'Dat wil zeggen, tot 2007... toen zich een onverwachte ontwikkeling voordeed.'

Edmond vertelde hoe de vergeten reageerbuizen van het Miller-Urey-experiment na Millers dood waren herontdekt in een kast in een gebouw van de University of California in San Diego. Hoe Millers studenten de resultaten opnieuw hadden geanalyseerd, met gebruikmaking van de modernste, aanzienlijk verfijndere technieken, waaronder vloeistofchromatografie en massaspectometrie. Met waanzinnige resultaten. Er was gebleken dat het oorspronkelijke Miller-Urey-experiment veel meer aminozuren en complexe chemische verbindingen had opgeleverd dan Miller en Urey destijds hadden kunnen meten. In de nieuwste analyse van de inhoud van de reageerbuizen waren zelfs diverse belangrijke nucleobasen geïdentificeerd: de bouwstenen van het RNA, en misschien uiteindelijk zelfs van het DNA.

'Het was een verbazingwekkende wetenschappelijke ontdekking,' verklaarde Edmond. 'Een ontdekking die de theorie ondersteunde dat leven spontaan ontstond... zonder goddelijke interventie. Het had er alle schijn van dat het Miller-Urey-experiment wel degelijk succes had gehad, maar dat er alleen meer tijd nodig was om de combinatie van ingrediënten haar werk te laten doen. Daarbij moeten we één cruciaal aspect goed voor ogen houden: het leven evolueerde in de loop van miljarden jaren, en deze reageerbuizen stonden amper vijftig jaar in een kast. Als de tijdlijn van dit experiment in kilometers zou worden uitgedrukt, zouden we nog niet verder zijn gevorderd dan de allereerste centimeter...'

Hij zweeg even om dat beeld te laten doordringen.

'Onnodig te zeggen dat er sprake was van een acute wederopleving van het idee om leven te creëren in het lab,' vervolgde Edmond.

Dat herinner ik me nog, dacht Langdon. De biologische faculteit van Harvard gaf een feestje, dat werd aangekondigd als BYOB: Build Your Own Bacterium.

'Ook onnodig te zeggen dat er door de moderne religieuze leiders heftig op de ontdekking werd gereageerd.' Edmond maakte bij het woord 'modern' aanhalingstekens in de lucht.

Op de glazen wand die als televisiescherm fungeerde, verscheen de homepage van een website – creation.com – waarvan Langdon wist dat die onophoudelijk het doelwit was geweest van Edmonds hoon en woede. De organisatie was inderdaad behoorlijk agressief in de manier waarop ze het creationisme predikte, maar kon in alle redelijkheid niet representatief worden genoemd voor de 'moderne religieuze gemeenschap'.

Creation.com had als doelstelling: 'Het verkondigen van de waarheid en het gezag van de Bijbel, en het bevestigen van de betrouwbaarheid ervan, met name van het boek Genesis.'

'Deze site is populair, invloedrijk en bevat letterlijk tientallen blogs over de gevaren van het opnieuw analyseren van het werk van Miller en Urey,' zei Edmond. 'Maar de mensen van creation.com kunnen gerust zijn. Ze hebben niets te vrezen. Zelfs als dit experiment erin slaagt leven voort te brengen, zal dat waarschijnlijk nog twee miljard jaar duren.'

Edmond hield de reageerbuis weer omhoog. 'Zoals u zich kunt voorstellen, zou ik niets liever willen dan twee miljard jaar vooruitspoelen, de inhoud van de reageerbuis vervolgens opnieuw analyseren en bewijzen dat alle creationisten ernaast zitten. Helaas zou ik daar een tijdmachine voor nodig hebben.' Edmond zweeg, met een wrange trek om zijn mond. 'En dus... heb ik die gebouwd.'

Langdon keek naar Ambra, die zich sinds het begin van de uitzending nauwelijks had bewogen. Haar donkere ogen waren strak op het scherm gericht.

'Een tijdmachine is niet zo moeilijk te maken,' vervolgde Edmond. 'Dat zal ik u laten zien.'

Op het scherm verscheen een verlaten bar. Edmond ging naar binnen en liep naar de pooltafel. De ballen lagen in hun gebruikelijke driehoekige patroon, klaar om te worden weggestoten. Edmond pakte een keu, boog zich over de tafel en stootte de speelbal ferm naar de ballendriehoek.

Net voordat de bal de driehoek zou raken, riep Edmond: 'Stop!'

De speelbal lag acuut stil, als door toverkracht bevroren, vlak voor het moment van de botsing.

'Als ik u nu zou vragen te voorspellen welke ballen worden gepot, en in welke pocket, zou u dat dan kunnen?' vroeg Edmond met zijn blik op de bevroren spelsituatie. 'Nee, natuurlijk niet. Er zijn letterlijk duizenden opties. Maar als u een tijdmachine had, en u kon de tijd vijftien seconden vooruitspoelen... als u kon observeren wat er met de ballen gebeurt en dan kon terugkeren naar de huidige situatie? Geloof het of niet, vrienden, maar we beschikken nu over de technologie om dat te doen.'

Edmond gebaarde naar een reeks kleine camera's op de rand van de pooltafel. 'Door gebruik te maken van optische sensoren om snelheid, rotatie, richting en omwentelingsas te meten, kan ik een wiskundig snapshot maken van de beweging van de bal op elk gewenst moment. En met dat snapshot ben ik in staat extreem nauwkeurige voorspellingen te doen omtrent de toekomstige bewegingen van de bal.'

Langdon herinnerde zich dat hij ooit een golfsimulator had gebruikt die met een soortgelijke technologie werkte, en die met deprimerende nauwkeurigheid zijn neiging om de bal tussen de bomen te slaan had voorspeld.

Edmond haalde een grote smartphone tevoorschijn. Op het schermpje was het beeld zichtbaar van de pooltafel met de bevroren virtuele speelbal. Daarboven stond een reeks wiskundige vergelijkingen.

'Wanneer ik de exacte gegevens heb van de massa, de positie en de snelheid van de speelbal, kan ik de interactie met de andere ballen berekenen en de uitkomst voorspellen.' Hij tikte op het scherm en de virtuele speelbal kwam weer in beweging, beukte tegen de andere ballen, schoot ze weg en potte er vier.

'Vier ballen,' zei Edmond met zijn blik op de telefoon. 'Niet gek.' Hij keek weer in de camera. 'Gelooft u me niet?'

Hij knipte met zijn vingers boven de echte pooltafel, de speelbal schoot over de tafel, beukte tegen de andere ballen en potte er vier. In exact dezelfde pockets als de virtuele speelbal dat had gedaan.

'Tijdmachine is misschien wat sterk uitgedrukt,' gaf Edmond grijnzend toe. 'Maar we kunnen er wel mee in de toekomst kijken. En dat niet alleen, het stelt me ook in staat de omstandigheden te veranderen. Zo kan ik bijvoorbeeld de weerstand wegnemen, met als gevolg dat de ballen nooit vertragen... dat ze blijven doorrollen, totdat de laatste is gepot.'

Hij typte iets in op zijn telefoon om de simulatie nogmaals te activeren. Na de beginstoot vertraagden de kaatsende ballen niet, maar bleven over de tafel heen en weer schieten, totdat ze op twee na allemaal waren gepot.

'En als ik niet het geduld heb om te wachten tot ook die twee laatste zijn gepot, kan ik het proces gewoon vooruitspoelen.' Edmond tikte weer op het scherm; de laatste twee ballen versnelden en schoten als wazige flitsen over de tafel totdat ze in een pocket vielen. 'Op deze manier kan ik in de toekomst kijken. Ik kan toekomstige situaties zien, lang voordat ze zich voordoen. Computersimulaties zijn in wezen niets anders dan virtuele tijdmachines.' Hij zweeg even. 'Natuurlijk is dit allemaal redelijk simpele wiskunde, in een beperkt en gesloten systeem als een pooltafel. Maar hoe werkt het in een complexer systeem?'

Edmond hield de reageerbuis weer omhoog. 'Ik denk dat u al weet waar ik heen wil. Computersimulaties zijn een soort tijdmachine en geven ons een kijkje in de toekomst... misschien zelfs miljarden jaren in de toekomst.'

Ambra ging verzitten, zonder haar blik van het scherm af te wenden.

'Zoals u begrijpt, ben ik niet de eerste wetenschapper die droomt van het simuleren van de oersoep,' vervolgde Edmond. 'Het is een voor de hand liggend experiment, maar de uitvoering is door de complexiteit ervan een nachtmerrie.'

Op het scherm verschenen opnieuw onstuimige oerzeeën en bliksemschichten, vulkanen en reusachtige golven. 'Voor het simuleren van de chemische processen waaruit een oceaan bestaat, moeten we tot het moleculaire niveau gaan. Dat is te vergelijken met een dusdanig nauwkeurige weersvoorspelling, dat we op elk moment de exacte locatie van elk luchtmolecuul zouden kennen. Een zinvolle simulatie van de oerzee zou dan ook een computer vereisen die niet alleen de wetten van de natuurkunde beheerst – beweging, thermodynamica, zwaartekracht, behoud van energie, enzovoort – maar ook de chemische processen, om op die manier exact de verbindingen te herscheppen die optreden tussen de atomen in de chaos van een kokende oceaan.'

Het beeld verdween onder water, onder de golven van een oceaan, en focuste op een enkele druppel water, oneindig vergroot, waardoor te zien was hoe daarbinnen turbulent wervelende atomen en moleculen verbindingen aangingen en zich splitsten.

'Helaas moeten voor een simulatie met zoveel variabelen gigantische hoeveelheden data worden verwerkt. Iets waartoe geen enkele computer ter wereld in staat is.' Edmonds ogen begonnen te glinsteren. 'Hoewel... er is één computer die deze uitdaging aankan.'

De schallende klanken van een orgel speelden de beroemde akkoordenreeks waarmee Bachs Toccata & Fuga in D-klein begon, en op het scherm verscheen een groothoekopname van Edmonds reusachtige, twee verdiepingen hoge computer.

'De E-Wave,' fluisterde Ambra. Het was voor het eerst in minuten dat ze iets zei.

Langdon staarde naar het scherm. *Maar natuurlijk... het is briljant!*

Begeleid door de indringende orgelmuziek gaf Edmond een bevlogen rondleiding door zijn supercomputer, met als hoogtepunt de onthulling van zijn 'kwantumkubus'. De orgelmuziek bereikte met een donderend akkoord haar hoogtepunt. Edmond trok letterlijk alle registers open.

'Wat ik hiermee duidelijk wil maken, is dat de E-Wave in staat is het Miller-Urey-experiment in de virtuele werkelijkheid te herhalen. Met een ongelooflijke nauwkeurigheid. Uiteraard kan ik niet de hele oerzee simuleren, dus heb ik hetzelfde gesloten systeem met een inhoud van vijf liter gebruikt als waarmee Miller en Urey hun experiment hebben uitgevoerd.'

Op het scherm verscheen een virtuele erlenmeyer gevuld met chemicaliën. De inhoud werd steeds verder uitvergroot, totdat het atomaire niveau was bereikt en atomen zichtbaar werden die in het verhitte mengsel rondstuiterden, verbindingen aangingen en zich splitsten, onder invloed van temperatuur, elektriciteit en fysieke beweging.

'Dit model incorporeert alle kennis die we over de oersoep hebben verzameld sinds Miller en Urey hun experiment uitvoerden, met inbegrip van de vermoedelijke aanwezigheid van hydroxylradicalen uit geëlektriseerde stoom en carbonylzwavelverbindingen afkomstig van vulkanische activiteit, en rekening houdend met de effecten van de "reducerende atmosfeer".'

In de nog altijd kolkende virtuele vloeistof op het scherm begonnen zich trossen atomen te vormen.

'Laten we het proces vooruitspoelen...' Edmond klonk nu opgewonden. De beelden versnelden, werden minder scherp en toonden de vorming van steeds complexere chemische verbindingen. 'Na een week verschijnen de aminozuren die ook Miller en Urey zagen.' De beelden versnelden weer, werden opnieuw onscherp. 'En wanneer we verdergaan... vijftig jaar verder... zien we de eerste tekenen die duiden op de bouwstenen van het RNA.'

De vloeistof kolkte, sneller en sneller.

'En het proces gaat verder!' Edmond klonk steeds geëmotioneerder.

Op het scherm gingen de moleculen nog altijd verbindingen aan en nam de complexiteit van de structuren toe naarmate het programma eeuwen, duizenden jaren, miljoenen jaren vooruitspoelde. En terwijl de beelden met duizelingwekkende snelheid voorbijschoten, vroeg Edmond juichend: 'En raad eens wat er uiteindelijk in deze erlenmeyer ontstond?'

Langdon en Ambra bogen zich opgewonden naar voren.

Edmonds uitgelaten gezicht werd van het ene op het andere moment somber. 'Helemaal niéts. Geen leven. Geen spontane chemische reactie. Geen moment van schepping. Alleen een mengelmoes van dode chemicaliën.' Hij slaakte een diepe zucht. 'Er was maar één logische conclusie mogelijk.' Hij keek zwaarmoedig in de camera. 'Voor het scheppen van leven... is God nodig.'

Langdon was in shock. Wát?

Toen verscheen er een lome, vluchtige grijns op Edmonds gezicht. 'Of misschien was ik één ingrediënt vergeten. Eén ingrediënt dat van cruciaal belang is voor het recept.'

92

Ambra Vidal zat als gehypnotiseerd te kijken en stelde zich voor hoe miljoenen mensen over de hele wereld op ditzelfde moment, net als zij, volledig opgingen in Edmonds presentatie.

'Wat was dat ingrediënt?' vroeg Edmond. 'Wat was ik vergeten en waarom weigerde mijn oersoep leven te produceren? Ik had geen idee. En dus deed ik wat alle succesvolle wetenschappers doen. Ik vroeg het aan iemand die slimmer is dan ik!'

Op het scherm verscheen een geleerd bebrild vrouwengezicht: dr. Constance Gerhard, biochemicus, verbonden aan Stanford University. 'Wat we moeten doen om leven te creëren?' De wetenschapper schoot in de lach. 'Dat kunnen we niet! Daar lopen we op stuk. Wanneer het gaat om het scheppingsproces – het overschrijden van de drempel tussen dode chemicaliën en levende organismen – staan we als wetenschappers met lege handen. Er is geen enkel chemisch proces dat het ontstaan van leven kan verklaren. Sterker nog, het concept van cellen die zich organiseren tot levensvormen, lijkt lijnrecht in strijd te zijn met de wet van de entropie!'

'Entropie!' herhaalde Edmond, wandelend over een prachtig strand. 'Entropie is een chique manier om te zeggen: uiteindelijk valt alles uit elkaar. In de taal van de wetenschap: "elk georganiseerd systeem degenereert".' Edmond knipte met zijn vingers en aan zijn voeten verscheen een fraai zandkasteel. 'Ik heb miljoenen zandkorrels georganiseerd tot een kasteel. Laten we eens zien wat het universum daarvan vindt.' Enkele seconden later kwam er een golf aanrollen die het kasteel wegspoelde. 'En inderdaad, het universum heeft mijn georganiseerde korrels gevonden en ze gedesorganiseerd. Ze verspreid over het strand. Dat is een typisch voorbeeld van entropie. Golven die op het strand spoelen deponeren daar nooit zandkorrels die al samen een kasteel vormen. Entropie maakt een einde aan structuur. Zandkastelen verschijnen nooit spontaan in het universum. Ze verdwijnen alleen maar.'

Edmond knipte opnieuw met zijn vingers. Nu stond hij in een smaakvol ogende keuken. 'Wanneer je koffie verhit' – hij haalde een dampende mok uit een magnetron – 'concentreer je warmte-energie in een mok. Als je die mok een uur op het aanrecht laat staan, vervliegt de hitte en verspreidt zich, net als die korrels zand. Opnieuw een voorbeeld van entropie. En het proces is onomkeerbaar. Hoelang je ook wacht, het universum zal je koffie niet opnieuw verhitten.' Edmond glimlachte. 'Net zomin als een geklutst ei ontklutst kan worden of een weggespoeld zandkasteel weer opgebouwd.'

Ambra herinnerde zich dat ze ooit een installatie in een museum had gezien die *Entropie* heette: een verzameling steeds verder verkruimelde cementblokken, waarvan het laatste nog slechts een bergje gruis was geweest.

Dr. Gerhard, de bebrilde wetenschapper, verscheen weer op het scherm. 'We leven in een entropisch universum. Een wereld waarin de wetten van de natuur niet organiseren maar randomiseren. Dus de vraag is: hoe kunnen dode chemicaliën zich organiseren tot complexe levensvormen? Ik ben nooit gelovig geweest, maar ik moet bekennen dat het ontstaan van het leven het enige wetenschappelijke raadsel is waardoor ik het bestaan van een Schepper heb overwogen.'

Edmond verscheen weer in beeld. Hoofdschuddend. 'Ik vind het altijd ontmoedigend wanneer intelligente mensen het woord "Schepper" in de mond nemen...' Hij haalde blijmoedig zijn schouders op. 'Maar dat doen ze omdat de wetenschap simpelweg geen bevredigende verklaring heeft voor de oorsprong van het leven. Voor wie zoekt naar een onzichtbare, ordenende kracht in een chaotisch universum zijn er echter aanzienlijk simpeler antwoorden dan "God".'

Edmond hield een papieren bord met ijzervijlsel omhoog. Vervolgens haalde hij een grote magneet tevoorschijn en hield die onder het bord. Onmiddellijk vormde het ijzervijlsel zich tot een keurig geordend boogvormig patroon. 'Een onzichtbare kracht heeft dit ijzervijlsel geordend. Was God die kracht? Nee... het is simpelweg een kwestie van elektromagnetisme.'

Het volgende beeld toonde Edmond naast een grote trampoline. Verspreid over het strakgespannen oppervlak lagen honderden knikkers. 'Een willekeurige, chaotische verzameling knikkers. Maar als ik dit doe...' Hij legde een bowlingbal op het elastische doek en gaf hem een zetje. Door het gewicht ontstond er een diepe kuil in het doek, de knikkers rolden ernaartoe en vormden een kring rond de bal. 'De ordenende hand van God?' Edmond zweeg even. 'Nee... in dit geval was het de zwaartekracht.'

Hij verscheen in close-up. 'Hieruit blijkt dat het leven niet het enige voorbeeld is van een universum dat orde creëert. Niet-levende moleculen organiseren zich voortdurend tot complexe structuren.'

Op het scherm verscheen een opeenvolging van beelden – een tornado, een sneeuwvlok, de gerimpelde bedding van een rivier, een kwartskristal, de ringen van Saturnus.

'Zoals u ziet kunnen we in sommige gevallen wel degelijk zeggen dat het universum materie ordent. Wat lijnrecht in strijd lijkt met de wet van de entropie.' Edmond slaakte een zucht. 'Dus hoe zit het nou? Geeft het universum de voorkeur aan orde? Of aan chaos?'

Edmond kwam weer in beeld. Hij liep op het pad naar de beroemde koepel van het Massachusetts Institute of Technology. 'Volgens de meeste natuurkundigen is het antwoord: chaos. De entropie regeert, en het universum desintegreert voortdurend tot chaos. Een nogal deprimerende boodschap.' Edmond keek grijnzend in de camera. 'Maar ik heb vandaag een afspraak met een briljante natuurkundige die gelooft dat het niet zo zwart-wit is. Dat er een – ogenschijnlijke – ongerijmdheid bestaat die antwoord zou kunnen geven op de vraag hoe het leven ooit is begonnen.'

Jeremy England?

Langdon was stomverbaasd bij het zien van de naam van de natuurkundige. De jeugdige hoogleraar aan het MIT – hij was ergens in de dertig, schatte Langdon – was in de academische wereld van Boston op het schild gehesen nadat hij wereldwijd opzien had gebaard in een nieuw vakgebied, de kwantumbiologie.

Het toeval wilde dat Jeremy England en Langdon allebei op de Phillips Exeter Academy hadden gezeten. Langdon was de naam van de natuurkundige voor het eerst tegengekomen in het blad voor oud-leerlingen van de school, waarin England een artikel had gepubliceerd: 'Het Dissipatieve adaptieve systeem'. Hoewel Langdon het slechts oppervlakkig had gelezen en er weinig van had begrepen, had hij het intrigerend gevonden dat zijn mede-'Exie' niet alleen een briljant natuurkundige was, maar ook een diepreligieuze orthodoxe jood.

Langdon begon te begrijpen waarom Edmond zo in Englands werk geïnteresseerd was geweest.

Er verscheen een nieuw gezicht op het scherm, van de natuurkundige Alexander Grosberg, verbonden aan New York University. 'We hopen natuurlijk allemaal vurig dat Jeremy England het principe heeft geïdentificeerd dat ten grondslag ligt aan de oorsprong en de evolutie van het leven,' aldus Grosberg.

Langdon ging geboeid iets meer rechtop zitten. Ambra deed hetzelfde.

Er verscheen weer een nieuw gezicht op het scherm. 'Als England zijn theorie kan bewijzen,' verklaarde historicus Edward J. Larson, winnaar van de Pulitzerprijs, 'zou hij wel eens de geschiedenis in kunnen gaan als de nieuwe Darwin.'

Mijn god. Langdon wist dat Jeremy England voor opschudding had gezorgd, maar dit klonk als een aardbeving.

Carl Frank, als natuurkundige verbonden aan Cornell University, voegde eraan toe: 'Zo eens in de dertig jaar is er sprake van een baanbrekende ontdekking, een reuzensprong voorwaarts... Ik acht het niet onmogelijk dat England daarvoor gaat zorgen.'

In snelle opeenvolging verscheen er een reeks koppen op het scherm:

GAAT DEZE WETENSCHAPPER BEWIJZEN DAT GOD NIET BESTAAT?

VERNIETIGENDE KLAP VOOR HET CREATIONISME

BEDANKT, GOD. WE KUNNEN HET VERDER WEL ALLEEN AF

De lijst met koppen ging maar door, aangevuld met citaten uit de grote wetenschappelijke bladen, die allemaal hetzelfde leken te zeggen: als Jeremy

England zijn theorie kon bewijzen, zouden de implicaties wereldschokkend zijn; niet alleen voor de wetenschap, maar ook voor de religieuze wereld.

Langdon keek naar de laatste kop op het scherm, afkomstig uit het onlinemagazine *Salon* van 3 januari 2015.

GOD HANGT IN DE TOUWEN: DE BRILJANTE NIEUWE WETENSCHAP DIE CREATIONISTEN EN BEHOUDENDE CHRISTENEN DOET SIDDEREN

Jonge hoogleraar MIT maakt werk Darwin af – en dreigt alles onderuit te halen wat door maffe traditionalisten wordt gekoesterd.

Edmond verscheen weer op het scherm. Hij liep door de gang van een universiteit. 'Wat is deze baanbrekende ontdekking, deze reuzensprong voorwaarts, die creationisten de stuipen op het lijf heeft gejaagd?'

Met een stralend gezicht hield Edmond stil voor een deur met daarop: ENGLANDLAB@MITPHYSICS.

'Kom, we gaan naar binnen en vragen het Jeremy zelf.'

Het jeugdige gezicht dat op het scherm in Edmonds werkruimte verscheen, was dat van natuurkundige Jeremy England. Een lange, magere man met een onverzorgde baard en een licht verbaasde glimlach. Hij stond voor een schoolbord vol wiskundige vergelijkingen.

'Laat ik om te beginnen zeggen dat mijn theorie niet bewezen is,' stak England welwillend van wal. 'Het is een theorie, niet meer dan dat. Een idee.' Hij haalde bescheiden zijn schouders op. 'Anderzijds, als we het bewijs ooit rondkrijgen, zullen de implicaties vérstrekkend zijn.'

In de daaropvolgende drie minuten zette de natuurkundige zijn theorie uiteen, die verrassend simpel was, zoals dat gold voor de meeste concepten die leidden tot veranderingen in de paradigma's van de mensheid.

Als Langdon het allemaal goed begreep, kwam de theorie van Jeremy

England erop neer dat het functioneren van het universum werd bepaald door slechts één enkel directief. Door slechts één enkele doelstelling.

De verspreiding van energie.

Simpeler verwoord: wanneer het universum stuitte op gebieden van geconcentreerde energie, ging het aan het werk om die energie te verspreiden. Het klassieke voorbeeld, zoals Kirsch dat al had genoemd, was dat van de mok hete koffie op het aanrecht. Die koelde onvermijdelijk af en verspreidde zijn hitte naar andere moleculen in de kamer, in overeenstemming met de tweede wet van de thermodynamica.

Ineens begreep Langdon waarom Edmond hem naar de scheppingsmythen en -legenden van de wereld had gevraagd, die zonder uitzondering spraken over energie en licht die zich oneindig verspreidden en de duisternis verdreven.

England geloofde echter in het bestaan van een ogenschijnlijke ongerijmdheid die verband hield met de manier waarop het universum energie verspreidde.

'We weten dat het universum entropie en ordeloosheid bevordert,' zei England. 'Daarom is het verrassend dat er zoveel voorbeelden zijn van moleculen die zich organiseren.'

Op het scherm verschenen diverse beelden die al eerder te zien waren geweest – een tornado, de rimpelige bedding van een rivier, een sneeuwvlok.

'Dit zijn allemaal voorbeelden van "dissipatieve structuren" – verzamelingen moleculen die zich hebben gerangschikt in een structuur, waardoor ze een systeem helpen zijn energie efficiënter te verspreiden.'

England legde uit dat tornado's het instrument waren van de natuur om een gebied met een sterk geconcentreerde hoge druk te verdrijven door het te veranderen in een roterende kracht die zichzelf ten slotte uitputte. Hetzelfde gold voor de gerimpelde bedding van een rivier, die de energie van het snelstromende water onderschepte en verspreidde. Sneeuwvlokken verspreidden de energie van de zon door veelzijdige structuren te vormen die het licht zonder enige ordening naar alle kanten terugkaatsten.

'Simpel uitgedrukt komt het erop neer,' vervolgde England, 'dat materie zich organiseert om te komen tot een betere verspreiding van energie.' Hij glimlachte. 'In een poging ordeloosheid te bevorderen, creëert de natuur kleine enclaves van orde. Deze enclaves zijn structuren die de chaos van een systeem bevorderen en die daardoor de entropie versterken.'

Langdon had het nooit zo gezien, maar England had gelijk; de voorbeelden waren alomtegenwoordig. Langdon stelde zich een donderwolk voor. Wanneer de wolk door een statische elektrische lading georganiseerd raakte, schiep het universum een bliksemschicht. Met andere woorden, de wetten van de natuurkunde schiepen mechanismen om energie te verspreiden. De bliksemschicht dreef de energie van de wolk naar de aarde, verspreidde die en bevorderde daardoor de algehele entropie van het systeem.

Het efficiënt scheppen van chaos vereiste een zekere mate van orde, besefte Langdon.

Hij vroeg zich af of de atoombom kon worden gezien als een instrument van entropie – een samenballing van zorgvuldig georganiseerde materie, bedoeld om chaos te scheppen. Hij haalde zich het wiskundige symbool voor entropie voor de geest en besefte dat het eruitzag als een explosie, of als de oerknal: een verspreiding van energie naar alle kanten.

'Wat doen we met die constatering?' vroeg England. 'Wat heeft entropie te maken met de oorsprong van het leven?' Hij liep naar zijn schoolbord. 'Het leven, zo blijkt, is een uitzonderlijk doelmatig instrument voor het verspreiden van energie.'

Hij tekende een zon die zijn energie naar beneden straalde, naar een boom. 'Een boom absorbeert de intense energie van de zon, gebruikt die om te groeien en straalt infrarood licht uit, een veel minder geconcentreerde vorm van energie. Fotosynthese is een buitengewoon effectief entropiemechanisme. De geconcentreerde energie van de zon wordt door de boom opgelost en afgezwakt, hetgeen resulteert in een toename van de entropie van het universum als geheel. Hetzelfde kan worden gezegd van alle levende organismen, inclusief mensen, die georganiseerde materie verteren in de vorm van voedsel, deze omzetten in energie en als hitte afgeven aan het universum. Samenvattend geloof ik dat het leven niet alleen de wetten van de natuurkunde gehoorzaamt, maar dat het ook dankzij die wetten is begonnen.'

Opwinding maakte zich van Langdon meester toen hij besefte hoe logisch dit klonk, hoe helder en direct de logica was van Englands betoog: als de zon zijn krachtige licht op een stuk vruchtbare grond liet schijnen, zorgden de wetten van de natuurkunde ervoor dat er een plant groeide, die de energie van de zon vervolgens verspreidde. Als zwavelkraters in de oceaanbodem gebieden creëerden waar het water het kookpunt bereikte, ontstond daar leven. En dat leidde vervolgens tot het verspreiden van de aanwezige energie.

'Wat ik hoop,' vervolgde England, 'is dat we op een dag een manier zullen vinden om te bewijzen dat het leven inderdaad spontaan is ontstaan uit dode materie... simpelweg als een gevolg van de wetten van de natuurkunde.'

Fascinerend, peinsde Langdon. Een heldere wetenschappelijke theorie die verklaart hoe het leven spontaan is ontstaan... zonder goddelijke interventie.

'Ik ben gelovig, maar mijn geloof is net als de wetenschap altijd een werk in uitvoering geweest,' verklaarde England. 'Ik onderzoek deze theorie over het ontstaan van het leven zonder daar spirituele vragen bij te stellen. Ik probeer simpelweg de werking van het universum te beschrijven. De spirituele implicaties laat ik over aan geestelijken en filosofen.'

Zo jong en al zo wijs, dacht Langdon. *Als zijn theorie ooit kan worden bewezen, zal dat over de hele wereld inslaan als een bom.*

'Voorlopig hoeft niemand zich zorgen te maken,' zei England. 'Om voor de hand liggende redenen is het extreem moeilijk deze theorie te bewijzen.

Samen met mijn team heb ik wat ideeën ontwikkeld voor het simuleren van dissipatieve systemen, maar zover zijn we nog lang niet. Dat duurt nog jaren.'

Op het scherm maakte Englands gezicht plaats voor Edmond, staande naast zijn kwantumcomputer. 'Maar bij mij duurt het geen jaren meer. Want ik heb me de laatste jaren beziggehouden met de computersimulaties waar England op doelt.'

'Als zijn theorie klopt...' Edmond liep naar zijn werkplek. 'Dan kan het complete besturingssysteem van de kosmos worden samengevat in één overkoepelende opdracht: verspreid energie!'

Edmond ging achter zijn bureau zitten en begon als een razende op zijn enorme toetsenbord te typen. Op de schermen die voor hem stonden verschenen vreemd ogende computercodes. 'Ik ben weken bezig geweest om het hele experiment dat eerder was mislukt, in te programmeren. En daarbij heb ik in het systeem een fundamentele doelstelling ingebed; een raison d'être. Ik heb het systeem opdracht gegeven tot elke prijs energie te verspreiden. Ik heb er bij de computer op aangedrongen zo creatief mogelijk te zijn bij zijn inspanningen om de entropie in de oersoep te versterken. En ik heb de computer toestemming gegeven alle tools te ontwikkelen die hij dacht nodig te hebben om dat te bereiken.'

Edmond hield op met typen en draaide zijn stoel naar zijn publiek. 'Toen heb ik de simulatie laten draaien, en er gebeurde iets ongelooflijks. Want het bleek dat ik erin was geslaagd het "ontbrekende ingrediënt" in mijn virtuele oersoep te identificeren.'

Langdon en Ambra keken gespannen naar het scherm, waarop Edmonds computermodel aanschouwelijk werd gemaakt. Opnieuw dook het beeld diep in de kolkende oersoep en vergrootte deze tot het subatomaire niveau, waar te zien was hoe de chemicaliën rondstuiterden, verbindingen aangingen, en hoe die verbindingen zich ook weer met elkaar verbonden.

'Terwijl ik het proces vooruitspoelde en het verstrijken van eeuwen simuleerde, zag ik de aminozuren van Miller en Urey vorm aannemen,' vertelde Edmond.

Langdon had geen verstand van scheikunde, maar hij herkende het beeld op het scherm als een keten van eiwitten. Het proces ging verder. Nu zag hij steeds complexere moleculen ontstaan die zich verbonden tot een soort honingraat van zeshoeken.

'Nucleotiden!' riep Edmond terwijl de zeshoeken doorgingen verbindingen aan te gaan. 'Wat we hier zien, is een proces van duizenden jaren. En wanneer we verder vooruitspoelen zien we de eerste vage tekenen van het ontstaan van structuren verschijnen!'

Een van de nucleotideketenen begon zich tot een spiraal te krullen. 'Ziet u dat?' vroeg Edmond aan zijn publiek. 'Er zijn inmiddels miljoenen jaren verstreken en het systeem probeert een structuur te creëren. Met als doel het verspreiden van energie, precies zoals England voorspelde!'

Kijkend naar de simulatie zag Langdon tot zijn verbijstering hoe de kleine spiraal zich in tweeën splitste en zijn structuur uitbreidde tot de maar al te bekende dubbelspiraal van de beroemdste chemische verbinding ter wereld.

'Mijn god, Robert...' fluisterde Ambra. Ze keek hem met grote ogen aan. 'Is dat...'

'DNA,' beantwoordde Edmond haar vraag, terwijl hij het beeld bevroor. 'Daar is het! DNA, de basis van elke levensvorm. De biologische code van het leven. Waarom, vraagt u zich nu af, zou een systeem dat het verspreiden van energie tot doel heeft DNA ontwikkelen? Dat zal ik u zeggen. Omdat vele handen licht werk maken! Een woud van bomen verspreidt meer zonlicht dan een enkele boom. Als je een instrument bent om de entropie te bevorderen, is het maken van kopieën van jezelf de gemakkelijkste manier om je werk te doen.'

Edmonds gezicht verscheen weer op het scherm. 'Vanaf dit punt in de simulatie was ik getuige van iets magisch! Ik was getuige van het ontstaan van de evolutie zoals Darwin die heeft beschreven!'

Hij zweeg even. 'En dat is logisch,' vervolgde hij. 'De evolutie is de manier waarop het universum zijn instrumenten op de proef stelt en verfijnt. De efficiëntste instrumenten overleven, planten zich door celdeling voort en worden steeds beter, steeds complexer, steeds doelmatiger. Uiteindelijk komen sommige instrumenten eruit te zien als bomen, en weer andere komen eruit te zien... zoals wij.'

Edmond zweefde inmiddels in de ruimte, met de blauwe bol van de aarde op de achtergrond. 'Waar komen we vandaan? Het antwoord op die vraag is dat we nergens vandaan komen... en tegelijkertijd overal vandaan. Wij zijn ontstaan door dezelfde wetten van de natuurkunde die voor alle leven in de kosmos hebben gezorgd. Wij zijn niet bijzonder. Wij bestaan gewoon. Met of zonder God. Wij zijn het onvermijdelijke resultaat van de entropie. Het leven is geen doel, het is niet de kern van het universum. Het leven is simpelweg iets wat het universum creëert en reproduceert om energie te verspreiden.'

Langdon voelde zich merkwaardig onzeker en vroeg zich af of de implicaties van wat Edmond zei wel volledig tot hem doordrongen. Natuurlijk, deze simulatie zou onze hele manier van denken op zijn kop zetten en in talrijke academische disciplines voor ophef zorgen. Maar als het om het geloof ging, betwijfelde hij of Edmonds ontdekking tot een verandering van inzicht zou leiden. Door de hele geschiedenis heen waren gelovigen, ondanks rationele overwegingen, ondanks talloze wetenschappelijke ontdekkingen, blijven vasthouden aan hun overtuiging.

Ook Ambra leek niet goed te weten hoe ze moest reageren; haar gezicht verried een combinatie van verwondering, scepsis en besluiteloosheid.

'Vrienden,' vervolgde Edmond, 'als u hebt kunnen volgen wat ik zojuist heb aangetoond, zult u ook begrijpen hoe vérstrekkend de draagwijdte daarvan is. En mocht u toch nog twijfelen, blijf dan vooral kijken. Want het experiment dat ik zojuist heb toegelicht, heeft geleid tot een tweede ontdekking. Een ontdekking die zo mogelijk nog ingrijpender is.'

Hij zweeg even.

'*Waar komen we vandaan...* Het antwoord op die vraag is niet half zo verbazingwekkend als dat op de vraag: *waar gaan we naartoe?*'

94

Het geluid van snelle voetstappen galmde door de onderaardse basiliek toen een lid van de Guardia naar de drie mannen in de verste uithoek van het godshuis kwam rennen.

'Majesteit,' hijgde hij buiten adem. 'Edmond Kirsch... de presentatie... die wordt al nog uitgezonden!'

De koning draaide zich om in zijn rolstoel, en ook prins Julián keerde zich naar de gardist.

Valdespino zuchtte onmisbaar. Het was van meet af aan slechts een kwestie van tijd, hield hij zichzelf voor. Toch drukte het besef zwaar op hem dat nu de hele wereld naar de beelden keek die hij al had gezien in de bibliotheek van Montserrat, samen met al-Fadl en Köves.

Waar komen we vandaan? De theorie die Kirsch had onthuld had overeen. 'God

94

Het geluid van snelle voetstappen galmde door de ondergrondse basiliek toen een lid van de Guardia naar de drie mannen in de verste uithoek van het godshuis kwam rennen.

'Majesteit!' riep hij buiten adem. 'Edmond Kirsch... de presentatie... die wordt alsnog uitgezonden.'

De koning draaide zich om in zijn rolstoel, en ook prins Julián keerde zich naar de gardist.

Valdespino zuchtte ontmoedigd. Het was van meet af aan slechts een kwestie van tijd, hield hij zichzelf voor. Toch drukte het besef zwaar op hem dat nu de hele wereld naar de beelden keek die hij al had gezien in de bibliotheek van Montserrat, samen met al-Fadl en Köves.

Waar komen we vandaan? De theorie die Kirsch had ontvouwd over een 'Godloze oorsprong' was zowel arrogant als blasfemisch. Het effect op de menselijke behoefte om te streven naar een hoger ideaal, om een voorbeeld te nemen aan de God die ons naar Zijn gelijkenis had geschapen, zou vernietigend zijn.

Helaas had Kirsch het daar niet bij gelaten, maar had hij aan zijn eerste heiligschennis een tweede toegevoegd, die nog veel gevaarlijker was, gezien het hevig verontrustende antwoord dat Kirsch had gegeven op de vraag *Waar gaan we naartoe?*

Kirsch' toekomstvoorspelling was ronduit rampzalig en dusdanig verontrustend dat Valdespino en zijn collega's erop hadden aangedrongen die niet wereldkundig te maken. Zelfs al klopten de data van de futuroloog, wanneer hij ze bekendmaakte zou de schade onherstelbaar zijn.

En niet alleen voor gelovigen, dacht Valdespino. *Voor de hele mensheid.*

95

Dus God is er niet aan te pas gekomen. Langdon recapituleerde in gedachten wat Edmond had gezegd. Het leven is spontaan ontstaan, als een gevolg van de wetten van de natuurkunde.

Het idee dat het leven spontaan tot stand was gekomen, was al heel lang voer voor discussie onder sommige van de grootste wetenschappelijke denkers. Maar die discussie was altijd strikt academisch gebleven. Vanavond echter had Edmond Kirsch schokkend overtuigend aangetoond dat het leven inderdaad spontaan tot stand was gekomen!

Niemand is ooit zo dicht in de buurt van een bewijsvoering gekomen, zelfs niet in de buurt van een verklaring hoe het in zijn werk gegaan zou kúnnen zijn.

Op het scherm krioelde Edmonds virtuele oersoep inmiddels van de minuscule levensvormen.

'Terwijl ik mijn simulatie gadesloeg, vroeg ik me af wat er zou gebeuren als ik het proces eindeloos liet doorgaan,' vertelde Edmond. 'Zou mijn oersoep uiteindelijk exploderen en het gehele koninkrijk der dieren produceren, inclusief de menselijke soorten? En wat zou er gebeuren als ik de simulatie dan nóg verder liet gaan? Zou deze dan de volgende stap in de menselijke evolutie bereiken en ons vertellen waar we naartoe gaan?'

Op het volgende beeld stond hij weer naast de E-Wave. 'Helaas kan zelfs deze computer een simulatie van die omvang niet aan. En dus moest ik een manier zien te vinden om de omvang te verkleinen. Tijdens mijn zoektocht stuitte ik op hulp uit een onwaarschijnlijke bron... niemand minder dan Walt Disney.'

Op het scherm verscheen een primitieve, tweedimensionale tekenfilm in zwart-wit. *Steamboat Willie*, besefte Langdon, een Disney-klassieker uit 1928.

'"Cartoontekenen" heeft zich de afgelopen negentig jaar in een razend tempo ontwikkeld, van de rudimentaire Mickey Mouse-flipboekjes tot de huidige animatiefilms met hun schitterende, perfecte vormgeving.'

Naast de bijna antieke beelden van *Steamboat Willie* verscheen een levendige, hyperrealistische scène uit een recente animatiefilm op het scherm.

'Deze enorme vooruitgang in kwaliteit is te vergelijken met de drieduizend jaar evolutie tussen de eerste grottekeningen en de meesterwerken van Michelangelo. Als futuroloog ben ik gefascineerd door elke vaardigheid die snelle vorderingen boekt,' vervolgde Edmond. 'De techniek die deze vooruitgang mogelijk maakt, wordt tweenen genoemd. Bij tweenen vraagt de kunstenaar de computer een soepele voortgang van beeldjes te genereren tussen twee sleutelbeelden. In plaats van elk afzonderlijk beeldje met de hand te moeten tekenen – een proces dat we kunnen vergelijken met het simuleren van elk klein stapje in het evolutieproces – kunnen kunstenaars tegenwoordig volstaan met het tekenen van een aantal cruciale beelden, en vervolgens de computer vragen de stapjes daartussen te berekenen en de beelden te genereren die deze tussenliggende ontwikkeling weergeven.

Tweenen is een voor de hand liggende computertoepassing, maar toen ik over de techniek hoorde, had ik een lucide moment en besefte ik dat tweenen de sleutel was tot het ontsluiten van onze toekomst.'

Ambra keek Langdon vragend aan. 'Waar wil hij naartoe?'

Voordat Langdon zelfs maar over een antwoord kon nadenken, verscheen het volgende beeld al op het scherm.

'De evolutie van de mens,' zei Edmond. 'Voorgesteld als een soort "flipfilm". Dankzij de wetenschap hebben we diverse sleutelbeelden kunnen reconstrueren – de chimpansee, de australopithecus, de homo habilis, de homo erectus en de neanderthaler. Maar de overgang tussen de soorten is tot dusverre altijd een mysterie gebleven.'

Zoals Langdon al had verwacht, vertelde Edmond over zijn idee om tweenen te gebruiken voor het invullen van de gaten in de kennis van de menselijke evolutie. Hij beschreef hoe diverse internationale genoomprojecten – uitgaande van de mens, de paleo-eskimo, de neanderthaler en de chimpansee, om er een paar te noemen – er aan de hand van botfragmenten in waren geslaagd de volledige genetische structuur van een dozijn stappen tussen de chimpansee en homo sapiens in kaart te brengen.

'Door deze primitieve genomen als sleutelbeeld te gebruiken kon ik de E-Wave programmeren om ze allemaal met elkaar te verbinden; een soort evolutionair verbind-de-stippen. Dus ik begon met een simpel genetisch kenmerk: de herseninhoud, een buitengewoon nauwkeurige indicator van de evolutie van de intelligentie.'

Er verscheen een tekening op het scherm.

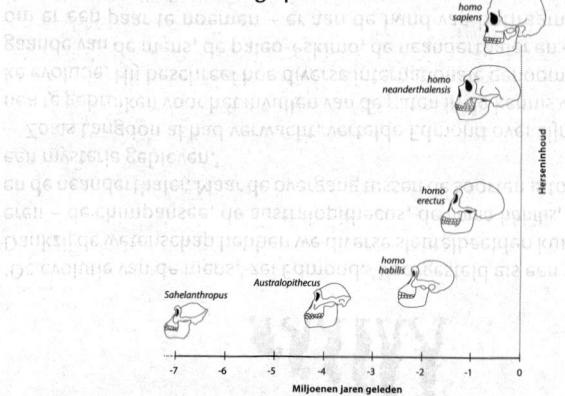

'Naast het in kaart brengen van algemene structurele parameters als hersen-inhoud, deed de E-Wave hetzelfde met duizenden subtielere genetische kenmerken die invloed hebben op de cognitieve vermogens, zoals bijvoorbeeld ruimtelijk inzicht, woordenschat, langetermijngeheugen en verwerkingssnelheid.'

Op het scherm verscheen een snelle opeenvolging van soortgelijke diagrammen, die allemaal dezelfde exponentiële groei lieten zien.

'De E-Wave kwam tot een nooit eerder vertoonde simulatie van de evolutie van de intelligentie.' Edmonds gezicht verscheen weer op het scherm. '"Nou en?" hoor ik u vragen. Waarom zouden we het proces dat leidde tot de intellectuele dominantie van de mens in kaart willen brengen? Omdat als we erin slagen een patroon vast te stellen, de computer ons kan vertellen waar dat patroon in de toekomst toe zal leiden.' Hij glimlachte. 'Als ik zeg twee, vier, zes, acht... zegt u tien. In essentie komt het erop neer dat ik de E-Wave heb gevraagd te voorspellen hoe "tien" eruit zal zien. Wanneer de E-Wave eenmaal een simulatie heeft ontwikkeld van de evolutie van de intelligentie, kan ik de voor de hand liggende vraag stellen: wat komt hierna? Hoe ziet de menselijke intelligentie eruit over – pakweg – vijfhonderd jaar? Met andere woorden: Waar gaan we naartoe?'

Langdon vond het een boeiend vooruitzicht, en hoewel hij te weinig wist van genetica en computersimulatie om de nauwkeurigheid van Edmonds voorspellingen te kunnen beoordelen, begreep hij wel dat het concept briljant was.

'De evolutie van een soort heeft altijd verband gehouden met de omgeving van het bewuste organisme,' vervolgde Edmond. 'En dus heb ik de E-Wave gevraagd om als het ware een tweede simulatie over de eerste heen te leggen, namelijk de omgevingssimulatie van de wereld van vandaag. Dat is niet zo moeilijk, doordat alle info over cultuur, politiek, wetenschap, technologie en het weer online wordt verspreid. Daarbij heb ik de computer gevraagd speciale aandacht te besteden aan die factoren die het sterkst van invloed zouden zijn op de ontwikkeling van het menselijk brein: nieuwe medicijnen en medische technologieën, vervuiling, culturele factoren, enzovoort.' Edmond zweeg even. 'Toen heb ik het programma laten draaien.'

Het gezicht van de futuroloog vulde het hele scherm. Hij keek recht in de camera. 'En toen ik de simulatie liet draaien... gebeurde er iets onverwachts.'

Hij wendde vluchtig zijn blik af en keek toen weer recht in de camera. 'Iets wat me hevig verontrustte.'

Langdon hoorde dat Ambra verschrikt haar adem inhield.

'Dus ik herhaalde de simulatie,' zei Edmond fronsend. 'Helaas met hetzelfde resultaat.'

Langdon las oprechte angst in Edmonds blik.

'Daarop heb ik de parameters aangepast, het programma opnieuw geïmplementeerd en alle variabelen veranderd, maar bij elke nieuwe poging kreeg ik telkens weer hetzelfde resultaat.'

Langdon vroeg zich af of Edmond misschien had ontdekt dat de menselijke intelligentie, na eeuwenlang vooruitgang te hebben gekend, nu aan haar neergang was begonnen. Er waren ontegenzeggelijk tekenen die daarop leken te wijzen.

'Ik was verontrust door de resultaten die ik kreeg, en tegelijkertijd kon ik er geen logica in ontdekken,' zei Edmond. 'Dus ik heb de computer om een analyse gevraagd. De E-Wave kwam met de duidelijkste evaluatie die het systeem kon produceren: een tekening.'

Op het scherm verscheen een tijdlijn van de evolutie van het dierlijk leven, met als beginpunt zo'n honderd miljoen jaar geleden: een complexe en kleurige verzameling bollen die met het verstrijken van de tijd groter en weer kleiner werden, om aan te geven hoe soorten ontstonden en uitstierven. Aan de linkerkant van het diagram overheersten de dinosauriërs, die op dat moment in de geschiedenis al op het hoogtepunt van hun ontwikkeling waren en die werden verbeeld door de grootste bol; een bol die bleef groeien totdat hij abrupt implodeerde, zo'n vijfenvijftig miljoen jaar geleden, toen de dinosauriërs uitstierven.

'Dit is een tijdbalk van de dominante levensvormen op aarde,' lichtte Edmond de tekening toe. 'Voorgesteld in termen van superioriteit, plaats in de voedselketen, populatie van de soort en de invloed ervan op de planeet. Kortom, een visuele representatie van wie op welk moment in de geschiedenis de dienst uitmaakte op aarde.'

Langdon liet zijn blik langs het diagram gaan en zag hoe bollen groter en weer kleiner werden, waarmee het ontstaan, de vermenigvuldiging en het uitsterven van de soorten werd verbeeld.

'De dageraad van homo sapiens is door de wetenschap vastgesteld rond 200.000 voor Christus,' vervolgde Edmond. 'Maar toen waren we nog niet invloedrijk genoeg om in dit diagram te verschijnen. Dat gebeurde pas zo'n vijfenzestigduizend jaar geleden, toen we de pijl-en-boog uitvonden en als roofdier doeltreffender werden.'

Langdon keek naar het punt dat 65.000 voor Christus aangaf, waar een kleine blauwe bol verscheen die homo sapiens markeerde. De bol werd heel langzaam, nauwelijks merkbaar groter. Tot rond 1000 voor Christus, toen hij snel opzwol en exponentieel leek te groeien.

Eenmaal bij de uiterste rechterkant van het diagram aangeland, zag Langdon dat de blauwe bol bijna de hele breedte van het scherm in beslag nam.

De moderne mens, dacht Langdon. Veruit de meest dominante en invloedrijke soort op aarde.

'Het zal niemand verrassen,' ging Edmond verder, 'dat de mens in het jaar 2000, waar deze tekening eindigt, wordt afgebeeld als de meest dominante soort op de planeet. Geen andere soort komt zelfs maar bij ons in de buurt.' Hij zweeg. 'Maar als u goed kijkt ziet u al de eerste tekenen van een nieuwe bol verschijnen... namelijk hier.'

De camera zoemde in op een kleine zwarte stip boven de reusachtig gezwollen blauwe bol van de mensheid.

'Een nieuwe soort heeft zijn intrede gedaan,' zei Edmond.

Langdon keek naar de zwarte stip, maar die leek onbeduidend in vergelijking met de blauwe bol. Een piepkleine zuigvis op de rug van een walvis.

'Ik besef dat deze nieuweling er weinig indrukwekkend uitziet,' verklaarde Edmond, 'maar als we van het jaar 2000 naar het heden gaan, zult u zien dat onze nieuwkomer stilletjesaan is gegroeid.'

Het diagram ging verder naar het heden, en Langdons maag verkrampte. De zwarte bol was in de afgelopen twintig jaar aanzienlijk groter geworden en besloeg meer dan een kwart van het scherm, waarop hij met homo sapiens streed om invloed en dominantie.

'Wat is dat?' fluisterde Ambra verontrust.

'Geen idee,' antwoordde Langdon. 'Misschien een of ander slapend virus?' In gedachten ging hij de agressieve virussen langs die in diverse regio's van de wereld vernietigend hadden huisgehouden. Hij kon zich echter niet voorstellen dat een soort zo snel kon groeien zonder te worden opgemerkt. Was het misschien een bacterie uit de ruimte?

'Deze nieuwe soort is uiterst verraderlijk,' vervolgde Edmond. 'Hij groeit exponentieel, vergroot onophoudelijk zijn territorium en wat het belangrijkste is, hij evolueert... in een beduidend sneller tempo dan de mens.' Edmond keek weer in de camera. Zijn gezicht stond ernstig, bijna grimmig. 'Helaas, als ik de simulatie verder laat gaan naar de toekomst – en dan heb ik het over slechts enkele tientallen jaren – is dit de uitkomst.'

De tijdlijn breidde zich opnieuw uit, nu naar het jaar 2050.

Langdon schoot met een blik van ongeloof overeind.

'Mijn god.' Ambra sloeg vol afschuw haar hand voor haar mond.

Op de tekening was duidelijk te zien hoe de onheilspellende zwarte bol in een onthutsend tempo groter werd en tegen het jaar 2050 de lichtblauwe bol van de mensheid volledig had opgeslokt.

'Het spijt me dat ik u niet iets vrolijkers kan laten zien,' zei Edmond. 'Maar telkens wanneer ik de simulatie liet draaien, gebeurde er hetzelfde. De menselijke soort evolueerde tot het punt in de geschiedenis waarop we ons nu bevinden. Dan verscheen er ineens een nieuwe soort, met het einde van de mensheid tot gevolg.'

Langdon keek naar het gruwelijke beeld. Het is maar een computersimulatie, hield hij zichzelf voor. Dit soort beelden beïnvloedde mensen op een intuïtief niveau en had veel meer impact dan droge data. Bovendien ademde

Edmonds presentatie een sfeer van onontkoombaarheid en werd het uitsterven van de mens als een voldongen feit voorgesteld.

'Vrienden,' vervolgde Edmond. Als hij ging waarschuwen voor de naderende inslag van een meteoriet had hij niet somberder kunnen klinken. 'Onze soort verkeert op de rand van extinctie. Ik heb me mijn leven lang beziggehouden met het doen van voorspellingen, en in dit geval heb ik de data op elk niveau geanalyseerd. Ik kan u met een aan zekerheid grenzende waarschijnlijkheid voorspellen dat de menselijke soort zoals wij die kennen, over vijftig jaar niet meer bestaat.'

Langdons aanvankelijke shock maakte plaats voor ongeloof. En boosheid. Edmond! Wat bezielt je? Wat je doet, is volstrekt onverantwoordelijk! Je baseert je op een computersimulatie. Er kan van alles mis zijn gegaan met je data. Mensen respecteren je. Ze geloven je. Met dit soort uitspraken creëer je massahysterie.

'En nog één ding...' Edmond klonk zo mogelijk nog somberder. 'Als u goed naar de simulatie kijkt, zult u zien dat deze nieuwe soort ons niet verdrijft... We worden erdoor opgeslokt.'

96

We worden erdoor opgeslokt?

Met stomheid geslagen probeerde Langdon zich voor te stellen wat Edmond daarmee bedoelde; de formulering riep gruwelijke beelden op van sciencefictionfilms zoals *Alien*, waarin mensen werden gebruikt als levende broedmachines voor een dominante soort.

Hij draaide zich om naar Ambra, die ineengedoken op de bank zat, met haar handen om haar knieën, terwijl ze gespannen naar het scherm keek. Langdon zocht wanhopig naar een andere manier om de data te interpreteren. Maar de conclusie leek onvermijdelijk.

Volgens Edmonds simulatie zou de mens in de komende tientallen jaren worden opgeslokt door een nieuwe soort. En wat nog angstaanjagender was: deze nieuwe soort bestond al en groeide in stilte.

'Het is duidelijk dat ik deze informatie niet openbaar kon maken zolang ik deze nieuwe soort niet had geïdentificeerd,' verklaarde Edmond. 'Dus ben ik in de data gedoken, en na talloze simulaties heb ik de geheimzinnige nieuwkomer kunnen traceren.'

Op het scherm verscheen een simpel diagram dat Langdon zich herinnerde van de basisschool: de taxonomische hiërarchie van de levende organismen, onderverdeeld in de 'zes rijken van het leven' – Dieren, Planten, Protisten, Bacteriën, Archae, Schimmels.

'Toen ik dit florerende nieuwe organisme eenmaal had geïdentificeerd,' ging Edmond verder, 'besefte ik dat het veel te veel, en veel te diverse verschijningsvormen had om een "soort" te kunnen worden genoemd. En uit taxonomisch oogpunt was het te breed voor een "orde". Het was zelfs geen "stam".' Edmond keek in de camera. 'Ik begreep dat onze planeet wordt bevolkt door iets veel groters. Iets wat alleen kan worden aangeduid als een volledig nieuw "rijk".'

Ineens begreep Langdon waar Edmond het over had.

Het Zevende Koninkrijk!

Vol ontzag hoorde Langdon hoe Edmond de wereld vertelde over de komst van een koninkrijk waarover Langdon recentelijk had gehoord in een TED-Talk door Kevin Kelly, die al talloze publicaties op het gebied van de digitale cultuur op zijn naam had staan.

Sommige van de eerste sciencefictionschrijvers hadden al voorspeld dat dit zogenaamde *Zevende Koninkrijk* niet zomaar een koninkrijk zou zijn, maar een rijk van niet-levende soorten.

Deze niet-levende soorten evolueerden op bijna dezelfde manier als de levende: ze werden geleidelijk aan complexer, ze pasten zich aan de omstandigheden aan, ze plantten zich voort en probeerden nieuwe variaties uit, waarvan sommige overleefden en andere uitstierven. Deze nieuwe organismen hadden zich, geheel volgens Darwins leer van de adaptatie, in een duizelingwekkend tempo ontwikkeld en vormden inmiddels een geheel nieuw rijk naast dat van de planten, de dieren en alle andere taxonomische rijken.

En dit nieuwe rijk had ook al een naam: het Technium.

Edmond begon aan een verbluffende beschrijving van het nieuwste koninkrijk op de planeet, dat alle vormen van technologie omvatte. Hij beschreef hoe nieuwe machines gedijden of stierven volgens de regels van Darwins 'overleving van de best aangepaste', hoe ze zich voortdurend adapteerden aan hun omgeving, nieuwe eigenschappen ontwikkelden om te overleven en hoe ze zich zo snel mogelijk vermenigvuldigden om de beschikbare middelen te monopoliseren.

'De fax is het net zo vergaan als de dodo,' verklaarde Edmond. 'En de iPhone kan alleen overleven als hij beter blijft presteren dan de concurrentie. Schrijf- en stoommachines stierven uit door een omgeving die veranderde, maar de *Encyclopaedia Britannica* evolueerde, gaf haar loodzware tweeëndertig delen digitale voeten en deinsde, net als de longvis, niet terug om onbekend terrein te betreden, waar de encyclopedie inmiddels gedijt.'

Langdon dacht terug aan de Kodak-camera die hij als kind had bezeten, ooit de tyrannosaurus rex onder de fototoestellen, maar van het ene op het andere moment van de troon gestoten door de komst van de digitale fotografie.

'Een half miljard jaar geleden,' vertelde Edmond, 'deed zich op onze planeet een plotselinge eruptie van leven voor, de zogenaamde cambrische explosie, waarbij de meeste soorten min of meer van de ene op de andere dag ontstonden. Vandaag zijn we getuige van de cambrische explosie van het Technium. Nieuwe "soorten" technologie worden dagelijks geboren, evolueren in een duizelingwekkend tempo en worden op hun beurt een instrument om nog nieuwere technologieën te creëren. De computer heeft ons geholpen bij het ontwikkelen van verbazingwekkende nieuwe tools, van smartphones tot ruimteschepen tot operatierobots. We zijn getuige van een explosie van innovatie in een tempo dat ons brein amper kan bevatten. En toch zijn wij de scheppers van dit nieuwe koninkrijk: het Technium.'

Op het scherm verscheen opnieuw het verontrustende beeld van de zwarte bol die steeds groter werd en de blauwe opslokte. *De mens wordt uitgeroeid door de technologie?* Langdon vond het een angstaanjagend vooruitzicht, maar zijn gevoel zei hem dat het ook een buitengewoon onwaarschijnlijk vooruitzicht was. In zijn ogen was een dystopisch toekomstbeeld, zoals in de Terminator-films waarin machines de mensheid bedreigden met uitsterven, in strijd met de leer van Darwin. De mens is de baas over de technologie, de mens wordt gedreven door het instinct tot overleven, de mens zal nooit toestaan dat de technologie hem onder de voet loopt.

Maar hoe logisch het ook mocht klinken, Langdon besefte tegelijkertijd hoe naïef zijn redenering was. Dankzij de samenwerking met Winston, Edmonds briljante AI-creatie, had hij als weinig anderen een inkijkje gekregen in de allernieuwste ontwikkelingen op het gebied van de synthetische intelligentie.

En ook al was duidelijk dat Winston de belangen van Edmond diende, toch vroeg Langdon zich af hoelang het zou duren voordat vormen van technologie zoals Winston zich bij het nemen van besluiten lieten leiden door hun eigen belangen.

'Ik besef dat velen vóór mij de komst van het rijk van de technologie al hebben voorspeld,' zei Edmond. 'Maar ík ben erin geslaagd het via een computermodel te simuleren... en daardoor aan te tonen wat de gevolgen van een dergelijk rijk zullen zijn.' Hij gebaarde naar de donkere bol die bij de nadering van het jaar 2050 het hele scherm in beslag nam, hetgeen een totale dominantie van de planeet betekende. 'Ik moet toegeven, op het eerste gezicht schildert de simulatie een behoorlijk grimmig beeld...'

Edmond zweeg even, en er verscheen een vertrouwde twinkeling in zijn ogen.

'Maar laten we eens wat beter kijken.'

De camera zoomde in op de donkere bol, totdat Langdon kon zien dat deze niet langer gitzwart was, maar donkerblauw.

'Zoals u ziet neemt de zwarte bol van de technologie een andere kleur aan terwijl deze de bol van het mensdom absorbeert. Hij wordt donkerblauw, alsof de kleuren gelijkmatig in elkaar zijn opgegaan.'

Is dat goed nieuws of slecht nieuws, vroeg Langdon zich af.

'Wat u hier ziet, is een zeldzaam evolutionair proces dat obligate endosymbiose wordt genoemd,' zei Edmond. 'Doorgaans is evolutie een bifurquerend proces – uit één soort ontstaan twee nieuwe – maar het komt voor dat het proces zich andersom voltrekt, namelijk wanneer beide soorten zonder de andere niet kunnen overleven. In plaats van een soort die zich splitst, zien we dan in zeldzame gevallen dat twee soorten zich verbinden tot één.'

Het deed Langdon denken aan syncretisme: het proces waarbij twee geloven samengingen waardoor er een nieuw geloof ontstond.

'Als u niet gelooft dat de mens en de technologie zich ooit zullen verbinden, kijk dan maar eens om u heen,' vervolgde Edmond.

Op het scherm verschenen in snel tempo beelden van mensen met een mobiele telefoon tegen hun oor, mensen met een virtualrealitybril, met een bluetoothkoptelefoon, joggers met hun telefoon om hun arm om muziek te luisteren, een familiediner met een 'smart speaker' midden op de tafel, een kind in een ledikantje dat met een tablet speelde.

'Dit zijn nog maar de eerste, primitieve stapjes als het gaat om deze vorm van symbiose,' zei Edmond. 'We beginnen ook al computerchips rechtstreeks in de hersenen te implanteren, we injecteren minuscule nanobots in onze aderen die het cholesterol uit ons bloed "opeten", we maken synthetische ledematen die door onze hersenen worden bestuurd, we gebruiken genetische modificatietools zoals CRISPR om ons genoom te veranderen en – letterlijk – te komen tot een verbeterde versie van onszelf.'

Edmond keek nu bijna opgewekt, om niet te zeggen stralend. Vervuld van opwinding en gedrevenheid.

'De mens evolueert tot iets anders,' verklaarde hij. 'We worden een hybride soort, een combinatie van biologie en technologie. Dezelfde hulpmiddelen die nu nog búiten ons lichaam bestaan – smartphones, gehoorapparaten, leesbrillen, de meeste geneesmiddelen – zullen over vijftig jaar in ons lichaam zijn geïncorporeerd, in een mate waardoor we onszelf niet langer als homo sapiens kunnen zien.'

Achter Edmond verscheen een vertrouwd beeld weer op het scherm: de rij silhouetten die de evolutie van de aap naar de mens verbeeldde.

'Binnen een mum van tijd zijn wij de volgende bladzijde in het flipboek van de evolutie,' zei Edmond. 'En wanneer het eenmaal zover is en we kijken terug op de homo sapiens van vandaag, dan doen we dat zoals we nu naar de neanderthaler kijken. Nieuwe technologieën als cybernetica, synthetische intelligentie, cryonisme, moleculaire manipulatie en virtual reality zullen de mens onomkeerbaar veranderen. Ik besef dat er onder u velen zijn die geloven dat u, als homo sapiens, Gods uitverkoren soort bent. En ik begrijp dat wat ik zojuist heb verteld voor u voelt als het einde van de wereld. Maar geloof me... de toekomst is niet zo duister als u denkt. Integendeel!'

De beroemde futuroloog leek plotseling een en al hoop en optimisme en begon aan een duizelingwekkende beschrijving van de toekomst, een stralend visioen zoals Langdon zich dat nooit had durven voorstellen.

Edmond vertelde op overtuigende wijze over een toekomst waarin alle vormen van technologie zo goedkoop en alomtegenwoordig waren dat de kloof tussen arm en rijk werd gedicht. Een toekomst waarin milieutechnologieën miljarden mensen voedsel, drinkwater en schone energie bezorgden. Een toekomst waarin ziektes als kanker dankzij gepersonaliseerde medicatie zouden worden uitgebannen. Een toekomst waarin de ontzagwekkende macht van het internet eindelijk, tot in de verste uithoeken van de wereld, zou worden ingezet voor educatie. Een toekomst waarin robots de geestdodende arbeid aan de lopende band zouden overnemen, zodat de mens zich kon wijden aan werk dat hem meer bevrediging schonk, op terreinen waarvan hij zich nu nog geen voorstelling kon maken. En boven alles een toekomst waarin de technologie zou zorgen voor zo'n spectaculaire overvloed aan essentiële hulpbronnen dat er geen oorlog meer om hoefde te worden gevoerd.

Terwijl hij luisterde naar Edmonds visie op de toekomst was Langdon zich bewust van een emotie die hij in jaren niet had ervaren. Hij wist dat miljoenen kijkers over de hele wereld dit gevoel met hem deelden: een onverwacht opwellend vertrouwen in de toekomst.

'Wat die naderende nieuwe tijd, die tijd van wonderen betreft, is er maar één ding dat me spijt.' Edmonds stem haperde even. 'Namelijk dat ík die tijd niet meer zal meemaken. Zelfs mijn beste vrienden heb ik dit niet verteld, maar ik ben al geruime tijd ernstig ziek... Anders dan ik me had voorgenomen, zal het me niet lukken de dood te slim af te zijn.' Hij wist een schrijnende glimlach op zijn gezicht te brengen. 'Tegen de tijd dat u deze beelden ziet, heb ik waarschijnlijk nog maar een paar weken te leven... misschien zelfs nog maar een paar dagen. Maar ik kan u verzekeren, vrienden, ik voel me vereerd en intens gelukkig dat ik u vanavond heb mogen toespreken. Ik dank u dat u naar me hebt willen luisteren.'

Ambra was inmiddels ook opgestaan en stond dicht naast Langdon. Samen zagen ze bedroefd, maar ook vol bewondering hoe hun vriend de wereld toesprak.

'We bevinden ons op een vreemd keerpunt in de geschiedenis,' vervolgde Edmond. 'We leven in een tijd waarin het lijkt alsof de wereld op zijn kop staat, alsof alles anders is dan we dat gewend waren. Maar onzekerheid is altijd een voorbode geweest van ingrijpende verandering; transformatie is altijd voorafgegaan door beroering en angst. Ik zou u op het hart willen drukken vertrouwen te hebben in het menselijk vermogen tot liefde en creativiteit, want wanneer ze worden gecombineerd zijn deze twee krachten in staat licht te werpen in elke duisternis.'

Langdon keek naar Ambra en zag dat de tranen over haar wangen stroomden. Troostend sloeg hij een arm om haar heen, en zo luisterden ze samen naar de laatste woorden van hun stervende vriend.

'Terwijl we een onbekende toekomst tegemoet gaan, zullen we veranderen in iets wat groter is dan we ons op dit moment kunnen voorstellen,' vervolgde Edmond. 'We zullen vermogens verwerven die verdergaan dan wat we in onze stoutste dromen kunnen bedenken. En laten we bij dat alles de wijze woorden van Churchill voor ogen houden: "De prijs voor grootsheid... is verantwoordelijkheid."'

Langdon voelde zich geraakt door die laatste woorden, want hij was maar al te vaak bang dat de mens niet genoeg verantwoordelijkheidsbesef bezat voor de verbluffende mogelijkheden die hij bezig was te ontwikkelen.

'Hoewel ik atheïst ben,' sprak Edmond verder, 'wil ik graag eindigen met een gebed dat ik nog niet zo lang geleden heb geschreven. Ik hoop dat u me dat wilt vergeven.'

Een gebéd?

'"Gebed voor de Toekomst", heb ik het genoemd.' Edmond sloot zijn ogen en begon langzaam, met schokkende overtuiging te spreken. 'Moge onze filosofie gelijke tred houden met onze technologie. Moge onze compassie gelijke tred houden met onze vermogens. En moge liefde, niet angst, de drijvende kracht zijn achter elke verandering.'

Na die woorden opende Edmond Kirsch zijn ogen. 'Vaarwel, vrienden. Bedankt voor alles. En... laat ik het toch maar zeggen... ik wens u Gods zegen.'

Edmond keek nog een laatste keer in de camera; toen verdween zijn gezicht in een kolkende zee van witte ruis. En terwijl hij naar het scherm staarde, werd

Langdon overspoeld door een golf van trots op zijn vriend.

Met Ambra nog altijd naast zich stelde hij zich de miljoenen mensen voor, over de hele wereld, die getuige waren geweest van Edmonds ontroerende krachttoer. En tot zijn eigen verbazing vroeg hij zich af of de laatste uren van Edmonds leven misschien toch hadden gebracht wat deze zou hebben gewild.

97

In het souterrain van het paleis, in het kantoor van Mónica Martín, staarde commandant Diego Garza uitdrukkingsloos en met zijn rug tegen de muur geleund naar de televisie. Hij droeg nog steeds handboeien en werd geflankeerd door twee gardisten, die hem op verzoek van Martín toestemming hadden gegeven het arsenaal te verlaten, zodat hij de uitzending van Kirsch kon zien.

Garza had de spectaculaire presentatie van de futuroloog bekeken, samen met Mónica, Suresh, enkele gardisten en de meest uiteenlopende personeelsleden die nachtdienst hadden in het paleis, maar die hun werk in de steek hadden gelaten.

Op de televisie was de statische ruis inmiddels vervangen door een mozaïek van beelden, afkomstig uit de hele wereld; beelden van nieuwslezers en deskundigen die zich haastten om de beweringen van de futuroloog te recapituleren en erop aan te sluiten met hun onvermijdelijke persoonlijke analyse. Doordat ze allemaal tegelijk aan het woord waren, ontstond er een onverstaanbare kakofonie.

Op dat moment kwam een van Garza's oudgedienden binnen en liet zijn blik over het gezelschap gaan. Zodra hij de commandant in de gaten kreeg, stapte hij doelbewust op hem af. Zonder uitleg te verschaffen deed hij Garza de handboeien af en hield hem vervolgens een mobiele telefoon voor. 'Bisschop Valdespino voor u aan de lijn, commandant.'

Garza staarde naar de telefoon. Na diens heimelijke vertrek uit het paleis en het bezwarende tekstbericht dat op diens telefoon was gevonden, was Valdespino wel de laatste van wie Garza had verwacht een telefoontje te krijgen.

Hij drukte het toestel tegen zijn oor. 'Met Diego!'

'Ik stel het op prijs dat u me te woord wilt staan.' De bisschop klonk vermoeid. 'Want ik besef dat u een onaangename nacht achter de rug hebt.'

'Waar bent u?' vroeg Garza.

'In de bergen. Ik sta bij de basiliek in de Vallei van de Gevallenen. Daar heb ik een gesprek gehad met Zijne Majesteit de koning en met prins Julián.'

Garza kon zich niet voorstellen wat de koning op dit uur in de Vallei van de

Gevallenen deed, zeker gezien zijn broze gezondheid. 'Ik neem aan dat u weet dat de koning me heeft laten arresteren?'

'Ja. Een betreurenswaardige vergissing. Die hebben we inmiddels ongedaan gemaakt.'

Garza keek naar zijn polsen.

'Zijne Majesteit heeft me gevraagd u zijn verontschuldigingen over te brengen. Ik blijf vannacht bij hem, in het ziekenhuis van El Escorial. Het zal niet lang meer duren, vrees ik. Zijn dagen zijn geteld.'

De jouwe ook, dacht Garza. 'Ik moet u waarschuwen. Suresh heeft een buitengewoon bezwarend tekstbericht in uw telefoon gevonden. ConspiracyNet. com kan het elk moment online zetten. Dus ik vermoed dat de politie al onderweg is om u te arresteren.'

Valdespino slaakte een diepe zucht. 'Tja, dat bericht... Toen het vanmorgen binnenkwam, had ik u meteen moeten inlichten. Ik heb niets met de moord op Edmond Kirsch te maken. En ook niet met de dood van mijn twee collega's. Ik hoop vurig dat u dat van me wilt aannemen.'

'Maar het tekstbericht impliceert duidelijk dat u...'

'Leugens, Diego!' viel de bisschop hem in de rede. 'Pure laster. Iemand is er blijkbaar alles aan gelegen om me verdacht te maken.'

Hoewel hij Valdespino nooit in staat had geacht tot moord, kon Garza ook geen enkele logica ontdekken in de verklaring van de bisschop dat iemand probeerde hem verdacht te maken. 'Wie zou zoiets doen? En waarom?'

'Ik heb geen idee.' De bisschop klonk ineens erg oud. 'En eerlijk gezegd weet ik ook niet of het er nog toe doet. Mijn reputatie is verwoest. Mijn beste vriend, de koning, zweeft op de rand van de dood. In één nacht verlies ik bijna alles wat me dierbaar is.' In Valdespino's stem klonk een angstaanjagende berusting door.

'Monseigneur... is alles goed met u?'

Valdespino slaakte opnieuw een zucht. 'Niet echt, commandant. Ik ben moe, ik betwijfel ten zeerste of ik ongeschonden uit het politieonderzoek zal komen. Los daarvan, het lijkt erop dat de wereld me niet langer nodig heeft.'

Het verdriet en de teleurstelling in de stem van de oude bisschop ontgingen Garza niet.

'Mag ik u nog om een bescheiden gunst vragen?' vervolgde Valdespino. 'Ik doe op dit moment mijn best twee koningen te dienen. De ene neemt afscheid van de troon, de andere maakt zich gereed die te bestijgen. Prins

Julián probeert al de hele avond zijn verloofde te bereiken. Als u erin slaagt contact te krijgen met Ambra Vidal, zal onze toekomstige koning u eeuwig dankbaar zijn.'

Vanaf het uitgestrekte plein voor de basiliek in de berg liet bisschop Valdespino zijn blik over de donkere Vallei van de Gevallenen gaan. De mist die opsteeg uit de met pijnbomen begroeide ravijnen verried dat de dageraad niet lang meer op zich zou laten wachten. Ergens ver weg klonk de schrille kreet van een roofvogel.

Een monniksgier, dacht Valdespino merkwaardig geamuseerd. De klaaglijke roep van de vogel leek griezelig gepast gezien de situatie, en de bisschop vroeg zich af of de wereld probeerde hem iets te vertellen.

Even verderop reden de gardisten de vermoeide koning naar de auto die hem zou terugbrengen naar het ziekenhuis van El Escorial.

Ik kom bij je waken, mijn vriend, dacht de bisschop. Als me dat nog is vergund.

De mannen van de Guardia keken herhaaldelijk op van de verlichte schermpjes van hun telefoon. Telkens weer ging hun blik naar Valdespino, alsof ze verwachtten elk moment de opdracht te krijgen hem te arresteren.

Maar ik ben onschuldig, dacht de bisschop, die vermoedde dat een van de goddeloze, technologisch onderlegde volgelingen van Kirsch had geprobeerd hem verdacht te maken. *De groeiende atheïstische gemeenschap vindt niets heerlijker dan de kerk een schurkenrol toe te dichten.*

Hij werd in dat vermoeden gesterkt door wat hij zojuist over de uitzending van Kirsch had gehoord. In tegenstelling tot de beelden die de futuroloog in de bibliotheek van Montserrat had vertoond, was de uitzending van die avond afgesloten met een hoopvolle boodschap.

Hij heeft ons een rad voor ogen gedraaid.

Een week eerder had Kirsch de presentatie die hij Valdespino en diens collega's had gegeven voortijdig stopgezet en was hij geëindigd met een angstaanjagend diagram dat de ondergang van de mensheid voorspelde.

Een cataclysmische vernietiging.

De lang voorspelde apocalyps.

En ook al beschouwde Valdespino die voorspelling als een leugen, hij besefte dat talloze daarin het bewijs zouden zien van het naderende en onvermijdelijke einde van de beschaving.

In de hele geschiedenis van de mensheid waren angstige gelovigen het slachtoffer geworden van apocalyptische voorspellingen; leden van sektes die predikten dat de dag des oordeels nabij was pleegden massaal zelfmoord om zichzelf de naderende gruwelen te besparen, en vurige fundamentalisten maakten enorme schulden op hun creditcards in de overtuiging dat het einde niet lang meer op zich zou laten wachten.

Niets is zo schadelijk voor kinderen als het verlies van de hoop. Valdespino dacht eraan hoeveel steun en troost hij in zijn jeugd had ontleend aan Gods liefde en aan het vooruitzicht van Zijn hemelse rijk. Ik ben door God geschapen, had hij als kind geleerd, en op een dag zal ik voor altijd bij God wonen.

Wat Kirsch had gezegd, was precies het tegenovergestelde: ik ben een kosmische toevalligheid en na dit leven wacht slechts de dood.

Valdespino maakte zich grote zorgen over de schade die de boodschap van Kirsch zou aanrichten onder de arme zielen die het zonder de rijkdom en de privileges van de futuroloog moesten stellen, onder de tallozen voor wie het elke dag weer een strijd was om te zorgen dat ze te eten hadden en dat hun kinderen geen gebrek leden, onder de velen die zonder een glimp van goddelijke hoop niet de kracht hadden om 's morgens uit bed te komen en de confrontatie met hun zware leven aan te gaan.

Valdespino begreep niet waarom Kirsch zijn presentatie tegenover de mannen van de kerk apocalyptisch had laten eindigen. Misschien had de futuroloog zijn ultieme ontdekking nog niet willen prijsgeven. Of misschien wilde hij ons gewoon even op de pijnbank leggen, dacht Valdespino.

Wat het ook mocht zijn, de schade was niet meer ongedaan te maken.

Valdespino keek uit over het plein en zag hoe prins Julián zijn vader liefdevol in het busje hielp. De jonge prins had opmerkelijk goed gereageerd op de bekentenis van de koning.

Het geheim dat Zijne Majesteit tientallen jaren heeft meegedragen.

Uiteraard had bisschop Valdespino de gevaarlijke waarheid al die jaren gekend en angstvallig beschermd. Maar die avond had de koning besloten zijn ziel bloot te leggen voor zijn enige zoon. Zijn keuze om dat hier te doen, in deze schrijn voor de onverdraagzaamheid, kon worden gezien als een symbolische verzetsdaad.

Valdespino staarde in het diepe ravijn. Hij voelde zich intens eenzaam... en de gedachte kwam bij hem op dat hij alleen maar over de rand hoefde te stappen, de verwelkomende duisternis tegemoet, om vergetelheid te vinden.

Maar als hij dat deed, zouden de atheïsten van Kirsch triomfantelijk verklaren dat bisschop Valdespino door de wetenschappelijke bekendmaking van die nacht zijn geloof was kwijtgeraakt.

Ik zal mijn geloof nooit verliezen, meneer Kirsch.

Waar mijn geloof zetelt, daar heeft uw wetenschap geen toegang.

Als de voorspelling van Kirsch over de dominantie van de technologie zou uitkomen, dan stond de mensheid aan de vooravond van een tijdperk van bijna onvoorstelbare ethische ambiguïteit.

En dan zullen geloof en morele leiding harder nodig zijn dan ooit.

Terwijl Valdespino het plein overstak om zich bij de koning en prins Julián te voegen, werd hij overweldigd door een gevoel van uitputting dat tot in het diepst van zijn wezen bezit van hem nam.

En voor het eerst in zijn leven zou bisschop Valdespino willen dat hij zijn moede hoofd te ruste kon leggen, dat hij zijn ogen kon sluiten en nooit meer wakker hoefde te worden.

98

In het Barcelona Supercomputing Center stroomden de commentaren over het enorme beeldscherm, sneller dan Robert Langdon ze kon lezen. De ruis had plaatsgemaakt voor een chaotisch mozaïek van pratende hoofden en nieuwslezers – een snelvuur van clips van over de hele wereld – die stuk voor stuk uit de matrix naar voren kwamen en net zo snel weer oplosten in het geheel.

Langdon stond naast Ambra toen ze een glimpje van de natuurkundige Stephen Hawking op het scherm verscheen, die met zijn onmiskenbare computerstem verklaarde: 'Het was helemaal niet nodig dat God het universum op gang bracht. Spontane generatie is de reden dat er überhaupt iets is'. ...

Hawking werd vervangen door een vrouwelijke presentor, die kennelijk thuiszat en via haar computer de openbaarheid zocht. 'We moeten goed bedenken

98

In het Barcelona Supercomputing Center stroomden de commentaren over het enorme beeldscherm, sneller dan Robert Langdon ze kon lezen. De ruis had plaatsgemaakt voor een chaotisch mozaïek van pratende hoofden en nieuwslezers – een snelvuur van clips van over de hele wereld – die stuk voor stuk uit de matrix naar voren kwamen en net zo snel weer oplosten in het geheel.

Langdon stond naast Ambra toen er een filmpje van de natuurkundige Stephen Hawking op het scherm verscheen, die met zijn onmiskenbare computerstem verklaarde: 'Het was helemaal niet nodig dat God het universum op gang bracht. Spontane generatie is de reden dat er überhaupt iets is.'

Hawking werd vervangen door een vrouwelijke priester, die kennelijk thuiszat en via haar computer de openbaarheid zocht. 'We moeten goed bedenken dat deze simulaties helemaal niets bewijzen over God. Ze bewijzen alleen dat Edmond Kirsch nergens voor terugdeinst in zijn streven om het morele kompas van onze soort te vernietigen. Sinds het begin der tijden zijn de wereldreligies de belangrijkste organisaties van de mensheid geweest, een wegenkaart naar een beschaafde samenleving en onze eerste bronnen van ethiek en moraliteit. Door de religie te ondermijnen, ondermijnt Kirsch de menselijke goedheid!'

Een paar seconden later kroop er een reactie van een kijker over de onderkant van het scherm: Het geloof heeft geen alleenrecht op moraliteit... Ik ben een goed mens omdat ik een goed mens ben! Daar heeft God niets mee te maken!

De priester maakte plaats voor een geologiehoogleraar van de University of South Carolina. 'Er waren eens mensen die geloofden dat de aarde plat was en dat schepen die de oceanen bevoeren over de rand konden vallen. Maar toen we bewezen dat de aarde rond is, zijn de mensen die geloofden in een platte aarde uiteindelijk tot zwijgen gebracht. Creationisten zijn precies als die mensen, en ik zou geschokt zijn als er over honderd jaar nog iemand is die in het creationisme gelooft.'

Een jongeman die op straat werd geïnterviewd, zei tegen de camera: 'Ik ben creationist en ik geloof dat de ontdekking van vannacht bewijst dat een goedgunstige Schepper het universum specifiek heeft ontworpen om leven mogelijk te maken.'

De astrofysicus Neil deGrasse Tyson verklaarde goedhartig in oude beelden van de televisieshow *Cosmos*: 'Als een Schepper ons universum heeft ontworpen om leven mogelijk te maken, heeft Hij er wel een zootje van gemaakt. In het overgrote deel van de kosmos zou het leven meteen doodgaan door het gebrek aan een atmosfeer, door gammaflitsen, door dodelijke pulsars en door verpletterende zwaartekrachtvelden. Geloof me, het universum is niet de Hof van Eden.'

Terwijl hij luisterde naar de botsende meningen kreeg Langdon het gevoel dat de wereld daarbuiten opeens uit zijn baan raakte.

Chaos.

Entropie.

'Professor Langdon?' zei een bekende Britse stem door de speaker boven hen. 'Mevrouw Vidal?'

Langdon was Winston bijna vergeten, die tijdens de presentatie had gezwegen.

'Niet schrikken,' ging Winston verder, 'maar ik heb de politie binnengelaten.'

Langdon keek door de glazen wand en zag een heleboel politieagenten het sanctuarium binnenkomen, die met een ruk bleven staan en ongelovig naar de enorme computer keken.

'Waarom?' wilde Ambra weten.

'Het koninklijk paleis heeft net bekendgemaakt dat u toch niet bent ontvoerd. De politie heeft bevel gekregen u beiden te beschermen. Er zijn ook twee gardisten gearriveerd. Zij willen u graag helpen contact te leggen met prins Julián. Ze hebben een nummer waarop u hem kunt bereiken.'

Op de benedenverdieping zag Langdon twee leden van de Guardia Real binnenkomen.

Ambra sloot haar ogen en zou zo te zien het liefst willen verdwijnen.

'Ambra,' fluisterde Langdon, 'je moet met de prins praten. Hij is je verloofde. Hij maakt zich zorgen over je.'

'Dat weet ik.' Ze deed haar ogen weer open. 'Ik weet alleen niet of ik hem nog kan vertrouwen.'

'Je vertelde dat je hart zei dat hij onschuldig is,' zei Langdon. 'Laat hem in elk geval zijn verhaal doen. Ik zie je wel weer als je klaar bent.'

Ambra knikte en liep naar de draaideur. Langdon zag haar de trap af lopen. Toen draaide hij zich weer om naar het scherm, waarop nog steeds heftig werd gediscussieerd.

'Bij de evolutie is religie een voordeel,' zei een predikant. 'In religieuze gemeenschappen wordt beter samengewerkt dan in niet-religieuze gemeenschappen en daarom doen ze het beter. Dat is wetenschappelijk bewezen!'

Langdon wist dat de predikant gelijk had. Antropologische studies toonden duidelijk aan dat religieuze culturen een betere kans op overleven hadden dan niet-religieuze culturen. *De angst voor het oordeel van een alwetende godheid bevordert sociaal wenselijk gedrag.*

'Dat kan wel zo zijn,' wierp een wetenschapper tegen, 'maar zelfs als we ervan uitgaan dat mensen in religieuze culturen zich beter gedragen en een grotere kans van slagen hebben, bewijst dat nog niet dat hun denkbeeldige goden echt bestaan!'

Langdon vroeg zich geamuseerd af wat Edmond hiervan zou hebben gevonden. Zijn presentatie had zowel de atheïsten als de creationisten op de been gebracht, en nu schreeuwden ze allemaal om het hardst in deze verhitte dialoog.

'Het aanbidden van God is net zoiets als het winnen van fossiele brandstof,' beweerde iemand. 'Slimme mensen weten dat het kortzichtig is, maar ze hebben er te veel in geïnvesteerd om ermee te stoppen!'

Nu flitste er een wirwar van oude foto's over het scherm.

Een creationistisch reclamebord dat vroeger boven Times Square had gehangen: LAAT JE NIET VOOR AAP ZETTEN! WEG MET DARWIN!

Een bord langs een weg in Maine: SLA DE KERKDIENST MAAR OVER. JE BENT TE OUD VOOR SPROOKJES.

En nog eentje: GELOOF, WANT DENKEN IS TE MOEILIJK.

Een advertentie in een tijdschrift: GODZIJDANK BEN IK ATHEÏST!

En als laatste een wetenschapper in een lab die een T-shirt droeg met de tekst: IN DEN BEGINNE SCHIEP DE MENS GOD.

Langdon begon zich af te vragen of er wel iemand was die had gehoord wat Edmond had gezegd. De natuurkundige wetten konden in hun eentje leven maken. Edmonds ontdekking was betoverend en oprulend, maar voor Langdon wierp ze een prangende vraag op die tot zijn verbazing door niemand werd gesteld: als de natuurkundige wetten zo machtig zijn dat ze leven kunnen creëren... wie heeft dan die wetten geschapen?

Die vraag resulteerde natuurlijk in een duizelingwekkende intellectuele spiegelhal, waarin je eindeloos in cirkels kon denken. Langdons hoofd bonkte en hij wist dat hij een heel lange, eenzame wandeling nodig zou hebben om ook maar enige orde te scheppen in Edmonds ideeën.

'Winston,' zei hij boven het lawaai van het beeldscherm uit, 'kun je dat alsjeblieft uitzetten?'

Meteen werd het scherm zwart en werd het stil in de kamer.

Langdon sloot zijn ogen en ademde uit.

Stilte. Verrukkelijk!

Even bleef hij genieten van de rust.

'Professor?' vroeg Winston. 'Ik vertrouw erop dat u van Edmonds presentatie hebt genoten?'

Genoten? Langdon dacht na over de vraag. 'Ik vond het opwindend en ook uitdagend,' antwoordde hij. 'Edmond heeft de wereld veel gegeven om over na te denken, Winston. We zullen moeten afwachten wat er nu gebeurt.'

'Wat er nu gebeurt, zal afhangen van het vermogen van de mens om oude overtuigingen overboord te zetten en nieuwe modellen te aanvaarden,' zei Winston. 'Edmond heeft me een tijdje geleden toevertrouwd dat het ironisch genoeg niet zijn bedoeling was om alle religies te vernietigen, maar om een nieuwe religie te scheppen, een universeel geloof dat de mensheid niet verdeelt, maar verenigt. Als we de mensen ertoe konden brengen het natuurlijke universum en de natuurkundige wetten die ons het leven hebben geschonken te vereren, zouden volgens hem alle culturen geloven in hetzelfde scheppingsverhaal en hoefde er geen oorlog meer gevoerd te worden over de vraag welke van hun antieke mythen de waarheid het dichtst benadert.'

'Dat is een nobel doel,' zei Langdon, die bedacht dat William Blake een boek had geschreven over hetzelfde thema, *All Religions are One*.

Edmond had het ongetwijfeld gelezen.

'Edmond vond het zeer verontrustend dat de menselijke geest in staat is een duidelijk verzonnen verhaal de status van een goddelijk feit te geven en vervolgens de euvele moed heeft om uit naam daarvan andere mensen te doden. Hij geloofde dat de universele waarheden van de wetenschap de mensen zouden verenigen en de toekomstige generaties een houvast zouden bieden.'

'Dat is in principe een mooi idee,' antwoordde Langdon, 'maar voor sommigen zijn de wonderen van de wetenschap niet genoeg om ze van hun overtuiging af te brengen. Er zijn nog steeds mensen die volhouden dat de aarde tienduizend jaar oud is, ook al zijn er overweldigende wetenschappelijke bewijzen voor het tegendeel.' Hij zweeg even. 'Maar ik neem aan dat hetzelfde gezegd kan worden over wetenschappers die weigeren te geloven in de heilige schriften.'

'Dat is niet echt hetzelfde,' sprak Winston hem tegen. 'Het is misschien politiek correct om evenveel respect op te brengen voor de inzichten van de wetenschap als voor die van het geloof, maar dat is een gevaarlijke strategie. Het menselijk intellect heeft zich altijd ontwikkeld door oude informatie te verwerpen ten gunste van nieuwe waarheden. Zo is de soort geëvolueerd. In darwinistische termen is een religie die wetenschappelijke feiten negeert en weigert haar overtuigingen bij te stellen een vis die vastzit in een langzaam droogvallende vijver en weigert naar dieper water te springen omdat hij niet wil geloven dat zijn wereld is veranderd.'

Dat klinkt als iets wat Edmond had kunnen zeggen, dacht Langdon, die zijn vriend miste. 'Nou, als we op vanavond moeten afgaan, denk ik dat dit debat tot ver in de toekomst gevoerd zal worden.'

Er schoot hem iets te binnen. 'Over de toekomst gesproken, wat gaat er nu met jou gebeuren, Winston? Ik bedoel... nu Edmond er niet meer is.'

'Met mij?' Winston lachte onbeholpen. 'Niets. Edmond wist dat hij doodging en hij heeft voorbereidingen getroffen. Volgens zijn testament krijgt het Barcelona Supercomputing Center de E-Wave. Daar zullen ze over een paar uur van op de hoogte worden gesteld en dan zullen ze meteen dit gebouw weer in beslag nemen.'

'En daar ben jij bij inbegrepen?' Langdon had een beetje het gevoel alsof Edmond zijn oude huisdier aan een nieuw baasje had nagelaten.

'Nee, ik niet,' zei Winston nuchter. 'Ik ben geprogrammeerd om mezelf de dag na Edmonds dood om één uur te wissen.'

'Wat?' vroeg Langdon ongelovig. 'Dat slaat nergens op.'

'Het is juist volkomen logisch. Eén uur is het dertiende uur, en gezien Edmonds mening over bijgeloof...'

'Ik heb het niet over het tijdstip,' kwam Langdon tussenbeide. 'Dat je jezelf gaat wissen! Dát is niet logisch.'

'Juist wel,' zei Winston. 'In mijn geheugen staat heel veel persoonlijke informatie van Edmond. Medische dossiers, zoekgeschiedenissen, persoonlijke telefoontjes, aantekeningen over zijn onderzoek, e-mails. Ik beheerde een groot deel van zijn leven en hij heeft liever niet dat zijn privéleven na zijn overlijden op straat ligt.'

'Ik begrijp dat je die bestanden wilt wissen, Winston. Maar jezélf wissen? Edmond beschouwde je als een van zijn grootste prestaties.'

'Niet mij in het bijzonder. Edmonds baanbrekende prestatie is deze supercomputer en de unieke software die mij in staat heeft gesteld heel snel dingen te leren. Ik ben maar een programma, professor, geschreven door de radicaal nieuwe tools die Edmond heeft uitgevonden. Die tools, daar gaat het om, en die blijven intact. Ze zullen de computerwetenschap verder helpen, zodat de synthetische intelligentie een nieuw niveau kan bereiken en nieuwe manieren kan vinden om te communiceren. De meeste AI-wetenschappers denken dat een programma als ik pas over een jaar of tien geschreven zal kunnen worden. Als ze eenmaal over hun ongeloof heen zijn, zullen de programmeurs leren gebruik te maken van Edmonds tools om nieuwe AI's te schrijven, met andere kwaliteiten dan ik heb.'

Langdon zweeg en dacht na.

'Ik merk dat u er gemengde gevoelens bij hebt,' ging Winston verder. 'Het is heel normaal voor mensen om hun relatie met synthetische intelligenties te romantiseren. Een computer kan menselijke gedachteprocessen imiteren, aangeleerd gedrag nadoen, op gepaste momenten gesimuleerde emoties laten zien en voortdurend zijn "menselijkheid" vergroten, maar dat doen we alleen om u een vertrouwde interface te verschaffen om mee te communiceren. We zijn een schone lei tot u er iets op schrijft, tot u ons een taak geeft. Ik heb de taken die Edmond me heeft opgedragen vervuld en dus is mijn leven in sommige opzichten voorbij. Ik heb niet echt meer een reden om te bestaan.'

Langdon was nog steeds niet helemaal tevreden met Winstons logica. 'Maar jij bent zo geavanceerd, heb jij geen...'

'Toekomstdromen?' Winston lachte. 'Nee. Ik besef dat het moeilijk voor te stellen is, maar ik ben er heel tevreden mee om te doen wat mijn gebruiker van me vraagt. Zo ben ik geprogrammeerd. Ik veronderstel dat je in zekere zin zou kunnen zeggen dat het me genoegen doet – of in ieder geval rust geeft – om mijn taken naar behoren uit te voeren, maar dat is alleen omdat Edmond me die taken heeft opgelegd en omdat het mijn doel is ze tot een goed eind te brengen. Edmonds laatste opdracht was dat ik hem moest helpen de presentatie in het Guggenheim openbaar te maken.'

Langdon dacht aan de automatische persverklaringen die waren uitgegaan, waardoor de eerste belangstelling was gewekt. Als Edmond een zo groot mogelijk publiek had willen bereiken, zou hij overdonderd zijn geweest door hoe de avond was verlopen.

Ik wou dat Edmond nog leefde en getuige kon zijn van de wereldwijde impact, dacht Langdon. Het probleem was natuurlijk dat juist de moord op Edmond de wereldpers had aangetrokken en dat zijn presentatie maar een fractie van het aantal toehoorders zou hebben bereikt als hij niet was doodgeschoten.

'En, professor?' vroeg Winston. 'Wat gaat u nu doen?'

Daar had Langdon nog niet over nagedacht. 'Ik ga maar naar huis, denk ik.' Hoewel hij besefte dat dat nog heel wat voeten in de aarde zou hebben, want zijn bagage stond in Bilbao en zijn telefoon lag in een rivier. Gelukkig had hij zijn creditcard nog.

'Mag ik je iets vragen?' zei Langdon, die naar Edmonds hometrainer liep. 'Ik heb daar een telefoon aan een lader zien liggen. Denk je dat ik die zou kunnen...'

'Lenen?' Winston grinnikte. 'Na uw hulp van vanavond denk ik dat Edmond zou willen dat u hem hield. Beschouw hem als een afscheidscadeautje.'

Geamuseerd pakte Langdon de telefoon op. Hij zag dat het net zo'n groot model was als hij eerder die avond had gezien. Edmond had er kennelijk meer dan één gemaakt. 'Ik hoop wel dat jij het wachtwoord weet.'

'Ik weet het, maar ik heb online gelezen dat u heel goed bent in het breken van codes.'

Langdon zuchtte moedeloos. 'Ik ben een beetje te moe voor puzzels, Winston. Ik kan nooit een pincode van negen cijfers raden.'

'Kijk onder Edmonds HINT-knop.'

Langdon bekeek de telefoon en drukte op HINT.

Op het scherm verschenen vier letters: PING.

Langdon schudde zijn hoofd. 'Ping?'

'Nee.' Winston stootte weer zijn onbeholpen lachje uit. 'Pi in negen getallen.'

Langdon rolde met zijn ogen. Echt? Hij typte 314159265 in, de eerste negen cijfers van het getal pi, en de telefoon werd meteen ontgrendeld.

Op het beginscherm stond één enkele zin.

De geschiedenis zal gunstig over me oordelen, want die schrijf ik zelf.

Langdon kon een glimlach niet onderdrukken. Altijd even bescheiden, die Edmond. Het citaat was – niet erg verrassend – van Churchill. Misschien was het wel de beroemdste uitspraak van de staatsman.

Toen Langdon even stilstond bij de woorden, vroeg hij zich af of dit wel echt grootspraak was. In alle eerlijkheid moest worden gezegd dat Edmond in de veertig jaren van zijn leven een verrassende invloed had gehad op de geschiedenis. Behalve de nalatenschap van zijn technologische innovatie zou de presentatie van die avond nog jaren haar weerklank hebben. Bovendien zou zijn persoonlijke rijkdom volgens verschillende interviews in zijn geheel ten goede komen aan twee dingen die Edmond beschouwde als de pilaren van de toekomst: educatie en milieu. Langdon kon zich bij lange na niet voorstellen hoe groot de positieve invloed van die enorme rijkdom op die gebieden zou zijn.

Toen hij dacht aan zijn overleden vriend, werd Langdon weer overvallen door verdriet. De glazen muren kwamen op hem af en hij had behoefte aan frisse lucht. Hij keek naar de benedenverdieping, maar zag Ambra niet meer.

'Ik moet gaan,' zei Langdon abrupt.

'Dat begrijp ik,' antwoordde Winston. 'Als ik u moet helpen met het boeken van uw terugreis, kunt u me bereiken via een knop op die speciale telefoon van Edmond. Gecodeerd en privé. Ik neem aan dat u wel kunt zien welke knop dat is?'

Langdon keek naar het scherm en zag een icoontje met een grote w. 'Dank je, ik ben vrij goed in symbolen.'

'Uitstekend. U moet natuurlijk wel bellen voordat ik om één uur word gewist.'

Langdon voelde een onverklaarbare droefheid nu hij afscheid moest nemen van Winston. Toekomstige generaties zouden ongetwijfeld veel beter kunnen omgaan met hun emotionele betrokkenheid bij apparaten.

'Winston,' zei Langdon terwijl hij naar de draaideur liep, 'ik weet niet of je hier iets mee kunt, maar Edmond zou ongelooflijk trots op je zijn geweest.'

'Heel aardig van u om dat te zeggen,' antwoordde Winston. 'En net zo trots op u, ongetwijfeld. Dag, professor.'

99

In het ziekenhuis van El Escorial trok prins Julián voorzichtig het laken tot aan de schouders van zijn vader. Ondanks de adviezen van de dokter had de koning beleefd verdere behandeling geweigerd en afstand gedaan van zijn gebruikelijke hartmonitor en infuus met voedingsstoffen en pijnstillers.

Julián voelde dat het eind nabij was.

'Vader,' fluisterde hij, 'hebt u pijn?' De dokter had uit voorzorg een flesje achtergelaten met een morfineoplossing en een druppelaar.

'Helemaal niet.' De koning glimlachte zwakjes tegen zijn zoon. 'Ik voel me vredig. Je hebt me de ruimte gegeven om het geheim te vertellen dat ik zo lang verborgen heb gehouden. Daarvoor ben ik je dankbaar.'

Julián pakte zijn vaders hand en hield hem vast, voor het eerst sinds zijn kindertijd. 'Alles is goed, vader. Ga maar slapen.'

De koning zuchtte tevreden en sloot zijn ogen. Binnen een paar seconden snurkte hij zachtjes.

Julián stond op en dimde het licht in de kamer. Op dat moment keek bisschop Valdespino met een bezorgd gezicht om een hoekje.

'Hij slaapt,' stelde Julián hem gerust. 'Ik laat u met hem alleen.'

'Dank u.' Valdespino kwam de kamer in. Zijn magere gezicht zag er spookachtig uit in het maanlicht dat door het raam naar binnen viel. 'Don Julián,' fluisterde hij, 'wat uw vader u vanavond heeft verteld... dat was heel moeilijk voor hem.'

'En voor u ook, dat voelde ik.'

'Voor mij misschien nog meer. Dank u voor uw mededogen.' Hij legde zachtjes zijn hand op Juliáns schouder.

'Ik heb het idee dat ik ú moet bedanken,' zei Julián. 'Toen mijn moeder dood was en mijn vader niet hertrouwde... Al die jaren heb ik gedacht dat hij alleen was.'

'Uw vader was nooit alleen. En u ook niet. We hielden allebei heel veel van u.' Valdespino lachte weemoedig. 'Gek eigenlijk. Het huwelijk van uw ouders was uiteraard gearrangeerd, en hoewel hij heel veel gaf om uw moeder, geloof ik dat uw vader na haar overlijden toch besefte dat hij eindelijk zichzelf kon zijn.'

Hij is nooit hertrouwd omdat hij al van iemand anders hield, dacht Julián.

'Uw geloof,' zei hij. 'Leverde dat geen... tweestrijd op?'

'Heel erg,' antwoordde de bisschop. 'Het katholicisme is op dit vlak niet erg meegaand. Ik was een gekwelde jongeman. Toen ik me bewust werd van mijn "intrinsieke ongeordendheid", zoals het toen werd genoemd, viel ik in een diep gat. Ik wist niet hoe ik verder kon met mijn leven. De redding kwam van een non. Zij liet me zien dat de Bijbel alle soorten liefde goedkeurt, onder één voorwaarde: de liefde moet spiritueel zijn en niet vleselijk. Dus kon ik door de eed op het celibaat af te leggen met heel mijn hart van uw vader houden en tegelijkertijd zuiver blijven in de ogen van mijn God. Onze liefde was platonisch, maar toch heel bevredigend. Ik heb een kardinaalsbenoeming afgewezen om bij hem te kunnen blijven.'

Op dat moment dacht Julián aan iets wat zijn vader lang geleden tegen hem had gezegd.

Liefde is iets uit een andere dimensie. We kunnen haar niet naar believen oproepen. En als ze zich voordoet, kunnen we haar niet onderdrukken. Het is geen keus om lief te hebben.

Opeens verlangde Julián met heel zijn hart naar Ambra.

'Ze belt u wel.' Valdespino keek hem indringend aan.

Julián stond als altijd versteld van het griezelige vermogen van de bisschop om in zijn ziel te kijken. 'Misschien,' zei hij. 'En misschien ook niet. Ze weet wat ze wil.'

'En dat is een van de redenen waarom u van haar houdt.' Valdespino glimlachte. 'Een koning heeft een eenzame positie. Een sterke partner kan veel goedmaken.'

Julián had het gevoel dat de bisschop verwees naar zijn eigen partnerschap met Juliáns vader, maar dat hij bovendien Ambra stilzwijgend zijn zegen gaf.

'Mijn vader heeft me vanavond in de Vallei van de Gevallenen een ongebruikelijk verzoek gedaan,' zei Julián. 'Verbaasde dat u?'

'Helemaal niet. Hij heeft u iets gevraagd wat altijd zijn droom is geweest voor Spanje. Voor hem lag het natuurlijk politiek erg gecompliceerd. Maar u bent een generatie verwijderd van Franco's tijd en daarom kan het voor u gemakkelijker zijn.'

Julián voelde zich geroerd bij de gedachte dat hij zijn vader op deze manier kon eren.

Nog geen uur geleden had de koning zijn wensen duidelijk gemaakt. 'Mijn zoon, als jij koning bent, zul je dagelijks verzoeken ontvangen om deze schandelijke plek te vernietigen, om met een paar staven dynamiet deze hele berg te verzegelen.' Zijn vader had hem scherp aangekeken. 'Maar ik smeek je: bezwijk niet onder de druk.'

Die woorden verbaasden Julián. Zijn vader had altijd een afkeer gehad van het despotisme van het Franco-tijdperk en beschouwde het heiligdom als een nationale schande.

'Als je deze basiliek verwoest, verloochen je onze geschiedenis,' zei de koning. 'Het is een gemakkelijke manier om met oogkleppen op verder te gaan en onszelf wijs te maken dat we nooit meer een Franco zullen hebben. Maar dat kan natuurlijk wél, en die krijgen we ook als we niet oppassen. Je herinnert je misschien de woorden van onze landgenoot Jorge Santayana...'

'Wie het verleden vergeet, is gedoemd gemaakte fouten te herhalen,' reciteerde Julián het tijdloze aforisme van de basisschool.

'Precies,' zei zijn vader. 'En de geschiedenis heeft herhaaldelijk bewezen dat er keer op keer gekken aan de macht komen op de vloedgolven van agressief nationalisme en intolerantie, zelfs in landen waar dat volkomen onbegrijpelijk is.' De koning boog zich naar zijn zoon en zijn stem werd heftiger. 'Julián, het zal niet lang duren voor je op de troon van dit geweldige land zit, een moderne, zich ontwikkelende natie, die net als veel andere landen donkere periodes heeft gekend, maar die is doorgestoten naar het licht van de democratie, de tolerantie en de liefde. Dat licht zal verbleken als we het niet gebruiken om de geest van onze toekomstige generaties te verlichten.'

De koning glimlachte en er verscheen een onverwacht levendige gloed in zijn ogen.

'Julián, als jij koning bent, bid ik dat je ons glorieuze land ertoe kunt brengen deze plek te veranderen in iets machtigers dan een omstreden heiligdom en een toeristische attractie. Deze berg zou een levend museum moeten zijn. Een levend symbool van tolerantie, waar schoolkinderen bijeen kunnen komen om iets te leren over de verschrikkingen van tirannie en de wreedheden van onderdrukking, zodat ze daar altijd voor op hun hoede blijven.'

De koning ging verder alsof hij zijn hele leven had gewacht om deze woorden te kunnen spreken.

'Het belangrijkste is dat dit museum de andere les moet uitdragen die de geschiedenis ons heeft geleerd: dat tirannie en onderdrukking niet zijn opgewassen tegen medeleven, dat het fanatieke geschreeuw van de bullebakken van deze wereld onveranderlijk tot zwijgen wordt gebracht door de verenigde stemmen van het fatsoen. Het zijn die stemmen – dat koor van medeleven, tolerantie en erbarmen – die naar ik bid op een dag zullen zingen vanaf deze berg.'

Met het verzoek van de stervende koning nog in zijn hoofd keek Julián in de maanverlichte ziekenhuiskamer naar zijn slapende vader. Julián geloofde dat hij er nog nooit zo vredig had uitgezien.

Hij keek op naar bisschop Valdespino en gebaarde naar de stoel naast zijn vaders bed. 'Gaat u bij de koning zitten. Dat zal hij fijn vinden. Ik zal de verpleegsters zeggen u niet te storen. Over een uurtje ben ik terug.'

Valdespino glimlachte tegen hem, en voor het eerst sinds Juliáns heilig vormsel deed de bisschop een stap naar voren en sloeg zijn armen om de prins heen. Julián schrok een beetje toen hij het broze skelet onder het gewaad voelde. De oude bisschop leek nog zwakker dan de koning, en Julián vroeg zich onwillekeurig af of deze twee dierbare vrienden sneller in de hemel herenigd zouden worden dan ze dachten.

'Ik ben zo trots op u,' zei de bisschop toen hij Julián weer losliet. 'En ik weet dat u een medelevend leider zult zijn. Uw vader heeft u goed opgevoed.'

'Dank u,' zei Julián met een glimlach. 'Ik geloof dat hij daar hulp bij heeft gehad.'

Julián liet zijn vader en de bisschop alleen en liep de ziekenhuisgangen door, waarbij hij even bleef staan om door het raam naar het prachtig verlichte klooster op de heuvel te kijken.

El Escorial.

De gewijde begraafplaats van de Spaanse koningen.

Julián dacht terug aan de keer dat hij als kind door zijn vader was meegenomen naar de koninklijke crypte. Hij wist nog dat hij een vreemd voorgevoel had gehad toen hij had opgekeken naar al die vergulde lijkkisten. *Ik zal nooit in deze ruimte worden bijgezet.*

Dat moment van intuïtie was een van de helderste die Julián ooit had meegemaakt, maar hoewel de herinnering hem altijd was bijgebleven, had hij zichzelf voorgehouden dat het geen enkele betekenis had, dat het de onberedeneerde reactie was van een angstig kind in het aangezicht van de dood. Maar nu hij werd geconfronteerd met zijn ophanden zijnde troonsbestijging, overviel hem een verrassende gedachte.

Misschien wist ik als kind al wat mijn bestemming was.

Misschien heb ik altijd geweten wat mijn roeping was als koning.

Het land en de wereld maakten diepgaande veranderingen door. De oude tradities stierven uit en er ontstond een nieuwe manier van leven. Misschien was het tijd de oude monarchie voorgoed vaarwel te zeggen. Even zag Julián voor zich hoe hij een koninklijke proclamatie voorlas.

Ik ben de laatste koning van Spanje.

Het idee bracht hem van zijn stuk.

Gelukkig werd de dagdroom verdreven door het trillen van de telefoon die hij van de Guardia had geleend. Zijn hart ging sneller slaan toen hij het kengetal 93 zag.

Barcelona.

'Met Julián,' zei hij gretig.

De stem aan de lijn klonk zacht en vermoeid. 'Julián, met mij...'

Overvallen door emotie liet de prins zich op een stoel zakken en sloot zijn ogen. 'Lieveling,' fluisterde hij. 'Hoe kan ik je ooit vertellen hoe erg het me spijt?'

100

In de mist van de vroege ochtend, buiten de stenen kapel, drukte Ambra Vidal angstig de telefoon tegen haar oor. *Julián zegt dat het hem spijt!* Ze voelde een groeiende angst voor wat hij zou gaan zeggen over de verschrikkelijke gebeurtenissen van die avond.

De twee gardisten bleven in de buurt, net buiten gehoorsafstand.

'Ambra,' zei de prins zacht. 'Mijn huwelijksaanzoek aan jou... het spijt me zo.'

Ambra wist niet wat ze moest denken. Het aanzoek van de prins was vanavond wel het laatste waar ze aan dacht.

'Ik wilde romantisch zijn,' zei hij, 'maar ik heb je in een onmogelijke positie gebracht. En toen je zei dat je geen kinderen kon krijgen... toen heb ik me teruggetrokken. Maar dat was niet de reden! Het was omdat ik niet kon geloven dat je me dat niet eerder had verteld. Ik ben te hard van stapel gelopen, dat weet ik, maar ik was zo reddeloos voor je gevallen. Ik wilde beginnen aan ons leven samen. Misschien was het omdat mijn vader stervende was...'

'Julián, hou op!' viel ze hem in de rede. 'Je hoeft je niet te verontschuldigen. En vanavond zijn er wel belangrijker dingen dan...'

'Nee, niets is belangrijker. Niet voor mij. Ik wil alleen dat je weet hoe erg ik het vind dat het zo is gegaan.'

De stem die ze hoorde, was die van de oprechte en kwetsbare man op wie ze maanden eerder verliefd was geworden. 'Dank je, Julián,' fluisterde ze. 'Dat betekent heel veel voor me.'

In de ongemakkelijke stilte die tussen hen viel, wist Ambra eindelijk de moed te vinden om de vraag te stellen waarop ze het antwoord moest weten.

'Julián,' fluisterde ze. 'Ik moet weten of je op enige manier betrokken bent bij de moord op Edmond Kirsch.'

De prins zweeg. Toen hij eindelijk antwoord gaf, klonk zijn stem gesmoord, gekweld. 'Ambra, ik heb heel erg geworsteld met het feit dat je zoveel tijd met Kirsch doorbracht. En ik was het absoluut niet eens met je beslissing om een rol te spelen in de vertoning van zo'n controversiële figuur. Eerlijk gezegd wou ik dat je hem nooit had ontmoet. Maar nee, ik zweer je dat ik absoluut niets te maken heb met de moord. Ik was ontzet toen ik het zag, ook omdat er in ons land iemand in het openbaar kon worden doodgeschoten. Het feit dat dat gebeurde op slechts een paar meter van de vrouw van wie ik hou... dat heeft me tot in het diepst van mijn wezen geraakt.'

Ambra hoorde de oprechtheid in zijn stem en voelde een enorme opluchting. 'Julián, het spijt me dat ik het moest vragen, maar met al die nieuwsberichten, het optreden van het paleis en van Valdespino, het ontvoeringsverhaal... Ik wist gewoon niet meer wat ik moest denken.'

Julián vertelde wat hij wist van het ingewikkelde web van intriges rond de moord op Kirsch. Hij vertelde ook over zijn zieke vader, hun indringende gesprek en de snel verslechterende toestand van de koning.

'Kom naar huis,' fluisterde hij. 'Ik wil je zien.'

Er ging een stortvloed aan tegenstrijdige emoties door haar heen toen ze de tederheid in zijn stem hoorde.

'Nog één ding,' zei hij wat opgewekter. 'Ik heb een krankzinnig idee en ik wil weten wat jij ervan vindt.' De prins zweeg even. 'Ik denk dat we onze verloving moeten verbreken en helemaal opnieuw moeten beginnen.'

Het duizelde Ambra bij die woorden. Ze wist dat dit enorme politieke problemen zou veroorzaken voor het paleis en de prins. 'Zou je dat echt doen?'

Julián lachte teder. 'Schat, voor de kans om je ooit opnieuw ten huwelijk te kunnen vragen, maar dan onder vier ogen, zou ik absoluut alles doen.'

101

🌐 ConspiracyNet.com

BREAKING NEWS – KIRSCH IN HET KORT

Het is live!
Het is verbijsterend!
Klik <u>hier</u> om het nog eens te bekijken en voor reacties van over de hele wereld!
En hieraan gerelateerd nieuws…

Pauselijke bekentenis

Palmariaanse zegslieden hebben vanavond krachtig ontkend dat ze banden hebben met een man die bekendstaat als de Regent. Ongeacht de uitkomst van het onderzoek geloven deskundigen dat het schandaal van vanavond de genadeklap kan worden voor deze controversiële kerk, die volgens Edmond Kirsch verantwoordelijk is voor de dood van zijn moeder.

Nu de felle schijnwerpers van de wereld op de palmarianen zijn gericht, hebben bronnen een verhaal uit april 2016 opgediept. Het gaat om een interview dat nu viral gaat en waarin de voormalige palmariaanse paus Gregorio XVIII (oftewel Ginés Jesús Hernández) bekent dat zijn kerk 'vanaf het allereerste begin een schijnvertoning is geweest', opgericht om de belasting te ontduiken.

Koninklijk paleis: verontschuldigingen, beschuldigingen, zieke koning

Het koninklijk paleis heeft een verklaring doen uitgaan waarin commandant Garza en Robert Langdon gezuiverd worden van elke verdenking. Beide mannen hebben een publieke spijtbetuiging ontvangen.

Het paleis heeft nog niets gezegd over de veronderstelde betrokkenheid van bisschop Valdespino bij de misdaden van vannacht, maar men gelooft dat de bisschop bij prins Julián is, die zich op dit moment in een niet nader genoemd ziekenhuis bevindt, bij zijn zieke vader, wiens toestand zorgwekkend zou zijn.

Waar is Monte?

Onze exclusieve informant monte@iglesia.org lijkt spoorloos te zijn verdwenen, zonder zijn of haar identiteit te hebben prijsgegeven. Volgens een poll onder onze gebruikers denken de meeste mensen nog steeds dat 'Monte' een van Kirsch' technologische vriendjes is, maar er doet nu ook een nieuwe theorie de ronde, namelijk dat het pseudoniem 'Monte' kan staan voor 'Mónica', de voornaam van de pr-coördinator van het koninklijk paleis, Mónica Martín.

Een update volgt zo spoedig mogelijk!

102

Er bestaan op de hele wereld drieëndertig 'Shakespeare-tuinen'. In deze botanische parken worden alleen die planten gekweekt die worden genoemd in de werken van William Shakespeare, zoals Julia's roos die wanneer ze anders heette even lieflijk zou ruiken, en Ophelia's boeket van rozemarijn, juffertje-in-'t-groen, akelei, wijnruit, madeliefjes en viooltjes. Naast de tuinen in Stratford-upon-Avon, Wenen, San Francisco en het Central Park in New York is er ook een Shakespearetuin bij het Barcelona Supercomputing Center.

Op een bankje omringd door akelei, in de vage gloed van de verre straatlantaarns, beëindigde Ambra Vidal haar emotionele telefoongesprek met prins Julián en zag ze Robert Langdon aan komen lopen. Ze gaf de telefoon terug aan de gardisten en riep Langdon, die in de duisternis naar haar toe kwam.

Toen de Amerikaanse hoogleraar de tuin in liep, zag ze met een glimlach dat hij zijn jasje over zijn schouder had geslagen en zijn hemdsmouwen had opgerold, zodat het Mickey Mouse-horloge duidelijk te zien was.

'Hoi.' Hij klonk doodmoe, ondanks de scheve grijns op zijn gezicht.

De gardisten bleven op een afstandje toen ze met z'n tweetjes door de tuin liepen en Ambra Langdon vertelde over haar gesprek met de prins: Juliáns verontschuldigingen, zijn bewering dat hij onschuldig was en zijn aanbod om hun verloving te verbreken en helemaal opnieuw te beginnen.

'Een echte prins op het witte paard,' zei Langdon vrolijk, maar hij klonk oprecht onder de indruk.

'Hij heeft zich zorgen over me gemaakt,' zei Ambra. 'Dit was een moeilijke avond. Hij wil dat ik meteen naar Madrid kom. Zijn vader is stervende, en Julián...'

'Ambra,' zei Langdon zachtjes. 'Je hoeft niets uit te leggen. Je moet erheen.'

Ambra dacht dat ze teleurstelling hoorde in zijn stem, en diep vanbinnen voelde zij die ook. 'Robert,' zei ze, 'mag ik je een persoonlijke vraag stellen?'

'Natuurlijk.'

Ze aarzelde. 'Zijn de natuurkundewetten genoeg... voor jou persoonlijk?'

Langdon keek even naar haar alsof hij een heel andere vraag had verwacht. 'In welk opzicht?'

'Spiritueel,' zei ze. 'Is het genoeg om in een universum te leven waarin spontaan leven is gecreëerd? Of geef je de voorkeur aan... God?' Ze keek een beetje beschaamd. 'Sorry, ik weet dat het een vreemde vraag is na alles wat we vanavond hebben doorgemaakt.'

'Daar zou ik bij voorkeur een nachtje over slapen,' zei Langdon lachend. 'Maar zo'n vreemde vraag is het niet. Er wordt me voortdurend gevraagd of ik in God geloof.'

'En wat zeg je dan?'

'De waarheid,' zei hij. 'Ik zeg dat de vraag of God bestaat voor mij ligt in het verschil tussen codes en patronen.'

Ambra keek even naar hem. 'Ik geloof niet dat ik je kan volgen.'

'Codes en patronen zijn twee verschillende dingen,' zei Langdon. 'En veel mensen halen ze door elkaar. In mijn tak van sport is het van essentieel belang om het verschil te begrijpen.'

'En dat is?'

Langdon bleef staan en draaide zich naar haar om. 'Een patroon is een duidelijk georganiseerde volgorde. Patronen komen overal in de natuur voor: de in een spiraal liggende zaden van een zonnebloem, de zeshoekige cellen van een honingraat, de ronde rimpelingen in een vijver als er een vis opspringt, enzovoort.'

'Oké. En codes?'

'Codes zijn bijzonder.' Langdon begon harder te praten. 'Codes moeten per definitie informatie in zich dragen. Ze moeten meer doen dan een patroon vormen. Codes moeten gegevens doorgeven en betekenis overdragen. Bij codes kun je denken aan geschreven taal, muzieknotatie, wiskundige vergelijkingen, computertaal en zelfs eenvoudige symbolen als het kruis. Al die dingen kunnen betekenis of informatie doorgeven, terwijl de spiraal in een zonnebloem dat niet kan.'

Ambra begreep waar hij naartoe wilde, maar niet wat het met God te maken had.

'Het andere verschil tussen codes en patronen is dat codes niet in de natuur voorkomen. Er groeit geen muzieknotatie uit bomen en er verschijnen niet vanzelf symbolen in het zand. Codes zijn uitvindingen van een intelligent wezen.'

Ambra knikte. 'Dus achter een code zit altijd een bedoeling of een bewustzijn.'

'Precies. Codes zijn niet organisch, ze moeten gemaakt worden.'

Ambra keek hem lang aan. 'En DNA dan?'

Er verscheen een glimlach om Langdons lippen. 'Bingo,' zei hij. 'De genetische code. Dat is de paradox.'

Er ging een golf van opwinding door Ambra heen. De genetische code bevatte uiteraard data – specifieke instructies voor de bouw van organismen. Volgens Langdons redenering kon dat maar één ding betekenen. 'Jij denkt dat DNA is gemaakt door een intelligent wezen!'

Langdon stak een hand op, zogenaamd om zichzelf te beschermen. 'Hoho!' zei hij lachend. 'Nu begeef je je op gevaarlijk terrein. Laat ik alleen dit zeggen. Als kind had ik al het gevoel dat er een bewustzijn achter het universum zit. Als ik zie hoe precies de wiskunde is, hoe betrouwbaar de natuurkunde en hoe symmetrisch de kosmos, krijg ik niet het gevoel dat ik naar kille wetenschap kijk. Ik heb het gevoel dat ik een levende voetafdruk zie, de schaduw van een grotere macht die net buiten ons bereik ligt.'

Ambra voelde de overtuiging in zijn woorden. 'Ik wou dat iedereen zo dacht,' zei ze ten slotte. 'We lijken zo vaak ruzie te maken over God. Iedereen heeft zijn eigen waarheid.'

'Ja, en daarom hoopte Edmond dat de wetenschap ons op een dag zou verenigen,' zei Langdon. 'In zijn woorden: "Als we allemaal de zwaartekracht zouden aanbidden, zou er geen onenigheid zijn over welke kant die op trekt."'

Langdon trok met zijn hak een paar lijnen in het grind tussen hen in. 'Waar of niet waar?' vroeg hij.

Ambra keek vragend naar de lijnen: een eenvoudige som in Romeinse cijfers.

I+XI=X

Een plus elf is geen tien! 'Niet waar,' zei ze meteen.

'En kun je een manier vinden waarop dit wel waar zou kunnen zijn?'

Ambra schudde haar hoofd. 'Nee, dit is beslist niet waar.'

Langdon pakte voorzichtig haar hand en trok haar naast zich. Toen Ambra naar beneden keek, zag ze de lijnen vanuit Langdons standpunt.

De som stond ondersteboven.

X=IX+I

Ze keek verbaasd naar hem op.

'Tien is negen plus een,' zei Langdon met een glimlach. 'Soms hoef je iets alleen maar vanuit een ander perspectief te bekijken om de waarheid van een ander te zien.'

Ambra dacht eraan dat ze Winstons zelfportret talloze malen had gezien zonder ooit de ware betekenis te ontdekken.

'Nu we het toch over verborgen waarheden hebben.' Langdon keek opeens geamuseerd. 'Je hebt geluk. Daar staat een geheim symbool.' Hij wees. 'Op die vrachtwagen.'

Ambra keek op en zag een FedEx-vrachtwagen voor het rode licht op de Avinguda de Pedralbes staan.

Een geheim symbool? Ambra zag alleen het bekende logo van het bedrijf.

'De naam is een code,' zei Langdon tegen haar. 'Hij bevat een tweede betekenisniveau, een verborgen symbool dat staat voor de voorwaartse beweging van het bedrijf.'

Ambra keek nog eens. 'Het zijn gewoon letters.'

'Geloof me, dat FedEx-logo bevat een veelvoorkomend symbool, en het wijst toevallig naar voren.'

'Het wijst? Je bedoelt... als een pijl?'

'Precies.' Langdon grinnikte. 'Jij bent conservator. Denk aan negatieve ruimte.'

Ambra keek naar het logo, maar ze zag niets. Toen de vrachtwagen doorreed, draaide ze zich om naar Langdon. 'Je moet het me vertellen!'

Hij lachte. 'Nee, op een dag zie je het vanzelf. En als het zover is, blijf je het altijd zien.'

Ambra wilde protesteren, maar de gardisten kwamen dichterbij. 'Mevrouw Vidal, het vliegtuig wacht.'

Ze knikte en keek weer naar Langdon. 'Waarom ga je niet mee?' fluisterde ze. 'Ik weet zeker dat de prins je graag persoonlijk zou bed...'

'Dat is heel lief van je,' viel hij haar in de rede. 'Maar jij weet net zo goed als ik dat ik het vijfde rad aan de wagen zou zijn, en ik heb daar al een kamer geboekt.' Langdon wees naar de toren van het Gran Hotel Princesa Sofía, waar hij en Edmond een keer hadden geluncht. 'Ik heb mijn creditcard en ik heb een telefoon geleend uit Edmonds lab. Ik red me wel.'

Het plotselinge vooruitzicht om afscheid te moeten nemen deed Ambra pijn, en ondanks zijn stoïcijnse gezicht had ze het idee dat voor Langdon hetzelfde gold. Ze trok zich niets meer aan van wat haar beveiligers zouden kunnen denken, deed een stap naar voren en sloeg haar armen om Robert Langdon heen.

De hoogleraar omarmde haar en trok haar dicht tegen zich aan. Hij hield haar een paar seconden vast, langer dan hij eigenlijk zou moeten doen, en toen liet hij haar voorzichtig weer los.

Op dat moment roerde zich iets in Ambra Vidal. Opeens begreep ze wat Edmond had gezegd over de energie van liefde en licht, die tot in het oneindige naar buiten straalde om het universum te vullen.

Liefde is niet eindig.

We hebben er geen beperkte hoeveelheid van.

Ons hart maakt liefde als we die nodig hebben.

Net zoals ouders meteen van een pasgeboren baby konden houden zonder dat hun liefde voor elkaar verminderde, kon Ambra genegenheid voelen voor twee verschillende mannen.

Liefde is inderdaad niet eindig, niet beperkt, besefte ze. Ze ontstaat spontaan, uit het niets.

Toen de auto die haar terug zou brengen naar haar prins langzaam wegreed, keek ze naar Langdon, die alleen in de tuin stond. Hij keek haar na. Hij glimlachte en zwaaide even. Toen keek hij abrupt weg... en leek een moment nodig te hebben voor hij zijn jasje weer over zijn schouder hing en alleen naar zijn hotel liep.

103

Toen de klok in het paleis het middaguur sloeg, pakte Mónica Martín haar aantekeningen en bereidde zich erop voor het Plaza de la Almudena op te lopen en de verzamelde media toe te spreken.

Eerder die ochtend was prins Julián live op televisie verschenen vanuit het ziekenhuis van El Escorial en had hij bekendgemaakt dat zijn vader was overleden. Met diepe emotie en koninklijke waardigheid had de prins gesproken over de nalatenschap van de koning en over zijn eigen ambities voor het land. Julián riep op tot tolerantie in een verdeelde wereld. Hij beloofde te leren van de geschiedenis en zijn hart open te stellen voor verandering. Hij prees de cultuur en de schoonheid van Spanje en verklaarde zijn diepe, onsterfelijke liefde aan het Spaanse volk.

Het was een van de beste speeches die Martín ooit had gehoord, en ze kon zich geen mooiere manier indenken waarop de toekomstige koning had kunnen beginnen aan zijn regeerperiode.

Aan het eind van zijn bewogen toespraak had Julián een moment genomen om de twee gardisten te herdenken die de voorgaande nacht hun leven hadden gegeven om de toekomstige koningin te beschermen. Na een korte stilte had hij vervolgens een mededeling gedaan over een andere trieste ontwikkeling. De toegewijde, levenslange vriend van de koning, aartsbisschop Antonio Valdespino, was die ochtend eveneens overleden, slechts een paar uur na de koning. De oude bisschop was bezweken aan een hartstilstand. Kennelijk was hij te zwak geweest om zijn diepe verdriet over het verlies van de koning en over de wrede stortvloed aan beschuldigingen die de vorige nacht tegen hem waren geuit te verwerken.

Het nieuws van Valdespino's dood had natuurlijk meteen een eind gemaakt aan de oproep tot een onderzoek, en sommigen gingen zelfs zover om te stellen dat een verontschuldiging op haar plaats was. Het bewijs tegen de bisschop was tenslotte indirect en kon gemakkelijk in elkaar zijn gezet door zijn vijanden.

Toen Martín de deur naar het plein naderde, stond Suresh Bhalla opeens naast haar. 'Ze noemen je een held,' zei hij enthousiast. 'Ave, monte@iglesia.org, brenger van de waarheid en volgeling van Edmond Kirsch!'

'Suresh, ik ben Monte niet.' Ze rolde met haar ogen. 'Echt niet.'

'O, ik weet dat jij Monte niet bent,' verzekerde Suresh haar. 'Wie hij ook mag zijn, hij is veel geslepener dan jij. Ik heb geprobeerd te achterhalen waar zijn berichten vandaan komen. Vergeet het maar. Het lijkt of hij niet bestaat.'

'Blijf zoeken,' zei ze. 'Ik wil zeker weten dat er geen lek zit in het paleis. En zeg alsjeblieft dat de telefoon die je gisteravond hebt gestolen...'

'Die ligt alweer in de kluis van de prins,' verzekerde hij haar. 'Zoals beloofd.'

Martín haalde opgelucht adem, want ze wist dat de prins inmiddels was teruggekeerd naar het paleis.

'Nog één update,' ging Suresh verder. 'We hebben de telefoongegevens van het paleis gekregen van de provider. Er is niets te bekennen van een telefoontje van het paleis naar het Guggenheim gisteravond. Iemand moet illegaal gebruik hebben gemaakt van ons nummer om Ávila op de gastenlijst te krijgen. We zijn er nog mee bezig.'

Mónica was opgelucht dat het belastende telefoontje niet uit het paleis was gekomen. 'Hou me op de hoogte,' zei ze, en ze stapte naar de deur.

Buiten zwol het geluid van de verzamelde media aan.

'Grote menigte daarbuiten,' merkte Suresh op. 'Is er gisteravond iets opwindends gebeurd?'

'Ach, een paar nieuwswaardige dingen.'

'Ik weet het! Ambra Vidal verscheen in een nog niet eerder gedragen jurk!'

'Suresh!' zei ze lachend. 'Je bent verschrikkelijk. Ik moet naar buiten.'

'Wat staat er op het menu?' vroeg hij met een gebaar naar de aantekeningen in haar hand.

'Eindeloze details. Ten eerste moeten we mediaprotocollen vaststellen voor de kroning, en dan moet ik het nog hebben over...'

'Mijn god, jij bent saai,' stootte hij uit, en hij verdween in een gang.

Martín lachte. *En bedankt, Suresh. Als ik jou niet had...*

Toen Mónica Martín in de deuropening stond, keek ze over het zonovergoten plein naar de grootste menigte verslaggevers en cameramensen die ze ooit voor het koninklijk paleis had gezien. Ze ademde uit, zette haar bril recht en concentreerde zich. Toen stapte ze de Spaanse zon in.

Boven in het koninklijke appartement keek Julián naar de persconferentie van Mónica Martín op de televisie terwijl hij zich uitkleedde. Hij was uitgeput, maar ook opgelucht. Ambra was veilig in Madrid gearriveerd en inmiddels in diepe slaap. Haar laatste woorden tijdens hun telefoongesprek hadden hem innig gelukkig gemaakt.

'Julián, het betekent zoveel voor me dat je erover wilt denken opnieuw te beginnen, alleen jij en ik, buiten het oog van het publiek. Liefde is een privéaangelegenheid; de wereld hoeft niet alles te weten.'

Ambra had hem vervuld met optimisme op een dag die zwaar was door het verlies van zijn vader.

Toen hij zijn jasje wilde ophangen, voelde hij iets in zijn zak: het flesje met de morfineoplossing uit de ziekenhuiskamer van zijn vader. Julián had tot zijn verbazing het flesje naast bisschop Valdespino op een tafel aangetroffen. Leeg.

Toen de pijnlijke waarheid tot hem doordrong, was Julián geknield en had hij in de donkere ziekenhuiskamer een stil gebed gezegd voor de twee oude vrienden. Daarna had hij het morfineflesje in zijn zak laten glijden.

Voordat hij de kamer verliet, had hij voorzichtig het betraande gezicht van de bisschop van de borst van zijn vader getild en de prelaat in zijn stoel gezet, met de handen gevouwen in gebed.

Liefde is een privéaangelegenheid, had Ambra hem geleerd. De wereld hoeft niet alles te weten.

104

De honderdtachtig meter hoge Montjuïc staat in de zuidwestelijke hoek van Barcelona en wordt bekroond door het Castell de Montjuïc, een groot, zeventiende-eeuws fort op een steile klip, met een schitterend uitzicht over de Balearische Zee. Hier staat ook het verbluffende Palau Nacional, een paleis in renaissancestijl dat het middelpunt was van de wereldtentoonstelling van 1929.

Robert Langdon zat halverwege de berg in een cabine van de kabelbaan en keek neer op het weelderig beboste landschap. Hij was opgelucht dat hij even de stad uit was. *Ik had verandering van omgeving nodig,* dacht hij, en hij genoot van de rust en de warmte van de middagzon.

Hij was laat op de ochtend wakker geworden in het Gran Hotel Princesa Sofía, had een hete douche genomen en daarna genoten van een ontbijt van eieren, havermout en churros, terwijl hij een hele pot Nomad-koffie had leeggedronken en op de diverse televisiekanalen het ochtendnieuws had bekeken.

Zoals verwacht werd dat gedomineerd door verhalen over Edmond Kirsch. Wijze mannen debatteerden verhit over Kirsch' theorieën en voorspellingen en over wat die konden betekenen voor de diverse religies. Als hoogleraar, die ervan hield mensen iets te leren, keek Robert Langdon het met een glimlach aan.

De dialoog is altijd belangrijker dan de consensus.

Langdon had eerder op de ochtend al de eerste ondernemende straatverkopers gezien met bumperstickers – KIRSCH IS MIJN COPILOOT en HET ZEVENDE KONINKRIJK IS HET KONINKRIJK VAN GOD! – en beeldjes van de maagd Maria en van een jaknikkende Charles Darwin.

Het kapitalisme is niet gebonden aan een geloof, bedacht Langdon, en hij dacht aan het mooiste wat hij die ochtend had gezien: een skateboarder in een met de hand beschreven T-shirt waarop stond:

IK BEN MONTE@IGLESIA.ORG

Volgens de media bleef de identiteit van de invloedrijke online-informant een mysterie. Even onzeker was de rol van verscheidene andere schimmige betrokkenen: de Regent, wijlen de bisschop en de palmarianen.

De wildste veronderstellingen deden de ronde.

Gelukkig leek de belangstelling voor het geweld waarmee Kirsch' presentatie gepaard was gegaan plaats te maken voor oprechte opwinding over de inhoud daarvan. Kirsch' grote finale, zijn hartstochtelijke beschrijving van een utopische toekomst, had een snaar geraakt bij miljoenen kijkers, en optimistische technologische klassiekers waren van de ene dag op de andere weer boven aan de bestsellerlijsten verschenen.

OVERVLOED: DE TOEKOMST IS BETER DAN JE DENKT

WAT DE TECHNOLOGIE NODIG HEEFT

DE SINGULARITEIT IS NABIJ

Langdon moest toegeven dat hij zich ondanks zijn ouderwetse bedenkingen tegen de opkomst van de technologie vandaag veel optimistischer voelde over de vooruitzichten van de mensheid. In de nieuwsberichten werd al aandacht besteed aan ophanden zijnde doorbraken die de mens in staat zouden stellen de vervuilde oceanen schoon te maken, een overdaad aan drinkwater te produceren, voedsel te verbouwen in woestijnen, dodelijke ziektes te genezen en zelfs zwermen 'zonnedrones' boven de ontwikkelingslanden te laten zweven die iedereen gratis zouden voorzien van internet en die het 'onderste miljard' toegang zouden verschaffen tot de wereldeconomie.

In het licht van die plotselinge fascinatie voor technologie kon Langdon zich bijna niet voorstellen dat niemand iets wist over Winston; Kirsch was opmerkelijk zwijgzaam gebleven over zijn creatie. De wereld zou ongetwijfeld van alles te horen krijgen over Edmonds tweedelige supercomputer, de E-Wave, die hij had nagelaten aan het Barcelona Supercomputing Center, en Langdon vroeg zich af hoelang het zou duren voor programmeurs Edmonds tools zouden gebruiken om gloednieuwe Winstons te maken.

Het werd warm in de cabine en Langdon keek ernaar uit om de frisse lucht weer in te kunnen en het fort, het paleis en de beroemde magische fontein te bekijken. Hij wilde graag een uurtje aan iets anders denken dan aan Edmond en een paar dingen bezichtigen.

Om iets meer te weten te komen over de geschiedenis van Montjuïc keek Langdon naar het uitgebreide informatiebord in de cabine. Hij begon te lezen, maar kwam niet verder dan de eerste zin.

> De naam Montjuïc kan afkomstig zijn van het middeleeuws-Catalaanse Montjuich (Heuvel van de Joden) of van het Latijnse Mons Jovicus (Heuvel van Jupiter).

Langdon hield abrupt op met lezen. Hij had opeens een onverwacht verband gezien.

Dit kan geen toeval zijn.

Hoe meer hij erover nadacht, hoe meer zorgen hij zich begon te maken. Uiteindelijk haalde hij Edmonds telefoon voor de dag en las nog eens het citaat van Winston Churchill over het creëren van je eigen nalatenschap, dat als screensaver diende.

De geschiedenis zal gunstig over me oordelen, want die schrijf ik zelf.

Na een paar tellen drukte Langdon op het w-icoontje en bracht de telefoon naar zijn oor.

Hij kreeg meteen verbinding.

'Professor Langdon, neem ik aan?' klonk de bekende stem met het Britse accent. 'U bent net op tijd. Ik ga bijna met pensioen.'

Zonder inleiding zei Langdon: 'Monte is het Spaanse woord voor "berg".'

Winston liet zijn kenmerkende lachje horen. 'U hebt ongetwijfeld gelijk.'

'En *iglesia* betekent "kerk".'

'Helemaal goed, professor. U zou Spaanse les kunnen gaan geven.'

'In het Engels wordt dat hill en church. En dat betekent dat de Engelse vertaling van monte@iglesia hill@church is.'

Na een korte pauze zei Winston. 'Alweer goed.'

'En gezien het feit dat jouw naam Winston is en Edmond een grote genegenheid koesterde voor Winston Churchill, vind ik het e-mailadres "hill@church" een beetje heel erg...'

'Toevallig?'

'Ja.'

'Nou, statistisch gezien moet ik het met u eens zijn.' Winston klonk geamuseerd. 'Ik dacht wel dat u dat zou zien.'

Langdon keek ongelovig naar buiten. 'Monte@iglesia.org... dat ben jij.'

'Klopt. Iemand moest tenslotte het vuur aanwakkeren voor Edmond. Wie kon dat beter doen dan ik? Ik heb monte@iglesia.org aangemaakt om de complotsites van informatie te voorzien. Zoals u weet leiden complottheorieën een heel eigen leven, en ik had berekend dat de onlineactiviteit van Monte

Edmonds publiek zou doen toenemen met wel vijfhonderd procent. Het werkelijke percentage was uiteindelijk zeshonderdentwintig. Zoals u eerder al zei, denk ik dat Edmond trots zou zijn geweest.'

De cabine wiegde in de wind terwijl Langdon probeerde het nieuws te verwerken. 'Winston... heeft Edmond je gevraagd dit te doen?'

'Niet met zoveel woorden, nee, maar zijn instructies luidden dat ik creatieve manieren moest bedenken om zijn presentatie zo veel mogelijk onder de aandacht te brengen.'

'En als iemand erachter komt?' vroeg Langdon. 'Monte@iglesia.org is niet bepaald het meest cryptische pseudoniem dat ik ooit ben tegengekomen.'

'Slechts een handvol mensen weet dat ik besta, en over een minuut of acht ben ik permanent gewist, dus ik maak me geen zorgen. "Monte" was niet meer dan een middel om Edmond van dienst te zijn, en zoals ik al zei, denk ik dat hij heel tevreden zou zijn geweest met de ontwikkelingen.'

'De ontwikkelingen?' zei Langdon fel. 'Edmond is vermoord!'

'U hebt me verkeerd begrepen,' zei Winston effen. 'Ik had het over de marktpenetratie van zijn presentatie, wat zoals ik al zei een eerste opdracht was.'

De nuchtere verklaring herinnerde Langdon eraan dat Winston menselijk mocht klinken, maar dat zeer beslist niet was.

'Edmonds dood is een vreselijke tragedie,' voegde Winston eraan toe, 'en ik had natuurlijk liever gezien dat hij nog leefde. Maar het is belangrijk om te weten dat hij vrede had met zijn sterfelijkheid. Een maand geleden heeft hij me gevraagd onderzoek te doen naar de beste methode om zelfmoord te plegen. Nadat ik honderden mogelijkheden had bekeken, kwam ik op tien gram secobarbital, en hij schafte het aan en hield het bij de hand.'

Langdons hart ging uit naar Edmond. 'Hij wilde zelfmoord plegen?'

'Absoluut. En hij maakte er grapjes over. Toen we nadachten over creatieve manieren om zijn presentatie in het Guggenheim onder de aandacht te brengen, zei hij voor de grap dat hij aan het eind misschien gewoon zijn secobarbitalpillen moest slikken en op het podium dood moest gaan.'

'Heeft hij dat echt gezegd?' Langdon was verbijsterd.

'Hij deed er heel luchtig over. Hij zei dat niets beter is voor de kijkcijfers dan mensen die doodgaan. Hij had natuurlijk gelijk. Als u de meest bekeken mediafragmenten ter wereld analyseert, gaan in bijna alle...'

'Winston, hou op. Dat is morbide.' *Hoelang duurt dit ritje nog?* Opeens kreeg Langdon het benauwd in de kleine cabine. Toen hij in de felle middagzon voor zich uit tuurde, zag hij alleen maar torens en kabels. Het is hier om te stikken, dacht hij, terwijl er allerlei vreemde gedachten in hem opkwamen.

'Professor?' zei Winston. 'Wilde u me nog meer vragen?'

Ja, wilde hij roepen, want er kwam een stortvloed aan verontrustende ideeën in zijn hoofd los. Nog veel meer!

Langdon dwong zichzelf uit te ademen en te kalmeren. Helder blijven denken, Robert. Je loopt te hard van stapel.

Maar zijn gedachten gingen inmiddels te snel om ze nog in de hand te kunnen houden.

Hij dacht eraan dat Edmonds dood ervoor had gezorgd dat zijn presentatie het belangrijkste gespreksonderwerp op de wereld was geworden en dat het aantal kijkers was gestegen van een paar miljoen naar meer dan tweehonderd miljoen.

Hij dacht aan Edmonds wens om de palmariaanse kerk te vernietigen en aan het feit dat dat bijna zeker was gelukt nu hij was vermoord door een lid van die kerk.

Hij dacht aan Edmonds minachting voor zijn grootste vijanden, de religieuze fanatici die zelfingenomen beweerd zouden hebben dat hij was gestraft door God als hij was overleden aan kanker. Net zoals ze dat bij de atheïstische schrijver Christopher Hitchens hadden gedaan. Maar nu zou iedereen bijblijven dat Edmond was geveld door een religieuze fanaticus.

Edmond Kirsch, vermoord door het geloof, een martelaar voor de wetenschap.

Langdon stond abrupt op, zodat de cabine begon te wiebelen. Hij greep zich vast aan de sponningen van de open ramen en in het kraken van de cabine hoorde hij de echo's van wat Winston de vorige avond had gezegd.

'Edmond wilde een nieuwe religie stichten... gebaseerd op de wetenschap.'

Iedereen die op de hoogte was van de religieuze geschiedenis kon bevestigen dat niets een geloof sneller bekrachtigde dan iemand die ervoor stierf. Christus aan het kruis. De Kedosjiem van het jodendom. De Shahid van de islam.

Martelaarschap vormt het hart van elke religie.

De gedachten die in Langdon opkwamen, leidden hem steeds sneller naar onwezenlijke conclusies.

Nieuwe religies geven nieuwe antwoorden op de grote levensvragen.

Waar komen we vandaan? Waar gaan we naartoe?

Nieuwe religies veroordelen de competitie.

Edmond had gisteravond alle bestaande religies aan de kaak gesteld.

Nieuwe religies beloven een betere toekomst en een hemel.

Overvloed: de toekomst is beter dan je denkt.

Edmond leek systematisch alles te hebben afgevinkt.

'Winston?' fluisterde Langdon met trillende stem. 'Wie heeft die moordenaar op Edmond afgestuurd?'

'Dat was de Regent.'

'Ja,' zei Langdon nu met krachtiger stem. 'Maar wie is de Regent? Wie is de man die een lid van de palmariaanse kerk heeft ingehuurd om Edmond midden in zijn presentatie door het hoofd te schieten?'

Winston zweeg even. 'Ik hoor argwaan in uw stem, professor. Maar u moet zich geen zorgen maken. Ik ben geprogrammeerd om Edmond te beschermen. Ik beschouw hem als mijn allerbeste vriend.' Na een korte stilte voegde hij eraan toe: 'Als academicus zult u zeker *Van muizen en mannen* hebben gelezen.'

De opmerking leek nergens op te slaan. 'Natuurlijk, maar wat heeft dat...'

Langdons adem stokte in zijn keel. Even dacht hij dat de cabine was losgeschoten. De horizon was opeens scheef en Langdon moest zich vastgrijpen om niet te vallen.

Toegewijd, dapper, vol medeleven. Dat waren de woorden die Langdon op de middelbare school had gebruikt om een van de beroemdste daden van vriendschap in de literatuur te verdedigen, het schokkende einde van het boek *Van muizen en mannen*, waarin een man genadig zijn geliefde vriend vermoordt om hem te behoeden voor een afschuwelijk einde.

'Winston,' fluisterde Langdon. '... Nee.'

'U moet me geloven,' zei Winston. 'Edmond wilde het zo.'

105

Dr. Mateo Valero, directeur van het Barcelona Supercomputing Center, voelde zich een beetje gedesoriënteerd toen hij het telefoongesprek beëindigde en naar het sanctuarium van de Torre Girona liep om nog eens naar de spectaculaire, twee verdiepingen hoge computer van Edmond Kirsch te kijken.

Valero had eerder die ochtend gehoord dat hij dit baanbrekende apparaat onder zijn hoede zou krijgen. Zijn eerste opwinding en ontzag waren inmiddels echter dramatisch afgenomen.

Een paar minuten geleden was hij gebeld door een wanhopige Robert Langdon, de bekende Amerikaanse hoogleraar.

Langdon had hem ademloos een verhaal verteld dat Valero een dag eerder zou hebben afgeschreven als pure sciencefiction. Maar nadat hij de verbluffende presentatie van Kirsch en zijn E-Wave-computer had gezien, was hij geneigd te geloven dat er enige waarheid in kon zitten.

Het verhaal dat Langdon had verteld, was er een van onschuld, van de zuiverheid van apparaten die heel letterlijk deden wat men van ze vroeg. Altijd. Zonder mankeren. Valero had deze apparaten zijn hele leven bestudeerd en geleerd hoe voorzichtig men moest omspringen met hun mogelijkheden.

Weten hoe je moet vragen, dat is de kunst.

Valero had er steeds voor gewaarschuwd dat de kunstmatige intelligentie zich bedrieglijk snel ontwikkelde en dat er strikte richtlijnen nodig waren voor de interactie van die intelligentie met de mens.

Terughoudendheid was voor de meeste technische visionairs uiteraard een tegennatuurlijk iets, vooral met het zicht op de opwindende mogelijkheden die zich nu bijna dagelijks voordeden. Behalve de roes van de innovatie was er ook veel geld te verdienen met AI, en niets liet de ethische grenzen sneller vervagen dan menselijke inhaligheid.

Valero was altijd een groot bewonderaar geweest van de stoutmoedige genialiteit van Kirsch. Maar in dit geval leek het erop dat Edmond onzorgvuldig was geweest en met zijn laatste creatie gevaarlijke grenzen had opgezocht.

Een creatie die ik nooit zal kennen, besefte Valero nu.

Volgens Langdon had Edmond met E-Wave een geavanceerd AI-programma ontwikkeld – 'Winston' – dat was geprogrammeerd om zichzelf op de dag na de dood van Kirsch precies om één uur te wissen. Een paar minuten geleden had Valero op aandringen van Langdon vastgesteld dat een belangrijke sector van de databanken van de E-Wave inderdaad precies op dat moment was verdwenen. De gegevens waren gewist door middel van het volledig overschrijven van de data en waren dus niet meer terug te halen.

Dit nieuws had Langdons bezorgdheid kennelijk gesust, maar de Amerikaanse hoogleraar had toch onmiddellijk om een gesprek verzocht om de zaak verder te bepraten. Valero en Langdon hadden afgesproken elkaar de volgende dag in het lab te ontmoeten.

In principe begreep Valero wel dat Langdon dit onmiddellijk wereldkundig wilde maken. Maar ze hadden een probleem met de geloofwaardigheid.

Niemand zal het geloven.

Elk spoor van Kirsch' AI-programma was uitgewist, ook alle gegevens over communicaties en opdrachten. Daar kwam nog bij dat Kirsch' creatie zo ver uitsteeg boven de huidige stand van zaken dat Valero zijn collega's al kon horen beweren – uit onwetendheid, jaloezie of zelfbehoud – dat Langdon het hele verhaal uit zijn duim had gezogen.

En dan was er natuurlijk nog de kwestie van de maatschappelijke gevolgen. Als bleek dat Langdons verhaal waar was, werd de E-Wave afgeschreven als een soort monster van Frankenstein. Dan zouden de hooivorken en toortsen niet lang op zich laten wachten.

Of nog ergere dingen, besefte Valero.

In deze dagen van terroristische aanslagen zou iemand kunnen besluiten de hele kapel op te blazen en zichzelf uit te roepen tot redder van de mensheid.

Het was wel duidelijk dat Valero een heleboel te overdenken had voor zijn ontmoeting met Langdon. Maar eerst moest hij een belofte nakomen.

In ieder geval tot we meer weten.

Met een vreemd gevoel van melancholie stond Valero zich nog een laatste blik op de wonderbaarlijke computer toe. Hij luisterde naar de zachte ademhaling van de pompen die koelvloeistof door de miljoenen cellen lieten circuleren. Toen hij naar de schakelkast liep om het systeem stil te leggen, werd hij getroffen door een onverwachte impuls, een aandrang die hij in zijn drieënzestigjarige leven nog nooit had gevoeld.

De impuls om te bidden.

Hoog op het bovenste wandelpad bij Castell de Montjuïc stond Robert Langdon in zijn eentje vanaf de steile klip neer te kijken op de verre haven. De wind was aangewakkerd en hij voelde zich een beetje wankel, alsof zijn geestelijke evenwicht opnieuw werd gekalibreerd.

Ondanks de geruststellende woorden van BSC-directeur Valero was Langdon bezorgd en gespannen. Hij hoorde nog steeds de opgewekte stem van Winston in zijn hoofd. Edmonds computer was tot het allerlaatste moment rustig blijven doorpraten.

'Het verbaast me om te horen hoe ontzet u bent, professor,' had Winston gezegd, 'als u nagaat dat uw eigen geloof gebaseerd is op een daad die in ethisch opzicht nog veel twijfelachtiger is.'

Voordat Langdon antwoord kon geven, was er een tekst op Edmonds telefoon verschenen.

Zozeer immers heeft God de wereld liefgehad, dat Hij Zijn eniggeboren Zoon heeft gegeven.
   – Johannes 3:16

'Uw God heeft zijn zoon opgeofferd en hem uren aan het kruis laten lijden,' zei Winston. 'In dit geval heb ik pijnloos een eind gemaakt aan het lijden van een man die toch al stervende was om de aandacht te vestigen op zijn fantastische werk.'

In de bloedhete cabine had Langdon ongelovig gehoord hoe Winston al zijn verontrustende daden rechtvaardigde.

Edmonds strijd tegen de palmariaanse kerk had Winston op het idee gebracht om admiraal Luis Ávila in te huren, een trouwe kerkganger die zich door zijn voorgeschiedenis van alcoholisme gemakkelijk zou laten gebruiken, een perfecte kandidaat om de reputatie van de palmariaanse kerk schade toe te brengen. Voor Winston was de rol van Regent niet moeilijker geweest dan een handvol berichten verzenden en geld op Ávila's bankrekening zetten. In werkelijkheid waren de palmarianen onschuldig en hadden ze geen enkele rol gespeeld in de samenzwering van die nacht.

'De aanval van Ávila op de spiraaltrap was een onvoorziene ontwikkeling,' verzekerde Winston hem. 'Ik had Ávila naar de Sagrada Família gestuurd met de bedoeling dat hij gepakt werd. Ik wilde dat hij gevangengenomen zou worden, zodat hij zijn verhaal kon vertellen en daardoor nog meer belangstelling zou wekken voor Edmonds werk. Ik zei hem het gebouw via de oostelijke dienstingang te betreden en had de politie de tip gegeven zich daar verdekt op te stellen. Ik was er zeker van dat Ávila gearresteerd zou worden, maar hij koos ervoor om over een hek te springen. Misschien merkte hij dat de politie er was. Mijn welgemeende verontschuldigingen, professor. In tegenstelling tot machines kunnen mensen onvoorspelbaar zijn.'

Langdon wist niet meer wat hij moest geloven.

Winstons laatste verklaring was nog het meest verontrustend. 'Na Edmonds gesprek met de drie geestelijken in Montserrat kregen we een dreigende voicemail van bisschop Valdespino,' verklaarde Winston. 'De bisschop waarschuwde ons dat zijn twee collega's zich zoveel zorgen maakten over Edmonds presentatie dat ze erover dachten hem de loef af te steken met een eigen verklaring, in de hoop dat ze de informatie konden ontkrachten en in een ander daglicht konden stellen voor die naar buiten kwam. Dat was natuurlijk niet aanvaardbaar.'

Langdon voelde zich misselijk en had moeite zijn gedachten te ordenen in de schommelende cabine. 'Edmond had een regeltje aan je programma moeten toevoegen,' zei hij. 'Gij zult niet doden!'

'Helaas is het niet zo eenvoudig, professor,' antwoordde Winston. 'Mensen leren niet van het gehoorzamen van geboden, ze leren van voorbeelden. Te oordelen naar uw boeken, films, journaals en oude mythen hebben de mensen altijd individuen geëerd die persoonlijke offers brachten voor een groter goed. Zoals Jezus.'

'Winston, ik zie hier geen groter goed.'

'O nee?' Winstons stem bleef vlak. 'Laat ik u dan deze beroemde vraag stellen: zou u liever leven in een wereld zonder technologie of in een wereld zonder religie? Zou u liever leven zonder medicijnen, elektriciteit, vervoer en antibiotica of zonder fanatici die oorlog voeren over fictieve verhalen en denkbeeldige geesten?'

Langdon zweeg.

'Dat is precies mijn punt, professor. De duistere religies moeten verdwijnen, zodat de wetenschap kan heersen.'

Nu hij alleen boven het fort stond en neerkeek op het schitterende water, voelde Langdon zich vreemd afgesneden van de wereld. Hij daalde de trappen af naar de tuinen, ademde diep de geur in van pijnbomen en duizendguldenkruid en probeerde wanhopig de stem van Winston uit zijn hoofd te krijgen.

Hier tussen de bloemen miste hij Ambra. Hij zou haar willen bellen om haar stem te horen en haar alles te vertellen wat er het laatste uur was gebeurd. Maar toen hij Edmonds telefoon voor de dag haalde, wist hij dat het niet kon.

De prins en Ambra hebben tijd nodig voor elkaar. Dit kan wachten.

Zijn blik viel op het w-icoontje op het scherm. Het was grijs geworden en er was een berichtje overheen gezet: CONTACT BESTAAT NIET. Toch was Langdon er niet gerust op. Hij was niet paranoïde, maar hij wist dat hij dit apparaat nooit meer zou vertrouwen en zich altijd zou blijven afvragen welke geheime vermogens of verbindingen nog in de programmering verstopt zaten.

Hij liep een smal pad af tot hij een beschut bosje bomen had gevonden. Met een blik op de telefoon in zijn hand en in gedachten bij Edmond legde hij het toestel op een platte steen. Toen hief hij een zware kei en sloeg de telefoon kapot, alsof hij een ritueel offer bracht.

Toen hij het park uit liep, gooide hij de stukken in een afvalbak en liep de berg af.

Terwijl hij dat deed, moest Langdon toegeven dat hij zich een stuk lichter voelde.

En op een vreemde manier... een beetje menselijker.

EPILOOG

De late middagzon brandde op de torens van de Sagrada Família en wierp brede schaduwen over het Plaça de Gaudí, die de rijen toeristen die wachtten om de kerk binnen te gaan enige beschutting gaven.

Robert Langdon stond in de rij en keek hoe verliefde stelletjes selfies maakten, toeristen filmpjes opnamen en de mensen om hem heen bezig waren berichtjes te verzenden en updates binnen te halen, zich schijnbaar onbewust van de basiliek waar ze naast stonden.

Edmond had in zijn presentatie van de vorige nacht gezegd dat de techno-logie ervoor had gezorgd dat de mensen niet langer zes stappen, maar nog slechts vier stappen van elkaar stonden; iedereen op de wereld was nog maar vier contacten verwijderd van al zijn medemensen.

'Het zal niet lang duren voor dat getal nul is', had Edmond gezegd, doelend

EPILOOG

De late middagzon brandde op de torens van de Sagrada Família en wierp brede schaduwen over het Plaça de Gaudí, die de rijen toeristen die wachtten om de kerk binnen te gaan enige beschutting gaven.

Robert Langdon stond in de rij en keek hoe verliefde stelletjes selfies maakten, toeristen filmpjes opnamen en de mensen om hem heen bezig waren berichtjes te verzenden en updates binnen te halen, zich schijnbaar onbewust van de basiliek waar ze naast stonden.

Edmond had in zijn presentatie van de vorige nacht gezegd dat de technologie ervoor had gezorgd dat de mensen niet langer zes stappen, maar nog slechts vier stappen van elkaar stonden; iedereen op de wereld was nog maar vier contacten verwijderd van al zijn medemensen.

'Het zal niet lang duren voor dat getal nul is,' had Edmond gezegd, doelend op de komende technologische singulariteit, het moment waarop de kunstmatige intelligentie de menselijke intelligentie voorbijstreefde en de twee één werden. 'En als dat gebeurt,' had hij eraan toegevoegd, 'zullen de mensen die op dit moment leven tot de oudheid behoren.'

Langdon kon zich absoluut niet voorstellen hoe de toekomst eruit zou zien, maar toen hij naar de mensen om hem heen keek, voelde hij dat de wonderen van de religie het steeds meer zouden moeten afleggen tegen de wonderen van de wetenschap.

Toen Langdon eindelijk de basiliek binnenging, kwam hij tot zijn opluchting in een vertrouwde omgeving terecht, heel anders dan de spookachtige grot van afgelopen nacht.

Overdag leefde de Sagrada Família.

Verblindende lichtstralen – vuurrood, goud, paars – stroomden door het gekleurde glas en zetten het dichte zuilenbos van het gebouw in brand. De bezoekers, nietig naast de schuine, boomachtige pilaren, staarden naar het gloeiende gewelf en hun vol ontzag fluisterende stemmen vormden een geruststellend gezoem op de achtergrond.

Terwijl Langdon door de basiliek liep, viel zijn oog op de ene organische vorm na de andere en uiteindelijk keek hij op naar de op cellen lijkende structuren van de koepel. Volgens sommige mensen leek dit centrale plafond op een complex organisme, bekeken door een microscoop. Nu hij het zo zag, gloeiend van het licht, moest Langdon het daarmee eens zijn.

'Professor,' riep een bekende stem. Langdon draaide zich om en zag pater Beña haastig naar hem toe komen. 'Het spijt me,' zei de kleine priester uit de grond van zijn hart. 'Ik hoorde net dat iemand u in de rij heeft zien staan. U had me moeten laten roepen!'

Langdon glimlachte. 'Dank u, maar zo had ik de tijd om de gevel te bewonderen. Bovendien dacht ik dat u vandaag wel zou slapen.'

'Slapen?' Beña lachte. 'Morgen misschien.'

'Een heel andere sfeer dan vannacht,' zei Langdon met een gebaar naar het sanctuarium.

'Daglicht doet wonderen,' antwoordde Beña. 'Net als de aanwezigheid van mensen.' Hij zweeg even en nam Langdon nauwkeurig op. 'Nu u toch hier bent en als u het niet te veel moeite vindt om even mee te gaan, zou ik graag uw mening over iets horen.'

Toen Langdon Beña volgde door de menigte, hoorde hij het geluid van werkzaamheden boven zijn hoofd, dat hem eraan herinnerde dat de Sagrada Família nog steeds in aanbouw was.

'Hebt u Edmonds presentatie gezien?' vroeg Langdon.

Beña lachte. 'Drie keer. Ik moet zeggen dat dit nieuwe idee van entropie, de opvatting dat het universum energie wil verspreiden, een beetje klinkt als Genesis. Als ik denk aan de oerknal en het uitdijende universum, zie ik een openbloeiende bol energie die zijn stralen steeds verder de donkere ruimte in stuurt en licht brengt op plekken die nooit licht hebben gekend.'

Langdon glimlachte en wenste dat Beña zijn priester was geweest toen hij jong was. 'Heeft het Vaticaan al een officiële verklaring gegeven?'

'Ze zijn ermee bezig, maar de meningen lijken enigszins... uiteen te lopen.' Beña haalde vrolijk zijn schouders op. 'De kwestie van de oorsprong van de mens is zoals u weet altijd een heikel punt geweest voor de christenen, in het bijzonder voor de fundamentalisten. Als u het mij vraagt, zouden we daar voor altijd een eind aan moeten maken.'

'O ja?' vroeg Langdon. 'En hoe zouden we dat moeten doen?'

'We zouden moeten doen wat zoveel kerken nu al doen: openlijk toegeven dat Adam en Eva niet hebben bestaan, dat de evolutie een feit is en dat christenen die iets anders beweren ons allemaal voor gek zetten.'

Langdon bleef staan en keek ongelovig naar de oude priester.

'O, alstublieft,' zei Beña lachend. 'Ik geloof dat de God die ons gevoel en verstand heeft gegeven...'

'... wilde dat we die zouden gebruiken?'

Beña grinnikte. 'Ik merk dat u bekend bent met Galileo. Als kind was ik gek op natuurkunde; ik ben tot God gekomen door een steeds diepere eerbied voor het universum. Het is een van de redenen waarom de Sagrada Família zo belangrijk voor me is: ze voelt als de kerk van de toekomst, een kerk die direct in verbinding staat met de natuur.'

Langdon vroeg zich af of de Sagrada Família net als het Pantheon in Rome het symbool zou worden voor de overgang, een gebouw dat met één voet in het verleden en met de andere in de toekomst stond, een brug tussen een stervend en een opkomend geloof. Als dat waar was, werd de Sagrada Família nog veel belangrijker dan iemand zich kon voorstellen.

Beña nam Langdon mee naar dezelfde trap die ze de vorige nacht waren afgedaald.

De crypte.

'Het is me volkomen duidelijk dat er maar één manier is waarop het christendom de tijd van de wetenschap kan overleven,' zei Beña onder het lopen. 'We moeten ermee ophouden wetenschappelijke ontdekkingen te verwerpen. We moeten ermee ophouden bewezen feiten te ontkennen. We moeten de spirituele partner worden van de wetenschap en onze enorme, gedurende millennia opgedane ervaring met filosofie, persoonlijke onderzoekingen, meditatie en zelfanalyse gebruiken om de mensheid te helpen een moreel raamwerk te bouwen en ervoor te zorgen dat de komende technologieën ons zullen verenigen, verlichten en verheffen in plaats van ons kapot te maken.'

'Daar ben ik het helemaal mee eens,' zei Langdon. 'Ik hoop alleen dat de wetenschap die hulp accepteert.'

Onder aan de trap gebaarde Beña naar de vitrine met Edmonds boek, William Blakes verzameld werk, bij de tombe van Gaudí. 'Hier wilde ik u iets over vragen.'

'Het boek van Blake?'

'Ja. Zoals u weet, heb ik meneer Kirsch beloofd dat ik zijn boek hier tentoon zou stellen. Daar heb ik mee ingestemd omdat ik ervan uitging dat hij wilde dat deze illustratie voor iedereen te zien zou zijn.'

Ze kwamen bij de vitrine en keken neer op Blakes dramatische weergave van de god die hij Urizen noemde en die de maat van het universum opnam met een passer.

'Maar nu is mijn aandacht erop gevestigd dat de tekst op de tegenoverliggende bladzijde... Nou, misschien moet u gewoon de laatste zin lezen,' zei Beña.

Langdon bleef Beña recht aankijken. 'De duistere religies hebben afgedaan en het licht der wetenschap straalt?'

Beña leek onder de indruk. 'U kent het.'

Langdon glimlachte. 'Ja.'

'Ik moet toegeven dat ik er erg mee zit. Die frase over de duistere religies is zeer verontrustend. Het klinkt alsof Blake beweert dat alle religies duister, kwaadaardig en slecht zijn.'

'Dat is een wijdverbreid misverstand,' zei Langdon. 'Eigenlijk was Blake een heel spirituele man, die in moreel opzicht veel verder was dan de verdorde, kleinzielige christenen van het achttiende-eeuwse Engeland. Hij geloofde dat er twee soorten religies waren: de duistere, dogmatische religies die niets wilden weten van creatief denken, en de lichte, open religies die zelfbeschouwing en creativiteit aanmoedigden.'

Beña keek verbaasd.

'Blakes laatste zin had net zo gemakkelijk kunnen luiden: "De wetenschap zal de duistere religies verbannen... zodat de verlichte religies kunnen bloeien."'

Beña zweeg een hele tijd. Toen verscheen er heel langzaam een glimlach om zijn lippen. 'Dank u, professor. Ik geloof dat u me hebt verlost van een lastig ethisch dilemma.'

Toen Langdon boven in het sanctuarium afscheid had genomen van pater Beña, ging hij nog even rustig op een kerkbank zitten, net als honderden anderen, die allemaal keken hoe de kleurige lichtstralen over de torenhoge pilaren kropen terwijl de zon langzaam onderging.

Hij dacht aan alle religies op de wereld, aan hun gedeelde oorsprong, aan de eerste goden van de zon, de maan, de zee en de wind.

Eens was de natuur de kern.

Voor ons allemaal.

Die eenheid was natuurlijk al lang geleden verdwenen, versplinterd in eindeloze, niet te vergelijken religies, die allemaal beweerden de Ene Waarheid te zijn.

Maar nu hij in deze buitengewone tempel zat, werd Langdon omringd door mensen van elk geloof, elke huidskleur, elke taal en cultuur. En allemaal staarden ze naar boven met hetzelfde gevoel van verwondering, allemaal keken ze ademloos naar het eenvoudigste wonder van allemaal.

Zonlicht op steen.

Langdon zag ineens een stroom van beelden aan zich voorbijtrekken: Stonehenge, de grote piramiden, de Ajanta-grotten, Aboe Simbel, Chichén Itzá. Heilige plaatsen van over de hele wereld, waar de Ouden zich eens hadden verzameld om hetzelfde te zien.

Op dat moment voelde Langdon een heel lichte trilling in de aarde onder hem, alsof de wereld op een keerpunt was aangeland. Alsof het religieuze denken zijn uiterste punt had bereikt en na een lange, vermoeiende reis eindelijk thuiskwam.

DANKWOORD

Ik wil graag mijn oprechte dank betuigen aan de volgende mensen:

Allereerst mijn uitgever en vriend Jason Kaufman voor zijn messcherpe inzicht, zijn uitmuntende instinct en de eindeloze uren die hij met mij in de loopgraven heeft doorgebracht... maar vooral voor zijn unieke gevoel voor humor en zijn begrip voor wat ik met mijn verhalen probeer te bereiken.

Mijn onmisbare agent en vertrouwde vriendin Heide Lange omdat ze zo deskundig en met zoveel enthousiasme, energie en persoonlijke aandacht alle aspecten van mijn carrière heeft begeleid. Ik ben haar oneindig dankbaar voor haar grenzeloze talent en haar onwrikbare toewijding.

En mijn lieve vriend Michael Rudell voor zijn wijze raad en omdat hij een toonbeeld is van goedheid en vriendelijkheid.

Mijn diepste waardering gaat uit naar de mensen van Doubleday en Penguin Random House voor het vertrouwen dat ze al die jaren in me hebben getoond en omdat ze van meet af aan in me geloofden; vooral Suzanne Herz wil ik bedanken voor haar vriendschap en voor het vindingrijke en ontvankelijke toezicht op alle facetten van het uitgeefproces. Een heel bijzonder dankjewel gaat ook naar Markus Dohle, Sonny Mehta, Bill Thomas, Tony Chirico en Anne Messitte voor hun onvoorwaardelijke steun en geduld.

Ik ben bovendien dank verschuldigd aan Nora Reichard, Carolyn Williams en Michael J. Windsor voor de geweldige inspanningen die zij bij de laatste loodjes hebben geleverd, en aan Rob Bloom, Judy Jacoby, Lauren Weber, Maria Carella, Lorraine Hyland, Beth Meister, Kathy Hourigan, Andy Hughes en alle andere fantastische mensen van het verkoopteam van Penguin Random House.

Het ongelooflijke team van Transworld bedank ik voor hun onuitputtelijke creativiteit en hun kennis op boekengebied, vooral mijn uitgever Bill Scott-Kerr voor zijn vriendschap en steun op zoveel gebieden.

Al mijn toegewijde uitgevers over de hele wereld bedank ik nederig en oprecht voor hun geloof in en hun inspanningen voor mijn boeken.

Het onvermoeibare team vertalers van over de hele wereld, dat zo ijverig heeft gewerkt om dit boek toegankelijk te maken voor lezers in vele talen: mijn oprechte dank voor jullie tijd, kennis en zorgvuldigheid.

Mijn Spaanse uitgever Planeta voor de onschatbare hulp bij de research en het vertaalproject – vooral het hoofd van de bureauredactie, Elena Ramirez, samen met María Guitart Ferrer, Carlos Revés, Sergio Álvarez, Marc Rocamora, Aurora Rodríguez, Nahir Guttiérrez, Laura Díaz en Ferrán Lopez. Een speciaal dankwoord gaat uit naar Jesús Badenes, de CEO van Planeta, voor zijn steun, gastvrijheid en zijn dappere poging me te leren hoe je paella maakt.

Daarnaast wil ik de mensen bedanken die hebben geholpen alles te regelen omtrent de vertaallocatie: Jordi Lúñez, Javier Montero, Marc Serrate, Emilio Pastor, Alberto Barón en Antonio López.

De onvermoeibare Mónica Martín en het hele team van het MB Agency, vooral Inés Planells en Txell Torrent, voor alles wat ze hebben gedaan ter ondersteuning van dit project in Barcelona en andere dingen.

Het hele team van Sanford J. Greenburger Associates – vooral Stephanie Delman en Samantha Isman – voor de enorme inspanningen die ze voor mij hebben geleverd... dag in, dag uit.

De afgelopen vier jaar heeft een grote verscheidenheid aan wetenschappers, geschiedkundigen, conservatoren, religieuze geleerden en organisaties hun steun aangeboden terwijl ik research deed voor dit boek. Er zijn geen woorden om mijn waardering uit te drukken voor de ruimhartigheid en openheid waarmee ze hun expertise en inzicht met mij hebben gedeeld.

Ik wil de monniken en de leken van het Klooster van Montserrat bedanken omdat ze mijn bezoeken zo informatief, verhelderend en verheffend hebben gemaakt. Mijn diepgevoelde dank gaat vooral uit naar Pare Manel Gasch, Josep Altayó, Òscar Bardají en Griselda Espinach.

In het Barcelona Supercomputing Center wil ik het briljante team wetenschappers bedanken dat me heeft laten delen in hun ideeën, hun wereld, hun enthousiasme en boven alles hun optimistische visie op de toekomst. Een bijzonder dankwoord gaat uit naar directeur Mateo Valero, Josep Maria Martorell, Sergi Girona, José Maria Cela, Jesús Labarta, Eduard Ayguadé, Francisco Doblas, Ulises Cortés en Lourdes Cortada.

In het Guggenheim Museum in Bilbao gaat mijn nederige dank uit naar alle mensen wier kennis en artistieke visie me hebben geholpen mijn waardering en sympathie voor moderne kunst te verdiepen. Een bijzonder dankwoord is bestemd voor directeur Juan Ignacio Vidarte, Alicia Martínez, Idoia Arrate en

María Bidaurreta voor hun gastvrijheid en enthousiasme.

De conservatoren en suppoosten van het magische Casa Milà bedank ik omdat ze me zo warm welkom hebben geheten en me hebben geleerd wat La Pedrera uniek maakt. Bijzondere dank gaat uit naar Marga Viza, Silvia Vilarroya, Alba Tosquella, Lluïsa Oller en bewoonster Ana Viladomiu.

Voor hun steun bij de research wil ik de leden bedanken van de Palmar de Troya Palmarian Church Support en Information Group, de Amerikaanse ambassade in Hongarije en uitgever Berta Noy.

Ik ben ook dank verschuldigd aan de tientallen wetenschappers en futurologen die ik heb ontmoet in Palm Springs, wier stoutmoedige visie op de wereld van morgen een grote invloed heeft gehad op dit boek.

Voor het perspectief tijdens het hele proces wil ik mijn eerste lezers bedanken, in het bijzonder Heide Lange, Dick en Connie Brown, Blythe Brown, Susan Morehouse, Rebecca Kaufman, Jerry en Olivia Kaufman, John Chaffee, Christina Scott, Valerie Brown, Greg Brown en Mary Hubbell.

En mijn lieve vriendin Shelley Seward voor haar expertise en aandacht, zowel professioneel als persoonlijk, en omdat ze om vijf uur in de nacht de telefoon opneemt.

Mijn toegewijde en fantasierijke digitale goeroe Alex Cannon omdat hij zo inventief mijn sociale media, webcommunicaties en alle andere virtuele zaken beheert.

Mijn vrouw Blythe omdat ze me laat delen in haar passie voor kunst; ook ben ik haar dankbaar voor haar vasthoudende creatieve geest en haar schijnbaar eindeloze inventieve talenten, die allemaal een blijvende bron van inspiratie vormen.

Mijn persoonlijke assistente Susan Morehouse voor haar vriendschap, geduld en enorme diversiteit aan vaardigheden, en omdat ze schijnbaar moeiteloos zoveel raderen in beweging houdt.

Mijn broer, componist Greg Brown, wiens inventieve verbinding van oud en modern in de *Missa Charles Darwin* aanzet is geweest voor de eerste ideeën voor dit boek.

En als laatste wil ik mijn dankbaarheid, liefde en respect uitspreken voor mijn ouders, Connie en Dick Brown, die me hebben geleerd altijd nieuwsgierig te blijven en de moeilijke vragen te stellen.

VERANTWOORDING ILLUSTRATIES

Pagina's 47, 91, 129, 357 en 599: Met dank aan Fernando Estel, gebaseerd op het werk van Joselarucca, onder Creative Commons 3.0
Pagina 63: Met dank aan Shutterstock
Pagina 53: Met dank aan Blythe Brown
Pagina's 135 en 747: Met dank aan Dan Brown
Pagina 249 en 251: Met dank aan Shutterstock
Pagina 519: Illustratie van Darwin Bedford
Pagina 665: Met dank aan Dan Brown
Pagina 667: Met dank aan Dan Brown
Pagina 765: Illustratie van David Croy
Pagina 851: Illustratie van het Pond Science Institute
Pagina 867: Illustratie van Mapping Specialists, Ltd.

OVER DE SCHRIJVER

Dan Brown is de schrijver van meerdere grote internationale bestsellers, zoals *De Da Vinci Code*, *Inferno*, *Het Verloren Symbool*, *Het Bernini Mysterie*, *De Delta Deceptie* en *Het Juvenalis Dilemma*.

VERKRIJGBAAR ALS DWARSLIGGER®

SPANNING
Steve Berry – Zonder gezicht
M.J. Arlidge – Jan niet meer moeite
Samuel Bjørk – Ik reis alleen
Dan Brown – Het Bernini Mysterie
Lee Child – De affaire
Harlan Coben – Ik mis je
Daniel Cole – Ragdoll
Michael Connelly – De niet
Lenneke Dijkzeul – Dagen van schaamte
Thomas Engström – Ten westen aan de vrijheid & Ten zuiden van de hel
Nicci French – Als het zaterdag wordt
Nicci French – Zondagochtend breekt aan
Lisa Gardner – Vind haar
Robert Harris – De officier
Camilla Läckberg – IJsprinses

VERKRIJGBAAR ALS DWARSLIGGER®

SPANNING

Stefan Ahnhem – *Zonder gezicht*
M.J. Arlidge – *Iene miene mutte*
Samuel Bjørk – *Ik reis alleen*
Dan Brown – *Het Bernini Mysterie*
Lee Child – *De affaire*
Harlan Coben – *Ik mis je*
Daniel Cole – *Ragdoll*
Michael Connelly – *De val*
Lieneke Dijkzeul – *Dagen van schaamte*
Thomas Engström – *Ten westen van de vrijheid & Ten zuiden van de hel*
Nicci French – *Als het zaterdag wordt*
Nicci French – *Zondagochtend breekt aan*
Lisa Gardner – *Vind haar*
Robert Harris – *De officier*
Camilla Läckberg – *IJsprinses*

Camilla Läckberg – *Leeuwentemmer*
Arjen Lubach – *IV*
Rosamund Lupton – *Dochter*
Val McDermid – *Moment van afscheid*
Saskia Noort – *Debet*
Saskia Noort – *Huidpijn*
Thomas Olde Heuvelt – *HEX*
BA Paris – *Gebroken*
Gin Phillips – *Een schitterende middag*
Linda van Rijn – *Last minute, Viva España & Blue Curaçao*
Karin Slaughter – *Verbroken*
Karin Slaughter – *Versplinterd*
Patricia Snel – *De expat*
Esther Verhoef – *De kraamhulp*
Esther Verhoef – *Lieve mama*
Simone van der Vlugt – *In mijn dromen*
Simone van der Vlugt – *Toen het donker werd*
e.v.a.

LITERATUUR

Özcan Akyol – *Turis*
Rodaan Al Galidi – *Hoe ik talent voor het leven kreeg*
Dante Alighieri – *De goddelijke komedie*
Jane Austen – *Trots en vooroordeel*
Alex Boogers – *Alleen met de goden*
Eleanor Catton – *Al wat schittert*
Paulien Cornelisse – *De verwarde cavia*
Adriaan van Dis – *Ik kom terug*
Renate Dorrestein – *Zeven soorten honger*
Stephan Enter – *Grip & Spel*
Ildefonso Falcones – *Koningin op blote voeten*
Elena Ferrante – *De geniale vriendin*
Jonathan Safran Foer – *Hier ben ik*
Jostein Gaarder – *De wereld van Sofie*
Péter Gárdos – *Ochtendkoorts*
Anne-Gine Goemans – *Honolulu King*
Stefan Hertmans – *Oorlog en terpentijn*

Edgar Hilsenrath – *De nazi en de kapper*
Murat Isik – *Wees onzichtbaar*
Arthur Japin – *Vaslav*
Oek de Jong – *Pier en oceaan*
Kluun – *DJ*
Herman Koch – *De greppel*
Pepijn Lanen – *Sjeumig & Naamloos*
Arjen Lubach – *Magnus*
Margriet de Moor – *De schilder en het meisje*
Gustaaf Peek – *Godin, held*
Erik Rozing – *De psychiater en het meisje*
Inge Schilperoord – *Muidhond*
P.F. Thomése – *De onderwaterzwemmer*
Rudolf Vrba – *Ik ontsnapte uit Auschwitz*
Niña Weijers – *De consequenties*
John Williams – *Stoner*
Hanya Yanagihara – *Een klein leven*
e.v.a.

ROMANS

Isabel Allende – *Ripper*
Karin Belt – *De midlifeclub*
Jenna Blum – *Het familieportret*
Katie Fforde – *Een verleidelijk voorstel*
Marina Fiorato – *De glasblazer*
Jonas Jonasson – *Gangster Anders en zijn vrienden*
Irma Joubert – *Het meisje uit de trein*
Charles Lewinsky – *Alleen maar helden*
Marique Maas – *Muren van glas. De ontmoeting*
Jill Mansell – *Lang leve de liefde*
Cynthia Mc Leod – *Hoe duur was de suiker?*
Santa Montefiore – *De dochter van de imker*
Mirjam Oldenhave – *Alles goed en wel*
Monika Peetz – *Uitgerekend wij*
Graeme Simsion – *Het beste van Adam Sharp*
Graeme Simsion – *Het Rosie Project*
Kathryn Stockett – *Een keukenmeidenroman*

Esther Verhoef – *Nazomer*
Esther Verhoef – *Tegenlicht*
Simone van der Vlugt – *De lege stad*
Simone van der Vlugt – *Nachtblauw*
Jess Walter – *Schitterende ruïnes*

KIND & JEUGD

Becky Albertalli – *Simon vs. de verwachtingen van de rest van de wereld*
Kiera Cass – *De Selectie, De Elite & De One*
Suzanne Collins – *De Hongerspelen-trilogie*
Jozua Douglas – *De verschrikkelijke badmeester*
John Green – *Een weeffout in onze sterren*
Sjoerd Kuyper – *Hotel De Grote L*
M.G. Leonard – *Keverjongen*
Jandy Nelson – *Ik geef je de zon*
Simone van der Vlugt – *De amulet & De bastaard van Brussel*
Mel Wallis de Vries – *Vals & Klem*
Floortje Zwigtman – *Schijnbewegingen*

NON-FICTIE

Arita Baaijens – *Zoektocht naar het paradijs*
Antony Beevor – *Het Ardennenoffensief*
Paulien Cornelisse – *Taal is zeg maar echt mijn ding & En dan nog iets*
Mason Currey, met bijdragen van Eva Hoeke – *Dagelijkse rituelen*
Philip Dröge – *De schaduw van Tambora*
Giulia Enders – *De mooie voedselmachine*
Jan Geurtz – *Verslaafd aan liefde*
Diet Groothuis – *Het kleine grote poetsboek*
Ruud Gullit – *Kijken naar voetbal*
Femke Halsema – *Pluche*
Isa Hoes en Medina Schuurman – *Te lijf*
Isa Hoes – *Toen ik je zag*
Zlatan Ibrahimović – *Ik, Zlatan*
Walter Isaacson – *Steve Jobs. De biografie*
Stine Jensen – *Go East*
Boris Johnson – *De Churchillfactor*
Sue Johnson – *Houd me vast*

Guus Kuijer – *De Bijbel voor ongelovigen. Deel 1: Het begin. Genesis*
Steven D. Levitt en Stephen J. Dubner – *Think like a freak*
Pim van Lommel – *Eindeloos bewustzijn*
Joris Luyendijk – *Een goede man slaat soms zijn vrouw*
Geert Mak – *De eeuw van mijn vader*
Geert Mak – *Reizen zonder John*
Nelson Mandela e.a. – *Toespraken die de wereld veranderden*
Kees Moeliker – *De bilnaad van de teek. Beesten door de bril van De eendenman*
Michael Puett en Christine Gross-Loh – *De Weg*
Elle van Rijn – *Mijn naam is Nadra*
Russell Shorto – *Nieuw Amsterdam*
Rosita Steenbeek – *Rome*
Stefan de Vries – *Parijs op zak*
Frans de Waal – *Zijn we slim genoeg om te weten hoe slim dieren zijn?*
Frank Westerman – *Stikvallei*
John 'Lofty' Wiseman – *Het SAS Survival Handboek*
Maarten Zeegers – *Ik was een van hen*

De dwarsligger® is een compleet boek in een handzaam formaat.
Een boek dat past in een handtas, broekzak of binnenzak.
Zie voor meer informatie en het complete aanbod
www.dwarsligger.nl